CB046025

A VIAGEM

Livro Um

ILSE,
A BRUXA

A VIAGEM

Livro Um
Ilse, a Bruxa

Livro Dois
Antrax, a Criatura

Livro Três
Morgawr, o Bruxo

Terry Brooks

A VIAGEM

Livro Um

ILSE, A BRUXA

2ª EDIÇÃO

Tradução
Fábio Fernandes

BERTRAND BRASIL

Copyright © 2000 by Terry Brooks
Título original: *The Voyage of the Jerle Shannara, book one: Ilse Witch*

Capa: Raul Fernandes com ilustrações de Steve Stone

Editoração eletrônica: Imagem Virtual Editoração Ltda.

2006
Impresso no Brasil
Printed in Brazil

CIP-Brasil. Catalogação-na-fonte
Sindicato Nacional dos Editores de Livros, RJ.

B888i
2ª ed.
	Brooks, Terry, 1944-
	    Ilse, a bruxa / Terry Brooks; tradução Fábio Fernandes. – 2ª ed. – Rio de Janeiro: Bertrand Brasil, 2006.
	    448p. (A viagem; v. 1)
	
	    Tradução de: The Voyage of the Jerle Shannara, book one: Ilse Witch
	    Continua com: Antrax, a criatura.
	    ISBN 85-286-0959-6
	
	    1. Druidas e druidismo – Ficção. 2. Ficção americana. I. Fernandes, Fábio. II. Título. III. Série.

04-2900	CDD – 813 CDU – 821.111(73)-3

Todos os direitos reservados pela:
EDITORA BERTRAND BRASIL LTDA.
Rua Argentina, 171 – 1º andar – São Cristóvão
20921-380 – Rio de Janeiro – RJ
Tel.: (0XX21) 2585-2070   Fax: (0XX21) 2585-2087

Não é permitida a reprodução total ou parcial desta obra, por quaisquer meios, sem a prévia autorização por escrito da Editora.

Atendemos pelo Reembolso Postal.

PARA CAROL E DON MCQUINN

Por redefinirem a palavra *amigos* de mais maneiras do que posso contar.

O Mapa do Naufrago

- Darkasia
- Castledown
- Ice Henge
- Mephitic
- Terra Ocidental
- Ilha Shrike
- Shatterstone
- Divisa Azul
- Hoare Flats
- Marsh Brume
- Hag Crooch
- Mesca Rho
- Bracken Cleft
- Enseada da Confraria Alada
- Semanas

A VIAGEM

Livro Um

ILSE, A BRUXA

1

Hunter Predd patrulhava as águas da Divisa Azul, ao norte da ilha de Mesca Rho, um posto avançado da Confraria Alada no limite ocidental das águas territoriais dos elfos, quando viu um homem flutuando ao lado do mastro de um barco. Este homem vinha prostrado sobre o pedaço de madeira como se fosse um boneco de pano: a cabeça apoiada de forma que a face mal se destacava para fora da água, um braço apoiado ao redor da peça estreita para não deslizar e afundar. Sua pele estava queimada e devastada pela ação do sol, do vento e das intempéries, e suas roupas eram verdadeiros farrapos. Vinha tão inerte que era impossível saber se estava vivo. Na verdade, foi o estranho movimento de seu corpo rolando com a maré suave que primeiro atraiu o olhar de Hunter Predd.

Obsidian já estava descendo suavemente na direção do náufrago, sem precisar do toque das mãos e dos joelhos de seu mestre para saber o que fazer. Olhos mais aguçados que os do elfo, ele havia localizado o homem na água antes de Hunter e já havia desviado seu curso para efetuar o resgate. Era uma grande parte do trabalho para o qual fora treinado: localizar e resgatar aqueles cujos navios se haviam perdido no mar. O roca* podia distinguir um homem de um pedaço de madeira ou de um peixe a um quilômetro de distância.

Desenhou lentamente um círculo, abrindo bem as grandes asas, dando um mergulho em direção à superfície e retirando o homem das águas com um

---

* Do inglês *roc*: pássaro imaginário de épocas remotas, tido como imenso e violento.

toque firme e delicado. Com as grandes garras envolvendo aquela forma inerte com firmeza, porém com suavidade ao mesmo tempo, o roca tornou a alçar vôo. Límpido e infinito, o céu do fim da primavera se abria em uma esplendente cúpula azul atravessada pelo brilho da luz do sol que, aquecendo o ar, se refletia em lampejos prateados nas ondas. Hunter Predd guiou sua montaria de volta para o pedaço de terra mais próximo, um pequeno atol a alguns quilômetros de Mesca Rho. Ali ele veria o que poderia ser feito, se é que se poderia fazer algo.

Alcançaram o atol em menos de meia hora, Hunter Predd mantendo Obsidian em um curso firme e de baixa altitude por toda a viagem. Negro como tinta e na flor da juventude, o roca era o terceiro, e indiscutivelmente o melhor, que montava como cavaleiro alado. Além de grande e forte, Obsidian tinha excelentes instintos e havia aprendido a antecipar o que Hunter desejava dele antes que o cavaleiro alado tivesse necessidade de falar. Estavam juntos havia cinco anos, o que não era muito para um cavaleiro e sua montaria, mas o suficiente naquele caso para que trabalhassem como se estivessem unidos em mente e corpo.

Descendo a sotavento do atol com um lento bater de asas, Obsidian depositou sua carga em uma faixa de areia da praia e pousou nas rochas ao lado. Hunter Predd saltou e correu até a forma inerte. O homem não reagiu quando o cavaleiro alado virou-o de costas e começou a procurar sinais de vida. Havia pulsação e o coração batia. Sua respiração estava lenta e fraca. Mas, quando Hunter Predd examinou-lhe o rosto, descobriu que seus olhos haviam sido arrancados e a língua cortada.

O cavaleiro alado viu que se tratava de um elfo. Mas não um membro da Confraria Alada. A falta de cicatrizes dos arreios nos pulsos e nas mãos deixava isso claro. Hunter examinou cuidadosamente seu corpo à procura de ossos quebrados, mas não encontrou nenhum. O único dano físico evidente era o que havia em seu rosto. Ele estava sofrendo de insolação e falta de alimentação, e por isso Hunter colocou um pouco de água fresca da sua bolsa nos lábios do homem, deixando que ela descesse garganta abaixo. Os lábios ressecados se moveram levemente.

Hunter considerou suas opções e decidiu levá-lo ao porto de Bracken Clell, o povoado mais próximo onde poderia encontrar um elfo curandeiro para ministrar o tratamento necessário. Ele poderia levar o homem a Mesca Rho, mas a ilha era apenas um posto avançado. Ele e outro cavaleiro alado eram seus únicos habitantes. Nenhum tratamento poderia ser feito ali. Se quisesse salvar a vida do homem, teria de arriscar levá-lo para o continente, mais a leste.

O cavaleiro alado banhou a pele do homem com água fresca e aplicou uma pomada curativa que a protegeria de maiores ferimentos. Hunter não levava roupas extras; o homem teria de viajar com os trapos que estava vestindo. Tentou novamente dar-lhe água fresca, e dessa vez ele a bebeu avidamente, gemendo baixinho. Por um instante seus olhos arruinados tentaram se abrir e ele murmurou algo ininteligível.

Com naturalidade e em resposta ao seu treinamento, o cavaleiro alado revistou o homem e retirou dele os dois únicos objetos que encontrou e que o deixaram surpreso e perplexo. Estudou cada um deles com cuidado, e seu rosto se fechou.

Hunter não estava disposto a atrasar ainda mais sua partida: apanhou o homem e, com a ajuda de Obsidian, acomodou-o nas largas costas do roca. Uma almofada estofada e correias de amarração o prenderam. Depois de uma vistoria final, Hunter tornou a subir em sua montaria. Obsidian levantou vôo.

Voaram para leste, em direção à escuridão que chegava por três horas, e o crepúsculo já se aproximava quando avistaram Bracken Clell. A população do porto era uma mistura de raças, com predomínio dos elfos, e os habitantes estavam acostumados a ver os cavaleiros alados e seus rocas. Hunter Predd levou Obsidian a uma clareira marcada para pousos na parte alta, e o grande roca desceu suavemente entre as árvores. Um mensageiro fora enviado até a cidade. O elfo curandeiro apareceu, entre os curiosos que se aglomeravam, seguido de um grupo de carregadores.

— O que aconteceu com ele? — perguntou o curandeiro a Hunter Predd ao descobrir, no homem, a boca arruinada e os olhos vazados.

Hunter balançou a cabeça.

— Foi assim que o encontrei.

— Alguma identificação? Quem é ele?

— Não sei — mentiu o cavaleiro alado.

Ele esperou até que se iniciasse a remoção do homem para a casa do curandeiro, onde ele seria colocado em uma das enfermarias no centro de tratamento, antes de despachar Obsidian para um poleiro mais remoto, e depois seguiu a multidão. O que ele sabia não podia ser compartilhado com o curandeiro nem com qualquer outra pessoa em Bracken Clell. O que ele sabia só poderia ser dito a um homem.

Sentou-se na varanda do curandeiro e fumou seu cachimbo, seu arco e sua faca de caça ao lado, enquanto aguardava que o curandeiro tornasse a aparecer. O sol se havia posto, e o que restava de luz se espalhava pelas águas da baía em pinceladas de escarlate e ouro. Hunter Predd era pequeno e leve para um cavaleiro alado, mas duro como uma corda cheia de nós. Não era jovem nem velho; situava-se confortavelmente no meio do caminho e estava contente por encontrar-se ali. Bronzeado pelo sol e queimado pelo vento, o rosto vincado e os olhos acinzentados sob uma juba espessa de cabelos castanhos, ele parecia exatamente o que era — um elfo que vivera toda a sua vida a céu aberto.

Em um determinado momento, enquanto esperava, pegou o bracelete e levou-o contra a luz, tornando a certificar-se de que não havia se enganado quanto à marca que ele trazia. O mapa, ele o deixou no bolso.

Um dos assistentes do curandeiro lhe trouxe um prato de comida, que ele devorou em silêncio. Quando terminou de comer, o assistente tornou a aparecer e levou o prato, tudo isso sem falar. O curandeiro ainda não retornara.

Quando o fez era tarde, e parecia cansado e nervoso no momento em que se sentou ao lado de Hunter. Já se conheciam havia algum tempo; o curandeiro chegara ao porto apenas um ano depois de Hunter ter retornado das guerras da fronteira e entrado para o serviço dos cavaleiros alados na costa. Haviam participado juntos de vários esforços de salvamento e, embora tivessem diferentes histórias e objetivos, eram da mesma opinião com relação à forma estúpida como o mundo evoluía. Ali, na periferia de uma civilização maior que era chamada de As Quatro Terras, eles haviam descoberto que podiam escapar um pouco daquela loucura.

— Como ele está? — perguntou Hunter Predd.

O curandeiro suspirou.

— Nada bem. Pode ser que viva. Se é que você pode chamar aquilo de vida. Ele perdeu os olhos e a língua. Foram removidos à força. A exposição ao sol e a desnutrição minaram sua força de tal maneira que ele provavelmente jamais irá se recuperar de todo. Acordou diversas vezes e tentou se comunicar, mas não conseguiu.

— Talvez com o tempo...

— Tempo não é o problema — interrompeu o curandeiro, sustentando um olhar firme. — Ele não pode falar nem escrever. A questão não é apenas o dano em sua língua ou sua fraqueza. É a sua mente. Sua mente se foi. O que quer que lhe tenha acontecido o danificou de modo irreparável. Acho que ele não sabe onde está e nem mesmo quem é.

Hunter Predd desviou o olhar para a noite lá fora.

— Nem mesmo seu nome?

— Nem mesmo isso. Acho que ele não se lembra de nada do que lhe aconteceu.

O cavaleiro alado ficou em silêncio por um momento, pensando.

— Será que você ficaria com ele aqui por mais algum tempo, tratando e tomando conta dele? Quero investigar isso melhor.

O curandeiro concordou.

— Por onde vai começar?

— Talvez Arborlon.

O ruído suave de botas o fez ficar alerta. Um assistente apareceu com chá quente e comida para o curandeiro. Acenou com a cabeça para eles, sem falar, e desapareceu novamente. Hunter Predd se levantou e foi até a porta, para ter certeza de que estavam sozinhos, e tornou a se sentar ao lado do curandeiro.

— Vigie de perto este ferido, Dorne. Nada de visitas. Nada até voltar a ouvir notícias minhas.

O curandeiro tomou um gole de chá.

— Você sabe alguma coisa a respeito dele que não está me dizendo, não sabe?

— Estou suspeitando de alguma coisa, é diferente. Mas preciso de tempo para ter certeza. Você pode me dar esse tempo?

O curandeiro deu de ombros.

— Posso tentar. O homem lá dentro é que vai determinar se ainda estará aqui quando você voltar. Ele está muito fraco. É melhor ir rápido.

Hunter Predd assentiu.

— Tão rápido quanto Obsidian puder bater as asas — respondeu em voz baixa.

Atrás dele, na quase escuridão da porta aberta, uma sombra se afastou de trás de uma parede e retirou-se em silêncio.

O atendente que servira o jantar ao cavaleiro alado e ao curandeiro esperou até depois da meia-noite, quando o povo de Bracken Clell estava quase todo dormindo, para esgueirar-se de seus aposentos na aldeia e penetrar na floresta ao redor. Movia-se rapidamente e no escuro, conhecendo bem o caminho por tê-lo percorrido inúmeras vezes antes. Era um homem baixo e encarquilhado que passara a vida inteira na aldeia; quase nunca olhavam para ele uma segunda vez. Vivia sozinho e tinha poucos amigos. Servia na casa do curandeiro havia mais de treze anos. Era um tipo quieto, que não reclamava, que não tinha imaginação, mas com quem se podia contar. Suas qualidades convinham bem ao seu trabalho de assistente de curandeiro, mas serviam melhor ainda ao seu ofício de espião.

Chegou até as gaiolas que mantinha escondidas em um cercado escuro atrás da velha cabana na qual nascera. Quando seu pai e sua mãe morreram, a propriedade havia sido legada a ele, que era o filho mais velho. Era uma herança pobre, e ele jamais aceitara que aquilo fosse tudo a que tinha direito. Quando a oportunidade lhe fora oferecida, ele a agarrou, ansioso. Algumas palavras entreouvidas aqui e acolá, um rosto ou um nome reconhecido através de histórias contadas em tavernas e cervejarias, pedaços de informações atirados no seu caminho por náufragos resgatados do oceano e levados ao centro para serem curados — tudo isso valia alguma coisa para as pessoas certas.

E para uma pessoa em particular, sem dúvida alguma.

O assistente compreendia o que se esperava dele. Ela havia deixado isso claro desde o começo. Ela seria sua Mestra, a quem ele responderia com extremo rigor caso transgredisse as linhas de obediência que ela lhe havia traçado. Quem quer que passasse pelas portas do curandeiro e o que quer que dissesse, se tivesse um mínimo de importância, deveria ser dito a ela. Disse-lhe que a decisão de avisá-la seria dele, sempre dele. Ele deveria estar preparado para responder pelo motivo de sua chamada, claro. Mas era melhor pecar por excesso do que por falta. Uma chance perdida era muito menos aceitável para ela do que um desperdício de tempo.

Ele já havia cometido erros algumas vezes, mas ela não ficara zangada nem lhe fizera críticas. Alguns erros eram de esperar. Na maioria das vezes, ele sabia o que valia alguma coisa e o que não valia nada. Paciência e perseverança eram necessárias.

Ele desenvolvera ambas as virtudes, e elas o serviram bem. Daquela vez, ele sabia, tinha algo de real valor.

Abriu a porta da gaiola e retirou um dos estranhos pássaros que ela lhe havia dado. Aquelas coisas tinham um aspecto maligno, olhos penetrantes e bicos afiados, asas voltadas para trás e corpos estreitos. Observavam-no sempre que ele aparecia, ou os tirava das gaiolas, ou prendia uma mensagem em suas patas, como estava fazendo agora. Observavam-no como se estivessem avaliando sua eficiência para o relatório que fariam mais tarde. Ele não gostava da maneira como o observavam e raramente retornava o olhar.

Após colocar a mensagem, ele lançou o pássaro no ar e este subiu para a escuridão, desaparecendo. Esses pássaros voavam somente à noite. Às vezes, retornavam com mensagens dela. Outras, simplesmente reapareciam, esperando para serem colocados de volta em suas gaiolas. Ele jamais questionara suas origens. Era melhor, sentia, apenas aceitar a atividade deles.

Olhou para o céu noturno. Havia feito o que pudera. Agora não havia nada a fazer a não ser esperar. Ela lhe diria do que precisaria em seguida. Sempre fazia isso.

Fechando a porta do cercado para que as gaiolas ficassem mais uma vez ocultas, voltou, em silêncio, esgueirando-se pelo caminho por onde viera.

Dois dias mais tarde, Allardon Elessedil havia acabado de sair de uma longa sessão com o Alto Conselho dos Elfos, que girara em torno da renovação de acordos comerciais com as cidades de Callahorn e da guerra aparentemente interminável que combatiam como aliados dos anões contra a federação, quando o avisaram de que o cavaleiro alado aguardava para falar com ele. Já era tarde e ele estava cansado, mas o cavaleiro alado havia voado desde o porto de Bracken Clell, na região sul, até Arborlon, uma jornada de dois dias, e se recusava a entregar sua mensagem para qualquer um a não ser o rei. O assessor que avisara Allardon da presença do cavaleiro alado transmitira com bastante clareza aquela determinação inflexível.

    O rei dos elfos assentiu e acompanhou seu assessor até onde o cavaleiro alado aguardava. Seu acordo com a Confraria Alada exigia que ele concordasse com qualquer pedido de privacidade na transmissão de mensagens. Obedecendo a um contrato assinado nos primeiros anos do reinado de Wren Elessedil, os cavaleiros alados trabalhavam para os elfos terrestres como batedores e mensageiros ao longo da costa da Divisa Azul havia mais de cento e trinta anos. Recebiam bens e moeda corrente em troca de seus serviços; era um arranjo que os reis e rainhas dos elfos haviam achado útil em mais de uma ocasião. Se o cavaleiro alado pedira para falar com Allardon pessoalmente, então havia um bom motivo para o pedido e não era ele quem iria ignorá-lo.

    Com os guardas reais Perin e Wye protegendo-o pelos flancos, surgiu o assessor. Saíram do Alto Conselho e retornaram pelos jardins à casa do palácio de Elessedil. Allardon Elessedil era o rei por mais de vinte anos, desde a morte de sua mãe, a rainha Aine. Ele tinha estatura e constituição medianas, estava em forma apesar da idade, a mente era aguçada e o corpo forte. Apenas os cabelos grisalhos e as rugas no rosto davam testemunho de seus anos avançados. Era descendente direto da grande rainha Wren Elessedil, que havia retirado os elfos e sua cidade da ilha deserta de Morrowindl, para a qual a federação e os odiados sombrios os haviam levado. Ele era seu trineto, e se comparasse sua idade com a dela, já vivera tudo o que tinha para viver.

    Isso era difícil naqueles tempos. A guerra com a federação já durava dez anos e não dava sinais de terminar tão cedo. A coalizão do sul — formada por homens da fronteira, anões e elfos — havia detido o avanço da federação abaixo do Duln dois anos antes nas montanhas Prekkendorran. Agora os exércitos estavam num impasse em uma frente que não conseguira se deslocar nem para um lado nem para outro em todo aquele tempo, e continuava a consumir vidas e a desperdiçar energia num ritmo alarmante. Não havia dúvida de que a guerra era necessária. A tentativa da federação em reclamar as zonas de fronteira que perdera no tempo de Wren Elessedil era invasiva e predatória e não podia ser tolerada. Mas o rei não conseguia parar de pensar que, àquela altura, sua ancestral já teria encontrado uma maneira de pôr fim ao conflito, tarefa em que até então ele havia fracassado.

Nada disso tinha a ver com o assunto em questão, ele se recriminou. A guerra com a federação estava centrada na encruzilhada das Quatro Terras e ainda não havia se espalhado sobre a costa. Por ora, pelo menos, estava contida.

Ele entrou na sala de recepção onde o cavaleiro alado esperava e imediatamente dispensou aqueles que o acompanhavam. Um membro da guarda real já estaria escondido a uma distância segura, embora Allardon nunca tivesse ouvido falar de um cavaleiro alado que tivesse virado assassino.

Quando a porta se fechou atrás de sua pequena comitiva, ele estendeu a mão ao cavaleiro.

— Lamento que tenha esperado. Eu estava reunido com o Alto Conselho e meu assessor não quis me perturbar. — Apertou o feixe de músculos que era a mão do outro e vasculhou sua face curtida. — Eu o conheço, não conheço? Você me trouxe uma mensagem uma ou talvez duas vezes antes.

— Apenas uma vez — lembrou o outro. — Foi há muito tempo. Você não teria motivo para se lembrar de mim. Meu nome é Hunter Predd.

O rei dos elfos assentiu, sem reconhecer o nome, mas sorrindo mesmo assim. Cavaleiros alados não ligavam para formalidades, e ali ele também não se incomodava com elas.

— O que tem para mim, Hunter?

O cavaleiro alado enfiou a mão dentro da túnica e retirou uma pequena corrente de metal e um pedaço de pele de animal. Começou a falar ainda com as duas coisas na mão.

— Há três dias, eu estava patrulhando as águas ao norte da ilha de Mesca Rho, um posto avançado da Confraria Alada. Encontrei um homem flutuando sobre o mastro de um barco. Mal estava vivo, sofria de insolação e desidratação. Não sei há quanto tempo estava lá, mas deve ter sido um bom tempo. Seus olhos foram vazados e sua língua cortada antes de ele ser colocado à deriva. Estava usando isto.

Hunter Predd entregou primeiro a corrente de metal, que na verdade era um bracelete. Allardon o aceitou, estudou-o e ficou pálido. O bracelete trazia o símbolo dos Elessedil, os ramos em leque da Ellcrys sagrada cercada por um anel de Fogo Sangrento. A última vez que viu o bracelete fora há mais de trinta anos, mas reconheceu-o imediatamente.

Seu olhar passou do bracelete para o cavaleiro alado.

— O homem que você encontrou usava isto? — perguntou ele em voz baixa.

— Estava no seu pulso.

— Você o reconheceu?

— Reconheci a marca no bracelete, não o homem.

— Não havia outra identificação?

— Somente esta. Revistei-o cuidadosamente.

Ele entregou o pedaço de pele amaciado a Allardon. Estava esfiapado nas bordas, manchado pela água e desgastado. O rei dos elfos abriu-o com cuidado. Era um mapa, seus símbolos e escrita feitos em tinta esmaecida e borrada em alguns pontos. Allardon estudou-o cuidadosamente, certificando-se do que tinha. Reconheceu a costa da Terra Ocidental ao longo da Divisa Azul. Uma linha pontilhada corria de ilha para ilha, viajando para oeste e norte e terminando em uma coleção peculiar de estacas quadradas. Havia uma série de nomes abaixo de cada uma das ilhas e do aglomerado de estacas, mas ele não os reconheceu. A escrita nas margens do mapa era indecifrável. Os símbolos que decoravam e talvez identificassem certos lugares do mapa eram de criaturas estranhas e assustadoras que ele jamais vira.

— Você conhece alguma dessas marcas? — perguntou a Hunter Predd.

O cavaleiro alado balançou a cabeça.

— A maioria das coisas que o mapa mostra está fora do território que patrulhamos. As ilhas estão além do alcance de nossos rocas, e os nomes não são familiares.

Allardon caminhou até as imensas janelas cortinadas que davam para o jardim e ficou ali, olhando as flores.

— Onde está o homem que você encontrou, Hunter? Ele ainda vive?

— Deixei-o com o curandeiro que atende a Bracken Clell. Quando saí ele estava vivo.

— Você contou a mais alguém sobre este bracelete e o mapa?

— Ninguém sabe além de você. Nem mesmo o curandeiro. Ele é amigo, mas sei o bastante para guardar silêncio quando o silêncio é necessário.

Allardon assentiu em aprovação.

— Você realmente sabe.

Pediu copos de cerveja gelada e uma jarra cheia para reenchê-los. Seu pensamento corria enquanto aguardava com o cavaleiro alado que a bebida e os recipientes fossem trazidos. Estava atordoado por causa dos objetos resgatados e pelo que o outro lhe dissera, e não tinha certeza, mesmo sabendo o que sabia, de qual curso de ação tomar. Reconheceu o bracelete e, portanto, devia supor, a identidade do homem do qual ele havia sido tomado. Há trinta anos ele não o via e nem esperava vê-lo novamente. Jamais vira o mapa, mas mesmo sem ser capaz de decifrar sua linguagem ou ler seus símbolos podia imaginar o que ele mostrava.

Pensou subitamente em sua mãe, Aine, morta há vinte e cinco anos, e a lembrança do sofrimento dela durante os últimos anos de sua vida trouxe lágrimas a seus olhos.

Ficou segurando o bracelete entre os dedos com ar ausente, recordando.

Trinta anos antes, sua mãe, como rainha, autorizara uma expedição de navegação dos elfos em busca de um tesouro de grande valor que, dizia-se, teria sobrevivido às Grandes Guerras que destruíram o Antigo Mundo. O ímpeto para a expedição viera de um sonho tido pela vidente de sua mãe, uma mística élfica de grande poder e reconhecida fama. O sonho falava de uma terra de gelo, de uma cidade arruinada no interior dessa terra e de um refúgio no qual um tesouro de valor imensurável jazia protegido e oculto. Esse tesouro, se recuperado, tinha o poder de mudar o curso da história e as vidas de todos que entrassem em contato com ele.

A vidente desconfiava do sonho, pois sabia que os sonhos podem iludir. A natureza do tesouro procurado era obscura, sua fonte era vaga, e não havia nenhum mapa. A terra na qual o tesouro poderia ser encontrado estava em algum lugar além da Divisa Azul, num território que ninguém jamais vira. Não havia roteiros para alcançá-la, nenhuma instrução para localizá-la, e pouco mais de uma série de imagens para descrevê-la. Talvez, aconselhou a vidente, fosse um daqueles sonhos que era melhor esquecer.

Mas o irmão mais velho de Allardon, Kael Elessedil, ficara intrigado com as possibilidades que o sonho sugeria e com o desafio de procurar uma terra inexplorada. Abraçara o sonho como seu destino e implorou a sua mãe que o deixasse partir. No fim, ela cedera. Kael Elessedil ganhara sua expedição, e partiu comandando três navios.

Pouco antes de ir embora, recebera de sua mãe as famosas pedras élficas azuis que pertenceram um dia à rainha Wren. As pedras élficas os guiariam até seu destino e os protegeriam do mal. A magia delas traria os elfos de volta ao lar e em segurança.

Quando deixou Arborlon para viajar para a costa, onde aguardavam os navios que sua mãe comissionara, Kael Elessedil usava o bracelete que seu irmão tinha agora nas mãos. Fora a última vez que Allardon o vira. A expedição jamais retornou. Os navios, suas tripulações, seu irmão, tudo e todos haviam simplesmente desaparecido. Grupos de busca haviam sido despachados, um após outro, mas nem um traço dos elfos desaparecidos jamais fora encontrado.

Allardon soltou um suspiro suave. Até agora. Ficou olhando o bracelete em sua mão. Até aquilo.

O desaparecimento de Kael mudara tudo na vida de sua família. Sua mãe jamais se recuperou do desaparecimento do filho mais velho, e os últimos anos de sua vida se passaram em um lento desgaste da sua saúde e de sua esperança. À medida que os esforços de resgate iam fracassando, todos foram finalmente abandonados. Quando ela morreu, Allardon se tornou rei no lugar do irmão, algo que ele próprio jamais esperara.

Pensou no homem arruinado, sem voz e cego, deitado em uma das salas do curandeiro em Bracken Clell, e se perguntou se seu irmão havia finalmente voltado para casa.

A cerveja chegou e Allardon se sentou com Hunter Predd em um banco nos jardins. Questionou o cavaleiro alado várias vezes, abordando o mesmo tema, demoradamente e de diferentes pontos de vista, certificando-se de que sabia tudo o que havia para saber. Talvez compreendendo, em parte pelo menos, o trauma que sua chegada provocara no rei dos elfos, Hunter cooperou. Não se atreveu a fazer perguntas, pelo que Allardon lhe foi grato, e simplesmente respondeu às que lhe foram feitas, fazendo companhia ao rei pelo tempo que lhe foi requisitado.

Quando a entrevista terminou, Allardon pediu que o cavaleiro alado passasse a noite ali. Queria dispor de tempo para pensar se precisaria dele para alguma coisa. Não fez disso uma ordem, mas um pedido. Comida e hospedagem seriam providenciadas para o cavaleiro e sua montaria, e sua estada ali seria um favor. Hunter Predd concordou.

Sozinho novamente, agora em seu estúdio, lugar onde mais pensava em questões que exigiam um equilíbrio de possibilidades e escolhas, Allardon Elessedil refletiu sobre o que deveria fazer. Depois de trinta anos e consideráveis estragos, ele poderia não ser capaz de reconhecer seu irmão, mesmo que fosse Kael o homem de quem o curandeiro de Bracken Clell estava cuidando. Tinha de supor que sim, pois o bracelete era verdadeiro. O que o preocupava era o mapa. O que faria com ele? Podia apenas imaginar o seu valor, mas não sabia interpretá-lo para medir a extensão de sua informação. Se quisesse montar uma nova expedição, um evento no qual já estava pensando seriamente, não poderia se dar ao luxo de fazê-lo sem envidar todos os esforços possíveis para descobrir no que estava se metendo.

Precisava de alguém para traduzir as frases do mapa. Precisava de alguém que pudesse dizer o que elas significavam.

Só uma pessoa poderia fazer isso, ele suspeitava. Certamente apenas uma que ele conhecia.

Agora estava escuro lá fora; a noite caíra suavemente sobre as florestas da Terra Ocidental, as paredes e os telhados dos prédios da cidade se desvaneceram e foram substituídos por aglomerados de luzes que marcavam sua presença. No lar da família Elessedil tudo era silêncio. Sua esposa estava ocupada com as filhas, trabalhando em uma colcha para seu aniversário, colcha sobre a qual ele não deveria saber. Seu filho mais velho, Kylen, comandava um regimento na frente das Prekkendorran. O mais novo, Ahren, caçava nas florestas ao norte com Ard Patrinell, capitão da guarda real. Considerando o tamanho de sua família e a extensão de sua autoridade como rei, sentiu-se surpreendentemente sozinho e indefeso em face do que sabia que deveria fazer.

Mas como fazê-lo? Como fazê-lo para atingir o que era necessário?

A hora do jantar já havia passado e ele permaneceu onde estava, pensando no assunto. Era difícil até mesmo pensar em fazer o que era necessário, pois um homem com o qual deveria lidar era de muitas maneiras um anátema para ele.

Mas deveria lidar com ele assim mesmo, pondo de lado suas próprias reservas e a história de antagonismo e despeito que ambos compartilhavam. Podia fazer isso porque era parte das necessidades de um rei, e ele já fizera concessões semelhantes em outras situações. O difícil seria encontrar uma maneira de persuadir o outro a fazer o mesmo. O truque era conceber uma abordagem que não encontrasse rejeição instantânea.

No fim, achou o que precisava bem debaixo de seu nariz. Enviaria Hunter Predd, o cavaleiro alado, como seu emissário. O cavaleiro alado iria porque compreendia a importância e as implicações de sua descoberta e porque Allardon garantiria à Confraria Alada uma concessão que ela desejava como um atrativo adicional. O homem cujos serviços ele demandava reagiria de modo favorável porque não tinha com os cavaleiros alados a rixa que tinha com os elfos terrestres, e porque a abordagem franca e direta de Hunter Predd falaria mais alto.

Claro que não havia garantias. Seu estratagema poderia falhar, ele poderia ser forçado a tentar de novo — talvez até mesmo tivesse de ir lá pessoalmente. Sabia que teria de fazer isso se tudo o mais falhasse. Mas contava com a mente inquisitiva e a natureza curiosa de seu adversário para ganhá-lo, pois ele não seria capaz de resistir ao desafio do enigma que significava aquele mapa. Não seria capaz de ignorar a sedução de seus segredos. Sua vida não permitia isso. Fosse o que fosse, e ele era muitas coisas, antes de tudo ele era um estudioso.

O rei dos elfos pegou o pedaço de mapa que o cavaleiro alado lhe entregara e o colocou sobre sua escrivaninha. Faria com que fosse copiado, para se precaver contra uma perda imprevista. Mas copiado com precisão, com todos os símbolos e palavras incluídos, pois qualquer sinal de traição poria toda a empreitada a perder em um segundo. Um escriba poderia realizar o que era necessário sem que lhe dissessem as origens ou o valor do mapa. A discrição era possível.

Mesmo assim, ele permaneceria junto ao escriba até que o serviço estivesse terminado. Decisão tomada, despachou um assessor para convocar aquele que era necessário e sentou-se para aguardar sua chegada. O jantar teria de esperar um pouco mais.

2

Na mesma noite em que Allardon Elessedil aguardava a chegada de seu escriba a fim de fazer uma cópia do mapa, um espião na casa do curandeiro de Bracken Clell recebeu uma resposta à mensagem que despachara à sua Mestra dois dias antes. Não imaginara possível aquela resposta.

Ela o aguardava quando ele chegou a seus aposentos ao cair da noite, com seu dia de trabalho terminado e a mente ocupada com outras coisas. Talvez ele estivesse pensando em escapar mais tarde para as gaiolas, para ver se um dos correios alados havia chegado com alguma mensagem. Talvez estivesse pensando apenas em uma refeição quente e uma cama aconchegante. Fosse qual fosse o caso, não esperava encontrá-la. Surpreso e assustado pela aparição, ele recuou e soltou um grito quando ela emergiu das sombras. Ela o acalmou com uma voz suave, silenciou-o e aguardou pacientemente que ele se recuperasse o suficiente para tratá-la da forma adequada.

— Mestra — murmurou, dobrando um joelho e curvando-se profundamente. Ela ficou feliz em descobrir que seu servo não havia esquecido as maneiras convenientes. Embora há muitos anos ela não aparecesse, ele lembrava qual era o seu lugar.

Ela o deixou curvado e de joelhos por um instante ainda. Manteve-se em pé à sua frente: um sussurro de conforto e a sutileza de sua pressão suave e leve no ar. Mantos cinzentos a cobriam da cabeça aos pés, e um capuz ocultava seu rosto. Seu espião jamais a vira na luz nem captara sequer o menor vislumbre de suas feições. Ela era um enigma, uma sombra que transpirava presença em vez de identidade. Era como se ela e as sombras fossem uma coisa só. Criatura a ser sentida e não vista, mantinha vigilância mesmo quando não parecia estar por perto.

— Mestra, tenho informações importantes — seu espião murmurou sem erguer a cabeça, esperando ordens para se levantar.

A bruxa Ilse o deixou onde estava, pensativa. Ela sabia mais do que ele imaginava, mais do que ele podia imaginar, pois possuía poderes além de sua compreensão. Pela mensagem que ele havia enviado — suas palavras, sua caligrafia, seu cheiro sobre o papel —, ela pôde medir a urgência de seu espião. Pela maneira como ele se apresentava agora — seu comportamento, seu tom de voz, sua postura —, ela podia decifrar sua necessidade. Seu dom era o de sempre saber mais do que desejavam aqueles com quem ela entrava em contato. Sua magia os desnudava e os deixava tão transparentes quanto um espelho d'água.

A bruxa Ilse estendeu-lhe seu braço coberto.

— Levante-se — ela ordenou.

O espião assim o fez, mantendo a cabeça baixa, o olhar no chão.

— Não achei que a senhora viesse...

— Por você, por informações de tamanha importância, eu não poderia fazer menos. — Ela mudou sua postura e se inclinou ligeiramente para a frente. — Agora diga o que sabe.

O espião estremeceu, a excitação percorrendo seu corpo, ansioso por ser útil. Dentro das sombras de seu capuz, ela sorriu.

— Um cavaleiro alado resgatou um elfo do mar e levou-o para o curandeiro que atende a esta comunidade — disse o espião, ousando agora levantar os olhos até a bainha do manto dela. — Os olhos e a língua do homem foram arrancados, e o curandeiro diz que ele está meio louco. Pela cara dele, não duvido. O curandeiro não sabe determinar sua identidade, e o cavaleiro alado afirma não conhecê-lo também, mas suspeita de alguma coisa. E o cavaleiro alado tirou um objeto do homem antes de trazê-lo para cá. Eu vi de relance: um bracelete que traz a marca dos Elessedil.

O olhar do espião levantou-se agora para procurar o dela.

— O cavaleiro alado partiu para Arborlon há dois dias. Ouvi-o dizer ao curandeiro para onde estava indo. Levou o bracelete com ele.

Ela o olhou em silêncio por um instante, sua forma coberta tão quieta quanto as sombras que refletia. Um bracelete com a marca dos Elessedil, ela meditou. O cavaleiro alado devia tê-lo levado para Allardon Elessedil, para identificação. De quem era o bracelete? O que significava o fato de ter sido encontrado junto ao elfo náufrago, cego, sem voz e aparentemente louco?

As respostas às suas perguntas estavam trancadas dentro da cabeça do náufrago. Deveria fazer com que ele as entregasse.

— Onde está o homem agora? — perguntou ela.

O espião se curvou ansioso para a frente, as mãos unidas sob o queixo, como se fizesse uma prece.

— Ele está na enfermaria do curandeiro, sendo tratado, mas mantido isolado até a volta do cavaleiro alado. Ninguém tem permissão de falar com ele — ele resfolegou de leve. — Como se alguém pudesse! Ele não tem língua para responder, tem?

Ela fez um gesto para que ele se afastasse, e ele se moveu em resposta como se fosse um fantoche.

— Espere por mim aqui — disse ela. — Espere até eu voltar.

Saiu porta afora para a noite, uma figura espectral deslizando sem esforço e sem ruído por entre sombras. A bruxa Ilse gostava das trevas, achava nelas um conforto que nunca poderia encontrar na luz do dia. As trevas a confortavam e protegiam, suavizando bordas e pontas, reduzindo a claridade. A visão perdia importância porque os olhos podiam ser enganados. Um desvio de movimento aqui mudava a aparência de algo acolá. O que na luz era certo, no escuro se tornava suspeito. Isso espelhava sua vida, uma colagem de imagens e vozes, de lembranças que haviam moldado seu crescimento, nem todas se encaixando rigidamente em seqüência, nem todas ligadas de modo que fizessem sentido. Assim como as sombras com as quais tanto se identificava, sua vida era uma colcha de retalhos de pontas desfiadas e fios soltos que convidavam a uma recostura. Seu passado não era esculpido em pedra, mas desenhado na água. Reinvente-se, foi o que o Morgawr lhe dissera havia muito tempo. Reinvente-se e você se tornará mais inescrutável para aqueles que tentarem descobrir quem você realmente é.

Na noite, na escuridão e nas sombras, ela podia fazer isso com maior facilidade. Podia manter para si mesma sua aparência e ocultar quem realmente era. Podia deixar que a imaginassem, e ao fazer isso mantinha todos para sempre iludidos.

Atravessou a aldeia sem desafios, encontrando quase ninguém, e os poucos pelos quais passou não se deram conta de sua presença. Era tarde, a maioria dos habitantes dormia; os que preferiam a noite estavam ocupados nas cervejarias e nos antros de prazer, enredados em seus próprios desejos e necessidades, sem se importarem com o que acontecia lá fora. Ela podia perdoar as fraquezas desses homens e mulheres, mas jamais poderia aceitá-los como iguais. Há muito ela havia deixado de fingir acreditar que suas origens em comum pudessem ainda representar qualquer vínculo entre eles. Ela era uma criatura de ferro e fogo. Nascera para a magia e o poder. Era seu destino moldar e alterar as vidas dos outros e jamais ser alterada por eles. Era sua paixão elevar-se acima do destino que, quando era ela ainda criança, lhe haviam determinado; e também adorava a idéia de vingar-se deles por terem ousado fazê-lo. Ela seria muito mais do que eles, e eles sempre seriam menos.

Quando os deixasse pronunciar seu nome novamente, quando escolhesse pronunciá-lo ela própria, esse nome jamais seria esquecido. Não seria queimado nas cinzas de sua infância, como fora um dia. Não seria jogado de lado, um fragmento de seu passado perdido. Elevar-se-ia como o vôo suave do falcão e reluziria com o brilho leitoso da lua. E permaneceria nas mentes das pessoas de seu mundo para sempre.

A casa do curandeiro estava adiante, perto das árvores da floresta ao redor. Ela viera voando do Caminho Selvagem no final daquela tarde, a saída de seu refúgio em resposta à mensagem do espião, sentindo sua importância, querendo descobrir por si mesma que segredos ela continha. Deixara seu shrike de guerra no velho matagal abaixo da ribanceira, sua feroz cabeça encapuzada e suas garras amarradas. Não fosse por isso ele fugiria, tão selvagem que nem mesmo sua magia poderia detê-lo quando estivesse ausente. Mas como pássaro de combate, não havia igual. Até os rocas gigantes o respeitavam, pois o shrike lutava até a morte sem pensar muito em se proteger. Ninguém o veria, pois ela havia lançado um feitiço de proibição ao seu redor para manter distantes os indesejados. Ao nascer do sol, ela já teria retornado. Ao nascer do sol, já teria ido embora, mesmo com tudo o que deveria fazer agora.

Passou sem fazer ruído pela porta da casa do curandeiro, movendo-se pelos salões centrais até as enfermarias, murmurando suavemente ao passar pelos assistentes de serviço, fazendo com que as mentes deles se voltassem para dentro e os olhos para outros lugares, para que não a vissem. Os que mantinham guarda do lado de fora da enfermaria cortinada do náufrago ela colocou para dormir. Eles afundaram em suas cadeiras e recostaram-se em paredes e mesas, olhos se fechando, a respiração ficando mais lenta e profunda. Tudo estava quieto e tranqüilo na casa do curandeiro, e sua canção encaixou-se perfeitamente naquele lugar. Ela cobriu o ar com sua música, um cobertor macio que se insinuava por entre a cautela e a insegurança que de outra forma teriam sido despertadas. Em pouco tempo ela estava inteiramente só e livre para trabalhar.

Na enfermaria, com uma lâmpada cobrindo seu corpo febril e fechadas as cortinas da janela, para bloquear a luz, o náufrago dormia no catre que lhe fora arrumado. Sua pele estava queimada e cheia de bolhas, e a pomada curativa que o curandeiro havia aplicado brilhava como uma camada de umidade. Seu corpo estava devastado devido à falta de alimentação, seu coração batia fraco no peito, e o rosto machucado e consumido estava esquelético, as pálpebras afundadas onde os olhos haviam sido arrancados; a boca, uma cicatriz vermelha por trás de lábios rachados.

A bruxa Ilse estudou-o cuidadosamente por algum tempo, deixando que seus olhos lhe dissessem o máximo que pudessem, reparando os traços distintamente élficos do homem, os cabelos grisalhos que diziam que ele não era mais jovem, e os dedos e o pescoço rígidos e retorcidos que gritavam silenciosamente as torturas sofridas. Ela não gostava da aparência do homem; haviam feito com que ele sofresse de propósito e usaram-no para coisas que ela não queria imaginar. Não gostava do cheiro que ele exalava nem dos pequenos sons que fazia. Ele estava vivendo em outro tempo e lugar, incapaz de esquecer o que havia sofrido, e isso não era agradável.

Quando ela tocou-lhe o peito, muito suavemente, com seus dedos delgados e frios, ele sofreu uma convulsão como se tivesse sido atingido por um raio. Ligeira, ela empregou sua magia, cantando suavemente para acalmá-lo, dando-lhe um sentimento de paz e segurança. As costas arqueadas relaxaram devagar, e os dedos em forma de garras soltaram os lençóis da cama. Um suspiro escapou pelos lábios rachados do homem. Para ele, qualquer tipo de alívio era bem-vindo, ela pensou, continuando a cantar, trabalhando para atravessar suas defesas e penetrar naquela mente.

Quando ele estava novamente em repouso, entregue aos cuidados dela e cada vez mais dependente, Ilse colocou as mãos sobre o corpo febril para retirar dele seus pensamentos e sentimentos. Ela devia destrancar o que jazia escondido na mente daquele homem: suas experiências, seus sofrimentos, seus segredos. Devia fazer isso através dos sentidos dele, mas basicamente através de sua voz. Ele não podia mais falar com os homens comuns, mas ainda podia se comunicar. Era necessário somente que ela encontrasse uma maneira de convencê-lo a fazer isso.

No fim, não foi tão difícil. Ela o atraiu para si através de sua música, sondando suavemente enquanto cantava, e ele começou a emitir todos os sons pequenos e ininteligíveis que podia. Ela retirou dele um grunhido, um murmúrio, um soluço de cada vez. De cada som ela obteve uma imagem do que ele sabia, armazenou-a e tomou-a para si. Os sons eram inumanos e cheios de dor, mas ela os absorvia sem pestanejar, banhando-o em uma onda de compaixão, de conforto e pena, de gentileza e da promessa de cura.

Fale comigo. Viva novamente através de mim. Dê-me tudo o que esconde e eu lhe darei paz.

Assim ele fez, e as imagens eram de um colorido brilhante e atordoante. Havia um oceano, vasto, azul e desconhecido. Havia ilhas, uma depois da outra, algumas verdes e exuberantes, outras desertas e rochosas, cada qual de um tipo diferente, cada qual escondendo algo de monstruoso. Houve batalhas frenéticas e desesperadas, nas quais armas se embateram e homens morreram. Havia sentimentos de tamanha intensidade, tamanho poder em estado bruto, que eclipsavam os eventos que os deflagraram e revelavam a cicatrizes que haviam deixado em seu portador.

Por fim, havia pilares de gelo que tocavam os céus frios e nevoentos, suas formas maciças deslocando-se e batendo umas contra as outras como os dentes de um gigante, enquanto um fino raio de fogo azul nascido da magia das pedras élficas brilhava até algo que havia mais adiante. Havia uma cidade, toda em ruínas, antiga e cheia de monstruosos protetores. E havia uma fortaleza, embaixo da terra, protegida por metal reluzente e olhos vermelhos e brilhantes, contendo magia...

A bruxa Ilse prendeu o fôlego sem querer quando registrou a última imagem, uma imagem da magia que o náufrago havia encontrado dentro da fortaleza enterrada. Era uma magia de feitiços invocados por palavras — mas eram tantas! O número parecia infinito, estendendo-se para dentro das sombras a partir de poças de luz suave, seu poder preparado para subir aos céus em uma abóbada tão vasta que poderia cobrir a terra inteira!

O náufrago se contorcia tanto diante de Ilse, que por um momento ela deixou escapar o poder sobre ele ao perder o foco. Tornou a cantar sua canção, depositando-a sobre ele em camadas, incorporando-se mais e mais em sua mente para mantê-lo sob controle.

Quem é você? Diga seu nome!

O corpo dele sofreu um espasmo; e os sons que emitia eram assustadores.

Diga-me!

Ele respondeu, e, quando o fez, ela compreendeu imediatamente a importância do bracelete.

O que mais você estava carregando? O que mais além disso?

Ele lutou contra ela, sem perceber contra o que lutava, sabendo apenas que precisava fazer isso. Ela sentiu que não era inteiramente idéia dele lutar, que alguém havia implantado em sua mente a necessidade de fazê-lo ou algo acontecera para convencê-lo de que isso era necessário. Mas ela era forte e sua magia era certeira; e ele não tinha as defesas necessárias para resistir.

Um mapa, ela viu. Desenhado em uma velha pele de animal, pela própria mão daquele homem. O mapa, ela percebeu imediatamente, que não era mais dele, mas estava a caminho de Arborlon e do rei dos elfos.

Tentou determinar o que havia no mapa, e por um momento conseguiu reconstruir uma imagem vaga a partir dos grunhidos e lamentos dele. Captou um vislumbre de nomes escritos e símbolos desenhados aqui e acolá, viu uma linha pontilhada ligando ilhas longe da costa da Terra Ocidental e para dentro da Divisa Azul. Ela traçou a linha até os pilares de gelo e a terra onde estava o refúgio. Mas os nomes e desenhos se perderam quando ele sofreu uma última convulsão e ficou deitado, a voz gasta, a mente vazia e o corpo murcho e imóvel sob o toque de Ilse.

Ela interrompeu a canção e se afastou dele. Já tinha tudo o que poderia obter, e o que tinha era suficiente. Ouviu o silêncio por um momento, certificando-se de que sua presença ainda não havia sido detectada. O elfo náufrago jazia imóvel em seu catre elevado, tão profundamente recolhido para dentro de si mesmo que jamais sairia novamente. Talvez vivesse, mas jamais se recuperaria.

Ela balançou a cabeça. Não fazia sentido deixá-lo daquele jeito.

Kael Elessedil, filho da rainha Aine e outrora destinado a ser o rei dos elfos. Isso fora antes de seu tempo, mas ela conhecia a história. Perdido por trinta anos, e aquele era seu triste destino.

A bruxa Ilse se aproximou e afastou o capuz para revelar o rosto que poucos já tinham visto. Dentro das roupas que a escondiam ela não era nada do que parecia. Era muito jovem, quase não chegava a ser adulta, os cabelos longos e escuros, os olhos de um azul surpreendente e as feições suaves e adoráveis. Quando criança, quando tinha o nome que não mais pronunciava, ela se olhava no espelho das águas de uma pequena angra formada pela corrente que corria não muito distante de sua casa, e tentava imaginar como ficaria quando crescesse. Naquela época, quando isso importava para ela, não se achava bonita. Também não se achava bonita agora, quando não importava mais.

Havia calor e carinho em seu rosto e em seus olhos quando ela se curvou para beijar o homem arruinado nos lábios. Manteve o beijo tempo suficiente para retirar o fôlego de seus pulmões, e então ele morreu.

— Fique em paz, Kael Elessedil — ela sussurrou em seu ouvido.

Saiu da casa do curandeiro como havia chegado, encapuzada mais uma vez, uma presença em sombras que não atraía atenção quando passava. Os assistentes acordariam depois que ela tivesse partido, sem saber que alguma coisa havia acontecido, sem sentir que haviam dormido ou que o tempo havia passado.

A bruxa Ilse já estava vasculhando entre as imagens que havia recolhido, pesando suas opções. A magia que Kael Elessedil havia descoberto não tinha preço. Mesmo sem saber exatamente o que era, ela podia sentir isso. Deveria ser dela, é claro. Deveria fazer o que ele não conseguira: encontrá-la e tomá-la para si. A magia era protegida de alguma maneira, como essa necessariamente seria, mas não existiam defesas que ela não pudesse vencer. Seu curso de ação já estava decidido, só faltava resolver alguns detalhes.

O que ela desejava, ainda que não necessitasse disso para ter sucesso, era o mapa.

Deslizando por entre as trevas de Bracken Clell, pensou em como poderia se apossar dele. O cavaleiro alado o havia levado para Allardon Elessedil em Arborlon, junto com o bracelete de Kael Elessedil. O rei dos elfos reconheceria a importância de ambos, mas não seria capaz de traduzir os escritos do mapa. Tampouco teria o benefício dos pensamentos de seu irmão agora falecido, como ela tivera. Ele iria procurar ajuda de outra pessoa para decifrar os misteriosos símbolos e descobrir o que seu irmão havia encontrado.

A quem iria recorrer?

Ela sabia a resposta para essa pergunta antes de terminar de fazê-la. Só havia uma pessoa a quem ele poderia pedir. Uma pessoa que certamente saberia. Um inimigo seu, de semblante sombrio e com um braço só, aleijado de corpo e de alma. Seu rival, mas um igual no controle delicado do poder puro da magia.

Seu pensamento mudou instantaneamente ao reconhecer o que isso significava. Agora haveria uma competição em sua busca, e o tempo se tornaria precioso. Não podia se dar ao luxo de uma longa deliberação e um planejamento cuidadoso para sustentar seus esforços. Teria de enfrentar um desafio que a testaria como nada mais poderia.

Até mesmo Morgawr poderia decidir se envolver em uma luta dessa magnitude.

Ela reduzira o passo de forma perceptível, mas agora acelerava novamente. Estava se adiantando. Antes que pudesse retornar ao Caminho Selvagem com suas notícias, deveria concluir seus assuntos ali. Deveria amarrar as pontas soltas. O espião dela ainda esperava saber o valor daquela informação. Esperava ser cumprimentado por sua diligência e bem pago por seus esforços. Ela deveria cuidar das duas coisas.

Mesmo assim, enquanto atravessava a aldeia silenciosamente e se aproximava dos aposentos de seu espião, seus pensamentos continuavam voltando ao confronto que vislumbrava adiante, em um tempo distante demais para ser estabelecido, em um lugar talvez bem longe das terras para as quais viajava agora: um confronto de vontades, de magias e de destinos. Ela e seu adversário, envolvidos em uma luta final pela supremacia, do jeito que ela havia sonhado que seria um dia — a imagem queimava em seus pensamentos como carvão quente e atiçava sua imaginação.

O espião a esperava quando ela entrou em seus aposentos.

— Mestra — ele a saudou, dobrando obediente o joelho.

— Levante-se — disse ela.

Assim ele fez, mantendo os olhos no chão, a cabeça abaixada.

— Você fez bem. O que me disse abriu portas com as quais eu havia apenas sonhado.

Ela o viu sorrir orgulhoso e fechar as mãos num gesto de expectativa pela recompensa que ela lhe daria.

— Obrigado, Mestra.

— Eu é que devo lhe agradecer — respondeu ela. Enfiou a mão dentro de seus mantos e retirou uma bolsa de couro que fazia um atraente ruído metálico. — Só abra depois que eu for embora — disse baixinho. — Fique em paz.

Partiu sem demora, seus negócios quase terminados. Foi da aldeia para o chalé em ruínas que pertencia ao espião, soltou seus pássaros e os enviou de volta para o Caminho Selvagem. Ela os encontraria esperando dentro de seu refúgio quando voltasse. O espião não teria mais utilidade para eles. Dentro da sacola de ouro que ela lhe dera havia uma pequena cobra cuja mordida era tão letal que mesmo o menor arranhão de uma única presa era fatal. O espião não ia esperar até o outro dia para contar as moedas; faria isso naquela noite. Seria encontrado, naturalmente, mas já então a cobra teria desaparecido. Ela achava que o dinheiro também desapareceria quase tão rápido. Em lugares como aquele em que seu espião vivia, sabia-se muito bem que mortos não precisam de ouro.

Não pensou muito no assunto enquanto voltava para onde havia escondido e encapuzado seu shrike de guerra. Embora eles fossem muitos e estivessem posicionados em grande quantidade por todas as Quatro Terras, ela não desistia facilmente de seus espiões. Protegia-os ferozmente quando eram tão úteis e confiáveis quanto aquele havia sido.

Mas até mesmo o melhor espião podia ser descoberto e forçado a traí-la, e ela não podia arriscar que isso acontecesse ali. Melhor sofrer uma perda do que correr um risco que se desenhava tão claramente. Uma vida é um preço pequeno a pagar para se obter uma vantagem sobre seu maior inimigo.

Mas como iria conseguir aquele mapa? Pensou por um instante em ir ela mesma atrás dele. Mas roubá-lo de Allardon Elessedil, que a essa altura já o teria no coração da terra dos elfos, era uma tarefa perigosa demais para ser realizada sem um planejamento cuidadoso. Poderia tentar interceptá-lo em seu inevitável caminho até o inimigo dela, mas como iria determinar o meio através do qual ele seria levado? Além do mais, ela poderia já estar muito atrasada, mesmo para isso.

Não, ela devia aguardar. Devia pensar. Devia encontrar um meio mais sutil de obter o que desejava.

Alcançou sua montaria, removeu as amarras e o capuz enquanto o mantinha amansado com sua magia, e então montou por trás de seu pescoço grosso e emplumado, acima do lugar onde suas asas se ligavam ao corpo, e juntos levantaram vôo. Tempo e astúcia seriam sua melhor recompensa, ela pensou, contente, o vento batendo no rosto, os cheiros da floresta dando lugar ao frio e puro ar da noite que varria as nuvens e cercava as estrelas.

Tempo e astúcia, e o poder da magia com o qual ela nascera, lhe dariam um mundo inteiro.

3

Como era típico de cavaleiros alados em geral, Hunter Predd era um espírito pragmático. Por mais indesejadas que fossem as cartas que a vida lhe dava, ele as aceitava da melhor forma que podia e seguia em frente. Jornadas para o interior das Quatro Terras que se estendessem para além do território dos elfos entravam nessa categoria. Não gostava muito de viajar para onde quer que fosse no interior, mas se sentia especialmente desconfortável se tivesse de viajar para lugares em que nunca estivera antes.

Paranor era um desses lugares.

Ele ficou surpreso quando Allardon Elessedil solicitou-lhe que levasse o mapa. Surpreso porque parecia mais apropriado que um elfo terrestre fizesse a jornada em nome do rei do que um cavaleiro da Confraria Alada. Ele era um homem franco e objetivo, e perguntou ao rei qual o motivo daquela escolha. O rei dos elfos explicou que o indivíduo ao qual Hunter estava levando o mapa poderia fazer perguntas a esse respeito que apenas ele poderia responder. Outro elfo poderia acompanhá-lo em sua jornada se ele desejasse, mas outro elfo não poderia acrescentar nada que Hunter já não soubesse; então de que valia?

O que ele precisava era simples. O mapa deveria ser levado para que aquele determinado indivíduo o examinasse. Hunter deveria transmitir os respeitos de Allardon Elessedil e solicitar que o destinatário do mapa viesse até Arborlon para discutir com o rei dos elfos qualquer possível tradução dos escritos e dos símbolos.

É claro que havia um ardil por trás disso tudo. Hunter Predd, que não era bobo, já sentia o que vinha pela frente. O rei dos elfos guardou isso para o final. O indivíduo ao qual o cavaleiro alado deveria entregar o mapa era o druida a quem chamavam de Walker, e o destino do cavaleiro era a fortaleza do druida em Paranor.

Walker. Até mesmo Hunter Predd, que raramente se aventurava para fora da costa da Divisa Azul, sabia algo a respeito dele. Diziam que era o último dos druidas. Uma figura negra na história das Quatro Terras, diziam que ele tinha mais de 150 anos e ainda era jovem. Lutara contra os sombrios no tempo de Wren Elessedil. Depois disso, desaparecera por décadas, e então ressurgira há cerca de trinta anos. O resto do que o cavaleiro alado sabia era ainda mais tenebroso. Falavam que Walker era um feiticeiro possuidor de grande magia. Falavam que ele havia tentado estabelecer um congresso de bruxos e fracassara. Dizia-se que ele ainda vagava pelas Quatro Terras, coletando informações e solicitando discípulos. Todos o temiam e ninguém confiava nele.

A não ser, ao que parecia, Allardon Elessedil, que insistiu que nada havia a temer ou desconfiar, que Walker era um historiador, um acadêmico, e que o druida, entre todos os homens, poderia possuir a habilidade de decifrar os desenhos e palavras do mapa.

Depois de pensar bem, Hunter Predd aceitou a tarefa de levar o mapa para leste, não por senso de dever ou preocupação ou nada remotamente ligado aos seus sentimentos pelo rei dos elfos, que geralmente beiravam o desinteresse. Aceitou a tarefa porque o rei lhe prometera que, em recompensa por seus esforços, concederia à Confraria Alada a posse de uma ilha logo abaixo e a oeste das Irrybis que os cavaleiros alados há muito desejavam. Muito justo, Hunter decidiu ao ouvir a oferta. A oportunidade batera à porta, o preço valia a pena e os riscos não eram proibitivos.

Na verdade, ele não via tanto risco na missão, não importava o quanto pensasse no assunto. Havia uma grande possibilidade de que o rei dos elfos não estivesse lhe contando tudo; de fato, Hunter Predd tinha quase certeza disso. Era assim que os governantes e políticos agiam. Mas não se ganharia nada enviando-o para morrer. Obviamente, Allardon Elessedil queria saber quais informações o mapa escondia — especialmente se o náufrago com o qual ele havia sido encontrado era seu irmão. Um druida poderia ser capaz de descobrir isso, se fosse tão culto quanto acreditava o rei dos elfos. Hunter Predd não conhecia nenhum cavaleiro alado que tivesse negócios pessoais com aquela figura. Tampouco ouvira alguém de seu povo falar mal dos druidas. Equilibrando os riscos e recompensas conforme os compreendia, o que realmente era o melhor que podia fazer, estava inclinado a correr o risco.

Assim, ele partiu, voando com Obsidian para fora de Arborlon ao meio-dia e viajando para leste, na direção do Streleheim. Atravessou as planícies sem incidentes e voou para os Dentes do Dragão, bem acima de Callahorn, escolhendo uma fenda estreita e curva nos picos afiados que teria sido impossível passar a pé, mas oferecia espaço suficiente apenas para o roca manobrar. Navegou por entre as montanhas rapidamente e em pouco tempo sobrevoava os topos das árvores de Paranor. Uma vez acima da floresta, desceu com Obsidian até um lago pequeno para beber água gelada e descansar. Enquanto aguardava seu pássaro, percorreu o olhar pelo outro lado do lago, onde as árvores se abraçavam, formando juntas uma parede escura, uma massa retorcida impenetrável. Sentiu pena, como sempre sentia, daqueles que eram forçados a passar suas vidas no chão.

O sol estava quase se pondo quando Hunter Predd avistou a fortaleza do druida. Observando do alto, não fora assim tão difícil encontrá-la. Ela ficava sobre um promontório no fundo da floresta, suas torres e ameias escavadas em relevo aguçado pelo sol que se punha no horizonte. A fortaleza podia ser vista por quilômetros, muralhas de pedra e telhados pontudos estendendo-se na direção dos céus, uma presença escura e maciça. Allardon Elessedil havia descrito a fortaleza em detalhes antes que Hunter partisse, mas o cavaleiro alado a teria reconhecido de qualquer maneira. Não podia ser nada além do que era, um lugar de onde rumores obscuros podiam escapar, um refúgio para o último congresso de bruxos tão desacreditado e temido que até mesmo suas sombras o evitavam.

Hunter Predd guiou Obsidian em um pouso suave próximo à base do promontório sobre o qual repousava a fortaleza. Sombras cobriam em camadas a terra ao redor, deslizando das árvores antigas à medida que o sol se punha a oeste, estendendo-se em estranhas e irreconhecíveis formas. Destacando-se por entre as árvores, por entre as sombras, elevando-se acima disso tudo, silenciosa e congelada no tempo, apenas a fortaleza ainda estava banhada pela luz do sol. O cavaleiro alado encarou-a com dúvidas. Seria mais fácil voar com Obsidian até o topo da elevação do que deixá-lo ali e subir sozinho, mas não queria arriscar um pouso tão próximo das muralhas. Ali, pelo menos, as árvores ofereciam um poleiro protetor e havia espaço para uma fuga rápida. Para um cavaleiro alado, a segurança de sua montaria estava sempre em primeiro lugar.

Não colocou capuz nem protetores para as garras do grande pássaro; rocas eram treinados para ficar onde eram colocados e para virem quando chamados. Deixando Obsidian na base da elevação e na fronteira das árvores, Hunter Predd iniciou a curta subida. Chegou ao pé das imensas muralhas quando a luz do sol já se afastara completamente, deixando a fortaleza imersa em sombras. Olhou para cima, procurando sinais de vida. Não encontrando, caminhou até o portão mais próximo, que estava aferrolhado. Havia portas menores de cada um dos lados. Experimentou-as, mas estavam igualmente trancadas. Tornou a recuar e olhou mais uma vez para as muralhas.

— Ô de dentro! — gritou.

Não houve resposta. O eco de sua voz desapareceu no silêncio. Ele aguardou pacientemente. Estava ficando cada vez mais escuro. Olhou ao redor. Se não atraísse alguém logo, teria de recuar até a elevação e montar acampamento para passar a noite.

Hunter tornou a olhar para cima, vasculhando os parapeitos e as torres.

— Alô! Trago uma mensagem de Allardon Elessedil!

Ficou ali parado, ouvindo o silêncio que imperava, sentindo-se diminuto e insignificante na sombra da imensa muralha da fortaleza. Talvez o druida estivesse viajando. Ou talvez se encontrasse em outro lugar, longe da fortaleza, e aquilo tudo fosse uma grande perda de tempo. O cavaleiro alado franziu a testa. Como alguém poderia saber se o druida estava lá?

Sua pergunta foi interrompida por um movimento súbito ao seu lado. Virou-se rápido e viu-se face a face com o maior gato do pântano que já vira. A grande fera negra olhava para ele com os olhos de lanterna da mesma forma que um pássaro faminto olhava para um inseto suculento. Hunter Predd ficou perfeitamente parado. Não podia fazer muito mais do que isso. O enorme felino estava bem em cima dele, e qualquer arma de que tentasse se valer para a defesa seria tristemente inadequada. O gato do pântano também não se moveu, mas ficou simplesmente o estudando, a cabeça ligeiramente abaixada entre poderosos ombros, a cauda balançando devagar na escuridão.

Hunter levou um momento para perceber que havia algo de errado com aquele gato do pântano em particular. Apesar de seu tamanho e de seu poder, ele era vagamente transparente, aparecendo e desaparecendo em grandes pedaços com o passar dos segundos: primeiro uma pata, depois um ombro, depois uma seção do meio e assim por diante. Era a coisa mais estranha que Hunter já vira, mas isso não fez com que ele mudasse de idéia quanto a tentar se mover.

Por fim, o gato do pântano pareceu satisfeito com sua inspeção e deu-lhe as costas. Avançou alguns passos e em seguida se virou. Hunter Predd não se moveu. O gato do pântano caminhou mais alguns passos e então tornou a olhar para trás.

A um lado dos portões principais, uma pequena porta de ferro se abriu sem ruído. O gato caminhou em direção a ela, e então parou e olhou para trás. Foram necessárias mais algumas tentativas, mas finalmente o cavaleiro alado entendeu a mensagem. O gato do pântano estava esperando por ele. Ele deveria segui-lo — passando pela porta aberta e entrando na fortaleza do druida.

Hunter Predd não estava inclinado a discutir a questão. Respirando fundo, passou pela entrada e entrou na fortaleza.

O homem que um dia fora Walker Boh e que agora era simplesmente Walker vira o cavaleiro alado de longe. Suas linhas protetoras de magia o alertaram sobre a aproximação do outro, e ele ficara em pé sobre as muralhas de onde não podia ser visto. Observou o cavaleiro pousar seu roca e se encaminhar até os portões. Figura imponente, alta e de ombros largos, envolta em mantos negros, Walker vira o cavaleiro alado vascular as muralhas da fortaleza. O cavaleiro alado gritara, mas Walker não respondera. Em vez disso, esperou para ver o que o outro faria. Esperou, porque esperar até ter certeza era uma precaução aconselhável.

Mas quando o cavaleiro alado chamou pela segunda vez, dizendo que trazia uma mensagem de Allardon Elessedil, Walker enviou Rumor lá para baixo, a fim de trazê-lo. O grande gato do pântano seguiu obediente e silenciosamente, sabendo o que devia fazer. Walker foi atrás, perguntando-se por que o rei dos elfos terrestres enviaria uma mensagem por intermédio de um cavaleiro alado. Podia pensar em dois motivos. Primeiro, o rei sabia como Walker reagiria a um elfo de Arborlon e a seu rei em particular, e esperava que um cavaleiro alado se desse melhor. Segundo, o cavaleiro alado tinha um conhecimento especial do conteúdo da mensagem. Descendo as escadas de seu posto nas ameias, Walker dispensou a questão com um dar de ombros. Logo descobriria.

Quando chegou ao pé da escada e saiu para o pátio, o cavaleiro alado e Rumor já estavam esperando. Ele puxou o capuz para trás e deixou cabeça e rosto descobertos ao atravessar o pátio para cumprimentar o outro. Não ganharia nada tentando intimidar aquele homem. O cavaleiro alado era obviamente um veterano duro e experiente, viera porque decidira vir e não porque havia sido ordenado. Não devia obediência aos Elessedil. Os cavaleiros alados eram notoriamente independentes, quase tanto quanto os nômades rovers, e se aquele estava ali, tão distante de sua casa e de sua gente, era porque havia um bom motivo. Walker estava curioso para saber que motivo era aquele.

— Eu sou Walker — disse, estendendo a mão para o cavaleiro alado.

O outro aceitou-a com um aceno de cabeça. Seus olhos cinzentos perscrutaram o rosto escuro de Walker, seus cabelos compridos e sua barba preta, seus traços fortes, sua testa alta e seus olhos penetrantes. Não pareceu notar o braço que faltava no druida.

— Hunter Predd.

— Você percorreu um longo caminho, cavaleiro alado — observou Walker. — Poucos vêm aqui sem motivo.

O outro resmungou:

— Acho que ninguém vem. — Olhou ao redor, e seus olhos pousaram em Rumor. — Ele é seu?

— Tanto quanto um gato do pântano pode pertencer a alguém. — Walker desviou o olhar. — Seu nome é Rumor. A piada é que, aonde quer que eu vá, sou precedido por um Rumor. Isso se encaixa bem com o rumo que as coisas tomaram para mim. Mas acho que você já sabe disso.

O cavaleiro alado assentiu de forma casual.

— Ele sempre aparece assim, aos pedaços, meio indo e vindo?

— Na maioria das vezes. Você disse que tinha uma mensagem de Allardon Elessedil. Acho que a mensagem é para mim, não?

— Sim, é. — Hunter Predd limpou a boca com as costas da mão. — Tem cerveja sobrando?

Walker sorriu. Franco e objetivo, um cavaleiro alado até a medula.

— Vamos entrar.

Guiou-o pelo pátio até uma porta que dava para dentro da fortaleza principal. Em um aposento que usava para armazenar alimentos e bebidas e para consumir suas refeições solitárias, pegou dois copos e uma jarra e colocou-os sobre uma pequena mesa de madeira ao lado. Fazendo um gesto para que o cavaleiro alado se sentasse em uma das cadeiras, sentou-se na outra e encheu seus copos. Beberam com vontade e sem palavras. Rumor havia desaparecido. Raramente entrava no castelo, naqueles dias, a menos que fosse chamado.

Hunter Predd colocou seu copo sobre a mesa e recostou-se na cadeira.

— Há quatro dias eu estava patrulhando a Divisa Azul, acima da ilha de Mesca Rho, e achei um homem na água.

Contou a história: a localização do elfo naufragado, o reconhecimento de sua condição, a descoberta do bracelete que ele usava e do mapa que trazia, a remoção para a casa do curandeiro em Bracken Clell; por fim, falou de sua viagem até Arborlon e do encontro com Allardon Elessedil. O bracelete, explicou, havia pertencido ao irmão do rei, Kael, que desaparecera em uma expedição em busca de uma magia revelada em sonho à vidente da rainha Aine, trinta anos antes.

— Eu sei da expedição — disse Walker e pediu que o outro continuasse.

Não havia muito mais o que dizer. Tendo determinado que o bracelete era de Kael, Allardon Elessedil havia examinado o mapa e não fora capaz de decifrá-lo. Que ele traçava a rota de seu irmão para a magia procurada era claro. Mas não podia determinar muito mais do que isso. Pedira a Hunter para levá-lo ali, até Walker, que acreditava ser capaz de ajudar.

Walker quase deu uma gargalhada. Era típico do rei dos elfos procurar ajuda do druida como se sua própria recusa em fornecê-la em troca não significasse nada. Mas ficou em silêncio. Em vez disso, aceitou o pedaço dobrado de pele curtida que lhe foi oferecido e colocou-o na mesa entre eles, sem abrir.

— Já cuidou de sua montaria? — Quis saber, o olhar desviando-se do mapa para o rosto de Hunter. — Precisa ir lá fora de novo esta noite?

— Não — disse Hunter Predd. — Obsidian ficará bem por enquanto.

— Por que não come alguma coisa, depois toma um banho quente e dorme? Você viajou muito nos últimos dias e deve estar cansado. Vou estudar o mapa, e pela manhã falaremos novamente.

Walker preparou uma sopa para o cavaleiro alado, jogando dentro dela um pouco de peixe seco, acrescentou um pedaço de pão e observou satisfeito enquanto o outro comia tudo e tomava vários copos de cerveja. Deixou o mapa onde o havia posto, na mesa entre os dois, sem demonstrar interesse por ele. Ainda não tinha certeza do que estava em seu poder, e queria estar muito certo antes de transmitir para o cavaleiro alado uma reação que pudesse ser levada de volta ao rei dos elfos. O difícil relacionamento que tinha com Allardon Elessedil não permitia que cedesse o mínimo em seus acordos. Já era ruim que ele tivesse sido obrigado a fingir civilidade com um homem que fizera tão pouco para merecê-la. Mas em um mundo onde alianças eram necessárias e, em seu caso, tendiam a ser poucas e raras, ele devia participar de jogos dos quais, de outra forma, teria aberto mão.

Quando Hunter Predd comeu, tomou banho e dormiu, Walker voltou à mesa e apanhou o mapa. Retirou-o daquele aposento, desceu por salões empoeirados e subiu pelas escadas em espiral até a biblioteca, que havia servido aos druidas desde o tempo de Galaphile. Vários livros sem importância repletos de registros druídicos sobre o tempo, sobre fazendas, listas de sobrenomes e datas de nascimentos e mortes de famílias notáveis enchiam as antigas prateleiras. Mas por trás daquelas prateleiras, em uma sala protegida por uma magia que ninguém podia penetrar a não ser ele próprio, estavam as histórias druídicas, os livros lendários que registravam toda a história da ordem e a magia que seus membros haviam concebido e empregado na passagem de mais de mil anos.

Ajeitando-se confortavelmente entre os guardados de seus predecessores, Walker desenrolou o mapa e começou a estudá-lo.

Levou muito tempo fazendo isso, muito mais do que achara que seria necessário. O que encontrou o deixou espantado. O mapa era intrigante e cheio de possibilidades. Indiscutivelmente tinha valor, mas ele não conseguiria determinar com segurança qual era esse valor até ter traduzido os escritos nas margens, a maioria dos quais vinha redigido em um idioma com o qual não estava familiarizado.

Mas ele tinha livros de traduções de idiomas aos quais podia recorrer, e foi o que acabou fazendo, caminhando até as prateleiras que escondiam as histórias e seus segredos de poder. Estendeu a mão atrás de uma fileira de livros e tocou numa série de botões de metal em seqüência. Uma trava se soltou e uma seção das prateleiras se abriu para fora. Walker passou pela abertura e entrou em uma sala com paredes, chão e teto de granito, onde havia apenas uma mesa comprida e quatro cadeiras. Acendeu as tochas que não produziam fumaça em suportes de ferro nas paredes e puxou as prateleiras de volta ao seu lugar atrás dele.

Então encostou a mão em uma parte da parede de granito, a palma achatada e os dedos abertos, e abaixou a cabeça em concentração. A sabedoria de todos os druidas desde o início de sua ordem pertencia agora a ele, recebida quando ele recuperara a Paranor perdida e se tornara ele próprio um druida havia tantos anos. Trouxe à lembrança uma pequena parte dessa sabedoria, evocando as histórias druídicas de seu esconderijo. Uma luz azul começou a emanar das pontas de seus dedos e se espalhou pela pedra como veias sob a carne.

Um momento depois, a parede desapareceu e os livros de sua ordem estavam revelados, alinhados em longas fileiras e em seqüência numerada, suas capas encadernadas em couro e com letras douradas.

Passou um largo tempo junto aos livros naquela noite, lendo muitos deles, em busca de uma chave para compreender o idioma do mapa. Quando a encontrou, ficou surpreso e confuso. Era uma derivação da língua falada no Antigo Mundo, antes das Grandes Guerras, uma língua morta há dois mil anos. Era uma linguagem de símbolos e não de palavras. Como, perguntou-se Walker, um elfo de sua era teria aprendido aquela linguagem? Por que ele a teria usado para desenhar o mapa?

As respostas às suas perguntas, depois que pensou bem nelas, eram perturbadoras.

Walker trabalhou na tradução até quase o amanhecer, tomando cuidado para não interpretar erroneamente ou fazer suposições absurdas. Quanto mais decifrava, mais animado ficava. O mapa era a chave para uma magia de tamanho valor, de tamanho poder, que o deixou sem fôlego. Mal conseguia ficar sentado ao imaginar as possibilidades. Pela primeira vez em vários anos ele viu uma maneira de assegurar o que lhe havia sido negado por tanto tempo: um conselho de druidas, um corpo independente de todas as nações, trabalhando para desvendar os segredos dos problemas mais difíceis e desafiadores da vida e para melhorar as vidas de todas as pessoas das Quatro Terras.

Esse sonho lhe havia sido negado por trinta anos, desde que acordara do sono druídico e despertara para o mundo, para cumprir a promessa que fizera a si mesmo quando se tornara o que era agora. O que ele havia vislumbrado era um conselho de delegados de cada uma das terras e raças, de cada um dos governos e províncias, todos dedicados a estudar, aprender e descobrir. Mas desde o começo houvera resistência: não apenas de locais onde ela poderia ser esperada, mas de toda parte. Resistência até mesmo dos elfos, especialmente de Allardon Elessedil e, antes dele, de sua mãe. Ninguém queria dar a Walker a autonomia que ele achava necessária. Todos tinham cuidado, suspeitas e medo do que um forte conselho de druidas poderia significar para um equilíbrio de poder que já era precário. Ninguém queria assumir o tipo de risco que o druida lhes pedia.

Walker deu um suspiro. As exigências deles eram ridículas e inaceitáveis. Se as nações e os povos não queriam abrir mão de seus delegados, desistir do controle sobre eles para que eles pudessem se dedicar à vida de druidas, todo esse exercício era inútil. Não fora capaz de convencer ninguém de que o que estava fazendo, se lhe dessem o tempo necessário, iria beneficiá-los a todos. Os druidas, pensavam, não eram de confiança. A história demonstrava que os druidas haviam sido responsáveis por todas as guerras travadas desde a época do primeiro conselho em Paranor. Fora sua própria magia, a magia que eles haviam guardado com tanto segredo, que finalmente os destruíra. Aquela não era uma experiência que alguém quisesse repetir. A magia pertencia a todos agora. Era uma nova era, com novas regras. O controle sobre os druidas, caso eles recebessem a permissão de se reformar, era necessário. Nada menos do que isso bastaria.

No final, o esforço não dera em nada e Walker fora considerado um pária em todas as partes. Pequenos feudos, interesses egoístas e personalidades míopes o deixaram completamente frustrado. Ele ficou enfurecido e atordoado. Contara fortemente com o apoio dos elfos para liderarem o caminho, e os elfos o haviam rejeitado tanto quanto os outros. Depois da morte da rainha Aine, Allardon Elessedil havia sido sua maior esperança, mas o rei dos elfos anunciara que seguiria os desejos da mãe. Nenhum elfo seria enviado para estudar em Paranor. Nenhum novo conselho de druidas seria aprovado. Walker deveria seguir seu caminho sozinho.

Mas agora, pensava Walker, com um sentimento que beirava a euforia, ele havia encontrado um jeito de mudar tudo. O mapa lhe dava o tipo de vantagem que nada mais poderia dar. Dessa vez, quando pedisse ajuda, ela não lhe seria recusada.

Se, naturalmente — ele voltou a raciocinar bem —, pudesse encontrar e recuperar a magia que atraíra a expedição dos elfos sob o comando de Kael Elessedil. Se ele pudesse recuperá-la do refúgio que a escondia e protegia. Se pudesse sobreviver à longa e perigosa jornada que um esforço desses exigiria.

Iria precisar de ajuda.

Colocou de volta as histórias druídicas em suas prateleiras, fez um rápido movimento circular com a mão e fechou a parede. Quando a sala voltou a ter paredes vazias e tochas apagadas, ele retornou à biblioteca e empurrou a prateleira até que ela se encaixasse firmemente em seu lugar mais uma vez. Olhou ao redor por um instante, para ter certeza de que tudo estava como devia ser. Então, com o mapa enfiado por entre seus mantos, subiu para as ameias para ver o nascer do sol.

Enquanto ele observava por sobre as copas das árvores os primeiros e fracos brilhos prateados no céu oriental, Rumor se aproximou para se juntar a ele. O grande gato sentou-se ao seu lado, como se procurasse sua companhia. Walker sorriu. Tinham apenas um ao outro para buscar conforto, refletiu. Desde que a sombra de Allanon aparecera. Desde que haviam sido trancados no limbo da Paranor perdida. Desde que trouxera a fortaleza dos druidas de volta ao mundo dos homens tornando-se o mais novo membro da ordem. Desde que Cogline havia morrido.

Todos os outros, daquele tempo anterior, também haviam partido — os Ohmsford, Morgan Leah, Wren Elessedil, Damson Rhee, todos eles. Só ele e Rumor sobreviveram. Eram párias de várias maneiras, errantes solitários em um mundo que havia mudado consideravelmente durante o tempo de seu sono. Mas não eram as mudanças nas Quatro Terras que o preocupavam naquela manhã. Era a sensação de que os eventos que iriam transpirar por causa de sua leitura do mapa e de sua busca nele pela magia detalhada exigiriam que ele se tornasse o que sempre trabalhara muito para evitar — um druida da velha escola, um manipulador, um negociante de informações que sacrificaria quem e o que precisasse para obter o que achava necessário. Allanon, de tempos antigos. Era isso o que ele sempre havia desprezado nos druidas. Sabia que desprezaria isso em si mesmo quando acontecesse.

E aconteceria, talvez modificando-o para sempre.

O sol coroava o horizonte com uma pincelada de ouro brilhante. O dia seria claro, luminoso e quente. Walker sentiu os primeiros raios de sol no rosto. Uma coisa tão singela, mas tão bem-vinda. Seu mundo havia encolhido até virar quase nada nos últimos anos. Agora ele estava para se expandir de maneiras que ele mal imaginara possível.

— Ora — disse ele baixinho, como se para deixar o assunto de lado.

Sabia o que deveria fazer. Deveria ir a Arborlon e falar com Allardon Elessedil. Deveria convencer o rei dos elfos de que poderiam trabalhar juntos em um esforço para descobrirem o segredo do mapa. Deveria convencê-lo a montar uma expedição para partir em busca da magia da qual falava o mapa, com Walker no comando. Deveria encontrar um jeito de tornar o rei dos elfos seu aliado, sem deixar que ele percebesse que era essa a idéia do druida.

Deveria revelar apenas o suficiente daquilo que sabia, e não mais. Deveria ser cauteloso.

Piscou para afastar o cansaço. Ele era Walker, o último dos druidas, a última esperança dos ideais elevados que sua ordem havia esposado tão fortemente quando fora formada. Se as Quatro Terras quisessem se unir em paz, a magia deveria ser controlada por um conselho de druidas que não respondesse a nenhum governo ou pessoa, mas a todos. Somente ele poderia conseguir isso. Somente ele sabia o caminho.

Curvou-se para Rumor e colocou suavemente a mão sobre a cabeça larga.

— Você precisa ficar aqui, velho amigo — murmurou ele. — Precisa montar guarda até eu voltar.

Levantou-se e se espreguiçou. Hunter Predd dormia em um quarto escuro e ainda levaria um bom tempo para acordar. Tempo suficiente para que Walker dormisse por uma hora antes de partirem. Teria de ser suficiente.

Com o gato do pântano atrás dele, desvanecendo-se e reaparecendo como uma miragem na nova luz, ele abandonou sua vigília e desceu as escadas para dentro da fortaleza.

4

As botas de couro pretas para vôo rangendo de leve, Redden Alt Mer atravessou o acampamento de guerra da federação no caminho do campo de pouso. Algumas cabeças se viraram na sua direção. Para uns, era a cabeleira ruiva que lhe descia até os ombros como fios em chamas o que chamava a atenção. Para outros, era sua postura fluida, relaxada e autoconfiante, um homem grande que transpirava força e agilidade.

Para muitos, era a lenda. Setenta e oito mortes confirmadas em cento e noventa e duas missões, todas executadas na mesma aeronave, todas completadas sem incidentes sérios.

Era sinal de sorte voar com Redden Alt Mer, diziam os velhos soldados. Em um tempo e lugar em que a expectativa de vida de um aeronauta era de cerca de seis meses, Alt Mer sobrevivera por três anos quase sem arranhões. Naturalmente, ele tinha a nave certa. Mas era preciso mais do que isso para sobreviver na frente de batalha. Era preciso habilidade, coragem, experiência e um cesto cheio do bem mais precioso de todos, a sorte. O capitão tinha isso tudo. Passara a vida quase toda no ar, cabineiro aos 7 anos, primeiro oficial aos 15, capitão aos 20. Quando os ventos da fortuna mudavam de direção, diziam os velhos soldados, Redden Alt Mer sabia a melhor maneira de cavalgá-los.

O rover não pensava nisso. Dava azar pensar em sorte numa guerra. Dava mais azar ainda pensar em por que você era diferente de todos os outros. Ser uma exceção à regra era ótimo, mas não era bom se aprofundar na especulação dos motivos pelos quais você ainda estava vivo quando tantos outros estavam mortos. Não ajudava a pensar com clareza. Não ajudava a ter uma boa noite de sono.

Caminhando pelo campo, ele fazia brincadeiras e acenava para quem o reconhecia, uma atitude leve e tranqüila que deixava todos relaxados. Ele sabia o que achavam dele, e brincava com isso como um velho amigo. Que mal havia? Quanto mais amigos se pudesse ter em uma guerra, melhor.

Já estava há três anos naquela, dois dos quais presos ali na imensidão das montanhas Prekkendorran, enquanto as forças de terra da federação e dos nascidos livres martelavam umas às outras até se transformarem em polpas ensangüentadas dia após dia. Um rover saído do porto de March Brume, a sudoeste da Divisa Azul, ele já era um veterano experiente de incontáveis conflitos muito antes de se alistar. Não seria nenhum exagero dizer que passara a vida inteira em vasos de guerra. Quase nascera no mar, mas seu pai, ele próprio um capitão, conseguira chegar a um porto com a esposa logo antes de ela dar à luz. Mas desde o momento em que havia aceito aquele primeiro trabalho como cabineiro, vivera sempre no ar. Não conseguia explicar por que amava tanto aquilo; mas sentia assim. Tudo parecia certo quando ele estava voando, como se uma rede de laços e contenções invisíveis tivesse sido retirada e ele tivesse sido libertado. Quando estava no chão, sempre pensava em estar no ar. Quando estava no ar, nunca estava pensando em mais nada.

— Ei, Cap! — Um soldado da infantaria com o braço numa tipóia e uma bandagem em uma das faces apareceu mancando. — Me sopra um pouquinho da sua sorte?

Redden Alt Mer sorriu e lhe atirou um beijo. O soldado deu uma gargalhada e acenou com o braço bom. O rover continuou caminhando, farejando o ar, pensando que sentia saudades do mar. A maior parte de seu tempo no ar fora passada a oeste, sobre a Divisa Azul. Ele era um mercenário, como a maioria dos rovers, trabalhando onde se pagava melhor, prestando obediência a quem lhe remunerasse. Naquele momento, a federação oferecia o melhor pagamento, portanto lutava para eles. Mas estava ficando ansioso por uma mudança, por algo novo. A guerra com os nascidos livres já estava sendo travada havia mais de dez anos. Para começo de conversa, não era sua guerra, e também não era uma guerra que fizesse muito sentido para ele. O dinheiro não podia levar você muito longe quando seu coração estava em outro lugar.

Além do mais, não importava quem você fosse, mais cedo ou mais tarde sua sorte acabaria. Era melhor estar em outro lugar quando isso acontecesse.

Passou pelo grande aglomerado de tendas e fogueiras de cozinha e adentrou o campo de pouso. As naves de guerra estavam presas em seus lugares por seus suportes principais, flutuando logo acima do chão, as velas de luz ambiente nos mastros gêmeos inclinadas na direção do sol. A maioria delas era construída pela federação e isso era patente. Brutamontes grandes, feias, desajeitadas, cobertas por armaduras metálicas e pintadas com a insígnia e as cores de seus regimentos, em vôo elas se arrastavam pelos céus como preguiças errantes. Como transporte de tropas e aríetes, eram um sucesso estrondoso. Como vasos de combate que pudessem atacar de modo esquivo e rápido, deixavam muito a desejar. Se fossem comandadas por alguém capaz, e em sua maioria não eram, a expectativa de vida delas na frente de batalha era aproximadamente a mesma de seus capitães e tripulações.

Continuou caminhando, quase sem olhar para elas. As brincadeiras que ele trocara com os soldados da infantaria ali não existiam. Os oficiais e as tripulações das aeronaves da federação o desprezavam. Rovers eram mercenários, não soldados de carreira. Rovers lutavam somente por dinheiro e iam embora quando bem decidissem. Rovers não davam a mínima pela causa da federação ou pelas vidas dos homens que haviam sido perdidas por ela. Mas o pior era saber que oficiais e tripulações rovers eram muito melhores do que as tripulações da federação. No ar, a fé em uma causa não contribuía muito para manter você vivo.

Alguns comentários provocadores lhe foram atirados por trás da anonimidade dos cascos revestidos de metal, mas ele os ignorou. Ninguém faria aqueles mesmos comentários na sua cara. Não naqueles dias. Não desde que ele matara o último homem que se atrevera a fazer isso.

As aeronaves dos rovers, mais refinadas e bem-acabadas, apareceram diante de seus olhos quando ele se aproximou do final do campo. A *Black Moclips* estava à frente de todas, o casco polido de madeira e metal brilhando à luz do sol. Ela era a melhor nave na qual ele já havia voado, um cruzador construído para a batalha, rápido e de ótimos reflexos a cada mudança de direção de suas velas de luz ambiente e ao apertar e afrouxar seus atratores radianos. Com pouco menos de trinta e três metros de comprimento e dez de largura, ela parecia uma arraia negra gigante. Sua cabine de combate, baixa e achatada, localizava-se no meio da nave, sobre um convés rodeado por traves mestras e protegido por pontões gêmeos que se curvavam para formar aríetes na proa e na popa. Conjuntos gêmeos de cristais-diapasão convertiam em energia pura a luz canalizada pelos atratores radianos a partir das velas coletoras. Tubos de fragmentação expeliam a energia convertida para impelir a nave. O tombadilho ficava à popa, com a cabine do piloto na frente e no centro do convés, seus controles cuidadosamente protegidos contra ataques. Três mastros sustentavam as velas de luz ambiente, um na proa, um no centro e outro na popa. As velas propriamente ditas tinham um formato estranho, sendo largas e retas na extremidade inferior, onde eram amarradas às retrancas, mas curvavam-se onde as traves as puxavam mais para o alto, formando um triângulo. Esse desenho permitia um afrouxamento mínimo das velas em uma mudança súbita de direção e um desvio mínimo do vento. Velocidade e potência mantinham você vivo nos ares, e ambas eram medidas em segundos.

Furl Hawken saiu da nave e veio descendo o campo numa carreira, a longa barba loura balançando para os lados.

— Estamos prontos para levantar vôo, capitão — gritou ele, diminuindo a velocidade à medida que se aproximava de Alt Mer, e se pôs a andar a seu lado. — Um bom dia para isso, não é?

— Uma navegação suave adiante. — Redden Alt Mer pôs a mão no ombro largo de seu segundo oficial. — Algum sinal da Ruivinha?

A boca de Furl Hawken continuou trabalhando no que quer que ele estivesse mastigando, os olhos baixos.

— Doente, de cama, capitão. Gripe, talvez. O senhor a conhece. Se pudesse, viria.

— O que eu sei é que você é o pior mentiroso em duzentos quilômetros em qualquer direção. Ela está em alguma taverna por aí, ou pior.

O homenzarrão pareceu magoado.

— Bom, talvez seja verdade, mas acho que seria melhor o senhor deixar passar desta vez, porque a gente tem um problema mais imediato. — Balançou a cabeça. — Como se a gente não tivesse um desses a toda hora ultimamente. Como se todo grunhido não viesse sempre da mesma casinha de porco.

— Ah, nossos amigos do comando da federação?

— Um comandante de primeira linha está a bordo para o vôo com dois dos seus esparros. Finalidades de observação, foi o que ele me disse. Reconhecimento. Um dia nos céus. Sombras! Eu faço que sim com a cabeça e dou um sorriso, como a esposa de um marujo quando ele diz que está pensando em desistir de navegar.

Redden Alt Mer assentiu distraidamente.

— É a melhor coisa a se fazer com essa gente, Hawk.

Chegaram à *Black Moclips* e ele subiu pela escada de corda até o tombadilho, onde o comandante da federação e seus ajudantes-de-ordens estavam esperando.

— Comandante — ele saudou, simpático. — Bem-vindo a bordo.

— Meus cumprimentos, capitão Alt Mer — respondeu o outro. Não disse seu nome, o que deixou imediatamente claro ao rover o modo como via o relacionamento dos dois. Era um homem magro e de rosto vermelho e comprido. Se havia passado um dia na linha de combate nos últimos doze meses, o rover teria ficado surpreso. — Estamos prontos para partir?

— Totalmente prontos, comandante.

— Seu imediato?

— Indisposta. — Ou iria desejar estar indisposta assim que ele pusesse as mãos nela. — O Sr. Hawken pode assumir o leme. Cavalheiros, esta é a sua primeira vez no ar?

O olhar que os ajudantes trocaram deu-lhe a resposta.

— É nossa primeira vez — o comandante confirmou com um dar de ombros de pouco-caso. — Seu trabalho é tornar essa experiência educacional. O nosso é aprender o que você tiver de ensinar.

— Coloque-a para subir, Hawk. — Fez um gesto para que o segundo oficial fosse supervisionar o içamento das velas. — Hoje teremos ação, comandante — avisou ele. — As coisas podem ficar um pouco difíceis.

O comandante sorriu condescendente.

— Somos soldados, capitão. Estaremos bem.

Imbecil pomposo, pensou Alt Mer. Você estará bem se eu o mantiver dessa maneira, e não de outra forma.

Observou sua tripulação rover subir correndo pelos mastros, erguendo as velas e apertando os atratores radianos em seus lugares. As aeronaves eram coisas maravilhosas, mas operá-las exigia uma mentalidade que infelizmente a maioria dos soldados da federação não tinha. Os sulistas se davam bem em terreno sólido executando táticas de infantaria. Ficavam à vontade jogando corpos em trincheiras, como sacos de areia, e confiando na pura força de seus números para esmagar um inimigo. Mas era colocá-los no ar e eles não sabiam o que fazer. Sua intuição desaparecia. Tudo o que sabiam a respeito de guerra secava e saía voando com o primeiro sopro de vento que enfunasse as velas.

Os rovers, por outro lado, haviam nascido para aquela vida. Estava em seu sangue, em sua história e na forma como eles viviam há já dois mil anos. Rovers não reagiam bem à arregimentação aos exercícios. Reagiam à liberdade. Voar nas grandes aeronaves lhes dava isso. Migratórios por natureza e tradição, estavam sempre se movendo de um jeito ou de outro. Ficarem parados era impensável. A federação ainda estava tentando entender isso e constantemente enviava observadores para o céu com tripulações de rovers, para descobrir o que os mercenários deles sabiam que ela não sabia.

O problema era que isso não era algo que pudesse ser ensinado. Os homens da fronteira que lutavam pelos nascidos livres não eram melhores. Ou os anões. Apenas os elfos pareciam ter dominado a navegação das correntes de vento com a mesma facilidade dos rovers.

Um dia isso tudo iria mudar. As aeronaves ainda eram novas nas Quatro Terras. A primeira havia sido construída e tripulada há pouco mais de vinte anos. Estavam em serviço como naves de batalha há menos de cinco anos. Apenas um punhado de construtores navais compreendia a mecânica das velas de luz ambiente, dos atratores radianos e dos cristais-diapasão para construir os vasos que pudessem utilizá-los. O uso da luz como energia era um sonho antigo, apenas ocasionalmente realizado, como no caso das aeronaves. Uma coisa era construí-las, outra fazê-las voar. Era preciso habilidade, inteligência e instinto para mantê-las no ar. Um número maior de naves era perdido através de uma navegação ruim, de perda de controle e de pânico do que por danos adquiridos em batalha.

Os rovers navegavam os mares em navios mercantes e vasos piratas há mais tempo do que qualquer outro povo, assim, o pulo para as aeronaves fora mais fácil para eles. Como mercenários, eram valiosos para a federação. Mas os sulistas continuavam a acreditar que podiam descobrir como os rovers faziam tudo parecer tão fácil, e que logo não precisariam mais deles como capitães e tripulações.

Por isso aqueles passageiros, mais três em uma longa fila de homens esperançosos da federação.

Resignado, Alt Mer suspirou. Não havia nada que pudesse fazer a respeito. Hawk ficaria zangado por ambos. Assumiu seu posto na cabine do piloto, observando seus homens enquanto eles terminavam de amarrar os atratores e fixar as velas. Outras naves também se preparavam para alçar vôo, suas tripulações executando tarefas semelhantes em preparação. No campo de pouso, equipes de terra se preparavam para soltar as linhas de atracação.

A excitação antiga e familiar zumbia em seu sangue, e a clareza de sua visão se aguçou ainda mais.

— Descubra os cristais, Hawk! — gritou para seu segundo oficial.

Furl Hawken transmitiu as instruções para os homens posicionados ao lado dos tubos de fragmentação de proa e popa, onde os cristais recebiam a alimentação de luz dos atratores radianos. Retirar a cobertura liberava os mecanismos que permitiam que Alt Mer voasse com a nave. As coberturas de lona e as cavilhas que fixavam os capuzes de metal que bloqueavam os cristais foram liberadas, dando à cabine do piloto o controle sobre a nave.

Alt Mer testou as alavancas, retirando potência das velas em pequenos incrementos. A *Black Moclips* tensionou-se contra os cabos de amarração, como que em resposta, desviando-se ligeiramente quando a luz convertida em energia foi expelida pelos tubos de fragmentação.

— Soltar amarras! — ele ordenou.

A equipe de terra soltou as linhas de contenção e a *Black Moclips* levantou vôo em um movimento suave para o alto. Alt Mer girou o timão que guiava os lemes para longe dos tubos de fragmentação e alimentava de energia os atratores radianos para os cristais em incrementos cada vez maiores. Atrás dele, ouviu os passos apressados dos oficiais da federação para partes do convés em que pudessem se agarrar.

— Existem linhas de segurança e arreios enrolados naqueles suportes na amurada — gritou para eles. — Amarrem uma delas na cintura, para proteção contra algum solavanco.

Não se incomodou de checar se eles estavam fazendo como sugeriu. Se não fizessem, eram as próprias peles que estavam arriscando.

Em instantes, estavam voando sobre as planícies Prekkendorran, a centenas de metros de altura, a *Black Moclips* na liderança, outras sete naves acompanhando em formação solta. Aeronaves podiam voar confortavelmente a mais de trezentos metros, mas ele preferia ficar embaixo, onde os ventos eram menos severos. Observou os aríetes gêmeos cortarem o ar em cada um dos lados do convés, chifres negros curvando-se para cima contra o verde da terra. Baixa e achatada, a *Black Moclips* tinha o aspecto de um gavião em caça, voando graciosa e silenciosamente contra o céu do meio-dia.

O vento enfunava as velas e a tripulação rover se movia rapidamente para tirar vantagem da potência adicional. Alt Mer cobriu os cristais-diapasão em resposta, reduzindo a potência alimentada pelos atratores radianos, entregando a nave ao vento. Furl Hawken gritava instruções, exortando naquele seu vozeirão, fazendo com que todos se movessem rapidamente de posto a posto. Acostumada aos movimentos de um navio em vôo, a tripulação não usava linhas de contenção. Isso mudaria na hora da batalha.

Alt Mer arriscou um rápido olhar para trás, para os oficiais da federação — arriscou porque, se começasse a gargalhar com o que encontrasse, acabaria tendo problemas dos quais não precisava. Não era tão ruim quanto podia ser. O comandante e seus ajudantes agarravam-se à amurada com determinação e dedos brancos, mas nenhum deles estava enjoado ainda e não estavam cobrindo os olhos. O rover lhes deu um aceno de confiança e expulsou-os de seus pensamentos.

Quando a *Black Moclips* estava bem distante do acampamento da federação e se aproximando das linhas de frente dos nascidos livres, ele deu a ordem de destravar as armas da nave. A *Black Moclips* levava consigo diversos conjuntos, todos cuidadosamente empilhados e armazenados no meio da nave. Arcos, flechas, fundas e lanças eram utilizados em sua maior parte para ataques de longa distância contra tripulações e naves de combate. Azagaias e facas eram utilizadas em combates corporais. Piques compridos e com pontas serrilhadas e ganchos presos em cordas eram usados para puxar uma nave inimiga e rasgar suas velas ou danificar seus atratores radianos.

As duas dúzias de soldados da federação que estavam abaixo do convés durante o embarque subiram a escada da escotilha no centro da nave e começaram a se armar. Alguns deles assumiram posições através dos escudos nas amuradas. Outros foram manejar as catapultas que lançavam baldes de lascas de metal ou bolas de piche flamejante. Todos eram veteranos de incontáveis batalhas aéreas a bordo da *Black Moclips*. Alt Mer e sua tripulação de rovers deixavam a luta a cargo deles. Sua responsabilidade era para com a nave. Era preciso toda a sua concentração para mantê-la firme no calor da batalha, posicioná-la de forma que os soldados pudessem utilizar bem suas armas e empregá-la como aríete quando necessário. Não se esperava que a tripulação lutasse, a não ser que a nave corresse perigo de ser abordada.

Vendo os soldados pegarem suas armas e se moverem ansiosos para suas posições, o capitão rover ficava surpreso com a quantidade de energia que os homens podiam reunir para o propósito de matarem-se uns aos outros.

Furl Hawken apareceu subitamente ao seu lado.

— Está tudo pronto, capitão. Tripulação, armas e nave. — Ele desviou o olhar para o lado. — Como nossos bravos passageiros estão se saindo?

Alt Mer deu uma olhada ligeira para trás. Um dos ajudantes havia se soltado da linha de segurança e enterrado a cabeça no balde de limpeza. O outro, a cara branca e com uma expressão profundamente amargurada, forçava-se a não olhar seu companheiro. O comandante de rosto espichado fazia anotações em um caderninho, seu corpo vestido de preto enfiado em um canto do convés.

— Acho que eles preferiam estar no chão — disse calmamente o capitão.

— Será que eles têm algo a relatar com relação ao funcionamento de suas entranhas? — Hawk deu uma risada e se afastou.

A *Black Moclips* passou sobre as linhas dos nascidos livres, indo na direção de seus campos aéreos, as outras sete aeronaves espalhando-se por ambos os lados. Duas eram naves rovers, as outras cinco da federação. Ele conhecia seus capitães. Tanto os capitães rovers quanto os capitães da federação eram confiáveis e habilidosos. O restante estava fazendo hora até que um erro ou outro os pegasse. A estratégia de Redden Alt Mer era tentar ficar fora do caminho deles.

Adiante, aeronaves dos nascidos livres levantavam vôo para encontrá-los. O capitão rover pegou sua luneta e estudou as marcas. Dez, onze, doze — contou-as à medida que subiam, uma atrás da outra. Cinco eram dos elfos, o resto, dos nascidos livres. Não era o tipo de relação de equilíbrio que ele apreciava. Ostensivamente, ele deveria batalhar e destruir quaisquer aeronaves inimigas que encontrasse, sem deixar que a sua sofresse danos. Como se fazendo isso ele pudesse realmente influir no resultado da guerra. Eliminou esse pensamento. Entraria em batalha ao lado das aeronaves dos elfos e deixaria que as outras se destruíssem.

— Linhas de segurança nos seus lugares, cavalheiros! — gritou para seus passageiros da federação e para a tripulação, agarrando os controles quando as naves inimigas se aproximaram.

A duzentos metros, com uma velocidade se aproximando dos vinte nós, ele fez uma retirada lateral da formação e mergulhou a *Black Moclips* num trajeto vertiginoso em direção ao solo. Tornando a nivelar o vôo e aumentando a velocidade, tirou a aeronave do mergulho e fez com que ela subisse por baixo dos nascidos livres. Subindo a sotavento deles, suas catapultas começaram a lançar sobras de metal e bolas de fogo para os cascos e velas expostos. Uma nave explodiu em chamas e começou a derivar. Uma segunda reagiu ao ataque lançando suas próprias catapultas. Pedaços de metal afiados chiaram por sobre a cabeça de Alt Mer quando ele girou o timão rapidamente para levar a *Black Moclips* para fora da linha de fogo.

Em segundos, todas as aeronaves estavam no meio da batalha, e no chão os homens dos exércitos opostos paravam para olhar para o alto. Os vasos de guerra planavam para a frente e para trás, subindo e descendo em desvios súbitos, bolas de fogo cortando caminhos vermelhos brilhantes no azul, lascas de metal e flechas zunindo em suas trajetórias mortais. Duas naves da federação colidiram e caíram em uma pilha retorcida e travada, capuzes estilhaçados, sem navegação, cristais sugando tanta energia que explodiram no ar. Outra das naves evitou uma colisão desviando-se com uma manobra sem explicação e que sugeria pânico. Um vaso dos nascidos livres entrou patinando em uma nave rover com um gemido agudo de placas de metal.

Atratores radianos deram altos estalos, enviando ambos em descidas que os levaram para longe um do outro. Em todo lugar, homens gritavam e se desesperavam, com raiva, medo e dor.

A *Black Moclips* emergiu no centro do turbilhão, irrompendo como um leviatã que sai de águas turbulentas. Redden Alt Mer levou-a para o lado, afastando-se do bando em perseguição a uma solitária nave dos elfos que manobrava por posição. Bolas de fogo sibilaram pelo ar diante de Alt Mer, mas ele deslizou por baixo, inclinando-se para levar suas próprias armas ao ataque. A nave dos elfos girou e foi ao seu encontro. Não era nenhum covarde aquele capitão, pensou o rover, admirado. Inclinou-se para a esquerda e subiu num ângulo agudo, a ponta curva de seu aríete direito arrancando o topo do mastro principal dos elfos e derrubando-lhe a vela mestra. A nave dos elfos sacudiu em resposta, lutando para ficar no mesmo nível.

A *Black Moclips* girou, pronta para o ataque.

— Firme, agora! — gritou Alt Mer, os cabelos vermelhos voando para trás como uma bandeira rubra ao vento.

Mas uma segunda nave apareceu à sua direita, um vaso da federação com o tombadilho em ruínas, seu capitão desaparecido e a tripulação tentando freneticamente recuperar o controle. Chamas pulavam de seu convés do meio e subiam pelo mastro principal leves como plumas. Alt Mer segurou a *Black Moclips* com firmeza, mas de repente a nave da federação girou para o lado, aproximando-se em curso de colisão. O capitão rover voltou para o timão, abriu os capuzes e alimentou os tubos de fragmentação com energia. A *Black Moclips* subiu de um salto, por pouco não batendo no vaso da federação que já passava abaixo, os pontões arranhando de leve as pontas dos mastros e rasgando velas.

Alt Mer soltou um palavrão, sem fôlego; já era ruim ter de se preocupar com as naves do inimigo. Esperando encontrar a nave dos elfos parcialmente incapacitada, levou a *Black Moclips* para perto e descobriu em vez disso a nave da federação que acabara de evitar. De algum modo ela dera a volta por trás e estava indo bem em sua direção. Ele voltou aos controles do capuz, erguendo o nariz da nave, tentando evitá-la. Mas o vaso da federação ainda balançava incerto para a esquerda e para a direita. Uma tocha em chamas, sua tripulação sem capitão tentava desesperadamente amarrar os atratores radianos antes que a energia lançada para os cristais a jogasse de lado. Os velames estavam em chamas, os cristais explodiam e a tripulação da federação gritava apavorada.

Alt Mer não conseguiu sair a tempo do caminho.

— Segurem-se! — rugiu para todos que pudessem ouvi-lo. — Segurem-se, segurem-se, segurem-se!

A *Black Moclips* atingiu a nave da federação logo abaixo de seu convés de proa, estremeceu e sacudiu violentamente, absorvendo o impacto através de seus aríetes. Mesmo assim, a força da colisão jogou Alt Mer sobre os controles. Atrás dele, viu de relance o comandante da federação e seus assistentes voando por sobre o convés lateral. As proteções seguraram logo o comandante e um dos ajudantes, mas a linha que segurava o segundo ajudante se rompeu e o infeliz voou pelo convés, passou por cima da amurada e desapareceu. Alt Mer ouviu seus gritos enquanto caía.

— Capitão! — ele ouviu o comandante da federação uivar de raiva e terror.

Mas dessa vez não havia tempo para responder. Mais duas naves de elfos se aproximavam rápidas, sentindo que tinham uma chance de destruir seu maior inimigo. Alt Mer gritou que se segurassem para manobras evasivas e levou a nave para um mergulho súbito, que enviou o comandante da federação e seu assistente remanescente voando sobre o convés na outra direção. Uma nave dos elfos caiu atrás dele, e quando o fez ele foi para baixo da segunda, a *Black Moclips* torcendo-se e mergulhando em resposta rápida às suas mãos nos controles.

O comandante da federação ainda gritava lá atrás, mas ele não prestava atenção. Levou a *Black Moclips* para uma subida giratória em uma espiral apertada, mísseis de suas catapultas disparando sobre as naves dos elfos, que disparavam de volta. Lascas de metal atingiram a vela dianteira de um deles e, em um dos disparos mais felizes que Alt Mer já vira, danificaram os lemes também. A nave sacudiu e lutou para recuperar a potência. Alt Mer ignorou, girando para o outro lado. Lascas de metal bateram nos pontões da *Black Moclips* e no convés superior, atingindo-a pela lateral. Mas sua armadura suportou e Alt Mer girou a nave bem na direção do inimigo.

— Segurem-se! — ele gritou, empurrando os controles para a frente, para alimentar os cristais com energia.

A *Black Moclips* colidiu com a segunda nave dos elfos a cerca de meio caminho de seu mastro principal. O mastro estalou como se apanhado em uma forte ventania e desabou para o convés, trazendo para baixo velas e atratores radianos. Contando com menos de dois terços da potência de sua nave, o capitão foi forçado a cobrir seus cristais e descê-la. Alt Mer segurou a *Black Moclips* a distância, observando enquanto ambos os vasos dos elfos começavam a descer, rolando e reposicionando os atratores. Ao redor deles, naves dos nascidos livres aterrissavam, desistindo da caçada. Quatro naves da federação estavam abaixo, incendiadas nas planícies. Duas dessas, ainda no ar, estavam danificadas, uma delas em péssimo estado. Alt Mer deu uma olhada rápida para a terra, para as naves dos nascidos livres danificadas, e deu ordem de retirada.

Subitamente o comandante da federação estava gritando em seu ouvido, seu rosto comprido, vermelho e suarento. Ele havia se libertado de sua linha de segurança e se arrastado pelo convés. Uma das mãos agarrava a amurada da cabine do piloto e a outra gesticulava furiosamente.

— O que pensa que está fazendo, capitão?

Alt Mer não fazia idéia do que ele estava falando, e não estava ligando para o seu tom de voz.

— Indo para casa, comandante. Coloque sua linha de segurança novamente.

— Você os está deixando ir embora! — retrucou o outro, ignorando-o. — Você os está deixando escapar!

Alt Mer olhou para o lado da *Black Moclips* e viu os vasos dos nascidos livres. Deu de ombros.

— Esqueça. Eles não irão voar novamente por um bom tempo.

— Mas quando o fizerem voltarão aos céus, caçando nossas aeronaves. Estou ordenando que as destrua, capitão!

O rover balançou a cabeça.

— O senhor não dá ordens a bordo desta nave, comandante. Volte ao seu lugar.

O comandante da federação agarrou-o pela jaqueta.

— Eu sou um oficial superior, capitão Alt Mer, e estou lhe dando uma ordem direta!

Redden Alt Mer já havia suportado o bastante.

— Hawk! — gritou. Seu segundo oficial estava ao seu lado em um segundo. — Ajude o comandante a voltar ao seu colete de segurança, por favor. Certifique-se de que ele esteja bem apertado. Comandante, discutiremos isso mais tarde.

Furl Hawken removeu o oficial um tanto confuso da cabine do piloto, levando-o à força para a amurada da popa e colocando-o de volta em seu colete, puxando o pino de segurança no processo. Passou por Alt Mer no caminho para a proa com um piscar de olhos, jogando o pino para o capitão.

— Queria que a Ruivinha estivesse aqui para ver isso — ele murmurou com um sorriso.

Agora era fácil dizer isso, o rover pensou sombrio, as mãos firmes nos controles da nave, mas seria uma história diferente quando pousassem. Não era algo que o comandante fosse deixar para lá, e duvidava que uma comissão de inquérito apoiasse um mercenário contra um regular. Até mesmo a aparência de insubordinação era o suficiente para fazer com que se fosse acusado de algo naquele exército. Se era certo ou errado não importava, nem mesmo o fato de que a bordo de qualquer aeronave, assim como de qualquer nave, o capitão dava a última palavra. A federação apoiaria os seus próprios homens e ele seria reduzido de posto ou dispensado do serviço.

Seus olhos verdes vasculharam o horizonte, para oeste, onde as montanhas surgiam contra o azul do céu. A única coisa boa de ser um voador era que sempre se podia estar em um lugar inteiramente diferente ao cair da noite.

Por um instante pensou em levar a *Black Moclips* para longe, sem sequer se incomodar em voltar. Mas a nave não era sua, e ele não era ladrão — ainda não, de qualquer forma —, e não poderia deixar a Ruivinha para trás. Era melhor voltar, fazer as malas e sair dali à noite.

Quando se deu conta, já sentia o cheiro da Divisa Azul e se lembrava das cores da primavera em March Brume.

Levou a nave para baixo com cuidado, deixando que a tripulação de terra a puxasse e fixasse, e então voltou para libertar o comandante e seu ajudante. Nenhum dos dois disse uma palavra ou sequer olhou para ele. Assim que foram soltos, dispararam para fora da nave como se escaldados. Alt Mer os deixou partir, voltando sua atenção para verificar os estragos da *Black Moclips*, efetuando certos procedimentos que seriam necessários para completar os reparos necessários. Já estava pensando nela como a nave de outra pessoa. Já estava dizendo adeus.

Mas, como se viu em seguida, foi um pouco lento para fazer isso. Estava descendo a escada de corda para o campo de pouso quando o comandante reapareceu com um esquadrão de regulares da federação.

— Capitão Alt Mer, você está preso por desobedecer a um oficial superior durante uma batalha. Delito para enforcamento, acho eu. Vamos ver quem é o encarregado agora, pois não? — Tentou um sorriso ameaçador, mas não conseguiu, e ficou ruborizado de raiva. — Levem-no!

Furl Hawken e sua tripulação começaram a descer a nave, as armas já à mão, mas Redden Alt Mer fez um gesto para que ficassem onde estavam. Retirando suas armas, ele passou deliberadamente pelo comandante e entregou-as ao grisalho líder do esquadrão, homem com quem já tinha bebido muitas canecas de cerveja e conhecia bem o bastante para chamar pelo nome.

— Vejo você hoje à noite, Hawk! — gritou para trás.

Parou subitamente para olhar a *Black Moclips*. Sabia que jamais a veria novamente. Era a melhor nave que ele já comandara, talvez a melhor que viesse a comandar na vida. Esperava que seu novo capitão se mostrasse digno dela, mas duvidava. Fosse qual fosse o caso, sentiria mais saudades dela do que imaginava.

— Moça — sussurrou para ela. — Foi maravilhoso.

Então, ignorando o comandante e olhando para o líder do esquadrão, deu de ombros com indiferença para aquela coisa toda.

— Vá em frente, capitão. Coloco-me em suas mãos competentes.

Fossem quais fossem seus pensamentos sobre aquilo, o líder do esquadrão teve a inteligência de guardá-los para si.

5

O sargento, atarracado e de cara achatada, ficou bebendo no bar aos fundos da casa do ferreiro da companhia por mais de uma hora antes de reunir coragem para ir até onde a Ruivinha estava. Ela estava sozinha, sentada a uma mesa na parte de trás, protegida pelas sombras e por uma afetação de desinteresse pelas coisas ao redor, querendo deixar claro que ninguém devia chegar perto dela. O sargento poderia ter reconhecido isso cinco canecões de cerveja antes, quando seu juízo ainda estava lúcido o bastante para alertá-lo contra um comportamento tolo. Mas sua raiva pelo modo como ela o humilhara na noite anterior e a falsa coragem que a quantidade de bebida lhe transmitia finalmente venceram.

Colocou-se na frente dela, um homem grande, usando seu tamanho como ameaça implícita.

— Você e eu temos uma coisa a acertar, Ruivinha — ele declarou em voz alta.

Cabeças se viraram. Alguns soldados se levantaram e foram discretamente para a porta da rua. A mulher do ferreiro, que atendia no balcão do bar para seu marido no meio do dia, olhou para a cena franzindo a testa. Lá fora, no calor escorchante da fornalha, ferro batia em ferro e o metal quente chiava e soltava vapor ao contato com a água.

Rue Meridian não levantou a cabeça. Mantinha seu olhar firme e direto, olhando para o espaço, as mãos fechadas sobre seu canecão de cerveja. Ela estava ali porque queria ficar só. Devia estar voando, mas não tinha mais vontade, e seus pensamentos se voltavam constantemente para a costa e para casa.

— Está me escutando? — disparou ele.

Ela podia sentir o cheiro do sargento, seu hálito, seu corpo e cabelos sem banho, seu uniforme sujo. Ficou a imaginar se ele notava o quanto havia ficado imundo enquanto vivia no campo, mas achava que não.

— Você acha que é alguma coisa, não é? — Talvez por causa de seu silêncio, ele estava ficando mais bravo. Desviou seu peso para mais perto dela. — Olhe para mim quando falo com você, garota rover!

Ela suspirou.

— Não basta eu ter de escutar você e sentir o seu cheiro? Vou ter de olhar para você também? Não é pedir demais?

Por um momento ele ficou apenas olhando para ela, vagamente confuso. Então derrubou o canecão de cerveja das mãos dela e puxou sua espada curta.

— Você me tapeou, Ruivinha! Ninguém faz isso! Quero meu dinheiro de volta!

Ela se recostou na cadeira, levantando o olhar. Olhou para ele de relance e tornou a desviar os olhos.

— Não tapeei você, sargento — ela sorriu, divertida. — Não precisei. Você é tão ruim que não foi necessário. Quando ficar melhor, o que pode até um dia acontecer, aí talvez eu precise tapear você.

O rosto barbado ficou vermelho, mais furioso ainda.

— Devolva meu dinheiro!

Como mágica, uma faca de arremesso apareceu na mão dela. Ele recuou na hora.

— Eu gastei tudo, tudinho, até o último centavo. Não havia muito mesmo, para começo de conversa. — Ela olhou para ele mais uma vez. — Qual é o seu problema, sargento? Está bebendo no bar há mais de uma hora, portanto falido você não está.

Ele ficou mastigando o ar, como se tivesse problemas para soltar as palavras.

— Me dá logo meu dinheiro.

Na noite passada ela o havia vencido em um concurso de arremessar facas, embora a palavra *concurso* aí estivesse meio fora de contexto, já que ele era o pior atirador de facas com quem ela se lembrava de ter competido. O custo para ele fora seu orgulho e sua bolsa, e evidentemente era um preço que ele não estava preparado para pagar.

— Saia de perto de mim — disse ela cansada.

— Você não é nada, Ruivinha! — ele explodiu. — É só uma bruxa trapaceira!

Por um momento ela pensou em matá-lo, mas não tinha vontade de lidar com as conseqüências desse ato, por isso abandonou a idéia.

— Quer uma revanche, sargento? — acabou perguntando. — Um arremesso. Você ganha, eu lhe devolvo o dinheiro. Eu ganho, você me paga um canecão novo de cerveja e me deixa em paz. Trato feito?

Ele a estudou com suspeitas, como se tentasse determinar qual era o ardil por trás daquilo. Ela o esperou pacientemente, observando seus olhos, a faca de arremesso pendendo solta na palma de sua mão.

— Trato feito — ele concordou por fim.

Ela se levantou, leve e tranqüila em suas roupas escuras de rover, cachecóis e lenços coloridos e decorativos enrolados na cintura e nos ombros, as pontas arrastando em cascatas sedosas, seus longos cabelos vermelhos reluzindo à luz do lampião. Rue Meridian era uma mulher de beleza quase inacreditável. Só não era mulher de brincadeiras. Não foram poucos os homens que, após tentarem tomar à força seus carinhos, tiveram de amargar alguns dias no hospital. Ainda a achavam atraente, mas agora tomavam mais cuidado ao se aproximar dela. Não havia nada de pequeno na Ruivinha. Ela era alta e tinha os ombros largos, era magra e musculosa. Era chamada de Ruivinha em deferência ao Ruivão, seu meio-irmão, Redden Alt Mer. Tinham os mesmos cabelos vermelhos e a constituição física, os mesmos olhos verdes, o mesmo sorriso rápido e o temperamento explosivo. Tinham também a mesma mãe, mas pais diferentes. No clã deles, assim como em muitos clãs rovers, os homens iam e vinham enquanto as mulheres permaneciam.

O sargento começou a procurar um alvo. Na noite anterior, eles haviam usado um círculo preto do tamanho de um polegar desenhado em uma viga de suporte. Haviam arremessado suas facas um de cada vez, duas jogadas cada. O sargento errara o alvo nas duas vezes; ela não. O sargento reclamou, mas pagou, intimidado talvez pela presença de tantos outros rovers e colegas soldados. Naquele momento não se fez menção de trapaça, não se fez menção de pegar dinheiro de volta. Ele devia ter cozinhado aquilo a noite toda.

— Pronto — disse ele, apontando para o mesmo círculo preto na viga, pisando na mesma linha que haviam desenhado na tábua do piso na noite anterior.

— Veja lá — a mulher do ferreiro reclamou na hora. — Você derrubou uma fileira inteira de copos atrás da viga ontem à noite. Sua pontaria é tão ruim quanto seu julgamento, Blenud Trock! Vá arremessar suas facas em outro lugar desta vez!

O sargento fuzilou-a com o olhar.

— Você vai conseguir seu dinheiro quando eu conseguir o meu!

Trock. Era a primeira vez que Rue Meridian ouvia o nome dele.

— Vamos para outro lugar, sargento — ela sugeriu.

Levou-o para longe do bar, mais para o fundo da sala. O prédio improvisado ficava encostado numa colina, e uma mancha de umidade havia escurecido a parede de trás em um V distintivo. Logo acima, mais à esquerda, gotículas de água penduradas em uma viga caíam de vez em quando ao chão.

Ela parou a seis metros de distância e desenhou uma linha com o dedão do pé na poeira e no limo. Não era o estabelecimento mais limpo que ela já frequentara, mas também não era o mais sujo. Esses tipos de lugares apareciam com a movimentação do exército. Aquele havia resistido porque o exército não seguia para lugar algum já fazia algum tempo. Era ilegal, mas era deixado em paz porque os soldados precisavam de algum tipo de fuga lá no meio de lugar nenhum, a quilômetros de qualquer cidade.

Ela jogou os cabelos rebeldes para trás e encarou o sargento.

— Vamos ficar juntos na linha. Uma vez nas posições, assim que a próxima gota de água cair daquela viga, jogamos as facas no V. A que chegar mais perto e mais rápido do entroncamento ganha.

— Hum — ele grunhiu, ocupando seu lugar. Resmungou mais alguma coisa, mas ela não conseguiu ouvir. Faca de arremesso na mão, ele definiu sua posição. — Pronto — disse.

Ela respirou lenta e profundamente e deixou os braços penderem soltos ao lado, a faca de arremesso repousando confortavelmente na palma da mão direita, a lâmina fria e suave contra a pele de pulso e antebraço. Uma pequena multidão havia se aglomerado atrás deles, soldados da frente em licença e de folga, ansiosos por algum novo entretenimento. Ela estava ciente de outras pessoas que chegavam furtivas de fora, mas o salão permanecia estranhamente silencioso. Ela foi se sentindo cada vez mais lânguida e vagamente etérea, como se sua mente tivesse se separado do corpo. Seus olhos, entretanto, permaneceram fixos na viga com suas gotículas de água suspensas em uma longa fileira, pequenas pontas refletindo a luz contra as sombras.

Quando a gotícula de água finalmente caiu, o braço dela disparou como um borrão escuro e a faca de arremesso voou tão rápido que ficou enterrada no centro exato do V antes que o sargento tivesse completado seu movimento de atirar. A faca do sargento estava quase dez centímetros fora do alvo.

Houve uns poucos aplausos e alguns gritos dos espectadores. Rue Meridian pegou sua faca e voltou ao bar para pegar sua aposta. A mulher do ferreiro já tinha o canecão de cerveja esperando no balcão.

— Este aqui é seu, sargento Trock — disse ela em uma voz alta, dando um grande sorriso para Rue. — Pague antes de ir.

O sargento caminhou até a parede e retirou sua faca pesada de lá. Ficou sopesando-a na mão por um momento, lançando um olhar venenoso para Rue Meridian. Então embainhou a faca embaixo de sua túnica e andou meio cambaleante até onde ela estava.

— Não vou pagar — anunciou ele, plantando-se ao lado dela.

— Você é quem sabe — replicou ela, tomando um gole da cerveja.

— Se não pagar, não volta — avisou a mulher do ferreiro. — Pare de criar problemas.

— Não vou pagar porque você trapaceou! — gritou ele para Rue. — Você jogou a faca antes que a gota de água caísse da viga. Deu pra ver muito bem.

Houve um murmúrio geral de discordância e algumas cabeças da platéia balançaram negativamente, mas ninguém falou nada. Sentindo-se encorajado, ele se aproximou o suficiente para que ela pudesse sentir o calor de seu hálito e sentir seu fedor.

— Sabe qual é o seu problema, Ruivinha? Você precisa de alguém para lhe ensinar alguns modos. Aí você não seria tão metida...

O resto do que ele ia dizer ficou preso na garganta no instante em que sentiu a ponta da faca de arremesso dela pressionada contra as carnes macias de seu queixo barbudo.

— Devia pensar com muito cuidado antes de tornar a falar, sargento — sibilou ela. — Você já disse o bastante para me convencer de que podia ser melhor eu cortar sua garganta e acabar logo com isso.

A sala ficou em silêncio. Ninguém se movia, nem sequer a mulher do ferreiro, que estava parada com um trapo para limpar pratos em uma das mãos e olhando tudo boquiaberta.

O sargento se engasgou quando Rue Meridian pressionou a ponta da faca ainda mais, levantando o queixo dele um pouco mais alto. A faca havia aparecido tão subitamente que as mãos dele ainda estavam caídas ao lado do corpo e suas armas permaneciam embainhadas.

— Eu não quis dizer...

— Você não quis dizer — ela o interrompeu — que eu preciso aprender novas maneiras, estou certa?

— Está — ele engoliu em seco.

— Você não quis dizer que alguém tão bronco e imbecil como você poderia me ensinar alguma coisa pra começar, certo?

— Certo.

— Você gostaria de me dizer que pede desculpas por dizer que eu te tapeei e por estragar minha contemplação vespertina das coisas que me são caras e distantes, certo?

— Certo, certo!

Ela o empurrou para trás, a ponta da faca ainda pressionada contra seu pescoço. Quando ele estava longe do bar, ela esticou a mão livre e tirou as suas armas. Então o empurrou para uma cadeira atrás dele.

— Mudei de idéia — disse ela, sua própria faca desaparecendo dentro de suas roupas pretas. — Não quero que pague minha bebida, sendo aposta ou não. Quero que você fique aí sentado bem onde está até eu decidir que você pode ir embora. Se eu perceber você movendo um músculo, vou fingir que o V de sua virilha é o V da parede dos fundos e vou tentar minha sorte com uma nova jogada.

Os olhos do homenzarrão caíram involuntariamente e em seguida ele levantou a cabeça. A raiva refletida em seus olhos só não era maior do que o seu medo. Ele acreditava que Rue faria o que estava dizendo.

Ela já ia pegar seu canecão de cerveja quando a porta do ferreiro se abriu de supetão e Furl Hawken apareceu. Todo mundo no aposento se virou para olhar, e ele reduziu o passo na hora, ciente do silêncio fora do normal, seus olhos procurando à esquerda e à direita.

Então ele a avistou.

— Ruivinha, aconteceu uma coisa. Precisamos ir.

Ela ficou onde estava, pegando o canecão de cerveja, levando-o aos lábios e bebendo o conteúdo como se tivesse todo o tempo do mundo. Todos observavam em silêncio. Ninguém se movia. Quando acabou, ela colocou o canecão sobre o balcão e caminhou até o sargento. Curvou-se, como se o provocasse para que ele fizesse alguma coisa. Ele ficou tão imóvel como antes; ela disse baixinho:

— Se eu puser os olhos em você novamente, mato-lhe.

Jogou uma moeda no balcão ao passar pela mulher do ferreiro, dando-lhe uma piscada ao fazê-lo. Então passou pela porta e foi cercada pelo clamor e pelo calor do fogo da fornalha, Furl Hawken atrás, seguindo-a.

Avançaram rapidamente pelo labirinto de bigornas, fornalhas e pilhas de aparas de metal até o aglomerado de prédios improvisados mais adiante — cozinha, armaria, cirurgia, centro de comando, estábulos, depósitos de suprimentos e coisas do gênero, tudo fervilhando de atividade no calor do meio-dia. O céu estava azul, sem uma nuvem, o sol era uma bola de fogo branco queimando sobre as montanhas empoeiradas; o exército estava acampado. Rue Meridian balançou a cabeça. Era a primeira luz solar que ela via desde o dia anterior, e fez sua cabeça latejar.

— Ruivão está chateado comigo? — perguntou ela enquanto se afastavam dos prédios e entravam no acampamento, onde ela reduziu o passo.

— Ruivão foi posto a ferros e pode pegar vinte anos de trabalhos forçados, ou pior — grunhiu o colega dele, aproximando-se mais, baixando a voz. — Tivemos companhia em nossa saída esta manhã, alguns oficiais da federação. Um caiu da amurada durante um ataque, um acidente, mas ele está morto assim mesmo. O oficial de comando está furioso. Ficou ainda mais louco quando seu irmão se recusou a ir atrás de duas naves dos nascidos livres incapacitadas, a fim de derrubá-las em vez de deixar que descessem. Quando descemos, ele mandou prender o Ruivão, prometendo que ele logo experimentaria uma brusca mudança de carreira.

Ela balançou a cabeça.

— Não há nada que possamos fazer a respeito, há? Quer dizer, nada que envolva palavras e procedimentos oficiais?

Furl Hawken grunhiu.

— Somos rovers, Ruivinha. O que você acha?

Ela colocou a mão no ombro maciço dele.

— Acho que estou enojada deste lugar, dessa gente, dessa guerra, desse negócio todo. Acho que precisamos de uma mudança de emprego. E a gente por acaso está se lixando para isto aqui? Foi apenas o dinheiro que nos trouxe aqui em primeiro lugar, e temos mais do que o bastante para durar um bom tempo.

Furl Hawken balançou a cabeça.

— Nunca há dinheiro que chegue, Ruivinha.

— É verdade — admitiu ela.

— Além do que, aqui não é tão ruim. — A voz dele assumiu um tom de devaneio. — Eu já me acostumei. Parece que todo esse espaço aberto, essa poeira e esse cascalho crescem dentro da gente...

Ela o empurrou de brincadeira.

— Não brinque assim comigo! Você odeia isto aqui tanto quanto eu!

O rosto sério dele se abriu em um amplo sorriso.

— Bom, talvez.

— Hora de ir para casa, Hawk — ela declarou com firmeza. — Recolha os homens, os equipamentos, suprimentos, cavalos para todos e me encontre na cordilheira sul em uma hora. — Empurrou-o novamente, gargalhando. — Vá logo, seu grande convencido!

Rue esperou até que ele seguisse seu caminho e, então, virou-se na direção do cárcere onde os prisioneiros e criadores de caso da federação estavam abrigados, acorrentados ao ar livre ou em caixas de madeira com grades que em um dia quente podiam cozinhar um cérebro. Só o fato de pensar em seu irmão dentro de uma dessas caixas fazia com que ela rangesse os dentes. A atitude da federação para com os rovers não mudara nem um pouco nos três anos em que trabalhavam para ela. Rovers eram mercenários, e mercenários eram um mal. Não importava o quanto fossem fiéis. Não importava quantos deles morressem pela causa da federação. Não importava que houvessem provado serem os melhores voadores e, em sua maioria, os melhores lutadores. Aos olhos da maioria dos sulistas, rovers eram inferiores simplesmente por serem quem eram, e nada em suas habilidades ou feitos jamais poderia mudar isso.

Claro que os rovers eram os últimos da lista de quase todo mundo porque eram nômades. Sem uma terra natal, um governo central e um exército, não se tinha poder. Sem poder, era difícil exigir respeito. Os rovers vinham sobrevivendo da mesma maneira há dois mil anos, em acampamentos móveis e em clãs. Acreditavam que a terra pertencia a todos, mas especialmente aos que viajavam por ela. A terra era sua mãe, e eles partilhavam da concepção élfica de que ela devia ser protegida e alimentada. Como conseqüência, os elfos eram os mais tolerantes e permitiam que os rovers percorressem as florestas da Terra Ocidental, funcionando como comerciantes no interior e marinheiros ao longo da costa.

Em outros lugares, não eram tão bem-vindos e viviam em constante perigo de serem expulsos ou pior. Exceto quando eram contratados como mercenários para lutar em guerras que nunca tiveram muito a ver com eles.

Rue Meridian e seu irmão, juntamente com diversas dezenas de outros, haviam se aproximado do leste da área ao redor da aldeia costeira de March Brume para servirem à federação naquela guerra. O dinheiro era bom e os riscos aceitáveis. Os nascidos livres não eram muito melhores do que a federação no manejo de aeronaves. Havia batalhas regulares, mas eram vistas pelos rovers em grande parte como exercícios para tentar ficar fora do caminho de incompetentes.

Ainda assim, concluiu ela, estava ficando chato, e já estava na hora de mudar. Especialmente agora. Há semanas ela procurava uma desculpa para se afastar, mas seu irmão insistira em que permanecessem até o fim de seu alistamento. Ela balançou a cabeça. Como se a federação merecesse a lealdade deles enquanto os tratava como subumanos! E agora mais essa. Colocar o Ruivão a ferros por uma coisa tão boba como ignorar uma ordem de um oficial da federação que deveria ter sido inteligente o bastante para não tentar dar uma ordem.

Em uma aeronave, a palavra do capitão era lei. Aquilo era apenas mais uma desculpa para tentar colocar os rovers na linha, colocar seus pescoços coletivos debaixo do tacão da federação. Gente estúpida, estúpida, ela vociferou. Seria interessante ver o sucesso que eles teriam com suas aeronaves agora que perderiam as tripulações de rovers que as manejavam.

Rue chutou a trilha poeirenta enquanto atravessava o acampamento, ignorando os inevitáveis chamados engraçadinhos e assobios, gritos e convites sem-vergonha, dando um aceno ou fazendo um gesto inconfundível quando apropriado. Verificou suas armas — florete longo, braçada de facas de arremesso amarradas na cintura, punhal escondido na bota e funda enrolada em sua alça de ombro e pendurada nas costas, no meio dos lenços. Qualquer uma delas bastaria para aquele esforço.

Ela já podia sentir o cheiro do mar, a pungência carregada de sal do ar, a umidade crua do madeirame das docas, o fedor de peixe das margens costeiras e a fumaça das lareiras acesas ao cair do sol para afastar o frio da noite das casas e cervejarias. Cheiros do interior eram de poeira e secura, de terra dura e compactada, e de chuvas torrenciais que inundavam e secavam em algumas horas. Três anos de cascalho e desidratação, de homens e animais que tinham o mesmo cheiro, de nunca ver o azul do oceano, eram o bastante.

Fez um desvio momentâneo em um ponto do acampamento que reconhecera, pediu uma refeição a um dos cozinheiros que conhecia, enrolou-a em papel e levou-a consigo. O Ruivão devia estar faminto.

Apressando o passo na direção dos trechos externos do acampamento, ela se aproximou das paredes de madeira da prisão como se estivesse fazendo um passeio no começo da tarde.

— Ei, Ruivinha — um dos dois guardas que vigiavam os portões a cumprimentou alegremente —, veio ver seu irmão?

— Vim tirá-lo daqui — ela respondeu sorrindo.

O outro guarda grunhiu.

— Ih, isso vai demorar.

— Ah, nem tanto assim — disse ela. — O comandante está aí?

— Almoçando ou tirando a soneca da tarde, você escolhe. — Riu o primeiro guarda. — O que está levando aí?

— Almoço para o Ruivão. Posso vê-lo?

— Claro. Nós o colocamos na sombra, encostado à parede dos fundos, debaixo da marquise da passarela. Para ele ficar o mais confortável possível enquanto essa questão não se resolve, embora eu não ache que suas chances sejam boas, a julgar pela cara daquele oficial que o trouxe. Cara de mau. — Balançou a cabeça. — Desculpe, Ruivinha. A gente gosta do seu irmão.

— Ah, gostam dele, mas não gostam de mim?

O guarda enrubesceu.

— Você sabe o que quero dizer. Aqui, entregue suas armas, deixe eu ver seu embrulho de comida e aí você pode entrar para vê-lo.

Ela entregou o cinto com as facas e o florete, e em seguida retirou o estilingue do pescoço. Manteve o punhal na bota. Obediência às regras não levava ninguém muito longe nesse mundo. Sorriu alegre e passou pelos portões.

Achou seu irmão sentado embaixo da passarela e encostado à parede dos fundos, bem onde os guardas disseram que estaria. Sem se mover, viu-a se aproximar, o peso aumentado pelos ferros presos aos punhos, tornozelos e cintura, e acorrentados a anéis de ferro nas paredes. Guardas patrulhavam as passarelas e vigiavam tranqüilos na sombra do teto das torres de vigilância nos cantos da prisão. Ninguém parecia muito interessado em despender muita energia.

Ela se agachou na frente do irmão e arqueou uma sobrancelha com uma expressão crítica.

— Você não parece muito bem, meu grande irmão.

Redden Alt Mer levantou uma sobrancelha para ela.

— Achei que você estava doente, de cama.

— No meu coração eu estava doente — disse ela. — Mas estou me sentindo muito melhor agora que estamos para experimentar uma mudança de cenário. Acho que já demos à federação todo o tempo que ela merece.

Ele afastou uma mosca que zumbia perto do seu rosto e as correntes bateram furiosas.

— Você não vai precisar discutir comigo quanto a isso. Meu futuro como mercenário não parece promissor mesmo.

Ela olhou ao redor. A barraca estava cheia com os sons de homens resmungando e xingando, de correntes batendo e de botas passando sobre a passarela acima. O ar estava seco, quente e parado, e o cheiro de corpos sujos, suor e excremento permeava tudo.

Ela ajustou a postura para se sentar de pernas cruzadas diante dele, colocando o embrulho de comida no chão entre os dois.

— Que tal uma coisa para comer?

Ela desembrulhou a comida, e seu irmão começou a devorá-la, faminto.

— Isto está bom — disse ele. — Mas o que vamos fazer, exatamente? Eu achei que você pudesse ter pensado num jeito de me tirar daqui.

Ela jogou para trás seus grossos cabelos ruivos e deu um sorriso irônico.

— Quer dizer que você mesmo ainda não pensou em nada? Você se meteu nisso, não foi?

— Não, tive uma ajuda. — Ele mastigou um pedaço de pão, pensativo. — Tem algo para beber?

Ela enfiou a mão dentro da roupa e retirou um frasco. Ele o pegou e deu um gole grande.

— Cerveja — disse ele com aprovação. — O que está acontecendo? É minha última refeição?

Ela pegou um pedaço de faisão assado.

— Esperemos que não.

— E aí?

— E aí que vamos matar o tempo até Hawk arrumar as coisas para a nossa partida. — Tirou o frasco da mão dele e bebeu. — Além disso, podemos não ter tempo para comer novamente até pararmos. Acho que não iremos parar antes do anoitecer.

Ele assentiu.

— Acho que não. Então você tem um plano.

Ela sorriu.

— O que é que você acha?

Eles terminaram a refeição, beberam o resto da cerveja e ficaram sentados em silêncio até Rue Meridian achar que já havia se passado tempo suficiente para que Furl Hawken estivesse pronto e esperando. Então ela se levantou, limpou a poeira da roupa, recolheu os restos de seu banquete e caminhou até o barracão que servia de escritório para o comandante da prisão. No caminho, jogou os restos na pilha de adubo composto que havia ali. Fazia-se o que se podia pela Mãe Terra, até mesmo naquele lugar.

Entrou no escritório do comandante sem bater, fechando a porta atrás de si. O comandante estava reclinado em sua cadeira, encostada na parede atrás da mesa, cochilando. Era um homem corpulento, de cara vermelha, rosto e mãos envelhecidos e cheios de cicatrizes. Sem diminuir o passo, ela deu a volta na mesa, punhal na mão e o atingiu com toda a força que pôde atrás da orelha. Ele caiu sem fazer um som.

A parede estava cheia de fileiras com molhos de chaves. Selecionou o que tinha uma etiqueta com o nome de seu irmão e foi até a porta. Quando avistou um guarda passando do lado de fora, chamou-o.

— O comandante quer ver meu irmão. Traga-o aqui, por favor.

O guarda, acostumado a receber ordens de quase todo mundo, não a questionou. Pegou as chaves e se foi. Alguns minutos depois voltou, levando Ruivão a um passo lento, os ferros dos tornozelos e dos punhos ainda presos. Ela ficou de lado para deixá-los entrar, fechou a porta e derrubou o guarda com um golpe no pescoço.

Alt Mer olhou para ela.

— Muito eficiente. Planeja despachar a guarnição inteira assim?

— Acho que não vai ser necessário. — Enfiou as chaves nas fechaduras do punho e do tornozelo e as correntes caíram. Ele esfregou os punhos com prazer e procurou uma arma. — Deixa pra lá. — Ela fez um gesto de impaciência.

Ela pegou uma folha de papel na mesa do comandante, com um timbre que trazia a insígnia da federação, e escreveu uma breve nota utilizando uma pena de ave e tinta. Ao terminar, deu uma olhada inquiridora no papel e então assentiu.

— Está bom assim. Você é um homem livre. Vamos embora.

Tornou a enfiar o punhal na bota e saíram do barracão do comando, atravessando o quintal até os portões. Os olhos de seu irmão desviaram-se nervosos. Prisioneiros e guardas os observavam.

— Você tem certeza que vai dar certo?

Ela deu uma gargalhada e o empurrou, brincando.

— Olhe só.

Quando chegaram aos portões, os dois guardas aos quais dera suas armas na entrada estavam esperando. Ela acenou para eles com o papel timbrado.

— O que foi que eu disse a vocês? — perguntou ela sorridente, entregando o papel ao primeiro guarda.

— Deixe eu dar uma olhada nisso — respondeu ele desconfiado, olhando intrigado para o papel.

— Pode ver você mesmo — declarou ela, apontando para a escrita. — Ele está solto sob minha custódia até tudo isso ficar esclarecido. Eu disse a vocês que não seria assim tão difícil.

O segundo guarda se aproximou do primeiro, olhando sobre seu ombro. Nenhum dos dois parecia ter certeza do que fazer.

— Não estão entendendo? — ela forçou, chegando junto deles, enfiando o dedo no papel. — O exército não pode se dar ao luxo de manter seu melhor piloto de aeronaves preso no meio de uma guerra. Não porque um oficial da federação acha que é uma boa idéia. Vamos lá! Devolvam minhas armas! Vocês já olharam muito tempo para essa ordem! O que há, não sabem ler?

Ela os encarava. Nenhum dos guardas disse uma palavra.

— Querem que eu acorde o comandante de novo? Ele já ficou muito furioso da primeira vez.

— Tudo bem, tudo bem — disse o primeiro guarda apressado, devolvendo logo o pedaço de papel.

Devolveu-lhe suas facas, florete e funda e expulsaram-nos dos portões, de volta para o acampamento. Em silêncio, Rue Meridian e o irmão seguiram por algumas dezenas de passos, até que Redden Alt Mer disse:

— Não acredito.

Ela deu de ombros.

— Eles não sabem ler. Mesmo que soubessem, não faria diferença. Ninguém conseguiria entender o que escrevi. Quando lhes perguntarem a respeito, dirão que eu tinha uma ordem de soltura assinada pelo comandante. Quem é que vai dizer que não? Aqui é o exército, meu grande irmão. Soldados não admitem nada que possa colocá-los em apuros. Vão ficar discutindo por um ou dois dias e depois decidirão que ficarão melhor sem nós.

Seu irmão esfregou os braços para restaurar a circulação e olhou para o céu sem nuvens.

— Três anos neste fim de mundo. Dinheiro ou não, é muito tempo. — Suspirou cansado e deu uma palmada na coxa. — Mas detesto abandonar a *Black Moclips*. Odeio isso.

Ela assentiu.

— Eu sei. Pensei em levá-la. Mas roubá-la seria difícil, Ruivão. Muita gente montando guarda.

— Vamos conseguir outra nave — declarou ele, dispensando a questão, os passos já voltando aos poucos ao ritmo antigo. — Em algum lugar.

Caminharam pelas margens do campo até onde os passos levavam na direção da cidade de Dechtera e dos pastos a oeste. Assim que atravessassem o Rappahalladran e as planícies mais adiante, estariam em casa.

À frente, Furl Hawken aguardava com mais de uma dezena de rovers, seus cavalos e suprimentos.

— Hawk! — gritou Redden Alt Mer e acenou para ele. Então olhou para trás, para a linha do campo que ficava longe. — Bom, foi divertido por um tempo. Não tão divertido quanto será para onde formos agora, claro, seja aonde for, mas teve seus momentos.

Rue Meridian sorriu ironicamente.

— Meu irmão, o eterno otimista. — Afastou do rosto fios soltos dos cabelos compridos. — Vamos torcer para que desta vez você esteja certo.

Dez minutos mais tarde, deixaram o exército da federação para trás e cavalgaram para oeste, para a costa da Divisa Azul.

6

Ao amanhecer, o druida conhecido como Walker esgueirou-se para fora do quarto de dormir que haviam lhe dado na casa de verão em sua chegada na noite anterior. Arborlon ainda estava dormindo, a cidade dos elfos descansando, e apenas os vigias noturnos e aqueles cujo trabalho exigia levantar cedo estavam acordados. Figura alta, magra, sombria em seus mantos, cabelos e barba negros, ele deslizou sem fazer ruído pelo terreno do palácio e atravessou as ruas e vielas da cidade até a amplidão do Carolan. Estava ciente do guarda real que o seguia, um elfo caçador que lhe fora designado pelo rei. Allardon Elessedil não era homem de se arriscar; portanto, a presença de um cão de guarda não era inesperada e Walker não se importou.

Nas montanhas, onde o Carolan encarava as florestas da Terra Ocidental, visíveis por todo o caminho até as saliências serrilhadas de Rock Spur a sul e o Kensrowe ao norte, ele parou. O primeiro brilho da luz do sol tocava a copa das árvores atrás de si, mas a noite ainda cobria a terra a oeste, sombras purpúreas e cinzentas agarrando-se aos topos das árvores e aos picos das montanhas como véus. No anfiteatro de terra que era o Sarandanon, pequenos lagos e rios refletiam as primeiras luzes do dia em lampejos prateados por entre a colcha de retalhos dos campos e das fazendas. Mais adiante, as águas do Innisbore reluziam em uma película metálica, dura, a superfície recoberta com camadas quebradas de névoa. Em algum lugar além daquilo ficava a vasta amplidão da Divisa Azul, e era para lá que ele acabaria tendo de ir.

Walker olhou para toda a terra, analisando-a lenta e cuidadosamente, embebendo-se de suas cores e formas. Pensou na história da cidade. Da resistência que ali houvera, no tempo de Eventine Elessedil, contra o ataque dos demônios libertados do Proibido pelo fracasso da Ellcrys. De sua jornada partindo da Terra Ocidental no Ruhkstaff e no Loden dividido pela magia até a ilha de Morrowindl — habitações, pessoas e história desapareceram como se jamais tivessem existido. De sua jornada de volta, retornando às Quatro Terras por intermédio de Wren Elessedil, onde resistiria ao massacre dos sombrios. Como sempre, os elfos e os druidas foram aliados, unidos por um desejo comum de ver as terras e seus povos em liberdade.

O que, ele se perguntou em contemplação sombria, havia acontecido com aquele elo?

Abaixo das montanhas, transbordante com a neve derretida e a chuva de primavera, o riacho Song se agitava ruidoso dentro de suas margens. Ele ficou ouvindo o som calmante e longínquo do fluxo pesado da água ecoando por entre as árvores. Ficou imóvel no silêncio que cobria tudo ao redor, sem querer perturbá-lo. Era estranho estar ali de novo, mas também era correto. Não visitava Arborlon havia mais de vinte anos. Não achou que fosse voltar enquanto Allardon Elessedil vivesse. Sua última visita abrira um abismo entre ambos que ele não achava pudesse ser fechado. Mas ali estava ele, e o abismo que antes parecera tão intransponível agora parecia apenas inconseqüente.

Seus pensamentos se dispersaram quando ele se afastou. Fora até Arborlon e o rei dos elfos por desespero. Todos os seus esforços para tentar um acordo com as raças para que levassem representantes a Paranor para estudar da maneira druida haviam fracassado. Desde então, ele vivera sozinho em Paranor, voltando-se para o trabalho de registrar a história das Quatro Terras. Não havia muito mais que pudesse fazer. Sua amargura era profunda. Ele estava aprisionado em uma vida que jamais desejara. Era um druida relutante, recrutado pela sombra de Allanon em um tempo em que não havia druidas, e a presença de pelo menos um era vital para a sobrevivência das raças. Ele havia aceitado a confiança de sangue que fora depositada pelo moribundo Allanon centenas de anos antes sobre seu ancestral Brin Ohmsford, não porque a desejasse de algum modo, mas porque destino e circunstância conspiraram para colocá-lo diante de uma missão que somente ele poderia realizar. Fizera isso movido por um senso de responsabilidade. Fizera isso esperando que pudesse alterar a imagem e o trabalho dos druidas, pensando poder achar uma forma através da qual a ordem pudesse supervisionar o avanço da civilização através de estudo cooperativo e da participação democrática de todos os povos das Quatro Terras.

Ele balançou a cabeça. Como fora tolo, como seu pensamento fora ingênuo. As disparidades entre nações e raças eram grandes demais para qualquer organização as superar, quanto mais um único homem. Seus predecessores haviam percebido isso e agiram de acordo. Primeiro mostre força, depois a razão. Poder engendrava respeito, e respeito fornecia uma plataforma a partir da qual a razão comandava. Ele não tinha nada disso. Era um pária, solitário e anacrônico aos olhos de quase todos. Os druidas haviam partido das Quatro Terras desde os tempos de Allanon. Tempo demais para que alguém se lembrasse de como eles haviam sido um dia. Tempo demais para exigir respeito. Tempo demais para servir como um catalisador de mudanças em um mundo onde a mudança na maioria das vezes vinha devagar, relutantemente e aos poucos.

Soltou o ar de uma vez, como se para expelir as lembranças amargas. Tudo isso estava no passado. Talvez agora pudesse ser enterrado lá. Talvez agora, sem o saber, ele tivesse recebido a chave para realizar o que lhe fora negado por tanto tempo.

Os Jardins da Vida se elevavam à sua frente, ensolarados e vibrantes com as cores da primavera. Membros da Guarda Negra montavam guarda em suas entradas, rígidos e distantes, e Walker passou por eles sem um olhar. Dentro dos jardins crescia a Ellcrys, o mais sagrado dos talismãs dos elfos, a árvore que mantinha distante o Proibido, o muro conjurado em tempos ancestrais para fechar os demônios e os monstros que um dia ameaçaram dominar o mundo. Foi até onde ela estava enraizada sobre uma pequena elevação, afastada do resto das plantas, estonteantemente bela com seus galhos prateados e folhas rubras, envolta em serenidade e lenda. Um dia ela fora humana. Quando seu ciclo de vida estivesse completo e ela morresse, sua sucessora viria dentre os escolhidos que cuidavam dela. Era uma estranha e miraculosa transição, e exigia sacrifício e compromisso de um tipo com o qual ele estava muito familiarizado.

Uma voz falou ao seu lado:

— Sempre me pergunto se ela está me observando, se, em virtude de ter recebido responsabilidade por todo o seu povo, eu exijo sua constante vigilância. Sempre me pergunto se estou me saindo de acordo com suas expectativas.

Walker se virou e viu Allardon Elessedil em pé ao seu lado. Muitos anos se passaram desde que o vira pela última vez, mas reconheceu-o imediatamente. Allardon Elessedil estava mais velho e mais grisalho, mais abatido e preocupado, e os mantos que vestia estavam desbotados e tinham uma cor indefinida. Mas ele se portava da mesma maneira real e emanava a mesma presença pétrea. Allardon Elessedil não era um dos grandes reis elfos; essa herança lhe fora negada por uma história que não lhe dera motivo nem necessidade de sê-lo e um temperamento que não era nem inquieto nem inquisitivo. Era um rei provedor, um governante que sentia que sua tarefa principal era manter as coisas como estavam. Correr riscos era para outros homens e outras raças, e os elfos em seu tempo não haviam estado na vanguarda da evolução da civilização nas Quatro Terras.

O rei dos elfos não estendeu a mão em cumprimento nem pronunciou qualquer palavra de boas-vindas. Ainda não sabiam, julgou Walker, como seu encontro iria terminar.

Walker tornou a olhar para a Ellcrys.

— Não podemos saber o que ela espera de nós, rei dos elfos. Seria presunção sequer tentar.

Se o outro homem ficara ofendido, não o demonstrou.

— Está descansado? — perguntou.

— Estou. Dormi sem problemas. Mas ao amanhecer senti necessidade de vir até aqui. Há algum problema?

Allardon Elessedil dispensou a pergunta com um gesto.

— De jeito algum. Você é livre para andar aonde escolher.

Sim, mas não para fazer o que desejo, pensou Walker. Como ele fora amargo ao partir há tantos anos! Como estivera desesperado. Mas a passagem do tempo arredondara as arestas daqueles sentimentos outrora tão aguçados, e agora eles eram em grande parte memória. Era um novo tempo, e o rei dos elfos estava ficando velho e necessitando dele. Walker poderia obter o resultado que lhe fora negado por tanto tempo se procedesse com cautela. Era uma sensação estranha e animadora, e ele tinha de ser cuidadoso para evitar que ela transparecesse em sua voz e seus olhos.

— Sua família está bem? — perguntou, fazendo um esforço para ser cordial.

O outro deu de ombros.

— As crianças crescem e tomam seus próprios caminhos. Cada vez me escutam menos. Tenho o respeito delas, mas não sua obediência. Sou mais pai do que rei para elas, e elas se sentem livres para me ignorar.

— O que você gostaria que elas fizessem?

— Ah, o que os pais normalmente gostariam — riu o rei dos elfos. — Que ficassem mais perto de casa, que corressem menos riscos, que se contentassem com o mundo conhecido. Kylen combate com os nascidos livres em uma luta que eu não apóio. Ahren vaga pelo norte em busca de um futuro. Meus filhos acham que viverei para sempre e me deixam sozinho como governante. — Deu de ombros. — Suponho que não sejam diferentes dos filhos de outros pais.

Walker nada falou. Seus pontos de vista não teriam sido bem recebidos. Se os filhos de Allardon Elessedil crescessem como homens diferentes de seu pai, tanto melhor.

— Estou feliz que tenha decidido vir — o rei arriscou depois de um momento.

Walker deu um suspiro.

— Você sabia que eu viria. O elfo náufrago... é Kael?

— Suponho que sim. Ele usava o bracelete. Se fosse outro elfo, não o teria levado no corpo. De qualquer maneira, saberemos amanhã. Eu esperava que o mapa intrigasse você o suficiente para que fosse convencido. Você o estudou?

Walker fez que sim.

— A noite inteira antes de voar para cá, ontem.

— Ele é genuíno? — perguntou Allardon Elessedil.

— É difícil dizer. Depende do que você quer dizer com isso. Se está me perguntando se ele pode nos dizer o que aconteceu com seu irmão, a resposta é sim. Pode ser um mapa da viagem na qual ele desapareceu. Seu nome não aparece em lugar algum dos escritos, mas as condições e a natureza da pele e da tinta sugerem que ele foi desenhado nos últimos trinta anos, de modo que pode ter sido obra dele. A letra é dele?

O rei dos elfos balançou a cabeça.

— Não sei dizer.

— O idioma é arcaico, um idioma que não é usado desde que as Grandes Guerras mudaram o Antigo Mundo para sempre. Seu irmão teria aprendido esse idioma?

O outro homem parou para pensar sobre isso por um instante, e então deu de ombros.

— Não sei. Quanto do que está nele você conseguiu decifrar?

Walker agitou-se dentro de seus mantos negros, tornando a olhar na direção do Carolan.

— Podemos caminhar um pouco? Estou sentindo cãibras e dores da viagem de ontem, e acho que esticar as pernas ajudaria.

Começaram a descer o caminho devagar e o rei dos elfos andou ao seu lado sem dizer palavra. Caminharam em silêncio por algum tempo por entre os jardins, o druida contente em deixar as coisas ficarem como estavam até estar pronto para falar sobre elas. Que Allardon Elessedil esperasse como ele próprio havia esperado. Voltou sua atenção a outras coisas, observando a maneira pela qual as plantas dos jardins fluíam uma para dentro da outra em intrincada simetria, escutando o chilrear suave dos pássaros residentes, olhando para as nuvens que passavam como pedaços de seda e jogados contra o azul-claro do céu de primavera. A vida em equilíbrio. Tudo como deveria ser.

Walker olhou para ele.

— O guarda que você designou para me vigiar parece ter perdido o interesse no trabalho.

O rei dos elfos sorriu para acalmá-lo.

— Ele não estava lá para vigiar você. Estava lá para me avisar quando você acordasse para que pudéssemos ter esta conversa.

— Ah. Você procurava privacidade em nossa reunião. Porque seus próprios guardas também estão ausentes. Estamos inteiramente sozinhos. — Fez uma pausa. — Então você se sente seguro comigo?

O sorriso do outro não tinha muita segurança.

— Ninguém ousaria me atacar enquanto eu estivesse com você.

— Você tem mais fé em mim do que mereço.

— Tenho?

— Sim, se considerar que eu não estava me referindo a um ataque que pudesse vir de terceiros.

A conversa estava deixando o rei claramente desconfortável. Ótimo, pensou Walker. Quero que você se lembre de como deixou as coisas entre nós. Quero que você se pergunte se eu poderia ser uma ameaça maior para você do que os inimigos que você teme mais prontamente.

Emergiram dos jardins para o Carolan, a luz do sol iluminando a vastidão verde das alturas em caminhos brilhantes que se derramavam para as florestas abaixo. Walker seguia na frente até um banco colocado embaixo de um bordo envelhecido, cujos galhos formavam um vasto guarda-chuva. Sentaram-se juntos, druida e rei, olhando por sobre as alturas para a mistura púrpura e dourada de sombra e luz que coloria o horizonte ocidental.

— Não tenho motivo para querer ajudar você, Allardon Elessedil — disse Walker depois de um momento.

O rei dos elfos assentiu.

— Talvez tenha uma razão melhor do que pensa. Não sou o homem que era da última vez que conversamos. Lamento profundamente como terminou aquele encontro.

— Seu pesar não pode ser maior do que o meu — respondeu Walker sombrio, mantendo o olhar distante.

— Podemos mergulhar nas lamentações e nas perdas ou voltarmos nossa atenção para o que poderemos realizar, se ambos esquecermos o passado. — A voz do rei dos elfos estava embargada e preocupada, mas também havia um quê de determinação por trás dela. — Eu gostaria de um novo começo.

Agora Walker olhava para ele.

— O que você propõe?

— Uma chance para que você monte o conselho de druidas que deseja, para começar com o trabalho que procurou fazer por tanto tempo, com meu apoio e bênção.

— Dinheiro e homens contariam mais que seu apoio e bênção — observou o druida, secamente.

O rosto do rei dos elfos ficou tenso.

— Você terá ambos. Terá o que precisar se for capaz de me dar o que preciso em troca. Agora me fale do mapa. Você conseguiu decifrar seus escritos?

Walker levou um longo momento para considerar a resposta antes de falar.

— O bastante para poder lhe dizer que o objetivo deles é mostrar o caminho para o tesouro com o qual a vidente de sua mãe sonhou há trinta anos. Como eu disse, a escrita é arcaica e obscura. Alguns símbolos sugerem mais de uma coisa. Mas existem nomes, cursos e descrições de clareza suficiente para revelar a natureza do mapa. Uma viagem para oeste da costa da Divisa Azul até três ilhas, cada qual um pouco mais distante do que a anterior. Cada uma oculta uma chave que, usada em conjunto com as demais, abrirá uma porta. A porta leva até uma fortaleza subterrânea que fica embaixo das ruínas de uma cidade chamada Castledown. As ruínas podem ser encontradas em um promontório montanhoso a noroeste muito longe daqui, chamado Ice Henge. Dentro das ruínas existe um tesouro cujo poder é capaz de alterar a vida. É uma magia de palavras, uma magia que em seu refúgio sobreviveu à destruição do Antigo Mundo e às Grandes Guerras. As origens da magia são obscuras, mas os escritos do mapa dizem que ela supera todas as outras.

Walker fez uma pausa.

— Como ele foi encontrado com o náufrago, o elfo cego e mudo juntamente com o bracelete de seu irmão, eu ficaria inclinado a acreditar que, se ele fosse seguido, revelaria o destino de seu irmão e talvez a natureza da magia que oculta.

Ele esperou, deixando o rei pensar. Nas montanhas, os elfos começavam a aparecer em aglomerados para o início do dia de trabalho. Guardas trocavam de turno. Negociantes e trapeiros chegavam do oeste, atravessando o riacho Song em barcas e jangadas, levando vagões e carrinhos cheios de artigos, e em seguida subindo as rampas do Elfitch. Jardineiros trabalhavam nos Jardins da Vida, arrancando ervas daninhas e aparando sebes, plantando e fertilizando. Aqui e ali, um escolhido vestido de branco aparecia vagando. Crianças brincavam enquanto os professores as levavam para suas áreas de estudo para lições sobre como se tornarem curandeiros nas Quatro Terras.

— Então você apóia uma peregrinação como a que meu irmão realizou há tantos anos? — o rei perguntou finalmente.

Walker deu um sorriso fraco.

— Assim como você também, ou não teria me pedido para vir.

Allardon Elessedil assentiu lentamente.

— Se quisermos saber a verdade, devemos seguir a rota que o mapa descreve e ver para onde ele leva. Senão, jamais saberei o que aconteceu com Kael. Jamais saberei o que aconteceu com as pedras élficas que ele carregava. A perda delas é talvez o mais significativo. Não é fácil de admitir, mas não posso fingir o contrário. As pedras são herança dos elfos, passadas de geração a geração desde a rainha Wren, e as últimas de sua espécie. Somos um povo menor sem elas, e eu as quero de volta.

O rosto escuro de Walker era inescrutável.

— Quem irá liderar essa expedição, Allardon?

Não houve hesitação em sua resposta.

— Você. Se concordar. Eu estou velho demais. Posso admitir você, e ninguém mais. Meus filhos são muito jovens e inexperientes. Mesmo Kylen. Ele é forte e feroz, mas não é experiente o bastante para liderar uma expedição desse tipo. Meu irmão levava as pedras élficas, e mesmo isso não foi o bastante para salvá-lo. Talvez os poderes de um druida provem ser mais formidáveis.

— E, se eu concordar em fazer isto, você me dá a sua palavra de que os elfos apoiarão um conselho de druidas independente, livre para estudar, explorar e desenvolver todas as formas de magia?

— Dou.

— Um conselho de druidas que não responderá a nenhuma nação, povo ou governante, mas apenas à sua própria consciência e aos ditames da ordem?

— Sim.

— Um conselho de druidas que irá compartilhar suas descobertas igualmente com todos os povos, quando e se essas descobertas puderem ser implementadas em paz e para o aprimoramento de todas as raças?

— Sim, sim! — O rei fez um gesto de impaciência. — Tudo o que você queria antes e eu neguei. Tudo. Mas, compreenda — ele acrescentou apressado —, não posso falar por outras nações e governantes, apenas pelos elfos.

Walker concordou.

— Onde os elfos lideram, outros seguem.

— E se você desaparecer assim como meu irmão, então a questão terminará aí. Não me prenderei a um acordo com um cadáver: não um acordo dessa espécie.

O olhar de Walker vagou pelo Carolan até os Jardins da Vida e parou nos homens e mulheres que ali trabalhavam, concentrados em suas tarefas. Isso o lembrou de seu próprio trabalho, da necessidade de cuidar das vidas das pessoas das raças que os druidas haviam jurado havia muito tempo proteger e ajudar a evoluir. Por que seus objetivos haviam sido tão difíceis de alcançar quando sua causa era tão obviamente certa? Se as plantas fossem conscientes como os humanos, seriam tão difíceis e obstrutivas aos esforços de seus tratadores?

— Nós nos entendemos, Allardon — disse ele em voz baixa. Seus olhos encontraram o rosto do rei. Esperou que as linhas de irritação suavizassem. — Mais uma coisa. Qualquer tesouro que eu descobrir nessa jornada, seja magia ou outra coisa, pertence aos druidas.

O rei dos elfos já estava balançando a cabeça em desacordo.

— Você sabe que não concordarei com isso. Não ligo para dinheiro nem metais preciosos. Mas o que você encontrar de magia, seja qual for sua forma, pertence aos elfos. Sou eu quem estou sancionando e patrocinando essa viagem. Sou eu cuja causa assim o exige. Tenho direito à posse de qualquer coisa que você recuperar.

— Em nome de seu povo — emendou Walker casualmente.

— Claro!

— Sugerindo então que a causa e os direitos de propriedade do povo elfo são maiores do que os das outras raças, mesmo que a magia recuperada pudesse beneficiá-las também?

O rei ficou rubro e teso por baixo de seus mantos. Inclinou-se para a frente, irritado.

— Não tente me fazer sentir culpado ou com remorso pelas proteções que procuro dar ao meu próprio povo, Walker! É meu dever fazer isso! Que os outros também o façam, e talvez um equilíbrio seja alcançado!

— Tenho problemas em entender por quê, por um lado, você apóia um conselho de druidas, dando direitos iguais para todas as nações e povos, enquanto, por outro, busca reter o que mais poderia beneficiá-los. Será que devo realizar uma jornada só para você, quando o que eu mais desejo no seu fim está proibido para mim? — Fez uma pausa, refletindo. — A magia pertence a todos, rei dos elfos, especialmente quando seu impacto atinge a todos. Um compartilhamento da magia deve começar em algum lugar. Que comece aqui.

Allardon Elessedil olhou firme para ele, mas o druida manteve o olhar fixo e a expressão neutra. Os segundos se arrastaram e nenhum dos homens falava, olhos presos um ao outro.

— Não posso concordar — repetiu firme o rei dos elfos.

Walker franziu a testa, pensativo.

— Farei uma barganha com você — disse ele. — Um compromisso de nossas posições. Dividiremos totalmente o que eu encontrar, magia ou não. Mas faremos um acordo quanto à natureza desse compartilhamento. Aquilo que você poderá usar sem minha ajuda, eu lhe dou de graça. Aquilo que só eu puder usar me pertence.

O rei o estudou.

— A vantagem é sua nessa barganha. Você é mais capacitado para comandar o uso da magia do que eu ou meu povo.

— A magia que for dos elfos por natureza será prontamente compreendida por elfos e deverá pertencer a eles. As pedras élficas, por exemplo, se encontradas, pertencem a você. Mas a magia que tiver outra fonte, seja qual for sua natureza, não pode ser reclamada só pelos elfos, especialmente se não puderem lidar com ela.

— Não há magia no mundo a não ser aquela que foi dada aos elfos pelo mundo de Faerie. Você sabe disso!

— Então você não tem nada com que se preocupar.

O rei balançou a cabeça, indefeso.

— Existe um truque nisso tudo.

— Diga qual é então.

— Está bem, está bem! — suspirou o elfo. — Esta questão precisa ser resolvida de uma vez. Aceito seu compromisso. A magia que for por natureza dos elfos e puder ser comandada por nós é nossa. O resto fica com o conselho de druidas. Não gosto desta barganha, mas posso viver com ela.

Apertaram-se as mãos sem dizer palavra. Walker se levantou, apertando os olhos para o brilho agudo do nascer do sol enquanto olhava para leste por sobre as árvores. Seus mantos negros ondulavam suavemente na brisa. Allardon

Elessedil levantou-se junto com ele. As feições agudas pareciam cansadas apesar da hora.

— O que você pretende fazer agora?

O druida voltou a olhar para o rei.

— Precisarei usar o cavaleiro alado e seu roca.

— Hunter Predd? Vou falar com ele. Você voará para Bracken Clell?

— Você irá comigo se eu for? — retrucou o druida. — Ou já fez isso?

Allardon Elessedil balançou a cabeça.

— Estava esperando por você.

— Talvez seja seu irmão o homem que está morrendo na casa do curandeiro, rei dos elfos.

— Talvez. Mas trinta anos se passaram, e para mim ele já está morto há muito tempo. — O rei suspirou. — As coisas vão se complicar se eu for com você. A guarda real insistirá em ir também, para me proteger. Será necessário outro roca. Será melhor se eu permanecer aqui.

Walker concordou.

— Então irei sozinho, e depois seguirei adiante para encontrar uma nave e uma tripulação.

— Posso ajudar você com isso.

— Pode, mas prefiro que me ajude de outra maneira se escolher ficar por aqui. Há certas coisas que quero de um navio e uma tripulação que nos levem em busca do tesouro do mapa, coisas que devo determinar sozinho. Mas confiarei em você para selecionar aqueles que nos defenderão. Elfos caçadores, claro, mas talvez também um punhado de outros, homens da fronteira e anões, acho. Está disposto a encontrá-los para mim?

O rei dos elfos concordou.

— Quantos deseja?

— Umas duas dezenas para escolher, não mais.

Começaram a voltar pelas montanhas, andando mais uma vez na direção dos jardins, sem pressa. Ao redor deles, a cidade de Arborlon estava despertando.

— Duas dezenas é um número pequeno de lâminas e arcos dos quais depender — observou o rei.

— Três naves com tripulações completas e dezenas de elfos caçadores também foram aparentemente muito pouco — ressaltou Walker. — Prefiro confiar na velocidade, na discrição e na coragem de uns poucos em vez de apostar na quantidade.

— Uma nave é tudo que você irá levar então?

— Será o bastante.

Allardon Elessedil deu de ombros, os olhos baixos.

— Muito bem. Não irei com você, como disse, mas quero mandar alguém em meu lugar.

— Mande quem quiser, só que...

Se não estivesse protegendo os olhos contra a luz do sol enquanto falava, Walker teria deixado de perceber o brilho da lâmina de metal arremessada. O assassino era um dos jardineiros, inconspícuo em suas roupas de trabalho, apenas mais outro trabalhador em seu serviço. Ele se levantara como se fosse pegar suas ferramentas, e subitamente a faca aparecera.

O gesto suave de Walker fez a lâmina sair girando para o lado, como se tivesse resvalado numa parede.

Naquele momento o segundo assassino atacava, desta vez com uma zarabatana. Outro dos que pareciam jardineiros se ajoelhou sobre uma florada de dentes-de-leão amarelos e disparou três dardos em rápida sucessão. Walker puxou o rei de lado e bloqueou esse ataque também. Um terceiro assassino os abordou com um florete e uma faca. Todos os assassinos eram elfos, com suas feições inconfundíveis. Mas os olhos estavam fixos e nada viam, e o druida percebeu na hora que suas mentes haviam sido alteradas para assegurar sua obediência no ataque.

O Carolan se encheu de gritos quando outros elfos perceberam o que estava acontecendo. Soldados da Guarda Negra correram em defesa do rei, com suas grandes lanças abaixadas. Elfos caçadores apareceram também, formas esguias e rápidas disparando dentre as árvores. Todos estavam distantes demais.

Walker fez um gesto na direção do assassino que usava o florete e a faca e uma forma etérea gigantesca se materializou perante o homem, um gigantesco gato do pântano pulando do nada para interceptá-lo. O homem gritou e caiu, armas voaram quando a besta pulou para dentro dele e desapareceu, deixando-o encolhido e rangendo os dentes, caído ao chão. Os dois assassinos restantes tornaram a atacar, silenciosos e determinados, desviando-se do terceiro homem, a loucura em seus olhos vazios. Aproximaram-se do druida e foram jogados de lado como se feitos de papel. Seus mantos negros voejando como sombras libertadas, Walker virou-se de um para outro, tirando-lhes suas armas e impedindo seus ataques.

Mas a guarda real e a Guarda Negra agora estavam perto o bastante para reagir também. Apavorados por seu rei, agiram instintivamente e de modo não muito sábio para protegê-lo. Uma chuva de lanças e flechas abateu os assassinos, deixando-os caídos na terra encharcada de sangue, tirando lentamente suas vidas. Até mesmo o terceiro homem foi apanhado nesse dilúvio, pois voltara a se levantar rápido demais para ser poupado. Walker gritou para que os elfos parassem, que deixassem os assassinos com ele, mas foi tarde demais para salvá-los.

Tarde demais também para salvar Allardon Elessedil. Uma flecha apontada para os assassinos atingiu o rei dos elfos bem no meio do peito. Ele perdeu o fôlego com o impacto, cambaleando para trás, e tombou. Walker não teve chance de salvá-lo. Concentrado em deter os assassinos, não teve tempo de reagir aos guardas.

O druida se ajoelhou ao lado do rei, levantou seus ombros e colocou a cabeça no seu colo.

— Rei dos elfos? — sussurrou ele. — Está me ouvindo?

Os olhos de Allardon Elessedil estavam abertos e seu olhar se moveu ao som da voz do druida.

— Eu ainda estou aqui.

Elfos caçadores os haviam cercado e chamaram um curandeiro com remédios. As montanhas eram um turbilhão de atividade enquanto elfos se aglomeravam, vindos de todas as partes para ver o que tinha acontecido. A Guarda Negra formou um anel ao redor de seu governante ferido e empurrou a multidão para trás. Os assassinos jaziam mortos em seu próprio sangue, suas formas sem vida banhadas na luz do sol e deitadas na grama funda.

Allardon Elessedil cuspia sangue.

— Chame um escriba — ele se engasgou. — Faça isso agora.

Encontraram um quase imediatamente, um homem muito jovem, o rosto pálido e os olhos apavorados quando se ajoelhou diante do rei.

— Afastem todos, menos este garoto, o druida e duas testemunhas — ordenou Allardon Elessedil.

— Alteza, eu não posso... — um capitão da guarda real disse baixinho, mas o rei fez um gesto para que se afastasse.

Quando uma área havia sido aberta ao seu redor, o rei dos elfos acenou com a cabeça para o escriba.

— Copie o que eu disser — sussurrou ele, mantendo os olhos em Walker enquanto falava. — Tudo.

Cuidadosamente, detalhe por detalhe, ele repetiu o acordo que havia feito com o druida momentos antes. Uma viagem deveria ser realizada com Walker como seu líder. O propósito da viagem era seguir a rota descrita em um mapa em poder do druida, do qual o escriba do rei fizera uma cópia que estava no palácio. Uma busca pelas pedras élficas azuis desaparecidas deveria ser realizada. E assim por diante. Lenta e dolorosamente, ele repetiu tudo, incluindo a barganha feita com relação à recuperação da magia. Um curandeiro apareceu e começou a trabalhar na ferida, mas o rei continuava falando, fazendo caretas de dor, a respiração difícil e entrecortada, os olhos piscando como se ele lutasse para enxergar.

— Pronto — disse ele quando terminou. — Eles me mataram por nada. Cuide disso, Walker. Prometa-me.

— Ele está morrendo de tanto sangrar — anunciou o curandeiro. — Preciso levá-lo para minha sala de cirurgia e remover a flecha agora.

Walker levantou o rei dos elfos como se ele nada pesasse, aninhando-o na dobra de seu braço esquerdo bom e com o toco do direito, e levou-o das planícies. Durante todo esse tempo, falou com ele, dizendo-lhe que permanecesse forte, que não desistisse, que lutasse por sua vida, pois ela tinha significado e valor além do que ele sabia. Cercado pela guarda real, ele levava o rei como se fosse uma criança adormecida, segurando-o gentilmente em seus braços, a cabeça encostada em seu ombro.

Diversas vezes o rei falou, mas as palavras eram tão suaves que somente Walker conseguia ouvi-las. A cada vez o druida respondia com firmeza:

— Você tem minha promessa. Descanse agora.

Mas às vezes nem mesmo as exortações de um druida são suficientes. Quando chegaram à sala de cirurgia, Allardon Elessedil estava morto.

7

Só bem depois do meio-dia Walker conseguiu uma cópia das notas do jovem escriba e levou-as a Ebben Bonner, que era primeiro-ministro do Alto Conselho dos Elfos e líder nominal desse povo até a sucessão formal de Allardon Elessedil pelo filho mais velho. Ali, em uma concessão extraordinária em vista das circunstâncias que cercavam a morte do rei, o primeiro-ministro aprovou a solicitação de Walker de partir para Bracken Clell e agir segundo os termos do acordo. Walker argumentou com sucesso que havia razão para crer que os elfos com mentes alteradas que estavam por trás da morte de Allardon Elessedil haviam sido enviados por alguém cuja intenção era impedir que uma expedição retraçasse a rota detalhada no mapa do náufrago. Era coincidência demais que o ataque tivesse acontecido justamente quando o rei e o druida haviam concordado em montar tal expedição, quando se dava o primeiro encontro de ambos depois de vinte e três anos. Certamente o rei havia acreditado que aquilo era mais do que uma coincidência ou não teria passado os últimos momentos de sua vida ditando instruções de como realizar a expedição ao seu escriba. Obviamente, alguém havia descoberto a respeito do mapa e do tesouro que ele revelava. Era preciso um salto de fé para aceitar que havia uma conexão entre a morte do rei e o aparecimento do mapa, mas era melhor dar esse salto do que não fazer nada. Walker estava preocupado com a possibilidade de que, se os inimigos do rei eram ousados o bastante para atacar na capital dos elfos, seriam igualmente rápidos para atacar em Bracken Clell. O náufrago que estava sendo cuidado no centro de tratamento estaria correndo um grande risco. Talvez Walker ainda pudesse alcançá-lo a tempo. Talvez ainda pudesse descobrir se ele era Kael Elessedil.

Recrutou Hunter Predd e Obsidian para a viagem. O cavaleiro alado estava ansioso para partir do caos que se desenrolava ao seu redor e francamente curioso para saber mais sobre aonde aquele negócio do náufrago e do mapa iria levar. Praticamente sem nenhuma palavra de encorajamento de Walker, e também sem fazer perguntas, selou Obsidian e preparou-se para a viagem. Levantaram vôo ao sol da tarde, enquanto o povo de Arborlon ainda estava tentando aceitar a notícia da morte de seu rei. Alguns haviam acabado de saber, voltando de jornadas ou preocupados com as demandas e as dificuldades de suas próprias vidas. Alguns ainda não acreditavam que era verdade. Walker não sabia no que acreditar. A morte do rei fora tão repentina que deixara todos atordoados. Walker não fora menos afetado por ela do que os elfos. Não ter visto nem falado com o homem em tantos anos e em seguida vê-lo morrer na primeira manhã em que se reuniam era difícil de aceitar. Já era bastante ruim que ele tivesse sido hostil para com o rei em seu último e quase intolerável encontro e que praticamente o tivesse desejado morto. Não chegava a considerar exatamente um crime esse comportamento, mas sentia vergonha.

Allardon Elessedil jazia paramentado, aguardando seu funeral e enterro. Mensageiros haviam sido enviados até seus filhos, para a frente a leste, onde Kylen lutava com os nascidos livres, para a vastidão selvagem ao norte onde Ahren caçava. Por toda a extensão e comprimento das Quatro Terras, a notícia da morte do rei dos elfos já se havia espalhado.

Mas Walker não podia mais pensar em nada disso. Sua preocupação agora era com a segurança do náufrago e os preparativos iniciais para a viagem relatada no mapa que ele levava dentro de seus mantos. Acreditava fortemente que quem quer que tivesse arranjado o assassinato do rei o fizera para evitar que ele concordasse com a viagem.

Até que um novo rei ocupasse o trono, o Alto Conselho dos Elfos não poderia fazer muito mais do que tentar manter o barco flutuando. O que salvara do veto o pedido de Walker fora a rápida ação do velho rei em registrar, quase literalmente em seu último suspiro, o acordo que fizeram com relação ao mapa de forma que o druida pudesse agir sobre isso sem ter de esperar.

E, se as suspeitas do druida estivessem corretas, quem quer que houvesse recrutado os assassinos elfos provavelmente estava determinado a fazer aquela viagem.

Firme e perseverante, ao longo do restante da tarde, Obsidian levou seu mestre e Walker ao sul, sobrevoando a densa floresta de Drey e a vastidão pantanosa dos Grandes Matagais. Com a aproximação do crepúsculo, passaram pelas torres espirais solitárias do Pykon e atravessaram o fio prateado do riacho Song para dentro das florestas profundas que ficavam à frente de Rock Spur. A luz começava a diminuir muito rapidamente enquanto Hunter Predd guiava sua montaria até uma clareira de bom tamanho. Ali, ele enviou o roca de volta às árvores para descansar, enquanto ele e o druida montavam acampamento. Acenderam uma fogueira, depositaram seus sacos de dormir sobre um tapete de agulhas macias debaixo de um pinheiro velho e cozinharam sua refeição. O druida e o cavaleiro alado estavam sentados como se fizessem parte das sombras da floresta, figuras escuras na penumbra que se aprofundava, comendo em silêncio e escutando os sons da noite.

— Dia estranho — observou o elfo, bebericando a cerveja que dividia com seu companheiro de viagem. — Faz você se perguntar como é que a vida funciona. Faz você se perguntar por que alguém gostaria de ser rei.

Walker assentiu, as costas eretas dentro de seus mantos negros, os olhos distantes.

— A Confraria Alada deve ter pensado a mesma coisa muito tempo atrás.

— É verdade. É um dos motivos pelos quais temos um conselho para fazer nossas leis e tomar decisões por nós, e não apenas um homem. — O cavaleiro alado balançou a cabeça. — Morto por sua própria gente. Ele não era um homem ruim, Walker. Por que eles fariam isso?

Walker fixou seu olhar nele.

— Não foram eles. Eu vi seus olhos. Fossem quais fossem seus motivos em agir contra o rei, eles não eram os homens que foram até alguns dias atrás. Suas mentes foram alteradas de alguma forma permanente. Eles deveriam atacar o rei, matá-lo do jeito que pudessem e em seguida morrer.

Hunter Predd franziu a testa.

— Como poderiam ser obrigados a fazer isso?

— Magia.

— Dos elfos?

Walker balançou a cabeça.

— Ainda não estou certo. Se eles tivessem sobrevivido, eu poderia ser capaz de dizer algo. Mortos, eles não puderam me dizer nada.

— Quem eram eles? Certamente não eram jardineiros.

— Ninguém conseguiu identificá-los. Elfos sim, mas não de Arborlon. Homens duros, que tiveram vidas difíceis, a julgar pelas mãos e rostos. Devem ter matado outros homens antes disso.

— Mas...

— Mas precisariam de algum incentivo para matar um rei dos elfos. Quem quer que os tenha recrutado forneceu esse incentivo usando magia. — Walker sustentou o olhar do outro. — Lamento arrastar você novamente tão rápido, mas não havia tempo a perder. Acho que nosso náufrago está em perigo. E não vai parar por aí. Vou precisar de você para me levar a mais alguns lugares nas próximas semanas, Hunter Predd. Vou precisar de sua ajuda.

O cavaleiro alado tomou o resto da cerveja de seu copo e tornou a enchê-lo com a bolsa de pele ao seu lado.

— Para lhe dizer a verdade, eu já estava pronto para partir de qualquer maneira. Não só por causa da morte do rei, mas porque a cidade e eu não nos damos muito bem. Alguns dias são mais do que o bastante. Sinto-me melhor voando, seja qual for o risco.

O druida mostrou um sorriso irônico.

— Não obstante, parece que você está enterrado até o pescoço em algo mais do que pediu quando decidiu levar aquele mapa e o bracelete para Arborlon.

O elfo assentiu.

— Tudo bem. Quero ver aonde tudo isto vai levar. — Subitamente deu um sorriso. — Não seria uma vergonha se eu não me permitisse essa chance?

Dormiram sem ser perturbados e ao nascer do sol já estavam voando para o sul mais uma vez. O tempo havia mudado durante a noite, com nuvens pesadas rolando da costa para o interior e cobrindo os céus de horizonte a horizonte. O ar estava quente e parado, com cheiro de chuva nova, e a distância, bem para o oeste, o som de um trovão ecoava ameaçador. Sombras envolviam a terra sobre a qual passavam, um manto de movimento e luz que sussurrava em seus pensamentos segredos e coisas ocultas que não deviam ser revelados.

    Walker já estava começando a suspeitar da identidade do inimigo que tentava minar seus esforços. Poucos nas Quatro Terras podiam comandar uma magia forte o bastante para alterar mentes — e ainda menos tinham um número suficiente de olhos bem colocados para saber o que estava acontecendo de Bracken Clell até Arborlon. Teve medo de ter agido muito devagar nessa questão, embora ao mesmo tempo aceitasse que não poderia ter agido mais rápido. Ele era apenas um homem, e seu adversário, se suas suspeitas estivessem corretas, comandava um pequeno exército.

Obsidian levou-os por entre as pedras afiadas e descendo pelos desfiladeiros profundos das montanhas de Rock Spur, inclinando-se para permanecer baixo o suficiente para cobertura e alto o bastante para não bater nas cordilheiras. Passaram sobre o sombrio anfiteatro natural do Caminho Selvagem, lar de párias e abandonados que iam de todas as partes até aquele refúgio final. Em seu centro, os Ocos eram uma poça de sombras, escuras e proibidas, um pântano que poderia engoli-los se voassem baixo demais. Além, na extremidade sul da vastidão selvagem, passaram por entre o labirinto mais profundo das montanhas de Irrybis e puderam ver a Divisa Azul.

    A chuva começou a cair, uma garoa suave que logo encharcou completamente suas roupas, e a noite já caía quando chegaram ao porto de Bracken Clell. Em uma escuridão que não era perturbada pela luz da lua nem das estrelas, prosseguiram devagar por entre caminhos enlameados e escorregadios por causa da chuva, envoltos em seus mantos e capuzes, espectros na noite.

    — Não estamos muito longe — anunciou o cavaleiro alado de dentro da escuridão de seu capuz quando as luzes do porto apareceram.

    Chegaram ao centro de tratamento onde Hunter havia deixado o náufrago menos de uma semana antes. Subiram os degraus da varanda coberta, sacudindo a água da chuva dos mantos, e bateram à porta. Enquanto esperavam, ouviram um murmúrio baixo de vozes vindas de dentro e viram sombras se movendo por entre as cortinas e a luz das janelas.

A porta se abriu para mostrar um elfo grisalho e magro de olhos gentis e cansados e um olhar questionador. Sorriu ao ver Hunter Predd e estendeu a mão para convidá-los a entrar.

— Meu amigo Dorne — disse o cavaleiro alado a Walker. — Este homem — dirigiu-se ao curandeiro, fazendo um gesto deliberadamente casual apontando o druida — é um emissário enviado por Allardon Elessedil para dar uma olhada em nosso náufrago.

Não ofereceu mais explicações e nada disse a respeito da morte do rei. O curandeiro pareceu aceitar isso. Apertou solenemente a mão de Walker.

— Tenho más notícias para vocês. Fiz o melhor que pude, mas não foi o bastante. O homem que Hunter deixou sob meus cuidados está morto. Morreu durante o sono há vários dias.

Walker aceitou a notícia com calma. Não estava surpreso. Isso simplesmente confirmava suas suspeitas. Quem quer que tivesse enviado os assassinos para matar Allardon Elessedil também havia cuidado do náufrago.

— Você o enterrou?

— Não. — O curandeiro balançou a cabeça rapidamente. — Coloquei-o na casa fria, esperando para ver que notícias Hunter traria de Arborlon.

— E seu quarto? O quarto no qual ele morreu? Está ocupado?

— Está vago. Nós o limpamos, mas ainda não está atendendo um novo paciente. — O curandeiro olhou de um rosto para outro. — Venham para perto da lareira e se sequem. Vou mandar trazer um pouco de sopa quente. Está ficando muito feio lá fora.

Colocou-os em cadeiras na frente da lareira que queimava na grande sala, pegou seus mantos e lhes deu cobertores para que se secassem. Assistentes do curandeiro iam e vinham realizando suas tarefas, olhando para os viajantes discretamente, mas sem nada dizer. Walker não prestou atenção neles; seus pensamentos estavam no homem morto. Todas as chances de aprender alguma coisa dele em vida estavam perdidas. Será que conseguiria encontrar uma maneira de aprender algo sobre ele na morte?

O curandeiro retornou com tigelas de sopa e copos de cerveja, deu-lhes um momento para começarem a comer e depois puxou uma cadeira ao lado deles. Parecia cansado e nervoso, mas ambas as coisas eram de esperar.

Walker não sentiu dissimulação nem más intenções nele; ele não era um homem mau.

O curandeiro perguntou sobre a viagem e ficaram conversando sobre coisas leves enquanto comiam. Do lado de fora, a chuva caía com mais força, o som das gotas no telhado e nas vidraças produzia um tamborilar monótono e constante. Luzes queimavam nas janelas das casas em volta e pareciam molhadas e bordadas entre a penumbra.

— O homem de quem você cuidava, Dorne... algum dia se comunicou com alguém? — Walker perguntou finalmente.

O curandeiro balançou a cabeça.

— Ninguém.

— Alguém veio vê-lo, mesmo que por alguns instantes?

— Não, nunca.

— Seu estado mudou de alguma maneira antes de sua morte?

— Não.

— Havia algo de diferente nele depois de sua morte?

O curandeiro pensou por um instante.

— Bom, posso estar interpretando mais do que deveria, mas de algum modo ele parecia em paz. — Deu de ombros. — Mas a morte é uma forma de libertação do sofrimento, e esse homem estava sofrendo enormemente.

Walker pensou no assunto por um momento. Na lareira, a lenha queimava e estalava nas chamas.

— Mais alguém morreu na aldeia nos últimos dois dias, talvez de forma inesperada?

O curandeiro arregalou os olhos.

— Para falar a verdade, sim. Um homem que trabalhou comigo como assistente, não de tratamento, mas de cuidados, foi encontrado morto na floresta, perto de seu chalé. Tiveram sorte de encontrá-lo. Um lugar remoto, que não era muito visitado. Foi picado por uma cobra, de uma espécie muito venenosa... incomum por estas bandas, na verdade. Do tipo que você poderia encontrar no Caminho Selvagem.

Walker colocou a tigela e o copo de lado e se levantou.

— Poderia me mostrar o quarto onde o homem morreu? — perguntou ao curandeiro. — Hunter, termine seu jantar. Posso fazer isso sozinho.

Walker acompanhou Dorne por um corredor até o quarto nos fundos do centro de tratamento. Então enviou Dorne de volta para fazer companhia a Hunter, dizendo que estaria com eles em breve. O curandeiro tentou lhe dar uma luz para as velas de parede, mas Walker disse que as trevas eram mais adequadas para o que ele tencionava.

Quando foi deixado a sós, pôs-se de pé no meio do quarto, envolto em sua penumbra, ouvindo o som da chuva e vendo o movimento das sombras. Fechou os olhos depois de um momento, provando o ar, cheirando, fazendo de si mesmo parte de tudo o que o cercava. Deixou seus pensamentos se acomodarem dentro dele e seu corpo relaxar. Na sala que deixara, podia ouvir o murmúrio suave de vozes. Com cuidado, isolou-se delas.

O tempo passou. Lentamente, ele começou a encontrar fragmentos do que estava procurando, os restos e descartes de uma magia poderosa empregada há pouco tempo. Eles lhe apareciam de formas diferentes, alguns como pequenos sons, outros como vislumbres de movimento que o alcançavam mesmo por trás de suas pálpebras fechadas, e outros como aromas do detentor da magia. Não havia o bastante para formar uma imagem inteira, mas o suficiente para determinar pequenas verdades que pudessem levá-lo a fazer especulações seguras.

Por fim abriu os olhos, satisfeito. O uso da magia jamais podia ser inteiramente disfarçado daqueles que sabiam como procurar por ela. Sempre permanecia um resíduo como testemunha.

Voltou para a sala principal, onde Hunter Predd e Dorne estavam conversando. Ambos levantaram a cabeça rapidamente quando ele apareceu.

— Pode me levar até a casa fria? — perguntou ao curandeiro. — Preciso ver o corpo do náufrago.

O curandeiro disse que sim, embora, informou ao druida, a casa fria ficasse a uma distância considerável do centro de tratamento.

— Não é lá uma noite para estar fora com esse tempo — disse ele.

— Irei sozinho — disse Walker. — É só me mostrar o caminho.

O druida se enrolou em seu manto úmido e saiu pela porta da frente. Seguindo as instruções do curandeiro, deu a volta à casa, primeiro ao longo da varanda, e depois por baixo das calhas ao longo de um dos lados, e deslizou, sob a chuva, por entre a floresta. A floresta começava a vinte metros dos fundos do centro, e a casa fria ficava a uns cem metros mais além. Cabeça encapuzada inclinada contra a chuva e os galhos baixos, Walker desceu por uma trilha ampliada pelo uso do curandeiro e de seus assistentes. Os trovões rugiam a distância, e, assobiando fortemente, um vento que vinha do oceano soprava sem parar por entre os galhos ensopados.

Ao final da trilha, a porta da casa fria abria-se sobre um barranco protegido por pedregulhos e coberto com uma grossa camada de lama e plantas. Uma pequena cascata caía por um dos lados e desaparecia em um riacho. A maçaneta estava escorregadia e fria, e o druida levou um instante para soltar a trava.

Do lado de dentro, o som da tempestade silenciou aos poucos. Havia tochas montadas em suportes na parede e tições para acendê-las. Walker acendeu uma em seu suporte e depois outra para carregar consigo. Olhou ao redor. A sala era grande, quadrada e coberta do chão ao teto com placas de pedra. Nichos na parede continham gavetas de madeira para os corpos, e canaletas esculpidas no chão de pedra levavam para fora o excesso de umidade e fluidos corporais. Uma mesa de madeira com tampo de metal estava no centro da sala, vazia agora, mas usada pelo curandeiro para examinar os mortos. Na sombras profundas, brilhando como olhos de predadores, instrumentos afiados estavam pendurados em pegas na parede.

O aposento cheirava a sangue e morte e o druida se apressou para fazer o que era necessário e sair dali. O náufrago estava no nicho inferior no canto esquerdo da entrada. Walker abriu a gaveta e puxou o corpo, retirando a mortalha que o cobria. O rosto do homem estava branco e sem sangue à luz da tocha, o corpo rígido e a pele como cera. Walker olhou para ele sem reconhecê-lo. Se fora Kael Elessedil, não mais o parecia.

— Quem era você? — sussurrou Walker para o morto.

Enfiou a tocha que carregava no suporte de parede mais próximo. Cuidadosamente, colocou as pontas dos dedos sobre o peito do homem, movendo-os lentamente torso abaixo e depois de novo para cima até seus ombros. Sentiu a garganta e o crânio do homem, vasculhando com suavidade e cuidado. Trabalhou com os dedos ao redor do rosto do homem, procurando.

— Diga-me alguma coisa — sussurrou ele.

Do lado de fora, um trovão estremeceu a terra, mas o druida não desviou a atenção de seu trabalho. Colocou os dedos sobre os olhos arruinados do cadáver, as pálpebras sem suporte cedendo sob seu toque, e então vasculhou lentamente nariz e faces.

Quando alcançou os lábios exangues, recuou como se tivesse sido picado. Ali, pensou, fora ali que a vida do homem lhe havia sido tirada! A magia ainda estava ali, e mesmo dois dias depois era potente o bastante para queimar. Esfregou os lábios rapidamente, testando. Nenhuma força havia sido usada. A morte chegara suavemente, mas com um trabalho rápido e certeiro.

Walker afastou-se. Agora ele sabia a identidade do homem, sabia com certeza. Os fragmentos remanescentes da magia usada contra ele confirmavam que ele era Kael Elessedil.

A mente de Walker foi inundada de perguntas. Será que o assassino do náufrago vasculhara sua memória antes de entregá-lo à morte? Precisava acreditar que sim. O assassino teria procurado aquilo que Walker havia encontrado no mapa. Uma certeza sombria começou a crescer no turbilhão de pensamentos do druida. Somente uma pessoa tinha a capacidade de fazer isso. Não sentia hostilidade por seu inimigo, mas o considerava um anátema. Temera por um longo tempo que um dia aquele antagonismo evoluísse até o confronto, teria preferido esperar um pouco mais.

Ela, claro, teria muito prazer e satisfação em levar tudo a cabo agora.

Walker levantou os olhos para encarar as trevas do aposento, e pela primeira vez sentiu o frio. Tinha de mudar seus planos. Qualquer outro inimigo que não fosse aquele não exigiria os ajustes que era agora forçado a fazer. Mas um confronto com ela — um confronto que certamente aconteceria — só seria resolvido se ele conseguisse lhe acalmar a raiva revelando uma verdade que havia estado oculta por muitos anos. Voltou a se atormentar ao pensar que não estivera presente para impedir que a verdade fosse ocultada dela no momento em que poderia ter tido um impacto mais imediato. Mas agora não havia jeito; os eventos do passado eram irreversíveis. O que estava em suas mãos a fazer era alterar o futuro, e talvez até mesmo isso só fosse possível a um grande custo.

Ele colocou o corpo de Kael Elessedil de volta em seu nicho, apagou as tochas e tornou a sair para a noite. A escuridão e a chuva o envolveram em seu caminho por entre as árvores da floresta até o centro. Devia agir rápido. Ele pensara em buscar uma nave e uma tripulação, mas isso teria de esperar. Havia uma necessidade mais urgente e ele deveria cuidar dela imediatamente.

À meia-noite do outro dia, ele teria de falar com os mortos.

8

Ao amanhecer do dia seguinte, Walker havia deixado Bracken Clell para trás. Novamente montado em Obsidian e sentado logo atrás de Hunter Predd, ele observou através de uma cortina de chuva o céu oriental clarear lentamente até atingir a cor de latão amassado. As chuvas haviam diminuído desde a noite anterior, mas não pararam completamente. O céu permanecia nublado e escuro, pesando sobre a terra enlameada, confundida entre sombras e neblina. Encolhido dentro de seu manto de viagem, já todo molhado e sentindo frio, ele recuou bem para dentro de si mesmo para ajudar a passar o tempo. Ali, repassou com cuidado os detalhes das tarefas que tinha à frente. Sabia o que era necessário, mas descobriu-se desejando sem parar que pudessem existir outros com os quais compartilhar suas responsabilidades. Sentir-se tão sozinho era desalentador. Reduzia a quase nada a margem de erro que lhe era permitida. Pensava em quanto havia desdenhado o trabalho dos druidas em sua juventude, o trabalho de Allanon em particular, e voltou a criticar a si mesmo por sua estupidez.

Voaram por toda a manhã fazendo apenas uma parada para que Obsidian descansasse e para darem a si mesmos uma pausa para comer e beber. Por volta do meio-dia, eles haviam atravessado o Tirfing e deixado a Terra Ocidental para trás. As florestas Duln passaram abaixo, e em seguida a faixa estreita do Rappahalladran. As chuvas começavam a diminuir, as nuvens de tempestade se moviam para o sul e faixas de céu azul apareciam no horizonte. Estavam voando para leste e ligeiramente para norte agora, o cavaleiro alado levando-os ao longo da borda sul das fronteiras abaixo de Tyrsis e através do lago do Arco-Íris. O almoço foi consumido à margem oeste do lago, o dia claro e brilhante a essa altura, suas roupas começando a esquentar ao sol, o interesse de ambos pela missão começando a reavivar.

— O náufrago, Walker, era Kael Elessedil? — perguntou Hunter Predd enquanto terminavam o resto do caldo frio que Dorne lhes havia providenciado em sua partida naquela manhã.

Walker assentiu:

— Era. No começo eu não soube dizer. Não o via desde que ele era pouco mais que um garoto e não me lembrava muito bem dele. Mesmo que tivesse me lembrado de sua aparência na época, teria sido difícil reconhecê-lo depois do que ele passou. Mas havia outros sinais, traços esparsos, que revelaram sua identidade.

— Ele não morreu dormindo, morreu? Não foi de causas naturais. Alguém ajudou a acabar com sua vida.

O druida fez uma pausa.

— Alguém fez isso. Como soube?

O cavaleiro alado deu de ombros, o corpo magro e musculoso se esticando enquanto ele se espreguiçava.

— Dorne é um curandeiro hábil e um homem cuidadoso. O náufrago havia sobrevivido dias no mar antes que eu o encontrasse. Deveria ter sobrevivido mais alguns no leito de um curandeiro. — Olhou questionador para Walker. — O empregador de nossos assassinos?

O druida concordou.

— Acho que sim. Magia foi usada para matar o homem, para roubar sua vida. Não tão diferente do que fora feito àqueles homens enviados para matar Allardon Elessedil.

Por um momento o cavaleiro alado ficou em silêncio, bebericando seu copo de cerveja e olhando ao longe. Então perguntou:

— Você já sabe quem é seu inimigo?

Meu inimigo. Implacável e mortal. O sorriso de Walker era irônico.

— Saberei mais esta noite.

O cavaleiro alado limpou e arrumou seu equipamento, certificou-se de que sua montaria tinha comido e bebido, e em seguida fez um gesto para que

Walker voltasse a montar. Voaram para leste, por sobre o lago do Arco-Íris, passando por baixo da boca do Mermidon e pelas corcovas largas e íngremes das montanhas de Runne. Um punhado de barcos de pesca flutuava sobre o lago; absortos em seu trabalho, os pescadores não olharam para cima. O dia passou, o sol caiu na direção do horizonte ocidental, e a luz começou a se desvanecer. A lua brilhou nos céus, e uma única estrela apareceu perto dela. Sombras se estenderam pela terra, esticando-se como dedos para tomá-la em nome da noite que não tardaria em se estabelecer absoluta.

Anoitecia quando começaram a subir o lado sul das planícies de Rabb para os Dentes do Dragão. A essa altura, os enormes picos serrilhados estavam escuros, sombrios e sem qualquer definição: uma muralha proibitiva que se estendia por todo o caminho pela linha do horizonte norte. A temperatura estava caindo e Walker puxou o manto mais para perto do corpo para se aquecer. Hunter Predd parecia não sentir nada. Walker se maravilhava ao ver como o cavaleiro alado parecia entender o tempo, consciente dele, mas não se preocupando. Supôs que para ser um cavaleiro alado era necessário ser assim.

Estava completamente escuro quando chegaram ao sopé das colinas que levavam ao destino desejado por Walker. Guiado pela luz da lua e das estrelas, Obsidian pousou em uma elevação aberta, longe de pedras e arbustos que pudessem ocultar inimigos ou atrasar uma fuga rápida. Depois de cuidar das necessidades do roca, o cavaleiro alado e o druida montaram acampamento, acenderam uma fogueira e jantaram. A distância, podiam ouvir os gritos de caça das garças e o uivo estridente dos lobos. A luz do luar banhava as planícies a sul e a leste; através da luz pálida, sombras furtivas se moviam.

— Estive pensando sobre o náufrago — declarou Hunter Predd após um período de silêncio. Já tinham quase terminado a refeição e ele estava escavando o terreno duro com o tacão da bota, sentando-se distante do fogo com seu copo de cerveja. — Como pode um cego ter escapado de seus captores sem ajuda?

Walker levantou a cabeça.

— Como ele poderia ter viajado de onde quer que estivesse preso para voltar até nós atravessando a divisa? — A testa do cavaleiro alado ficou mais vincada. — Supondo que ele estivesse voltando da viagem que Kael Elessedil fez há trinta anos, deveria ter viajado um longo caminho. Um cego não poderia ter conseguido isso sem ajuda.

— Não — concordou Walker. — Não poderia.

O elfo inclinou-se para a frente.

— Há outra coisa me perturbando. Como foi que ele colocou as mãos no mapa? A menos que ele mesmo o tivesse desenhado, ou ele o roubou ou o mapa lhe foi dado. Se ele o desenhou, deve ter feito isso antes de ter sido cegado. Como foi que o escondeu de seus captores? Se outra pessoa o desenhou, devem ter dado o mapa a ele. De um jeito ou de outro, ele deve ter tido ajuda. Até mesmo para escapar. O que aconteceu com essa outra pessoa?

Walker assentiu em aprovação.

— Você fez todas as perguntas certas, Hunter Predd. Perguntas que eu venho me fazendo há vários dias. Sua mente é tão aguçada quanto seus instintos, cavaleiro alado.

— Você tem respostas para dar? — insistiu Hunter, ignorando o cumprimento.

— Nenhuma que eu queira compartilhar por enquanto. — Ele se levantou, pondo de lado o prato e o copo. — Está na minha hora de ir. Não voltarei antes da manhã, portanto é melhor você dormir um pouco. Não vá me procurar, não importa o quanto possa ficar tentado. Entendeu?

O cavaleiro alado concordou.

— Não preciso que me digam para ficar longe dessas montanhas. Já ouvi as histórias sobre o que vive ali. Ficarei contente em ficar aqui onde estou. — Enrolou o manto mais apertado sobre seu corpo. — Boa sorte para você.

Estava mais frio na subida do contraforte, na direção dos Dentes do Dragão; a temperatura caía rápido à medida que o druida subia. Dentro dos paredões maciços de rocha a noite era silenciosa e vazia. A lua desaparecera por trás dos picos e só havia a luz das estrelas para orientar o caminho, embora isso fosse o bastante para o druida. Ele prosseguiu ao longo de uma trilha estreita e pedregosa que se inclinava por entre aglomerados de pedregulhos maciços. Os monturos de rochas quebradas e esmagadas sugeriam que um levante em alguma época há muito esquecida havia alterado drasticamente a paisagem. Um dia outro pico devia ter ocupado aquele lugar. Agora só havia ruínas.

Ele levou pouco menos de duas horas para fazer a escalada, e era quase meia-noite quando alcançou seu destino. Chegando a uma das cumeeiras, olhou para o vale de Shale e para o fabuloso Hadeshorn. O lago ficava bem no centro do vale, suas águas paradas e sem vida jaziam dentro de uma espécie de tigela feita de pedras pretas e muito lisas. A pedra refletia a luz das estrelas, que era absorvida pelo Hadeshorn e se transformava em sombra. Dentro do vale, nada se movia. Cercada pelos picos altos e solitários dos Dentes do Dragão, ela tinha o aspecto de um túmulo.

Não estava longe de ser verdade, pensou Walker, olhando aquela extensão sem vida.

De frente para o vale de Shale, sentou-se contra uma placa enorme de rocha e tirou um cochilo. O tempo passou imperceptivelmente, e, quando ele se deu conta, a noite se aproximava do fim. Ele se levantou e caminhou, movendo-se com firmeza mas com cautela por sobre as rochas soltas, escolhendo o caminho de descida pela encosta do vale até a parte de baixo. Tomou cuidado para não tropeçar e cair; as bordas da pedra polida eram afiadas como navalhas. Somente o ruído do entulho sendo pisado por suas botas quebrava o silêncio daquela descida. A luz das estrelas inundava o vale quando ele, sem dificuldade, abriu caminho até a borda do lago. Aproximava-se o amanhecer, era a hora em que os espíritos dos mortos podiam ser invocados para revelar segredos.

Ali, figura solitária em silhueta contra o terreno achatado, ele acalmou seu interior, preparando-se para o que viria.

As águas do Hadeshorn haviam assumido um tom diferente com a sua aproximação, brilhando agora logo abaixo da superfície com uma luz que não provinha das estrelas, mas emanava de alguma fonte interior. Parecia haver algo se mexendo, despertando e notando sua presença. Ele podia mais sentir do que propriamente ver isso. Mantinha o foco no lago, desdenhando tudo o mais, sabendo que qualquer quebra na concentração assim que ele começasse condenaria seus esforços e possivelmente lhe causaria algum dano.

Quando ele estava em paz interior e completamente concentrado, começou o processo de chamar os mortos. Falou baixinho, pois não era necessário propagar sua voz, e fez gestos lentos, pois a precisão contava mais do que a velocidade. Falou seu nome e sobre sua história e necessidade, fazendo gestos para que os mortos respondessem, para que o lago os entregasse. Quando ele fez isso, as águas se moveram visivelmente, girando devagar em sentido horário, e em seguida borbulhando de modo mais violento. Pequenos gritos se elevaram das profundezas, chamando com vozes minúsculas e fluidas, sussurros que se transformaram em gritos finos como papéis. O Hadeshorn chiava e fervia, liberando os gritos em pequenos jorros de água, e logo em seguida em gêiseres que subiam a centenas de metros. A luz abaixo da superfície do lago brilhava e pulsava. O vale estremeceu.

Então um som imenso retumbou dentro da terra, e das águas ferventes surgiram os espíritos, formas brancas e transparentes que escalaram lentamente o ar, ligadas por finas plumas de vapor, libertadas de seu pós-vida por alguns preciosos instantes, numa breve visita à terra que haviam deixado ao morrer. Suas vozes se entremeavam em um uivo cada vez mais alto que fez a pele do druida se arrepiar e lhe gelou os ossos. Ele fincou pé onde estava, contra o avanço deles, lutando contra a sua parte que gritava para que recuasse, desse as costas e sentisse medo. Elas subiram em espiral para o céu ainda escuro, buscando o que haviam perdido, procurando recuperar o que lhes fora negado. Mais e mais deles apareciam, enchendo a cavidade vazia do vale até não sobrar mais espaço.

Quem chama? Quem ousa?

Então uma imensa sombra negra se ergueu das águas e dispersou os espíritos como folhas, uma massa encoberta que tomava forma à medida que subia, um braço se estendendo para enxotar os enxames de fantasmas que permaneciam perto demais. O Hadeshorn fervia e borbulhava em resposta à sua chegada, espalhando jatos de água para todo lado, gotas caindo sobre o rosto e as mãos expostas do druida. Walker levantou o braço como um gesto de defesa e a figura coberta virou-se para ele na hora. Suspensa no espaço, sua forma humana aparecendo através de seus mantos escuros como ossos expostos por entre a carne. Por sobre a superfície varrida pelas ondas ela flutuou, ocupando todo o espaço ao redor enquanto se aproximava, absorvendo toda a luz para si mesma até que não houvesse mais nada.

Quando estava bem em cima de Walker, parou e ficou suspensa sobre ele, imóvel, a cabeça encapuzada inclinando-se ligeiramente, as sombras obscurecendo suas feições. Neutra e desapaixonada, a voz preencheu o silêncio momentâneo.

— O que deseja saber de mim?

Walker se ajoelhou à sua frente, não por medo, mas por respeito.

— Allanon — disse ele, e esperou que a sombra o convidasse a falar.

Mais para oeste, onde as florestas profundas encobriam e protegiam a vida de seus cidadãos da mesma forma que um oceano faz com sua vida marítima, a aurora também chegou ao Caminho Selvagem. Dentro das árvores velhas, a luz permanecia pálida e insubstancial, até mesmo ao meio-dia e no dia de verão mais brilhante. Sombras cobriam o mundo dos habitantes da floresta, e em sua maior parte não havia muita diferença entre dia e noite. Há muito tempo uma região selvagem para a qual pouca gente de fora se aventurava, na qual somente permaneciam aqueles que ali haviam nascido, e pela qual todos os outros sofrimentos eram medidos, o Caminho Selvagem era um refúgio para criaturas que desejavam a ausência de luz.

A bruxa Ilse era uma delas. Embora nascida em outra parte das Quatro Terras, onde seu passado fora brilhante como a luz do sol, ela há muito se adaptara e ficara à vontade com sua atual existência crepuscular. Vivera ali quase toda a sua vida, ou seja, desde os seis anos de idade. O Morgawr a havia levado para lá quando os servos do druida mataram seus pais e tentaram seqüestrá-la para seu próprio uso. Ele lhe dera sua casa, sua proteção e seu conhecimento dos usos da magia para que ela pudesse crescer até a idade adulta e descobrir quem estava destinada a ser. As trevas nas quais fora criada lhe caíam bem, mas ela nunca se deixou tornar-se delas uma escrava.

Às vezes, ela sabia, você se tornava dependente das coisas que lhe davam conforto. Ela jamais seria uma dessas pessoas. Depender de qualquer coisa era algo para tolos e fracos.

Naquela noite, trabalhando com os desenhos rudimentares que havia roubado das lembranças de Kael Elessedil antes de despachá-lo, sentiu um desconforto no ar, o que assinalava o retorno do Morgawr. Ele não aparecia no refúgio deles havia mais de uma semana, pouco falando de seus planos ao partir, deixando-a por conta própria até seu retorno. Agora estava crescida, tanto aos olhos dele quanto aos dela própria, e ele não sentia necessidade de vigiá-la como antes. Ele jamais confiara segredo algum a ela; isso teria ido de encontro a sua natureza de forma tão absoluta que era impensável. Ele era um bruxo, solitário e independente por natureza, portanto. Tinha um longo tempo de vida, morando em seu refúgio nos Ocos bem no coração do Caminho Selvagem, não muito distante do promontório conhecido como Ponta da Torre. Diziam os rumores que um dia aquelas mesmas cavernas haviam sido ocupadas pelas irmãs bruxas Mallenroh e Morag, antes de se destruírem uma a outra. Diziam os rumores que o Morgawr garantia serem elas suas irmãs. A bruxa Ilse não sabia se isso era verdade; o Morgawr jamais falara com ela a esse respeito, e ela sabia que era melhor não perguntar.

A magia negra habitava o Caminho Selvagem, nascida de outros tempos e pessoas, de um mundo que florescera antes das Grandes Guerras. A magia estava enraizada na terra dali e o Morgawr tirava sua força dessa presença. Ele não era igual a ela; não nascera com a magia. Ele adquirira sua maestria sugando-a e desenvolvendo-a, através de estudo e de experiências, e de uma lenta e tortuosa exposição a efeitos colaterais que alteraram irrevogavelmente o que ele era quando nascera.

Levantando a cabeça de seu trabalho, a bruxa Ilse viu as velas solitárias colocadas em suportes opostos à entrada do aposento tremeluzirem levemente. Sombras se agitaram e tornaram a se acomodar sobre o gasto chão de pedra. Ela colocou o mapa de lado e se levantou para cumprimentá-lo. Os mantos cinzentos caíram sobre suas formas esbeltas com um farfalhar suave e ela sacudiu para trás os longos cabelos escuros do rosto infantil e dos olhos incrivelmente azuis. Apenas uma menina, um visitante que aparecesse ali inesperadamente poderia ter pensado. Apenas uma menina que estava se tornando mulher. Mas ela não era nada disso, e já não o era há muito tempo. O Morgawr não cometeria um erro daqueles, embora o tivesse cometido antes. Ela levou apenas um segundo para colocá-lo nos eixos, para fazer com que ele soubesse que ela não era mais uma criança, não era mais uma aprendiz, mas uma mulher crescida e em condições de igualdade com ele.

Desde então as coisas não foram mais as mesmas, e ela sentia que jamais seriam novamente.

Ele apareceu na entrada, gigantesco e sombrio dentro de seu longo manto negro. Seu corpo era grande e musculoso, com uma forma que ainda era humana, mas estava ficando cada vez mais parecida com a dos mwellrets com os quais passava muito de seu tempo. Sua pele era cheia de escamas, cinzenta e sem pêlos. Suas feições eram brutas e indistintas, e seus olhos eram de réptil. Podia mudar de forma como os rets, mas bem melhor e com maior versatilidade, pois tinha a magia para ajudá-lo. Numerosos outrora, os rets haviam sido reduzidos a uma pequena comunidade ao longo dos últimos quinhentos anos. Eram enigmáticos e manipulavam os outros, e talvez por isso o Morgawr os admirasse tanto.

Ele a olhou de dentro das trevas de seu capuz, as fendas verdes dos olhos vazias e frias. Antes, ela teria ficado aterrorizada com um olhar daqueles. Antes, ela teria feito qualquer coisa para que ele desviasse o olhar. Agora, ela devolvia o olhar, o seu próprio, ainda mais frio e vazio.

— Allardon Elessedil está morto — disse ele baixinho. — Morto por engano por seus próprios guardas em uma tentativa de assassinato por elfos cuja mente havia sido alterada. Quem é que conhecemos que possui a habilidade de usar a magia dessa maneira?

Não era uma pergunta que exigisse resposta, e por isso ela a ignorou.

— Enquanto você estava fora — respondeu ela calmamente —, um náufrago foi encontrado flutuando na Divisa Azul. Levava consigo um bracelete dos Elessedil e um mapa. Um cavaleiro alado o levou até a aldeia de Bracken Clell. Um de meus espiões contou-me o caso. Quando fui dar uma olhada, descobri quem era o náufrago: Kael Elessedil. O mapa que ele levava já estava sendo conduzido a seu irmão, mas extraí muitos de seus escritos das memórias em sua cabeça.

— Você não pode decidir tirar a vida de um rei! — o Morgawr sibilou raivoso. — Você deveria ter-me consultado antes de agir!

Ela continuou, muito tranqüila:

— Não preciso de sua permissão para fazer o que eu achar necessário. Nunca! Tirar uma vida, a vida de qualquer um, é da minha alçada e minha somente!

Ela também poderia ter dito que o sol se levantaria em menos de uma hora. A reação dele às suas palavras era de indiferença, sua reação impossível de se ler, sua postura corporal inalterada.

— E quanto a esse mapa? — perguntou ele.

— O mapa é de um tesouro, um tesouro de magia formada de palavras, vindo do Antigo Mundo, de antes das Grandes Guerras. — Ela usou sua voz para aproximá-lo, para vinculá-lo ao seu próprio senso de urgência e necessidade. Ele sentiria o que ela estava fazendo, mas era vulnerável mesmo assim. — A magia está oculta em um refúgio em uma terra do outro lado da Divisa Azul. Kael Elessedil esteve lá e viu a magia. Ela existe e é muito poderosa. Infelizmente, seu irmão também ficou sabendo dela. Antes que eu pudesse detê-lo, ele fez planos para agir.

O Morgawr penetrou no aposento, não na direção dela, mas na oposta, deslizando ao longo da outra parede, como se para pegar algo nas caixas enfileiradas ao longo dela. Uma poção, talvez? O registro de alguma descoberta? Então ele reduziu o passo e virou-se, e sua voz era como gelo:

— Você pretende ir no lugar dele, bruxinha?

— A magia deveria ser nossa.

— Você quer dizer sua, não quer? — Ele riu baixinho. — Mas é assim que deveria ser.

— Você poderia ir comigo — disse ela, esperando que ele recusasse.

Ele inclinou sua cabeça de réptil, pensando.

— A descoberta é sua, e a causa também. Persiga-a se desejar, mas sem mim. Se a magia pertencer a nós dois, ficarei contente.

Ela esperou, sabendo que haveria mais coisas.

— Porém? — perguntou por fim.

Os olhos dele brilharam.

— Você irá sozinha?

— Atravessar a Divisa Azul? Não. Precisarei de uma nave e de uma tripulação para me levar. Fez uma pausa. — E existe uma complicação.

O Morgawr deu uma nova gargalhada, lenta e ligeiramente irônica.

— Senti isso pelo jeito com que você abordou este assunto. Que tipo de complicação?

Ela deu alguns passos em sua direção e parou, mostrando que não tinha medo, que estava no comando do que pretendia. Atitude era de grande importância com mwellrets e com o Morgawr em particular. Quando percebiam autoconfiança em alguém, menos chances havia de desafios. O Morgawr era um bruxo poderoso, e ela passara uma vida inteira aprendendo a comandar uma magia que podia destruir seus inimigos em um segundo. Agora ambos eram iguais, mas tinha de ter cuidado com ele.

— Antes de morrer, Allardon Elessedil enviou o mapa para Paranor e enviou Walker para Arborlon.

— O druida! — disse o bruxo, a voz carregada de desprezo.

— O druida. Ele chegou a tempo de concordar com os termos de uma busca pelo tesouro do mapa antes de testemunhar a morte do rei. Se a sorte tivesse sido boa para nós, ele também teria morrido. Mas ele sobreviveu. Irá liderar uma expedição de elfos em busca da magia.

Por um instante o Morgawr estudou-a sem palavras.

— Um confronto com seu maior inimigo. Como você deve estar ansiosa.

— Ele é um oponente formidável.

— Um oponente que você jurou um dia destruir — anuiu o bruxo. — Talvez esse dia tenha chegado.

— Talvez. Mas desejo mais a magia do que a morte do druida.

O manto do Morgawr se mexeu, e ele retirou uma garra com a qual gesticulou.

— Um druida, alguns elfos caçadores e um capitão e tripulação. Mais alguns outros também, se conheço Walker. Ele atrairá uma forte companhia para apoiar sua peregrinação, especialmente porque sabe que Kael Elessedil já fracassou. Mesmo com as pedras élficas para protegê-lo, ele fracassou.

Ele olhou de esguelha para ela.

— E quanto a elas, bruxinha? E quanto às preciosas pedras élficas?

Ela balançou a cabeça.

— Nada. Ele não as trouxe de volta consigo. Suas memórias não revelavam o que aconteceu com elas. Talvez estejam perdidas.

— Talvez. — Sua voz dura havia perdido a ironia e assumiu um tom contemplativo. — Onde está o druida agora?

— Ele estava em Bracken Clell há um dia. Partiu e ainda não reapareceu. Meus espiões o vigiam.

O bruxo assentiu.

— Deixo-o por sua conta. Sei que encontrará uma maneira de lidar com ele. Quanto a mim, darei o resto do que precisa para realizar sua busca: uma nave, um capitão e uma tripulação, além de um punhado de protetores adequados. Eu fornecerei todos eles, bruxinha. Você terá tudo de que precisa.

Ela não gostou da maneira como ele disse isso, e sabia que, fazendo aquele favor a ela, pretendia mantê-la sob vigilância cerrada e talvez o controle sobre ela enquanto estivesse distante. Não confiava mais nela. Se um dia ele fora o professor e ela a aluna, agora eram iguais. Pior ainda, ela sabia, eram rivais: ainda não se confrontavam, mas iam nessa direção. Ela não podia, porém, recusar sua ajuda. Fazer isso seria reconhecer o medo que sentia ao pressentir as intenções dele. Ela jamais faria isso.

— Qualquer ajuda que puder me dar será bem-vinda — disse ela, inclinando de leve a cabeça como se mostrasse gratidão. Era melhor mantê-lo satisfeito por ora. — Por onde começamos?

— Com os detalhes do mapa que você reconstruiu a partir das memórias de Kael Elessedil. — Ele olhou para a mesa onde ela estivera sentada e para os desenhos que estavam ali. — É o início de seu trabalho o que estou vendo?

Sem esperar a resposta, aproximou-se para olhar mais de perto.

Já passava bastante do amanhecer quando Walker partiu do vale de Shale. Seu encontro com a sombra de Allanon lhe sugara a força e a energia de uma forma que ele não havia esperado. Muito tempo havia se passado desde a última vez em que fora ao Hadeshorn, muito tempo desde que precisara fazer isso, e esquecera como a experiência podia ser desgastante. Quanta concentração era necessária, quanta intuição tinha de ser aplicada à interpretação das palavras da sombra. Muito embora o druida soubesse o tanto que sabia e estivesse preparado para o resto, era necessário tomar cuidado enquanto ouvia e não fazer suposições falsas nem esquecer nada do que estava sendo dito.

Quando os espíritos dos mortos se foram e o sol surgiu no horizonte, ele mirou-se nas águas agora imóveis e seu rosto parecia cansado e enrugado para além da idade que possuía. Por apenas um instante, ele se imaginou um homem muito, muito velho.

O dia estava brilhante e ensolarado, as nuvens de chuva dos últimos dois dias haviam desaparecido para o leste, e voar trazia mais uma vez o cheiro das coisas vivas. No decorrer das horas seguintes, ele retraçou seu caminho devagar, cansado demais para completar mais rapidamente a jornada, usando o tempo para contemplar o que havia aprendido. A sombra de Allanon havia lhe falado de um passado que ele já conhecia, de um presente que suspeitava e de um futuro que não compreendia. Havia pessoas e lugares familiares e outros não. Havia enigmas e estranhas visões, e o total era uma confusão em sua mente, um caos que só iniciaria a ganhar alguma ordem quando ele estivesse mais repousado e tivesse tempo de pensar mais detidamente naquelas informações.

Mas seu curso de ação estava determinado e sua mente estava concentrada em onde ele deveria ir.

Quando chegou ao acampamento no contraforte da colina onde havia deixado Hunter Predd, o cavaleiro alado aguardava. Ele havia levantado acampamento, guardado o equipamento de ambos, e estava escovando as penas de ébano de Obsidian para que elas reluzissem. O roca viu o druida primeiro e abaixou a enorme cabeça como um sinal. Hunter Predd virou-se, abaixou a escova e viu o druida se aproximar. Entregou a Walker uma fina fatia de pão com geléia e um copo de água fria e voltou a escovar a montaria.

Walker caminhou até um trecho de grama, sentou-se e, faminto, começou a devorar o pão. Imagens fervilhavam em sua mente como o Hadeshorn fervilhara com a vinda dos espíritos dos mortos. A sombra de Allanon erguia-se imensa sobre ele, apagando a luz das estrelas, os olhos brilhantes dentro de sombras, a voz profunda e poderosa, um eco da terra que murmurava. Walker ainda podia vê-lo, podia sentir sua presença negra, podia ouvi-lo falar. Quando finalmente a sombra de Allanon partiu ao amanhecer, era como se o mundo estivesse chegando ao fim, o ar girando num turbilhão de sombras, reluzindo com corpos espirituais e repleto dos lamentos dos mortos. As águas do Hadeshorn esguicharam mais uma vez, como se algum leviatã viesse à tona, e os mortos foram levados de volta mais uma vez do mundo dos vivos para seu próprio domínio. Walker sentiu como se sua alma tivesse sido arrancada, como se uma parte sua tivesse partido com eles. Supunha que, de certa forma, isso era verdade.

Fez uma pausa na refeição e ficou olhando para o vazio. Se pensasse por muito tempo e com muita intensidade no que era exigido dele, se ficasse remoendo as demandas que a sombra de Allanon havia feito, começaria a se questionar perigosamente. O que o manteria são e inteiro era lembrar-se do que estava em jogo: as vidas das pessoas que dependiam dele, a segurança das

Quatro Terras e o sonho de ver um conselho druida se tornar uma realidade ainda durante sua vida. Este último ponto o motivava mais fortemente do que os outros, pois, se se concretizasse, compensaria sua decisão ainda perturbadora de se tornar a própria coisa que por tanto tempo ele havia abominado. Se ele devia ser um druida, que o fosse em seus próprios termos e de uma espécie que não o fizesse viver na vergonha.

Quando acabou de comer o pão e a geléia e de beber a água do copo, tornou a se levantar. Hunter Predd olhou para trás ao perceber o movimento e parou de escovar o roca.

— Para onde vamos agora, Walker? — perguntou.

O druida levou um instante para estudar o vôo das garças que passavam por sobre suas cabeças na direção do lago do Arco-Íris.

— Sul — ele respondeu finalmente, olhos distantes e fixos —, para encontrar alguém cuja magia se equipara à minha.

9

Bek Rowe se arrastava por entre a vegetação alta. Andava às margens da clareira situada ao pé de uma formação de colunas coberta pela floresta densa. Adiante, um porco-do-mato escarafunchava um arbusto espinhento. Bek escutava atento. Fez uma pausa quando o vento mudou de direção; queria manter-se contra o vento em relação à sua presa, ouvindo seus movimentos, adivinhando seu avanço. Em algum lugar à sua esquerda, Quentin Leah esperava encoberto pela floresta. O tempo estava acabando para eles; o sol descia no horizonte ocidental e só restava mais uma hora de luz boa. Passaram o dia inteiro caçando aquele porco, seguindo-o por entre a floresta cerrada e os arbustos do terreno acidentado, esperando uma oportunidade de abatê-lo. Na melhor das hipóteses, suas chances de consegui-lo eram ridículas; caçar porcos-do-mato a pé com arco e flecha era arriscado e difícil. Mas, como acontecia com a maioria das coisas que os interessavam, ali havia desafio e o desafio era o que importava.

O cheiro suave da relva nova se misturava ao cheiro penetrante de terra e madeira. Bek respirou fundo para permanecer firme onde estava. Não conseguia ver o porco, e o porco, tendo uma visão excepcionalmente fraca, certamente não conseguia vê-lo. Mas o animal, de olfato mais aguçado, quando sentisse o cheiro de Bek, poderia reagir com violência. Porcos-do-mato eram explosivos e muito ferozes; quando encontravam algo que os deixasse aturdidos, as chances de atacar eram tão grandes quanto as de fugir.

O vento tornou a mudar de direção e Bek agachou-se rapidamente. O porco-do-mato havia começado a se mover em sua direção, grunhidos e tossidas marcando seu progresso. Ainda um garoto, embora estivesse se aproximando depressa da maturidade, Bek era pequeno e magro, mas compensava seu tamanho com agilidade, velocidade e uma força surpreendente. Quentin, cinco anos mais velho e considerado já crescido, vivia dizendo às pessoas que não se deixassem enganar, que Bek era muito mais durão do que aparentava. Se houvesse uma briga, o montanhês insistia, ele queria Bek Rowe às suas costas. Era um exagero, claro, mas sempre fazia Bek se sentir bem. Especialmente porque era seu primo quem dizia isso, e ninguém jamais pensaria em desafiar Quentin Leah.

Com o arco na mão, Bek continuou a avançar, arrastando-se. Estava bem perto para sentir o cheiro do porco-do-mato, o que não era uma experiência agradável, mas indicava que talvez devesse atirar logo. Desviou-se para a direita, acompanhando os ruídos do porco, imaginando se Quentin ainda estava naquela encosta da floresta ou se havia descido para se aproximar por trás do animal. As sombras das árvores se alongavam às costas de Bek, estendendo-se até a clareira como dedos alongados à medida que a tarde sucumbia. Uma forma escura e peluda se agitou adiante na grama — era o porco que surgia —, e Bek ficou paralisado no lugar onde estava. Lentamente, pegou seu arco, pôs a flecha no lugar e tensionou a corda.

Mas no instante seguinte uma sombra grande passou sobre sua cabeça, deslizando pela clareira como a noite em estado líquido. O porco-do-mato, assustado pela aparição, disparou arrancando terra, gritando e grunhindo num escarcéu terrível. Bek endireitou-se e tentou ver alguma coisa, mas tudo o que conseguiu captar foi um rápido vislumbre das costas rugosas do porco que desapareceu por entre os arbustos espinhosos. Em segundos, a clareira estava novamente vazia e silenciosa.

— Sombras! — resmungou Bek, abaixando o arco e passando a mão nos cabelos negros cortados rente. Levantou-se e olhou para a floresta além da clareira vazia. — Quentin?

O montanhês alto emergiu das árvores.

— Você viu aquilo?

— Vi um relance das costas do porco depois que aquela sombra o pôs a correr. Você viu o que era?

Quentin já estava descendo para a clareira e atravessando a vegetação basta da campina.

— Uma espécie de pássaro, não era?

— Não há nenhum pássaro por aqui que seja tão grande. — Bek o viu se aproximando e afastou o olhar por tempo suficiente para vasculhar os céus vazios. Colocou o arco no ombro e enfiou a flecha de volta na aljava. — Pássaros grandes assim vivem na costa.

— Talvez esteja perdido. — Quentin deu de ombros, indiferente. Escorregou em uma poça de lama e murmurou algumas pragas enquanto se endireitava. — Talvez devêssemos voltar a caçar gansos.

Bek deu uma gargalhada.

— Talvez devêssemos voltar a caçar minhocas e continuar apenas pescando.

Quentin o alcançou com um floreio de arco e flechas, abrindo os braços e largando tudo no chão, desanimado.

— O dia todo, e o que é que temos para mostrar? Uma campina vazia. Era de esperar que pudéssemos ter conseguido pelo menos acertar uma flechada. Aquele porco estava fazendo barulho suficiente para acordar os mortos. Ele estava na nossa cara, diabos!

Então sorriu animado.

— Pelo menos temos aquele ganso de ontem para matar a fome e um pouquinho de cerveja fria para aliviar nosso orgulho ferido. É a melhor parte da caçada, Bek, meu rapaz. Comer e beber no fim do dia!

Bek sorriu em resposta, e depois que Quentin recuperou as armas que jogara no chão, voltaram para seu acampamento, lado a lado. Quentin era alto, tinha ombros largos e usava seus cabelos ruivos compridos amarrados atrás à maneira dos montanheses. Bek, seu primo das terras baixas, nunca adotara o estilo das montanhas Highlands, embora tivesse vivido com Quentin e sua família a maior parte de sua vida. O fato de sua origem ser obscura havia criado nele um forte sentimento de independência. Podia não saber quem era, mas sabia quem não era.

Seu pai fora um primo distante de Coran Leah, o pai de Quentin, mas vivera na terra do rio Prateado. Bek não se lembrava de muito mais do que uma figura sombria com um rosto escuro e forte. Ele morrera quando Bek ainda era pequeno, com apenas dois anos de idade. Contraíra uma doença fatal e, sabendo que estava morrendo, confiou Bek a seu primo Coran. Não havia mais ninguém a quem recorrer. A mãe de Bek estava morta e não havia irmãos, tios nem sobrinhos, ninguém mais próximo do que Coran. Coran Leah contou depois a Bek, quando ele era mais velho, que seu pai lhe fizera certa vez um grande favor e que ele não pensara duas vezes antes de aceitar Bek para retribuir-lhe.

Tudo isso era para dizer que, embora Bek tivesse sido criado como montanhês, na verdade não era um deles. Jamais fora convencido a pensar em si mesmo nesses termos. Quentin lhe dissera que essa era a atitude correta. Por que tentar ser algo que você sabe que não é? E, se você precisar fingir ser alguma coisa, finja ser algo que ninguém mais é. Bek gostava da idéia, mas não imaginara que coisa poderia ser essa. Como ele jamais falava no assunto com ninguém a não ser Quentin, guardava seus pensamentos para si mesmo. Mais cedo ou mais tarde, imaginou, provavelmente quando fosse importante fazer algo a respeito, ele pensaria nisso.

— Estou morrendo de fome — disse Quentin enquanto atravessavam a floresta densa. — Estou com tanta fome que comeria aquele porco todo sozinho, se ele caísse morto aos meus pés neste instante!

Seu rosto largo e forte era franco e alegre, um reflexo de sua personalidade. Com Quentin Leah, o que se via era o que acontecia realmente dentro dele. Não havia disfarces, fingimento nem trapaças. Quentin era do tipo que chegava direto até alguém, falando o que pensava e dando vazão às suas emoções. Bek geralmente tomava mais cuidado com o uso das palavras e com as exibições de temperamento, uma parte sua sempre estrangeira, acostumada ao valor da cautela que convém a um estrangeiro. Quentin não. Ele se abria e se expunha por inteiro, e se você gostasse dele, ótimo, mas, se não gostasse, tudo bem também.

— Você tem certeza quanto àquele pássaro? — perguntou Bek, voltando a pensar na sombra enorme, ainda intrigado por sua aparição.

Quentin deu de ombros.

— Eu só o vi de relance, não o bastante para ter certeza de nada. Como você disse, parecia um daqueles grandes pássaros costeiros, preto, esguio e feroz. — Ele parou para pensar. — Um dia eu gostaria de montar um daqueles.

Bek suspirou.

— Você gostaria de fazer um monte de coisas. Tudo, se conseguisse.

Quentin assentiu.

— É verdade. Mas algumas coisas mais do que outras. Essa é uma das que eu mais gostaria de fazer.

— Eu me contentava com outra espiadela no porco. — Bek afastou com a mão um galho pendurado e passou por baixo. — Mais dois segundos...

— Esqueça! — Quentin agarrou Bek pelos ombros, brincando. — Vamos sair de novo amanhã. Temos todo o resto da semana. Vamos encontrar um mais cedo ou mais tarde. Como poderíamos fracassar?

Bem, quis dizer Bek, podemos fracassar porque porcos-do-mato são mais velozes, mais ágeis e mais fortes, e muito melhores em se esconder do que nós em encontrá-los. Mas deixou o assunto de lado, pois a verdade era que se tivessem apanhado o porco hoje, teriam de inventar o que fazer com o resto da semana. Bek não queria sequer especular sobre o que Quentin poderia ter inventado se isso tivesse acontecido.

As sombras estavam cobrindo a floresta em camadas, formando poças cada vez mais escuras, a luz desaparecendo rápido à medida que o sol deslizava sob o horizonte e a noite começava seu avanço silencioso. Trilhas serpenteantes de névoa já haviam começado a aparecer nos vales e nas ravinas, os refúgios mais escuros e frios onde o sol estivera ausente por mais tempo e a umidade penetrava mais profundamente. Os grilos começavam a cricrilar e os pássaros noturnos a cantar. Bek encolheu os ombros contra uma brisa fria que vinha do Rappahalladran. Talvez ele sugerisse que fossem pescar amanhã para variar um pouco. Não era tão excitante ou desgastante quanto caçar porcos, mas a chance de sucesso era maior.

Além do mais, devaneou, poderia tirar um cochilo no sol da tarde enquanto estivesse pescando. Poderia sonhar e permitir que a imaginação o levasse em pequenas viagens em sua mente. Podia passar um pouco de tempo pensando no futuro, o que era um bom exercício, já que ele ainda não havia realmente planejado o seu.

— Lá está novamente. — Quentin anunciou de forma quase casual, apontando adiante por entre as árvores.

Bek levantou a cabeça e, por mais aguçados que fossem seus olhos, não viu nada.

— O que lá está novamente? — perguntou.

— Aquele pássaro que vi, o mesmo que voou sobre a campina. Um roca: é assim que eles se chamam. Voou bem acima da cordilheira por um momento e depois pousou.

— Rocas não viajam pelo interior — ressaltou Bek. A menos que estivessem sob o comando de um cavaleiro alado, pensou ele. Isso era diferente. Mas o que um cavaleiro alado estaria fazendo ali? — Esta luz do fim da tarde prega peças aos nossos olhos — acrescentou.

Quentin parecia não tê-lo ouvido.

— Aquilo foi perto de onde estamos acampados, Bek. Espero que ele não saqueie nossas provisões.

Desceram a encosta sobre a qual estavam, atravessaram o vale abaixo e começaram a escalar a próxima colina na direção do cume, sobre o qual haviam montado acampamento. Pararam de falar um com o outro, concentrando-se na escalada, os olhos começando a vasculhar com mais cuidado as sombras que se adensavam. O sol estava além do horizonte, e o crepúsculo cobria a floresta de uma penumbra que se alterava e provocava o olhar com pequenos movimentos. O silêncio do fim do dia havia descido, uma quietude que dava a estranha impressão de que tudo o que estava vivo na floresta esperava para ver quem iria fazer o primeiro som. Embora não estivessem conscientes do esforço, tanto Bek quanto seu primo começaram a andar fazendo menos barulho.

Quando anoitecia nas florestas das Highlands, ficava muito escuro, especialmente quando não havia lua, como naquela noite, e só a luz das estrelas iluminava as sombras. Bek percebeu que estava ficando cada vez mais inquieto por razões que não sabia definir, seus instintos lhe dizendo que alguma coisa estava errada mesmo quando seus olhos não conseguiam descobrir o que era. Chegaram ao acampamento sem incidentes, mas, como se possuídos por uma mente única, pararam na margem da clareira e ficaram olhando ao redor, em silêncio.

Depois de um momento, Quentin tocou o braço do primo e deu de ombros: nada parecia fora do lugar. Bek assentiu. Entraram na clareira, andaram até onde suas provisões estavam guardadas, amarradas em uma árvore; descobriram que nada havia sido mexido, verificaram o equipamento usado para acampar, que estava numa sacola enfiada entre as largas raízes de um bordo, e descobriram que também ali estava tudo intacto. Tiraram seus sacos de dormir e colocaram-nos ao lado do buraco feito para a fogueira — agora frio — que haviam cavado logo que chegaram, dois dias antes. Então soltaram a corda que prendia suas provisões e desceram-nas para o chão. Quentin começou a pegar comida e material de cozinha para preparar seu jantar. Bek pegou pedras para acender o fogo na lenha que havia sido colocada ali naquela manhã para a refeição da noite.

Em algum lugar ali perto, na escuridão, um pássaro noturno soltou um grito agudo em seu vôo de busca por uma presa ou um companheiro. Bek levantou a cabeça, tornou a estudar as sombras e então acendeu a fogueira. Assim que a lenha começou a queimar, ele foi até a margem da clareira e abaixou-se para pegar mais.

Quando voltou a se levantar, descobriu que estava cara a cara com um estranho em um manto negro. O estranho estava a menos de um metro de distância, na verdade estava bem em cima dele, e Bek nem sequer ouvira sua aproximação. O garoto ficou gelado, abraçando o feixe de lenha, o coração na garganta. Todos os tipos de mensagem gritavam em seu cérebro, mas ele não conseguia responder a nenhuma delas.

— Bek Rowe? — perguntou o estranho em voz baixa.

Bek assentiu. O capuz do estranho ocultava seu rosto, mas sua voz profunda e rouca era reconfortante de algum modo. O pânico de Bek diminuiu apenas um pouco.

Alguma coisa naquele encontro inesperado atraiu a atenção de Quentin Leah. Ele se afastou da luz da fogueira e ficou olhando para a escuridão onde Bek e o estranho se achavam frente a frente.

— Bek? Você está bem? — Ele se aproximou. — Quem está aí?

— Quentin Leah? — perguntou-lhe o estranho.

O montanhês continuou a avançar, mas sua mão já estava sobre o cabo da faca longa em sua cintura.

— Quem é você?

O estranho deixou o montanhês chegar junto de Bek.

— Chamam-me Walker — ele respondeu. — Você me conhece?

— O druida? — A mão de Quentin ainda estava no cabo de sua longa faca.

— Ele mesmo. — Seu rosto barbado apareceu na luz quando ele puxou para trás o capuz do manto. — Vim pedir um favor a vocês.

— Um favor? — Quentin parecia francamente cético, a testa franzida.

— A nós?

— Bem, de você em particular, mas, já que Bek está aqui também, peço um favor a ambos. — Olhou para a fogueira atrás deles. — Podemos nos sentar enquanto conversamos? Vocês têm algo para comer? Viajei muito hoje.

Como se tivessem chegado a uma trégua, saíram da escuridão e foram até a luz, sentando-se no chão ao redor da fogueira. Bek estudou o druida com cuidado, tentando medi-lo. Fisicamente, ele era impressionante: alto e de feições escuras, com cabelos e barba pretos compridos; o rosto era estreito e anguloso, marcado pelo sol e pelas intempéries. Não parecia jovem nem velho, mas algo situado entre os dois termos. Seu braço direito acabava logo acima do cotovelo, deixando apenas um toco dentro de uma manga presa por um alfinete. Mesmo assim, irradiava poder e autoconfiança, e seus olhos estranhos registravam um inconfundível aviso que recomendava cuidado. Embora dissesse que viera encontrá-los, não parecia particularmente interessado nisso, agora que havia conseguido. Seu olhar estava voltado para a escuridão além do fogo, como se montasse guarda.

Mas foi sua história que intrigou Bek mais do que seu aparecimento, e o garoto se descobriu escavando a memória em busca de fragmentos do que conhecia. O druida vivia na fortaleza da antiga Paranor com os fantasmas de seus ancestrais e companheiros mortos. Corriam rumores de que ele era o sucessor de Allardon e seu descendente direto. Diziam que ele estava vivo na época do trisavô de Quentin, Morgan Leah, e da mais famosa de todas as rainhas dos elfos, Wren Elessedil, e que havia lutado com eles na guerra contra os sombrios. Se isso fosse verdade, então o druida tinha mais de 130 anos de idade. Ninguém mais daquela época estava vivo, e parecia estranho e ligeiramente assustador que o druida tivesse sobrevivido ao que nenhum homem comum poderia sobreviver.

Bek sabia muito sobre os druidas. Interessava-lhe o assunto por causa de sua longa ligação com a família Leah. Em quase todo grande conflito com druidas desde o tempo do rei bruxo havia sempre um Leah envolvido. A maioria das pessoas tinha pavor dos druidas e de sua herança de magia, mas os montanheses sempre foram seus defensores. Sem os druidas, acreditavam eles, o povo das Quatro Terras estaria vivendo uma vida muito diferente, a um preço que não teria gostado de pagar.

— Você disse que viajou muito hoje? — Quentin quebrou o silêncio momentâneo. — De onde veio?

Walker desviou seu olhar sombrio.

— Primeiro, dos Dentes do Dragão. E depois disso, de Leah.

— Aquele era seu roca — Bek deixou escapar, subitamente capaz de falar de novo.

Walker olhou para ele.

— Meu não. Obsidian pertence a um cavaleiro alado chamado Hunter Predd. Ele deve estar aqui em um minuto. Primeiro está acomodando seu pássaro para dormir. — Fez uma pausa. — Você nos viu, não viu?

— Na verdade, vi sua sombra — disse Quentin enquanto colocava tiras de peixe defumado em uma frigideira. Ele os havia coberto com farinha e temperos e acrescentava agora um pouco de cerveja para dar sabor. — Estávamos caçando porcos-do-mato.

O druida assentiu.

— Seu pai me contou.

Quentin levantou rápido a cabeça.

— Meu pai?

Walker esticou as pernas e se apoiou para trás com o braço bom.

— Nós nos conhecemos. Diga-me, teve alguma sorte com o porco?

Quentin voltou a cuidar do peixe, balançando a cabeça para si mesmo.

— Não, ele ficou apavorado por sua causa. A sombra do roca o assustou.

— Bem, minhas desculpas por isso. Por outro lado, trazer você de volta para cá para falar comigo era mais importante do que vê-lo pegar aquele porco.

Bek ficou olhando. Será que ele estava dizendo que havia assustado o porco deliberadamente, que a passagem do roca não fora por acaso? Olhou rapidamente para Quentin a fim de captar a reação do primo, mas a atenção de Quentin havia se desviado ao som da aproximação de mais alguém.

— Ah, eis nosso amigo, o cavaleiro alado — disse Walker, pondo-se de pé.

Hunter Predd apareceu à luz da fogueira, um elfo alto e magro com mãos nodosas e olhos aguçados. Cumprimentou o montanhês e seu primo com a cabeça ao serem apresentados. Sentou-se de frente para o druida. Walker passou alguns minutos falando sobre cavaleiros alados e rocas, explicando a importância de ambos para os elfos da Terra Ocidental, e depois pediu a Quentin notícias de sua família. A conversa continuou enquanto o montanhês preparava o peixe, um pouco de pão frito e um punhado de verduras. Durante todo esse tempo, Bek observou Walker cuidadosamente, imaginando sobre o que na verdade seria aquele encontro, que tipo de favor o druida poderia querer deles, como conhecera Coran Leah, o que estava fazendo com um cavaleiro alado e outras coisas.

Comeram a refeição, beberam a água gelada do riacho para fazê-la descer e lavaram os pratos antes que Walker desse a Bek as respostas que ele estava procurando.

— Quero que venham comigo em uma jornada — começou o druida, provando a cerveja que Quentin havia colocado em seu copo —, os dois. Será uma jornada longa e perigosa. Podem se passar meses até a nossa volta, talvez mais. Temos de atravessar a Divisa Azul até uma terra que nenhum de nós jamais viu. Ao chegarmos lá, precisamos encontrar um tesouro. Temos o mapa, e temos instruções escritas no mapa sobre o que precisamos fazer para encontrar esse tesouro. Mas há mais alguém atrás dele, alguém muito perigoso, e esse alguém fará tudo que puder para nos impedir de chegar lá primeiro.

Não houve preliminares, não houve rodeios nem amenidades para dizer aquilo tudo. A explicação foi despreocupada, era como se estivessem falando em descer o Rappahalladran de canoa. Bek Rowe jamais havia se aventurado fora das Highlands, e agora aparecia alguém que queria levá-lo para uma viagem por meio mundo. Mal podia acreditar no que estava ouvindo.

Hunter Predd foi o primeiro a falar.

— Ela? — perguntou, curioso.

Walker assentiu.

— Nossa nêmese é uma feiticeira muito poderosa que chama a si mesma de bruxa Ilse. Ela é a protegida de um bruxo conhecido como Morgawr. Os nomes derivam de uma linguagem utilizada no mundo de Faerie, a maior parte dela perdida. O dela significa *cantora*. O dele significa *espectro* ou coisa parecida. Eles moram na Terra Ocidental, dentro do Caminho Selvagem, e raramente se aventuram para longe dali. Como a bruxa Ilse ficou sabendo do mapa e de nossa jornada, não sei. Mas ela é responsável pela morte de pelo menos duas pessoas por causa disso. — Fez uma pausa. — Vocês a conhecem?

Bek e Quentin olharam um para o outro sem entender, mas o cavaleiro alado balançou a cabeça, aborrecido.

— O suficiente para ficar longe dela — disse.

— Quanto a isso não temos escolha — Walker cruzou as pernas e inclinou-se para a frente. — Um dos mortos é Allardon Elessedil, o rei dos elfos. Se a bruxa Ilse se dispõs a matá-lo para nos impedir de procurar o tesouro descrito pelo mapa, certamente não hesitará em nos matar também. Receio que prevenir seja melhor do que remediar.

Seus olhos se voltaram para Quentin e Bek.

— O outro morto era o portador do mapa, um caçador náufrago encontrado flutuando na Divisa Azul há pouco mais de uma semana. A caçada que estou propondo começa com ele. Ele era o irmão mais velho de Allardon Elessedil, Kael, membro de uma companhia de elfos que, há trinta anos, realizou uma busca semelhante à nossa. Todos desapareceram. Nenhum traço deles ou de seus navios jamais foi encontrado. O mapa que nosso náufrago carregava sugere que a busca deles pode ter resultado em algo de grande importância. Depende de nós encontrar o que seja isso.

— Então você pretende velejar todo o caminho até a Divisa Azul e atravessá-la para encontrar esse tesouro? — perguntou Quentin duvidando.

— Velejar não, montanhês — replicou o druida. — Voar.

Houve um momento de silêncio. A lenha que queimava no poço da fogueira estalava com força.

— Em rocas? — insistiu Quentin.

— Em uma aeronave.

O silêncio continuou. Até mesmo Hunter Predd parecia surpreso.

— Mas por que quer que a gente vá com você? — Bek perguntou por fim.

— Por diversas razões. — Walker fitou o garoto com seu olhar sombrio. — Pensemos juntos. Além de vocês três, não contei isso a mais ninguém. A maioria dessas coisas eu só determinei muito recentemente, e ainda estou em processo de decifrar muito mais. Preciso ter alguém com quem possa discutir meus pensamentos, alguém em quem possa confiar e a quem possa fazer confidências. Preciso de alguém de mente aguçada e disposição de espírito, de habilidade e coragem. Hunter Predd é uma pessoa assim. Acho que você e seu primo também são.

Bek sentiu sua animação crescendo aos pulos. Inclinou-se para a frente em resposta às palavras do druida.

— A utilidade de Hunter é óbvia — continuou Walker. — Ele é um veterano experiente dos céus e pretendo levar um pequeno número de cavaleiros alados como escolta para nossa aeronave. Hunter será o líder deles, se concordar em aceitar a posição. Mas, para fazer isso, ele precisa ter confiança de que possa antecipar meu pensamento e reagir à medida que as circunstâncias e os eventos ditarem.

Ainda estava encarando Bek.

— O propósito da escolha de Quentin também é óbvio, embora ele ainda não o perceba. Quentin é um Leah, o mais velho dos filhos de seu pai, e herdeiro de uma magia poderosa. Não há mais ninguém que eu possa recrutar para essa jornada que tenha uma magia assim para emprestar à nossa causa. Antes, podíamos confiar no uso das pedras élficas, mas as que estavam em posse dos elfos se perderam com Kael Elessedil. A bruxa Ilse recorrerá a aliados que possuem magia própria. Além do mais, certamente encontraremos outras formas de magia durante nossa peregrinação. Será difícil para qualquer um enfrentar todas elas. Quentin deverá me dar apoio.

O montanhês olhava como se o druida tivesse perdido o juízo.

— Você não pode estar falando daquela espada velha que meu pai me deu há muitos anos, quando atingi a idade adulta? Aquela relíquia velha é simbólica e nada mais! A espada de Leah, passada de pai para filho por gerações, empunhada por meu trisavô Morgan contra a federação, quando ele lutou pela libertação dos anões, logo após a derrota dos sombrios... todo mundo conhece a história, mas... mas...

Ele parecia não ter mais palavras, balançando a cabeça, descrente, e virou-se para Bek, buscando apoio.

Mas foi Walker quem falou primeiro:

— Você tem familiaridade com essa arma, Quentin. Você a segurou nas mãos, não segurou? Quando você a retirou de sua bainha para examiná-la, deve ter notado que ela estava em perfeitas condições. A arma tem séculos de idade. Como pode explicar isso se ela não estiver repleta de magia?

— Mas ela não faz nada! — exclamou Quentin exasperado.

— Porque você tentou invocar a magia e fracassou?

O montanhês deu um suspiro.

— Parece uma tolice admitir isso. Mas eu conhecia as histórias, e só queria ver se elas eram verdadeiras. Honestamente, eu admiro a arma. Seu equilíbrio e peso são excepcionais. E ela parece mesmo como se fosse nova. — Fez uma pausa, seu rosto largo e franco de montanhês marcado pela confusão, repassado de dúvida e expectativa cautelosa. — Ela é realmente mágica?

Walker assentiu.

— Mas sua magia não responde ao desejo; responde à necessidade. Ela não pode ser invocada simplesmente por curiosidade. Deve haver uma ameaça ao seu portador. A magia se originou com Allanon e as sombras dos druidas que o precederam em vida. Nenhuma magia deles seria descontrolada ou arbitrária. A espada de Leah tem valor, montanhês, mas você só descobrirá isso quando for ameaçado pelas coisas tenebrosas contra as quais você deve lutar.

Quentin Leah chutou a terra com o tacão da bota.

— Se eu for com você, terei minha chance de descobrir isso, não terei?

O druida olhou para ele sem responder.

— Eu achava que sim. — Quentin estudou sua bota por um momento, então olhou para Bek. — Uma aventura de verdade, primo. Algo mais desafiador do que caçar porcos-do-mato. O que acha?

Por um momento, Bek não respondeu. Não sabia o que pensar a respeito daquilo tudo. Quentin era mais disposto a confiar, a aceitar o que lhe diziam, em particular quando o que ofereciam era o que ele estava procurando. Há anos ele pedia permissão para se juntar aos nascidos livres e lutar contra a federação, mas seu pai proibira. As obrigações de Quentin eram para com sua família e seu lar. Como o filho mais velho, esperava-se que ele ajudasse na criação e no treinamento de seus irmãos mais novos e de Bek. Quentin queria viajar por todas as Quatro Terras, para ver o que mais havia lá. Até agora não recebera permissão de ir muito além das fronteiras das Highlands.

Agora, de repente, ofereciam-lhe uma chance de experimentar o que lhe fora negado por tanto tempo. Bek também estava animado. Mas não estava tão disposto quanto seu primo a mergulhar de cabeça na aventura.

— Bek provavelmente está se perguntando por que estou pedindo que ele venha também — disse Walker subitamente, seu olhar fixo uma vez mais no garoto.

Bek anuiu.

— Acho que estou.

— Então eu lhe direi. — O druida curvou-se para a frente mais uma vez. — Preciso de você por um motivo inteiramente diferente dos motivos pelos quais preciso de Hunter ou de Quentin. Tem a ver com quem você é e a maneira como pensa. Você tem mostrado uma dose saudável de ceticismo sobre o que está ouvindo. Isso é bom. Deve fazer isso mesmo. Você gosta de pensar nas coisas com cuidado antes de acreditar nelas. Gosta de medir e equilibrar. Para o que quero de você, uma atitude dessas é essencial. Preciso de um cabineiro nessa jornada, Bek, alguém que possa estar em qualquer lugar, em todos os lugares sem que ninguém pergunte por quê, alguém cuja presença seja considerada normal, mas que veja e ouça tudo. Preciso de alguém para vigiar por mim, alguém para investigar quando for necessário e para relatar coisas que eu possa ter deixado passar. Preciso de um par extra de mãos e de olhos. Um garoto como você tem a inteligência e os instintos necessários para saber quando e como colocar essas mãos e olhos para funcionar.

Bek franziu a testa.

— Você acabou de me conhecer; como pode estar tão certo de tudo isso?

O druida apertou os lábios em sinal de reprovação.

— O meu trabalho é saber, Bek. Acha que estou errado a seu respeito?

— Pode estar. E se estiver?

O druida deu um sorriso lento e tranqüilo.

— Por que não descobrimos?

Ele desviou o olhar de Bek.

— Mais uma coisa — disse, dirigindo-se agora para todos. — Quando iniciarmos essa viagem, teremos certas expectativas com relação ao caráter dos escolhidos para partir. Ao longo do tempo, essas expectativas irão mudar. Circunstâncias e eventos nos tocarão a todos de maneiras que não podemos prever. Nossa companhia terá um número de aproximadamente quarenta. Gostaria de acreditar que todos irão perseverar e permanecer; isso não acontecerá. Alguns provarão seu valor, mas outros irão falhar quando mais precisarmos deles. É a natureza das coisas. A bruxa Ilse continuará a tentar nos impedir de partir e, quando isso fracassar, tentará nos impedir de atingirmos nosso objetivo. Além do mais, ela pode não ser o inimigo mais perigoso que iremos encontrar. Então devemos aprender a confiar em nós mesmos e naqueles em que descobrirmos poder esperar. É uma responsabilidade formidável para colocar sobre os ombros, mas tenho grande confiança em vocês três.

Walker se inclinou para trás, o rosto sombrio impossível de ler.

— E então? Vocês estão comigo? Vocês virão?

Hunter Predd falou primeiro:

— Eu estou com você desde o começo, Walker. Acho que talvez fique por perto até o fim. Agora, falando sobre o quanto eu poderei ser dispensável ou confiável, tudo o que posso dizer é que farei o melhor possível. Só sei de uma coisa: eu posso encontrar os cavaleiros alados de que você precisa para essa expedição.

Walker assentiu.

— Não posso pedir mais do que isso. — Olhou para os primos. — E vocês?

Quentin e Bek trocaram um olhar apressado.

— O que você me diz, Bek? — perguntou Quentin. — Vamos fazer isso. Vamos lá.

Bek balançou a cabeça.

— Não sei. Seu pai pode não querer que nós...

— Eu já falei com ele — Walker interrompeu calmamente. — Vocês têm a permissão dele para vir se o desejarem. Os dois. Mas a escolha é de vocês, e só de vocês.

Naquele instante, Bek Rowe pôde ver o futuro pelo qual estava procurando com tanta clareza como se já o tivesse vivido. Não eram tanto os eventos específicos que viveria nem os desafios que enfrentaria, nem as criaturas e lugares que iria encontrar. Tudo isso podia ser imaginado, mas ainda não estava bem delineado. Eram as mudanças que ele sofreria em uma viagem assim que já se anunciavam, coisa intimidante e assustadora. Muitas dessas mudanças seriam profundas e perenes, afetariam sua vida de modo irrevogável. Bek podia senti-las como se fossem camadas de pele descascando uma de cada vez para demonstrar seu crescimento. Muita coisa iria acontecer em uma jornada como aquela, e ninguém que retornasse — pois ele era honesto o bastante consigo mesmo para aceitar que alguns não retornariam — continuaria a ser o mesmo.

— Bek? — Quentin insistiu de leve.

Ele viera de lugar algum para estar onde estava, um estrangeiro aceito em uma casa das Highlands, um viajante simplesmente por ter vindo de outro lugar e de outra família. A própria vida era uma espécie de jornada e ele podia viajar nela ficando parado ou caminhando. Para Quentin, a escolha sempre fora fácil. Para Bek, nem tanto, mas talvez fosse tão inevitável quanto.

Olhou para o druida chamado Walker e assentiu.

— Está certo. Eu irei.

10

Na volta para casa no dia seguinte, Bek Rowe sofria com sua decisão. Muito embora ela estivesse tomada e ele estivesse comprometido, não conseguia parar de se criticar. Em face da situação, fizera a escolha certa. Havia vidas em jogo e responsabilidades a serem assumidas na busca pela magia misteriosa, e, se o resultado de sua partida fosse o de assegurar aos povos de todas as nações uma magia que promovesse o seu desenvolvimento e preenchesse suas necessidades — um resultado que Walker custara muito para lhe garantir que era possível —, seria a coisa certa a fazer.

Mas bem no fundo de sua mente um sussurro de alerta o perturbava. O druida, ele sentia, dissera a verdade. Mas o druida também estava reticente em lhe fornecer informações, o que era uma tradição entre os membros de sua ordem, e Bek tinha certeza de que ele estava guardando alguma coisa para si mesmo. Várias coisas, muito provavelmente. Bek podia sentir isso na voz dele e na forma pela qual falou de sua causa. Tomando muito cuidado com as palavras. Escolhendo muito o seu fraseado. Walker sabia mais do que estava falando, e Bek tinha a preocupação de que algumas de suas dúvidas sobre como uma jornada desse tipo iria influenciar sua vida e a de Quentin pudessem ter sua origem no segredo dos druidas.

Mas havia um problema secundário em não partir. Quentin já havia tomado sua decisão mesmo antes de Bek ter concordado, e provavelmente teria ido sem ele. Seu primo estava procurando uma desculpa para deixar

Leah e ir para algum outro lugar havia muito tempo. O fato de que seu pai aparentemente concordara que ele partisse naquela jornada particular — uma decisão que Bek achou notável — removeu o último obstáculo que estava no caminho de Quentin. Ele era como um irmão. A maior parte do tempo, Bek se sentia como seu protetor, muito embora Quentin fosse o mais velho dos dois e tivesse opinião contrária. Fosse qual fosse o caso, Bek amava e admirava seu primo e não podia imaginar ficar para trás se Quentin fosse.

Tudo isso estava muito bem, só que não contribuía em nada para solucionar suas dúvidas. Sem resolução à vista, sentiu-se forçado a colocar a questão de lado enquanto voltavam para casa. Caminharam sem parar o dia inteiro, cruzando as Highlands, navegando pelas florestas profundas, pela vastidão selvagem do cerrado, pelas campinas em flor, por correntes e riachos, vales enevoados e colinas verdes. Partiram muito mais rápido do que haviam chegado, Quentin marcando o passo, ansioso para voltar para casa e poderem se preparar para partir novamente.

O que era outra questão incômoda para Bek. Walker havia lhe pedido para ir com ele em uma jornada e em seguida partira imediatamente para regiões desconhecidas. Não esperara que se juntassem a ele nem ofereceu levá-los consigo. Sequer lhes disse quando o veriam de novo.

— Quero que retornem a Leah pela manhã — ele havia aconselhado logo antes de se enrolarem em seus cobertores e adormecerem em um sono intranquilo. — Falem com seu pai. Verifiquem como ele realmente deu permissão para que partissem. Então embrulhem suas coisas — não esquecendo a espada, Quentin —, selem dois cavalos fortes e cavalguem para leste.

Leste! Leste, diabos! Não era a direção errada?, Bek quisera saber na hora. Os elfos não moravam a oeste? Não era lá que a jornada deles para seguir o mapa deveria começar?

Mas o druida havia apenas sorrido e lhe garantira que era necessário viajarem para leste antes de irem a Arborlon. Deveriam realizar uma pequena tarefa para ele, uma tarefa para a qual ele não dispunha de tempo suficiente. Talvez ela oferecesse a Quentin uma chance de testar a magia de sua espada. Talvez Bek recebesse uma oportunidade de testar suas habilidades intuitivas. Talvez eles tivessem uma chance de encontrar alguém de quem viessem a depender nos dias seguintes.

Bem, não havia muito o que pudessem dizer em resposta a tudo isso, portanto concordaram em fazer o que ele pedira. Justamente como Walker sabia que eles fariam, sentiu Bek. Na verdade, ele sentia que Walker sabia exatamente como apresentar uma proposta de modo que sempre concordassem com ela. Quando Walker falava, Bek podia sentir a si mesmo concordando quase antes de pronunciar as palavras. Alguma coisa na voz do druida era sedutora o bastante para fazer com que ele quisesse concordar logo de saída.

Um toque de magia, supôs. Não era isso parte da história dos druidas? Não era uma das razões pelas quais as pessoas tinham tanto medo deles?

— Esse sujeito que nós temos de encontrar — subitamente falou alto, no meio da longa caminhada para casa, olhando para Quentin.

— Truls Rohk — disse seu primo.

Bek ajustou a mochila pesada nas costas.

— Truls Rohk. Que tipo de nome é esse? Quem é ele? Você não fica incomodado por não sabermos nada sobre ele, por Walker não ter sequer nos dito como ele é?

— Ele nos disse como encontrá-lo. Ele nos disse exatamente aonde ir e como chegar lá. Ele nos deu uma mensagem para entregar e palavras para dizer. Isso é tudo de que precisamos para fazer o trabalho, não é?

— Não sei. Não sei do que precisamos porque não sei no que estamos nos metendo. — Bek balançou a cabeça com desconfiança. — Mergulhamos muito rápido na chance de nos envolvermos nesse negócio, Quentin. O que é que sabemos a respeito de Walker ou dos druidas ou desse mapa ou de qualquer uma dessas coisas? Só o bastante para ficarmos animados em viajar para o outro lado do mundo. E isso lá é inteligência?

Quentin deu de ombros.

— Na minha opinião, nós temos uma oportunidade maravilhosa de viajar, de ver alguma coisa do mundo, alguma coisa para além das fronteiras de Leah. Quantas vezes esse tipo de chance irá aparecer? E papai concordou em irmos. Isso sim é um milagre!

Bek resmungou.

— Isso sim é chantagem! É o mais provável.

— Não com papai. — Quentin balançou a cabeça com firmeza. — Ele morreria antes. Você sabe disso.

Bek concordou com relutância.

— Então vamos dar uma chance a isso antes de começarmos a julgar as coisas. Vamos ver como fica. Se acharmos que estamos exagerando, sempre podemos desistir.

— Se estivermos voando para algum lugar além da Divisa Azul, não podemos não.

— Você se preocupa demais.

— Com certeza. E você se preocupa de menos.

Quentin sorriu.

— É verdade. Mas estou mais feliz me preocupando pouco do que você se preocupando em excesso.

Assim era Quentin, nunca gastando tempo demasiado pensando no que poderia acontecer, contente em viver o momento. Era difícil discutir com alguém que estava tão feliz o tempo todo, e Quentin era assim das pontas dos cabelos até o solado das botas. Dessem-lhe um dia de sol e uma chance de andar quinze quilômetros e ele ficava feliz. Não importava que uma tempestade estivesse se aproximando ou que gnomos caçadores costumassem percorrer a região pela qual ele viajava. A opinião de Quentin era que as coisas aconteciam quase sempre quando você pensava demais nelas.

Bek deixou o assunto de lado durante o resto da viagem de volta. Não ia mudar a cabeça de Quentin e não tinha certeza de que deveria sequer tentar. Seu primo tinha razão: devia dar uma chance à idéia, deixar as coisas se desenvolverem um pouco e ver aonde elas iriam dar.

O sol se havia posto e a névoa azul-esverdeada do crepúsculo havia começado a cobrir as Highlands quando a cidade de Leah finalmente apareceu. Eles saíram do arvoredo e desceram uma colina de inclinação longa e suave até chegarem onde Leah estava localizada, sobre um planalto que dava para as terras baixas a sudeste do Rappahalladran e a oeste das florestas de Duln. Leah se espalhava para além de seu centro compacto em uma série de propriedades, fazendas e cooperativas que se expandiam gradualmente, e que eram de propriedade e administração de seus cidadãos.

Leah havia sido uma monarquia na época de Allanon, e diversos membros da família Leah haviam reinado em sucessão ininterrupta por novecentos anos. Mas um dia a monarquia havia se dissolvido e as Highlands caíram sob o domínio da federação. Somente nos últimos cinqüenta anos a federação recuara para as cidades além das montanhas Prekkendorran, e um conselho de anciãos assumira o processo de governo. Coran Leah, como membro de uma das mais famosas e prestigiadas famílias das Highlands, havia ganho um assento no conselho e recentemente fora eleito primeiro-ministro. Era uma posição que ele ocupava com relutância, mas trabalhava duro por ela, com a intenção de justificar a confiança que seu povo havia depositado nele.

Quentin achava todo esse negócio de governar uma coisa inadequada para velhos. Leah era uma gota no oceano, em sua maneira de pensar. Havia tanta coisa lá fora, tanta coisa acontecendo, e nada era afetado sequer minimamente pelos eventos que ocorriam em Leah. Nações inteiras jamais haviam ouvido falar das Highlands. Se quisesse provocar algum impacto no futuro das Quatro Terras, e possivelmente até mesmo em países que existissem além, ele teria de deixar seu lar e sair para o mundo. Conversara a respeito com Bek, até seu primo exasperar-se. Bek não pensava assim. Bek não estava interessado em afetar o resto do mundo. Bek estava muito contente em ficar onde estava. Ele via a busca incansável de Quentin por sair de Leah como uma perigosa obsessão. Mas, tinha de admitir, pelo menos Quentin tinha um plano para sua vida, o que era mais do que Bek podia dizer de si mesmo.

Passaram por fazendas, por pastos de cavalos e gado bovino e por propriedades e mansardas até chegarem aos arredores da cidade propriamente dita. A casa Leah ocupava o mesmo lugar em que havia antes o palácio, quando a família governava as Highlands. O palácio fora destruído durante a ocupação da federação — queimado, segundo os rumores, pelo próprio Morgan Leah para desafiar seus ocupantes. De qualquer maneira, o pai de Coran a substituíra por uma casa tradicional de dois andares, com várias calhas e clarabóias, grandes telhados, alcovas espaçosas e lareiras de pedra. As velhas árvores permaneciam, jardins floridos pontilhavam os terrenos da frente e de trás, e caramanchões cobertos por trepadeiras pendiam em arcos sobre passagens de cascalho que serpenteavam das entradas da frente e de trás até as ruas ao redor.

As luzes já brilhavam nas janelas e ao longo dos caminhos. Elas emprestavam à casa grande uma feição calorosa e amigável, e, enquanto os primos caminhavam até ela, Bek se pegou imaginando quanto tempo passaria até que pudesse voltar a desfrutar daquela atmosfera cordial.

Naquela noite jantaram com a família, com Coran, Liria e os quatro Leah mais jovens. As crianças passaram a refeição implorando por detalhes sobre as aventuras dos dois, especialmente a caçada ao porco-do-mato. Quentin fez com que tudo soasse muito mais excitante do que realmente fora, satisfazendo seus irmãos e irmãs mais novos com uma história fascinante e selvagem sobre como eles por pouco não morreram pelas presas e sobre os cascos de uma dezena de porcos-do-mato ensandecidos. Coran balançava a cabeça e Liria sorria, e qualquer discussão sobre a aparição inesperada de Walker e da jornada que ele propunha foi adiada para mais tarde.

Quando o jantar terminou e Liria havia levado as crianças mais novas para a cama, Bek deixou Quentin falando sozinho com seu pai sobre o druida e tomou um banho longo e quente para tirar a sujeira da viagem. Entregou-se ao calor e à umidade, abandonando suas preocupações por tempo suficiente para fechar os olhos e deixar o cansaço se dissipar. Quando terminou, foi para o quarto de Quentin e encontrou seu primo sentado na cama segurando a velha espada e estudando-a pensativo.

Quentin levantou a cabeça quando ele entrou.

— Papai disse que podemos ir.

Bek assentiu.

— Nunca achei que ele não fosse deixar. Walker não seria tolo para mentir para nós sobre uma coisa dessas. — Afastou uma mecha de cabelo úmido da testa. — Ele contou a você por que mudou de idéia sobre nossa partida?

— Eu perguntei. Ele disse que deve um favor ao druida por alguma coisa que aconteceu há muito tempo. Não disse o que era. Na verdade, ele mudou de assunto. — Quentin ficou pensativo. — Mas não parecia perturbado com a nossa partida ou com a aparição de Walker. Ele parecia mais... ah, meio que determinado, acho. Foi difícil perceber o que ele estava pensando, Bek.

Ele falou com muita seriedade sobre esse assunto. Estava calmo, mas decidido. Ele quis se certificar de que eu sabia como usar a espada.

Olhou para a espada em suas mãos.

— Estava aqui sentado olhando para ela — sorriu. — Fico achando que, se eu a olhar com muita força, vou descobrir algo. Talvez a espada fale comigo, me conte o segredo de sua magia.

— Acho que você tem de fazer o que Walker disse. Tem de esperar até que haja uma necessidade antes de aprender como ela funciona. — Bek sentou-se na cama ao seu lado. — Walker tinha razão. A espada é perfeita. Não há nela uma marca sequer. Centenas de anos de idade e está em perfeitas condições. Isso não aconteceria se ela não estivesse sendo protegida de alguma maneira pela magia.

— Acho que não. — Quentin virava a lâmina para um lado e para outro, passando os dedos ao longo da superfície lisa e achatada. — Estou me sentindo um pouco estranho com isso. Se a lâmina é mágica e sou eu quem deve empunhá-la, será que saberei o que fazer quando chegar a hora?

Bek deu uma risada.

— Quando foi que você não soube o que fazer quando chegou a hora? Você já nasceu pronto, Quentin.

— E você nasceu duas vezes mais esperto e muito mais intuitivo do que eu — respondeu seu primo, e nessa resposta não havia brincadeira nem risos. Seu olhar franco e firme estava fixo em Bek. — Conheço minhas forças e minhas fraquezas. Posso falar delas com honestidade. Sei que sou apressado com as coisas, como fui ao querer juntar-me a essa expedição. Às vezes isso é bom, e às vezes não. Confio em você para evitar que eu me afaste muito do caminho.

Bek deu de ombros.

— Fico sempre feliz em ajudar a colocá-lo de volta na linha. — Sorriu.

— Lembre-se disso. — Quentin tornou a olhar para a espada. — Se eu não conseguir ver o que precisa ser feito, se eu deixar de ver o certo e o errado das coisas, quero contar com você. Esta espada — ele disse, levantando-a gentilmente — talvez seja mágica e possa fazer coisas maravilhosas. Talvez possa salvar vidas. Mas talvez seja igual a toda magia e possa também provocar danos. Não é essa a natureza da magia: poder funcionar de ambas as maneiras?

Não quero provocar o mal com ela, Bek. Não quero ser precipitado demais na hora de usá-la.

Era uma observação profunda para Quentin, e Bek achou que seu primo não dava a si mesmo crédito suficiente. Mesmo assim, inclinou a cabeça, concordando.

— Agora vá tomar um banho — ordenou ele, tornando a se levantar e caminhando na direção da porta. — Como é que você pode esperar que eu pense direito com você cheirando assim?

Voltou ao quarto e começou a apanhar roupas para a jornada. Partiriam de manhã bem cedo. Levariam uma semana para rastrear Truls Rohk e para chegar a Arborlon. Por quanto tempo mais ficariam fora? Como seria nas terras além das suas próprias, do outro lado da Divisa Azul? O clima seria quente ou frio, úmido ou seco, severo ou moderado? Olhou indefeso ao redor do quarto, novamente consciente de como sabia pouco daquilo em que se metera. Mas esse tipo de pensamento não iria ajudar; portanto, colocou-o de lado e voltou ao trabalho.

Havia quase terminado quando Coran Leah apareceu na porta, grave e pensativo.

— Será que posso falar com você por um minuto, Bek?

Sem esperar resposta, entrou no quarto e fechou a porta. Por um momento conservou-se em pé, como se indeciso sobre o que fazer em seguida. Então foi até o banco sobre o qual Bek estava colocando as roupas, arrumou um lugar para si e sentou-se.

Bek ficou olhando, ainda segurando uma camisa que estava dobrando para colocar na mochila.

— O que foi? Qual é o problema?

Coran Leah balançou a cabeça grisalha. Ainda era um belo homem, forte e esbelto aos 50 anos, os olhos azuis límpidos e um sorriso sincero. Ele era muito querido em Leah, bem considerado por todos. Era o tipo de homem que fazia questão de realizar as pequenas coisas que outros deixariam de lado. Se houvesse pessoas necessitadas, Coran Leah seria sempre o primeiro a tentar encontrar ajuda para elas ou, se não conseguisse, a ajudá-las ele próprio. Havia criado seus filhos com palavras gentis e de encorajamento, e Bek não se lembrava de algum dia tê-lo ouvido gritar. Se pudesse ter escolhido um pai, Bek não teria procurado outro que não Coran.

— Estive pensando nisso desde que Walker veio me ver ontem e contou o que queria. Existem algumas coisas que você não sabe, Bek, coisas que ninguém sabe, nem mesmo Quentin, somente Liria e eu. Estava esperando a hora certa de lhe contar, e acho que já esperei o máximo que podia.

Endireitou-se, colocando as mãos cuidadosamente sobre os joelhos.

— Não foi seu pai quem trouxe você há tantos anos. Foi Walker. Ele me contou que seu pai havia morrido em um acidente, deixando você sozinho, e me pediu para aceitá-lo. A verdade é que eu não morava perto de Holm Howe. Eu não o via há mais de dez anos antes que você viesse viver conosco. Eu não sabia que ele tinha filhos. Sequer sabia que ele tinha uma esposa. Achei muito estranho que seu pai escolhesse enviar você para mim, para viver com minha família, mas Walker insistiu que era isso o que ele queria. Convenceu-me de que era a coisa certa a fazer.

Ele balançou de novo a cabeça.

— Ele pode ser muito persuasivo quando quer. Perguntei a ele como seu pai o conhecia tão bem para colocá-lo sob seus cuidados. Ele respondeu que não fora uma questão de escolha, que ele estava lá quando ninguém mais estava, e seu pai teve de confiar nele.

Bek colocou de lado a camisa que estava segurando.

— Bem, eu sei como ele pode ser persuasivo. Eu vi por mim mesmo. Como ele convenceu você a concordar sobre a expedição?

Coran Leah sorriu.

— Ele me contou a mesma coisa que suponho tenha lhe contado: que precisava de vocês dois, que as vidas de pessoas dependiam disso, que o futuro das Quatro Terras assim o exigia. Ele disse que vocês eram velhos o bastante para tomarem a decisão por si mesmos, mas que eu deveria lhes dar a liberdade de fazê-lo. Não gostei de ouvir isso, mas reconheci a verdade no que ele dizia. Você tem idade suficiente, é quase adulto. Quentin já é adulto. Já mantive vocês comigo o máximo que podia. — Deu de ombros. — Talvez ele tenha razão. Talvez mais vidas de pessoas dependam mesmo disso. Acho que devo a vocês dois o direito de descobrir.

Bek fez um gesto de aprovação.

— Teremos cuidado — garantiu. — Vamos cuidar um do outro.

— Eu sei que irão. Sinto-me melhor com vocês dois indo em vez de um só. Liria acha que vocês não deviam ir, nenhum dos dois, mas isso é porque ela é mãe, e é assim que as mães pensam.

— Você acha que a espada de Quentin realmente possui magia? Acha que ela pode fazer o que Walker diz?

Coran suspirou.

— Não sei. A história de nossa família assim o diz. Walker parece ter certeza.

Bek sentou-se à beira da cama, de frente para ele.

— Não tenho certeza se estamos fazendo a coisa certa ao partir, e percebo que ainda não sabemos tudo, talvez nem o suficiente para entendermos o risco que estamos correndo. Mas prometo que não faremos nenhuma tolice.

Coran assentiu.

— Tome cuidado com esse tipo de promessas, Bek. Às vezes elas são difíceis de manter. — Fez uma pausa. — Há mais uma coisa que preciso dizer. Ocorreu-me antes, mas andei guardando para mim mesmo. Pensei nisso novamente ontem, quando Walker reapareceu à minha porta. É o seguinte: só tenho a palavra do druida de que Holm Rowe realmente era seu pai e que ele o enviou aqui para viver comigo. Tentei verificar isso depois, mas ninguém pôde me dizer onde ou quando Holm havia morrido. Ninguém conseguiu me dizer nada a seu respeito.

Bek olhou para ele surpreso.

— Então outra pessoa pode ser meu verdadeiro pai?

Coran Leah o fitou com seu olhar firme.

— Você é como um de meus próprios filhos, Bek. Amo você tanto quanto os outros. Fiz o melhor que podia para criá-lo da maneira certa. Liria e eu fizemos isso. Agora que você vai partir, não quero segredos entre nós.

Ele se levantou.

— Vou deixá-lo continuar guardando suas coisas.

Dirigiu-se para a porta, mas então mudou de idéia e voltou. Colocou seus braços fortes ao redor de Bek e o abraçou com força.

— Tome cuidado, filho — murmurou.

Então foi embora, deixando Bek concluir que havia tanta incerteza em seu passado quanto em seu futuro.

11

Chovia novamente quando Hunter Predd e Walker, montados em Obsidian, chegaram ao porto de March Brume, a alguma distância ao norte de Bracken Clell na costa da Divisa Azul. Haviam voado na chuva logo antes do pôr-do-sol, após viajarem o dia todo para oeste desde as Highlands de Leah, e era como se a escuridão e a umidade tivessem descido de uma só vez. March Brume ocupava uma extensão de praia rochosa ao longo de uma angra protegida por enormes despenhadeiros ao norte e, ao sul, por um grande pântano salgado. Atrás da aldeia, um aglomerado de florestas densas se estendia até um vale não muito profundo, e foi justamente ao sul desse vale, sobre um platô estreito, que o roca depositou seus passageiros para que eles pudessem se refugiar durante a noite na cabana de um velho caçador.

March Brume era uma comunidade predominantemente sulista, embora um punhado de elfos e anões também tivesse ali fixado residência. Há séculos o porto era famoso pela construção de seus navios a vela, tudo desde pequenos barcos até embarcações de um mastro e fragatas de três mastros. Especialistas de todas as Quatro Terras chegavam à pequena aldeia para oferecer seus serviços. Nunca havia falta de trabalho para projetistas ou construtores, e sempre se podia ganhar muito bem. Praticamente todos que moravam no porto estavam engajados na mesma ocupação.

Então, há vinte e quatro anos, um homem chamado Ezael Sterret, um rover de notória reputação, pirata e salteador ocasional com um traço de gênio inventivo, havia projetado e construído a primeira aeronave. Ela era dura de manobrar, difícil de equilibrar e não era confiável, mas voava. Seguiram-se novas esforços de outros construtores, cada qual cada vez mais bem-sucedido que o anterior, e em duas décadas as viagens haviam sofrido uma revolução e a natureza da construção de navios em March Brume havia sido modificada para sempre. Os navios a vela ainda eram construídos nos estaleiros do velho porto, mas não nas mesmas proporções de antes. A maioria das naves construídas agora era para viagens aéreas, e os clientes cujos bolsos eram mais fundos e com necessidades maiores vinham da federação e dos comandos do exército dos nascidos livres.

Nenhum deles tinha a ver com a principal razão de Walker para ir até ali, em vez de ir a qualquer um entre uma dezena de outros portos de construção de navios ao longo da costa. O que o havia levado para March Brume era a natureza dos construtores e dos projetistas que ocupavam o porto — rovers, um povo universalmente detestado e visto com desconfiança, errantes por toda a sua história, que, mesmo quando próximos do sedentarismo, não deixavam de valer-se do porto, para partir e retornar, sempre que a necessidade surgia. Não só eram os mais habilidosos e confiáveis daqueles engajados em construção de naves e vôo, como aceitavam trabalho de todas as partes e compreendiam a importância de aceitar uma barganha e uma confiança tão logo estabelecida.

Walker estava para testar a verdade dessa crença geralmente aceita. Seus instintos e sua longa associação com os rovers convenciam-no de que aquela era sua melhor escolha. Sua prima, a rainha dos elfos Wren Elessedil, fora criada por rovers e com eles aprendera as habilidades de sobrevivência que a mantiveram viva quando viajou para a ilha condenada de Morrowindl, a fim de recuperar o povo elfo perdido. Os rovers haviam auxiliado vários membros da família de Walker ao longo dos anos, e ele os achava calejados, independentes e cheios de recursos. Assim como ele, eram errantes. Assim como ele, eram párias e solitários. Mesmo vivendo em comunidades, como muitos faziam agora, permaneciam em grande parte isolados de outros povos.

Walker não tinha problema com isso. Quanto menos abertos e mais secretos seus tratos nessa questão, melhor. Não pensou sequer por um momento que pudesse, por muito tempo, guardar segredo tanto sobre sua presença quanto sobre seu propósito. A bruxa Ilse buscaria descobrir a ambos. Mais cedo ou mais tarde ela conseguiria.

Hunter Predd conseguiu fazer uma fogueira na lareira em ruínas da velha cabana do caçador. Dormiram àquela noite num ambiente quase totalmente seco. Ao amanhecer, Walker deu ordens para que o cavaleiro alado reabastecesse as provisões que estavam acabando e aguardasse seu retorno da aldeia. Poderia ficar fora por diversos dias, avisou, então o cavaleiro alado não deveria ficar preocupado se ele não tornasse a aparecer imediatamente.

O dia havia clareado um pouco, a chuva virara uma névoa fria, que grudava nas florestas e nas encostas como um sudário, e os céus brilhavam o suficiente para permitir um vislumbre nebuloso do sol através de bancos de nuvens cinzentas e pesadas. Walker navegou pela floresta até encontrar uma trilha e depois seguiu a trilha até chegar a uma estrada, e pegou a estrada até a aldeia. March Brume era uma coleção de prédios cinzentos encharcados, com as residências afastadas da margem da praia na direção da floresta, e os estaleiros e docas mais próximos da água. Os sons de construção se faziam ouvir em um burburinho acima do quebrar das ondas, uma mistura de martelos e serrotes pontuada pelo assovio do vapor que saía do ferro quente mergulhado na forja e pelos gritos e xingamentos dos trabalhadores. A aldeia estava lotada e em atividade, residentes e visitantes igualmente lotando ruas e becos, cuidando de suas vidas no meio da penumbra e da umidade, de forma incrivelmente animada.

Walker, envolto em seu manto para ocultar a falta do braço, não era notado. Pessoas de todos os tipos iam e vinham em March Brume, e onde uma população de rovers dominava, era melhor cuidar de sua própria vida.

O druida caminhou sem pressa na direção das docas, passando pelos negócios no centro da cidade. Soldados da federação vestidos em uniformes pretos e prateados rondavam por ali, aguardando o recebimento de ordens. Também havia soldados nascidos livres, não tão ousados em revelar sua presença, mas que haviam ido a March Brume pelo mesmo motivo. Era estranho, pensou o druida, que fizessem compras na mesma loja como se fosse a coisa mais natural do mundo, quando, em qualquer outra situação, se atacariam mutuamente à primeira vista.

Encontrou o homem que estava procurando em um mercado perto da extremidade sul da aldeia, não longe do começo das docas e dos estaleiros. Ele parecia um espantalho vestido com mantos escarlates brilhantes porém esfarrapados. Era tão magro que, quando se segurava contra as ocasionais rajadas de vento que sopravam do mar, parecia se dobrar como um caniço. Um fiapo de barba preto pendia do queixo pontudo e seus cabelos pretos compridos caíam-lhe em desalinho sobre o rosto estreito. Uma cicatriz de um vermelho vivo, iniciando na linha dos cabelos, descia até o queixo, atravessando a ponte de seu nariz quebrado como uma marca de chicote recente. Ele estava em pé bem às margens do tráfego que passava pelas barracas, ao lado de uma fonte, cabeça virada de um modo peculiar inclinado para cima, como se buscasse a orientação nos céus enevoados. Uma mão estendida para a frente segurava uma caneca de metal, e a outra gesticulava para os passantes com um fervor que sugeria que, se você o ignorava, fazia-o por sua própria conta e risco.

— Vamos, não sejam tímidos, não hesitem, não tenham medo! — Sua voz era fina e aguda, mas chamava a atenção. — Uma ou duas moedas vão lhe comprar a paz de espírito, peregrino. Uma ou duas moedas vão lhe comprar um vislumbre de seu futuro. Esteja certo de seus passos, amigo. Pare um instante para conhecer o destino que você pode impedir, o passo errado que poderia dar, o caminho infeliz que pode seguir sem querer. Venha um, venham todos!

Walker ficou do outro lado da praça, observando silenciosamente o homem por algum tempo. De vez em quando, alguém parava, colocava uma moeda na caneca de metal e se aproximava para ouvir o que o homem tinha a dizer. O homem sempre fazia a mesma coisa: pegava a mão da pessoa e a segurava enquanto falava, movendo os dedos lentamente sobre a palma aberta do outro que parecia concordar com tudo.

Uma ou duas vezes, quando o homem trocava de posição ou ia beber um gole de água da fonte, os mantos escarlates se abriam para revelar que ele tinha apenas uma perna e usava um suporte de madeira no lugar da outra.

Walker ficou onde estava até que a chuva apertou o suficiente para afastar a maioria da multidão e forçar o homem a recuar sob o abrigo de um toldo. Então atravessou a praça, aproximou-se do homem de mantos escarlates como se procurasse compartilhar seu abrigo e ficou em silêncio ao seu lado.

— Será que você pode ler o futuro de um homem que procura fazer uma longa e arriscada jornada até uma terra desconhecida? — ele perguntou, olhando para a chuva.

O homem desviou ligeiramente o olhar, mas continuou direcionado para o céu.

— Alguns homens já fizeram jornadas suficientes para cinco vidas. Talvez devessem ficar em casa e desistir de atiçar o destino.

— Talvez eles não tenham escolha.

— Paladinos de sombras reveladas apenas para eles, buscadores de respostas para segredos desconhecidos, sempre procurando o que irá colocar um fim à sua incerteza. — As mãos gesticulavam sem querer. — Você esteve fora por um longo tempo, peregrino. Lá em cima, em seu castelo alto, sozinho com seus pensamentos de sonhos. Você realmente busca fazer uma jornada até uma terra distante?

Walker deu um sorriso fraco.

— Quem prevê os destinos é você, Cicatrix. Não eu.

O rosto marcado assentiu.

— Leitor de futuros hoje, ex-soldado aleijado no dia seguinte, louco no terceiro. Assim como você, Walker, eu sou um camaleão.

— Fazemos o que devemos neste mundo. — O druida chegou mais perto. — Mas não procurei você por nenhuma das habilidades que relacionou, por mais formidáveis que sejam. Em vez disso, peço uma pequena informação do vasto estoque que você administra... e eu impediria que essa informação alcançasse outros ouvidos.

Cicatrix pegou a mão do druida, correndo os dedos sobre a palma, mantendo o rosto arruinado na direção do céu enquanto isso.

— Você pretende fazer uma viagem até uma terra desconhecida, peregrino? — Sua voz havia baixado até se tornar um sussurro. — Talvez procure transporte?

— Do tipo que voa. Algo rápido e durável. Não um vaso de guerra, mas que seja capaz de suportar um ataque vindo de um deles. Não um corredor, mas capaz de voar como se tivesse nascido para correr. Seu construtor deve ter visão, e a nave deve ter um coração.

O homem magro deu uma risada.

— Você procura milagres, peregrino. Será que eu pareço a você o tipo de pessoa que pode fornecê-los?

— No passado você os fornecia.

— Então o passado retorna para me assombrar. Aí está o problema em ter de viver pelas expectativas de outros quando essas expectativas são fundamentadas em memórias questionáveis. Ora. — Continuava correndo as mãos sobre a palma da mão de Walker. — Seu inimigo nessa empreitada não usaria preto e prata, por acaso?

Walker olhou para a chuva.

— O mais provável é que meu inimigo tenha olhos em toda parte e mate com sua canção.

Cicatrix soltou um silvo baixinho.

— Uma bruxa muito poderosa, não é? Fique longe dela, Walker.

— Tentarei. Agora ouça com atenção. Preciso de uma nave e de um construtor, de um capitão e de uma tripulação. Preciso que sejam fortes, corajosos e estejam dispostos a se aliarem aos elfos contra todos os inimigos. — Fez uma pausa. — A reputação de March Brume será testada nisso como nunca foi testada antes.

— E a minha.

— E a sua.

— Se eu decepcioná-lo, não o verei novamente, peregrino?

— No mínimo você desejará isso.

Cicatrix deu uma risadinha sem graça.

— Ameaças? Não, não de você, Walker. Você jamais ameaça, você apenas revela suas preocupações. Um pobre aleijado como eu é aconselhado a prestar muita atenção, mas não para agir movido pelo medo. — Seus dedos pararam de se mover sobre a mão de Walker. — As recompensas para aqueles que se envolverem são razoáveis, dados os riscos?

— Muito além disso. Os elfos irão escancarar as portas de seus cofres.

— Ah. — Assentiu o homem, a cabeça inclinada de modo estranho, o olhar direcionado para o nada. Soltou a mão de Walker. — Vá até as docas no final da estrada de Verta após o cair da noite. Fique onde possa ser visto. Mistérios serão descobertos e segredos serão revelados. Talvez uma jornada seja efetuada até uma terra desconhecida.

Walker entregou um saco cheio de moedas de ouro, e Cicatrix enfiou-o sorrateiramente no bolso. Virou-se lentamente e afastou-se mancando.

— Adeus, peregrino. Boa sorte para você.

Walker passou o restante do dia caminhando pelas docas, estudando as naves em construção e os homens que as construíam, escutando a conversa de navegantes e recolhendo pequenas informações. Comeu em uma grande taverna às margens das docas, onde era um entre muitos, e fingiu desinteresse ao mesmo tempo que mantinha vigilância cerrada sobre os espiões da federação que sabia estarem ali. A bruxa Ilse estaria procurando por ele, determinada a encontrá-lo. Não tinha ilusões. Ela era incansável. Ela o atacaria a qualquer hora e em qualquer local que pudesse, esperando acabar o que havia começado em Arborlon. Se pudesse matá-lo ou inutilizá-lo, a jornada que ele procurava empreender seria baldada, e o próprio caminho dela para o tesouro do mapa não teria mais obstáculos. Ela não possuía o mapa, mas provavelmente tinha as memórias do náufrago para orientá-la, e por tudo que ele sabia elas seriam o suficiente.

Ponderou por muito tempo as implicações de um encontro com ela, um encontro que estava quase certo não poder evitar. Pensou nas conseqüências do acaso cruel e do destino impiedoso, de oportunidades perdidas e jogos jogados, e aguardou pacientemente o cair da noite.

Quando estava escuro, ele empreendeu seu caminho através de March Brume, seu progresso oculto por uma névoa que saía da água com a queda da temperatura e a passagem da chuva. As forjas e estaleiros haviam se esvaziado com o final do dia de trabalho e o som do mar quebrando na praia podia ser ouvido claramente no silêncio. Comerciantes haviam fechado suas lojas e ambulantes guardado seus artigos. As tavernas, estabelecimentos de comida e casas de prazer estavam lotados e ruidosos, mas as ruas estavam em grande parte desertas.

Diversas vezes ele parou nas sombras e esperou — escutando e observando. Não fez uma rota direta até seu destino, mas seguiu um caminho tortuoso pela aldeia, certificando-se de que não estava sendo seguido. Mesmo assim, não se sentia seguro. Era suficientemente inconspícuo para os que não sabiam procurar por ele, mas facilmente reconhecível para aqueles que sabiam. A bruxa Ilse teria descrito sua aparência aos seus espiões. Ele poderia ter sido mais sábio e se disfarçado. Mas isto ele só concluíra agora, e agora era de pouca valia.

No final da estrada de Verta, envolto pela neblina e pelo silêncio, ficou em pé à luz fraca de um lampião de rua. As docas se estendiam até o oceano, as formas rígidas e espectrais de cascos dos navios parcialmente formados e suportes realçados pelas luzes da aldeia. Ninguém se movia na penumbra da noite. Nenhum som quebrava o rolar e sibilar constante da maré.

Estava ali há apenas alguns minutos quando um homem se materializou na escuridão e caminhou até ele. O homem era alto, tinha cabelos vermelhos flamejantes, compridos e amarrados atrás com um lenço de cores brilhantes. Um rover, pelo seu aspecto, ele caminhava com o passo ligeiramente cambaleante de um marinheiro, e seu manto se abria para revelar um conjunto de apetrechos de vôo. O homem sorriu tranqüilamente ao se aproximar de Walker, como se fossem velhos amigos se reunindo após uma longa separação.

— É você a quem chamam de Walker? — perguntou ele, parando à frente do druida. Seus brincos dourados brilhavam fracamente na luz enevoada do lampião.

Walker assentiu.

O outro fez uma ligeira mesura.

— Meu nome é Redden Alt Mer. Cicatrix me contou que você tem planos para uma jornada e precisa de ajuda com os preparativos.

Walker franziu a testa.

— Você não parece um construtor naval.

Redden Alt Mer deu um sorriso largo.

— Isso provavelmente se deve ao fato de que eu não sou. Mas sei onde encontrar o homem que você precisa. Sei como colocar você a bordo da nave mais rápida e mais ágil já construída, alistar a melhor tripulação que jamais navegou a céu aberto, e em seguida levar você aonde quer que queira ir... porque eu serei seu capitão. — Fez uma pausa, inclinando a cabeça. — Tudo isso por um preço, é claro.

Walker o estudou. O homem era arrogante e ousado, mas também com um traço perigoso.

— Como sei que você pode dar conta de tudo isto, Redden Alt Mer? Como saberei que você é o homem de que preciso?

O rover conseguiu fazer uma cara de completo assombro.

— Cicatrix enviou-me até você; se confiou nele o bastante para me encontrar, isso devia ser o suficiente.

— Cicatrix é conhecido por cometer erros.

— Só se você o trapacear na hora de pagar e ele desejar ensinar-lhe uma lição. Você não fez isso, fez? — suspirou o rover. — Muito bem. Aqui estão minhas credenciais, já que estou vendo que meu nome nada significa para você. Eu nasci em naves e tenho navegado nelas desde garoto. Tenho sido um capitão a maior parte de minha vida. Naveguei por toda a costa da Terra Ocidental e explorei a maioria das ilhas desconhecidas além da Divisa Azul. Passei os últimos três anos pilotando aeronaves para a federação. E o mais importante: eu nunca, em momento algum, fui derrubado.

— E será que devo confiar em você o bastante para acreditar que está falando a verdade? — Walker deu mais um passo à frente. — Muito embora você coloque uma pessoa para me atacar às minhas costas com uma adaga desembainhada, esperando para me abater caso ache que eu não acredito?

Alt Mer assentiu lentamente, ainda sorrindo.

— Muito bem. Eu conheço alguma coisa dos druidas e de seus poderes. Você é o último de sua espécie e não é muito respeitado nas Quatro Terras, portanto achei sábio testá-lo. Disseram-me que um verdadeiro druida sentiria a presença de um atacante. Um verdadeiro druida saberia se estivesse sendo ameaçado. — Deu de ombros. — Eu estava simplesmente sendo cauteloso. Não queria ofendê-lo.

O rosto sombrio de Walker não mudou de expressão.

— Não me ofende. Esta será uma jornada longa e perigosa, caso concordemos que você é o homem certo para realizá-la, Redden Alt Mer. Compreendo que não queira tentá-la na companhia de um tolo ou de um mentiroso. — Fez uma pausa. — Claro que eu também não.

O rover riu baixinho.

— Ruivinha! — ele chamou.

Uma mulher alta, de cabelos cor de cobre, emergiu das névoas escuras atrás de Walker, os olhos vasculhando as sombras, sugerindo que ela ainda confiava menos nele do que seu companheiro. Quando sinalizou para Alt Mer, e ele de volta para ela, concordando entre eles que tudo estava bem, a semelhança era inconfundível.

— Minha irmã, Rue Meridian — disse Alt Mer. — Ela será minha navegadora quando viajarmos. Também será minha guarda-costas, como foi aqui.

Rue Meridian estendeu a mão em um cumprimento e Walker apertou-a. A mão dela era forte e seus olhos firmes quando encontraram os dele.

— Bem-vindo a March Brume — disse.

— Vamos sair de perto da luz enquanto fazemos nosso negócio — Alt Mer sugeriu animado.

Levou sua irmã e Walker para longe da luz enevoada do lampião e entraram em um beco escuro entre os prédios. Na estrada atrás deles, um garoto passou correndo, perseguindo um aro de metal que fazia rolar à sua frente com um pedaço de pau.

— Agora, então, aos negócios — disse Redden Alt Mer, esfregando as mãos com entusiasmo. — Para onde esta jornada irá nos levar?

Walker balançou a cabeça.

— Isso eu não posso lhe dizer. Não até que estejamos longe e em segurança.

O rover ficou espantado.

— Não pode me dizer? Você quer que eu me aliste para uma viagem que não tem destino? Estamos indo para oeste, leste, norte, sul, para cima ou para baixo…?

— Nós iremos para onde eu disser.

O homenzarrão grunhiu.

— Tudo bem. Vamos levar carga?

— Não. Vamos apanhar algo.

— Quantos passageiros iremos levar?

— Uns trinta e poucos. No máximo quarenta.

O rover franziu a testa.

— Para uma nave desse tamanho, vou precisar de uma tripulação de pelo menos uma dúzia, incluindo a mim e Ruivinha.

— Só posso deixá-lo levar dez.

Alt Mer ficou vermelho.

— Você coloca muitas restrições para alguém que não entende nada de navegação!

— Quanto pretende pagar? — sua irmã o interrompeu.

— De quanto seria sua taxa normal para uma longa viagem? — perguntou Walker. Agora estavam chegando à parte que mais interessava. Rue Meridian olhou para o irmão. Alt Mer pensou e disse uma cifra. Walker concordou. — Eu pagarei essa quantia em adiantamento e o dobro ao voltarmos.

— O triplo — Rue Meridian disse na hora.

Walker olhou para ela por muito tempo, considerando.

— O que Cicatrix contou a vocês?

— Que você tem amigos ricos e inimigos poderosos.

— Coisas que são bons motivos para nos contratar — acrescentou o irmão dela.

— Especialmente se esses últimos estiverem aliados com alguém cuja magia é tão poderosa quanto à sua própria.

— Alguém que possa matar com um pouco mais do que o som de sua voz — Redden Alt Mer sorriu novamente. — Ah, sim. Nós conhecemos alguma coisa das criaturas que vivem no Caminho Selvagem. Conhecemos alguma coisa de bruxas e bruxos.

— Dizem os rumores — a irmã dele disse baixinho — que você estava ao lado de Allardon Elessedil quando ele foi morto.

— Dizem os boatos que ele fez uma espécie de barganha com você, e que os elfos pretendem honrá-la. — Alt Mer ergueu uma sobrancelha, intrigado.

Walker olhou para a escuridão da estrada de Verta e voltou a olhar para os irmãos ruivos.

— Vocês parecem saber muita coisa.

O capitão rover deu de ombros.

— O nosso negócio é saber quando nos pedem que coloquemos nossas vidas em perigo.

— O que traz à tona uma questão interessante. — O druida olhou pensativo para ambos. — Por que desejam vir comigo nessa viagem? Por que escolheram se envolver nesse empreendimento quando existem outras expedições menos perigosas?

Redden Alt Mer deu uma gargalhada.

— Boa pergunta. Pergunta que requer várias respostas. Deixe ver se consigo dá-las a você. Primeiro, o dinheiro. Você oferece mais do que podemos ganhar de qualquer pessoa. Muito mais. Somos mercenários, então prestamos muita atenção quando a soma oferecida é substancial. Segundo, existem as infelizes circunstâncias que cercam nossa recente partida da federação. Ela não foi inteiramente voluntária e nossos ex-empregadores poderiam decidir nos procurar para ajustar contas. Seria melhor estarmos em outro lugar se isso acontecesse. Uma longa jornada para longe das Quatro Terras daria tempo suficiente para que eles perdessem o interesse.

"E terceiro — ele acrescentou, sorrindo como um garotinho com um doce na mão —, há o desafio de fazer uma jornada a uma nova terra, de ir para onde ninguém foi antes, de ver alguma coisa pela primeira vez, de encontrar um novo mundo. — Ele suspirou e fez um gesto expansivo. — Você não deve subestimar o que isso significa para nós. É difícil explicar para alguém que não voa, nem navega, nem explora como nós fazemos, como nós fizemos por todas as nossas vidas. É isso o que somos e o que fazemos, e às vezes isso conta mais do que qualquer coisa.

— Especialmente após nossa experiência com a federação, onde fomos contratados só pelo dinheiro — sua irmã grunhiu baixinho. — Está na hora de outra coisa, de algo mais recompensador, mesmo que seja perigoso.

— Não desmistifique nosso pensamento tão depressa, Ruivinha! — seu irmão a reprovou com rudeza. Apontou um dedo para o druida. — Basta quanto aos motivos para nossas escolhas. Deixe-me dizer a você algo sobre as suas, sobre o motivo pelo qual você decidiu se envolver conosco. Não estou falando de mim e da Ruivinha pessoalmente... embora sejamos aqueles que você deseja. Estou falando dos rovers. Você está aqui, meu amigo, porque você é um druida e nós somos rovers, e temos muito em comum. Somos párias e sempre fomos. Somos párias das terras, pouco tolerados e vistos com suspeitas. Gostamos de vagar pela terra e de ter uma visão mais ampla do mundo, e não vemos as coisas em termos de nacionalidades e governos. Somos pessoas que valorizam a amizade e a lealdade, que dão valor à força do coração e da mente assim como à do corpo, mas que valorizam ainda mais um bom julgamento. Você pode ser a alma mais corajosa que jamais caminhou pela terra e não ter valor algum se não souber quando e onde escolher suas batalhas. Como estou me saindo?

— Está enrolando um pouco — sugeriu Walker.

O rover alto deu uma prazerosa gargalhada.

— Senso de humor em um druida! Quem poderia achar que isso era possível? Bem, você entendeu o que eu disse, portanto não preciso continuar. Fomos feitos um para o outro e para peregrinações com que a maioria jamais sequer sonharia. Você nos quer, Walker, porque nós lutaremos contra tudo. Nós iremos direto para a boca da morte e puxaremos a língua dela. Faremos isso porque é para isso que a vida é feita se você é um rover. Agora me diga: estou errado?

Walker balançou a cabeça, tanto em desconsolo quanto em concordância.

— Ele realmente acredita nisso tudo — a irmã declarou, maldosa. — Fico preocupada que isso possa ser contagioso e que um dia nós dois fiquemos contaminados e nenhum dos dois seja capaz de pensar direito.

— O que há, Ruivinha! Você deveria me defender, não me derrubar! — Alt Mer suspirou e olhou para Walker, animado. — Também tem, claro, o fato inescapável de que quase ninguém com talento e coragem daria a você o prazer de trabalhar nesse negócio. Os rovers são os únicos corajosos o suficiente para aceitar sua oferta e ainda por cima respeitando sua necessidade de segredo. — Sorriu. — Então, o que vai ser?

Walker puxou seus mantos negros mais para perto de si e a névoa que havia se infiltrado no beco escuro agitou-se inquieta em resposta.

— Vou pensar no assunto enquanto durmo. Amanhã podemos conversar com seu construtor naval e ver se ele o apóia. Quero ver o trabalho dele e julgar o homem antes de me comprometer com qualquer coisa.

— Excelente! — O rover grandão exclamou alegre. — Uma resposta justa! — Fez uma pausa, uma sombra de arrependimento atravessando seu rosto largo. — Exceto por uma coisa. Dormir está fora de cogitação. Se estiver interessado em nossos serviços, vamos ter de sair daqui esta noite.

— Sair? — Walker não se incomodou em ocultar sua surpresa.

— Esta noite.

— E ir para onde?

— Ora, para onde eu disser — respondeu o rover, devolvendo as palavras de Walker. E sorrindo para Rue: — Estou achando que ele pensa que eu não sou inteligente, afinal. — Voltou-se para Walker. — Se o construtor que você quer pudesse ser encontrado em March Brume, não precisaria que nós o localizássemos para você, precisaria? Nem ele seria de muita utilidade se realizasse seus serviços abertamente.

Walker concordou.

— Suponho que não.

— Uma pequena viagem será necessária para oferecer a você a segurança que procura: é uma jornada que seria melhor iniciada sobre o manto da escuridão.

Walker olhou para o horizonte como se avaliasse o tempo. Não podia ver a lua nem as estrelas ou nada a uns quinze metros além da neblina.

— Uma viagem que faremos a pé, espero?

O rover grandalhão sorriu novamente. Sua irmã ergueu uma sobrancelha em sinal de reprovação.

Walker suspirou.

— Quando partimos?

Redden Alt Mer colocou um braço amigo sobre os ombros de Rue Meridian.

— Partimos já.

O garoto do aro de metal permaneceu oculto nas sombras profundas do cais no outro lado até que o trio emergiu do beco e desapareceu estrada acima. Mesmo depois, ele ainda ficou um bom tempo parado. Fora avisado sobre o druida e seus poderes e não desejava desafiar nenhum dos dois. Já bastava tê-lo encontrado; nada mais seria necessário.

Quando ficou confiante de que estava sozinho novamente, deixou seu esconderijo, abandonando o brinquedo, e correu para a floresta atrás da aldeia. Era pequeno para sua idade e selvagem como um animal, magro, musculoso e malcuidado, não exatamente uma criança de rua, mas quase. Jamais conhecera o pai e perdera a mãe com apenas dois anos. Sua avó meio cega o havia criado, mas perdera todo o controle antes que ele chegasse aos seis anos. Contudo, era inteligente, empreendedor e havia encontrado meios de sustentar a ambos em um mundo que do contrário os teria engolido inteiros.

Em menos de uma hora, suado e sujo de sua corrida, chegou até a fazenda abandonada logo além das últimas residências de March Brume. Sua respiração ofegante era o único som que quebrava o silêncio quando ele entrou no celeiro arruinado e foi até os latões de armazenagem nos fundos. Dentro do mais seguro deles, no canto direito, estavam as gaiolas. Soltou a trava, entrou dentro do latão, acendeu uma vela e rabiscou uma nota com palavras cuidadosamente escritas.

A senhora para a qual ele coletava informações de tempos em tempos pagaria bem por isso, pensou animado. Bem o bastante para que pudesse comprar aquela faca que ele admirava havia tanto tempo. Bastante para que ele e sua avó pudessem comer bem por semanas a fio.

Prendeu a mensagem na perna de um dos pássaros estranhos de olhos ferozes que ela lhe dera, saiu do celeiro com o pássaro enfiado cuidadosamente debaixo do braço e o enviou para dentro da noite.

12

Redden Alt Mer e Rue Meridian conduziram Walker por algumas centenas de metros ao longo do cais e depois viraram em um píer estreito ladeado por esquifes. Parando em uma embarcação velha de mastro desmontável, vela única e leme ligado a uma cana de mão na popa, seguraram-na firme para que o druida embarcasse e então logo se fizeram ao mar. Em questão de segundos haviam perdido de vista o cais, a aldeia e qualquer ponta de terra. Os rovers colocaram Walker na proa com instruções para ficar de olho em destroços flutuantes e foram colocar o mastro e a vela. Walker olhava ao redor, inquieto. Até onde podia determinar, eles não tinham como saber para onde estavam indo. Não parecia importar. Assim que a vela foi assestada e inflou com um vento constante que vinha do mar, eles se recostaram, Alt Mer na popa e sua irmã no meio do barco, avançando segura e suavemente dentro da noite.

Era uma experiência estranha até mesmo para o druida. De vez em quando, um grupo de estrelas aparecia entre as nuvens e uma ou duas vezes a lua surgiu, alta, à direita deles. Mas, fora isso, velejaram em um caldeirão de névoa, escuridão e mar imutável. Pelo menos as águas estavam calmas, negras e espessas como tinta, rolando e batendo confortavelmente abaixo da amurada. Redden Alt Mer assoviava e cantarolava e sua irmã tinha os olhos fixos na noite. Não se ouvia um pio de pássaros. Não se enxergava uma luz sequer. Walker percebeu que seus pensamentos vagavam para uma renovada consideração da ambigüidade e incerteza do que estava para fazer. O que o preocupava era mais do que simplesmente os negócios daquela noite; era toda aquela empreitada. Ela era tão vaga e obscura quanto a escuridão e a névoa na qual navegava, tudo mergulhado em perguntas sem respostas, oscilando entre várias possibilidades. Sabia algumas coisas e podia adivinhar outras tantas, mas o resto — a maior parte do que havia adiante — permanecia um mistério.

 Velejaram por várias horas em seu casulo de sons e imagens imutáveis, envoltos pela escuridão e pelo silêncio como se houvessem tirado um cochilo e estivessem começando a despertar. Foi uma surpresa quando Rue Meridian acendeu um lampião a querosene e o pendurou na frente do mastro. A luz brilhou bravamente em um esforço fútil de atravessar as trevas: não parecia capaz de penetrar mais do que alguns metros. Redden Alt Mer havia se sentado no banco que cortava a popa do esquife, o braço sobre a cana do leme, o pé sobre a amurada. Acenou com a cabeça para a irmã quando ela colocou o lampião no lugar, e ela foi para a frente para trocar de lugar com Walker.

 Pouco depois, um veleiro apareceu diante deles, surgindo subitamente da noite, maior e com mais tripulantes. Mesmo na escuridão, Walker conseguiu estimar uma tripulação de seis ou sete, todos trabalhando nos cordames dos mastros gêmeos. Uma corda foi jogada para Rue Meridian, que a amarrou na proa do esquife. Seu irmão apagou o lampião, recolheu a vela, abaixou o mastro e voltou ao seu banco. O trabalho dos dois foi realizado em instantes e a corda de reboque esticou-se e deu um solavanco quando começou a puxá-los.

 — Nada a fazer agora até chegarmos ao nosso destino — disse o capitão rover, estendendo-se confortavelmente sobre o banco. Adormeceu num instante.

 Rue Meridian sentou-se com Walker no meio do navio. Depois de alguns instantes, disse:

 — Nada jamais parece perturbá-lo. Eu já o vi dormir enquanto voávamos para batalhas. Não que ele não seja cauteloso ou que não se preocupe. Ruivão está sempre pronto quando precisam dele. Mas ele sabe como deixar tudo de lado, quando isso lhe parece o melhor, e voltar à ação quando chega a hora.

 Os olhos dela percorriam superficialmente as trevas enquanto falava.

 — Ele dirá a você que é o melhor porque acredita nisso. Dirá a você que deve ser seu capitão porque tem confiança em que deve sê-lo. Você pode achar que ele está contando vantagem ou sendo insolente; pode até achar que ele é irresponsável. Mas não é nada disso. Ele apenas é muito bom em pilotar aeronaves. — Fez uma pausa. — Não, não é simplesmente bom. É muito melhor do que isso. Ele é ótimo. Ele tem um dom. É o melhor que já conheci, ou melhor do que qualquer um já tenha visto. Os soldados falavam dele assim nas Prekkendorran. Todos que o conhecem sabem disso. Acham que ele tem sorte. E tem, mas em grande parte é uma sorte que ele cria por ser corajoso, inteligente e talentoso.

Olhou de relance para ele.

— Será que estou parecendo uma irmã mais nova falando do idolatrado irmão mais velho? — Ela fungou baixinho. — Estou sim, mas não me deixo enganar pelo que sinto por ele. Tenho sido sua protetora e sua consciência há muito tempo. Nascemos da mesma mãe, mas de pais diferentes. Nunca conhecemos nenhum dos pais muito bem, temos apenas vagas lembranças. Eles eram marinheiros, errantes. Nossa mãe morreu quando éramos ainda muito novos. Cuidei dele a maior parte de sua vida; eu era melhor nisso do que ele. Eu o conheço; eu o compreendo. Conheço suas habilidades e defeitos, forças e fraquezas. Já o vi vencer e fracassar. Não mentiria a respeito dele para ninguém, muito menos para mim mesma. Portanto, quando lhe digo que o Ruivão vale dois homens de qualquer espécie, é melhor me escutar. Quando lhe digo que ele é o melhor homem que você irá encontrar para sua jornada, é melhor prestar atenção.

— Estou prestando — disse Walker em voz baixa.

Ela sorriu.

— Bem, para onde você iria se não quisesse prestar atenção? Você é minha platéia cativa. — Fez uma pausa, estudando-o. — Você é inteligente, Walker. Posso vê-lo pensando o tempo todo. Vejo dentro de seus olhos e vejo sua mente trabalhando. Você escuta, mede e julga de acordo. Você tomará sua própria decisão sobre esta expedição e sobre nós. O que eu lhe disser não irá influenciá-lo. Não é por isso que estou dizendo o que sinto sobre o Ruivão. Estou lhe dizendo isso para que você saiba qual é a minha posição.

Fez uma pausa e esperou, e depois de um momento ele assentiu.

— Muito justo.

Ela suspirou e se ajeitou no banco.

— Francamente, não estou nem aí para o dinheiro. Disso eu já tenho muito. O que não tenho é paz de espírito ou uma sensação de futuro ou algo em que acreditar novamente. Eu já tive isso antes, quando era mais nova. Em algum lugar ao longo do caminho, perdi isso tudo. Meu coração dói e estou cansada. Os últimos três anos, lutando nas Prekkendorran, caçando nascidos livres para um lado e para outro pelas alturas, matando-os de vez em quando, queimando suas aeronaves, cuspindo fogo em seus acampamentos... Isso queimou minha alma. Essa coisa toda era estúpida. Uma guerra sobre terras, sobre direitos territoriais, sobre o domínio nacional: o que isso tudo importa? A não ser pelo dinheiro, nada mais me interessa nessa experiência.

Olhou fixamente para ele com seus olhos verdes.

— Não sinto isto a respeito de sua expedição. Não acho que um druida fosse se incomodar com algo tão mesquinho. Diga-me a verdade: sua empreitada vai oferecer algo mais?

Ela falou com tanta intensidade ao encará-lo que por um momento ele ficou perturbado com a profundidade do sentimento dela.

— Não tenho certeza — disse ele depois de um momento. — Existem mais coisas no que estou lhes pedindo para fazer além do dinheiro que ofereci. Existem vidas em jogo além das nossas. Existem liberdades a serem perdidas e talvez um mundo a ser mudado para melhor ou para pior. Não consigo ver longe o bastante no futuro para ter certeza. Mas uma coisa posso lhe dizer. Partindo, podemos fazer uma diferença que significará algo para você mais tarde.

Ela sorriu.

— Vamos salvar o mundo, é isso?

O rosto dele permaneceu impassível.

— Pode ser.

O sorriso desapareceu.

— Tudo bem, não vou brincar com isso. Não vou sequer sugerir que você possa estar dizendo que isso é possível. Vou me permitir acreditar um pouquinho no que está prometendo. Mal não fará. Acreditar um pouco em ambas as coisas pode ser um bom começo para uma parceria, não acha?

Ele concordou, sorrindo.

— Acho.

Gritos de pássaros anunciavam a chegada da aurora, e, quando as primeiras luzes irromperam por entre as trevas, penhascos maciços assomaram contra a linha do horizonte, suas faces áridas e íngremes chicoteadas pelo vento e pelo mar. Num primeiro momento, parecia haver alguma maneira de passar por aquela barreira formidável. Mas o navio adiante acendeu uma lanterna e suspendeu-a bem alto; um par de lampiões respondendo na margem indicou o local da abordagem. Mesmo assim, não foi possível ver que havia uma abertura até estarem quase em cima dela. A luz era tênue e fraca, o ar carregado de névoa e gotículas e o trovejar das ondas batendo nas pedras era um aviso inconfundível para manter distância. Mas o capitão do navio da frente prosseguiu sem hesitação, navegando entre rochas grandes o bastante para afundar até mesmo a sua embarcação, quanto mais o esquife onde estava Walker.

Redden Alt Mer havia acordado e estava de pé ao leme, guiando o esquife com mão firme no rastro do navio de dois mastros. Walker olhou de relance para ele e ficou surpreso em ver seu rosto iluminado de felicidade e expectativa. Alt Mer estava gostando daquilo, de ser tomado pela excitação e pelo desafio de navegar, sentindo-se em casa de um jeito que a maioria das pessoas jamais poderia se sentir.

Em pé ao seu lado, Rue Meridian também sorria.

Passaram por entre as rochas e adentraram um canal estreito, o esquife subindo e descendo no mar agitado. Gaivotas e cormorões voavam em círculos sobre eles, seus gritos ecoando assustadores pelas paredes do penhasco. Adiante, ficava uma ampla enseada cercada por penhascos com florestas e cachoeiras que caíam dos cumes enevoados centenas de metros acima. Quando navegaram para fora da turbulência do canal e entraram na relativa calma do porto, os sons do vento e das ondas diminuíram e as águas ficaram mais plácidas. Atrás deles, os lampiões que haviam sido acesos para os guiarem para dentro foram apagados.

Destacando-se por entre a penumbra e a neblina, apareceram os primeiros sinais de um povoado. Não havia como confundir sua natureza. Um grande estaleiro sobressaía-se à frente das águas da enseada, completo, com cavaletes de construção e docas, forjas e serralherias. Um aglomerado de navios estava ancorado na extremidade norte da enseada, esguios e escuros contra as águas prateadas, e pelo cintilar de atratores radiantes e a estranha inclinação das bainhas de luz enroladas e esperando ser abertas, Walker as reconheceu como sendo aeronaves.

Quando se aproximaram da margem, o rebocador deitou âncora e um pequeno transporte foi baixado com uma dupla de marinheiros nos remos. Remaram até o esquife e trouxeram Walker e os rovers a bordo. Alt Mer e sua irmã saudaram os marinheiros com familiaridade, mas não apresentaram o druida. Remaram até a margem por entre uma luz enevoada e pássaros que voejavam ao redor e desembarcaram em uma das docas. Estivadores carregavam suprimentos de um lado para o outro da praia e os operários estavam começando seu dia de trabalho. O barulho de martelos e serras quebrou a tranqüilidade, e o povoado parecia ter despertado todo de uma vez.

— Por aqui — indicou Redden Alt Mer, saindo da doca na direção da praia.

Pisaram em terra firme e seguiram para a esquerda, passando pelos estaleiros, as forjas e os cavaletes, até um prédio que ficava de frente para o mar. O prédio tinha na frente uma varanda ampla e coberta, com mesas estreitas colocadas sobre suportes ao longo de seu comprimento. Sobre as mesas, folhas de papel estavam espalhadas e presas nos seus lugares por tijolos. Ali, homens trabalhavam, indo de um conjunto de papéis para o seguinte, examinando seus escritos, marcando-os para ajustes e revisões.

O homem que supervisionava esse trabalho levantou a cabeça quando eles se aproximaram e então desceu as escadas para saudá-los. Era um sujeito enorme e atarracado, com braços e pernas que pareciam troncos de árvore, uma cabeça recoberta por cabelos pretos desgrenhados e um rosto vermelho e marcado pelo tempo, parcialmente obscurecido por uma barba espessa. Usava as faixas brilhantes e os brincos dourados tão ao gosto dos rovers, e a carranca que ele fez escondia o brilho em seus olhos aguçados como os de pássaros.

— Bom-dia a todos — ele grunhiu, parecendo pouco animado. Seus olhos negros se iluminaram ao incidirem sobre Walker. — Espero que você seja um cliente cego, surdo e mudo e esteja pronto para dividir uma pequena fortuna com aqueles menos afortunados do que você. Porque, se não estiver, posso muito bem matá-lo agora e pronto. O Ruivão conhece as regras.

Walker não alterou sua expressão nem demonstrou preocupação, mesmo quando ouviu Redden Alt Mer suspirar.

— Disseram-me que ao chegar aqui eu teria a chance de fazer negócio com o melhor construtor de naves vivo. Seria você?

— Seria. — Os olhos negros deslocaram-se desconfiados para Alt Mer e em seguida de volta para Walker. — Você não parece burro, mas também não parece um homem rico. Quem é você?

— Chamam-me Walker.

O homem corpulento o estudou em silêncio.

— O druida?

Walker assentiu.

— Ora, ora, ora. Até que isto pode ser interessante, afinal. O que faria um druida sair de Paranor hoje em dia? Acho que não seria pouca coisa. — Estendeu uma mão enorme. — Sou Spanner Frew.

Walker aceitou a mão e apertou-a. Parecia feita de ferro forjado.

— Druidas vão aonde são necessários — disse ele.

— Isso deve ser extremamente difícil quando só existe um — riu Spanner Frew, um riso rouco e profundo. — Como você teve a desgraça de se unir a esses ladrões? Não que a jovem Rue não virasse a cabeça de qualquer homem, incluindo a minha.

— Foi Cicatrix quem os enviou a mim.

— Ah, um homem corajoso e infeliz! — disse o construtor com um aceno de cabeça solene, o que surpreendeu Walker. — Perdeu tudo, menos a cabeça, em um naufrágio de que não teve culpa, mas que o desgraçou mesmo assim. Você sabia disso?

— Apenas os rumores. Conheço Cicatrix de outros lugares e de outra época. O bastante para confiar nele.

— Disse-o bem. Então você está amarrado ao Ruivão e à Ruivinha e veio procurar um construtor naval. Isto quer dizer que tem uma viagem em mente e precisa de uma nave digna do esforço. Conte-me tudo.

Walker ofereceu uma visão geral do que necessitava e de como a nave seria usada. Não deu a Spanner Frew mais informações do que dera a Redden Alt Mer, mas era encorajador onde podia. Já havia decidido que gostava do homem. O que faltava determinar era sua perícia como construtor.

Quando Walker terminou, Spanner Frew fez uma carranca ainda mais feia e franziu a testa.

— Isso que você está planejando seria uma longa viagem que talvez possa levar anos?

Walker concordou.

— Vocês precisarão da nave como dormitório, depósito de suprimentos e de carga quando chegarem ao seu destino. Precisarão dela para defesa contra os inimigos que por acaso encontrarem. Precisarão que ela resista às intempéries, porque existem tempestades na Divisa Azul que podem destroçar uma nave de linha em minutos. — Estava relacionando as solicitações de Walker de maneira espontânea, não mais fazendo perguntas. — Vocês precisarão de armas que sirvam tanto na terra quanto no ar. Precisarão de peças sobressalentes que não possam ser encontradas em suas viagens: atratores radianos e bainhas de luz ambiente, cristais de fragmentação e coisas do gênero. Um grande pedido. Muito grande.

Olhou para os trabalhadores atrás dele e em seguida para o porto.

— Mas seus recursos são muitos e sua bolsa é funda, não?

Walker concordou mais uma vez.

Spanner Frew cruzou os braços imensos.

— Eu tenho a nave para você. Acabou de ser finalizada, uma espécie de protótipo para toda uma linha. Não há nada igual a ela voando nas Quatro Terras. É uma nave de guerra, mas construída para viagens de longo curso e serviços extensos. Eu ia oferecê-la no mercado aberto, um item especial para aqueles idiotas que ficam tentando matar uns aos outros lá em cima nas Prekkendorran. Se gostassem dela o bastante, e acho que gostariam, eu construiria para eles mais algumas dezenas e me aposentaria rico. — Sua carranca se tornou um riso ameaçador. — Mas acho que posso vendê-la para você. Quer dar uma olhada?

Levou-os na direção norte, passando pelos estaleiros, até onde a praia se abria em uma série de afloramentos de rocha, e a frota que Walker vira antes ao entrar no porto estava atracada. Havia cerca de uma dezena de navios de diversos tamanhos, mas apenas um chamou a atenção do druida. Ele sabia que era a nave da qual Spanner Frew falara antes mesmo que o outro a mostrasse.

— É ela. — O construtor corpulento indicou com um aceno de cabeça e um gesto. — Você a reconheceu na hora, não foi?

Ela era construída como um catamarã, mas muito maior. Era baixa, esguia e tinha um aspecto sombrio; sua madeira, os cabos e até mesmo suas bainhas de luz tinham uma tonalidade escura, e seus mastros gêmeos balançavam muito de leve, dando-lhe a aparência de estar em movimento mesmo quando parada. Seu convés apoiava-se sobre um par de pontões dispostos muito juntos, suas extremidades enganchadas em chifres gêmeos em cada extremidade, suas seções centrais divididas no que pareciam ser compartimentos de luta destinados a abrigar homens e armas. Suas amuradas eram inclinadas para dentro nas laterais, na proa e na popa para permitir armazenamento e proteção contra intempéries e ataques. A cabine do piloto ficava no meio da nave, entre os mastros, elevada bem acima do convés e cercada por escudos que davam ampla proteção ao timoneiro. Adiante e atrás dos mastros ficavam os alojamentos e os depósitos, rebaixados, largos porém curvados na forma do convés e dos pontões para minimizar a resistência do vento. Os aposentos de estar e de dormir achavam-se dispostos dentro do convés e se estendiam quase até a linha da água, dando uma inesperada profundidade ao espaço.

Tudo era liso, recurvado e brilhava como metal polido, até mesmo na luz fraca e nebulosa da enseada.

— Ela é linda — disse Walker, voltando-se para Spanner Frew. — Como ela voa?

— Como a cara dela. Como um sonho. Eu próprio já subi nela e a testei. Ela fará tudo o que você pedir e mais um pouco. Não tem o tamanho e a capacidade de armas de um navio de linha, mas compensa de sobra em velocidade e agilidade. Claro — acrescentou, olhando agora para Redden Alt Mer — que ela precisa de um capitão adequado.

Walker assentiu.

— Estou procurando por um. Tem alguma sugestão?

O construtor deu uma grande gargalhada, praticamente caindo no chão de tanto rir.

— Essa foi muito boa, muito engraçada! Espero que tenha visto a cara do Ruivão quando disse isso! Puxa, parecia que alguém o tinha puxado pelos cabelos de baixo! Você me faz rir, druida!

O rosto solene de Walker estava voltado na direção da nave.

— Bem, fico contente que tenha se divertido, mas a pergunta é séria. A barganha pela aquisição da nave inclui a concordância do construtor em vir junto.

Spanner Frew parou de rir na hora.

— O quê? O que foi que você disse?

— Ponha-se no meu lugar — Walker respondeu tranqüilo, ainda olhando para o porto e a nave. — Sou um estranho procurando a ajuda de um povo que é conhecido por fazer barganhas que possuem mais de uma interpretação. Rovers não mentem em seus acordos comerciais, mas ocultam a verdade e distorcem as regras quando isso os beneficia. Isto eu aceito. Faço parte de uma ordem que, todos sabem, fazia o mesmo. Mas como vou me proteger em uma situação quando a vantagem estiver toda do outro lado?

— Escute, é melhor você segurar... — começou o construtor, mas Walker o interrompeu com um gesto.

— Escute um momento. Redden Alt Mer me diz que é o melhor capitão de aeronaves vivo. Rue Meridian concorda. Você me diz que é o melhor construtor naval vivo e esse veículo que deseja me vender é a melhor aeronave jamais construída. Suponho que todos vocês concordam que não posso fazer melhor, e portanto não vou sequer perguntar. Na verdade, estou inclinado a concordar pelo que vi e ouvi. Acredito em vocês. Mas já que vou lhes dar a metade do dinheiro adiantado, como vou me assegurar de que não cometi um erro?

Virou-se e encarou-os com firmeza.

— Eu me garanto levando vocês comigo. Não penso por um instante que vocês fossem navegar em uma nave ou com um capitão em quem não confiassem. Se embarcarem, isso quer dizer que têm fé; cada um testemunhará a boa intenção do outro... e eu saberei que não fui mal orientado.

— Mas eu não posso ir! — Spanner Frew gritou furioso.

Walker fez uma pausa.

— Por que não?

— Porque... porque sou um construtor, não um marinheiro!

— Concordo. É justamente por isso que quero você comigo. Esses reparos de que falou antes, aqueles que seriam necessários após o encontro com inimigos ou tempestades. Eu me sentiria melhor se você estivesse supervisionando tudo.

O construtor fez um gesto expansivo para a margem atrás deles.

— Não posso deixar todos esses projetos pela metade! Eles precisam de minhas habilidades aqui! Existem outros tão competentes quanto eu que podem ir em meu lugar!

— Deixe-os — disse Walker calmamente. — Se são tão competentes quanto você, deixe que eles completem seu trabalho aqui. — Deu um passo adiante, diminuindo a distância entre ambos até quase se tocarem. Spanner Frew, o rosto vermelho e fazendo uma carranca, ficou onde estava. — Eu não disse isso a muitas pessoas, mas direi a você. O que vamos fazer é mais importante do que qualquer coisa que você jamais fará aqui. O que é necessário para aqueles que irão é coragem, força de vontade e coração, que poucos possuem. Acho que você é um deles. Não me decepcione. Não me recuse assim de saída. Pense um pouco no que estou dizendo antes de tomar sua decisão.

Houve um silêncio momentâneo. Então Redden Alt Mer limpou a garganta.

— Parece justo, Spanner.

O construtor virou-se para ele.

— Não dou a mínima para o que você acha que é justo ou não, Ruivão! Isto não tem nada a ver com você!

— Tem tudo a ver com ele. — Rue Meridian o interrompeu prontamente. Deu-lhe um sorriso sutil e brincalhão. — Qual é o problema, barba negra? Está ficando velho e tímido?

Por apenas um momento, Walker achou que o construtor corpulento fosse explodir. Ele ficou ali tremendo de fúria e frustração, as mãos fechadas com força.

— Eu não deixaria mais ninguém falar assim comigo! — sibilou para ela.

Uma faca apareceu na mão dela como se fosse magia. Ela girou-a no ar, apanhou-a e fez com que sumisse num piscar de olhos.

— Você costumava ser um pirata muito bom, Spanner Frew — ela o provocou. — Não gostaria de ter a chance de voltar a ser um novamente? Há quanto tempo navegou pela Divisa Azul pela última vez?

— Há quanto tempo você cavalgou pela última vez ao sabor do vento até uma nova terra? — O irmão dela acrescentou. — Isso faria você se sentir jovem novamente, Spanner. O druida tem razão. Venha conosco.

Rue Meridian olhou para Walker.

— Você o pagará, claro. A mesma coisa que vai pagar para Ruivão e para mim.

Ela fez disso uma declaração para que ele afirmasse, e assim ele o fez, com um aceno de cabeça. Spanner Frew olhou de rosto para rosto sem acreditar.

— Você está comprometido com isso, não está? — ele quis saber de Walker.

O druida assentiu.

— Sombras — o construtor respirou baixinho. Então, subitamente, deu de ombros. — Bom, vamos deixar como está por enquanto. Vamos tomar o café da manhã e ver como nos sentimos quando estivermos de barriga cheia. Agora eu podia comer um cavalo com sela e tudo. Ah! — e rugiu, dando uma pancadinha no estômago. — Vamos lá, bando de ladrões! Tentando convencer um homem honesto a sair numa viagem para lugar nenhum! Tentando fazer um pobre construtor achar que pode ter algo a oferecer a um grupo de homens loucos e mulheres mais loucas ainda! Me poupem, espero que vocês também não tenham roubado minha bolsa!

Virou-se na direção do povoado, gritando epítetos e protestos enquanto caminhava, deixando-os para trás.

Comeram o desjejum em um salão de jantar comunitário sob uma enorme tenda. Os utensílios de cozinha e as fogueiras ficavam nos fundos, onde havia melhor ventilação, e as mesas e bancos ficavam na parte da frente. Tudo tinha um aspecto improvisado, provisório, e quando Walker perguntou a Spanner Frew há quanto tempo o povoado existia, o construtor explicou que se mudavam pelo menos a cada dois anos para se protegerem. Eram rovers da antiga tradição, e a natureza de suas vidas de negócios envolvia um certo risco que exigia pelo menos um pouco de segredo. Eles davam valor ao anonimato e à mobilidade, mesmo quando não estavam diretamente ameaçados por aqueles que os achavam um aborrecimento ou os consideravam inimigos, e se sentiam mais seguros mudando periodicamente de um local para outro. Isso não era difícil, explicou o homenzarrão. Havia dezenas de enseadas como aquela acima e abaixo da costa, e somente os igualmente reclusos e discretos cavaleiros alados as conheciam também.

Enquanto jantavam, Spanner Frew explicou que aqueles que trabalhavam e viviam ali muitas vezes traziam as famílias e que o povoado fornecia casa e comida para todos. Os membros mais jovens da família eram treinados nos ofícios de construção naval ou levados a trabalhar em atividades relacionadas. Todos contribuíam para o bem-estar da comunidade, e todos faziam juramento de guardar segredo com relação ao local e ao tipo de trabalho do povoado. Na grande comunidade rover, aqueles segredos eram abertos, mas os rovers nunca revelavam essas coisas para estranhos, a menos que primeiro se certificassem de que eram dignos de confiança. Por isso, Walker não teria encontrado Spanner Frew se Cicatrix não tivesse primeiro dado garantias a Redden Alt Mer quanto ao caráter do druida.

— Caso contrário, você teria sido abordado em March Brume e um acordo de negócios teria sido feito ali — o construtor grunhiu enquanto mastigava um bocado de carne picadinha —, o que, pensando bem, poderia ter sido bom para mim!

Mesmo assim, quando terminaram o desjejum, Spanner Frew estava falando como se pudesse reconsiderar sua insistência em não seguir com Walker. Começou a catalogar os suprimentos e o equipamento que seriam necessários, aconselhando o melhor lugar de armazenamento, pensando na natureza da tripulação a ser reunida e avaliando o papel que poderia desempenhar como timoneiro, posição que havia dominado anos antes em seu tempo no mar. Garantiu a Walker que Redden Alt Mer era o melhor capitão de aeronaves que conhecia, e era a escolha certa para a jornada. Pouco disse a respeito de Rue Meridian, além de alguns comentários sobre sua aparência encantadora e sua língua ferina. Walker disse pouco, deixando o construtor tagarela continuar a conversa, marcando os olhares que os três trocavam e fazendo anotações mentais da forma que interagiam uns com os outros.

— Há uma coisa que eu quero que seja entendida desde já — Redden Alt Mer disse em um momento, dirigindo-se diretamente ao druida. — Se concordarmos em aceitar você como líder da expedição, deve concordar que, como capitão, eu comando a nave. Todas as decisões com relação à operação do veículo e à segurança da tripulação e dos passageiros durante o vôo serão minhas.

Nem Rue Meridian nem Spanner Frew demonstraram qualquer inclinação para discordar. Depois de um momento de consideração, Walker concordou também.

— Em todas as coisas — corrigiu-o gentilmente —, exceto questões de destino e ritmo de avanço. Nestas coisas você deve dar lugar a mim. Para onde vamos e a velocidade com a qual chegaremos lá são questões de minha competência somente.

— A não ser onde você nos puser em perigo, talvez sem saber — o outro declarou com um sorriso, sem querer recuar completamente. — Aí você deverá seguir meu conselho.

— Aí — replicou Walker — conversaremos.

Depois remaram até a nave e Spanner Frew levou-os de proa a popa, explicando como ela fora construída e o que podia fazer. Walker estudou bem de perto a configuração da nave, das estações de combate até a cabine do piloto, observando tudo, fazendo perguntas quando necessário, cada vez mais confiante quanto à capacidade do navio em fazer o que era necessário. Mas já estava avaliando a quantidade de espaço que determinara como disponível para uso, percebendo a necessidade de mais espaço para armas e suprimentos do que havia antecipado. Conseqüentemente, teria de reduzir o número de membros da expedição. A tripulação já estava reduzida ao mínimo possível, mesmo acrescentando Spanner Frew. Isso queria dizer que ele teria de reduzir seu complemento de combatentes. Os elfos não iriam gostar disso, mas não havia como evitar. Quarenta homens era demais. Na melhor das hipóteses, poderiam levar trinta e cinco, e mesmo assim estaria lotado o espaço vital.

Discutiu isso detalhadamente com os rovers, tentando encontrar uma maneira de fazer o melhor uso do espaço disponível. Redden Alt Mer disse que a tripulação podia dormir sobre o convés em redes penduradas entre mastros de cordas, e Spanner Frew sugeriu que podiam reduzir suprimentos e equipamento se estivessem dispostos a arriscar que caçadas no decorrer de suas viagens pudessem produzir o que fosse necessário em termos de substituições. Era um ato de equilíbrio, uma esperança em determinar o que seria suficiente, mas Walker ficou de certa forma tranqüilizado pelo fato de que teriam o auxílio de cavaleiros alados para propósitos de caça e poderiam correr riscos que de outra forma jamais teriam considerado.

Ao fim do dia, haviam determinado o que era necessário em termos de ajustes a bordo e compilado uma lista de suprimentos e equipamentos a serem abastecidos. Uma tripulação escolhida por Redden Alt Mer seria encontrada nos portos ao redor e poderia ser rapidamente reunida. Nave, capitão e tripulação, Spanner Frew incluído, poderiam estar em Arborlon dentro de uma semana.

Walker estava satisfeito. Tudo estava seguindo como ele havia esperado. Depois de uma boa noite de sono, partiria para March Brume.

Mas teria pouco descanso naquela noite.

O ataque ao povoado aconteceu logo antes do pôr-do-sol. Uma sentinela colocada no alto de um penhasco que dava para a enseada soprou um chifre de carneiro em sinal de alerta, três toques agudos que estilhaçaram a paz do crepúsculo e botaram todos para correr. Na hora em que os cascos escuros das aeronaves apareceram por entre a fenda na entrada da enseada, vindas do brilho do sol poente, as mulheres, as crianças e os velhos já estavam fugindo para dentro das florestas e montanhas e os homens se preparavam para defendê-los.

Mas as naves atacantes superavam as dos rovers numa proporção de mais de duas por uma e já estavam no ar e preparadas para o ataque. Navegaram pela entrada do porto formando uma fileira negra, voando a menos de trinta metros sobre a água, amuradas e postos de combate fervilhando de homens e armas. Catapultas lançavam baldes com piche em chamas sobre as naves expostas e suas tripulações. Lanças e flechas enchiam o ar. Metade das naves rovers queimou e afundou antes que suas velas pudessem ser levantadas. Dezenas de homens morreram nas conflagrações que se seguiram e muitos mais morreram nos pequenos barcos que tentaram alcançá-los.

Puramente por acaso, Walker e seus três companheiros rovers foram poupados do destino de tantos. Logo antes do início do ataque, eles testavam as reações de sua nave. Como resultado, ainda estavam a bordo quando o aviso foi dado, bainhas de luz já desenroladas, atratores radianos nos seus lugares e a âncora ainda não havia sido descida. Os rovers agiram instantaneamente, correndo para ajustar os mastros e os atratores, cortando a âncora com um golpe de espada e alçando vôo. Em segundos estavam no ar, erguendo-se na direção de seus atacantes como um ágil pássaro negro. Mesmo com apenas três mãos para navegá-la, ela respondeu com uma rapidez e uma agilidade que fazia com que as naves inimigas parecessem paradas.

Com uma linha de segurança amarrada na cintura, Walker agachou-se bem na frente da cabine do piloto e atrás do mastro dianteiro e observou a terra e a água se inclinarem de forma estonteante. Com Spanner Frew e Rue Meridian manejando os atratores de estibordo e bombordo respectivamente, Redden Alt Mer girou sua nave ágil de forma irresponsável por entre a linha escura de atacantes, quase colidindo com os que estavam mais próximos. Os cascos de navios assomavam de cada lado, deslizando por eles como fantasmas na noite, imensos fantasmas maciços em caçada. Alguns passaram tão perto que Walker conseguiu identificar os uniformes da federação vestidos por soldados que se ajoelhavam nos postos de combate disparando suas flechas e arremessando suas lanças.

—Segure-se firme! — Alt Mer gritou para ele do alto de seu posto precário, puxando as alavancas para ganhar mais altura e velocidade.

Mísseis voavam para todo lado, projéteis negros contra os fantasmas gêmeos do pôr-do-sol e os fogos no porto. Walker colou-se à parede áspera da cabine do piloto, protegendo as costas. Não queria usar magia. Se usasse, revelaria sua presença, e achava melhor não fazer isso. À sua direita, agachado em um dos postos de combate, tão perto da nave mais próxima que poderia ter esticado a mão e a tocado, Spanner Frew gritava palavrões sob uma rajada de fogo na proa. Do outro lado, Rue Meridian corria loucamente de atrator a atrator, evitando destemidamente o enxame de flechas que voavam ao redor dela, o rosto sério e determinado enquanto ajustava as linhas.

A fuga louca deles foi pontuada pelo fundo de seu casco raspando os mastros do último atacante quando finalmente conseguiram a segurança dos céus abertos. Ao redor deles, as aeronaves rovers restantes estavam voando trevas adentro, roçando os cumes dos penhascos e desaparecendo pela costa. Abaixo, seus atacantes estavam descendo sobre os prédios do povoado, colocando fogo em tudo e afastando os últimos moradores para as florestas ao redor. Mastros apontavam contra os destroços flamejantes, cascos negros voavam para todo lado.

Quando a nave deles se endireitou e a passagem ficou mais fácil, Rue Meridian apareceu ao lado de Walker.

— Aquelas eram naves da federação! — ela gritou com raiva. Seu rosto estava sujo de fuligem e suor. — Eles devem estar mais loucos conosco do que eu pensava! Todas essas pessoas afastadas ou mortas, seus lares e navios queimados, só para mostrarem que são mais fortes?

Walker balançou a cabeça.

— Acho que não era atrás de vocês que eles estavam. — Ele captou seu olhar assustado e a olhou firme. — Tampouco acho que era a federação que estava por trás desta caça às bruxas.

Ela hesitou por um momento e deixou escapar o ar em um longo sibilo de compreensão.

Atrás deles, ocultos pelos penhascos dos quais se afastavam e reduzidos a um brilho vermelho-amarelado contra a escuridão da noite, prédios rovers queimavam totalmente até o chão e aeronaves destruídas afundavam nas profundezas.

13

Abastecidos com provisões e preparados, Bek Rowe e Quentin Leah partiram ao romper da aurora e cavalgaram para leste através das Highlands. O dia estava fresco e límpido, o cheiro de flores e de grama nova perfumava o ar e o sol quente fulgurava em seus rostos. Entretanto, havia um agrupamento de nuvens a oeste e uma forte possibilidade de chuva ao cair da noite. Na melhor das condições, eles levariam vários dias só para chegar até a Terra Oriental e o início de sua busca pelo misterioso Truls Rohk. Nos tempos antigos, antes da invasão e ocupação pelo exército da federação, eles jamais poderiam ter passado por aquele caminho. Bem em sua direção ficavam as terras baixas de Clete, um vasto e lúgubre mangue cheio de madeira morta e vegetação cerrada, envolto em névoa e sem nenhuma forma de vida. Mais além ficavam os Carvalhos Negros, uma imensa floresta que havia feito mais vítimas do que qualquer um dos jovens queria contar, grande parte delas devido a infortúnios e à fome, mas outros, em épocas anteriores, devido aos enormes lobos que foram um dia seus habitantes mais ferozes. Tudo isso já era bastante assustador, mas, mesmo depois de passar pelo mangue e pela floresta, um viajante ainda não estava salvo. Logo a leste dos Carvalhos Negros ficava o brejo da Neblina, um pântano traiçoeiro no qual, diziam, criaturas de enorme poder e de magia formidável habitavam. Abaixo do brejo, e algumas centenas de quilômetros ao sul, ficavam as terras baixas de Battlemound, outro trecho difícil e habitado por sereias, plantas mortais que podiam atrair e hipnotizar imitando vozes e formas, agarrar com raízes iguais a tentáculos, paralisar com agulhas que anestesiavam a carne e devorar suas vítimas à vontade.

Os primos não queriam encontrar nada disso, mas era difícil evitar ao passar abaixo do lago do Arco-Íris. Qualquer rota que os levasse acima do lago do Arco-Íris lhes custaria mais três dias pelo menos e envolvia outros perigos. Viajar mais para o sul exigia um desvio de mais de cento e sessenta quilômetros que os colocaria quase nas Prekkendorran, um lugar em que ninguém em seu juízo perfeito gostaria de estar.

Mas a federação também percebera isso durante a ocupação de Leah, e por isso havia construído estradas que atravessavam o Clete e os Carvalhos Negros para facilitar o movimento de homens e suprimentos. Muitas dessas estradas haviam caído em desuso e não podiam mais ser usadas por vagões, mas todas podiam ser atravessadas por homens a cavalo. Quentin, por ser o mais velho dos dois, havia explorado melhor as terras pelas quais pretendiam passar, e tinha confiança de que podiam encontrar seu caminho para o Anar sem dificuldades.

Confirmando sua previsão, fizeram um bom progresso naquele primeiro dia. Por volta do meio-dia, haviam se afastado das Highands e entrado no lamaçal sombrio de Clete. Sol e céu desapareceram e os primos foram soterrados por um sudário cinzento de névoa e penumbra. Mas a estrada permanecia visível e eles prosseguiram. Seu ritmo diminuía à medida que o terreno ficava mais traiçoeiro, a vegetação rasteira e os galhos das árvores impondo-se ante eles. Então eram forçados a se abaixar e se desviar enquanto andavam, orientando seus cavalos ao redor de grandes poças de areia movediça e arbustos espinhosos, encontrando resolutos seu caminho através da névoa. Sombras se moviam por toda parte ao redor deles, algumas criadas por movimentos de luz, outras por coisas que de algum modo haviam conseguido sobreviver naquela terra devastada. Ouviram sons, mas os sons não eram identificáveis. A conversa morreu e o tempo ficou mais lento. Ambos se concentraram no desafio de atravessarem ilesos aquela estrada.

De qualquer modo, com a aproximação da noite, eles já haviam atravessado as terras baixas sem incidentes e entrado na terrível escuridão dos Carvalhos Negros. A estrada em que então estavam era menos irregular e melhor para viajar, o caminho aberto e claro enquanto cavalgavam para dentro de um labirinto de sombras cada vez maiores. Com o cair do crepúsculo, pararam dentro de uma clareira e montaram acampamento para passar a noite. Fizeram uma fogueira, prepararam uma refeição, comeram e se deitaram. Os primos brincaram, riram e contaram histórias por algum tempo, e então rolaram para dentro dos cobertores e adormeceram.

O sono durou até depois da meia-noite, quando começou a chover com tanta força que a clareira foi inundada em questão de minutos. Bek e Quentin agarraram seu equipamento e recuaram para a segurança de uma grande conífera, cobrindo-se com seus mantos de viagem. Sentaram-se embaixo de uma copa de galhos recheados de folhas e ficaram vendo a chuva cair sem parar.

Pela manhã estavam com cãibras, doloridos e não muito descansados, mas prosseguiram viagem sem reclamar. Em outras circunstâncias, teriam vindo melhor equipados, mas nenhum dos dois queria o peso de animais para levar suprimentos, e por isso viajavam com pouca coisa. Algumas noites de frio e umidade eram toleráveis no decorrer de uma semana, se isso significasse descontar alguns dias de seu tempo de viagem. Comeram um desjejum frio, após o que cavalgaram a manhã inteira por entre os Carvalhos Negros. À tarde a chuva havia parado e eles alcançaram o Battlemound. Ali viraram para o sul, sem a menor disposição para atravessar qualquer parte do Brejo da Neblina, contentes em fazer um desvio descendo o pântano e sair para leste, onde tornariam a virar para o norte e cavalgar até alcançarem o rio Prateado.

Ao pôr-do-sol, haviam conseguido realizar seu objetivo, evitando as sereias e outras armadilhas, mantendo-se na estrada até que ela se desviasse para o sul. Seguiram pelas planícies das terras baixas até o ponto em que, tendo o terreno se mudado em morros e florestas, puderam ver adiante a faixa reluzente do rio. Descobrindo refúgio em um bosque de algodoeiros e bétulas, eles acamparam em suas margens, o terreno suficientemente seco para poderem depositar seus cobertores e fazer uma fogueira. Beberam água, alimentaram os cavalos e os escovaram. Então prepararam o jantar e, depois de comê-lo, sentaram-se na direção do rio e da noite, bebendo cerveja enquanto conversavam.

—Gostaria que soubéssemos mais a respeito de Truls Rohk — Bek arriscou depois de algum tempo de conversa. — Por que você acha que Walker nos contou tão pouco a respeito dele?

Quentin contemplava pensativo o céu cheio de estrelas.

— Bem, ele nos disse aonde ir para encontrá-lo. Disse que tudo o que precisávamos fazer era perguntar e ele estaria ali. Isso me parece o bastante.

— Pode ser o bastante para você, mas para mim não. Isso não nos diz nada sobre o motivo pelo qual estamos procurando por ele. Por que ele é tão importante? — Bek não queria ser acalmado. — Se nós temos de convencê-lo a vir conosco até Arborlon, por que não deveríamos saber por que ele é necessário? E se ele não quiser vir? O que vamos fazer então?

Quentin deu um sorriso divertido.

— Arrumar nossas coisas e seguir em frente. Se ele decidir ficar para trás, não é problema nosso. — Fez uma careta. — Olhe só, lá vem você de novo, Bek, se preocupando quando não há nenhuma razão para isso.

— Isso é o que você adora me dizer. Então vou dizer outra coisa que está me preocupando. Não confio em Walker.

Olharam um para o outro na penumbra, sem falar, a fogueira começando a apagar, os sons da noite destacando-se com mais intensidade no silêncio súbito.

— O que quer dizer? — Quentin perguntou devagar. — Você acha que ele está mentindo para nós?

— Não. — Bek balançou a cabeça, enfático. — Se eu achasse isso, não estaria aqui. Não, não acho que ele seja desse tipo. Mas acho que ele sabe algo que não quer nos dizer. Talvez muitas coisas. Pense nisso, Quentin. Como é que ele sabia sobre você e a espada de Leah? Ele sabia que você a possuía antes mesmo de falar conosco. Como foi que ele descobriu? Será que ele esteve vigiando você por todos esses anos, esperando uma oportunidade de chamá-lo para uma peregrinação? Como ele conseguiu convencer seu pai a nos deixar partir com ele, quando seu pai sequer parou para pensar em seu pedido para lutar com os nascidos livres?

Ele parou subitamente. Queria dizer a Quentin o que Coran lhe contara sobre seus pais. Queria perguntar a Quentin por que ele achava que Coran não dissera uma palavra a esse respeito até que o druida aparecera. Queria perguntar a seu primo se ele tinha alguma idéia de como o druida havia acabado por colocá-lo na soleira da porta dos Leah em primeiro lugar, uma tarefa que um druida não teria realizado normalmente.

Mas não estava preparado para falar sobre nada disso naquele momento; ainda estava remoendo o assunto, tentando perceber como se sentia antes de compartilhar o que sabia.

— Acho que você tem razão — disse Quentin subitamente, surpreendendo-o. — Acho que o druida está escondendo segredos de nós, e o motivo e o local para onde estamos indo não são os menores. Mas tenho escutado você falar sobre druidas e sua história muitas vezes para saber que esse é o comportamento normal deles. Eles sabem coisas que nós não sabemos, e guardam grande parte das informações para si mesmos. Por que isso devia deixá-lo preocupado? Por que não deixar simplesmente as coisas se desenrolarem da maneira que tem de ser em vez de se preocupar tanto? Olhe para mim. Estou levando uma espada supostamente mágica. Eu deveria confiar cegamente em uma arma que jamais mostrou por um momento sequer ser mais do que parece?

— Isso é diferente — insistiu Bek.

— Não é não. — Quentin deu uma gargalhada e recostou-se sobre os cotovelos, esticando as pernas compridas. — É tudo a mesma coisa. Você pode viver sua vida se preocupando com o que não sabe ou pode aceitar suas limitações e fazer o melhor com isso. Segredos não machucam, Bek. É a preocupação com eles que faz isso.

Bek olhou para ele sem acreditar.

— Você está inteiramente errado. Segredos podem fazer muito mal.

— Tudo bem, então vou abordar a questão de outra maneira. — Quentin esvaziou seu copo de cerveja e tornou a se sentar. — O quanto você pode conseguir se preocupando com segredos que podem não existir? Especialmente quando você não tem idéia do que eles sejam?

— Eu sei. Eu sei — suspirou Bek. — Mas pelo menos estou preparado para o fato de que algumas surpresas ruins podem acontecer adiante. Pelo menos estou preparado para o que acho que vai acontecer ao longo do caminho. E, ficando de olho em Walker, não vou ser apanhado com as calças na mão por sua ocultação da verdade e omissões propositais.

— Ótimo. Você está preparado e não será enganado. Eu também, acredite ou não... mesmo que eu não me preocupe tanto com isso quanto você. — Quentin ficou olhando para a escuridão, onde uma estrela cadente riscou o firmamento e desapareceu. — Mas você não pode se preparar contra tudo, Bek, e não pode evitar que seja enganado de vez em quando. A verdade é que, não importa o que você faça, não importa o quanto tente, às vezes seus esforços fracassam.

Bek olhou para ele e não disse nada. Era verdade, ele estava pensando, mas não ligava para as implicações.

Ele dormiu sem ser perturbado pela chuva e pelo frio naquela noite, o céu estava claro e o ar quente, e ele não sonhou nem se debateu no sono. Mesmo assim, acordou nas horas de sono profundo do início da manhã, banhado pela luz das estrelas e atravessado por um sentimento incômodo. A fogueira havia se apagado e estava fria e cinzenta. Ao seu lado Quentin roncava, enrolado nos cobertores. Bek não sabia por quanto tempo dormira, mas a lua desaparecera e a floresta ao seu redor estava silenciosa e escura.

Levantou-se sem pensar, olhando ao redor com cuidado, tentando localizar a fonte de seu desconforto. Parecia não haver motivo para isso. Sentindo um frio súbito, puxou seu grande manto, enrolando-se nele, e desceu até as margens do rio Prateado. O rio estava transbordando com as chuvas de primavera e a neve derretida das montanhas Runne, mas seu avanço naquela noite era lento e constante e sua superfície não tinha detritos. Em pé ali, parado, viu um pássaro noturno descer e planar para dentro das árvores, uma sombra silenciosa e decidida. Ele se assustou com o movimento inesperado e em seguida aquietou-se novamente. Com cuidado, estudou a superfície reluzente das águas, procurando o que o perturbava, e então desviou sua atenção para a outra margem e as árvores envoltas pelas sombras. Nada ainda. Bek respirou fundo e soltou o ar. Talvez estivesse enganado.

Estava voltando na direção de Quentin quando viu a luz. No começo era apenas um pequeno relampejar, como se uma fagulha tivesse sido provocada em algum lugar nas árvores do outro lado do rio. Surpreso, viu-a aparecer, sumir, reaparecer, sumir de novo, e então firmar-se e vir em sua direção. Ela oscilava suavemente ao se aproximar do rio e em seguida saiu dentre as árvores voando, suspensa no ar e flutuando livre enquanto cruzava a água e parava a apenas poucos metros dele.

Ela emitiu um brilho forte em seus olhos e ele piscou numa reação involuntária. Quando sua visão clareou, havia uma garota em pé à sua frente, a luz equilibrada em sua mão. De algum modo ela lhe era familiar, embora ele não soubesse dizer por quê. Era linda, com longos cabelos negros e surpreendentes olhos azuis, e seu rosto tinha uma inocência que fazia o coração de Bek doer. A luz que ela tinha na mão emanava de uma das extremidades de um cilindro de metal polido e lançava um raio longo e estreito sobre o chão entre eles.

— Prazer em conhecê-lo, Bek Rowe — disse ela baixinho. — Você me conhece?

Ele ficou olhando, incapaz de responder. Ela aparecera do nada, talvez do outro lado do rio sobre o próprio ar, e ele acreditava que ela fosse uma criatura mágica.

— Você decidiu seguir uma longa e difícil jornada, Bek — sussurrou ela em sua voz de criança. — Você vai para um lugar onde poucos já pisaram e do qual apenas um retornou. Mas a maior jornada de todas não o levará sobre terra nem mar, mas para dentro de seu coração. O desconhecido que você teme e os segredos de que suspeita serão revelados. Tudo será como deve ser. Aceite isto, pois é a natureza das coisas.

— Quem é você? — murmurou ele.

— Isto e aquilo. O que você vê à sua frente e muitas coisas que não vê. Eu sou um camaleão de tempo e de idade, minha verdadeira forma é tão velha que eu a esqueci. Para você, eu sou duas coisas. A criança que você vê e pensa que talvez possa conhecer, e isto.

Subitamente, a criança à sua frente transformou-se em algo tão horrível que ele teria gritado se sua voz não tivesse congelado na garganta. A coisa era enorme, distorcida e muito feia, o corpo todo coberto por uma pele rasgada e cheia de cicatrizes, os cabelos queimados não mais do que pontos pretos que lhe cobriam cabeça e rosto, olhos vermelhos e enlouquecidos, a boca retorcida em um esgar que sugeria horrores terríveis demais para contemplar. A criatura pairava sobre ele, alta até mesmo quando curvada, suas mãos retorcidas e com garras gesticulando hipnoticamente.

— Issto eu também sssou, Bek. Essta criatura doss abismoss. Você me prefere dessse jeito ou do outro? Hsss. Qual você prefere?

— Volte ao que era — Bek conseguiu sussurrar, a voz rouca, a garganta seca, dolorida e apertada de medo.

— Então, órfão do azar? O que esstá disposto a fazer para que issso aconteça? Hsss. O quanto de você esstá preparado a ssacrificar para fazer issso acontecer?

A coisa quase o tocava, as garras roçando a frente de sua túnica. Ele teria corrido se pudesse, teria gritado para Quentin, que dormia a menos de vinte metros. Mas não podia fazer nada, apenas ficar ali e olhar fixamente para a aparição à sua frente.

— Você tem o poder de fazer com que eu mude de um para outro — a criatura sibilou. — Não essqueça dissso. Não essqueça. Hsss.

Mais uma vez, em um piscar de olhos, a criatura se transformou, e Bek se viu contemplando os olhos claros e gentis de um homem muito velho.

— Não tenha medo, Bek Rowe — disse o velho suavemente, numa voz calma e reconfortante. — Nada irá machucar você esta noite. Estou aqui para protegê-lo. Agora você me conhece?

Surpreendentemente, ele conhecia.

— Você é o rei do rio Prateado.

O velho inclinou a cabeça em aprovação. Uma lenda nas Quatro Terras, um mito cuja realidade apenas alguns poucos haviam encontrado, o rei do rio Prateado era uma criatura espiritual, um ser mágico que havia sobrevivido em tempos muito antigos, antes mesmo que as Grandes Guerras tivessem destruído o mundo. Ele era velho como o Verbo, era o que se dizia, uma criatura que nascera no tempo de Faerie e sobrevivera à sua passagem. Vivia dentro do território do rio Prateado e o protegia. De vez em quando, um viajante o encontrava, e às vezes, quando necessário, ele o ajudava.

— Ouça-me, Bek — disse o velho em voz baixa. — O que eu lhe mostrei é o passado e o presente. O que falta ser determinado é o futuro. Esse futuro pertence a você. Você é ao mesmo tempo mais e menos do que acredita, um enigma cujo segredo irá afetar a vida de muitos. Não tenha medo de descobrir o que precisa, o que se sente compelido a saber. Não se deixe deter em sua busca. Vá até onde seu coração mandar. Confie no que ele revelar.

Bek assentiu, sem ter certeza de que compreendia, mas não estava disposto a admitir isso.

— Passado, presente e futuro, a simbiose de nossas vidas — o velho continuou suave e gentilmente. — Nosso nascimento, nossa vida, nossa morte, tudo isso amarrado em um único pacote que vamos desembrulhando enquanto se desenrola nosso tempo na Terra. Às vezes vemos com clareza o que estamos olhando. Outras vezes, não. Às vezes acontecem coisas para nos distrair ou nos enganar, e precisamos olhar com mais cuidado o que é que estamos segurando.

Então ele colocou a mão dentro de seus mantos e retirou uma corrente da qual pendia uma estranha pedra cor de prata. Levantou a pedra para que Bek a visse.

— Esta é uma pedra fênix. No momento em que você mais se encontrar perdido, ela o ajudará a encontrar o caminho. Não só do que não pode ver com seus olhos, mas também do que não pode ver com seu coração. Ela lhe mostrará o caminho de volta de lugares escuros para os quais você se desviou e o caminho à frente, passando por lugares escuros aos quais você deverá ir. Quando tiver necessidade dela, remova-a da corrente e jogue-a ao chão, quebrando-a. Lembre-se. Em seu corpo, coração e mente: com isto, tudo será revelado.

Passou a pedra e a corrente para Bek, que pegou tudo com cuidado. As profundezas da pedra fênix pareciam líquidas, girando num torvelinho como se fossem uma piscina escura dentro da qual ele pudesse cair. Excitado, encostou os dedos na superfície, testando-a. O movimento parou e a superfície ficou opaca.

— Você só pode usá-la uma vez — avisou o velho. — Mantenha-a oculta dos outros. Ela é uma magia indiscriminada. Ela servirá àquele que a carregar, mesmo que seja roubada. Mantenha-a em segurança.

Bek colocou a corrente no pescoço e enfiou a pedra por entre as roupas.

— Eu farei isso — prometeu.

Sua mente estava acelerada, tentando encontrar palavras para as dezenas de perguntas que subitamente irrompiam. Mas não conseguia pensar direito, sua concentração estava toda voltada para o velho e para a luz. O rei do rio Prateado olhava para ele com seus olhos gentis e perscrutadores, mas não ofereceu ajuda.

— Quem sou eu? — Bek deixou escapar em desespero.

Falou sem pensar, as palavras vindo à tona em um fluxo desesperado de necessidade e urgência. Era essa a questão que mais o perturbava, ele percebeu na hora, essa questão que exigia uma resposta antes de todas as outras, pois ela se tornara nos últimos dias o grande mistério de sua vida.

O velho fez um gesto vago com uma mão frágil.

— Você é quem sempre foi, Bek. Mas seu passado está perdido e você precisa recuperá-lo. Nesta jornada, isto acontecerá. Procure-o, e ele o encontrará. Abrace-o, e ele o libertará.

Bek não tinha certeza de ter ouvido o velho corretamente. O que ele acabara de dizer? Procure-o, e ele o encontrará... não seria "você irá encontrá-lo"? O que aquilo queria dizer?

Mas o rei do rio Prateado tornou a falar, interrompendo os pensamentos de Bek.

— Agora durma. Aceite o que lhe dei e descanse. Nada mais pode ser feito esta noite, e você irá precisar de sua força para o que vem a seguir.

Fez outro gesto e Bek sentiu uma grande fraqueza tomar conta de seu corpo.

— Lembre-se de minhas palavras ao acordar — alertou o velho enquanto começava a se afastar, a luz balançando para a frente e para trás, para a frente e para trás. — Lembre-se.

Subitamente a noite estava tão quente e confortável em sua escuridão e silêncio quanto era o quarto de Bek. Havia tantas outras coisas que ele queria perguntar, tantas coisas que ele gostaria de saber. Mas estava deitado no chão, os olhos pesados e o pensamento confuso.

— Espere — ainda conseguiu murmurar.

Mas o rei do rio Prateado desapareceu na noite e Bek logo caiu no sono.

14

Quando, na manhã seguinte, Bek despertou, estava de volta do local onde havia adormecido na noite anterior, enrolado em seus cobertores, ao lado da fogueira extinta. Levou alguns minutos para afastar a confusão da cabeça e deduzir que as lembranças a respeito do rei do rio Prateado eram verdadeiras. Ele sentia como se tivesse sonhado, pois os eventos estavam enevoados e desconjuntados em sua mente. Mas quando verificou dentro da túnica, lá estavam a corrente e a pedra fênix, escondidas em segurança dentro da roupa, justamente onde ele as colocara antes de adormecer.

Tomou seu desjejum e se lavou meio sonâmbulo, pensando que deveria dizer algo sobre o encontro a Quentin, mas incapaz de fazê-lo. Era um padrão que ele estava começando a desenvolver com os eventos que envolviam aquela jornada, e isso o preocupava. Normalmente, compartilhava tudo com primo. Eram íntimos e confiavam um no outro. Mas agora ele havia deixado Quentin de fora. Tanto de sua conversa com Coran quanto de seu encontro à meia-noite com a criatura que afirmava ser o rei do rio Prateado. Isso para não mencionar, emendou rápido, a pedra fênix que ganhara. Não sabia bem por que estava fazendo isso, mas tinha algo a ver com um desejo de confirmar por conta própria essas informações antes de dividi-las com mais alguém.

Talvez estivesse sendo cauteloso demais e até mesmo egoísta, mas a verdade era que ele se sentia confuso e um tanto nervoso com tudo aquilo acontecendo ao mesmo tempo. Já era difícil aceitar a idéia de fazer uma jornada que o levaria através de metade do mundo. Esse sonho era de Quentin, não dele. Era de Quentin, com sua espada mágica e sua grande coragem, que o druida Walker tinha necessidade, e não de Bek. Bek havia concordado em ir por lealdade a seu primo e por uma aceitação um tanto fatalista do fato de que, ao ficar para trás, estaria se condenando a imaginar eternamente como seria se tivesse ido. Foi somente a partir daqueles eventos recentes com Coran e com o rei do rio Prateado que começou a se perguntar se talvez tivesse seu próprio lugar na expedição, um lugar que jamais imaginara que pudesse existir.

Então guardou para si o que sabia enquanto comiam e arrumavam suas coisas para partirem mais uma vez, em um dia brilhante e ensolarado. Tranqüilo e relaxado como sempre, Quentin fazia brincadeiras, ria e contava histórias enquanto cavalgava, deixando Bek fazer o papel de platéia e mergulhar em sua própria incerteza. Cavalgaram ao longo das margens do rio Prateado, contra a corrente, durante uma manhã repleta de cheiros da primavera e música de pássaros, passando por um cenário de tons verdes com pinceladas coloridas formadas por aglomerados de flores selvagens. O brilho do sol refletia-se no rio. Avistaram pescadores sentados à beira das águas e em esquifes ancorados em enseadas silenciosas logo adiante, e passaram por viajantes na estrada, em sua maior parte negociantes e vendedores ambulantes no caminho entre uma aldeia e outra. O dia quente parecia contagiar a todos com um espírito de bom humor, convidando a sorrisos, acenos de mão e saudações calorosas de todos.

Por volta do meio-dia, os primos haviam atravessado o vau do rio Prateado, bem a oeste de onde ele desaparecia nas florestas profundas do Anar, e seguiram para o norte, ao longo da linha das árvores. Foi uma jornada rápida até a aldeia de anões de Depo Bent, um entreposto comercial abrigado pela sombra do Wolfsktaag, e o sol ainda estava alto quando chegaram. Depo Bent era pouco mais do que um aglomerado de casas, armazéns e oficinas que despontavam ao redor de uma clareira na floresta, ao fim da estrada solitária pela qual se entrava ou saía da planície. Era lá que Bek e Quentin deveriam perguntar por Truls Rohk, embora não tivessem idéia de quem deveriam procurar para fazer essa pergunta.

Começaram sua missão deixando os cavalos num estábulo onde o dono prometeu uma escovada, alimentação e água. Direto ao ponto, à maneira dos anões, ele concordou em guardar suas coisas por uma pequena taxa adicional.

Livres dos cavalos e do equipamento, os primos foram até uma taverna e comeram um generoso almoço à base de cozido, pão e cerveja. A taverna era visitada em sua maior parte pelos anões da aldeia, mas ninguém prestou qualquer atenção a eles. Quentin levava a espada de Leah amarrada às costas, à moda dos montanheses, e ambos vestiam roupas montanheses, mas se os residentes achavam curioso que os primos estivessem tão longe de casa guardavam isso para si mesmos.

— Truls Rohk deve ser um anão — arriscou Quentin enquanto comiam. — Ninguém mais estaria vivendo aqui. Talvez ele seja uma espécie de caçador.

Bek concordou, mas não conseguia entender por que Walker iria querer um caçador em sua viagem.

Depois do almoço, começaram a perguntar onde poderiam encontrar o homem pelo qual procuravam, e logo descobriram que ninguém sabia. Começaram com o dono da taverna e dali foram subindo e descendo a rua, de estabelecimento em estabelecimento, e todos olhavam para eles sem entender. Ninguém conhecia homem algum chamado Truls Rohk. Ninguém jamais ouvira esse nome.

— Acho que talvez ele não viva aqui afinal — admitiu Quentin depois de investigarem com mais de vinte pessoas, sem sucesso.

— Talvez ele não seja tão fácil de encontrar quanto Walker nos fez acreditar — resmungou Bek.

Mesmo assim prosseguiram, continuando sua procura, andando de um prédio para outro, a tarde avançando lentamente e se afastando deles. Acabaram chegando novamente aos estábulos onde haviam deixado os cavalos e os suprimentos. O dono do estábulo não estava à vista, mas um anão de compleição sólida, trajando roupas de lenhador, estava sentado em um banco do lado de fora, esculpindo em um pedaço de madeira. Quando os primos se aproximaram, ele levantou a cabeça, colocou de lado a faca e o pedaço de madeira e se levantou.

— Quentin Leah? — perguntou de uma maneira que sugeria que ele já sabia a resposta. Quentin assentiu e o anão estendeu sua mão retorcida. — Eu sou Panax. Sou seu guia.

— Nosso guia? — repetiu Quentin, estendendo a própria mão em resposta. Fez uma careta de dor com a força da mão do outro. — Você irá nos levar até Truls Rohk?

O anão confirmou:

— De certa forma.

— Como sabia que estávamos vindo? — perguntou Bek, surpreso.

— Você deve ser Bek Rowe. — Panax estendeu a mão uma segunda vez e Bek apertou-a com firmeza. — Nosso amigo em comum enviou a notícia. De vez em quando eu faço favores para ele. Ele confia o suficiente em alguns de nós para pedir quando precisa de um. — Olhou ao redor como quem não queria nada. — Vamos para algum lugar menos público para falarmos sobre isso.

Desceram a estrada com ele até um trecho de sombra. Havia ali um punhado de bancos gastos agrupados ao redor de um poço velho que não via muito uso ultimamente. Panax fez um gesto para que sentassem em um banco enquanto ele ocupava o segundo em frente. Fazia silêncio e frio embaixo das árvores e o tráfego na estrada e na aldeia de repente lhes pareceu muito distante.

— Já comeram? — perguntou. Era um homem barbudo e de traços fortes; não era mais jovem. Rugas profundas marcavam sua testa, a pele era bronzeada e vincada pelo sol e pelo vento. Fosse qual fosse a sua ocupação, ela era realizada ao ar livre e há muito tempo. — Vocês parecem que estão com os pés doloridos — observou.

— Isso é provavelmente porque andamos por toda esta aldeia procurando Truls Rohk — disse Bek com um ar aborrecido.

O anão assentiu.

— Duvido que qualquer pessoa em Depo Bent sequer saiba quem ele é. E se souberem, não o conhecem pelo nome. — Seus olhos castanhos tinham um olhar distante, como se estivessem olhando além do que era imediatamente visível.

Bek olhou para ele sem esconder a raiva.

— Você podia nos ter poupado muito trabalho encontrando-nos mais cedo.

— Eu não vinha aqui há muito tempo. — Panax pareceu não se perturbar. — Não moro na aldeia. Vivo nas montanhas. Quando soube que vocês estavam chegando, desci para encontrá-los. — Deu de ombros. — Sabia que voltariam para seus cavalos mais cedo ou mais tarde; portanto, decidi esperá-los nos estábulos.

Bek tinha mais a dizer sobre isso, mas Quentin o interrompeu:

— O quanto você sabe sobre o que está acontecendo, Panax? Sabe o que estamos fazendo aqui?

Panax pigarreou.

— Walker é um druida. Um druida não acha necessário contar às pessoas mais do que acha que elas precisam saber realmente.

Quentin sorriu sem irritação.

— Acha que Truls Rohk sabe mais do que você?

— Menos. — Panax balançou a cabeça, achando graça. — Vocês não sabem nada a respeito dele, sabem?

— Só que devemos entregar uma mensagem de Walker — disse Bek com mais acidez do que havia pretendido. Respirou fundo para se conter. — Sou obrigado a dizer a você que não gosto de todo esse segredo. Como é que alguém pode tomar uma decisão sobre qualquer coisa se não há informação a ser considerada?

O anão deu uma gargalhada, um ruído grave e retumbante.

— Você quer dizer: como é que Truls vai lhe dar uma resposta a qualquer pergunta que você esteja trazendo de Walker? Ah! Montanhês, não é isso o que você está fazendo aqui! Ah, eu sei que você está trazendo uma mensagem do druida. Deixe-me adivinhar. Ele quer que você diga a Truls alguma coisa sobre o que ele vai fazer agora e ver se quer fazer parte disso. Não está certo?

Parecia tão convencido que Bek queria dizer que não era verdade, mas Quentin já estava balançando a cabeça afirmativamente.

— Vocês precisam entender uma coisa — continuou Panax. — Truls não se importa com o que Walker estiver fazendo. Se sentir vontade de ir com ele, o que normalmente acontece, irá. Não era preciso que vocês dois viessem aqui para determinar isso. Não, Walker enviou vocês aqui por mais alguma coisa.

Bek trocou um olhar rápido com Quentin. Para testar o poder da espada de Leah, Bek estava pensando. Para colocá-los em uma situação que medisse a determinação e a resistência dos dois. Subitamente, Bek ficou muito preocupado. Que tipo de desafio iriam enfrentar?

— Talvez devêssemos conversar com Truls Rohk agora — ele sugeriu rápido, querendo andar logo com as coisas.

Mas o anão balançou a cabeça.

— Não podemos fazer isso. Primeiro, ele não sai antes de escurecer. Não faz nada à luz do dia. Então teremos de esperar até o cair da noite. Segundo, não é uma questão de irmos até ele para falar. Ele tem de vir até nós. Podemos caçá-lo até o próximo verão e jamais conseguirmos sequer dar uma olhadela nele. — Deu uma piscadela para Bek. — Ele está nessas montanhas atrás de nós, correndo ao lado de coisas com as quais você e eu não queremos ter nada a ver, acredite em mim.

Bek estremeceu com o que ele quis insinuar. Ouvira histórias das coisas que viviam no Wolfsktaag, criaturas de mito e lenda, pesadelos vivos. Não poderiam machucar você se tomasse cuidado, mas um único passo em falso poderia levar ao desastre.

— Conte-nos algo a respeito de Truls Rohk — Quentin pediu baixinho.

Panax olhou solenemente para ele por dois segundos e então sorriu quase gentilmente.

— Acho melhor esperar e deixar que vocês vejam por si mesmos.

Então mudou de assunto, pedindo que lhes dessem notícias do sul e da guerra entre a federação e os nascidos livres, ouvindo com atenção suas respostas e comentários enquanto retomava o trabalho na escultura que começara a fazer enquanto os aguardava. Bek estava fascinado com a habilidade do anão em dividir sua atenção tão completamente entre as tarefas. Seus olhos estavam concentrados nos dois, mas suas mãos continuavam a escavar o pedaço de madeira com a faca. Acomodado em uma posição confortável, seu corpo sólido e atarracado não se movia, exceto pelo movimento cuidadoso e preciso das mãos e de um aceno ocasional da cara barbada. Podia estar ali ou ter-se afastado para qualquer outro lugar dentro de sua cabeça; era impossível dizer.

Depois de algum tempo, colocou a escultura no banco ao seu lado, uma peça acabada, um pássaro em pleno vôo, perfeitamente realizado. Sem sequer olhar para ela, enfiou a mão dentro da túnica, retirou um segundo pedaço de madeira e voltou ao trabalho. Quando Bek conseguiu reunir coragem suficiente para lhe perguntar o que fazia para viver, ele afastou a questão com um dar de ombros.

— Ah, um pouco disto e um pouco daquilo. — O rosto duro abriu-se momentaneamente em um sorriso enigmático. — Trabalho um pouco como guia para aqueles que precisam de ajuda para passar pelas montanhas.

Quem, perguntou-se Bek, iria precisar de ajuda para passar pelo Wolfsktaag? Não as pessoas que viviam naquela parte do mundo, os anões e gnomos suficientemente inteligentes para evitar passar por aquele caminho. Não os caçadores e armadores que ganhavam a vida longe das florestas do Anar, que escolhiam territórios melhores e mais seguros. Não qualquer pessoa que vivesse uma vida normal, pois não havia motivo para que tais pessoas estivessem ali.

Ele deve guiar pessoas como nós, concluiu, que precisam entrar nas montanhas para achar alguém como Truls Rohk. Mas quantos de nós podem existir?

Como se lesse seus pensamentos, o anão olhou para ele e disse:

— Não há muitas pessoas, nem mesmo anões, que conheçam o caminho que atravessa essas montanhas; não o bastante para conhecer todas as armadilhas e saber evitá-las. Eu conheço porque Truls Rohk me ensinou. Ele salvou minha vida, e enquanto eu me curava de minhas feridas ele me instruiu. Talvez achasse que devia retribuir o favor, ajudando-me a encontrar uma maneira de continuar vivo quando o deixei.

Levantou-se, espreguiçou-se e apanhou suas esculturas. Entregou o pássaro a Bek.

— É seu. Boa sorte contra as coisas que apavoram você de vez em quando. Como uma boa escultura, essas coisas podem ser melhor compreendidas quando lhes damos uma forma. Sejam quais forem as tarefas que Walker tenha reservado para você, irá precisar de toda a proteção que puder.

Começou a se afastar sem esperar a resposta deles.

— Hora de ir. Primeiro minha casa, e depois montanha acima. Devemos chegar lá por volta da meia-noite e voltar ao nascer do sol. Levem o que precisarem para a escalada e deixem o resto aqui, que estará tudo seguro.

Bek enfiou a escultura dentro da túnica, e os primos seguiram o anão obedientemente.

Saíram de Depo Bent e subiram na direção da base frontal dos picos do Wolfsktaag, as sombras se esticando à frente deles enquanto o sol se punha a oeste e descia o crepúsculo. O ar esfriou e a luz ficou mais fraca, uma lua crescente surgiu ao norte sobre suas cabeças. Prosseguiram a passo firme, afastando-se gradualmente das partes planas e entrando em território mais acidentado. Em pouco tempo, a aldeia havia sumido por entre as árvores e a trilha havia desaparecido. Panax liderava o caminho, a cabeça erguida e os olhos vigilantes, sem dar qualquer indicação de que precisava sequer pensar na direção a seguir, sem dizer nada a nenhum dos dois. Por sua vez, Bek e Quentin estavam em silêncio, estudando a floresta ao redor, ouvindo os sons do cair da noite que escapavam ao silêncio do crepúsculo: os gritos dos pássaros noturnos, o zumbido dos insetos e o resfolegar ocasional de alguma coisa maior. Nada os ameaçava, mas o Wolfsktaag erguia-se adiante como uma muralha negra, perigosa e apavorante, sua terrível reputação assombrando-lhes as mentes.

Já estava totalmente escuro quando chegaram à cabana de Panax, um abrigo pequeno, arrumado e construído com troncos e localizado em uma clareira perto do sopé das colinas, bem afastado. Por perto corria um riacho, que eles podiam ouvir mas não podiam ver, e as árvores formavam uma parede protetora contra as intempéries. Panax os deixou em pé do lado de fora enquanto entrava em casa, e em seguida reapareceu quase imediatamente, carregando uma funda pendurada no cinto e um machado de batalha de cabo comprido e lâmina dupla pousado confortavelmente sobre um dos ombros.

— Fiquem perto de mim e façam o que eu lhes disser — aconselhou ao se aproximar. — Se formos atacados, usem suas armas para se defender, mas não procurem problemas e não se separem de mim. Entendido?

Eles assentiram a contragosto. Atacados pelo quê?, Bek queria perguntar.

Deixaram a cabana e a clareira para trás, caminharam por entre as árvores até as encostas inferiores das montanhas e começaram a escalá-las. O caminho não estava ainda demarcado, mas Panax parecia conhecê-lo bem. Conduziu-os de forma oblíqua por entre pilhas de pedregulhos, touceiras de arbustos velhos, ravinas e passagens estreitas e sombrias, subindo a passo firme as encostas escarpadas do Wolfsktaag. O céu noturno era claro e brilhante, com lua e estrelas, e havia luz suficiente para viajar. Subiram por várias horas, ficando cada vez mais vigilantes à medida que as árvores começavam a desaparecer, as pedras ficavam maiores e o silêncio mais profundo. Também estava ficando mais frio, o ar da montanha era rarefeito e penetrante mesmo naquela noite sem vento, e eles podiam ver o hálito sair-lhes da boca sob a forma de nuvem. Sombras passaram por sobre suas cabeças em um vôo silencioso e suave, caçadores da noite trabalhando, rápidos e secretos.

Bek percebeu que estava pensando em sua própria vida, um passado envolto em vagas possibilidades e encoberto por intrigas. Quem era ele, a quem um druida levara até a porta de Coran Leah havia tantos anos? Não era somente o órfão de um parente com uma família de que ninguém jamais ouvira falar. Não era apenas uma criança sem um lar. Quem era ele para que o rei do rio Prateado aparecesse de forma tão inesperada para lhe dar uma pedra fênix e um aviso com significados obscuros e ocultos?

Percebeu que estava se lembrando de todos os momentos em que, ao perguntar sobre seus pais, Coran e Liria haviam desconversado. Aquela atitude deles nunca lhe parecera muito importante. Era incômodo às vezes não receber as respostas que buscava, ser afastado em suas investigações. Mas sua vida havia sido boa com a família de Quentin, e sua curiosidade jamais fora tão instigante a ponto de convencê-lo a insistir em uma resposta melhor. Agora se perguntava se não havia aceitado tudo fácil demais. Ou, ao contrário, se agora não estaria tentando criar algo do nada, concebendo uma origem diferente daquela em que sempre havia acreditado — um acidente de nascimento sem muita importância? Será que estava procurando segredos que não existiam simplesmente porque Walker havia aparecido em Leah de forma tão inesperada?

A noite escureceu ainda mais, o frio e o silêncio cada vez maiores e seus esforços para subir mais alto diminuíram. Então abriu-se uma fenda na face de um penhasco e eles passaram para o vale que havia mais além. Ali a floresta era espessa e protetora, e o que quer que vivesse ali dentro só podia ser imaginado. Panax prosseguiu, seus pensamentos eram um segredo somente seu. A passagem se abriu em um ângulo que descia até o chão do vale. Adiante, os picos do Wolfsktaag se erguiam num relevo agudo contra o céu iluminado pela lua, sentinelas montando guarda, cada qual um pouco mais enevoada e um pouco menos clara que a anterior.

No centro do vale, Panax fez uma parada repentina em uma pequena clareira circundada por um olmo imenso.

— Vamos ter de esperar aqui.

Bek olhou ao redor para as sombras que se fechavam sobre eles.

— Por quanto tempo?

— Até Truls perceber que chegamos. — Depositou o machado no chão e avançou na direção das sombras. — Ajudem-me a fazer uma fogueira.

Recolheram gravetos e usaram pedras para acender uma fagulha e fazer com que surgisse uma chama. O fogo cresceu rapidamente e iluminou o espaço aberto da clareira, mas não conseguiu penetrar na parede de sombras adiante. Parecia mesmo enfatizar como os viajantes estavam isolados. A madeira queimava e estalava à medida que era consumida, mas a noite que os cercava permanecia silenciosa e enigmática. O anão e os primos montanheses sentaram-se em silêncio no chão, costas contra costas para aquecerem-se mutuamente e vigiar as sombras. De vez em quando, um deles acrescentava combustível à chama com a pequena pilha de lenha recolhida antes, mantendo a clareira iluminada e o sinal firme.

— Ele pode não estar no vale esta noite — disse Panax a certa altura, mudando de posição nas costas de Bek, fazendo com que o jovem se curvasse com o peso de seu corpo troncudo. — Pode ser que ele não retorne até de manhã.

— Ele vive aqui? — perguntou Quentin.

— Tanto quanto vive em qualquer lugar. Ele não tem uma cabana ou acampamento. Não tem posses e nem sequer guarda sua comida para quando puder ter necessidade dela. — O anão fez uma pausa, refletindo. — Ele não se parece nem um pouco com você ou comigo.

Deixou o assunto morrer, e nem Quentin nem Bek decidiram retomá-lo. O que quer que os primos fossem aprender teria de esperar o aparecimento do outro. Bek, por exemplo, estava ficando cada vez menos certo de que aquilo era um evento que devessem esperar com ansiedade. Talvez fosse melhor para todos se a noite passasse, a manhã chegasse e nada acontecesse. Talvez fosse melhor para todos se deixassem o assunto morrer naquele momento.

— Eu tinha apenas vinte anos quando o conheci — disse Panax subitamente, a voz rouca, baixa e abafada. — Difícil lembrar daquela época agora, mas eu era jovem, orgulhoso e apenas começando a descobrir que queria ser um guia e passar meu tempo longe dos povoados. Eu já estava sozinho havia algum tempo. Saí de casa jovem e continuei longe de lá, não sentia muita saudade, não pensava que deveria ter reconsiderado. Sempre estive afastado de todos os outros, até mesmo de meus irmãos, e provavelmente foi um alívio para eles quando eu não estava mais lá.

Olhou para Bek, atrás de si.

— Eu era um pouco assim como você, cauteloso e cheio de dúvidas, não ia me deixar ser enganado ou desorientado, sabendo o bastante para cuidar de mim mesmo, mas não o suficiente ainda sobre o mundo. Eu havia ouvido as histórias sobre o Wolfsktaag e decidi ir até lá para ver por mim mesmo. Achei que, localizado ali, cruzando a espinha da Terra Oriental, ele teria de ser atravessado com freqüência suficiente para que um guia pudesse ganhar a vida. Então me juntei a alguns homens que faziam isso, mas que não sabiam tanto quanto fingiam saber. Fiz algumas travessias com eles e sobrevivi para contar a história. Depois de um ou dois anos, comecei a trabalhar por conta própria. Achei que estaria bem melhor sozinho.

"Então certo dia eu me perdi e não consegui encontrar o caminho de volta. Eu estava explorando, tentando ensinar a mim mesmo como as passagens se ligavam, como as travessias podiam ser mais bem realizadas. Eu conhecia um pouco as coisas que viviam no Wolfsktaag, tendo aprendido a respeito delas com os guias mais velhos, tendo visto a maior parte delas por mim mesmo. Algumas você nunca via, é claro, a não ser que fosse azarado. A maioria podia ser evitada ou afastada, pelo menos as feitas de carne e osso. Quanto aos espíritos ou espectros, você tinha de se afastar ou se esconder, e podia aprender a fazer isso. Mas daquela vez esqueci de prestar atenção. Me perdi, fiquei desesperado e cometi um erro."

Ele suspirou e balançou a cabeça.

— Admitir isso dói, mesmo agora. Eu recuei até uma trilha na qual sabia que não devia entrar, achando que poderia permanecer ali por pouco tempo, apenas para me livrar da confusão em que estava. Caí e torci o tornozelo tão feio que mal podia andar. A noite estava quase caindo e, quando começou a escurecer, uma besta fera veio me atacar.

    O fogo crepitou alto e Bek pulou sem querer. Bestas feras. Elas eram meio que lendas no sul, em que a maioria das pessoas acreditava vagamente, mas apenas poucos haviam visto. Parte animais, parte espíritos, difíceis até mesmo de reconhecer, quanto mais de delas se defender, elas se alimentavam de seu medo e tomavam forma a partir de sua imaginação e quase nada podia derrotá-las, nem mesmo os grandes gatos do pântano. A possibilidade de que pudessem encontrar um deles aqui não era reconfortante.

    — Pensei que elas só viviam no fundo do Anar, mais para o nordeste.
Panax assentiu.

    — Talvez outrora. Os tempos mudam. De qualquer maneira, a besta fera atacou e eu lutei com ela a maior parte da noite. Lutei tanto e com tanta força que acho que nem sei o que estava fazendo no final. Ela mudava de forma a todo instante e me feriu profundamente. Mas eu fiquei em pé, encostado em uma árvore, teimoso demais para saber que não poderia vencer uma luta daquelas; estava ficando cada vez mais fraco e mais cansado a cada ataque.

    Parou de falar e ficou olhando para a escuridão. Os primos aguardaram, achando que ele havia se perdido nos pensamentos, talvez se lembrando. Então levantou-se de repente, segurando o machado de batalha com ambas as mãos.

    — Tem alguma coisa se movendo ali... — começou a dizer.

    Uma forma rápida e escura disparou noite afora, seguida por uma segunda e então uma terceira. Era como se as próprias sombras tivessem ganhado vida, tomando forma e ganhando substância. Panax foi derrubado no chão, grunhindo com a força do impacto. Quentin e Bek rolaram de lado, as sombras disparando por eles como dardos, formas escuras com apenas um brilho de dentes, garras e uivos que vinham de gargantas profundas.

    Lobos ancestrais! Bek tirou sua faca longa da cintura, desejando que tivesse algo mais substancial com que se defender. Uma matilha de lobos ancestrais era capaz até mesmo de derrubar um koden totalmente crescido.

    Panax havia se recobrado e estava brandindo o machado de lâmina dupla, deslocando o peso para a esquerda e para a direita enquanto as sombras voejavam ao redor deles nas margens da luz, procurando uma abertura. De vez em quando, um se lançava sobre ele, ele encarava o ataque com um golpe de sua lâmina curva que não encontrava nada a não ser o vazio. Bek gritou para Quentin, que havia caído para longe do fogo e estava lutando para se levantar. Por fim, Panax se moveu para ajudá-lo, mas no instante em que desviou o olhar para o montanhês, um lobo ancestral o atingiu, derrubando-o no chão e mandando o machado de batalha para longe.

Por um instante, Bek achou que estavam perdidos. Os lobos ancestrais estavam saindo das trevas em disparada, tantos que o anão e os montanheses não poderiam tê-los detido mesmo que estivessem prontos para isso. E naquele instante Panax e Quentin estavam ambos no chão e Bek tentava defendê-los com nada mais do que sua faca longa.

— Quentin! — Bek gritou em desespero e foi derrubado por uma forma esguia que se materializou do nada para apanhá-lo pelas costas.

Então o montanhês estava ao seu lado, a espada de Leah desembainhada e em ambas as mãos. O rosto de Quentin estava sem uma gota de sangue e cheio de medo, mas seus olhos estavam determinados. Quando os lobos ancestrais se aproximaram, ele brandiu a arma antiga em um arco amplo e gritou "Leah! Leah!" em desafio. Subitamente sua espada começou a emitir um brilho branco flamejante, fios de fogo correndo para cima e para baixo de sua lâmina polida. Quentin, surpreso, perdeu o fôlego e recuou, quase caindo em cima de Bek. Os lobos ancestrais se dispersaram, contorcendo-se freneticamente e desaparecendo nas trevas. Quentin, chocado pelo que havia acontecido, mas também animado, foi atrás deles num impulso.

— Leah! Leah! — gritou ele.

Os lobos ancestrais voltaram, atacando de novo, desviando-se no último instante quando a espada disparou raios de fogo contra eles. Panax já estava em pé novamente, o espanto refletido nos olhos enquanto recuperava seu machado de batalha e se posicionava ao lado do montanhês.

Magia!, pensou Bek enquanto corria para se juntar a eles. Havia magia na espada de Leah afinal! Walker tinha razão!

Mas seus problemas ainda não haviam terminado. Os lobos ancestrais não estavam cessando o ataque, apenas abrindo caminho devagar ao redor das bordas da defesa que havia sido erguida contra eles, aguardando uma chance de rompê-la. Eram astutos demais para serem apanhados com a guarda baixa e muito determinados para desistir. Nem mesmo a magia da espada podia fazer muito mais do que mantê-los a distância.

— Panax, eles são muitos! — gritou Bek acima do burburinho dos uivos e ganidos dos lobos ancestrais. Agarrou a ponta fria de uma acha incandescente para enfiar nas mandíbulas de seus atacantes.

Meio cegos pelas cinzas e pelo suor, os três deram as costas ao fogo e encararam a escuridão. Os lobos ancestrais passavam voando por entre as sombras, suas formas líquidas invisíveis. Olhos brilhavam e desapareciam, pequenos pontos brilhantes que chamavam a atenção. Incapaz de determinar de onde viria o próximo ataque, Bek vasculhou o ar à sua frente com a faca longa. Ficou subitamente imaginando se deveria usar a magia da pedra fênix. Mas não sabia como isso poderia ajudá-los.

— Eles vão passar por cima de nós logo! — gritou Panax. Sua voz estava rouca e tensa. — Sombras! São tantos! De onde vieram todos?

— Bek, você viu, você viu? — Quentin gargalhava quase histérico. — A espada é mágica afinal, Bek! Ela é mágica de verdade!

Bek achou o entusiasmo de seu primo inteiramente fora de hora, e teria lhe dito isso se tivesse forças. Mas todas as forças que tinha estavam sendo usadas para se concentrar nos movimentos dos atacantes. Não tinha energia para desperdiçar com Quentin.

— Leah! Leah! — seu primo uivava, indo e voltando do pequeno círculo que formavam, fingindo um ataque contra as sombras, e então rapidamente recuando. — Panax! — gritou ele. — O que devemos fazer?

Então alguma coisa ainda mais escura e rápida do que os lobos ancestrais passou por eles, deixando correntes de vento frio atrás de si. Os três defensores recuaram por instinto. A noite sibilava como se fosse uma fissura da qual escapasse um jato de vapor e os lobos ancestrais começaram a uivar selvagemente, mordendo o vazio. Bek não conseguia vê-los na escuridão, mas ouvia os sons que estavam fazendo, sons de loucura, medo e desespero. No instante seguinte, eles estavam fugindo a toda, voltando para a floresta como se tivessem sido engolidos por inteiro.

Bek Rowe segurou o fôlego no silêncio que se seguiu, agachando-se tanto que ficou quase de joelhos, sua faca longa estendida às cegas na direção das árvores. Ao seu lado, Quentin ainda estava tão paralisado que parecia esculpido em pedra.

Subitamente as trevas se moveram mais uma vez e uma forma imensa e esfarrapada que não era muito humana, mas também não era muito outra coisa qualquer, ergueu-se contra o tremeluzir da luz da fogueira. Aproximou-se num lento recolher de sombras, tomando corpo, mas não assumindo identidade, nunca se tornando algo reconhecível, formada de sonhos e pesadelos em partes iguais.

— O que é isso? — sussurrou Quentin Leah.

— Truls Rohk — Panax soltou o ar suavemente, e suas palavras saíram tão frias e quebradiças quanto o gelo no inverno profundo.

15

Escondida nos emaranhados vastos e traiçoeiros do Caminho Selvagem, Grimpen Ward brilhava com tantas luzes e sufocava com tantos sons. Os freqüentadores das cervejarias e dos antros de prazer superlotavam as ruas de terra batida, nada celebrando, tão perdidos em si mesmos quanto para aqueles que um dia os conheceram. Grimpen Ward era o último degrau da escada, um buraco para aqueles que não tinham outro lugar para ir. Estranhos que faziam perguntas tinham tanta chance de terem suas bolsas roubadas ou suas gargantas cortadas quanto de receberem respostas. Brigas surgiam espontaneamente sem um motivo particular, e a única regra de comportamento que importava era não meter o nariz onde não se era chamado.

Até mesmo Hunter Predd, veterano de incontáveis aventuras e fugas por um triz, se acautelava contra aqueles que viviam em Grimpen Ward.

Outrora, Grimpen Ward fora uma sonolenta aldeia que abrigava caçadores e armadores à procura de caça dentro da vasta e pouco explorada extensão do Caminho Selvagem. Remota e isolada demais para atrair qualquer outra forma de comércio, ela havia subsistido como entreposto por muitos anos. Mas havia pouco dinheiro a se ganhar em caça e muito em jogo, e lentamente a natureza da aldeia começou a mudar. Os elfos se afastaram dela, mas os sulistas e os rovers descobriram que sua localização se adequava perfeitamente às suas necessidades. Homens e mulheres procurando fugir do passado, de perseguidores que não os deixavam em paz e de sonhos fracassados e constantes decepções; homens e mulheres que não conseguiam viver sob o jugo de regras que governavam os outros lugares e que precisavam da liberdade que vinha com o fato de saberem que ser o mais rápido e o mais forte era tudo o que importava, e homens e mulheres que haviam perdido tudo e esperavam encontrar uma maneira de começar de novo sem precisar ser nada além de espertos e imorais; no fim das contas, todos esses encontravam o caminho para Grimpen Ward. Alguns permaneciam apenas por pouco tempo e continuavam seu rumo. Outros ficavam mais. Se não conseguissem permanecer vivos, ficavam para sempre.

À luz do dia, era uma aldeia esquálida e sonolenta de prédios e barracos de compensado, de esburacadas estradas de terra e becos sombrios, com uma população que permanecia dentro de casa dormindo, esperando o cair da noite. As florestas do Caminho Selvagem fechavam tudo, árvores antigas e arbustos sufocantes, e a aldeia estava sempre prestes a ser completamente engolida. Nada nela parecia permanente, como se todas as coisas ali reunidas tivessem sido agrupadas de qualquer maneira, talvez em alguns dias de desespero, e pudessem ser destruídas novamente ao final da semana. Sua população não ligava nem um pouco para a cidade, só para o que a cidade tinha a oferecer. Havia um ar triste e zangado em Grimpen Ward que sugeria um animal enjaulado e mal alimentado esperando uma chance de se libertar.

Hunter Predd caminhava cautelosamente por suas ruas, ficando longe da luz e distante dos nós de pessoas aglomeradas perto das portas e varandas das casas públicas. Por ser um cavaleiro alado, preferia os espaços abertos. Por ser um homem sensato, que já estivera antes em Grimpen Ward e em lugares parecidos, sabia o que esperar.

Reduziu o passo e parou na entrada de um beco onde três homens batiam em outro com porretes enquanto revistavam suas roupas ao mesmo tempo, procurando sua bolsa. O homem implorava que não o matassem. Seu rosto e mãos estavam cobertos de sangue. Um de seus agressores olhou para Hunter Predd, os olhos de fera brilhantes e duros, avaliando seu potencial como adversário. O cavaleiro alado fez como lhe fora instruído. Fixou seu olhar no do outro por um momento para demonstrar que não tinha medo, e então deu as costas e continuou andando.

Grimpen Ward não era um lugar para os que tinham coração fraco ou que buscavam corrigir os males do mundo. Nenhum dos dois tipos poderia sobreviver na atmosfera claustrofóbica daquele viveiro de crueldade e fúria. Ali, todos eram caças ou caçadores de alguém, não havia meio-termo. Hunter Predd percebeu a desesperança e o desânimo que cobriam a aldeia como uma mortalha e sentiu enjôo.

Afastou-se da parte central da aldeia, distante das luzes mais brilhantes e dos ruídos mais altos, e penetrou em um aglomerado de valas e barracos ocupados por aqueles que haviam caído em uma existência crepuscular de fuga induzida pelas drogas. Os seres que aqui viviam jamais emergiam de seus mundos privados e auto-indulgentes, dos lugares que haviam criado para si mesmos. Ele podia sentir o cheiro dos produtos químicos queimando no ar enquanto passava. Podia sentir o cheiro do suor e do excremento. Tudo de que precisavam para fugir da vida era grátis, depois que haviam perdido tudo o que possuíam.

Virou por um caminho que desaparecia por entre as árvores, olhou ao redor com cuidado para se certificar de que não havia sido seguido e prosseguiu para dentro das sombras. A trilha seguia uma curta distância até uma cabana no interior de um pequeno bosque de freixos e cerejeiras. A cabana era pequena e bem cuidada, com vasos de flores pendurados nas janelas e um jardim nos fundos. Era silenciosa, um oásis de calma no meio do tumulto. Uma luz brilhava na janela da frente. O cavaleiro alado foi até a porta, ficou ali parado por um momento escutando e então bateu.

A mulher que abriu a porta era gorda e tinha o rosto achatado, os cabelos grisalhos cortados rente e um corpo sem forma. Sua idade era indeterminada, como se tivesse saído da infância há pouco tempo e só fosse mudar de aparência quando estivesse muito velha. Ficou olhando Hunter Predd sem interesse, como se ele fosse apenas mais uma das almas perdidas que ela encontrava todos os dias.

— Não tem mais quartos para alugar. Tente outro lugar.

Ele balançou a cabeça.

— Não estou procurando um quarto. Procuro uma mulher a quem chamam Addershag.

Ela fungou.

— Chegou tarde demais. Ela morreu há cinco anos. Acho que as notícias andam devagar de onde você vem.

— Você tem certeza? Ela está mesmo morta?

— Tão morta quanto o dia de ontem. Fui eu quem a enterrou a sete palmos, em pé para que pudesse saudar aqueles que tentassem desenterrá-la. — Ela deu um sorriso irônico. — Quer tentar?

Ele ignorou o desafio.

— Você era aprendiz dela?

A mulher deu uma gargalhada, o rosto contorcido.

— Não exatamente. Fui sua serviçal e governanta da casa. Não tinha estômago para o que ela fazia. Mas eu a servi bem e ela me recompensou de acordo. Você a conhecia?

— Só de reputação. Uma poderosa vidente. Uma mulher de magia. Poucos ousariam desafiá-la. Ninguém, acho, mesmo agora que ela está morta e enterrada.

— Apenas homens tolos e desesperados. — A mulher olhou para as luzes da aldeia e balançou a cabeça. — Eles ainda vêm aqui de vez em quando. Enterrei alguns, quando não me ouviram para deixá-la em paz. Mas não tenho o poder dela nem suas habilidades. Só faço as tarefas para que fui trazida para fazer, cuidar das coisas, tomar conta. A casa e o que está dentro dela são posse minha agora. Mas eu as guardo para ela.

Olhou para ele, esperando.

— Quem lê o futuro em Grimpen Ward agora que ela se foi? — ele perguntou.

— Enganadores e charlatães. Ladrões sem talento que roubam descaradamente, mandam a vítima para a morte e fingem não ter nada com isso. Eles se mudaram para cá no instante em que ela se foi, dizendo ter direito ao que ela era, ao que ela podia fazer. — A mulher cuspiu na terra. — Todos serão descobertos e queimados vivos por isso.

Hunter Predd hesitou. Aqui ele teria de ser cuidadoso. Aquela mulher protegia sua herança e não estava inclinada a ajudar. Mas ele precisava do que ela pudesse lhe dar.

— Ninguém poderia substituir a Addershag — ele concordou, sério. — A menos que ela escolhesse alguém por conta própria. Ela treinou algum aprendiz?

Por um longo momento a mulher ficou observando-o, a suspeita espelhada em seus olhos aguçados. Passou a mão pelos cabelos mal cortados.

— Quem é você?

— Um emissário — ele disse a verdade. — Mas o homem que me enviou conhecia bem sua senhora e tinha a mesma paixão pela magia e pelos segredos. Ele também viveu muito tempo.

As feições da mulher ficaram vincadas como papel amassado; ela cruzou os braços pesados à sua frente, em defesa.

— Ele está aqui?

— Por perto. Prefere não ser visto.

Ela assentiu.

— Eu sei de quem você está falando. Mas diga seu nome assim mesmo se quer que eu acredite que é o homem dele.

O cavaleiro alado concordou.

— Chamam-no de Walker.

Ela deu uma risada, os olhos brilhando de alegria.

— Até o exaltado druida precisa da ajuda dela de vez em quando! Está vendo como ela era poderosa, como ela era tida em alta conta? — Havia triunfo e satisfação em sua voz. — Ela poderia ter sido da ordem dele, se quisesse. Mas nunca teve inclinação para ser nada além de uma vidente.

— Existe então — ele insistiu com suavidade — outra pessoa a quem ele pudesse recorrer agora que ela se foi?

O silêncio pesava sobre eles enquanto ela o estudava mais uma vez, pensando no assunto. Ela sabia de algo, mas não estava inclinada a compartilhar. Ele esperou com paciência.

— Uma pessoa — disse a mulher por fim, mas falou a palavra como se deixasse um gosto amargo na boca. — Apenas uma. Mas ela não era adequada. Tinha uma falha de caráter e desperdiçava seu talento. Minha senhora lhe deu todas as chances de ser forte, e a cada vez a garota fracassou. Finalmente, ela foi embora.

— Uma garota — Hunter Predd repetiu com cuidado.

— Muito jovem quando chegou aqui. Ainda era uma criança. Mas mesmo assim já era velha. Como se já tivesse crescido dentro de seu corpo de criança. Intensa e cheia de segredos, o que era uma vantagem, mas também apaixonada, o que não era vantagem alguma. Muito poderosa em seu talento. Podia ver o futuro com clareza, podia marcar seu progresso e ler seus sinais. — A mulher cuspiu mais uma vez, a voz subitamente cansada. — Tão talentosa. Mais do que simplesmente uma vidente. Essa foi sua destruição.

O cavaleiro alado estava confuso.

— Como assim?

A mulher fuzilou-o com o olhar e balançou a cabeça.

— Não há razão para falar disso. Se está tão curioso para saber, pergunte você mesmo a ela. Seu nome é Ryer Ord Star. Ela mora aqui perto. Posso lhe dizer o caminho. Quer ou não?

Hunter Predd tomou a direção que ela havia indicado e agradeceu pela ajuda. Em troca, ela lhe deu um olhar que sugeria pena e desdém ao mesmo tempo. Fechou a porta do chalé antes mesmo que ele tivesse lhe dado as costas.

Causava uma sensação de vazio e de silêncio a floresta próxima a Grimpen Ward, onde Walker aguardava pelo retorno de Hunter Predd. Nada se movia na escuridão. Nenhum som vinha da penumbra. Ele aguardou pacientemente, mas relutante, desconfortável em deixar a busca pela Addershag para o cavaleiro alado. Não que achasse que Hunter Predd não tivesse habilidades; na verdade, achava o cavaleiro alado mais capaz do que a maioria. Mas teria preferido tratar do caso por conta própria. Contactá-la fora idéia sua. Procurá-la era algo que ele sabia como fazer. Mas ficara claro após o ataque ao refúgio de Spanner Frew que a bruxa Ilse estava determinada a destruir seus esforços para retraçar a rota do mapa do náufrago. Poderia parecer que a federação atacara o acampamento dos rovers, mas o druida estava convencido de que fora a bruxa Ilse. Os espiões dela deviam tê-lo avistado em March Brume, e ela o rastreara até Spanner Frew ao norte. Ele tivera a sorte de despistá-la na costa — e mais sorte ainda ao fugir com sua nova aeronave intacta. Seus aliados rovers — Redden Alt Mer, Rue Meridian e Spanner Frew — o levaram voando de volta para March Brume sobre o manto das trevas e a neblina do amanhecer, largaram-no perto de onde ele havia deixado Hunter Predd e partiram com a aeronave em busca de uma tripulação. Assim que essa tripulação estivesse reunida, eles voariam para Arborlon, ao norte, onde se apresentariam aos elfos e seu novo governante e aguardariam a chegada do druida.

Tudo isso levaria tempo, mas Walker precisava desse tempo para realizar duas coisas. Primeiro, deveria esperar que Quentin Leah e Bek Rowe encontrassem Truls Rohk e chegassem a Arborlon. Segundo, deveria conferenciar com uma vidente.

Por que uma vidente?, Hunter Predd havia perguntado enquanto voavam a bordo de Obsidian por sobre os picos das Irrybis na direção de Grimpen Ward. Que necessidade tinham de uma vidente quando Walker já havia determinado o propósito do mapa? Mas sua jornada, explicou Walker, não era tão fácil de adivinhar. Pense na Divisa Azul como um buraco sem fundo e suas ilhas como pedras onde pisar para não cair nele. A estabilidade daquelas pedras e os segredos escuros das águas ao redor eram desconhecidos. A Addershag poderia ajudá-los a compreender melhor seus perigos. Ela poderia ver uma parte do que iriam enfrentar, o que estava aguardando por eles, o que roubaria suas vidas se não estivessem preparados.

Uma vidente sempre poderia fornecer *insights*, e nenhuma vidente poderia fornecê-los mais do que a Addershag. Suas capacidades eram famosas, e embora ela fosse perigosamente imprevisível, jamais fora sua inimiga. Uma vez, há muito tempo, ela ajudara sua prima, a rainha dos elfos Wren Elessedil, em sua busca pela nação élfica desaparecida. Era o começo de uma ligação que ele havia preservado com cuidado. A Addershag ajudara-o de vez em quando ao longo dos anos, sempre com um aceno relutante de admiração pela magia que ele sabia utilizar, sempre com um aviso velado de que sua própria magia era páreo para a dele. Ela estava viva há quase tanto tempo quanto Walker, sem o benefício do sono druídico. Não fazia idéia de como ela conseguia isso. O talento dela era ao mesmo tempo um fardo e um conflito, e sua vida era um segredo muito bem guardado.

Walker não tinha certeza de que Hunter Predd pudesse conseguir convencê-la a falar com ele. Ela poderia recusar. Mas fazia sentido tentar. Se ele conseguisse alguma coisa, teria de fazê-lo de modo rápido e sub-reptício.

Mesmo assim, ficou inquieto com a espera e a incerteza, e arrependeu-se de não se ter envolvido abertamente. O tempo era precioso e o sucesso incerto. O auxílio da Addershag era vital. Ela jamais concordaria em ir com ele, mas podia abrir seus olhos para as coisas que ele deveria saber sobre a jornada. Ela o faria com relutância e com palavras cuidadosamente trabalhadas e imagens confusas, mas até mesmo isso seria de ajuda.

Um pequeno farfalhar quebrou sua concentração e ele levantou a cabeça para ver Hunter Predd se materializar no meio da noite. O cavaleiro alado estava sozinho.

— Você a encontrou? — perguntou o druida na hora.

Hunter Predd balançou a cabeça.

— Ela morreu há cinco anos. A mulher que cuidava dela assim me disse.

Walker respirou bem fundo e, devagar, soltou o ar. A decepção lhe preenchia o espírito. Seria mentira? Não, uma mentira daquele tipo não duraria muito. Ele deveria ter sabido da morte da vidente, mas havia se trancado em Paranor por quase vinte anos e muito do que acontecera no mundo lhe escapara por completo.

O cavaleiro alado sentou-se em um toco de árvore e tomou um gole da água que trazia na bolsa.

— Existe outra possibilidade. Antes de sua morte, a vidente aceitou uma aprendiz.

— Uma aprendiz? — Walker franziu a testa.

— Uma garota chamada Ryer Ord Star. Muito talentosa, segundo a mulher com quem conversei. Mas teve alguma espécie de desentendimento com a Addershag. A mulher deu uma pista de que tinha algo a ver com uma falha no caráter da garota, mas não quis dizer mais. Disse que eu deveria perguntar a ela própria se quisesse saber. Ela mora perto daqui.

Walker pensou rapidamente, considerando os possíveis riscos e ganhos. Ryer Ord Star? Jamais ouvira falar dela. Tampouco ouvira falar na Addershag aceitando aprendizes. Mas ele também não tinha ouvido falar na morte da vidente. O que sabia ou deixava de saber do mundo nos últimos anos não era a medida mais precisa de suas verdades. Melhor descobrir por si mesmo as coisas antes de decidir o que era ou o que não era real.

— Mostre-me onde ela está — disse ele.

Hunter Predd levou-o ao longo de uma série de trilhas que contornaram o centro de Grimpen Ward, evitando o contato com seus cidadãos. As trevas ocupavam a passagem, e as florestas formavam um labirinto vasto e impenetrável no qual somente eles pareciam ter-se aventurado. Distantes e afastados, os sons da aldeia se elevavam em pequenas irrupções dentro do silêncio denso, e fragmentos de luz, como olhos de predadores, apareciam e se desvaneciam na sombra. Mas tanto o cavaleiro alado quanto o druida sabiam como andar sem serem detectados e ninguém notou sua passagem.

Enquanto Walker se esgueirava pelo labirinto escuro das árvores, seus pensamentos se acumulavam. Suas oportunidades, sentia, estavam lhe escapando por entre os dedos. Muita gente da qual ele dependia estava morta — primeiro Allardon Elessedil, em seguida o náufrago e agora a Addershag. Cada um deles representava informações e ajuda que seriam de difícil, se não impossível, substituição. A perda da Addershag o preocupava mais ainda. Será que ele conseguiria realizar aquela empreitada sem as predições de uma vidente? Allanon havia conseguido anos antes. Mas Walker não era esculpido da mesma pedra que seu predecessor e não afirmava ser igual a ele. Fazia o que podia com o que tinha, em grande parte porque compreendia a necessidade de fazê-lo e não por desejar o papel para o qual havia sido escalado. Os druidas haviam tradicionalmente desejado suas posições na ordem. Esse padrão havia sido quebrado com ele.

Não gostava de pensar sobre o que era e como havia chegado a esse ponto. Não gostava de se lembrar da estrada que fora forçado a percorrer para se tornar o que jamais havia pretendido ser. Era uma lembrança do estigma que levava, um fardo difícil de carregar. Ele se tornara um druida por causa das maquinações de Allanon, dos pedidos de Cogline, e apesar de suas próprias e consideráveis desconfianças, porque, no fim, a necessidade de que ele o fizesse era imensa. Jamais pensara em ter algo a ver com os druidas, e jamais pensara em ser parte do que eles representavam. Crescera com a determinação de ficar distante da herança que tantos de sua família haviam reclamado — a herança de Shannara. Ele havia jurado levar sua vida para outra direção.

Mas aquilo era história antiga, admoestou a si mesmo enquanto se lembrava do calor inicial de seu compromisso amaldiçoado de mudar o que estava predestinado. Supunha que o que mais lhe doía, o que pesava mais em sua consciência não era propriamente quebrar o voto, ato que podia ser justificado pela necessidade a que atendia, mas sim o ter se desviado tanto do caminho que apontara ao assumir seu papel. Havia jurado que não seria um druida como aqueles outros antes dele, como Allanon e Bremen. Ele não se esconderia em subterfúgios e segredos. Não manipularia os outros para atingir os fins que desejava. Não enganaria, nem direcionaria, nem ocultaria nada. Seria aberto, franco e honesto em seu trato. Revelaria o que sabia e sempre seria verdadeiro.

Ficou admirado com sua própria ingenuidade. Como havia sido tolo. Como havia sido terrivelmente, fatalmente irrealista.

Pois os ditames da vida não permitiam rápidas e fáceis distinções entre certo e errado ou bom e mau. As escolhas eram feitas em tons de cinza e em ambos os lados a cura e o ferimento tinham de ser pesados. Como resultado disso, sua vida havia irrevogavelmente seguido o caminho de seus predecessores, e com o tempo havia assumido as próprias características que desprezara neles. Assumira seus mantos de forma mais completa do que jamais pretendera. Sem jamais desejar ser um deles, era num deles que ele havia se tornado.

Pois podia ver a necessidade de fazê-lo.

Pois fora exigido dele então que se conduzisse de acordo.

Porque, agora e para sempre, o bem maior deveria ser considerado na hora de determinar seu curso de ação.

Diga isso a Bek Rowe quando tudo acabar, pensou sombrio. Diga isso a esse garoto.

Emergiram subitamente da floresta em uma clareira na qual um chalé solitário despontava escuro e silencioso. Bem afastado de tudo, o chalé era malcuidado, com as janelas quebradas, o telhado afundado, o quintal coberto de ervas daninhas e os jardins desertos. Era como se ninguém morasse ali há já algum tempo, como se tivesse sido abandonado e deixado ficar em ruínas.

Então Walker viu a garota. Ela estava sentada nas sombras profundas da varanda, perfeitamente parada, como se ela e as sombras fossem uma coisa só. Quando seus olhos pousaram nela, ela se levantou imediatamente e ficou de pé observando-o aproximar-se com Hunter Predd. Revelada com mais clareza pela luz do luar e das estrelas, ela se tornou mais velha, menos uma garota e mais uma jovem mulher. Usava seus cabelos prateados compridos e soltos, eles caíam sobre seu rosto pálido e fino em ondas espessas. Ela era macérrima, tão insubstancial que dava a impressão de que um vento forte poderia soprá-la para longe. Usava um vestido simples de lã amarrado em sua cintura fina por um fio de tecido trançado. Os pés calçavam sandálias gastas e sujas e um estranho colar de metal e couro cingia-lhe o pescoço.

Walker se aproximou dela e parou, Hunter Predd ao seu lado. Ela em momento algum tirou os olhos dos dele, nem sequer olhou para o cavaleiro alado.

— Você é aquele a quem chamam Walker? — perguntou em uma voz suave e aguda.

Walker concordou.

— É assim que me chamam.

— Eu sou Ryer Ord Star. Estava esperando por você.

Walker estudou-a com curiosidade.

— Como sabia que eu estava chegando?

— Vi você em um sonho. Estávamos voando muito acima da Divisa Azul em uma aeronave. Havia nuvens escuras por toda parte e trovões rolavam por sobre os céus. Mas dentro das nuvens escuras havia algo ainda mais escuro, e eu estava avisando-o para tomar cuidado com aquilo. — Ela fez uma pausa. — Quando tive esse sonho, sabia que você viria aqui e que quando o fizesse eu partiria com você.

Walker hesitou.

— Jamais tive a intenção de pedir que viesse comigo, apenas queria pedir...

— Mas eu devo ir com você! — ela insistiu ligeira, as mãos fazendo gestos súbitos e ansiosos para enfatizar sua necessidade. — Também tive outros sonhos com você, cada vez mais com o passar do tempo. Eu devo atravessar a Divisa Azul com você. É meu destino fazer isso!

Ela falava com tamanha convicção que Walker por um momento ficou na dúvida. Olhou para Hunter Predd. Até mesmo o rosto vincado do cavaleiro alado refletia surpresa.

— Está vendo? — perguntou ela, mostrando uma sacola de lona aos seus pés. — Estou pronta para partir. Sonhei com você novamente na noite passada, com você chegando aqui. O sonho foi tão forte que até me disse quando chegaria. Esses sonhos não aparecem com freqüência, nem mesmo para videntes. Eles quase nunca aparecem em tamanha quantidade. Quando vêm, não devem ser ignorados. Estamos ligados, você e eu, nossos destinos interligados de tal forma que não podemos nos separar. O que acontecer a um, acontecerá aos dois.

Olhou solenemente para ele, o rosto pálido e fino questionador, como se não conseguisse compreender a incapacidade que ele tinha de aceitar suas palavras. Walker, por sua vez, estava confuso com aquela determinação.

— Você foi aprendiz da Addershag? — perguntou, mudando o rumo da conversa. — Por que partiu?

As mãos finas tornaram a gesticular.

— Ela desconfiava de mim. Não confiava na maneira como eu empregava meus dons. Sou uma vidente, mas também uso a empatia. Ambos os talentos são fortes dentro de mim, e sinto profunda necessidade de usá-los, não os posso ignorar. Certa ocasião, usei um em combinação com o outro, e a Addershag gritou comigo. "Nunca faça nada para mudar o que deve ser!", ela disse. Mas se eu posso tirar a dor de outra pessoa adivinhando o futuro, onde está o malefício? Não vi nada de errado em fazer isso. Essa dor pode ser mais bem suportada por mim do que pela maioria das pessoas.

Walker ficou olhando.

— Você lê o futuro, entende que algo de ruim irá acontecer, e então usa sua habilidade e prática para diminuir a dor que resultará disso? — Walker tentou visualizar a situação, mas não conseguiu. — Com que freqüência pode fazer isso?

— Só de vez em quando. Só posso fazer isso um pouquinho. Às vezes, o uso de meus dons é inverso. Às vezes vou para aqueles que já estão sentindo dor, vejo o futuro que essa dor irá criar e ajo para mudá-la. É uma habilidade imperfeita e não a uso de forma descuidada. Mas a Addershag desconfiava totalmente de meu lado empático, acreditando que isso afetava meus olhos de vidente. Talvez tivesse razão. As duas coisas são partes iguais de mim e não posso separá-las. Isso incomoda você?

Walker não sabia dizer. O que mais o incomodava era sua própria confusão quanto ao que fazer com a garota. Ela parecia convencida de que iria com ele, enquanto ele ainda estava lutando com a possibilidade de consultar-se com ela ou não.

— Você não tem certeza quanto a mim — disse ela. Ele assentiu, pois não havia motivo para discordar. — Você não tem razão para temer que eu não possa fazer o que for necessário. Você é um druida e os instintos de um druida jamais mentem. Confie no que os seus instintos lhe dizem sobre mim.

Ela deu um passo adiante.

— Usar a empatia pode lhe dar a paz que você não pode encontrar de outra maneira. Dê-me sua mão.

Sem pensar, ele estendeu-lhe a mão, que ela segurou entre as suas. As mãos dela eram quentes, macias, e quase não conseguiam se fechar sobre a de Walker. Ela percorreu vagarosamente os dedos sobre a palma. Fechou os olhos.

— Você tem tanta dor, Walker — disse ela. Ele começou a sentir um formigamento que se transformou lentamente numa calma sonolenta, e então numa súbita euforia. — Você se sente preso por ambos os lados, suas chances escorregando por entre os dedos, e um peso demasiado para carregar. Você se odeia pelo que é, acha absurdo ser o que é. Esconde verdades que irão afetar as vidas daqueles que...

Ele puxou a mão e recuou um passo, chocado com a facilidade com a qual ela penetrara em seu coração. Os olhos dela se abriram e se acenderam sobre ele novamente.

— Eu poderia libertar você de sua dor se você deixasse — ela murmurou.

— Não — ele respondeu. Sentiu-se nu e exposto de uma maneira que não desejava. — A dor é uma lembrança de quem sou.

Ao seu lado, Hunter Predd estava inquieto, testemunha de palavras que não deveria ouvir. Mas Walker não podia fazer nada a respeito agora.

— Ouça-me. — A voz de Ryer Ord Star tinha um tom suave. — Ouça o que vi em meus sonhos. Você fará sua viagem pela Divisa Azul em busca de algo precioso: mais para você do que para qualquer um dos que o acompanharão. Aqueles que o acompanharem serão corajosos e fortes de coração, mas somente alguns irão retornar. Um salvará sua vida. Outro tentará tirá-la. Um irá amar você incondicionalmente. Um o odiará com uma paixão irresistível. Um irá desviá-lo do caminho. Um irá trazê-lo de volta. Tudo isto vi em meus sonhos, e decerto verei mais. Devo ser seus olhos, Walker. Estamos ligados como um só. Leve-me com você. Você deve.

Sua voz pequena estava tão repleta de paixão que deixou o druida transfigurado. Por um momento ele pensou na Addershag, de como ela sempre parecera obscura e maligna, suas palavras afiadas e ameaçadoras, sua voz vinda de um poço escuro no qual ninguém deveria se aventurar. Qual seria a diferença entre ela e Ryer Ord Star? Ele podia ver como devia ter sido difícil para a garota treinar aos pés de alguém tão diferente dela. Ela devia ter lutado em seu treinamento e teria durado o quanto durou devido à paixão que tinha por seu dom. Isso ele podia ver nela. Confie em seus instintos, ela lhe pedira. Ele sempre confiava. Mas seus instintos aqui estavam confusos e suas conclusões eram incertas.

— Leve-me com você — ela repetiu, e suas palavras eram um sussurro de necessidade.

Ele não olhou para Hunter Predd. Sabia o que encontraria nos olhos do cavaleiro alado. Não olhou sequer dentro de seu próprio coração, pois já podia sentir o que espreitava ali. Ao invés disso, leu o rosto dela, para ter certeza de que não havia perdido nada, e deu um conselho para sua missão e sua necessidade. Uma vidente era necessária para os lugares escuros dentro dos quais ele deveria se aventurar. Ryer Ord Star tinha esse dom, e não havia tempo para procurá-lo em outra pessoa. O fato de que ela não era a Addershag preocupava. O fato de que ela não só estava disposta, como também ansiosa para ir com ele, era um presente que ele não podia se dar ao luxo de recusar.

— Pegue sua sacola, Ryer Ord Star — disse ele suvemente. — Vamos esta noite para Arborlon.

16

Bek Rowe ficou paralisado quando a imensa aparição deu as costas aos lobos em fuga para encará-los. Quentin deu um passo involuntário para trás, sua euforia com a redescoberta da magia da espada de Leah foi esquecida. Nenhum dos dois ousava sequer respirar enquanto a coisa em frente a eles ondulava como uma galharia de cedro ao vento, uma espécie de tremular que sugeria uma imagem projetada sobre uma janela molhada de chuva ou um fantasma criado pela imaginação em uma súbita mudança de luzes.

Então o manto esfarrapado que envolvia a forma larga e imensa de Truls Rohk balançou uma vez e acomodou-se sobre seus ombros, as pontas arrastando fios soltos e faixas esfarrapadas de tecido. Mãos e pés se moviam como clavas dentro do círculo de escuridão que ele projetava, mas nenhum rosto podia ser visto dentro das sombras de seu capuz. Se não fosse por sua forma vagamente humana, Truls Rohk podia passar facilmente por uma fera do tipo que habitava aquelas montanhas.

— Panax — ele sibilou. — Por que você está aqui?

Ele falou o nome do anão como quem o reconhecia, mas sem calor ou prazer. Sua voz trazia o ruído agudo de metal raspando contra metal e terminava com o som de vapor soltado sob pressão. Bek havia se esquecido do anão. Com o machado de batalha abaixado ao seu lado, Panax ficou ereto e sem se curvar na presença da criatura sombria que os confrontava. Mas havia uma tensão em suas feições ásperas e desconfiança em seus olhos.

— Walker mandou uma mensagem — disse à aparição.

Truls Rohk não fez menção de avançar.

— Walker — repetiu.

— Estes são montanheses — continuou Panax. — O mais alto é Quentin Leah. O mais novo é seu primo, Bek Rowe. Walker confiou-lhes a missão de trazer a mensagem até você.

— Falem — disse Truls Rohk aos primos.

Bek olhou para Quentin, que assentiu. Bek limpou a garganta.

— Walker nos pediu para dizer que está preparando uma jornada por via aérea para além da Divisa Azul. Ele parte em busca de um refúgio em uma terra desconhecida. Um refúgio contendo um tesouro de grande valor. Ele pede para avisá-lo de que outros também procuram por isso, um deles um bruxo chamado Morgawr e uma feiticeira, a bruxa Ilse.

— Hssshh! Almas negras! — Truls Rohk cuspiu, o som tão venenoso que parou Bek bem no meio de suas palavras. — O que mais, garoto?

Bek engoliu em seco.

— Ele mandou dizer a você que seus inimigos já mataram o rei dos elfos, Allardon Elessedil, e um náufrago que trazia o mapa do refúgio. E manda também lhe dizer que precisa que você vá com ele para ajudar na busca e para proteção contra aqueles que querem impedir isso.

Fez-se um longo silêncio e logo se ouviu um ruído que podia ter sido uma gargalhada ou algo mais preocupante.

— Mentiras. Mesmo com um só braço, Walker pode se proteger. Do que é que ele realmente precisa?

Bek ficou olhando para o outro, confuso e amedrontado, olhou para Quentin e Panax, viu que não teria ajuda e balançou a cabeça.

— Não sei. Isso foi tudo o que ele nos disse. Essa foi toda a mensagem, do jeito que ele nos passou. Ele quer que você...

— Ele quer mais do que está dizendo! — a voz rascante sibilou. — Você, montanhês — fez um gesto vago dentro do manto para Quentin —, que magia usa?

Quentin não hesitou.

— Uma magia antiga, recuperada justamente esta noite. Esta espada pertence à minha família. Ela recebeu sua magia, me disseram, no tempo de Allanon.

— Você usa essa magia insuficientemente. — As palavras eram cortantes e humilhantes. — Você, garoto. — Truls Rohk voltou a falar com Bek. — Você também tem magia?

Bek balançou a cabeça.

— Não, nenhuma.

Ele sabia que Truls Rohk estava estudando-o com cuidado, e no silêncio que se seguiu era como se alguma coisa tivesse estendido a mão e o tocado, roçando sua testa com uma leveza de plumas. Veio e sumiu tão rápido que poderia ter sido apenas impressão.

Truls Rohk avançou um passo à sua direita e o movimento revelou um vislumbre de braço e perna de imensas proporções, tudo músculo e pêlos grossos, nus à luz da noite da montanha. Bek tinha uma forte sensação de que o outro estava paralisado dentro do manto, afetando uma espécie de posição de defesa, uma prontidão que jamais abandonava. Por maior que Truls Rohk parecesse, Bek acreditava que ele seria ainda maior se ficasse realmente ereto. Nada que não fosse um gigante troll de pedra era tão grande, mas Truls Rohk não tinha a pele grossa nem os movimentos desajeitados e deliberados de um troll de pedra. Era rápido e fluido demais para isso, e sua pele era humana.

— O druida enviou você para ser testado — ele grunhiu baixinho. — Testado contra seus próprios medos e superstições. Sua magia e sua bravura são armas ainda não testadas. — Deu um riso baixinho que morreu com o sibilar familiar. — Panax, você faz parte desse jogo?

O anão grunhiu, irritado.

— Eu não jogo com ninguém. Pediram-me que trouxesse esses montanheses ao Wolfsktaag e os levasse de volta. Você parece saber mais a respeito disso do que eu.

— Jogos dentro de jogos — murmurou a forma sombria, dando alguns passos para a direita, e depois tornando a se virar. Dessa vez Bek vislumbrou um rosto dentro do capuz, apenas uma iluminação momentânea à beira da luz da fogueira. O rosto era riscado por cicatrizes escarlates profundas e a carne parecia ter sido derretida como ferro em uma fornalha. — Jogos de druidas — continuou Truls Rohk, desaparecendo novamente nas sombras. — Não gosto deles, Panax. Mas Walker é sempre interessante de observar. — Fez uma pausa. — Talvez estes dois também, hein?

Panax parecia confuso e não disse nada. Truls Rohk apontou para Quentin.

— Aqueles lobos teriam atacado você se não fosse por mim. Melhor praticar a magia de sua espada se espera continuar vivo por muito tempo.

Bek sentiu os olhos do outro se desviarem e pousarem sobre ele.

— E você, garoto, é melhor não confiar em ninguém. Não até aprender a ver melhor as coisas do que vê agora.

Bek tinha consciência de que tanto Quentin quanto Panax estavam olhando para ele também. Queria perguntar a Truls Rohk sobre o que ele estava falando, mas, assombrado pelo tamanho do gigante e por seu aspecto misterioso e obscuro, ficou com medo de questioná-lo.

Truls Rohk cuspiu e virou-se.

— Onde vocês vão encontrar Walker? — disse, olhando para trás.

— Arborlon — Bek respondeu na hora.

— Então vejo vocês lá. — Suas palavras eram suaves e murmuradas. — Agora saiam destas montanhas, rápido!

Sentiram uma rajada de vento frio e cortante e um farfalhar na escuridão. Bek e Quentin se encolheram involuntariamente, cobrindo os olhos. Atrás deles, o fogo tremeluziu e se apagou.

Quando tornaram a olhar para a escuridão silenciosa, Truls Rohk havia partido.

Bem longe, ao sul, abaixo das Highlands de Leah, das montanhas Prekkendorran e das cidades mais antigas e industrializadas, Wayford e Sterne, na capital da federação de Arishaig, o ministro da Defesa Sen Dunsidan foi acordado por um toque em seu ombro.

Seus olhos se abriram e ele ficou olhando para o teto por entre a penumbra, sem ver nada, sem saber ao certo o que o havia perturbado. Estava deitado de costas, sua grande estrutura espalhada sobre a cama gigante, o quarto de dormir frio e silencioso.

— Acorde, ministro — sussurrou a bruxa Ilse.

Os olhos dele pousaram sobre a forma esbelta envolta em um manto e curvada sobre ele.

— Senhora das Trevas de meus sonhos — ele a cumprimentou com um sorriso sonolento.

— Não diga nada, ministro — ela aconselhou, recuando. — Levante-se e venha comigo.

Ela o viu fazer como lhe fora mandado, o rosto forte, calmo e composto, como se não fosse totalmente inesperado o fato de que ela aparecesse daquele jeito. Era um homem poderoso, e o exercício eficiente de seu poder contava em parte em nunca aparentar surpresa ou medo. Era ministro da Defesa da federação há mais de quinze anos e conseguira sua longevidade no cargo enterrando muitos homens que o subestimavam. Parecia tranqüilo e até mesmo distraído às vezes, apenas um observador à margem da ação, apenas um homem ansioso para fazer as coisas certas para todo mundo. Na verdade, ele tinha o instinto e a moral de uma serpente. Em um mundo de predadores e presas, ele preferia arriscar suas chances na primeira categoria. Mas entendia clara e inequivocamente que sua sobrevivência dependia de manter sua preferência em segredo e suas ambições ocultas. Quando se sentia ameaçado, como talvez estivesse se sentindo agora, sempre sorria. Mas o sorriso, é claro, ocultava os dentes atrás.

Sem dizer palavra, a bruxa Ilse o levou para fora de sua câmara de dormir, passando pela sala, até seu estúdio. O estúdio era seu local de trabalho, e ele compreendia que ela o estava levando para lá porque havia negócios a serem realizados. Era um homem de imensos apetites e estava acostumado a satisfazê-los na hora em que desejava. Ela não queria que ele confundisse seu propósito, ao vir até seu quarto de dormir, com algo além do que realmente era. Ela notou a maneira como ele a encarara e não gostou do que vira em seus olhos. Se tentasse pôr as mãos nela, teria de matá-lo. Não se incomodava em fazer isso, mas não levaria a lugar algum. A melhor maneira de impedir que isso acontecesse era deixar claro desde o começo que o relacionamento dos dois não iria mudar.

Sen Dunsidan era seu espião e aliado, um homem bem colocado na hierarquia da federação para lhe prestar favores em troca de favores que ela pudesse fazer para ele. Como ministro da Defesa, ele compreendia os usos do poder no governo, mas também se preocupava com a necessidade de escolhas cautelosas. Era inteligente, paciente, meticuloso e sua ética de trabalho era legendária. Quando decidia alguma coisa, não desistia. Mas fora sua ambição que atraíra a bruxa Ilse. Sen Dunsidan não estava satisfeito em ser ministro da Defesa. Não ficaria satisfeito se se tornasse ministro da Guerra ou ministro de Estado ou mesmo se fosse escolhido primeiro-ministro. Talvez nem sequer ficasse satisfeito em ser o rei, uma posição que nem existia na estrutura atual do governo da federação, mas chegava mais perto do alvo. O que ele desejava era o poder absoluto — sobre tudo e sobre todos. Ilse aprendera cedo em seu relacionamento com ele que se pudesse lhe mostrar maneiras de atingir isso ele faria de bom grado o que ela pedisse.

Chegaram ao estúdio e entraram. O aposento era austero e forrado de painéis de madeira, um covil ameaçador. Ignorando a luz mais clara, que teriam oferecido as tochas colocadas no suporte de parede, o ministro dirigiu-se até uma mesa de tampo largo para acender uma série de velas. Alto e atlético, cabelos prateados compridos e soltos, foi de um lugar para outro sem pressa. Era um homem atraente, com uma personalidade magnética, até que se o conhecesse bem, e então ele passava a ser apenas mais uma pessoa a ser observada com cuidado. A bruxa Ilse havia encontrado mais pessoas desse tipo do que gostaria. Às vezes parecia que o mundo estava cheio delas.

— E então? — ele perguntou, sentando-se confortavelmente na ponta de um longo sofá, ajustando sem pressa seu camisolão de dormir.

Ela permaneceu um tanto afastada dele, ainda envolta em seu manto e capuz, o rosto oculto em sombras. Ele já vira sua aparência em diversas ocasiões, em grande parte porque fora necessário deixá-lo ver, mas tivera cuidado de jamais encorajar seu óbvio interesse. Ela não o tratava da mesma forma que tratava seus espiões, porque ele se considerava igual a ela e seu orgulho e sua ambição não permitiriam menos. Ela poderia facilmente reduzi-lo à servidão, mas então sua utilidade estaria terminada. Deveria deixá-lo permanecer forte ou poderia não sobreviver na arena política da federação.

— Aquelas aeronaves que lhe enviei não fizeram o que era necessário? — ele perguntou, a testa ligeiramente franzida.

— Fizeram o que puderam — ela respondeu em um tom de voz neutro. Escolheu as palavras com cuidado. — Mas meu adversário é inteligente e forte. Não se deixa surpreender facilmente, e não foi surpreendido ali. Ele escapou.

— Que infelicidade.

— Um revés momentâneo. Eu o encontrarei novamente, e quando isso acontecer o destruirei. Enquanto isso, solicito sua ajuda.

— Para encontrá-lo ou para destruí-lo?

— Nenhuma das duas coisas. Para persegui-lo. Ele usa uma aeronave, com um capitão e uma tripulação. Precisarei da mesma coisa se alcançá-lo.

Sen Dunsidan estudou-a pensativo. Já estava examinando o assunto, ela percebeu. Ele deduziria rapidamente que havia mais coisas além do que ela estava lhe contando. Se estava caçando alguém, tinha de haver uma razão. Ele a conhecia bem para saber que ela não perderia tempo caçando alguém simplesmente para matá-lo. Havia mais alguma coisa envolvida, alguma coisa de importância para ela. Ele estava tentando descobrir o que poderia ganhar com isso.

Ela decidiu que não haveria jogos.

— Deixe-me contar um pouco sobre meu interesse nessa questão — disse ela. — Ele vai bem além de minha determinação em ver meu adversário destruído. Nós competimos pelo mesmo prêmio, ministro. É um prêmio de grande e raro valor. Ele beneficiaria a nós dois, você e eu, se eu o adquirisse primeiro. Minha solicitação para que você ajude nessa empreitada pressupõe que, qualquer sucesso que eu tiver, pretendo compartilhar com você.

O homenzarrão assentiu.

— Como a senhora sempre fez gentilmente, Senhora das Trevas — sorriu. — Que espécie de prêmio é esse que a senhora procura?

Ela hesitou deliberadamente, como se estivesse debatendo consigo mesma se seria conveniente lhe contar. Ele deveria acreditar que era uma decisão difícil, cujo resultado lhe seria favorável.

— Uma forma de magia — ela confidenciou finalmente. — Uma magia muito especial. Se eu obtiver a posse dessa magia, ela me faria muito mais poderosa do que sou. E se eu compartilhar essa posse com você, você se tornará o mais forte dentre aqueles que procuram poder no governo da federação. — Ela parou. — Gostaria disso?

— Ah, não sei — disse ele, rindo baixinho. — Um poder desses pode ser demasiado para um homem simples como eu. — Fez uma pausa. — Tenho sua garantia de que o uso dessa magia será compartilhado ao seu retorno?

— Minha garantia completa e inequívoca, ministro.

Ele fez uma mesura ligeira em agradecimento.

— Eu não poderia esperar menos do que isso.

Ela o convencera há muito tempo de que manteria a palavra empenhada. Também sabia que a confiança dele apoiava-se na opinião de que, mesmo que ela não honrasse o compromisso, tal traição não lhe custaria muito.

— Aonde irá procurar essa magia? — perguntou ele.

Ela o encarou longa e cuidadosamente.

— Do outro lado da Divisa Azul, em uma nova terra, uma cidade antiga, um lugar estranho. Apenas poucos chegaram lá. Nenhum deles retornou.

Ela não mencionou o náufrago nem os elfos. Não havia razão para que o ministro soubesse deles. Disse-lhe apenas o suficiente para mantê-lo interessado.

— Nenhum retornou — ele repetiu lentamente. — Isso não é muito reconfortante. Você terá sucesso onde todos os outros fracassaram?

— O que acha, ministro?

Ele deu uma risada suave.

— Eu acho que você é jovem para essas maquinações e intrigas. Nunca pensou em aproveitar seu tempo para prazeres mais simples? Nunca desejou poder colocar de lado suas obrigações, apenas por alguns dias, e fazer algo que jamais imaginou?

Ela deu um suspiro cansado. Ele estava sendo estúpido. Recusava-se a aceitar que seus avanços não eram bem-vindos. Ela deveria parar isso agora, antes que perdesse o controle.

— Se eu fosse pensar em algo assim — murmurou —, conhece algum lugar para o qual eu pudesse fugir?

Seu olhar sobre ela era firme e vigilante.

— Conheço.

— E você seria meu guia e companheiro?

Ele endireitou-se, em expectativa.

— Eu ficaria honrado.

— Não, ministro. Você apenas estaria morto, provavelmente antes do fim do primeiro dia. — Ela parou para deixá-lo absorver o impacto de suas palavras. — Ponha de lado seus sonhos do que acha que eu poderia ser. Não deixe que penetrem em sua mente nem se convença a falar sobre eles novamente.

Nunca mais. Não sou nada do que você imagina e menos do que você poderia esperar. Sou mais tenebrosa do que jamais poderiam ser sua piores ações. Não suponha que me conheça. Fique longe de mim e talvez continue vivo.

O rosto dele havia se endurecido e seus olhos mostravam incerteza. Ela deixou que ele lutasse com isso por um momento, então sussurrou palavras tranqüilizadoras no silêncio e deu um risinho suave, como uma garota.

— Vamos lá, ministro. Palavras duras não são necessárias. Somos velhos amigos. Somos aliados. E meu pedido? Você irá me ajudar?

— Claro — ele respondeu logo. Primeiro e acima de tudo um animal político, Sen Dunsidan podia reconhecer a realidade mais rápido do que a maioria das pessoas. Não queria enfurecê-la, contrariá-la ou romper um laço que era vantajoso para os dois. Tentaria deixar para trás aquela tentativa desajeitada como se ela jamais tivesse acontecido. Ela, é claro, permitiria. — Uma nave, um capitão e uma tripulação — garantiu, grato por uma chance de ajudar, de cair de novo em suas graças. Passou a mão pelos cabelos prateados e sorriu. — Tudo à sua disposição, Senhora das Trevas, pelo tempo que precisar.

— O melhor de cada, ministro — ela avisou. — Nenhum elo fraco. Essa viagem não será fácil.

Ele se levantou, foi até a janela do estúdio e olhou para a cidade afora. Sua casa ficava em um aglomerado de prédios governamentais da federação, alguns residenciais, outros de escritório, todos cercados por um parque murado ao qual ninguém era admitido sem convite. A bruxa Ilse sorriu. Exceto por ela, é claro. Ela podia ir aonde quisesse.

— Eu lhe darei a *Black Moclips* — anunciou Sen Dunsidan subitamente. — Ela é a melhor de nossas naves de guerra, uma nave da linha construída por rovers, um veículo de experiência comprovada. O histórico dela é notável. Lutou em mais de duzentas conflagrações e jamais foi derrotada ou sequer danificada. Neste exato momento, ela tem um novo capitão e uma nova tripulação, que estão ansiosos para provar seu valor. São todos veteranos, não me entenda mal, são novos apenas nessa nave. Foram levados a bordo quando sua tripulação de rovers desertou.

Ela o estudou.

— São todos experientes e confiáveis? Foram testados em batalha?

— Dois anos inteiros nas Prekkendorran, todos eles. São uma unidade forte e confiável, bem liderada e completamente treinada.

E um complemento inteiro de soldados da federação, ela ia dizer quando a voz rouca do Morgawr a deteve. *Nada de soldados*, ele sibilou, para que somente ela pudesse ouvi-lo. Era um lembrete inconfundível de seu aviso anterior, quando ela insistira que deveria ter soldados para combater as forças élficas. *Uma nave, o capitão de uma tripulação — nada mais. Não me questione.* Ela gelou sob o chicote de sua voz, projetado das sombras atrás de Sen Dunsidan, onde ele aguardava oculto.

— Senhora? — o ministro da Defesa perguntou solícito, sentindo sua hesitação.

— Suprimentos para uma longa viagem — disse ela, prosseguindo como se nada tivesse invadido seu pensamento, olhando direto para o Morgawr, sem disposição de lhe conceder nada. Ressentia-se da insistência dele em tentar controlar as coisas quando ele próprio não tinha intenção de se envolver na expedição. Ele se via como seu mentor, e era, mas agora ela era igual a ele e não estava mais sob seu controle. Ela sempre possuíra magia, mesmo antes que ele aparecesse e a ajudasse a reconstruir sua vida estilhaçada. Jamais estivera indefesa ou inconsciente, e ele estava esquecendo rápido demais de como ela era forte.

— A nave será entregue com suprimentos completos e pronta para navegar. — Sen Dunsidan chamou sua atenção. — Ela estará pronta em uma semana.

— Quatro dias — a bruxa Ilse disse baixinho, mantendo seu olhar firme no dele. — Eu virei buscá-la pessoalmente. Faça com que seu capitão e a tripulação tenham ordens de me obedecer em tudo. Tudo, ministro. Não deverá haver perguntas, discussões nem hesitações. Todas as decisões serão minhas.

O ministro da federação assentiu sem entusiasmo.

— O capitão e a tripulação serão avisados, Senhora das Trevas.

— Volte para a cama — ela ordenou e deu-lhe as costas, dispensando-o.

Ali em pé, seu olhar voltado para a janela e para a noite, esperou até que ele tivesse ido embora e então se virou para enfrentar o Morgawr, que havia saído de seu esconderijo, alto, escuro e espectral. Ele a acompanhara até a cidade, mas permanecera oculto enquanto ela conversava. Dissera-lhe que seria melhor se Sen Dunsidan acreditasse que ela era a pessoa a quem deveria ouvir, a pessoa que estava no controle. E estou mesmo, ela quis responder, mas segurou a língua.

— Você fez bem — disse ele, aparecendo sorrateiramente à luz fraca.

— Não gosto de sua interferência em meus esforços! — ela disparou insatisfeita. — Nem de seus lembretes do que acha que eu deveria ou não deveria fazer! Sou eu quem vai arriscar a vida para obter a posse da magia!

— Só estou procurando fornecer ajuda onde a ajuda é necessária — ele respondeu calmamente.

— Então faça isso — ela retrucou. Sua paciência estava no limite. — Precisamos de soldados! Precisamos de guerreiros experientes! De onde eles virão se não for da federação?

Ele dispensou a raiva e o desprazer com um aceno da mão enluvada.

— De mim — respondeu despreocupadamente. — Já arranjei isso. Mais de trinta mwellrets, comandados por Cree Bega. Eles serão seus guerreiros, seus lutadores. Você não terá nada a temer com eles a seu lado.

Mwellrets. Ela rangeu os dentes ao pensar nisso. Ele sabia que ela odiava rets. Como lutadores, eram selvagens e incansáveis, mas também eram enganadores. Não confiava neles. Não podia ver dentro de suas mentes. Eles resistiam à sua magia e empregavam subterfúgios e artifícios próprios. Era por isso que o Morgawr gostava deles, por isso os utilizava. Seriam lutadores eficientes para ela, mas também agiriam como seus vigias. Dar-lhe mwellrets era um meio de mantê-la na linha.

Ela sabia que podia recusar sua oferta. Mas fazer isso demonstraria fraqueza. Além disso, o bruxo insistia que ela fizesse como ele pedia, já tendo decidido que os rets eram necessários...

Ela se pegou no meio do pensamento, percebendo subitamente o que realmente significava o envio dos rets. Não era simplesmente que o Morgawr não mais acreditasse nela ou que não estivesse mais certo de que ela faria o que lhe fosse ordenado.

Ele tinha medo dela.

Ela sorriu, como se decidisse que estava satisfeita com a sugestão, tomando cuidado para manter ocultos seus verdadeiros sentimentos.

— Você tem razão, é claro — ela concordou. — Que melhores lutadores poderemos encontrar? Quem ousaria desafiar um ret?

Apenas eu, ela pensou sombriamente. Mas quando descobrir isso, Morgawr, já será tarde demais para você.

17

Quatro dias depois de partir das montanhas do Wolfsktaag, Bek Rowe, seu primo Quentin Leah e o anão Panax chegaram ao vale de Rhenn.

Bek havia ouvido histórias do vale por toda a sua vida, e enquanto o trio conduzia seus cavalos lentamente para fora da planície e descia seu corredor amplo e relvoso, ele as recordava mais uma vez. Ali, há mais de mil anos, os elfos e seu rei, Jerle Shannara, combateram as hordas do Senhor dos Bruxos em três dias de ferozes combates que culminaram na derrota do druida renegado. Ali, há mais de quinhentos anos, a Guarda Livre da Legião cavalgara em auxílio ao povo elfo que estava sendo atacado pelas hordas demoníacas que haviam escapado do Proibido. Ali, há menos de cento e cinqüenta anos, a rainha dos elfos Wren Elessedil comandara os aliados nascidos livres em sua defesa contra os exércitos federados de Rimmer Dall, quebrando a espinha da ocupação da federação e destruindo o culto dos sombrios.

Bek olhou para cima, para as encostas íngremes do vale e as linhas afiadas da cordilheira. Tantas batalhas fundamentais já haviam sido travadas e tantos confrontos fulcrais haviam acontecido ali, a apenas poucos quilômetros daquele portão para a terra dos elfos. Mas enquanto olhava para ele, quieto e sereno, banhado pela luz do sol, não havia nada que indicasse que algo de importante um dia acontecera ali.

Certa vez, Bek ouviu um homem dizer a Coran que aquele terreno era sagrado, que o sangue daqueles que deram suas vidas para preservar a liberdade nas Quatro Terras assim o havia tornado. Era um pensamento bonito e nobre, respondeu Coran Leah, mas significaria mais se o sacrifício daqueles incontáveis mortos tivesse trazido algo de mais permanente para os sobreviventes.

    O garoto pensava nisso enquanto cavalgava pelo silêncio do meio-dia. O vale se estreitava até um desfiladeiro na extremidade ocidental, uma fortaleza natural de paredes de encostas e passagens tortuosas através das quais todo o tráfego entrava nas florestas ocidentais que levavam a Arborlon. Ele servira como primeira linha de defesa para os elfos todas as vezes que sua terra natal fora invadida. Bek jamais estivera ali, mas conhecia essa história. Lembrando-se das palavras de seu pai, ficou surpreso ao ver como era diferente a sensação de estar ali em vez de imaginar tudo em sua mente. Todos os eventos e o tumulto se desvaneciam nos vastos e silenciosos espaços abertos, sob o cheiro das flores selvagens, sob a brisa suave e fria e o sol quente, mascarados como se jamais tivessem acontecido. O passado ali era apenas uma imaginação. Ele mal conseguia lhe dar um rosto, mal conseguia visualizar como teria sido. Ficou pensando se os elfos costumavam pensar nisso como ele estava pensando agora, se aquilo era para eles uma lembrança de como as vitórias nas batalhas tantas vezes eram transitórias.

    Ficou imaginando se a jornada que estava fazendo agora pareceria diferente para ele quando estivesse terminada. Ficou imaginando se ele realizaria algo de duradouro.

    Sua viagem para oeste transcorrera sem eventos. Todos os quatro dias haviam se passado sem incidentes. Os primos montanheses e o anão haviam descido do Wolfsktaag após seu encontro com Truls Rohk, passaram o restante da noite e as primeiras horas da manhã dormindo na cabana de Panax, e em seguida arrumaram seus equipamentos, pegaram os cavalos e partiram para Arborlon ao meio-dia. Viajaram com facilidade, escolhendo deixar para trás os animais que levavam os suprimentos, caçando no caminho. Havia diversos povoados espalhados pelas terras de fronteira, razão por que não tiveram muita dificuldade para obter o que precisavam. Sua passagem para oeste fora direta e sem obstáculos. Cruzaram as planícies de Rabb sobre o rio Prateado, acompanharam a margem norte do lago do Arco-Íris abaixo do Runne, contornaram Varifleet e Tyrsis pelo terreno montanhoso de Callahorn até as planícies sobre o Tirfing, e então seguiram para o norte, ao longo do rio

Mermidon na direção do vale de Rhenn. Viajaram a uma velocidade constante, mas sem pressa, os dias claros, ensolarados e agradáveis, as noites frias e silenciosas.

Nem uma vez sequer avistaram ou ouviram Truls Rohk. Panax dissera que seria assim mesmo, e ele tinha razão.

O encontro deles com o sombrio e formidável Truls deixara tanto Bek quanto Quentin abalados, e só no dia seguinte, quando estavam bem distante de Depo Bent e do Wolfsktaag, sentiram-se suficientemente confortáveis para falar do assunto. A essa altura Panax estava pronto para lhes contar o restante do que sabia.

— Claro, ele é um homem, assim como você ou eu — respondeu à inevitável pergunta de Bek sobre que espécie de criatura Truls Rohk realmente era. — Bem, não exatamente como você ou eu, acho, ou como qualquer pessoa que eu já tenha encontrado. Mas ele é um homem, não um animal ou espectro. Ele já foi habitante do sul, antes de viver nas montanhas. Veio do território de fronteira abaixo de Varifleet, em algum lugar no Runne. Seu povo era de caçadores, migrantes que viviam na miséria. Ele me contou isso há muito tempo. Mas jamais tornou a falar no assunto. Especialmente a parte sobre o incêndio.

Nessa hora eles estavam em algum lugar no Rabb, caçando o sol a oeste, a luz do dia começando a se transformar em crepúsculo. Nenhum dos primos falou quando o anão fez uma pausa em sua narrativa para pensar melhor.

— Quando ele tinha cerca de 12 anos, acho, houve um incêndio. O garoto estava dormindo com os homens em um abrigo improvisado feito com peles secas e ele pegou fogo. Os outros saíram, mas o garoto correu na direção errada, ficou emaranhado nas dobras da tenda e não conseguiu se libertar. O fogo o queimou tanto que mal podiam reconhecê-lo depois. Acharam que ele ia morrer; acho que eles pensaram que seria melhor se isso acontecesse. Mas fizeram o que puderam por ele, e foi o bastante. De qualquer maneira, ele diz que era um garoto grande, muito forte mesmo naquela época, e uma parte dele lutou contra a dor e o sofrimento e o manteve vivo.

"Então sobreviveu, mas ficou tão desfigurado que nem sua família conseguia suportar olhar para ele. Não consigo imaginar o que deve ter sido isso. Ele diz que também não conseguia olhar para si mesmo. Depois disso ficou afastado de todos, caçando na floresta, evitando outras pessoas, outros lugares. Quando teve idade bastante para se virar, foi embora, com a intenção de viver longe de todos. Era amargo e tinha vergonha, e diz que o que realmente queria era morrer. Foi para leste, para o Wolfsktaag, por ter ouvido as histórias sobre as coisas que ali viviam, achando que nenhum outro homem tentaria viver num lugar daqueles, por isso podia pelo menos ficar sozinho pelo tempo que lhe restasse.

"Mas alguma coisa aconteceu com ele nessas montanhas: ele não diz o quê, não fala a respeito. Mudou sua maneira de pensar. Decidiu que queria viver. Decidiu que queria ser curado. Foi até os stors em busca de remédios e bálsamos, qualquer tratamento que pudessem oferecer, e então começou alguma espécie de ritual de autocura. Também não fala sobre isso. Não sei se funcionou ou não. Diz ele que funcionou, mas ainda se esconde nesse manto com capuz. Nunca o vi com clareza. Nem seu rosto, nem qualquer parte de seu corpo. Acho que ninguém viu."

— Mas existe alguma coisa diferente a seu respeito — retrucou Bek rápido. — Você diz que ele é humano, que no fundo ele é um homem, um homem como você e eu, mas não parece. Não parece igual a nenhum homem que já encontrei.

— Não — concordou Panax. — Não parece. E por uma boa razão. Eu digo que ele é um homem como você e eu em grande parte para que não pense que ele nasceu como alguma outra coisa. Mas ele se tornou alguma outra coisa e é difícil dizer exatamente o quê. Um pouco disso eu sei, compreendo. Ele descobriu uma maneira de misturar-se às coisas que vivem no Wolfsktaag, uma maneira de se tornar como elas. Ele é capaz de mudar de forma, isso eu sei porque já vi. Ele pode assumir o aspecto de animais e de criaturas espirituais; pode se tornar igual a eles... ou, quando quer, como as coisas que as apavoram. Foi isso o que ele fez lá atrás com aqueles lobos ancestrais. Foi por isso que fugiram dele. Ele é como alguma força da natureza que você não quer encontrar; é capaz de se tornar qualquer coisa que precise para matar você. É forte, grande e rápido, para começar; o fato de se metamorfosear só aumenta isso. Ele é feroz e instintivo; sabe como se adaptar onde você e eu teríamos sabido apenas o bastante para querer fugir. Naquelas montanhas ele está em casa. Ele está em casa em lugares nos quais outros homens jamais poderão permanecer. É por isso que o druida o quer consigo. Truls Rohk atravessará obstáculos que ninguém mais ousaria sequer desafiar. Ele resolverá problemas que deixariam outros coçando a cabeça.

— Como foi que Walker o conheceu? — perguntou Quentin.

— Acho que ouviu falar nele, rumores em grande parte, e então o rastreou. É o único homem que conheço que pode fazer isso — sorriu Panax. — Não tenho certeza se ele realmente conseguiu rastrear Truls, só que chegou perto o bastante para atrair sua atenção. Acho que não há mais ninguém vivo que possa rastrear Truls Rohk. Mas Walker o descobriu de alguma maneira e o convenceu a ir com ele em uma jornada. Não sei para onde foram naquela primeira vez, mas formaram uma espécie de vínculo. Depois disso, Truls estava mais do que disposto a seguir com o druida.

Panax balançou a cabeça.

— Mesmo assim, nunca se sabe. Ninguém o cativa completamente. Ele gosta de mim, confia em mim, tanto quanto pode gostar ou confiar em qualquer um, mas não me deixa chegar perto demais.

— Ele é assustador — Bek arriscou baixinho. — É mais do que a forma como ele se esconde, ou aparece, do nada, como um fantasma, ou muda de forma. É mais do que saber o que aconteceu com ele também. É o jeito como ele olha bem através de você e o faz sentir como se ele visse coisas que você não vê.

— Ele tinha razão quanto a mim e a espada — concordou Quentin. — Eu não sabia o que estava fazendo. Estava apenas lutando para manter a magia sob controle, para manter aqueles lobos afastados. Se ele não tivesse chegado, eles provavelmente teriam nos apanhado.

Truls Rohk havia visto ou reconhecido algo em Bek também, mas escolhera guardar aquilo para si. Bek não conseguia parar de pensar a respeito. Não confie em ninguém, dissera o mutante, até aprender a ver melhor as coisas. Era um conselho que revelava que Truls Rohk havia obtido um *insight* a seu respeito que ele próprio ainda não havia experimentado. Por todo o caminho de descida do Wolfsktaag e na jornada passando pelas terras de fronteira até Arborlon, ele se pegou lembrando como Truls Rohk olhara para ele, como o estudara, penetrando além do que podia ver. Era uma velha característica dos druidas, sabia Bek. Allanon fora famoso pela maneira como seus olhos sondavam através das pessoas. Também havia algo disso em Walker. Truls Rohk não era druida, mas quando olhava para uma pessoa, ela sentia como se estivesse sendo esfolada viva.

A discussão sobre Truls acabou morrendo logo depois da primeira noite, já que Panax parecia ter exaurido seu estoque de conhecimento, e Quentin e Bek decidiram guardar seus pensamentos para si mesmos. A conversa se voltou para outros assuntos, em particular a jornada adiante, da qual o anão fazia agora parte, mas pouco sabia. Fora recrutado para a causa porque Walker havia insistido que se juntasse a eles caso Truls Rohk concordasse em ir. Então Bek e Quentin disseram a Panax o pouco que sabiam e os três passaram muito de seu tempo trocando idéias sobre para onde exatamente poderiam estar indo e o que poderiam estar procurando.

O anão foi objetivo em sua avaliação.

— Não há tesouro grande ou valioso o bastante para interessar um druida. Um druida só se importa com magia. Walker busca um talismã, feitiço ou coisa do gênero. Ele vai em busca de algo tão poderoso que deixá-lo cair nas mãos da bruxa Ilse ou de mais alguém seria suicídio.

Era uma avaliação intrigante e digna de crédito, mas ninguém conseguia pensar em nada tão perigoso assim. A magia existia no mundo desde que as novas raças nasceram das Grandes Guerras, reinventadas pela necessidade de sobrevivência. Muito dessa magia era potente, e toda ela havia sido domesticada ou banida pelos druidas. O fato de que pudesse haver uma nova magia, oculta durante todos esses anos e agora liberada unicamente pelo acaso, parecia errado. A magia não existia no vácuo. Ela simplesmente não aparecia assim. Alguém a tinha conjurado, aperfeiçoado e libertado.

— E é por isso que Walker está levando pessoas como você, montanhês, com sua espada mágica, e Truls Rohk — Panax insistiu com rispidez. — Magia para contra-atacar magia, ligada a homens que sabem lidar direito com ela.

Isso não explicava por que Bek estava indo, ou mesmo Panax, para falar a verdade, mas pelo menos Panax era um caçador experiente e um rastreador habilidoso; Bek não era treinado em nada. De vez em quando, sua mão viajava até a superfície dura e lisa da pedra fênix e ele se lembrava do encontro com o rei do rio Prateado. De vez em quando recordava que talvez não fosse o filho daquele a quem considerava seu pai. Cada vez, claro, ele questionava tudo que achava que sabia e compreendia. Cada vez, sentia os olhos de Truls Rohk olhando para ele na noite da Terra Oriental.

Elfos caçadores os encontraram na borda do vale e os escoltaram pela floresta até Arborlon. Uma escolta era incomum para visitantes, mas, quando deram seus nomes ao vigia, ficou claro que estavam sendo esperados. A estrada até a cidade era ampla e aberta, e a cavalgada à tarde foi agradável. Ainda estava claro quando chegaram à cidade, saindo dentre as sombras das árvores para uma extensão de mato rasteiro que afinava e se abria por entre uma série de prédios sobre uma grande ribanceira. Arborlon era muito maior e mais povoada do que Leah, com lojas e residências que se espalhavam até onde a vista podia alcançar, o tráfego nas estradas era grande e movimentado; viam-se pessoas de todas as raças a cada curva. Arborlon era uma encruzilhada comercial, um centro de comércio para praticamente todo tipo de artigos. Ali não se viam as grandes forjas e fábricas das terras baixas do sul e dos trolls de pedra ao norte, mas seus produtos estavam em evidência por todo lugar, levados para oeste para armazenamento e envio aos povos élficos que viviam mais longe. Caravanas de artigos passavam por eles indo e vindo, enviadas para regiões menos acessíveis ou voltando delas: o Sarandanon a oeste, o Caminho Selvagem ao sul e as nações trolls ao norte.

Quentin olhava ao redor com um sorriso largo.

— Foi para isso que viemos, Bek. Não é tudo grande e maravilhoso, justamente o que você havia imaginado?

Bek mantinha os pensamentos para si; não confiava transformá-los em palavras. Em grande parte ficava se perguntando como um povo que havia acabado de perder o rei por assassinato podia continuar com tão pouca manifestação de pesar — embora tivesse de admitir que não conseguia pensar em como deveriam se comportar se não fosse assim. A vida continuava, não importava a magnitude dos eventos que pudessem vir a influenciá-la. Ele não deveria esperar mais do que isso.

Passaram pelo centro da cidade e viraram para o sul, em uma série de parques e jardins, até alcançar o que era claramente o terreno do palácio Elessedil. A essa altura já era tarde, a luz estava caindo depressa, as tochas em postes nas ruas e nas entradas dos prédios foram acesas contra a penumbra que crescia. O ajuntamento de pessoas pelo qual passaram antes havia ficado para trás.

A guarda real se materializou por entre as sombras, os próprios protetores do rei e o coração do exército dos elfos, estóicos, silenciosos e de olhar aguçado. Levaram os cavalos dos viajantes, e o anão e os primos foram levados por um caminho ladeado por carvalhos brancos e grama alta até um pavilhão a céu aberto em algum lugar atrás do palácio sobre os desfiladeiros a leste. Nesse pavilhão havia uma série de bancos de encosto alto e bandejas contendo jarras de cerveja e água gelada ao lado de canecas de metal e copos de vidro.

O guarda real que os havia escoltado desde a estrada fez um gesto na direção dos bancos e das bebidas e partiu.

Sozinhos, o pavilhão vazio exceto por eles, o terreno ao redor deserto, eles ficaram em pé, esperando. Depois de alguns minutos, Panax foi até um dos bancos, apanhou sua faca de esculpir e um pedaço de madeira e começou a trabalhar. Quentin olhou para Bek, deu de ombros e foi se servir de uma caneca de cerveja.

Bek ficou onde estava, olhando ao redor, desconfiado. Estava pensando em como a bruxa Ilse havia orquestrado a morte de um rei elfo não longe daquele lugar. Não lhe dava uma boa sensação achar que matar alguém no coração da capital dos elfos fosse tão fácil, já que todos eles eram agora possíveis alvos.

— O que está fazendo? — Quentin perguntou, indo se juntar a ele, caneca de cerveja na mão. Usava a espada de Leah presa às costas como se fosse algo que viesse fazendo a vida toda e não há menos de uma semana.

— Nada — respondeu Bek. Quentin já estava apresentando o tipo de mudança que os afetariam a ambos no fim, crescendo para além de si mesmo, afastando sua vida anterior. Fora para isso que seu primo viera, mas Bek ainda estava em conflito com a idéia. — Estava apenas me perguntando se Walker já está aqui.

— Bem, você está com cara de que está esperando que Truls Rohk apareça novamente, que talvez saia direto da terra.

— Não se apresse a descartar essa possibilidade — resmungou Panax do banco.

Quentin também olhou ao redor depois disso, mas foi Bek quem viu as duas figuras subindo o caminho, vindas do palácio. No começo, nenhum dos primos conseguiu ver os rostos na penumbra, captando apenas um vislumbre momentâneo quando passavam por cada halo de luz dos postes em sua aproximação. Só depois que chegaram ao pavilhão e saíram completamente das sombras Bek e Quentin reconheceram a figura pequena e musculosa que vinha na frente.

— Hunter Predd — disse Quentin, avançando para estender a mão.

— Bom encontrar você, montanhês — respondeu o outro, um sorriso tênue rachando suas feições desgastadas. Parecia verdadeiramente satisfeito em ver Quentin. — Fizeram a jornada de Leah até aqui em segurança, pelo que estou vendo.

— Sem a menor preocupação.

— Essa velha espada nas suas costas revelou algum segredo no caminho?

Quentin ficou vermelho.

— Um ou dois. Você não se esquece de nada, esquece?

Bek também apertou a mão do cavaleiro alado, sentindo um pouco de seu desconforto anterior desaparecer com o aparecimento dele.

— Walker está aqui? — perguntou.

Hunter Predd assentiu.

— Ele está aqui. Todos os que irão estão aqui. Vocês foram os últimos a chegar.

Panax levantou-se de seu banco e foi até lá, e o apresentaram ao cavaleiro alado. Então Hunter Predd virou-se para seu companheiro, um elfo alto e forte de idade indeterminada, com cabelos cinzentos cortados rente e olhos azul-claros.

— Este é Ard Patrinell — disse o cavaleiro alado. — Walker queria que vocês o conhecessem. Ele foi colocado no comando dos elfos caçadores que irão conosco.

Apertaram a mão do elfo, que assentiu sem falar. Bek pensou que, se alguém no mundo parecia ter o tipo de um guerreiro, era aquele homem. Cicatrizes cruzavam seus traços duros e o corpo musculoso, linhas brancas, finas e marcas rosadas grossas contra a pele queimada de sol, um testemunho de batalhas combatidas e sobrevividas. Até mesmo seus menores movimentos irradiavam poder. Sua mão era deliberadamente suave ao cumprimentar, mas Bek podia sentir a força de ferro que havia por trás. Até mesmo a maneira pela qual ele se portava sugeria alguém que estava sempre pronto, apenas a uma fração de segundo de uma reação rápida.

— Você é capitão da guarda real — declarou Panax, apontando o emblema escarlate na jaqueta do elfo.

Ard Patrinell balançou a cabeça.

— Era. Não sou mais.

— Eles não mantêm você como capitão da guarda real se o rei é assassinado durante o seu plantão — observou Hunter Predd firmemente.

Panax concordou.

— Alguém tem de levar a culpa pela morte de um rei, mesmo quando não há culpa. Isso faz com que todo mundo ache que algo de útil foi feito. — Cuspiu nas trevas. — Então, Ard Patrinell, você parece um tipo experiente. Lutou nas Prekkendorran?

O elfo balançou a cabeça mais uma vez.

— Lutei nas guerras da federação, mas não ali. Estive em Klepach e Barrengrote há quinze anos, quando ainda era um elfo caçador e ainda não estava na guarda real. — Se Patrinell estava irritado pelas perguntas do anão não o demonstrou.

De sua parte, Bek se perguntava como um capitão fracassado da guarda real podia acabar sendo responsável pela segurança da expedição de Walker. Sua remoção teria sido apenas cerimonial, tornada necessária por causa da morte do rei? Ou havia mais alguma coisa por trás disso?

Havia uma calma enorme no rosto de Ard Patrinell, como se nada pudesse abalar sua confiança ou perturbar seu pensamento. Tinha o ar de alguém que havia visto e suportado muita coisa e compreendido que a perda de controle era o pior inimigo de um soldado. Se havia falhado para com o rei, não demonstrava abertamente o peso desse fracasso. Bek o julgou um homem que compreendia melhor do que a maioria o valor da paciência.

— O que falta fazer antes de partirmos? — perguntou Quentin subitamente, mudando de assunto.

— Impaciente para partir, montanhês? — admoestou Hunter Predd. — Não vai demorar muito. Já temos uma aeronave, um capitão e uma tripulação para nos levar. Estamos recolhendo suprimentos e equipamento. O carregamento já está sendo feito. Nosso capitão da guarda real selecionou uma dezena de elfos caçadores para nos acompanhar.

— Então estamos prontos — declarou Quentin ansioso, seu sorriso aumentando com a expectativa.

— Ainda não. — O cavaleiro alado parecia relutante em continuar, mas incapaz de pensar em uma maneira de não fazer isso. Olhou para a noite que crescia, como se sua explicação pudesse ser encontrada em algum lugar na penumbra. — Ainda há alguns ajustes a serem feitos nos termos de nossa partida, umas duas pequenas controvérsias a serem resolvidas.

Panax franziu a testa.

— E quais poderiam ser essas pequenas controvérsias, Hunter Predd?

O cavaleiro alado deu de ombros casualmente demais, pensou Bek.

— Para começar, Walker acha que temos gente demais para a expedição. O espaço da nave e os suprimentos não darão para todos. Ele quer reduzir em quatro ou cinco o número que partirá.

— Nosso novo rei, por outro lado — Ard Patrinell acrescentou suavemente —, deseja acrescentar outro.

— O que você está pedindo não é só pouco razoável, é impossível — repetiu Walker com paciência, atiçado pela intransigência de Kylen Elessedil no assunto, mas inteiramente ciente de sua motivação. — Trinta é tudo o que podemos levar. O tamanho da nave não permitirá mais do que isso. Do jeito que está já é difícil encontrar uma forma de cortar o número daqueles que esperam ir.

— Corte esse número para vinte e nove e depois acrescente um — respondeu o rei dos elfos com um dar de ombros. — O problema está resolvido.

Estavam em pé no que havia sido o estúdio particular de Allardon Elessedil, aquele no qual ele perscrutara o mapa do náufrago pela primeira vez, mas o mais importante é que era o estúdio no qual ele havia realizado negócios com aqueles com os quais não queria ser visto, sobre assuntos que não desejava discutir abertamente. Quando o rei dos elfos desejava uma audiência pública ou uma demonstração de autoridade, realizava uma sessão na sala do trono ou nas câmaras do Alto Conselho dos Elfos. Allardon Elessedil acreditava no protocolo e na cerimônia e havia empregado ambos de forma cuidadosa e judiciosa. Seu filho, ao que parecia, estava inclinado a fazer o mesmo. Walker merecia cortesia e deferência, mas apenas em particular e apenas até o ponto ao qual o velho rei obrigara seu filho antes de morrer.

Kylen Elessedil compreendia o que devia ser feito com relação à questão de Kael Elessedil e os elfos que haviam desaparecido com ele. Deveria haver uma busca e um druida iria comandá-la. Os elfos deveriam financiar a aquisição de uma nave e uma tripulação, fornecer suprimentos e equipamento para a jornada e providenciar um comando de elfos caçadores para garantir a segurança da nave. Era a ordem de um rei morto e seu filho não iria desafiá-la como seu primeiro ato oficial.

Isso não queria dizer, entretanto, que ele achasse a busca por naves e homens desaparecidos trinta anos antes como uma idéia normal, mesmo levando em conta o aparecimento do náufrago, do bracelete Elessedil e do mapa. Kylen não era como seu pai. Era de uma espécie muito diferente. Allardon Elessedil fora contido, cauteloso e sem ambição em suas metas de vida. Seu filho agia de modo impensado e estava determinado a deixar sua marca. O passado pouco significava para Kylen Elessedil. Era o presente e — de certa forma ainda mais — o futuro que lhe interessavam. Era um jovem cheio de paixão que acreditava sem reservas que a federação deveria ser destruída e os nascidos livres deveriam ser os vencedores. Nada menos do que isso iria garantir a segurança dos elfos. Ele havia passado os últimos seis meses lutando a bordo de aeronaves sobre as Prekkendorran e só retornara porque seu pai estava morto e ele era o próximo na linha de sucessão para o trono. Não queria particularmente ser rei, a não ser pela vantagem que isso lhe daria em seus esforços para aniquilar a federação. Imbuído com a febre de seu compromisso com a vitória sobre os inimigos, ele só queria permanecer na frente de batalha, no comando de seus homens. Resumindo, ele teria preferido que seu pai continuasse vivo.

Mas do jeito que as coisas estavam, ansioso para retornar à batalha, ele já estava ficando incomodado com o atraso que sua coroação havia ocasionado. Mas ele não iria, Walker sabia, até que essa questão da busca de Kael Elessedil fosse resolvida e, mais importante ainda, até que ele se certificasse de que o Alto Conselho dos Elfos tivesse concordado com os termos de sua sucessão. Este último tópico, Walker estava começando a compreender, era a origem de sua insistência em acrescentar o nome de seu irmão mais novo à tripulação da nave.

Kylen Elessedil parou de andar de um lado para outro e encarou o druida com franqueza.

— Ahren já é quase um homem, quase um adulto. Ele foi treinado pelo homem que selecionei pessoalmente para comandar seus elfos caçadores para essa expedição. Meu pai cuidou do treinamento de meu irmão há cinco anos. Talvez ele tivesse previsto a necessidade disso melhor do que você ou eu.

— Talvez ele acreditasse que ela deveria continuar até que Ahren esteja mais velho também — Walker sugeriu cauteloso, mantendo o olhar fixo no do outro. — Seu irmão é jovem demais e muito inexperiente para uma jornada como essa. Ele não tem a experiência necessária para justificar sua inclusão. Homens melhores serão solicitados a ficar para trás se isso acontecer.

O rei dos elfos dispensou o argumento com um grunhido.

— Esse julgamento você não pode fazer. Ahren é menos homem do que esse cabineiro que você insiste em incluir? Bek Rowe? O que ele tem a oferecer? Não é ele quem vai ficar para trás?

Walker se conteve.

— Seu pai me incumbiu de tomar a decisão sobre quem iria e quem ficaria. Escolhi cuidadosamente, e existem bons motivos para minhas escolhas. O que está em questão não é por que eu deveria levar Bek Rowe, mas por que eu deveria levar Ahren Elessedil.

O rei dos elfos demorou um momento para ir até uma janela e olhar para a noite lá fora.

— Não preciso lhe dar o menor apoio nesta questão, druida. Não preciso honrar os desejos de meu pai se os considerar frutos de uma decisão errada ou se decidir que as circunstâncias mudaram. Você está forçando a sorte comigo.

Virou-se para Walker, aguardando.

— Existem muitas coisas em jogo nesta questão — replicou Walker suavemente. — Coisas demais para que eu encontre uma maneira de fazer esta viagem, com suas bênçãos e ajuda ou sem elas. Eu lhe recordaria de que seu pai morreu por isso.

— Meu pai morreu *por causa* disso!

— Seu pai acreditou em mim quando eu lhe expliquei que o que o povo elfo tinha a ganhar com o sucesso dessa viagem era de enorme importância.

— Mas você se recusa a me dizer o que temos a ganhar!

— Porque eu mesmo ainda não sei ao certo. — Walker foi até a mesa do rei e pousou as pontas dos dedos em sua superfície polida. — É uma magia que poderá nos dar muitas coisas, mas terei de descobrir que forma essa magia irá assumir. Mas pense, rei dos elfos, se isso é importante o bastante para que a bruxa Ilse mate seu pai e também seu tio, importante o bastante para que ela tente me matar e impedir essa expedição a todo custo, não é importante o bastante para você?

O jovem rei cruzou os braços defensivamente.

— Talvez suas preocupações com relação a isso sejam exageradas. Talvez elas não sejam tão importantes quanto você gostaria que eu acreditasse. Não vejo o futuro dos elfos da Terra Ocidental ligado a uma magia que pode nem sequer existir, que talvez não possa ser traçada se existir, e pode nem sequer ser útil se for encontrada. Eu a vejo ligada a uma guerra sendo travada com a federação. O inimigo que posso ver é uma ameaça mais reconhecível do que um que apenas posso imaginar.

Walker balançou a cabeça.

— Por que estamos discutindo? Já falamos disso antes e não temos nada a ganhar falando novamente. Eu estou comprometido com essa jornada. Você determinou que os desejos de seu pai devem ser obedecidos com relação a qualquer apoio da parte dos elfos. Estamos discutindo é sobre a inclusão nessa expedição de um jovem que não foi testado e é inexperiente. Devo dizer a você por que acho que deseja que eu o leve?

Kylen Elessedil hesitou, mas Walker começou a falar de qualquer maneira.

— Ele é seu irmão mais novo e o próximo na linha de sucessão do trono. Vocês não são íntimos. São filhos de mães diferentes. Se você fosse morto nas lutas das Prekkendorran, ele seria nomeado regente e não rei. Você deseja garantir o trono para seus filhos ao invés disso. Mas seu filho mais velho tem apenas 10 anos. Seu irmão, se estivesse por perto, seria nomeado seu protetor. Isso preocupa você. Para proteger seu filho e herdeiro ao trono, você enviaria seu irmão comigo numa jornada que consumirá meses e talvez anos. Isso remove seu irmão como possível sucessor, seja como rei ou como regente. Isso o remove como uma ameaça.

Falou calmamente, sem maldade ou acusação. Quando acabou, Kylen Elessedil o encarou por um longo tempo, como se pesando cuidadosamente a resposta que deveria lhe dar.

— Você tem uma audácia impressionante para me dizer essas palavras — disse por fim.

Walker assentiu.

— Só estou lhe dizendo isto para melhor compreender como você pensa sobre essa questão. Se Ahren Elessedil for comigo, eu gostaria de saber por quê.

O jovem rei sorriu.

— Meu pai nunca gostou de você. Ele o respeitava, mas nunca gostou de você. Você era assim tão ousado com ele?

— Mais ainda, acho.

— Mas isso nunca lhe serviu de ajuda, serviu? Ele jamais concordou em apoiá-lo em seu pedido de um conselho de druidas independente, novamente reunido em Paranor. Eu sei. Ele me contou.

Walker aguardou.

— Você está arriscando tudo isso agora me desafiando. Parte de sua barganha com meu pai era a concordância dele em apoiar um novo conselho de druidas se você retornasse com sucesso. Você trabalhou vinte e cinco anos com essa finalidade. Desistiria de tudo agora?

Walker continuava aguardando, silencioso dentro de seus mantos negros.

Kylen o encarou por mais um instante, e então, julgando que não havia nada mais a ganhar com aquilo, disse:

— Ahren irá acompanhá-lo como meu representante pessoal. Eu não posso ir, portanto ele irá em meu lugar. Esta é uma expedição dos elfos, e seus objetivos e preocupações são de natureza especificamente élfica. O desaparecimento de Kael Elessedil deve ser explicado. As pedras élficas, se puderem ser encontradas, devem ser trazidas de volta. Qualquer magia que exista deve ser reivindicada. Estas questões são dos elfos. Seja o que for que aconteça, deverá haver um Elessedil por perto. Por isso meu irmão irá e a questão termina aqui.

Era uma decisão firme, tomada e dispensada definitivamente. Walker podia ver que não adiantaria argumentar mais. Fossem quais fossem suas convicções e preocupações quanto à questão de Ahren Elessedil, Walker sabia quando era hora de recuar.

— Que seja — reconheceu e levou a discussão para outras questões.

Passava da meia-noite quando Quentin sacudiu Bek, despertando-o do sono que o vencera uma hora antes. Sem conseguirem saber mais de Walker a respeito do destino da expedição e de seus membros, eles haviam se retirado dos jardins do palácio e outro membro da silenciosa guarda real lhes mostrara seus aposentos. Panax roncava em outro quarto. Ard Patrinell e Hunter Predd haviam desaparecido.

— Acorde, Bek! — Quentin chamava, sacudindo-o pelo ombro.

Bek, ainda tentando recuperar o sono perdido durante a jornada para oeste do Wolfsktaag, arrastou-se para fora da sensação de proteção de seu sono e abriu os olhos.

— O que há?

— Hunter Predd acabou de voltar do palácio, onde falou com Walker. — Os olhos de Quentin brilhavam e sua voz denotava excitação. — Eu o ouvi entrar e fui saber o que ele havia descoberto. Ele me pediu para se despedir de você por enquanto. Foi enviado para a costa, para recrutar mais dois cavaleiros alados da confraria. A decisão foi tomada. Partimos em dois dias!

— Dois dias — repetiu Bek, que ainda não estava totalmente acordado.

— Sim, primo, mas você não me ouviu direito. Eu disse que *nós* estamos indo, você e eu! — Quentin deu uma gargalhada gostosa. — Walker manteve os dois! Ele está deixando para trás três membros da guarda real e levando apenas um único curandeiro. Não sei, talvez tenha ficado mais alguém de fora da lista. Mas ele nos manteve! É isso que importa! Nós vamos, Bek!

Depois disso, Quentin caiu na cama e adormeceu tão rápido que Bek, agora acordado, foi incapaz de medir o lapso de tempo entre as duas coisas. Parecia de algum modo inevitável que ele tivesse de ir. Mesmo quando Hunter Predd avisara que eram muitos os escolhidos para a viagem e alguns seriam deixados para trás, nunca lhe ocorreu que poderia estar entre os que seguiriam em viagem. O normal era que ficasse. Era o mais novo e o menos habilidoso. A julgar pelas aparências, ele era o mais dispensável. Mas algo na insistência do druida para que ele fosse, juntamente com seus encontros com o rei do rio Prateado e Truls Rohk, lhe convencera de que sua escolha não era precipitada e estava ligada inextricavelmente a segredos do passado e à resolução de eventos ainda a serem determinados. Bek estava ali porque era necessário que estivesse, e sua vida iria mudar para sempre.

Era isso o que Quentin queria para os dois. Mas Bek Rowe estava inclinado a se perguntar se algum dia, em breve, eles teriam motivo para se lembrar do perigo de se ter aquilo que se deseja.

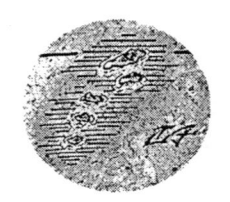

18

Bek Rowe levantou-se na manhã seguinte para ver a luz do sol e o céu azul. Nenhum sinal de Quentin Leah. Levou um momento para se orientar, percebeu que ainda estava em Arborlon e pulou da cama para se vestir. Ao verificar o quarto ao lado, descobriu que Panax também não estava. Uma olhadela rápida pela janela revelou que o sol já ia pelo meio da manhã, uma clara indicação de que havia dormido demais. Havia cereais, queijo e leite na mesa da ante-sala; ele engoliu tudo, faminto, antes de sair em disparada, à procura dos amigos.

Precipitou-se tão rapidamente que deu um encontrão na figura de manto negro que entrava.

— Walker! — ele perdeu o fôlego com o choque e a vergonha, e pulou para trás, ligeiro.

— Bom-dia, Bek Rowe — disse o druida formalmente. Um leve sorriso brincava nos cantos de sua boca. — Dormiu bem?

— Bem demais — respondeu Bek, desgostoso. — Desculpe. Não queria parecer preguiçoso...

— Por favor, jovem viajante, não fique tão ansioso em pedir desculpas. — Walker deu uma risada. Colocou sua mão enorme no ombro de Bek. — Você não perdeu nada. E tampouco negligenciou qualquer obrigação. Você fez bem em dormir. Foi uma longa jornada até Depo Bent e de lá até aqui. Eu prefiro mesmo que você esteja repousado quando partirmos.

Bek deu um suspiro.

— É que eu achei que, uma vez que Quentin e Panax já haviam se levantado, eu estava fazendo corpo mole.

Walker balançou a cabeça.

— Passei pelo montanhês a caminho daqui. Ele acabou de acordar. Panax se levantou um pouco antes, mas ele não dorme muito. Pare de pensar nisso. Já comeu?

Bek assentiu.

— Então você está pronto para ir até o campo de pouso e dar uma olhada. Venha comigo.

Deixaram os dormitórios e atravessaram o terreno do palácio, afastando-se da cidade e indo na direção da ponta sul do Carolan. Passaram por vários elfos caçadores e guardas reais no caminho, mas poucos cidadãos. Ninguém lhes deu a menor atenção. Os locais por onde andaram estavam mais sossegados do que as partes principais da cidade, eram menos percorridos por aqueles que viviam e trabalhavam ali. Nos fundos dos Jardins da Vida, passaram por uma dupla da Guarda Negra que protegia uma das entradas. A dupla estava imóvel, como que congelada; os soldados assomavam imensos sobre todos, metidos em seus impecáveis uniformes pretos e em seus chapéus altos, tudo liso, limpo e com detalhes em vermelho. Dentro dos jardins, pássaros voavam e cantavam; borboletas esvoaçavam de um arbusto a outro, tão brilhantes quanto as flores que tocavam, mas a Guarda Negra parecia esculpida em pedra.

Em algum lugar bem no centro dos jardins, ficava a legendária Ellcrys. Até mesmo Bek, tão pouco viajado, conhecia sua história. A Ellcrys era uma árvore inundada de magia que formava um escudo de proibição para prender os demônios banidos pela ação do Verbo do mundo de Faerie há séculos, no início da vida. Ela começara sua vida como um elfo, membro da ordem dos escolhidos, e havia se transformado na árvore como resultado de exposição ao Fogo Sangrento. Enquanto permanecesse forte e saudável em seu estado alterado, sua magia conservaria o Proibido. Quando começasse a falhar, como certamente aconteceria um dia, outro ocuparia seu lugar. A necessidade de substituição não acontecia com freqüência; a Ellcrys vivia, em média, cerca de mil anos. Mas a ordem dos escolhidos estava sempre cheia e preparada mesmo assim. Um dia, há não muito tempo, quase todos haviam sido chacinados por demônios que haviam escapado de um fraco escudo de proibição. Somente um havia sobrevivido, uma jovem garota Elessedil chamada Amberle, e ela se sacrificara para se tornar a Ellcrys atual.

Bek pensou em como, quando ele ainda era muito pequeno, Coran lhe contara aquela história. Coran lhe relatara uma série de episódios sobre os elfos, e sempre parecera a Bek que a história dos elfos devia ser mais colorida e interessante do que as das outras raças, mesmo sem saber quais eram. Agora, vendo os Jardins da Vida e tendo passado antes pelo vale de Rhenn, por fim se tornando um visitante da cidade de Arborlon, podia acreditar que isso era verdade. Tudo tinha um ar de magia e encantamento e toda aquela história ensinada a ele por Coran parecia novamente viva e real.

Isso o fez pensar que seguir naquela jornada não era afinal uma idéia tão ruim, embora ele jamais fosse admitir isso a Quentin.

— Truls Rohk já chegou? — perguntou subitamente a Walker.

Walker não olhou para ele.

— Você pediu que ele viesse?

Bek assentiu.

— Pedi.

— Ele disse que viria?

— Disse.

— Então ele está aqui.

Walker parecia perfeitamente disposto a aceitar a presença do mutante como dogma de fé, e então Bek deixou o assunto de lado. De qualquer maneira, não era problema seu. Outro encontro com Truls Rohk podia esperar. Walker já estava andando, falando sobre seus planos de partir na manhã seguinte, a aeronave preparada e abastecida, sua tripulação e seus passageiros reunidos e tudo pronto para a jornada. Estava confiante e relaxado enquanto detalhava seus preparativos, mas quando Bek olhava-o de relance, captava um olhar distante que sugeria que os pensamentos do druida vagavam por alguma outra parte.

Longe dos prédios da cidade, dos Jardins da Vida e do Carolan, passaram por uma estrada muito percorrida, atravessando florestas que se abriam sobre uma ribanceira mais ao sul. Bek podia ouvir a atividade antes de vê-la, e quando emergiram dentre as árvores viu um campo de pouso e uma dúzia de aeronaves élficas. Bek nunca tinha visto aeronaves de perto, apenas voando sobre as Highlands de vez em quando, mas não havia como deixar de reconhecê-las. Pendiam imóveis sobre a terra, como se o ar no qual flutuavam fosse um ninho, presas a cabos de ancoragem como pássaros capturados. Do chão pareciam muito maiores, particularmente de onde Bek estava olhando. Grandes trechos de convés, de um e de múltiplos níveis, estavam presos a pontões preparados e armados como postos de combate. Em algumas das aeronaves, cabines e plataformas de navegação estavam afixadas na popa; em outras, ficavam localizadas no meio da nave. Vários tipos de alojamentos podiam ser encontrados em cima e embaixo dos conveses. Mastros únicos, duplos e triplos apontavam como lanças para o límpido céu azul.

— Ali está nossa nave, Bek — anunciou Walker suavemente, a voz subitamente distante e tranqüila.

Mesmo sem que lhe tivessem dito, Bek já sabia de qual das aeronaves o druida estava falando. A nave em questão era tão diferente das outras que seus olhos foram atraídos para ela imediatamente. Seu perfil era rebaixado e comprido, e, embora não parecesse menos formidável como vaso de guerra, tinha um aspecto de velocidade e facilidade de manobra que as outras não tinham. Seus mastros gêmeos estavam nus e suas cabines enterradas no fundo dos conveses de proa e de popa, fazendo com que seu aspecto fosse ainda mais esguio e suave. Sua elevada cabine de piloto ficava no meio da nave, entre os mastros. Vários conjuntos de portinholas de combate se integravam nas amuradas do convés, inclinadas para a frente para fornecer máxima proteção contra ataques. A aeronave tinha um aspecto negro e maligno, mesmo em repouso, e um arrepio percorreu a espinha de Bek quando ele a imaginou em movimento.

O convés estava repleto de homens numa atividade febril, uns trabalhando com velas e cabos, outros levando suprimentos e equipamento a bordo. Naquela manhã, ela era o centro de atividade: os preparativos para sua viagem estavam havia um bom tempo sendo realizados.

— Se esperar aqui, vou mandar alguém para colocar você para trabalhar — disse Walker. Sem esperar resposta, ele se afastou.

Bek ficou ali, olhando a forma sombria da aeronave, tentando sem sucesso imaginar como seria voar nela, ter aquele estranho veículo como seu lar. Ele sabia que uma jornada como a que estavam planejando levaria semanas, provavelmente meses. Durante todo esse tempo, eles viveriam e viajariam a bordo daquela nave. Trinta homens e mulheres confinados em uma pequena casca de madeira e ferro em movimento constante, à deriva no mundo. Era uma imagem impressionante.

— É uma dama e tanto, não é? — uma voz invadiu seus pensamentos.

Olhou para trás para ver a pessoa que havia dito aquilo e que se aproximava, um homem alto com cabelos ruivos compridos, olhos verde-claros e vestido com uma combinação louca de couro preto e lenços de cores berrantes.

— É sim — concordou Bek.

— Você seria Bek Rowe? — o homem perguntou com um sorriso, seus modos abertos, amigáveis, que o desarmaram imediatamente. Bek assentiu. — Sou o capitão dessa dama. Redden Alt Mer. — Estendeu a mão para cumprimentá-lo e Bek a aceitou. — Você vai ser meu cabineiro, Bek. Pode me chamar de capitão ou de senhor. Ou pode me chamar de Ruivão, como quase todo mundo faz. Já navegou antes?

Bek balançou a cabeça.

— Não de verdade. No lago do Arco-Íris uma ou duas vezes e em rios e riachos nas Highlands.

O homem alto deu uma gargalhada.

— Nossa, me deram um cabineiro sem pernas de marujo! Não tem experiência em mar aberto nem em ar livre, Bek? O que é que eu vou fazer com você?

Bek fez uma careta.

— Esperar pelo melhor?

— Não, não, não, não podemos confiar que a esperança o ensine. — Deu um novo sorriso. — Você aprende rápido?

— Acho que sim.

— Ótimo, isto ajudará a nossa causa. Esta manhã é todo tempo que tenho para ensinar-lhe o que sei antes de partirmos, portanto devemos fazer o melhor que pudermos. Você entende de aeronaves?

— Um pouco. — Bek estava se sentindo bobo e lento, mas o homem alto não foi grosseiro nem ameaçador.

— Saberá tudo quando eu tiver acabado. — Fez uma pausa. — Um conselho para começar, Bek. Eu sou um rover, portanto você precisa saber duas coisas logo de cara. Primeira, eu já esqueci mais coisas sobre aeronaves do que outros homens já aprenderam, e com a tripulação de rovers que escolhi para trabalhar sob meu comando posso nos levar a qualquer lugar. Portanto, jamais me questione nem duvide de mim. Segunda, nunca diga nada ruim a respeito de rovers, nem mesmo se achar que não posso ouvi-lo.

Esperou a resposta de Bek, e por isso Bek disse:

— Não, senhor.

— Ótimo. Agora aqui está a coisa realmente importante para aprender. — O rosto animado assumiu uma expressão séria, quase contemplativa. — O druida é o encarregado desta expedição, então sou obrigado a respeitar seus desejos e obedecer às suas ordens a não ser onde a segurança da nave e da tripulação sejam ameaçadas. Ele me ordenou que aceitasse você como cabineiro. Por mim, tudo bem. Mas você e eu precisamos compreender um ao outro. O druida deseja que você trabalhe como seus olhos e ouvidos a bordo da nave. Ele quer que você vigie tudo e todos, inclusive a mim. Tudo bem também. Espero que possa fazer isso e fazer direito. Mas não quero que fique pensando que não sei por que está realmente aqui. Está certo para você?

Bek ficou vermelho.

— Não sou espião.

— Eu disse que era? Por acaso sugeri que fosse alguma coisa desse tipo? — O rover balançou a cabeça em reprovação. — Garotos espertos ficam de olhos e ouvidos abertos em qualquer circunstância. Não invejo essa vantagem em nenhum homem. Meu propósito ao tocar neste assunto é certificar-me de que você entendeu que, por mais esperto que o druida pense ser, não é mais esperto do que eu. Não quero que você faça nenhuma suposição tola com relação ao seu capitão.

Bek assentiu.

— Eu também não quero.

— Bom garoto! — Redden Alt Mer parecia realmente satisfeito. — Agora vamos deixar isso para trás e começar nossas aulas. Venha comigo.

Levou Bek até a aeronave e fez com que ele subisse a escada de corda que levava ao convés. Ali, no meio da nave, ele começou uma explicação passo a passo sobre o seu funcionamento. As velas eram chamadas bainhas de luz. A função delas era coletar luz, direta ou ambiente, dos céus para conversão em energia. A luz podia ser coletada de qualquer fonte, de dia ou de noite. A luz direta era a melhor, mas freqüentemente não era encontrada, por isso a disponibilidade e a utilidade da luz ambiente era a chave para a sobrevivência de uma aeronave. A energia luminosa recolhida pelas bainhas era transmitida por cabos chamados atratores radianos. Os atratores conduziam o calor pelo convés e o levavam para o interior de receptáculos chamados tubos de fragmentação que abrigavam cristais-diapasão. Os cristais, quando preparados adequadamente por especialistas, recebiam e convertiam a energia luminosa na energia que impulsionava e dirigia a aeronave. Cobrir e descobrir os cristais determinava a quantidade de impulso e a direção que a aeronave tomava.

Redden Alt Mer fez com que Bek repetisse tudo isso quando terminou, palavra por palavra. Intrigado pelo processo e interessado em aprender tudo sobre como aquilo funcionava, o garoto o fez sem um erro. O rover ficou satisfeito. Compreender os princípios do vôo de aeronaves era crucial para aprender a operá-las. Mas eram necessários anos para aprender como pilotar adequadamente uma aeronave, coisa que os pilotos da federação ainda não haviam conseguido. As sutilezas de cobrir e descobrir os cristais, de navegar correntes de vento, aprender a deslizar de lado com elas e de evitar correntes descendentes e quedas de luz que pudessem modificar a cinemática e a resposta de uma aeronave em um instante não eram coisas fáceis de dominar. Rovers eram os melhores pilotos, ele dizia sem um traço de convencimento. Os rovers haviam nascido para a vida livre e se adaptavam e compreendiam o vôo melhor do que quaisquer outros homens.

Ou mulheres, ressaltou, aproximando-se dos dois, uma mulher alta e ruiva que bem podia ser a irmã gêmea do capitão. Redden Alt Mer tentou corrigir-se apresentando sua irmã, Rue Meridian, como a melhor piloto de aeronaves que já conhecera e uma lutadora melhor do que qualquer homem com quem já voara. Rue Meridian, com sua aparência belíssima e seus cabelos flamejantes, sua atitude confiante e direta, seus olhos sorridentes e um riso sempre nos lábios, fez com que Bek se sentisse envergonhado e desajeitado. Mas ela também fez com que ele se sentisse bem. Ela não o desafiou como seu irmão o fizera nem questionou sua presença. Apenas lhe disse que estava feliz por tê-lo a bordo. Mesmo assim, ela tinha no íntimo um núcleo de ferro que

Bek não deixou de perceber, uma espécie de reduto sob a fachada alegre, que não gostaria de enfrentar.

Ela conversou com eles por mais alguns minutos, e então foi supervisionar o embarque do material na nave. Sua partida deixou um vazio em Bek, vazio que ele pôde sentir profundamente e que o assustou.

Com Redden Alt Mer na liderança, continuaram a caminhar pela aeronave de ponta a ponta, o rover explicando todas as coisas pelas quais passavam. Cada vez que terminava uma explicação, fazia com que Bek a repetisse para ele. Cada vez parecia satisfeito com a resposta que recebia. Explicou a cabine do piloto e os conectores que corriam até os tubos de fragmentação, os capuzes de metal, os lemes e os atratores principais. Na maioria das vezes, era a tripulação quem levantava e abaixava as bainhas e ajustava os atratores, mas, em uma emergência, tudo podia ser controlado a partir da cabine do piloto. Havia âncoras e postes para pouso. Havia armas de todos os tipos, umas manuais, outras presas ao convés da nave. O rover levou Bek até os dormitórios e depósitos de suprimentos. Levou-o até o alto dos mastros, através das alças que serviam de degraus para verificar como as bainhas eram presas aos atratores, e então desceu para os tubos de fragmentação para ver como os atratores eram ligados aos cristais-diapasão. Explicou tudo rapidamente, mas sem deixar nada de lado. Parecia interessado no aprendizado do garoto, e Bek estava ansioso em corresponder.

Só havia um componente da aeronave que o rover evitava constantemente, uma grande caixa retangular encostada verticalmente no mastro dianteiro na frente da cabine do piloto. Ela estava coberta por uma lona preta e amarrada ao mastro e ao convés por um estranho tipo de cabo recoberto de metal. Várias vezes passaram por ela, sem se deter, até que, depois da terceira ou quarta vez, Bek não se conteve.

— Capitão, o que é que tem debaixo daquela lona? — ele perguntou, apontando para a caixa.

O rover coçou a cabeça.

— Não sei. Ela pertence ao druida. Ele mandou trazê-la a bordo na calada da noite há dois dias, sem que eu soubesse, e quando a vi ali, ele me disse que era necessário que a levássemos conosco, mas não quis me dizer o que era.

Bek ficou olhando para a caixa.

— Alguém tentou dar uma espiada embaixo da lona?

O rover deu uma gargalhada.

— Um garoto que pensa igualzinho a mim! Sombras, Bek Rowe, você é ótimo! Claro que tentamos! Vários de nós! — Fez uma pausa dramática. — Quer saber o que aconteceu?

Bek assentiu.

— Experimente ver você mesmo.

Bek hesitou; não estava mais tão ansioso.

— Vá lá — o outro o apressou com um gesto. — Não vai lhe machucar.

Então Bek foi até a lona, e quando sua mão chegou a cerca de trinta centímetros dela, finas linhas de fogo verde começaram a dançar por toda a extensão dos cabos que prendiam a caixa no lugar, pulando de cabo para cabo, um ninho de cobras que se contorciam. Bek puxou a mão rápido.

Redden Alt Mer riu.

— Foi o que fizemos também. Magia de druida não é coisa para se brincar.

Suas instruções a Bek continuaram como se nada tivesse acontecido. Depois que Bek já estava a bordo há algum tempo e sua animação inicial havia arrefecido, ele se deu conta de um movimento na aeronave que não percebera antes, um balançar suave, um repuxar contra as linhas de ancoragem. Não havia vento aparente, o dia estava calmo, parado, e não havia movimento das outras naves que pudesse justificar aquilo. Quando Bek finalmente perguntou a respeito, Redden Alt Mer disse-lhe que era a reação natural da nave à absorção de luz em suas bainhas. A energia convertida a mantinha flutuando e somente os cabos de ancoragem evitavam que ela saísse voando, pois sua inclinação natural era a de alçar vôo. O rover admitiu que voava há tanto tempo que nem reparava mais naquele movimento.

Bek achou que aquilo dava à aeronave a impressão de estar viva, de ter uma existência independente dos homens e mulheres que a navegavam. Era uma sensação estranha, mas, quanto mais se demorava a bordo, mais a sentia. A nave se movia como um grande gato despertando do sono, lânguido e sem pressa, acordando bem devagar. O movimento se irradiava do convés e entrava em seu corpo, de modo que ele logo se tornou uma parte dele, e aquilo tinha algo da sensação de flutuar em águas calmas.

Redden Alt Mer terminou a sessão de explicações ao meio-dia e mandou Bek ajudar a fazer o inventário de suprimentos e equipamento com um rover duro e forte chamado Furl Hawken. O rover a quem todos chamavam de Hawk mal lhe deu uma segunda olhada, mas foi bastante amigável e ficou satisfeito com sua rapidez em entender as instruções. Uma ou duas vezes Rue Meridian apareceu, e em todas as vezes Bek ficou hipnotizado.

— Ela afeta a todos dessa forma — observou Furl Hawken com um sorriso, percebendo a expressão no rosto dele. — A Ruivinha vai partir seu coração só de olhar para você. Pena que é um esforço desperdiçado.

Bek queria perguntar o que ele queria dizer com aquilo, mas ficou envergonhado demais para falar no assunto, então deixou pra lá.

Ao fim do dia, Bek tinha aprendido a maior parte do que havia para se aprender sobre a operação da aeronave, os componentes que a impulsionavam e a natureza dos suprimentos e do equipamento que ela levaria. Ele também conhecera a maioria da tripulação, incluindo o construtor da nave, um rover realmente assustador de nome Spanner Frew, que gritava e xingava indistintivamente a todos e parecia pronto para derrubar qualquer um que ousasse questioná-lo. Cumprimentou Bek com um grunhido e depois disso o ignorou por completo. Bek ficou feliz.

Estava voltando pelo campo de pouso com o sol às costas quando Quentin o encontrou.

— Você foi a bordo da nave? — ele perguntou ansioso, alcançando o primo e caminhando ao seu lado. Estava suado e suas roupas amarrotadas e manchadas. Os cabelos compridos estavam empastados e a pele das mãos e antebraços estava cortada e cheia de hematomas.

— Quase não *saí* de dentro dela — respondeu Bek. Deu ao outro um sorriso forçado. — O que você andou fazendo, lutando com ursos?

Quentin deu uma risada.

— Não, Walker ordenou que eu treinasse com os elfos caçadores. Ard Patrinell trabalhou comigo o dia todo. Ele me derrubou tantas vezes e me ralou de tantas formas diferentes que tudo em que consigo pensar é que sei muito pouca coisa. — Estendeu a mão para tocar na espada. — Esta coisa não é tudo o que deveria ser, Bek.

Bek deu um sorriso malicioso.

— Bem, provavelmente ela é tão boa quanto aquele que a empunha, Quentin. De qualquer maneira, agradeça pelo que tem. Eu passei o dia todo aprendendo o quanto não sei sobre aeronaves e vôo. Estou disposto a apostar que há muito mais coisas que não sei sobre voar do que as que você não sabe sobre lutar.

Quentin deu uma risada, empurrou-o debochadamente e foram brincando e mexendo um com o outro pelo caminho até o palácio enquanto o sol desaparecia abaixo da linha do horizonte e o crepúsculo começava a cobrir a terra de sombras. Com o pôr-do-sol, uma quietude envolveu a cidade à medida que sua população ia para suas casas; a confusão e o clamor do tráfego iam se desvanecendo. Na floresta através da qual os primos passaram, perto do terreno do palácio e dos parques, os únicos sons eram de vozes, indistintas e distantes, trazidas do silêncio de outros lugares.

Estavam se aproximando do caminho que levava ao dormitório quando Bek perguntou baixinho:

— Quentin? O que você acha que estamos realmente fazendo aqui?

Eles pararam e Quentin olhou para ele, confuso.

— Como assim?

Bek pôs as mãos na cintura e suspirou.

— Pense bem. Por que estamos aqui? Por que nós, com todos esses outros que Walker escolheu?

— Porque Walker acha que nós...

— Eu sei o que Walker nos disse — Bek o cortou, impaciente. — Ele nos disse que queria dois sujeitos jovens e espertos com quem compartilhar seus pensamentos. Ele nos disse que queria você por sua espada mágica e eu por meus olhos e ouvidos aguçados ou coisa assim. Eu sei o que ele disse, e tenho tentado acreditar nisso desde que partimos. Mas não consigo. Não acredito nem um pouco nisso.

Quentin assentiu mecanicamente, sem se deixar perturbar. Às vezes Bek sentia ganas de estrangulá-lo.

— Está me ouvindo? — perguntou com rispidez.

Seu primo fez que sim.

— Claro. Você não acredita em Walker. Por que não?

— Porque, Quentin, isso simplesmente não parece certo. — Bek enfatizava suas palavras com gestos cortantes. — Todos os selecionados para esta expedição têm anos de experiência de exploração e lutas. Eles já andaram por todas as Quatro Terras e sabem como lidar com todos os tipos de problemas. O que nós sabemos fazer? Nada. Por que levar dois ninguéns inexperientes como nós?

— Ele está levando Ahren Elessedil — arriscou Quentin. — E quanto à vidente? Ryer Ord Star? Ela não parece lá muito forte.

Bek reagiu com impaciência.

— Não estou falando apenas de força. Estou falando de habilidade, experiência e talento. Estou falando de objetivo. Qual é o nosso? Nós só passamos o dia inteiro treinando, puxa vida! Você viu mais alguém treinando para esta viagem? Você é realmente o único a quem Walker poderia recorrer para lhe dar apoio com sua magia? Em todas as Quatro Terras, o único? Depois do que aconteceu no Wolfsktaag, quanta utilidade você acha que teria para ele a esta altura? Seja honesto!

Quentin ficou em silêncio por um momento.

— Não muita — admitiu com raiva, e pela primeira vez uma ponta de dúvida penetrou em sua voz.

— E quanto a mim? — Bek perseguia seu argumento furiosamente. — Será que sou o único par de olhos e de ouvidos inteligente que ele pode convocar? Será que sou realmente tão útil assim para que ele deixe para trás diversos elfos caçadores com anos de experiência e treinamento, além de um curandeiro habilidoso? Será que você e eu somos assim tão maravilhosos, de modo que ele não pode se dar ao luxo de nos deixar para trás, muito embora saibamos que está com problemas de espaço?

Encararam-se por um momento na escuridão crescente, sem falar, olhos fixos. Em algum lugar no terreno do palácio mais adiante, uma porta bateu e uma voz chamou um nome.

Quentin balançou a cabeça.

— O que você está dizendo, Bek? — ele perguntou, apaziguador. — Que não deveríamos ir? Que deveríamos desistir deste negócio todo?

Por estranho que pudesse parecer, não era essa a sua intenção. Poderia ter sido uma sugestão lógica, devido aos seus argumentos e conclusões. Poderia ter sido o que outro homem teria feito naquelas circunstâncias, mas Bek Rowe havia decidido que faria a viagem. Estava comprometido. Estava tão determinado a ir quanto Quentin. Talvez isso tivesse algo a ver com os segredos que ele havia descoberto quando Walker aparecera para eles nas Highlands — da identidade de seu pai e de sua própria origem, do rei do rio Prateado e da pedra fênix, de Truls Rohk e de seu aviso enigmático para não confiar em ninguém. Talvez ele estivesse simplesmente sendo teimoso demais para desistir quando tantos outros saberiam e o julgariam de acordo. Talvez acreditasse que era seu destino fazer aquela jornada, fossem quais fossem seus medos ou dúvidas, porque partir determinaria de algum modo importante e imutável o curso de sua vida.

Uma débil voz de razão ainda murmurava, sugerindo que ele deveria dizer a Quentin: *Sim, nós deveríamos desistir deste negócio todo e ir para casa.* Bek silenciou essa voz sem um segundo de hesitação. Contrariando-a, respondeu:

— O que eu estou dizendo é que devemos tomar cuidado com o que aceitamos de cara. Druidas guardam segredos e jogam com homens comuns como você e eu. Essa é sua história e sua tradição. Eles manipulam e enganam. Eles são trapaceiros, Quentin. Não sei quanto a Walker. Não sei nada sobre o que ele realmente tenciona para nós. Só sei que deveríamos tomar muito cuidado. Acho que nós...

Ficou ali em pé, sem palavras, olhando indefeso para seu primo.

— Você acha que devemos tomar conta um do outro — Quentin finalizou, assentindo lentamente. — Mas sempre tomamos, não é?

Bek suspirou.

— Mas talvez, aqui, precisemos fazer isso ainda mais. E quando alguma coisa não parecer certa, como este negócio, acho que temos de contar um ao outro. Se não fizermos isso, Quentin, quem fará?

— Talvez ninguém.

— Talvez não.

Quentin ficou estudando-o em silêncio mais uma vez, e então, subitamente, sorriu.

— Sabe de uma coisa, Bek? Se você não tivesse concordado em vir nesta jornada, eu também não teria vindo.

Bek olhou surpreso para ele.

— Mesmo?

Quentin confirmou.

— Por causa do que você acabou de dizer. Não há mais ninguém em quem eu confie para vigiar às minhas costas ou me dizer a verdade sobre as coisas. Só você. Você acha que olho para você como um irmão mais novo e chato que deixo andar comigo porque sou obrigado. Não. Quero você comigo. Sou maior e mais forte, certo. E sou melhor do que você em algumas coisas. Mas você tem um dom para descobrir as coisas que eu não tenho. Você descobre a verdade de um jeito que não consigo. Você vê coisas em que eu sequer reparo.

Fez uma pausa.

— O que estou tentando dizer é que eu acho que nós dois somos irmãos e também somos iguais. Fico prestando muita atenção no que você sente a respeito das coisas, perceba você ou não. Sempre fiz isso. Continuarei fazendo isso aqui. Não vou aceitar nada que me disserem sem falar com você a respeito. Não precisa me pedir para fazer isso. Eu faria isso de qualquer maneira.

Bek se sentiu estranho e bobo.

— Acho que eu só precisava dizer em voz alta o que estava pensando.

Quentin sorriu.

— Bem, quem sabe? Talvez eu também precisasse ouvir você dizer isso. Agora acabou. Vamos comer.

Então entraram, e durante o resto da noite, até dormir, Bek percebeu que estava pensando em como ele era íntimo de Quentin — como irmão, amigo e confidente —, mais íntimo do que era de qualquer pessoa no mundo. Eles haviam compartilhado tudo enquanto cresciam e ele não podia imaginar a vida de outra maneira. Então fez a si mesmo uma promessa, o tipo de promessa que não fazia desde que era um garotinho cheio do tipo de segurança que a idade temperava e o tempo desgastava. Ele não sabia para onde estavam indo ou o que iriam encontrar, Quentin e ele, nos dias que viriam pela frente, mas, acontecesse o que acontecesse, ele acharia um jeito de manter seu irmão a salvo.

19

A aurora irrompeu em um clarão dourado, marcando a linha entre o céu e a terra no horizonte oriental. O campo de pouso ao sul de Arborlon foi sendo tomado pelo elfos que desejavam ver a partida da expedição. Milhares apareceram, superlotando estradas e passagens, esgueirando-se ao longo das trilhas estreitas e caminhos da floresta, preenchendo os espaços junto ao campo até seus rostos ansiosos e excitados cercarem a margem da ribanceira. Organizado por unidade e companhia, um contingente razoável do exército dos elfos já estava no lugar, reunido em formação em ambas as extremidades do campo: elfos caçadores com seus uniformes de tecido fino verde e cinza-claro, a guarda real em esmeralda com adornos em carmesim, e a Guarda Negra, em posição de sentido, vestida de preto, ameaçadora como as árvores no inverno. No alto, aeronaves élficas que já haviam levantado vôo navegavam em círculos como fantasmas silenciosos, velejando ao sabor de um vento matinal lento e suave.

No centro do campo de pouso, solitária e orgulhosa, a aeronave escura e esguia que era o objeto da atenção de todos flutuava pouco acima do chão na luz do dia novo, as velas desfraldadas e os cabos esticados, lutando para se libertarem.

Com Quentin de um lado e Panax do outro, Bek Rowe observava em pé na proa. As amuradas de proa e popa estavam repletas de rovers que iriam tripular a nave, os elfos caçadores que a defenderiam e os poucos outros membros da expedição escolhidos por Walker. O druida estava com Redden Alt Mer na cabine do piloto, falando baixinho, olhos atentos que se deslocavam para a esquerda e para a direita, mãos dobradas dentro dos mantos negros.

Ahren Elessedil estava sozinho no meio da nave, ao lado do mastro principal, isolado de todos. Ele era um elfo pequeno e magro com traços de garoto e um jeito tranqüilo. Enquanto seu irmão Kylen era forte e louro à maneira tradicional dos Elessedil, Ahren tinha a pele mais escura e os cabelos castanhos, mais próximo em aparência à grande rainha Wren. Ele viera a bordo com os outros elfos, mas logo se separou deles; permaneceu sozinho desde então. Ali, olhando para a multidão, parecia perdido e inseguro. Bek sentiu pena dele. Estava em uma posição difícil. Oficialmente, era representante da família Elessedil e da coroa, mas todos sabiam que Walker fora forçado a incluí-lo porque Kylen havia insistido. Havia rumores de que Kylen o desejava fora do caminho.

Isso valia para todos, menos Truls Rohk. Dele ainda não havia sinal.

Um troar de trombetas atraiu os olhos de Bek para onde a multidão se abria, dando passagem para o rei dos elfos e seu séquito. Uma longa fileira de soldados da guarda real marchou por entre a brecha, porta-estandartes nos flancos conduzindo as bandeiras de todos os reis e rainhas elfos mortos, ícones pessoais costurados em campos coloridos brilhantes que balançavam na brisa. Quando adentraram o campo de pouso, a bandeira da família Elessedil apareceu, uma imagem vermelha da Ellcrys em um brasão sobre um campo verde. Kylen Elessedil seguia logo depois a cavalo, bem acima das cabeças da multidão para que todos pudessem vê-lo. Sua esposa e filhos cavalgavam atrás dele, acompanhados a pé pelos membros mais distantes de sua família e seu séquito pessoal. A longa coluna saiu marchando dentre as árvores, chegou ao campo de pouso e tomou posição logo à frente da proa curvada da aeronave.

As trombetas soaram mais uma vez e se calaram. A multidão silenciou e Kylen Elessedil ergueu os braços em saudação.

— Cidadãos de Arborlon! Amigos dos elfos! — Sua voz tonitruante se fazia ouvir facilmente de uma ponta a outra do campo. — Estamos aqui reunidos para testemunhar e comemorar um acontecimento épico. Um grupo de homens e mulheres de grande coragem partirá neste dia em nosso nome e em nome de todos os homens e mulheres livres e de pensamento correto de toda parte. Eles navegarão pelos ventos do mundo à procura de verdades que nos foram negadas por trinta anos. Em sua jornada, tentarão descobrir o destino da expedição do irmão de meu pai, perdida trinta anos atrás, desses navios e homens e das pedras élficas que eles levavam, que são nossa herança. Em sua jornada, eles irão buscar tesouros e magias que são nossos por direito e que podem ser utilizados das maneiras para as quais foram criados, sendo utilizados pelos homens e mulheres aos quais pertencem: os elfos, todos os elfos!

Um clamor elevou-se da multidão, crescendo rapidamente até se tornar um rugido. Bek olhou de relance para os rostos dos que estavam mais perto, mas não encontrou expressão em nenhum deles a não ser no de Quentin, onde um vago divertimento tremulou como a chama de uma vela ao vento e desapareceu.

— Meu irmão Ahren lidera esta expedição em nome de minha família e de nossa gente — continuou Kylen quando o clamor cessou. — Ele deve ser honrado e respeitado por sua bravura e seu senso de dever. Com ele irão alguns de nossos mais bravos elfos caçadores; nosso bom amigo dos druidas de Paranor, Walker; um complemento de rovers hábeis e capazes para comandar e tripular a nave; e um bando selecionado de outras pessoas trazidas das Quatro Terras que irão emprestar seus talentos e sua coragem para este esforço tão importante. Agradeçam a todos eles, meus amigos! Vamos homenageá-los!

Mais uma vez o clamor se elevou, as bandeiras balançaram e o ar encheu-se de sons e de cores, e Bek, apesar do cinismo do rei, percebeu que estava ele próprio sentindo um profundo e inconfundível orgulho.

Kylen Elessedil levantou as mãos.

— Perdemos um bom e bem-amado rei nestas últimas semanas. Traição e covardia levaram meu pai, Allardon Elessedil, de nós. Foi seu último desejo que esta expedição partisse, e eu seria um filho e um súdito fraco se não honrasse seus desejos. Estes homens e mulheres — fez um gesto atrás de si na direção da nave — sentem o mesmo que eu. Fizemos todo o possível para assegurar seu sucesso e seu retorno rápido. Nós os enviamos em sua viagem com nossos melhores votos e não cessaremos de pensar neles até que estejam seguros em casa novamente.

Que inteligente, pensou Bek, colocar tudo nas costas do velho rei, que estava morto mesmo. Kylen já havia aprendido alguma coisa de política. Se a expedição fracassasse, ele já havia se certificado de que a culpa não cairia sobre a sua cabeça. Se fosse bem-sucedida, ele imediatamente compartilharia as recompensas e exigiria o crédito para si.

Bek balançou a cabeça para Quentin, que simplesmente deu de ombros e sorriu divertido.

A multidão voltara a gritar, e, enquanto isso, um membro do Alto Conselho dos Elfos levou ao rei uma garrafa verde comprida e fina. O rei aceitou-a, girou seu garanhão e o conduziu até a parte inferior da proa da aeronave. Mãos levantadas mais uma vez, ele se virou de novo para a multidão.

— Portanto, como rei dos elfos terrestres e lorde soberano da Terra Ocidental, desejo a essa brava companhia sucesso e boa viagem, e dou à nave deles o adorado nome de um dos nossos, reverenciado e amado ao longo dos anos. Dou a essa nave o nome de *Jerle Shannara*!

Ele se virou para a aeronave, em pé sobre os estribos, e lançou a garrafa de encontro aos chifres revestidos de metal dos aríetes da proa. O vidro verde se espatifou com uma explosão de líquido brilhante e o ar se encheu de cristais dourados e prateados, e em seguida, com as cores do arco-íris, surgindo em erupções que jorraram num gêiser a quinze metros de altura, cobrindo com uma fina névoa cristalina a todos os que estavam em pé ao lado do rei e a bordo da nave. Bek, que havia se protegido automaticamente, enxugou as mangas da túnica, observou a névoa desaparecer em uma poeira quente e suave, que fervilhou em suas mãos como vapor, e em seguida se desvaneceu no ar.

A multidão se animou e clamou: "Viva a *Jerle Shannara*!" e "Viva Kylen Elessedil!" O clamor não parava, os gritos atravessando a ribanceira e viajando para o interior das distantes florestas, ecos ao vento. Trombetas sopravam, tambores batiam e as bandeiras dos reis elfos mortos ondulavam e chicoteavam na ponta de seus estandartes erguidos. As cordas que prendiam a *Jerle Shannara* foram desamarradas e a aeronave negra e esguia alçou vôo suavemente, girou na direção do oeste ainda escuro, na direção oposta do sol, e começou a acelerar. O campo abaixo e as pessoas nele aglomeradas foram ficando distantes, pequenas e indefinidas na névoa tênue da manhã.

A animação morreu, os gritos foram sumindo e Arborlon e seu povo foram deixados para trás.

Esse primeiro dia passou rápido para Bek, mas não tão rápido quanto ele teria desejado. Começou bem demais, com Redden Alt Mer levando o garoto até a cabine do piloto para que ficasse ao seu lado enquanto ele realizava uma série de testes de vôo com a *Jerle Shannara*, conduzindo-a através de diversas manobras para checar suas reações e o tempo que levava para efetuá-las. O rover até deixou o garoto conduzir a grande nave a certa altura, ensinando-lhe os rudimentos de como segurar o timão e os controles de linha. Bek repetiu mais uma vez o que aprendera no dia anterior sobre os componentes da aeronave e suas funções.

Tudo isso ajudou a afastar sua mente do movimento da nave, que sacudia e balançava ao sabor do vento, mas não foi o bastante para salvá-lo. No fim, seu estômago embrulhou e revirou com intenção evidente e deliberada. Redden Alt Mer viu a expressão em seu rosto e apontou para o balde ao pé da cabine.

— Deixe sair, rapaz — aconselhou com um sorriso compreensivo. — Isso acontece com os melhores de nós.

Disso Bek duvidava, mas não havia nada que pudesse fazer para evitar. Passou as horas seguintes desejando estar morto e imaginando que, se o tempo piorasse só mais um pouquinho, estaria mesmo. Notou, entre crises de vômito, que a jovem e frágil vidente Ryer Ord Star parecia igualmente perturbada, sentada na amurada de popa com seu próprio balde na mão, e que até mesmo o durão Panax estava botando os bofes para fora.

Ninguém mais parecia estar sendo afetado, nem mesmo Quentin, que estava no meio de uma prática de combate com os elfos caçadores em um amplo espaço no convés de proa, trabalhando uma série de golpes e paradas de esgrima, avanços e recuos, incentivado pelo imutável Ard Patrinell. A maioria das outras pessoas que estavam a bordo, o Ruivão lhe contou depois, já havia velejado em aeronaves antes e por isso estava acostumada com o movimento. Bek jamais teria acreditado que tão pouco movimento pudesse fazer alguém se sentir tão enjoado, mas, preso bem firme em sua linha de segurança, forçou-se a ficar ereto e se manter interessado no que estava acontecendo ao redor, e no meio da tarde não estava mais passando mal.

    Walker apareceu uma ou duas vezes para perguntar sobre ele. O rosto escuro e o comportamento sombrio do druida jamais se alteravam nesses momentos e nada em suas palavras sugeria reprovação ou decepção. Ele simplesmente perguntou ao garoto e ao capitão da nave como estava andando o treinamento do primeiro e parecia satisfeito com as respostas. Chegou e se foi tão rápido que Bek não sabia dizer ao certo se Walker havia notado como "o garoto" estava enjoado — embora parecesse impossível imaginar que não.

    De qualquer maneira, Bek sobreviveu à experiência e ficou feliz quando mais tarde o elfo curandeiro Joad Rish lhe deu para mastigar uma raiz que ajudaria a prevenir futuros ataques. Ele experimentou um pedaço, achou-a seca e amarga, mas logo decidiu que valia pagar qualquer preço para manter seu estômago no lugar.

    O crepúsculo não tardaria a chegar, suas lições de vôo haviam terminado por ora e seu equilíbrio estava recuperado quando Ahren Elessedil se aproximou dele. Estava em pé em uma das amuradas laterais, olhando para o campo abaixo que passava ligeiro, a terra igual a um vasto tabuleiro de damas verde e marrom, o sol descendo no horizonte a oeste, quando o jovem elfo apareceu ao seu lado.

    — Está se sentindo melhor agora? — perguntou Ahren solícito.

Bek assentiu.

    — Mas pensei que fosse virar do avesso naquela hora.

O outro sorriu.

    — Você se saiu bem para sua primeira vez. Melhor do que eu. Fui mandado para o ar aos 12 anos para aprender sobre aeronaves. Ordens de meu pai. Ele acreditava que seus filhos deveriam receber desde cedo uma educação constante sobre a mecânica do mundo. Eu não era um garoto muito forte e voar não me caiu bem. Fiquei no ar por duas semanas e passei mal todos os dias. O capitão da nave jamais disse uma só palavra, mas eu me senti humilhado. Na verdade, nunca peguei o jeito da coisa.

    — Fiquei surpreso por ter enjoado tão rápido.

    — Acho que a coisa vai crescendo dentro de você aos poucos, e quando percebe como está se sentindo mal parece que está acontecendo tudo de uma vez. — O elfo fez uma pausa e virou-se para ele. — Meu nome é Ahren Elessedil.

Bek apertou-lhe a mão.

— Bek Rowe.

— O druida trouxe você com ele, não trouxe? Isto quer dizer que você é especial. Pode trabalhar com magia?

Pronto, ia começar tudo de novo. Bek deu um sorriso melancólico.

— Quentin tem uma espada mágica, embora ele ainda não saiba usá-la muito bem. Eu não sei fazer nada. — Pensou na pedra fênix, mas guardou o pensamento para si mesmo. — Você sabe?

Ahren Elessedil balançou a cabeça.

— Todo mundo sabe por que estou aqui. Meu irmão não me quer perto de Arborlon. Ele está preocupado com a possibilidade de que, se algo lhe acontecer, eu seja colocado no trono à frente de seus próprios filhos, porque eles são jovens demais para governar. Preocupação estranha, não acha? Se você está morto, o que importa? — Ele parecia triste e distante enquanto falava. — Meu pai provavelmente concordaria comigo. Ele não pensava tanto assim em sucessão e hierarquia de governo, e acho que eu também não. Kylen pensa. Foi treinado para isso a vida toda, daí a importância disso para ele. Não gostamos muito um do outro. Acho que é melhor mesmo eu estar aqui, nesta aeronave, nesta expedição, do que lá em Arborlon. Pelo menos estamos fora do caminho um do outro.

Bek assentiu e não disse nada.

— Sabia que meu pai e Walker não gostavam um do outro? — perguntou Ahren, olhando firme para ele. — Tiveram uma briga feia há alguns anos sobre a criação de um conselho druida em Paranor. Walker queria a ajuda de meu pai mas ele não a concedeu. Ficaram anos sem se falar. É estranho que tenham concordado com esta expedição quando não conseguiam concordar com mais nada, não acha?

Bek franziu a testa.

— Mas talvez eles tenham achado mais interesses em comum com relação a esta expedição do que na questão de um conselho druida. — Ahren continuou, sem esperar resposta. — Existe alguma espécie de magia élfica envolvida e acho que ambos queriam a posse dela. Creio que a verdade é que eles precisavam um do outro. Existe um mapa que somente Walker pode ler e há o custo da aeronave e da tripulação com os quais só meu pai poderia arcar. E ele teria concordado em fornecer os elfos caçadores para nos manter todos a salvo. Se é que alguém pode fazer isso. Meu tio levava pedras élficas consigo e isso não foi o bastante para salvá-lo.

Ele estava sendo tão franco que Bek se sentiu motivado a fazer uma pergunta que não teria arriscado se a situação fosse diferente:

— Ard Patrinell foi removido do posto de capitão da guarda real quando seu pai foi morto. Se ele caiu em desgraça com seu irmão e o Alto Conselho, por que foi enviado para comandar os elfos caçadores nesta expedição?

Ahren fez uma careta.

— Você não entende como essas coisas funcionam, Bek. É justamente porque ele caiu em desgraça que foi enviado conosco. Kylen o quer fora de Arborlon quase tanto quanto me deseja longe. Ard é meu amigo e protetor. Ele me treinou pessoalmente sob ordens expressas de meu pai. Tudo o que sei sobre lutas e táticas de batalha aprendi com ele. Kylen não confia nele. A morte de meu pai deu a meu irmão a desculpa perfeita para tirar o comando de Ard e esta expedição lhe ofereceu uma maneira de remover tanto Ard quanto a mim da cidade.

Deu a Bek um olhar frio de apreciação.

— Você parece muito inteligente, Bek. Então deixe-me dizer uma coisa. Meu irmão acha que não vamos voltar; nenhum de nós. Talvez, bem no fundo onde ele esconde seus segredos mais negros, até torça por isso. Ele está patrocinando esta expedição porque não consegue pensar em um jeito de se safar dela. Está fazendo isso porque foi o que nosso pai decretou enquanto agonizava, e um rei recém-coroado não pode se dar ao luxo de ignorar esse tipo de pedido no leito de morte. Além do mais, em um único golpe de sorte ele consegue se livrar de mim, de Ard Patrinell e do druida, nenhum dos quais tem algum valor para ele. Se não voltarmos, isso resolverá o seu problema definitivamente, não é?

Bek concordou.

— Acho que sim. — Fez uma pausa, pensando nas implicações daquilo tudo. — Mas isso não faz com que eu me sinta muito bem por fazer parte da expedição.

Ahren Elessedil inclinou a cabeça, pensativo.

— Não é para você se sentir bem. Por outro lado, talvez nós o enganemos. Talvez sobrevivamos.

Naquela noite, ao final do jantar, com a aeronave margeando a costa à luz ambiente das estrelas e com a tripulação e os passageiros começando a se acomodar em seus aposentos para dormir, Walker reuniu um pequeno número de membros da companhia da nave. Bek e Quentin estavam entre os convocados, o que surpreendeu a ambos, já que nenhum dos dois se considerava parte da liderança da nave. Essa altura Bek já havia falado a seu primo sobre a conversa com Ahren Elessedil. Os dois discutiram muito sobre quantos outros a bordo da nave compreendiam, como o jovem elfo, o quanto eram indesejados pelo reidos elfos. Certamente Walker sabia da situação. Ard Patrinell provavelmente a compreendia também. E só. Todos os demais estariam trabalhando sob a suposição de que Kylen Elessedil e o Alto Conselho dos Elfos davam total apoio à expedição e esperavam seu retorno com sucesso e em segurança.

Exceto talvez pelos rovers, acrescentou Bek, quase como uma reflexão posterior. O Ruivão e sua irmã pareciam muito rápidos em entender as coisas e todos sabiam nas Quatro Terras que os rovers tinham ouvidos por toda parte.

Bek era de opinião que deveria contar aquilo tudo a Walker de qualquer maneira, já que o druida queria saber tudo o que o garoto via ou ouvia a bordo da nave, mas ainda não tivera a oportunidade de falar com ele. Agora estavam reunidos nos aposentos de Redden Alt Mer, abaixo do convés de popa, para a reunião que Walker havia convocado, e Bek pôs a questão de lado. Além do druida e dos primos montanheses, os outros presentes incluíam o Ruivão e sua irmã, Ahren Elessedil e Ard Patrinell, e a vidente de aspecto frágil Ryer Ord Star. Enquanto os outros se agrupavam próximos a Walker, que estava em pé diante de uma mesa com um mapa desenhado a mão aberto à sua frente, a vidente era a única que estava afastada, nas sombras. Tímida, com jeito de criança, os olhos estranhos luminescentes e a pele pálida como pergaminho, ela os observava como se fosse uma selvagem acuada, prestes a fugir correndo.

— Amanhã ao meio-dia chegaremos à costa da Divisa Azul — começou Walker, olhando para cada um deles. — Assim que chegarmos, vamos nos encontrar com Hunter Predd e dois outros cavaleiros alados que irão nos acompanhar, servindo como batedores e caçadores. Nossa jornada, a partir dali, nos levará a noroeste, aonde iremos procurar por três ilhas. Cada qual exigirá uma parada e a busca por um talismã que devemos pegar para termos sucesso em nossa peregrinação. Ninguém está familiarizado com nenhuma das ilhas, nem mesmo eu. Elas ficam além das regiões já exploradas por aeronaves ou por rocas. No mapa que estamos seguindo elas têm nomes, mas não são bem descritas.

— Tampouco temos certeza das distâncias entre cada uma — acrescentou Redden Alt Mer, atraindo todos os olhares para si por um momento. — As direções estão marcadas com clareza, mas as distâncias são vagas. Nosso progresso pode depender em grande parte do tempo que encontrarmos.

— Nosso capitão acredita, com base na informação que foi capaz de extrair do mapa original, que a primeira ilha exige cerca de uma semana de viagem — continuou Walker. Ele apontou para o mapa. — Esta cópia é uma aproximação daquele que seguimos e ficará à disposição de quem desejar vê-lo durante a viagem. Eu o ampliei para que seja mais fácil de visualizar. As ilhas que procuramos estão aqui, aqui e aqui. — Apontou para cada uma. — Flay Creech é a primeira, Shatterstone a segunda e Mephitic a terceira. Elas foram escolhidas deliberadamente por quem quer que tenha escondido os talismãs que procuramos. Cada talismã estará sendo protegido. Cada ilha terá suas defesas. Abordá-las será perigoso e vamos limitar cada equipe de busca ao menor número possível.

— Que espécie de talismãs estamos procurando? — Ard Patrinell perguntou calmamente, inclinando-se para a frente a fim de olhar melhor o mapa.

— Chaves — respondeu Walker. — Não tenho certeza quanto ao tamanho e formato delas. Acho, a julgar pelo escrito no mapa, que são todas iguais, mas pode ser que não.

— O que elas fazem? — Ahren Elessedil arriscou a pergunta, o rosto jovem apresentando sua expressão mais determinada.

Walker deu um sorriso fraco.

— O que seria de esperar, príncipe dos elfos. Elas abrem uma porta. Quando tivermos as chaves em nosso poder, navegaremos até chegarmos a Ice Henge. — Apontou para um símbolo desenhado no mapa. — Chegando lá, iremos procurar o refúgio de Castledown. As chaves nos darão a entrada quando as tivermos encontrado.

Por um momento se fez silêncio enquanto todos estudavam o mapa. Nas sombras, os olhos de Ryer Ord Star estavam fixos sobre o rosto sombrio de Walker, um olhar intenso e febril, e para Bek, que olhava para ela, era como se ela estivesse de alguma maneira se alimentando do que havia encontrado ali.

— Como você chegará a essas ilhas? — perguntou Rue Meridian, rompendo o silêncio. — Usando a nave ou os rocas?

— Os rocas, quando e onde eu puder, pois eles têm mais mobilidade — respondeu o druida.

Ela balançou lentamente a cabeça.

— Reconsidere sua decisão. Se usarmos a nave, poderemos baixá-lo por uma cesta com guincho ou uma escada. Se confiar nos rocas, eles terão de pousar. Quando estão no chão, são vulneráveis.

— Boa sugestão — disse Walker. Ele olhou ao redor. — Mais alguém deseja falar?

Para surpresa de Bek, Quentin se manifestou:

— A bruxa Ilse também sabe dessas coisas todas?

Walker parou para estudar cuidadosamente o montanhês, e então assentiu.

— A maior parte delas.

— Então estamos envolvidos numa espécie de corrida?

Walker pareceu considerar a resposta antes de dá-la.

— A bruxa Ilse não possui uma cópia do mapa. Tampouco teve a oportunidade de estudar seus sinais como eu tive. Provavelmente ela arrancou a informação da mente do náufrago que levava o mapa. De nosso propósito geral e rota ela deverá ter total conhecimento, creio eu. Mas, dos detalhes, tenho dúvidas. A mente do náufrago quase não existia mais, e tenho motivos para pensar que ele não sabia de tudo que o mapa revelava.

— Mas sabendo o que ela sabe, a esta altura ela já terá partido em uma aeronave própria — interrompeu Ard Patrinell. — Ela está procurando por nós, ou nos seguindo ou à nossa frente aguardando.

Ele disse isso como um fato consumado e Walker não o contradisse. Em vez disso, olhou mais uma vez ao seu redor.

— Acho que todos aqui estamos cientes dos perigos que enfrentamos. É importante que estejamos. Devemos estar prontos para nos defendermos. Que isso será exigido de nós, provavelmente mais de uma vez, é quase certo. Sermos bem-sucedidos ou não depende de nossa preparação. Então, todos em alerta. Onde quer que estejam, olhem ao redor e mantenham vigilância cuidadosa. A surpresa nos destruirá mais rápido do que qualquer coisa.

Fez um pequeno gesto de dispensa.

— Acho que já falamos o bastante por hoje. Vão agora para os seus leitos. Amanhã à noite nos reuniremos novamente e a cada noite daqui por diante para discutirmos os nossos planos.

Deixando Redden Alt Mer sozinho em sua cabine, todos saíram silenciosos, em fila, dispersando-se nos corredores abaixo. Quando Bek foi atrás de Quentin, Walker o deteve com um pequeno toque e o levou para um canto. Quentin olhou para trás, mas prosseguiu sem comentários.

— Caminhe comigo — disse o druida para Bek, levando-o pelo corredor que levava até a sala de suprimentos. Dali, subiram ao convés e ficaram juntos na amurada lateral, sozinhos sobre uma cúpula de céu negro e estrelas infinitas. Um vento oeste acariciava suas faces com um toque frio e Bek pensou sentir o cheiro do mar.

— Conte-me o que Ahren Elessedil tinha a lhe dizer hoje — Walker instou gentilmente, olhando para a noite.

Bek o fez, surpreso pelo fato de o druida ter notado sua conversa com o elfo. Ao terminar, Walker guardou silêncio, continuou a encarar a escuridão, perdido em pensamentos. Bek esperou, pensando que nada do que repetisse seria novidade para o druida.

— Ahren Elessedil é feito de material mais duro do que seu irmão pensa — foi tudo o que o outro disse sobre o assunto quando finalmente falou. Então seus olhos se desviaram para encontrar os de Bek. — Você será amigo dele nesta viagem?

Bek pensou na pergunta e então concordou.

— Serei.

Walker assentiu, aparentemente satisfeito.

— Mantenha olhos e ouvidos abertos, Bek. Você descobrirá coisas que eu não descobrirei, e será importante que se lembre de contá-las a mim. Pode ser que isso não aconteça durante algum tempo, mas acabará acontecendo. Uma dessas coisas poderá salvar minha vida.

Bek pestanejou, surpreso.

— Nossa jovem vidente já previu que a certa altura eu serei traído. Ela não sabe quando nem por quem. Mas viu que alguém irá tentar me matar e outra pessoa tentará fazer com que eu me perca. Talvez sejam a mesma pessoa. Talvez seja de propósito ou talvez um acidente. Não tenho como saber.

Bek balançou a cabeça.

— Ninguém a quem encontrei a bordo desta nave parece disposto a lhe desejar mal, Walker.

O druida considerou.

— Pode ser que não seja ninguém a bordo da nave. Pode ser o inimigo que nos rastreia ou pode ser alguém que iremos encontrar ao longo do caminho. O que quero dizer é que quatro olhos e ouvidos são melhores do que dois. Você ainda suspeita que não possui função verdadeira nesta jornada, Bek. Posso ver isso em seus olhos e ouvir em sua voz. Mas sua importância para mim, para todos nós, é maior do que você pensa. Acredite nisso. Um dia, na hora certa, eu irei explicar tudo a você. Por ora, tenha fé nas minhas palavras e me proteja.

Deslizou silenciosamente para dentro da escuridão, deixando Bek olhando para ele, confuso. O garoto queria acreditar no que o druida lhe dissera, mas achar que ele pudesse ter alguma importância verdadeira nessa jornada era inconcebível. Pensou no assunto em silêncio, incapaz de concordar com a idéia. Protegeria Walker porque acreditava que era a coisa certa a fazer. Se teria sucesso ou não era outra história, e não queria pensar demais nisso.

Então, subitamente, percebeu que estava sendo observado. A sensação o arrebatou rápida e inesperadamente, atacando-o não de maneira furtiva. A força desse arrebatamento o surpreendeu. Percorreu rapidamente o convés vazio de proa a popa com o olhar; em cada uma das pontas um elfo caçador tão silencioso e escuro quanto uma sombra parada mantinha guarda. No meio da nave, a figura corpulenta de Furl Hawken guiava a aeronave na cabine do piloto. Nenhum deles olhou para ele e não havia mais ninguém à vista.

Ainda assim, Bek podia sentir olhos ocultos pousados sobre ele, um peso palpável.

Então, tão subitamente quanto a sensação o havia tomado, ela desapareceu. Ao seu redor, a noite repleta de estrelas estava envolta no mais profundo silêncio. Ainda ficou em pé na amurada por mais um instante, recuperando o equilíbrio e colocando sua coragem de volta a golpes de marreta, e em seguida voltou correndo para baixo.

20

No começo da tarde seguinte, a *Jerle Shannara* chegou à costa sobre a vasta extensão da Divisa Azul e deu uma guinada na direção do desconhecido. Em poucos instantes Hunter Predd e dois outros cavaleiros alados alçaram vôo dos penhascos abaixo das Irrybis para encontrá-los. Hunter Predd planou próximo à aeronave para saudá-los e em seguida recuou um pouco para assumir uma posição de flanco. Durante o resto daquele dia e pela maior parte dos dias seguintes, os cavaleiros alados voaram em formação na proa e na popa da nave, dois na frente e um atrás, uma presença silenciosa e reconfortante.

Quando Bek perguntou a Walker o que acontecia com eles à noite, o druida lhe disse que isso variava. Às vezes eles voavam sem parar até o nascer do dia, acompanhando o ritmo mais lento da aeronave na escuridão. Os rocas eram enormemente fortes e resistentes e podiam voar sem parar por até três dias. Na maioria das vezes, entretanto, os cavaleiros alados levavam seus rocas adiante, até uma ilha ou atol, e pousavam por tempo suficiente para que os pássaros e seus cavaleiros comessem, bebessem e repousassem antes de prosseguir. Trabalhavam na maior parte das vezes em turnos, com um cavaleiro alado sempre defendendo a nave, mesmo à noite, como medida de proteção. Com os rocas vigilantes, nada poderia se aproximar sem ser detectado.

Viajaram sem incidentes por dez dias, o tempo passando devagar para Bek Rowe numa rotina diária lenta e imutável. Cada manhã ele se levantava e fazia o desjejum com os rovers, e então acompanhava Redden Alt Mer enquanto ele realizava uma inspeção completa da aeronave e de sua tripulação. Depois disso, ficava com o capitão rover na cabine do piloto, às vezes apenas os dois, outras vezes com outro rover nos controles, e Bek primeiro recitava o que sabia sobre alguma função específica do sistema operacional da nave e depois era instruído em alguma outra área. Mais tarde, ele próprio operaria os controles e os lemes, drenando energia das bainhas de luz, descobrindo os capuzes dos cristais ou retesando os atratores radianos.

Às vezes, quando Ruivão estava ocupado em outro lugar, Bek ficava sob os cuidados da Ruivinha ou de Furl Hawken ou até mesmo do corpulento Spanner Frew. O construtor naval gritava com ele na maior parte das vezes, levando-o de um lado para outro com sua língua afiada e suas críticas ácidas, forçando-o a pensar e agir mais rápido do que o normal. De alguma forma estranha, isso o ajudava a ficar mais controlado. Depois de uma ou duas horas sobrevivendo a Spanner Frew, sentia que estava pronto para qualquer coisa.

Entre as sessões com os rovers, ele executava as tarefas de um cabineiro, o que incluía levar mensagens do capitão para a tripulação e vice-versa, limpar os aposentos do capitão e de sua irmã, fazer um inventário dos suprimentos a cada três dias, ajudar a servir as refeições e lavar os pratos. A maioria dessas coisas não era muito agradável ou excitante, mas o colocava próximo de quase toda a tripulação várias vezes ao dia e lhe dava a oportunidade de ouvir conversas e observar comportamentos. Nada do que ele via parecia de muita utilidade, mas fez como Walker havia lhe pedido e manteve olhos e ouvidos abertos.

Via Quentin muito pouco durante o dia, pois o montanhês estava treinando constantemente com os elfos caçadores e aprendendo técnicas de combate com Ard Patrinell. Ele via mais Ahren Elessedil, que nunca treinava com os outros e freqüentemente ficava sem fazer nada. Bek tomou para si a decisão de incluir o jovem elfo na maior parte do que fazia, ensinando-lhe o pouco que sabia de aeronaves, como elas voavam e trocando confidências e histórias. Não contava a Ahren mais do que a Quentin, mas quase tanto. Quanto mais tempo passavam juntos, mais ele começava a ver o que Walker quisera dizer quanto a Kylen Elessedil subestimar seu irmão. Ahren era novo, mas crescera em uma família e situação política tais que não favoreciam a ingenuidade ou fraqueza, tampouco as tolerava. Ahren era forte de um modo que não era imediatamente perceptível, e Bek passou a respeitá-lo diariamente mais e mais.

De vez em quando visitava Panax e até mesmo Hunter Predd, quando o cavaleiro alado vinha a bordo para falar com Walker ou Redden Alt Mer. Bek conhecia a maioria dos rovers de nome e eles o haviam aceitado em seu grupo de uma forma tranqüila; havia companheirismo, mas não necessariamente confiança. Os elfos tinham pouco a fazer com ele, em grande parte porque estavam sempre em algum outro lugar. Conversou com o curandeiro, Joad Rish, um homem alto e magro, de rosto gentil e comportamento tranqüilizador. O curandeiro, assim como Bek, não tinha certeza de sua utilidade e se sentia mais do que deslocado. Mas era bom de conversa e gostava de falar com o garoto sobre curas que transcendiam as formas convencionais de tratamento e eram o campo peculiar dos elfos curandeiros.

Bek chegou até mesmo a conversar uma ou duas vezes com a vidente tristonha, Ryer Ord Star, mas ela era tão reclusa e tímida que evitava todos exceto Walker, a quem seguia para todo lugar. Como se fosse escrava do druida, era sua sombra na aeronave, andando atrás dele feito uma criancinha, ouvindo cada palavra sua e observando cada movimento. Sua obsessão era um tópico constante de conversas para todos, mas nunca dentro do alcance dos ouvidos de Walker. Ninguém queria tocar no assunto sobre a estranheza da ligação da jovem com o druida quando era óbvio que isso não importava para ele.

De Truls Rohk ainda não havia nem sinal. Panax insistia que ele estava a bordo, mas Bek jamais viu qualquer prova disso.

Então, com dez dias de mar aberto, avistaram a ilha de Flay Creech. Era quase meio-dia, o céu estava nublado e cinzento, o tempo começava a ficar ruim pela primeira vez desde que partiram. Nuvens de trovoadas se acumulavam a oeste, aproximando-se num rolar lento e constante ao sabor de um vento de calmaria, e o calor do sol por entre frestas nas nuvens mais tênues a leste abria caminho para um ar mais frio. Abaixo deles, o mar se encapelava em ondas suaves, um tapete azul com pontas prateadas ao quebrar nas margens da ilha adiante, mas além, na linha do horizonte, era escuro e ameaçador.

Flay Creech não oferecia uma visão acolhedora. A ilha era cinzenta e deserta, uma coleção de montes em sua maior parte baixos, irrigados por uma rede irregular de canais profundos que depositavam a água do mar em lagos rasos por toda a sua superfície. A não ser por aglomerados de arbustos e ervas rasteiras, não crescia nada ali. A ilha era pequena, não tinha sequer um quilômetro de extensão e era marcada por um despenhadeiro rochoso na costa sul que lembrava a cabeça de um lagarto: a boca aberta e a crista levantada em aviso. No mapa que Walker havia desenhado para a companhia do navio, a cabeça do lagarto era o marco que identificava a ilha.

Redden Alt Mer levou a *Jerle Shannara* lentamente numa volta ao redor da ilha, mantendo-se a centenas de metros acima de sua superfície, enquanto a companhia do navio se reunia nas amuradas para inspecionar o terreno hostil. Bek olhou para baixo com os demais, mas não viu nada interessante. Não havia sinal de vida nem movimento de qualquer espécie. A ilha parecia deserta.

Quando haviam completado diversas passagens ao redor, Walker fez um sinal para Hunter Predd, que com seu complemento de cavaleiros alados estivera o tempo todo voando silencioso sobre eles. Montado em Obsidian, o cavaleiro cinzento aproximou-se e balançou a cabeça. Também não haviam visto nada. Mas não desceria para a ilha para olhar mais perto, Bek sabia, porque estavam sob ordens do druida para não pousar em nenhuma das três ilhas onde os talismãs estavam escondidos até que uma equipe da aeronave tivesse descido antes. Os rocas e seus cavaleiros eram valiosos demais para arriscar; se fossem perdidos, não poderiam ser substituídos.

Walker chamou Redden Alt Mer e Ard Patrinell. Bek e Quentin se aproximaram de mansinho para escutar o que estava sendo dito.

— O que está vendo? — perguntava o druida ao capitão rover quando chegaram mais perto.

— O mesmo que você. Nada. Mas alguma coisa não está certa no aspecto da ilha. Quem fez esses canais que cruzam todo o local?

Por mais infeliz que Redden Alt Mer estivesse, Ard Patrinell ainda estava mais.

—Não estou gostando nem um pouco do que vejo. O terreno desta ilha não se encaixa com nada que eu já tenha visto. É a forma dele. De algum modo é falsa. Não é natural.

Walker concordou. Bek via que ele também estava preocupado. Havia algo de estranho na formação dos canais e na forma correta da ilha.

O druida caminhou até onde Ryer Ord Star observava e curvou-se para falar baixinho com ela. A vidente ouviu com cuidado e então apertou as mãos finas e pequenas contra o peito, fechou os olhos e ficou completamente parada. Bek ficou observando com os outros, imaginando o que estava acontecendo. Então os olhos da vidente se abriram e ela começou a falar com o druida em frases rápidas e sem fôlego. Quando terminou, ele manteve o olhar fixo no dela por um momento, apertou sua mão e deu-lhe as costas. Voltou até onde Ard Patrinell e Redden Alt Mer o aguardavam.

— Vou descer para olhar mais de perto — disse ele baixinho. — Abaixem-me na cesta e fiquem preparados para me subirem de volta quando eu der o sinal. Não desçam para me buscar, nem com a nave nem com os rocas, se algo sair errado.

— Acho que você não devia ir sozinho — disse Ard Patrinell na hora.

Walker sorriu.

— Está certo. Vou levar um homem comigo.

Afastou-se e foi até Quentin Leah.

—Montanhês, preciso de uma espada rápida e certeira para me proteger. Está interessado no trabalho?

Quentin concordou na hora, um sorriso se abrindo no rosto bronzeado pelo sol. Levantou a espada de Leah de onde estava presa às costas e piscou para Bek antes de correr atrás do druida, que já estava se encaminhando para Furl Hawken enquanto este preparava a cesta para ser abaixada.

Ahren Elessedil apareceu ao lado de Bek e colocou a mão em seu ombro. Panax também se aproximou.

— O que está havendo? — resmungou o anão.

Bek estava atordoado demais para responder, ainda tentando entender a idéia de seu inexperiente primo ter sido escolhido para ir com o druida, em vez do capitão dos elfos ou um de seus caçadores. Walker estava na cesta, puxando os mantos escuros para perto de si, e Quentin subiu depressa atrás dele. Redden Alt Mer estava nos controles da aeronave, balançando-a e em seguida descendo-a até seis metros de altura sobre o único lugar plano na ponta oriental da ilha. Bek queria gritar algo encorajador para seu primo, para avisá-lo que tivesse cuidado e que voltasse em segurança. Mas não conseguiu fazer com que as palavras saíssem. Em vez disso, simplesmente ficou ali olhando, enquanto a tripulação rover guindava a cesta e seus ocupantes e em seguida os empurrava, sobre a amurada, para o espaço.

Com o restante da companhia da nave olhando, a tripulação lentamente abaixou a cesta e os dois homens que estavam dentro dela na direção de Flay Creech.

A mente de Walker trabalhava rápido enquanto a cesta começava sua descida para a ilha, as palavras da vidente se repetindo vezes sem conta em sua cabeça com uma premência impiedosa.

— Eu vejo três buracos escuros no lugar e no tempo, Walker. Três, que o engoliriam. Eles estão em águas de um azul profundo que se espalham para sempre abaixo dos céus e do vento. Um é cego e não pode ver, mas irá encontrar você de qualquer maneira. Um tem bocas que podem engolir você inteiro. Um é tudo e nada e irá roubar sua alma. Todos eles guardam chaves que parecem ser diferentes do que são e não são nada do que parecem. Eu vejo isso em uma névoa de sombra que o rastreia para todo lugar e parece se colocar ao seu redor como um sudário.

Aquelas eram as palavras que Ryer Ord Star havia dito para ele na noite passada, quando viera vê-lo inesperadamente após a meia-noite, acordando de um sonho que lhe havia mostrado algo de novo naquela peregrinação. Com olhos arregalados e apavorada, seu rosto infantil distorcido com o seu temor por Walker, ela o sacudira para acordá-lo; queria compartilhar aquela estranha visão. Viera sem ser desejada, como quase sempre acontecia, soterrada em uma mistura de outros sonhos e de sonho algum, a única parte da visão de sua mente que tinha razão de ser, clara e certa para ela, um vislumbre do futuro que infalivelmente viria a acontecer.

Ele a segurou com firmeza, abraçou-a porque ela estava tremendo e sequer estava inteiramente acordada. Estava ligada a ele, ele sabia, de uma maneira que nenhum dos dois ainda compreendia. Ela o havia acompanhado na viagem porque acreditava que era seu destino, mas seus vínculos com ele eram tão emocionais quanto psíquicos. Descobrira nele uma alma irmã, outra parte de seu ser, e se entregara a seus cuidados completamente. Ele não aprovava isso e, se dependesse dele, seria diferente, mas não encontrara uma maneira de libertá-la ainda.

Os olhos dela brilhavam de lágrimas e suas mãos agarravam o braço dele enquanto lhe contava o sonho, lutando para compreendê-lo. Não disse mais do que lhe fora dado ver, não tinha *insights* para auxiliá-lo, e por isso se sentia inadequada e inútil. Mas ele dissera que sua visão era clara e que o ajudaria a mantê-lo seguro. Abraçou-a por algum tempo até que ela se tranqüilizasse e voltasse a dormir.

Mas as palavras que dissera a ela eram falsas, pois ele não compreendia a visão além de seus significados superficiais. Os buracos negros eram as ilhas que eles buscavam. Em cada uma delas, algo de negro e perigoso aguardava. As chaves que ele encontraria não pareciam com as chaves com as quais ele estava familiarizado. A névoa de sombra que o acompanhava e procurava envolvê-lo era a bruxa Ilse.

Quanto às bocas, olhos e espíritos, ele não tinha opinião formada. Será que ela os havia visto em ordem de aparecimento? Seriam manifestações de perigos reais ou metáforas de alguma outra coisa? Ele a procurara novamente, logo antes de fazer aquela descida, pedindo que ela repetisse o que havia visto, tudo. Esperava que ela pudesse revelar algo de novo, algo que tivesse esquecido na pressa da noite passada. Mas sua descrição do sonho permanecia imutável. Tampouco havia alguma nova visão da qual coletar mais informações. Então ele não podia saber o que o aguardava na ilha e deveria tomar cuidado com qualquer um dos três perigos que ela havia previsto até que um deles se revelasse.

Levar o montanhês consigo era arriscado. Mas Quentin Leah possuía a única outra magia verdadeira daquelas que o acompanhavam, exceto por Truls Rohk, e ele devia ter alguém para protegê-lo enquanto procurava a primeira das três chaves. Quentin era jovem e inexperiente, mas a espada de Leah era uma arma poderosa e Quentin havia treinado quase duas semanas com Ard Patrinell, que Walker acreditava ser o melhor espadachim que já vira. Nenhuma menção havia sido feita pelos outros elfos quanto à grande habilidade de Patrinell, mas Walker o observara durante dias lutando com o montanhês e podia dizer que estava ali. Quentin aprendia rápido e já estava mostrando sinais de que um dia poderia ser páreo para o elfo. Era o suficiente para convencer o druida a dar uma chance a ele.

Podia-se argumentar que Truls Rohk seria uma escolha mais lógica, mas isso significaria esperar até o cair da noite. Walker não estava gostando do aspecto da tempestade que se aproximava e achava melhor de qualquer maneira manter a presença do mutante em segredo por mais algum tempo.

A cesta atingiu a superfície da ilha e o druida e o montanhês saltaram para fora. Este último já estava com a espada pronta, as duas mãos agarrando o cabo, a lâmina para cima.

— Fique perto de mim, Quentin — ordenou Walker. — Não se afaste. Vigie as minhas costas e as suas também.

Atravessaram rápido a planície meio agachados, olhos alerta. A superfície era rochosa e escorregadia por causa da umidade e do musgo. Vistas de perto, as fendas profundas eram ainda mais misteriosas, escavadas na rocha como canais de irrigação abertos, não retas e regulares, mas tortuosas e irregulares, algumas delas com uma profundidade de até um metro e vinte, uma estranha rede cobrindo toda a ilha. Walker procurou buracos na rocha onde alguma coisa pudesse ser escondida, mas não viu nada, apenas a rocha exposta e os lagos rasos.

Prosseguiram, Walker procurando agora um vestígio da chave, uma pista de sua presença na rocha sólida e nas águas do mar que os cercavam por toda parte. Onde estaria oculta uma chave daquelas? Se estivesse envolta em magia, ele deveria ser capaz de detectar sua presença rapidamente. Caso contrário, sua busca levaria mais tempo — tempo de que talvez não dispusessem.

Olhou ao redor, desconfiado. A ilha estava silenciosa e sem movimento, a não ser pela ondulação suave das gramíneas marinhas impulsionadas pelos ventos de tempestade que se aproximavam.

Subitamente Walker sentiu algo que não era familiar, não a magia que ele havia esperado, mas um objeto que mesmo assim tinha uma presença viva — embora não fosse uma presença que pudesse identificar. Ela estava à sua esquerda, dentro de um monte de rochas quebradas que formavam um bolsão na terra alta perto da ponta sul da ilha. O druida virou-se para ela na hora, abrindo caminho ao longo da borda de uma das estranhas fendas, posicionando-se onde podia ver o que estava ao seu redor. Bem perto do líder de manto negro, Quentin Leah seguia, sua espada brilhando à luz do sol.

Então o sol deslizou para trás de um banco de nuvens pesadas e a ilha de Flay Creech foi envolta por sombras.

No instante seguinte, o mar se tornou vivo, levantou-se ameaçador.

A bordo da nave, Bek Rowe perdeu o fôlego quando as águas que cercavam Flay Creech começaram a ferver e se agitar com terrível ferocidade. A cor azul-celeste brilhante ficou escura, a placidez cristalina sumiu em um turbilhão e dezenas de corpos escuros, retorcendo-se, surgiram das profundezas do oceano como uma massa serpenteante. Enguias gigantes, algumas com mais de dez metros de comprimento, corpos imensos, esguios e pintalgados, e as bocas abertas para revelar centenas de dentes afiados como navalhas, saíram da água e entraram na ilha. Vinham de toda parte, escorregando suavemente para dentro dos canais profundos nos quais seus corpos se encaixavam perfeitamente; Bek podia ver agora que haviam sido formados pelas incontáveis idas e vindas daquelas criaturas ao longo dos anos. De um jato elas saíram correndo do oceano para a terra e depois ao longo das valas de lago raso a lago raso, aproximando-se dos dois homens que, para se defenderem, corriam para um aglomerado de rochas quebradas.

— Sombras! — Bek ouviu Panax sibilar ao verem as enguias avançarem como uma massa frenética.

As enguias estavam tão enlouquecidas que colidiam umas com as outras enquanto se retorciam para entrar nos canais na direção de sua presa. Algumas subiram pelo terreno alto com rapidez suficiente para ganhar uma vantagem momentânea sobre suas companheiras antes de voltarem a cair nos canais abertos. Outras, talvez enfurecidas por estarem espremidas no meio da multidão, talvez simplesmente loucas de fome, mordiam e arrancavam pedaços das outras. Davam a impressão de que toda a ilha estava sendo tomada ao mesmo tempo, toda formada pelo movimento de corpos retorcidos. Bek jamais ouvira falar de enguias tão grandes nem imaginava que pudessem existir tantas em um só lugar. O que poderia sustentar o número tão grande delas naquele atol deserto? Nem mesmo a presença ocasional de outras criaturas podia ser o bastante para mantê-las todas vivas.

Walker escavava freneticamente as rochas, de costas para os monstros que se aproximavam. Quentin os enfrentava sozinho, em pé ao lado do druida, sobre uma elevação para que pudesse manejar a espada sem obstáculos. Ia da esquerda para a direita e voltava novamente sobre seu terreno de defesa escolhido, observando a massa de caçadores do mar vindo em sua direção, preparando-se.

Mas são muitas!, Bek pensou horrorizado.

A primeira enguia alcançou Quentin e lançou-se como uma serpente, tirando o corpo inteiro de dentro da depressão com um salto. O montanhês girou a espada de Leah em um movimento curto de chicote, a magia ganhando vida em um clarão que percorreu a lâmina pesada de uma ponta a outra. A enguia, cortada logo abaixo de sua mandíbula aberta, tornou a cair, debatendo-se em dor e confusão. Outras enguias devoraram-na imediatamente, separando-a em pedaços. Uma segunda enguia atacou Quentin, mas ele ergueu de novo a espada, firme e rápido, e esta também caiu. Na volta do golpe, despachou uma terceira que havia surgido atrás dele, mandando-a para longe.

Walker, que estivera agachado dentro das rochas, pôs-se de pé para invocar o fogo druídico. Ele o disparou de seus dedos em uma explosão de chama azul, queimando as enguias que avançavam e forçando-as a retornarem aos canais. Então voltou a se agachar, novamente procurando.

Mas as enguias voltaram em instantes, quebrando o anel de fogo que já diminuía, bocas escancaradas de fome.

São muitas!, Bek pensou outra vez, sentindo-se impotente, as mãos agarrando com força a amurada da aeronave enquanto uma nova onda de atacantes se aproximava de Quentin e do druida.

— Capitão! — gritou Ard Patrinell para Redden Alt Mer em desespero.

O rover de cabelos de fogo virou-se na cabine do piloto em resposta.

— Linhas de segurança! — rugiu ele. — Vamos atrás deles!

Bek mal havia conseguido se segurar quando a *Jerle Shannara* desceu em um mergulho na direção da ilha.

Terry Brooks

* * *

Quentin Leah abateu seu atacante mais próximo e girou instantaneamente o corpo para encarar o seguinte. Ele havia afastado o primeiro ataque, mas o segundo parecia ainda mais frenético e determinado. Os golpes do montanhês eram firmes e destros, ele girava o corpo com habilidade para evitar que suas costas ficassem expostas por mais de alguns segundos em cada posição, justamente como Patrinell lhe havia ensinado em seus exercícios. O montanhês era forte e rápido; não entrou em pânico em face das chances incrivelmente pequenas que tinha. Ele havia caçado pelas Highlands desde que era grande o bastante para correr e já havia enfrentado grandes dificuldades e terríveis perigos antes. Mas entendia que ali, naquele lugar, seu tempo estava acabando. As enguias gigantes eram vulneráveis à magia de sua arma, mas não se deixavam deter pelas mortes de suas amigas. Elas continuariam vindo, ele sabia, até que tivessem o que desejavam. Eram tantas que acabariam conseguindo. Seus braços já estavam ficando cansados e seus movimentos irregulares. O uso da magia da espada drenava a sua energia e quebrava sua vontade. Ele podia sentir aquilo acontecendo e não podia fazer nada para impedir. Feridas haviam sido abertas em ambos os braços e numa perna, onde os dentes afiados de seus atacantes o haviam cortado, e seu rosto estava banhado de suor e da água salgada do mar.

Walker soltou um grunhido e levantou-se de sua busca nas rochas, girando e ficando em terra ao lado dele.

— Achei! — gritou ele, enfiando alguma coisa dentro de seus mantos. — Agora corra! Por aqui!

Pularam das rochas e correram na direção de uma planície aberta a menos de trinta metros de distância, pulando os lagos rasos e escorregadios. As enguias dispararam atrás deles, os corpos imensos contorcendo-se ao longo dos canais profundos. Acima deles, a *Jerle Shannara* descia rapidamente, velas enfunadas e atratores radianos firmes, sua forma escura e esguia descendo ligeira do céu cinzento. As enguias estavam se aproximando de Quentin e Walker, que viraram para se defender pela última vez, o druida com seu fogo explodindo de seu braço estendido, o montanhês com a magia de sua espada brilhando.

Então a sombra da aeronave os cobriu e uma escada de corda caiu balançando, seu passaporte para a segurança. Estenderam as mãos para ela instintivamente, agarraram-na e foram arrancados do chão no momento em que as mandíbulas das enguias morderam o ar a centímetros de distância.

Segundos depois estavam longe da ilha novamente, subindo a escada que conduzia à segurança.

Bek estava entre aqueles que ajudaram a puxar o druida e o montanhês de volta a bordo da aeronave que alçou vôo para fora de Flay Creech, deixando para trás uma massa retorcida de enguias frustradas e enfurecidas. Quando viu seu primo diante de si, ferido e ensangüentado, mas também sorridente, Bek tentou dizer algo a ele sobre concordar em correr riscos e quase o matar de susto, mas por fim desistiu e abraçou o outro com calor e satisfação.

— Você está me machucando! — gritou Quentin. Quando Bek recuou apressado, o sorriso de seu primo aumentou. — Feliz de me ver seguro, Bek? Você nunca duvidou disso, duvidou? É claro. Nós tínhamos um caminho aberto o tempo todo.

Walker estava ao seu lado, enfiando a mão dentro dos mantos e retirando o que havia recuperado, e o resto da companhia do navio se aglomerou ao redor. O que ele tinha na mão era um retângulo de metal achatado com bordas simétricas que se conectava em um padrão geométrico com um pequeno quadrado em relevo que vibrava suavemente. Uma pequena luz embutida no quadrado piscava. Todos olhavam maravilhados. Bek jamais vira algo assim.

— O que é isso? — perguntou Panax finalmente.

— Uma chave — respondeu Walker. — Mas não uma chave do tipo que conhecemos. Esta chave pertence à tecnologia do Antigo Mundo, de antes das Grandes Guerras, da velha civilização do homem. É uma forma de máquina e tem vida própria.

Deixou que a estudassem por mais um instante, e então tornou a enfiá-la dentro dos mantos.

— Ela possui segredos para nos dizer, se conseguirmos desvendá-los — disse ele baixinho, apertou o ombro de Quentin em agradecimento e se afastou.

O restante da companhia se dispersou para seus postos de trabalho, a aventura de Flay Creech ficara para trás. Joad Rish já estava tirando a túnica do montanhês para limpar suas feridas. Quentin aceitou as felicitações de alguns membros da companhia do navio que haviam ficado, e então se sentou pesadamente sobre um barril. Fez caretas quando o curandeiro começou a trabalhar nele pra valer. Bek ficou por perto, uma companhia silenciosa, e só ele viu o laivo de medo puro que reluziu nos olhos verdes de seu primo enquanto olhava para seu corpo ferido e percebia por um momento o quanto estivera perto de morrer.

Mas então já estava levantando a cabeça de novo, ele próprio mais uma vez, sorrindo ousado enquanto levantava um único dedo.

Menos uma, Quentin estava dizendo.

Bek tornou a sorrir. Menos uma, pensou em resposta, mas ainda faltavam duas.

21

Levaram mais dois meses de viagem para alcançar a ilha de Shatterstone. Bek pensara que chegariam mais rápido, já que tinham levado apenas dez dias para chegar a Flay Creech. Mas o mapa mal desenhado de Walker mostrava que a distância era consideravelmente maior, e era.

Mesmo assim, os dias passavam rápidos, consumidos por tarefas de rotina e pequenas crises. Bek continuava a aprender sobre aeronaves: como elas eram construídas, por que voavam e o que era necessário para sua manutenção. Recebera oportunidades de experimentar quase tudo, desde polir os cristais-diapasão até cuidar dos atratores radianos. Permitiram que subisse para ver como os atratores eram ligados às bainhas de luz para drenar seu poder. Deram-lhe tempo no timão e nos controles da nave e uma chance de traçar cursos. Ao fim de dois meses, Redden Alt Mer o considerou competente o bastante para deixá-lo sozinho na cabine do piloto por horas a fio, permitindo que ele se acostumasse com a sensação de comandar a aeronave e as maneiras pelas quais ela respondia ao seu toque.

Em geral, o tempo continuou a ser favorável a eles. Havia tempestades, mas elas não fizeram com que a nave sofresse danos nem provocaram medo em seus integrantes. Algumas foram fortes a ponto de fazer com que a nave e os passageiros buscassem abrigo na enseada protetora de alguma ilha ou atrás de um penhasco na direção contrária do vento. Por uma ou duas vezes foram duramente atingidos por ventos fortes e chuva enquanto ainda estavam no ar, mas a *Jerle Shannara* era bem construída e capaz de suportar essas situações.

Certamente ajudava ter o construtor da nave a bordo. Se algo desse defeito ou falhasse, Spanner Frew encontrava o problema e consertava quase na mesma hora. Era de uma feroz lealdade e proteção com seu veículo, uma galinha com dentes para proteger os seus pintinhos, e era rápido para repreender ou até mesmo atacar qualquer um que a maltratasse. Uma vez Bek o viu dar um cascudo tão forte em um membro da tripulação rover que derrubou o homem, tudo porque o tripulante havia removido um cristal-diapasão de modo inadequado.

A única pessoa que parecia ser capaz de encará-lo era Rue Meridian, que não se deixava intimidar por ninguém da tripulação. Com exceção de Walker, ela era a presença mais fria e calma de todos. Bek estava impressionado com a Ruivinha, e sempre que tinha oportunidade ficava observando-a com uma dor que mal conseguia esconder. Se ela percebia, guardava isso para si mesma. Era gentil com ele e sempre o ajudava. De vez em quando fazia alguma brincadeira com ele e o fazia rir com suas piscadelas discretas e suas tiradas inteligentes. Ela era a navegadora da aeronave, mas Bek logo descobriu que ela era muito mais. Estava claro desde o começo que ela sabia tanto quanto o irmão sobre pilotagem de aeronaves e era sua conselheira mais valiosa. Também era extremamente perigosa. Levava facas para onde quer que andasse e sabia usá-las. Certa vez ele a viu competir contra outros rovers em um torneio de arremeso de facas e venceu todos com facilidade. Nem seu irmão nem Furl Hawken aceitavam competir com ela, o que dizia alguma coisa a Bek. Achava que ela podia não ser tão habilidosa no uso de armas quanto Ard Patrinell, mas não desejou testar essa hipótese.

Grande parte de seu tempo era passada com Ahren Elessedil. Juntos, andavam pela nave de ponta a ponta, discutindo tudo o que lhes interessasse. Bem, não exatamente tudo. Algumas coisas ele não partilhava com ninguém. Ainda escondia, mesmo do elfo, a presença da pedra fênix. Ainda não tinha falado com ninguém sobre seu encontro com o rei do rio Prateado. Mas estava ficando cada vez mais difícil ocultar esse segredo de Ahren. Com o passar do tempo, estava ficando tão íntimo do jovem elfo quanto de Quentin, e às vezes achava que Ahren teria sido seu melhor amigo se Quentin não tivesse reclamado a posição primeiro.

— Diga-me o que deseja fazer de sua vida, Bek — disse o elfo certa noite, encostado na amurada, antes de dormir. — Se pudesse fazer alguma coisa, o que seria?

Bek respondeu sem pensar:

— Eu descobriria a verdade a meu respeito.

Pronto, lá estava, abertamente, sem que tivesse feito de propósito. Teria engolido as palavras se pudesse, mas era tarde.

— Como assim? — Ahren olhou intrigado para ele.

Bek hesitou, procurando uma maneira de corrigir a situação.

— Quero dizer, fui levado para Coran e Liria quando era bebê; fui dado a eles quando meus pais morreram. Não sei nada sobre meus verdadeiros pais. Não tenho nenhuma história da minha família.

— Você deve ter perguntado aos pais de Quentin. Eles não lhe disseram nada?

— Fiz apenas algumas perguntas. Quando cresci, senti que não importava. Minha vida era com eles e com Quentin. Eles eram minha família e aquela era minha história. Mas agora quero saber mais. Talvez eu esteja apenas começando a perceber que isso é importante para mim, mas, agora que descobri, quero saber a verdade. — Deu de ombros. — É bobagem pensar nisso aqui, no meio do nada.

Ahren sorriu.

— No meio do nada é exatamente o lugar certo para perguntar-se sobre quem se é.

Todos os dias, exatamente ao meio-dia, normalmente enquanto Bek almoçava com os rovers ou manobrava a aeronave na cabine do piloto, ou talvez descansasse na sombra estreita do mastro da proa com Panax, Ahren Elessedil ficava em pé no sol com Ard Patrinell, e por quase duas horas aperfeiçoava suas habilidades com armas élficas. Às vezes era com espadas e facas. Às vezes, com arco e flecha, machados ou fundas. Às vezes, os dois apenas se sentavam e conversavam, e Bek observava a troca de gestos e esboços. O ex-capitão da guarda real treinava seu jovem pupilo com dureza. Era o momento mais quente do dia e o treinamento que realizavam era o mais exaustivo. Era o único momento em que Bek via os dois juntos, e finalmente perguntou a Ahren a respeito.

— Ele já foi seu professor — ressaltou Bek. — Era seu amigo. Por que não passa mais tempo com ele além da hora do treino?

Ahren suspirou.

— Essa idéia não é minha. É dele. Ele foi dispensado de sua posição porque a vida de meu pai era sua responsabilidade. Os elfos caçadores que ele comanda aceitam sua liderança porque o rei, meu irmão, assim o ordenou e porque eles valorizam sua experiência e habilidade. Mas não aceitam sua amizade comigo. Ela terminou com a morte de meu pai. Ele pode continuar a me treinar, pois meu pai assim o ordenou. Qualquer coisa além disso seria inaceitável.

— Mas estamos no meio do oceano. — Bek estava perplexo. — Que diferença isso faz aqui?

Ahren deu de ombros.

— Ard deve saber que seus homens farão o que ele ordenar sem perguntas ou hesitação. Ele precisa ter o respeito deles. E se acreditarem que ele tenta obter favores de mim em um esforço para obter de volta o que perdeu, talvez com minha ajuda? E se acreditarem que ele serve a mais de um mestre? É por isso que ele me treina ao meio-dia, no calor. É por isso que ele me treina com mais dureza do que a eles. É por isso que, em outros momentos, ele me ignora. Não demonstra favoritismo para comigo. Não dá a eles motivos para duvidar. Entende agora?

Bek não entendia, não inteiramente, mas mesmo assim disse a Ahren que entendia.

— Além disso — acrescentou Ahren — eu sou o segundo filho de um rei morto, e segundos filhos de reis mortos precisam aprender a ser duros e independentes para sobreviverem por conta própria.

Panax, rude e irascível como sempre, disse a Ahren que se os elfos passassem menos tempo se preocupando em pisar nos calos uns dos outros e mais tempo confiando em seus instintos estariam muito melhor. Costumava ser assim, ele declarou com franqueza. As coisas haviam mudado desde que aquela linhagem atual dos Elessedil assumira o trono. Como ele chegara àquela conclusão, vivendo na floresta além de Depo Bent, Bek não sabia. Mas, apesar de viver uma existência isolada e solitária, o anão parecia entender perfeitamente o que estava acontecendo nas Quatro Terras.

— Vejam essa guerra ridícula entre os nascidos livres e a federação — ele resmungou a certa altura, enquanto estavam sentados observando Patrinell e Ahren duelarem com facas. — Qual é o motivo? Eles estão lutando pelo mesmo território há cinqüenta anos e sobre o controle das terras de fronteira há mais de quinhentos. Ela vai para um lado e para outro; nada nunca muda, nada nunca se resolve. Não seria de esperar que depois de todo esse tempo alguém tivesse encontrado uma maneira de fazer com que todos se sentassem e discutissem a questão? Será que isso seria tão complicado? Na superfície é uma questão de soberania e influência territorial, mas no fundo é sobre comércio e economia. Encontre uma maneira de impedir que eles discutam sobre de quem é o direito por nascimento de governar e faça com que falem sobre alianças comerciais e dividam a riqueza que essas alianças iriam gerar e a guerra acabará em dois dias.

— Mas a federação está determinada a governar as terras de fronteira — ressaltou Bek. — Eles querem que as terras de fronteira façam parte de seu império no Sul. E quanto a isso?

O anão cuspiu.

— As terras de fronteira jamais farão parte de nenhuma terra, porque elas têm sido parte de todas as Quatro Terras há tanto tempo quanto qualquer um pode se lembrar. O sulista médio não dá a mínima se as pessoas nas terras de fronteira fazem parte da federação. O que o sulista médio quer saber é se aqueles arcos cinzentos que são tão bons para caçar, aqueles lenços de seda que as mulheres adoram, aqueles grandes queijos e cervejas que vêm de Varifleet, aquelas plantas curadoras que crescem no Streleheim podem viajar até o Sul, onde eles estão! Os únicos que querem saber de anexar as terras de fronteira são os membros do Conselho de Coalizão. Mande-os para as Prekkendorran por uma semana e então vamos ver como eles se sentem!

Eles também viveram pequenas aventuras durante aquelas oito semanas de viagem entre as ilhas. Certo dia, um grande bando de baleias apareceu abaixo da aeronave, viajando para oeste atrás do sol poente. Elas emergiram e emitiram sons com jorros de água e batidas de caudas e barbatanas, grandes veículos marinhos cavalgando as ondas com alegria e abandono, completas em si mesmas. O montanhês e o elfo olhavam para elas, rastreando seu progresso, lembrando-se da pequenez de seu próprio mundo, com inveja da liberdade de que aqueles gigantes desfrutavam. Em outro dia, centenas de golfinhos apareceram, saltando e mergulhando em cadência rítmica, pequenos lampejos brilhantes no mar azul profundo. Às vezes viam cardumes migratórios de marlins, uns com barbatanas dorsais, outros de cores brilhantes, todos rápidos e esguios. Também havia lulas gigantes com tentáculos de dez metros que nadavam como flechas emplumadas, de predadores de aspecto perigoso com barbatanas que cortavam a água como facas.

 De vez em quando alguma coisa a bordo da nave quebrava e o que era necessário para completar os reparos não podia ser encontrado. Às vezes os suprimentos quase acabavam. Em ambos os casos, os cavaleiros alados eram chamados com urgência para o serviço. Enquanto o terceiro cavaleiro permanecia com a aeronave, os outros dois exploravam as ilhas ao redor para caçar o que fosse necessário. Por duas vezes, Bek recebeu permissão de acompanhá-los, ambas as vezes quando foram em busca de água fresca, frutas e vegetais para complementar a dieta da nave. Uma vez ele cavalgou com Hunter Predd a bordo de seu roca, Obsidian, e uma vez com um cavaleiro chamado Gill a bordo de Tashin. De cada uma das vezes a experiência fora incrível. Havia uma liberdade em voar nos rocas que faltava até mesmo em uma aeronave. Os grandes pássaros eram muito mais rápidos e mais seguros, suas respostas mais sutis e a sensação de cavalgar alguma coisa viva e quente era bem diferente de cavalgar algo construído com madeira e metal.

 Os cavaleiros alados formavam um grupo ferozmente independente que se mantinha separado de todos. Quando Bek conseguiu coragem para perguntar sobre a condição daquela raça ao taciturno Hunter Predd, o cavaleiro alado explicou pacientemente que viver como um cavaleiro alado exigia acreditar que se é diferente. Isso tinha a ver com o tempo que se passava voando e a liberdade que se abraçava ao desistir do conforto e da segurança em que os outros confiavam quando viviam no chão. Os cavaleiros alados precisavam ver a si mesmos como independentes para que pudessem agir. Precisavam não ter amarras nem o peso de ligações de qualquer espécie, a não ser com seus rocas e com seu próprio povo.

Bek tinha a impressão de que a maior parte daquilo era apenas uma atitude afetadamente superior fomentada pela liberdade que o vôo com os rocas provocava nos cavaleiros alados. Mas gostava de Hunter Predd e de Gill e não havia nada a ganhar questionando o pensamento deles. Se fosse um cavaleiro alado, disse a si mesmo, provavelmente pensaria da mesma maneira.

Quando Bek falou com Ahren sobre sua conversa com Hunter Predd, o príncipe dos elfos deu uma gargalhada.

— Todos a bordo desta nave acham que sua própria forma de vida é a melhor, mas a maioria guarda suas opiniões para si mesmos. O motivo pelo qual os cavaleiros alados são tão livres com as opiniões deles é que sempre podem pular em seus rocas e fugir voando se não gostarem do que ouvirem!

Mas houve poucos conflitos nas semanas que se passaram depois de sua partida de Flay Creech e todos acabaram entrando em uma rotina confortável e desenvolvendo uma complacência com a vida a bordo da nave. Foi apenas quando um dos cavaleiros alados finalmente avistou a ilha de Shatterstone que tudo começou a mudar.

Foi o cavaleiro alado Gill, em seu patrulhamento no fim de tarde, cavalgando Tashin, quem primeiro avistou Shatterstone. A expedição estava procurando por ela havia vários dias, alertada por Redden Alt Mer, que fizera as leituras apropriadas e efetuara os cálculos necessários. Um avistamento anterior de um grupo de três ilhas pequenas dispostas em uma fileira correspondia a marcos desenhados no mapa e confirmava que a ilha que procuravam estava próxima. Walker estava em pé com o capitão rover na cabine do piloto atrás de Furl Hawken, que estava no comando do timão naquela tarde, discutindo se precisariam corrigir seu curso ao amanhecer do dia seguinte, quando Gill apareceu com a notícia. Toda a atividade parou quando a companhia da nave correu para as amuradas e o Ruivão girou a *Jerle Shannara* com força para a esquerda para seguir o cavaleiro alado.

Finalmente, pensou o druida enquanto navegavam na direção do sol poente. A inatividade prolongada, o conforto sedutor da rotina e a falta de progresso o incomodavam. Os homens e as mulheres da expedição precisavam ficar em forma, permanecer cautelosos. Estavam perdendo foco. A única solução era fazer as coisas funcionarem.

Mas quando a ilha surgiu ele sentiu suas expectativas desaparecerem. Enquanto Flay Creech era pequena e compacta, Shatterstone era grande e maciça. Ela se erguia na Divisa Azul em um monte de picos imensos que desapareciam em nuvens e neblina, e a cada curva despencavam formando desfiladeiros com milhares de metros de profundidade. A linha da costa era irregular e perigosa, quase inteiramente sem praias e enseadas, com muralhas de rocha erguendo-se direto do oceano. A ilha inteira estava encharcada de chuva e coberta de vegetação luxuriante, muitas árvores e mato, cheia de cipoais e arbustos, e tudo isso costurado pelos fios prateados das cachoeiras que caíam do alto da neblina até a paisagem verde-esmeralda abaixo. Somente em seus picos e nas bordas dos penhascos assolados pelo vento ela era deserta e aberta. Pássaros saíam de seus ninhos e mergulhavam em relâmpagos brancos na direção do mar, caçando comida. Abaixo das paredes dos penhascos, o mar rebentava contra as rochas em grandes ondas que se transformavam em espuma leitosa.

Walker mandou a *Jerle Shannara* dar a volta à ilha duas vezes enquanto ele anotava marcos e tentava sentir o terreno. Uma busca completa de Shatterstone por métodos comuns levaria semanas, talvez até meses. Mesmo assim eles poderiam não descobrir a chave se ela estivesse enterrada profundamente naqueles desfiladeiros. Surpreendeu-se a imaginar qual dos três horrores da visão de Ryer Ord Star guardava aquela chave. As enguias haviam sido as bocas que podiam engolir alguém inteiro. Faltava então algo que era cego, mas podia encontrar alguém de qualquer maneira ou algo que era tudo e nada e roubaria sua alma. Ele tinha esperanças de que a vidente sonhasse novamente antes que chegassem a Shatterstone, mas isso não aconteceu. Tudo o que tinham para trabalhar era aquilo que ela lhes dera antes.

Ficou olhando as bordas escarpadas da ilha passarem abaixo, pensando que o que quer que ele decidisse teria de esperar a manhã seguinte. O cair da noite estava próximo e ele não tinha intenção de mandar uma equipe de busca na escuridão.

Mas poderia enviar Truls Rohk, pensou subitamente. De qualquer maneira, ele preferia a escuridão para se metamorfosear, e seus instintos para a presença de magia eram quase tão aguçados quanto os do druida.

Os cavaleiros alados pousaram em um campo aberto, alto, acima do mar que batia na costa oeste da ilha e, amarrando seus rocas, iniciaram uma pequena exploração da área. Não acharam nada ameaçador e determinaram que ela era segura o bastante para que permanecessem ali naquela noite. Nenhuma tentativa de viajar para o interior da ilha seria feita até a parte da manhã. Redden Alt Mer ancorou a aeronave a alguma distância em uma escarpa próxima, fixando as linhas da âncora e deixando-a flutuar a menos de dez metros do chão. Ninguém deixaria a nave até a parte da manhã, e uma vigilância cerrada seria mantida até então. A escuridão já estava começando a cair, mas parecia que os céus da costa permaneceriam limpos. Com a iluminação fornecida por uma meia-lua e pelas estrelas, seria fácil ver qualquer coisa que tentasse se aproximar.

Depois do jantar, Walker chamou seu pequeno grupo de conselheiros na cabine de Redden Alt Mer e explicou seu plano para o dia seguinte. Embora não o tivesse dito, havia abandonado por enquanto a idéia de usar Truls Rohk. Em vez disso, voaria com um dos cavaleiros alados sobre os picos e entraria nos desfiladeiros em uma tentativa de localizar a chave oculta usando seus instintos druídicos. Como a chave tinha uma presença tão distintiva e provavelmente seria a única coisa daquele tipo na ilha, ele tinha uma boa chance de determinar sua posição. Se ela estivesse em um lugar que ele pudesse alcançar sem colocar em perigo o cavaleiro alado e seu roca, ele próprio a recuperaria. Mas os desfiladeiros eram estreitos e não eram facilmente navegáveis por aqueles pássaros com suas grandes extensões de asas, por isso a recuperação teria de ser realizada pela equipe da nave.

Todos concordaram que o plano do druida parecia sensato e a questão ficou resolvida.

Na manhã seguinte, a aurora uma chama dourada brilhante no horizonte oriental, Walker partiu com Hunter Predd e Obsidian para realizar uma varredura metódica da costa oeste da ilha. Vasculharam o dia todo, mergulhando em cada passagem e desfiladeiro, sobrevoando cada escarpa e pico, atravessando a ilha desde as águas costeiras até o interior, de forma que nada ficasse esquecido. O dia estava ensolarado e brilhante, o tempo bom, os ventos suaves. A busca prosseguiu sem dificuldades.

Ao pôr-do-sol, Walker não havia encontrado absolutamente nada.

No dia seguinte, partiu novamente com Po Kelles, sentado atrás do macérrimo cavaleiro alado, sobre seu roca sarapintado de cinza e preto, Niciannon. Cavalgaram ao sabor de um forte vento sul ao longo da extensão mais perigosa da margem da ilha, e foi ali, logo depois do meio-dia, que Walker detectou a presença da chave. Ela estava enterrada profundamente em um vale costeiro que se abria em uma rachadura, entre um par de penhascos gigantescos, e corria para dentro da ilha em uma selva densa por mais de oito quilômetros. O vale era impossível de se navegar pelo ar, e depois de se certificar da localização aproximada da chave, Walker mandou Po Kelles levá-los de volta à aeronave. Adiando todos os esforços posteriores naquele dia, pediu que Redden Alt Mer levasse a *Jerle Shannara* até um penhasco logo acima do vale que ele pretendia explorar ao amanhecer e se acomodaram para passar a noite ali.

Aguardou até que todos, menos os vigias, estivessem dormindo e em seguida invocou Truls Rohk. Não havia visto nem falado com ele desde que embarcara, embora tivesse detectado a sua presença e soubesse que estava por perto. Walker ficou na parte de trás da nave, logo depois da proa onde o elfo caçador, de sentinela, olhava para a escuridão da selva na ilha, e enviou um chamado silencioso para Rohk. Ainda estava procurando-o quando percebeu que Rohk já estava lá, agachado ao seu lado nas sombras, praticamente invisível para qualquer um que pudesse estar olhando naquela direção.

— O que foi, druida? — sibilou Rohk, como se o chamado fosse uma inconveniência.

— Quero que você explore o vale abaixo antes de o dia clarear — respondeu Walker sem se deixar abalar. — Uma busca rápida, nada mais. Existe uma chave, e a chave produz uma sensação como esta.

Pegou aquela que carregava e deixou que o outro a tocasse, segurasse, sentisse sua energia.

Truls Rohk grunhiu e devolveu-a.

— Devo trazê-la para você?

— Não chegue perto dela. — Walker encontrou o olhar do outro e fixou-o. — Não que você não conseguisse, mas o perigo pode ser maior do que qualquer um de nós suspeita. O que eu preciso é saber onde ela está. Eu mesmo irei atrás dela de manhã.

Truls Rohk deu uma risada suave.

— Eu jamais lhe negaria uma chance de arriscar sua vida em vez da minha, Walker. Você desconsidera muito mais o risco do que eu.

Sem dizer palavra, pulou a lateral da nave e sumiu.

Walker esperou por ele até quase amanhecer, cochilando na amurada, de costas para a ilha, mergulhado em seus pensamentos. Ninguém o perturbou; ninguém tentou abordá-lo. A noite estava calma e quente; os eventos do dia morreram em brisas suaves que levavam os cheiros do oceano até o alto. No interior, a escuridão recobria tudo em um silêncio sombrio.

Ele podia ter sonhado, mas, se sonhara, a lembrança do sonho se perdera quando o toque de Truls Rohk o acordou.

— Doces sonhos com um paraíso na ilha, Walker? — perguntou o outro suavemente. — Com praias e lindos pássaros? Com frutas, flores e ventos cálidos?

Walker balançou a cabeça, despertando inteiramente.

— Que bom, pois não há nada disso no vale que você procura explorar. — A forma escura se deslocou contra a amurada em um líquido negro. — A chave que você procura está a cinco quilômetros para dentro da ilha, perto do chão do vale, em uma caverna de tamanho razoável. A selva a oculta bem, mas você irá encontrá-la. Como ela foi escondida dentro da caverna, não sei dizer. Não entrei porque senti que havia algo mantendo guarda.

Walker o encarou.

— Algo vivo?

— Algo tenebroso e vasto, algo sem forma. Não senti olho algum sobre mim, Walker. Senti apenas uma presença, uma tremulação no ar, invisível, penetrante e maligna.

Olho algum. Seria algo cego, talvez? Walker remoeu as palavras do mutante em sua mente, imaginando.

— Essa presença esteve comigo durante todo o caminho subindo o vale, mas não me incomodou até que cheguei perto da caverna. — Truls Rohk pareceu refletir. — Ela estava na própria terra, druida. Estava no solo do vale, em suas plantas e árvores. — Fez uma pausa. — Se ela decidir ir atrás de você, acho que não vai conseguir fugir dela. Não tenho certeza se você sequer conseguirá sair de seu caminho.

E então ele sumiu, desapareceu tão de repente quanto chegara, e Walker ficou sozinho em pé na amurada.

A aurora rompeu brilhante e quente sobre um mar calmo e parado. Os ventos haviam cessado completamente e o céu era de um azul-prateado sem nuvens. Por toda parte o horizonte era um vazio sem fim onde ar e água se juntavam. Pássaros marinhos voavam e gritavam e depois desciam mergulhando pelos rochedos até a superfície do oceano. Nuvens grossas de neblina se agarravam aos picos da ilha e se aninhavam em seus lares, escondendo seus segredos, obscurecendo-a na penumbra.

Walker escolheu Ard Patrinell e três de seus elfos caçadores para seguirem com ele. Experiência e rapidez contariam mais do que poder nos confins da selva do vale, e o druida queria veteranos para encontrar o que quer que montasse guarda ali. Redden Alt Mer os levaria até o vale a bordo da *Jerle Shannara* até onde a aeronave pudesse entrar nos confins estreitos. Então o druida e os elfos caçadores desceriam na cesta até o chão do vale e seguiriam a pé o resto do caminho. Com sorte, não teriam de caminhar muito. Assim que Walker tivesse recuperado a chave, os cinco poderiam voltar até a cesta e serem puxados novamente.

Quando os integrantes da nave se reuniram para ver o desembarque, Walker viu a impaciência nos olhos dos veteranos e a incerteza nos olhos do resto. Ryer Ord Star parecia particularmente perturbada, seu rosto fino estava branco de medo. Talvez todos estivessem se lembrando das enguias de Flay Creech, as bocas devoradoras e os dentes perfuradores, embora ninguém o dissesse. Lá, o druida havia apanhado a chave oculta e todos haviam escapado do perigo. Talvez estivessem se perguntando se a boa estrela deles continuaria a guiá-los ali.

Com as linhas de segurança fixas, Redden Alt Mer conduziu lentamente a *Jerle Shannara* pelo penhasco, descendo pela muralha do despenhadeiro e penetrando na neblina do vale. A luz do amanhecer desapareceu atrás deles enquanto a aeronave deslizava silenciosamente por entre os picos maciços e desaparecia na penumbra. A visibilidade diminuiu para menos de vinte metros. Alt Mer ocupava o timão, levando seu navio adiante com cuidado, reduzindo a velocidade ao mínimo. Rue Meridian estava em pé em cima da curva dos aríetes de proa, examinando o nevoeiro adiante, gritando quando avistava algo e fazendo correções de navegação para seu irmão. Todos os demais estavam agachados nas amuradas em silêncio, observando e escutando. A neblina se agarrava a eles em uma película fina de umidade, transformando-se em gotículas sobre a pele e as roupas, fazendo com que eles piscassem os olhos e lambessem os lábios. A não ser pela neblina, que se movia como um monstro ancestral, lento e desajeitado, tudo ao redor estava quieto.

Enquanto os minutos passavam e a penumbra persistia, Walker começou a se preocupar com a visibilidade no chão do vale. Se não conseguiam ver mais do que aquilo pelo ar, como poderiam encontrar seu caminho assim que estivessem fora da nave? Seus instintos druídicos lhe dariam alguma ajuda, mas nenhuma magia podia substituir a falta de visão. Estariam praticamente cegos.

Percebeu o que falava. Lá estava aquela palavra outra vez. Cegos. Lembrou-se da visão de Ryer Ord Star e da coisa que aguardava em uma daquelas ilhas, uma coisa que era cega, mas que poderia encontrá-lo de qualquer maneira. Aguçou os sentidos para o que Truls Rohk havia sentido na noite anterior, quando fora até lá sozinho. Mas, no ar, não sentia nada.

Adiante, a neblina variava levemente e as paredes da encosta reapareceram, fechando-se bruscamente sobre eles. Redden Alt Mer fez com que a aeronave parasse totalmente, esperando que a Ruivinha o chamasse. Ela ficou pendurada por sua linha de segurança na proa, observando a penumbra, e então fez um gesto para que ele avançasse com cuidado. Galhos de árvores saíam da neblina, dedos espectrais que pareciam querer agarrar a aeronave. Cipós pendiam das árvores e da face da encosta como cordas emaranhadas.

Então a neblina desapareceu completamente e a *Jerle Shannara* entrou em um desfiladeiro inesperadamente aberto e claro. O céu reapareceu acima, azul e convidativo, e o chão do vale se abriu em um mar verde com estrias de cores úmidas. Redden Alt Mer levou a aeronave mais para baixo, até a alguns metros acima das copas das árvores, e então a fez deslizar cautelosamente para a frente mais uma vez. Walker vasculhou a extremidade do bolsão, descobrindo que as paredes da encosta se estreitavam tão completamente que os galhos das árvores quase se tocavam. Eles haviam chegado ao máximo que podiam pelo ar. A partir dali, era preciso caminhar.

Quando chegaram à outra extremidade do desfiladeiro, Redden Alt Mer levou a *Jerle Shannara* direto até onde os topos das árvores raspavam o casco. Walker e os quatro elfos caçadores soltaram suas linhas de segurança e subiram na cesta. Uma dezena de mãos os empurrou por sobre a amurada da nave e foram abaixados devagar para dentro das árvores.

Uma vez no chão e fora da cesta, Walker fez um sinal para Rue Meridian, que ainda estava pendurada pela proa, avisando que haviam descido em segurança. Então ficou parado no silêncio para pensar melhor e procurar algum perigo oculto. Nada. Sondou as vizinhanças com cuidado, mas não conseguiu encontrar nenhuma presença ameaçadora.

Mesmo assim, havia alguma coisa claramente fora do lugar.

Então percebeu o que era. A selva era uma muralha de grosso e impenetrável silêncio. Nenhum pássaro, pensou Walker. Nenhum animal. Nada. Nem mesmo o menor ruído de um inseto. A não ser pelo que estava enraizado na terra, nada vivia ali.

Walker podia ver uma brecha nas encostas adiante e acenou com a cabeça para Ard Patrinell, para que prosseguissem. O líder dos elfos não respondeu, mas virou-se para seus caçadores e usou sinais de mão para comunicar suas ordens. Um elfo corpulento de nome Kian recebeu instruções de ir à frente. Walker foi logo atrás, e em seguida Patrinell com o magro Brae e o alto Dace. Passaram do desfiladeiro para dentro da brecha, olhando desconfiados ao redor durante a travessia, conscientes do perigo que encontrariam ali. Walker continuou a sondar a penumbra da selva com tentáculos de magia que roçavam suavemente como penas e em seguida recuavam. A fenda se estreitava ao redor deles, transformando-se em um corredor com menos de quinze metros de largura onde árvores e cipós fechavam tudo. Havia passagens, mas eram tortuosas e exigiam que eles forçassem um caminho através da vegetação que crescia por toda parte. Ao redor deles, a floresta estava em silêncio.

Avançaram a passo firme, ainda sem encontrar qualquer sinal de vida. O corredor estreito alargou-se e se transformou em outro desfiladeiro, e o céu reapareceu em um recorte azul sobre suas cabeças. A luz do sol salpicava as árvores e iluminava aquela região úmida. Entraram em outra passagem e seguiram por seu corredor estreito até um terceiro desfiladeiro, este maior ainda.

De repente, Walker foi sacudido por algo que o agarrou como uma mão gigante pegaria um pequeno inseto. Surgiu da terra de repente, tomando-o de assalto tão rápido que ele não teve tempo de reagir, ficando atordoado por um instante. Talvez estivesse ali o tempo todo e mascarado sua presença; talvez só agora o tivesse encontrado. Invasiva e poderosa, não tinha forma identificável, nenhuma substância. Estava em todo lugar ao mesmo tempo, ao seu redor, e, embora invisível ao seu olho, era inconfundivelmente real. Walker permaneceu imóvel ali, sem oferecer resistência e deixando que aquilo achasse que ele estava indefeso. Os elfos caçadores ficaram olhando para ele confusos, sem entender o que acontecia. Ele não os reconhecia, não dava a indicação de que sequer soubesse que estavam ali. Desapareceu dentro de si mesmo, onde ninguém poderia tocá-lo. Ali, fechado dentro de si, ele aguardou.

Alguns momentos depois, a presença se retirou, voltando para a terra, talvez satisfeita por não ter sido ameaçada.

Walker sacudiu a cabeça, afastando os efeitos de seu toque que ainda permaneciam, e respirou fundo para ficar mais firme. O ataque o abalara muito. O que quer que vivesse naquele vale possuía um poder que quase anulava o seu. Era antigo, isso ele podia dizer, talvez tão antigo quanto o mundo de Faerie. Fez um sinal para os elfos de que estava bem e então olhou ao redor rapidamente. Não queria ficar onde estava. Uma elevação de rocha árida e nua formava uma corcova suave no centro do desfiladeiro, um refúgio iluminado de sol dentro da penumbra da selva. Talvez dali ele pudesse ver melhor para onde ir em seguida.

Chamando os elfos caçadores, afastou-se do mato e da penumbra e subiu na plataforma de pedra. Os últimos vestígios da presença odiosa desapareceram nesse momento. Estranho, pensou ele, e foi até o centro da elevação. Daquele novo lugar, inspecionou o desfiladeiro. Não havia muito para ver. Na outra extremidade, o desfiladeiro se alargava e subia em uma longa e tortuosa encosta que desaparecia na neblina e na sombra. O druida não sabia determinar o que havia adiante. Olhou para o trecho do desfiladeiro ao seu redor e não viu nada que pudesse ajudar.

Mas alguma coisa o incomodava. Alguma coisa próxima. Fechou os olhos, limpou a mente e começou a sondar delicadamente o exterior com seus sentidos. Descobriu o que procurava quase na mesma hora e seus olhos se abriram de súbito para confirmar sua visão.

Por pouco não conseguia distinguir um pedaço mais escuro no verde da muralha de selva no lado de uma encosta a uns cem metros de distância. Era a caverna que Truls Rohk havia encontrado na noite anterior.

Ficou em pé, olhando para a escuridão, e não se moveu. A segunda chave estava lá dentro, esperando. Mas a coisa que a guardava também o estava esperando. Pensou por um momento qual seria a melhor maneira de se aproximar da caverna. Nenhuma solução se apresentava. Voltou-se para os elfos caçadores e fez um gesto para que ficassem onde estavam. Então desceu da plataforma de rocha e seguiu na direção da caverna.

Sentiu a presença retornar quase instantaneamente, mas já havia interiorizado seus pensamentos. Ele não era nada, um objeto sem propósito, aleatório e despido de pensamentos. Isolou-se criando uma muralha ao seu redor antes que a sentinela que guardava a chave pudesse ler suas intenções ou descobrir seu objetivo, e caminhou direto para dentro da caverna.

No interior dela, parou para pensar melhor. Não sentia mais a presença seguindo-o como uma sombra. Ela o havia deixado na entrada da caverna, assim como o deixara na plataforma. A rocha não lhe oferecia passagem, deduziu. Apenas o solo do qual drenava seu poder. Será que ele podia usar isso para se proteger de alguma maneira?

Pôs o pensamento de lado e olhou ao redor cuidadosamente. A caverna se abria em uma série de câmaras, pouco iluminadas por fendas na rocha que deixavam passar pequenos fachos de luz do alto do teto da selva. Walker começou a procurar a chave e encontrou-a quase no mesmo instante. Ela estava bastante visível, sobre uma pequena prateleira de rocha, sem proteção e sem vigilância. Walker estudou-a por um instante antes de pegá-la, e então a estudou um pouco mais. Sua configuração era semelhante à da outra que ele já possuía, com uma fonte de energia achatada e uma luz vermelha que piscava, mas os sulcos de metal desta formavam padrões diferentes.

Walker olhou desconfiado ao redor da caverna, procurando o guardião da chave, alguma pista de alarme, alguma coisa perigosa ou ameaçadora, e não encontrou nada.

Caminhou mais uma vez até a entrada da caverna e olhou para a clareira. Ard Patrinell e seus elfos caçadores estavam reunidos sobre a plataforma rochosa, olhando para ele. Na floresta que os cercava, nada se movia. Walker ficou onde estava. Alguma coisa tentaria detê-lo. Alguma coisa tinha de fazer isso. O que quer que protegesse a chave não iria simplesmente deixá-lo ir embora. Estava esperando por ele, sentia. Ali fora, nas árvores. Ali fora, no solo do qual conseguia sua força.

Ainda estava pensando no que fazer em seguida quando a terra embaixo dele sofreu uma erupção, explodindo em verde.

A bordo da *Jerle Shannara*, que flutuava em uma nuvem de neblina a duas clareiras de distância, Bek Rowe via Rue Meridian afrouxar o atrator radiano novo em folha de perto dos aríetes da proa quando a voz de Walker cortou agudamente o silêncio em que estava imerso.

Bek! Estamos sendo atacados! A dois desfiladeiros de distância! Mande Alt Mer trazer a aeronave! Jogue a cesta e nos tire daqui! Rápido!

Assustado pelo assalto inesperado, o garoto deu um pulo ao som da voz do druida. Então disparou para a cabine do piloto. Nunca lhe ocorreu questionar se estava sendo enganado. Nunca lhe ocorreu que a voz pudesse não ser verdadeira. A urgência que ela transmitia o catapultou pelo convés em desespero, gritando para o Ruivão como se tivesse sido ferido.

Em instantes, a aeronave alçava vôo por entre dois picos afiados, voando sobre os desfiladeiros aos quais não podia descer para alcançar os homens cercados.

Walker ficou olhando da entrada da caverna para os elfos caçadores presos na elevação rochosa. Todo o chão do desfiladeiro havia se elevado em um emaranhado de cipós e galhos retorcidos, todos tentando agarrar qualquer coisa que chegasse ao seu alcance. Eles haviam pegado o elfo caçador Brae antes que ele pudesse se defender, arrastaram-no para fora da elevação e o desmembraram enquanto ele gritava por socorro. Os outros três haviam recuado para o centro de sua ilhota. Espadas em riste, atacavam freneticamente os tentáculos que tentavam agarrá-los.

O druida enfiou a segunda chave bem no fundo de seus mantos e invocou o fogo druídico contra a muralha que havia se formado à sua frente. Chamas azuis dispararam contra o emaranhado e queimaram tudo o que tocaram, abrindo um caminho momentaneamente. Walker continuou seu ataque queimando a massa retorcida de folhagem na direção da elevação, procurando alcançar seus companheiros. Mas a selva se recusava a abrir caminho, tentando atacá-lo de todos os lados, fazendo-o recuar. Um peso enorme e implacável caiu sobre ele, deixando-o de joelhos. Recuou na entrada, aturdido com o impacto do ataque, e o peso diminuiu. O guardião da chave não podia alcançá-lo enquanto permanecesse protegido pela rocha da caverna. Mas faria com que ele ficasse ali para sempre.

Então percebeu o que havia acontecido, tanto ali quanto em Flay Creech. Os guardiões das chaves haviam sido colocados de guarda contra qualquer presença estranha e todas as ameaças de roubo das chaves. Não eram entidades pensantes e não confiavam na razão; agiam por puro instinto. Enguias e selva haviam sido condicionadas para servir a um único objetivo. Como e por quem isso havia sido conseguido Walker não tinha idéia. Mas seu poder era enorme, e embora provavelmente confinado a uma pequena área, era mais do que suficiente para derrotar qualquer um que chegasse perto.

A selva avançou em sua direção através da entrada da caverna e ele respondeu com o fogo druídico, esturricando cipós e galhos, enchendo o ar com nuvens de fumaça e cinzas. Se Redden Alt Mer não os alcançasse logo, estariam acabados. Os elfos não tinham esperança de suportar um ataque prolongado na plataforma. E até mesmo a magia de um druida tinha seus limites.

Motivado por um quê de desespero, avançou à força, novamente determinado a se libertar. Atacou a muralha da selva em uma tentativa de alcançar a luz que havia adiante. Ao fazer isso, captou um vislumbre da *Jerle Shannara* passando no alto e ouviu os gritos de sua equipe. Os elfos aprisionados na elevação olharam para o céu também, distraídos por um momento, e o alto Dace pagou o preço. Derrubado no chão por uma rasteira de tufos mais altos de grama, suas pernas ficaram emaranhadas na trama implacável. Dando chutes furiosos, ele lutou em vão para se libertar. Patrinell e Kian estenderam as mãos para ele, mas o elfo já havia sido arrancado da elevação e carregado para a morte.

Então uma torrente de fogo líquido desceu ao redor da ilha rochosa, cercando os elfos caçadores aprisionados. Derramada de barris armazenados a bordo da nave, ela choveu sobre os cipós e a grama e explodiu em chamas. No rastro do fogo, desceu a cesta, parando com um solavanco logo acima de Ard Patrinell e Kian. Interrompendo sua luta com a selva, eles pularam para dentro e foram puxados para a segurança.

Agora a selva se voltava para Walker, cipós e gramas altas, galhos e troncos grossos, retorcendo-se e contorcendo-se em fúria. Walker estava na abertura da caverna e queimou-os com o fogo druídico para impedir o seu avanço. Mais alguns instantes e estaria livre.

Mas o guardião da chave estava determinado a pegá-lo. O galho de uma sarça saiu serpenteando das sombras ao seu lado e chicoteou o rosto do druida. Agulhas de cinco centímetros picaram sua carne, arranhando-lhe o braço e o flanco. Walker sentiu o veneno penetrar na mesma hora, um fogo frio. Arrancou o galho da sarça, jogou-o no chão e transformou-o em cinzas.

Então a cesta caiu à sua frente e ele se arrastou para dentro. Os cipós o agarravam frenéticos enquanto ele subia. Com suas últimas forças, Walker queimou-os, incendiando-os um a um, lutando para permanecer consciente. A cesta se soltou com um tranco e começou a subir rapidamente. A aeronave subiu também, alçando vôo para o azul do céu. Rostos ansiosos olhavam para ele da amurada, borrados e desvanecendo-se depressa. Ele lutou para mantê-los em foco, mas não conseguiu. Desabando no chão da cesta, perdeu a consciência.

Lá embaixo, o chão do vale se retorcia em uma massa furiosa de galhos murchos e em seguida desapareceu em nuvens negras de fumaça.

22

Por seis dias e seis noites, Walker esteve perto da morte. Rápido e mortal, o veneno dos espinhos da sarça havia penetrado fundo em seu corpo. Quando ele foi levado de volta a bordo da *Jerle Shannara*, já estava começando a entrar em colapso. O elfo curandeiro Joad Rish reconheceu os sintomas imediatamente e o manteve consciente pelo tempo necessário para fazê-lo engolir um antídoto, e passou os minutos seguintes ansioso, aplicando compressas de folhas aos ferimentos para retirar o veneno.

Embora os esforços do curandeiro diminuíssem o veneno e atenuassem seu efeito fatal, não podiam contra-atacá-lo completamente. Por insistência de Redden Alt Mer, Walker foi levado para baixo e colocado na cabine do capitão rover, e lá Joad Rish enrolou o druida doente em cobertores para mantê-lo aquecido, lhe deu líquidos para evitar a desidratação, trocou suas compressas regularmente. Sentou ao lado do enfermo, vigiando o seu estado. O próprio corpo de Walker estava fazendo mais do que o curandeiro podia para mantê-lo vivo. Ele travava uma batalha silenciosa, visível para o curandeiro, mas este não podia fazer muito além de prestar assistência.

Bek Rowe ficou lá a maior parte do tempo. Desde que Walker o invocara durante o ataque na selva, ele se sentia ligado ao druida de uma nova e inesperada maneira. Havia uma dose considerável de espanto e confusão entre os membros da nave pelo fato de apenas ele ter ouvido o chamado de Walker. Ninguém falara muito a respeito disso ainda, mas Bek podia imaginar o que estavam pensando. Se o druida podia ter invocado qualquer um, teria invocado

Redden Alt Mer, que pilotava a aeronave e podia reagir mais diretamente do que Bek Rowe. Mas o Ruivão não ouvira nada. Nem Quentin nem Panax ou sequer Ryer Ord Star. Talvez nem mesmo Truls Rohk tivesse ouvido. Somente Bek. Como podia ser isso? Por que Bek seria capaz de receber um chamado daquela natureza quando mais ninguém podia? Como Walker, que por isso mesmo o escolhera, soubera que Bek podia ouvi-lo?

As questões o atormentavam e não haveria respostas a menos que o druida se recuperasse de suas feridas. Mas não fora por essa razão que Bek escolhera vigiar o druida. Foi porque tinha medo de que Walker, trancado dentro de seu corpo enquanto estivesse inconsciente e ferido, necessitando da ajuda que não pudesse comunicar de outra forma, o chamasse novamente. Talvez a distância não fosse um problema para o druida quando ele estivesse bem, mas e se fosse quando estivesse doente? Se Bek não estivesse por perto e atento, um grito de socorro poderia passar despercebido. Bek não queria isso em sua consciência. Se houvesse uma maneira de salvar a vida do druida, ele tinha de estar por perto para agir.

Então sentou-se à cabeceira de Walker na cabine de Redden Alt Mer e ficou olhando em silêncio enquanto Joad Rish trabalhava. Dormia de vez em quando, mas apenas em cochilos e nunca profundamente. Ahren Elessedil trazia suas refeições e Quentin e Panax foram visitá-lo. Nenhum esforço foi feito para retirá-lo da cabine. No mínimo a equipe da nave parecia sentir que o lugar dele era de fato ao lado do druida.

Ele não manteve sozinho a vigília sobre Walker, fato que não surpreendeu ninguém. Durante todo o tempo a jovem vidente Ryer Ord Star ficou ali sentada com ele. Como fazia desde a partida de Arborlon, ela ficou próxima ao druida como se fosse sua sombra. Estudava-o intensamente durante sua luta, a cabeça curvada em concentração. Observava enquanto Joad Rish trabalhava, perguntando ocasionalmente o que ele estava fazendo, concordando com as respostas dele, dando uma aprovação silenciosa de apoio aos seus esforços. De vez em quando falava com Bek, uma ou duas palavras aqui ou acolá, nunca mais do que isso, sempre com os olhos voltados para o druida. Bek estudou-a sub-repticiamente, tentando ler seus pensamentos, ver dentro de sua mente fundo o bastante para descobrir se ela havia captado um vislumbre do destino de Walker. Mas a vidente nada revelava, seu rosto fino e jovem era uma máscara a velar qualquer segredo.

Uma vez, quando Joad Rish os havia deixado a sós e estavam sentados em um banco de madeira ao lado do druida, na penumbra iluminada por velas, Bek perguntou a ela se achava que Walker viveria.

— Seu desejo é muito forte — ela respondeu suavemente. — Mas a necessidade que tem por mim é maior.

Ele não fazia idéia do que ela estava falando e não conseguiu achar uma maneira de responder. Ficou em silêncio até a volta de Joad Rish e deixaram o assunto de lado. Mas ele não conseguiu afastar a sensação de que a jovem estava dizendo que, de alguma forma inexplicável, a vida de Walker estava ligada à dela.

Conforme descobriu duas noites mais tarde, estava certo. Joad Rish havia anunciado no começo do dia que fizera tudo o que podia pelo druida; mais do que aquilo, apenas por conta e risco do próprio paciente. Não havia abandonado a esperança nem desistido de seu tratamento, mas não ocorria nenhuma alteração no estado de Walker e ele estava claramente preocupado. Bek podia dizer que o druida havia chegado a um ponto crítico de sua batalha. Não estava mais dormindo tranqüilo, mas se debatia e se retorcia em sua inconsciência, delirando e suando muito. Sua grande força de vontade parecia ter atingido uma muralha e o veneno forçava incansavelmente a passagem através dela. Bek teve uma sensação desagradável do que Walker estava perdendo terreno.

Ryer Ord Star deve ter pensado a mesma coisa. Subitamente, ela se levantou quando a meia-noite se aproximava e anunciou a Joad Rish que deveria se afastar de Walker e dar a ela uma chance de ajudá-lo. O curandeiro hesitou, mas então, por algum motivo, decidiu aceitar. Talvez conhecesse a reputação dos poderes de sua empatia e esperasse que ela pudesse fazer algo para aliviar a tensão de seu paciente. Talvez achasse que não havia mais nada que pudesse fazer — então, por que não deixar mais alguém tentar? Foi até o banco ao lado de Bek e juntos viram a jovem vidente se aproximar.

Ela curvou-se sobre o druida sem emitir um som. Como a sombra que tão freqüentemente parecia, era como se flutuasse sobre ele, as mãos colocadas cuidadosamente sobre suas faces, sua forma magra cobrindo a dele próprio.

Falava com gentileza e suavidade, sem que Bek e Joad Rish pudessem entender as palavras, murmúrios que desapareciam nos sons da aeronave que navegava ao sabor do vento da noite. Ela continuou por um longo tempo, ligando-se a Walker, deduziu Bek, pelo som de sua voz e seu toque. Ela queria que ele sentisse sua presença. Queria que ele soubesse que ela estava ali.

Então encostou a face contra a testa dele, mantendo as mãos em seu rosto, em silêncio. Fechou os olhos e respirou fundo e firme. Walker começou a sofrer convulsões, o corpo se levantando da cama em violentos espasmos, gemendo. Ela se agarrava a ele enquanto ele se debatia e seu próprio corpo sacudia em resposta ao dele. Seu rosto fino ficou molhado de suor e sua testa pálida franzida de angústia. Joad Rish fez que ia até eles, mas tornou a se sentar. Nem ele nem Bek olharam um para o outro, seus olhos fixos no drama que se desenrolava.

A estranha dança entre druida e vidente continuou por um longo tempo, um intercâmbio de movimentos súbitos e reações hostis. Ela está tomando o veneno com sua doença e dor para si mesma, Bek pensou a certa altura, vendo como o corpo dela enrijecia e seu rosto se contorcia. Ela está absorvendo para si mesma o que o está matando. Mas será que isso não irá matá-la? O quanto ela pode ser mais forte do que o druida, esta pequena e frágil criatura? Sentia-se impotente e frustrado observando-a trabalhar. Mas nada podia fazer.

Então ela desabou no chão tão subitamente que tanto Bek quanto o curandeiro pularam para acudi-la. Estava inconsciente. Colocaram-na em um colchão extra no chão da cabine e cobriram-na com cobertores. Ela dormia profundamente, trancada dentro de si mesma, carregando o veneno de Walker em seu interior, levando consigo a dor e a doença dele; Walker dormia em paz, parara de se debater e não mais se revirava. Joad Rish examinou os dois, ouvindo o coração e a pulsação, sentindo a temperatura e verificando a respiração. Olhou para Bek quando acabou e balançou a cabeça, incerto. Não sabia dizer se ela havia sido bem-sucedida ou não. Estavam vivos, mas era impossível para ele julgar se permaneceriam assim.

Voltou para o banco e a espera recomeçou.

Ao amanhecer, a *Jerle Shannara* se deparou com a pior tempestade da viagem. Redden Alt Mer sentira a noite inteira que ela estava chegando, conforme assinalado por súbitas quedas de temperatura e mudanças no vento. Quando a aurora rompeu, cinzenta como ferro e vermelha como sangue, ele ordenou que as velas fossem recolhidas e todos os atratores fossem reduzidos, menos os principais. Relâmpagos brilhavam ao longe, riscos tortuosos cruzando os céus a noroeste, e nuvens de trovoada rolavam pelo horizonte em maciços bancos escuros. Colocando o confiável Furl Hawken no timão, o Ruivão foi até o convés principal para orientar sua tripulação rover. Tudo o que já não estivesse preso foi amarrado. Todos que não faziam parte da tripulação foram enviados para baixo e ordenados a permanecer lá. Rue Meridian foi despachada para a cabine de seu irmão para se certificar de que Walker estava amarrado à sua cama e para avisar Bek, Ryer Ord Star e Joad Rish que vinha um tempo muito ruim à frente.

Quando tudo isto já havia sido feito e a Ruivinha estava de volta, o vento uivava por sobre o convés e passava pelos mastros e traves como se fosse uma coisa viva. A chuva começou a desabar das nuvens e a escuridão desceu sobre a aeronave em uma onda asfixiante. Redden Alt Mer tomou o timão das mãos de Furl Hawken, mas ordenou que o outro ficasse por perto. Spanner Frew já estava posicionado na popa, de onde podia ver tudo adiante de sua posição. A Ruivinha foi para a proa. Toda a tripulação estava presa com linhas de segurança e agachada no abrigo das amuradas e mastros à espera do que estava por vir.

O que veio foi feroz. A tempestade os engoliu em uma única bocada de fúria negra que se sobrepôs a todos os outros sons e imagens, os encharcou de chuva e os golpeou com ventos tão fortes que parecia que a nave iria se desfazer. Procurando um lugar para fugir da tempestade, o Ruivão levou a *Jerle Shannara* para baixo, para pouco mais de trinta metros acima da superfície do oceano. Não desceria totalmente a nave, pois o oceano era mais perigoso do que o vento. O que podia ver da Divisa Azul, com a iluminação intermitente dos relâmpagos, o convenceu de que fizera a escolha certa. A superfície do oceano era um caldeirão de espuma turbilhonante formada por vales negros de aspecto terrível com ondas que subiam até quinze, vinte metros. No ar eles sofreriam golpes duros, mas não afundariam.

Mesmo assim, o capitão rover começou a temer que a nave pudesse se quebrar. Traves e cordames desabavam sobre o convés, voando para o vácuo exposto ao vento. A aeronave era esguia, flexível, e podia superar a pior rajada de vento, mas estava tomando uma surra e tanto. Ela jogava e mergulhava selvagemente. Virava para a esquerda e para a direita com tamanha brusquidão que fazia os estômagos se revirarem e as mandíbulas se fecharem. Redden Alt Mer mantinha-se firme e forte na cabine do piloto, tentando manter sua nave no curso e no prumo, mas mesmo isso logo se mostrou impossível. Não sabia dizer em que direção eles viajavam, a que velocidade estavam ou em que ponto dentro da tempestade se encontravam. Tudo o que conseguia era mantê-los de frente para o vento e paralelos com a linha do mar.

A peleja prosseguiu por toda a manhã. Por diversas vezes o Ruivão entregou o timão para Furl Hawken e afundou no abrigo da cabine do piloto para alguns momentos de descanso. Por causa do vento, ele perdera temporariamente a audição e sentia a pele do rosto e das mãos abrasada. Seu corpo doía e seus braços e pernas latejavam de tanto lutar para segurar firme o timão. Mas cada vez que descansava tinha medo de que estivesse levando tempo demais. Alguns minutos eram tudo o que ele se permitia. A responsabilidade pela nave e pela tripulação pertencia a ele e não entregaria essa responsabilidade a mais ninguém. Furl Hawken era totalmente capaz, mas a segurança da nave e de seus integrantes pertencia ao capitão. Ele podia ter dividido sua tarefa com a Ruivinha, mas não tinha idéia de onde ela estava. Não a via há horas. Não conseguia mais ver a proa ou a popa da nave nem ninguém sobre ela.

A tempestade por fim passou, deixando todos a bordo da nave encharcados, esgotados e felizes por estarem vivos. Fora a pior tempestade de que Redden Alt Mer conseguia se lembrar. Achava que tiveram sorte de terem um vaso tão bem construído quanto a *Jerle Shannara* para suportar aquilo, e uma das primeiras coisas que fez depois de uma correção apressada e meio deduzida de sua direção foi deixar o timão nas mãos de Furl Hawken para que pudesse dizer isso a Spanner Frew. Uma rápida vistoria na nave revelou que todos ainda estavam com eles, embora alguns membros tivessem tido pequenos ferimentos. A Ruivinha saiu do abrigo dos aríetes de proa para avisá-lo de que haviam perdido diversos mastros e dois atratores radianos, mas não tinham maiores danos. O problema mais imediato que enfrentavam era que uma escotilha dianteira havia caído sobre os barris de água e toda a sua água fresca se perdera. Seria necessário procurar mais.

Foi a essa altura que Alt Mer se lembrou dos cavaleiros alados e seus rocas, que haviam cavalgado a tempestade por conta própria. Procurou os céus em vão. Todos os três tinham desaparecido.

Bem, não havia nada que pudesse fazer. Ainda tinham metade de um dia de luz e ele pretendia tirar vantagem disso. Ainda estavam seguindo o mapa de Walker, navegando na direção da última das três ilhas. Muito embora o druida estivesse perdido para eles por ora, prosseguir fazia mais sentido do que voltar ou ficarem parados. Se o druida morresse, uma decisão diferente podia ser necessária, mas somente então ele a tomaria.

— Traga todos para cima e coloque-os para trabalhar na limpeza — disse à irmã. — E veja como está o druida.

Ela foi na hora, mas foi Bek Rowe quem apareceu com a notícia que ele procurava.

— Ele está dormindo melhor agora e Joad Rish acha que ele vai se recuperar. — Bek parecia exausto, mas satisfeito. — Não preciso ficar mais lá embaixo. Posso ajudar no que for necessário aqui em cima.

Alt Mer sorriu e deu um tapa nas costas do garoto.

— Você é um ótimo rapaz, Bek. Tenho sorte de ter você como meu bom braço direito. Então está bem. Vá aonde quiser agora. Dê uma ajuda onde for necessário.

O garoto foi imediatamente se juntar a Rue Meridian, que estava jogando fora um dos mastros quebrados. O Ruivão o observou por um instante, e em seguida voltou para a cabine do piloto com Furl Hawken e ficou olhando Bek mais um pouco.

— Esse garoto está apaixonado por ela, Furl — declarou com um suspiro melancólico.

Furl Hawken concordou.

— E não é assim com todos? Não que isso vá fazer algum bem a ele ou a qualquer outro.

Redden Alt Mer apertou os lábios, pensativo.

— Talvez Bek Rowe nos surpreenda.

Seu amigo soltou um grunhido.

— Talvez as vacas possam voar.

Voltaram sua atenção para determinar a posição do navio, fazendo leituras de bússola e sextante, e iniciando uma busca por marcos no mapa. Por ora, pouco podiam fazer a não ser esperar. As estrelas lhes dariam uma melhor leitura à noite. No dia seguinte eles veriam o bom tempo retornar e teriam uma navegação clara. Talvez os cavaleiros alados aparecessem de onde quer que tivessem ficado. Talvez Walker estivesse novamente de pé.

Redden Alt Mer deu uma olhada em sua irmã e Bek Rowe mais uma vez e sorriu. Talvez as vacas voassem.

Quase vinte e quatro horas haviam se passado quando os cavaleiros alados apareceram no horizonte oriental, voando na direção da aeronave por um céu claro e sobre águas plácidas. Hunter Predd cavalgava o pássaro líder. Estava firme e calmo quando chegou perto o suficiente para gritar para Redden Alt Mer.

— É um prazer revê-lo, capitão! Você está bem?

— Nós sobrevivemos, cavaleiro alado! O que atrasou vocês?

Hunter Predd deu um sorriso torto. Humor rover.

— Vimos a tempestade chegando e achamos uma ilha para esperá-la passar! Ninguém quer ser apanhado sobre um roca numa tempestade como aquela! Seria jogado bem fora de seu curso, você sabe!

Alt Mer assentiu.

— Estamos lutando para achar o caminho de volta! O que precisamos agora é de água fresca! Pode achar um pouco para nós?

O cavaleiro alado assentiu.

— Vamos dar uma olhada! Não se afaste enquanto estivermos fora!

Com Gill e Po Kelles a reboque, direcionou Obsidian para sudoeste e começou a rastrear o caminho do sol em busca de uma ilha. Os cavaleiros alados haviam suportado a tempestade em uma ilha a alguns quilômetros a leste, em uma enseada protegida por colinas com árvores. Haviam perdido todo o contato com a aeronave de sua companhia, mas não havia como evitar. Voar seus rocas em ventos com aquela força os teria matado a todos. A experiência os ensinara a aceitar qualquer abrigo que pudessem encontrar quando aparecia uma tempestade ruim. Haviam permanecido na ilha por toda a noite e partido ao amanhecer. Os rocas eram pássaros inteligentes, com uma visão extraordinária, e seus instintos de rastreamento eram quase infalíveis.

Utilizando o método que haviam empregado incontáveis vezes antes, os cavaleiros alados haviam voado em um padrão de busca em espiral que os acabou levando de volta à *Jerle Shannara*.

Hunter Predd suspirou. Tempestades e outros desafios de navegação não o preocupavam tanto assim. Mas perder Walker era outra coisa. Supunha que Walker ainda estava vivo pelo simples fato de que Redden Alt Mer não dissera o contrário. Talvez o druida tivesse até melhorado. Mas tê-lo incapacitado mesmo que temporariamente apontava drasticamente o elo fraco na corrente que ancorava toda aquela expedição: somente Walker compreendia o que eles estavam tentando realizar. Claro, um punhado de outras pessoas sabia a respeito das chaves, das ilhas e da natureza de seu destino. Também era óbvio que a vidente teria suas visões e as informações que elas fornecessem. Talvez até houvesse mais algumas coisas que um ou dois conhecessem e fossem cruciais para o sucesso da viagem.

Mas Walker era o que unia a tripulação, o único que entendia completamente a situação como um todo. Ele dissera a Hunter Predd que precisava da experiência e do *insight* de um cavaleiro alado para ajudá-lo a ter sucesso naquela expedição. Rogara que o cavaleiro alado ficasse atento. Mas na metade do tempo Hunter sentia como se estivesse tateando às cegas. Nunca estava inteiramente seguro do que procurava, a não ser no contexto muito estrito da circunstância momentânea. Já era ruim trabalhar daquela maneira com Walker são e salvo. Mas se o druida estava incapacitado, como o resto, sabendo tão pouco, poderia funcionar de forma confiável? Na melhor das hipóteses, seria tudo uma questão de adivinhação.

Decidiu que não poderia permitir que essa situação continuasse. Caçar e executar serviços de batedor em território desconhecido, a quilômetros de qualquer continente, era suficientemente perigoso. Mas fazê-lo sem ter uma idéia clara de seu objetivo era intolerável. Decerto outros a bordo da nave deviam sentir a mesma coisa. E quanto a Bek Rowe e Quentin Leah? Eles também haviam ganho a confiança do druida. Também receberam os mesmos encargos que ele. Mal falara com qualquer um dos dois desde que partiram, mas certamente eles deveriam estar sentindo o mesmo aborrecimento que ele.

Mesmo assim, Hunter Predd relutava em forçar o assunto. Era um cavaleiro treinado da Confraria Alada e compreendia a importância de obedecer ordens sem questioná-las. Os líderes nem sempre diziam tudo o que sabiam àqueles a quem lideravam. Certamente ele não o fazia com Gill e Po. Deles se esperava que aceitassem as missões que recebiam e que fizessem conforme lhes fosse ordenado.

Balançou a cabeça. Se não houvesse ordem, corria-se o risco da anarquia. Mas, se houvesse ordens demais, corria-se o risco da revolta. Era uma fina linha sobre a qual se equilibrar.

Ainda estava ponderando esse dilema, tentando raciocinar, quando avistou a ilha.

Havia nuvens de tempestade adiante, e a princípio ele pensou que a ilha fazia parte delas. Mas, ao chegar mais perto, percebeu que o que havia tomado por nuvens escuras eram penhascos escarpados do tipo que haviam encontrado em Shatterstone, suas faces devastadas expostas ao vento incessante. As folhagens cresciam densas e luxuriantes no interior, no lado esquerdo da ilha. O cavaleiro alado apertou os olhos contra o brilho das cascatas que caíam das rochas em longas faixas prateadas e da luz do sol que refletia o verde brilhante das árvores. Ali havia água fresca disponível, pensou.

Então algo de estranho atraiu sua atenção. Centenas de manchas escuras pontilhavam as escarpas, como se elas tivessem buracos profundos após longos anos de severas intempéries.

— O que é aquilo? — Hunter Predd murmurou para si mesmo. Girou Obsidian, fazendo um gesto para que Gill passasse para a sua esquerda e Po Kelles cobrisse seu flanco direito. Planando em um longo movimento de descida, aproximaram-se da ilha e de suas escarpas, tentando enxergar por entre o brilho do sol da tarde.

Hunter Predd piscou. Um dos pontos escuros havia se movido? Ele olhou para Po. O jovem cavaleiro alado assentiu em resposta. Ele também havia visto aquilo. Hunter Predd fez um gesto para que ele recuasse.

Estava tentando fazer um sinal para Gill, cuja concentração fora distraída por um bando de baleias que passava, quando vários dos pontos escuros afastaram-se completamente das escarpas.

Abaixo dele, Obsidian ficou tenso e soltou um grito de alarme. Os pontos pretos abriram asas, o que lhes dava tamanho e forma. Hunter Predd congelou. O roca havia reconhecido o perigo antes dele. Shrikes! Shrikes de guerra!

Os mais ferozes e selvagens da raça. Aquela ilha, na qual os rocas e os cavaleiros alados haviam tropeçado sem querer, devia ser seu território de acasalamento. Os shrikes de guerra não iriam tolerar uma invasão de seu hábitat, independentemente do motivo. Os rocas eram seus inimigos naturais e os shrikes iriam atacar.

Hunter Predd deu meia-volta rápido em Obsidian, vendo Po Kelles e Niciannon o acompanharem. Para seu espanto, Gill continuou a avançar. Ou não havia visto os shrikes ou não reconhecera o que eram. Era inútil gritar avisos daquela distância, por isso usou o sinal de assovio. Espantado, Gill olhou para trás e viu seus companheiros apontando. Então avistou os shrikes. Frenético, puxou as rédeas de Tashin. Mas o roca entrou em pânico e, em vez de dar meia-volta, desceu em um mergulho profundo em espiral na direção do oceano, nivelando com o mar apenas no último minuto possível.

Então começou a voar em disparada atrás de Obsidian e Niciannon, mas ainda estava muito para trás e os shrikes estavam se aproximando. Shrikes de guerra eram rápidos, voadores poderosos de curto percurso. A melhor esperança de um roca era ganhar altura e distância. Hunter Predd percebeu que Tashin não conseguira fazer nenhuma das duas coisas e não escaparia.

Levou Obsidian de volta rapidamente e voou na direção dos shrikes em desafio, tentando distraí-los. Po Kelles e Niciannon emparelharam com ele quase imediatamente. Ambos os rocas gritavam enfurecidos para os shrikes, o ódio que tinham de seus inimigos era tão grande quanto o de seus inimigos por eles. Presos a seus arreios de cavalgada por linhas de segurança e agarrando suas montarias com joelhos e botas, ambos os cavaleiros alados pegaram seus arcos longos e as flechas que haviam sido mergulhadas em um extrato de urtigas de fogo e meimendro. Próximos agora o bastante para encontrar seus alvos, começaram a disparar sobre os shrikes.

Alguns de seus mísseis atingiram o alvo. Alguns dos shrikes até desistiram do ataque e voltaram para a ilha. Mas o grosso deles, mais de vinte, desceu sobre Gill e Tashin como uma nuvem negra e os apanhou logo acima da superfície da água. Gill foi arrancado das costas de seu roca na primeira passagem. Garras aguçadas e bicos pontudos espalharam partes de seu corpo para todos os lados em uma nuvem vermelha. Tashin só durou alguns segundos a mais. Estremecendo com os golpes recebidos, endireitou-se por um instante e logo desapareceu sob um enxame de corpos negros. Forçado a descer para o oceano, foi rapidamente feito em pedaços.

Hunter Predd olhou a carnificina abaixo com desespero e fúria impotentes. Tudo acontecera tão rápido! Um minuto ali, no seguinte não mais. Vivo, e então uma lembrança, uma perda de vida sem sentido que não deveria ter acontecido. Mas o que poderia ter sido feito para evitá-lo? O que ele poderia ter feito?

Fez Obsidian dar meia-volta. Po Kelles e Niciannon o seguiram. Logo ganharam altura e depois distância, e em questão de instantes estavam em segurança. Seus perseguidores não foram atrás deles; estavam ocupados demais para isso, voando em círculos sobre o amplo trecho de oceano fervilhante coberto de penas e sangue. Os cavaleiros alados saíram voando e não olharam para trás.

23

Depois de terem seu número subtraído por três em questão de poucos dias, os homens e mulheres da *Jerle Shannara* continuaram sua viagem por mais seis semanas sem incidentes. Mesmo assim, os temperamentos se incendiavam com mais facilidade do que antes. Talvez fosse a tensão do confinamento prolongado ou a crescente incerteza de seu destino, ou simplesmente a mudança de clima à medida que a nave se dirigia para o norte, o ar ficava frio e seco e as tempestades se tornavam mais freqüentes, mas todo mundo estava à flor da pele.

A mudança em Walker era visível. Recuperado de sua provação em Shatterstone, mesmo assim ele estava agora cada vez mais arredio e menos amigável. Parecia tão seguro de si como sempre, e tão determinado em seu propósito quanto antes, mas se distanciava de maneiras que não deixavam dúvida de que ele preferia sua própria companhia à dos outros. Consultava Redden Alt Mer regularmente com relação ao progresso da nave e falava de forma civilizada com todos que encontrava, mas parecia fazer isso como se estivesse muito longe. Cancelou as reuniões noturnas nos aposentos do capitão rover, anunciando que não eram mais necessárias. Ryer Ord Star ainda o seguia por toda parte como um cãozinho perdido, mas ele parecia não se dar conta dela. Até mesmo Bek Rowe achou dificuldades em falar-lhe, o bastante para que o garoto desistisse de perguntar por que ele, em particular, fora invocado mentalmente em Shatterstone.

Tampouco, entre os membros da companhia, Walker fora o único afetado. Ard Patrinell ainda trabalhava com seus elfos caçadores diariamente, assim como com Quentin Leah e Ahren Elessedil, mas ficava praticamente invisível o resto do tempo. Spanner Frew era um barril de pólvora esperando para explodir. Certa vez entrou em uma discussão com o Ruivão, e ambos berravam tanto que levaram todos no convés a olhar para eles. Rue Meridian ficava cada vez mais quieta e sombria com todos, menos com seu irmão e com Bek. Ela gostava claramente de estar com Bek e passava muito de seu tempo trocando histórias com ele. Ninguém compreendia a atração que ela sentia pelo garoto, mas Bek se deleitava em sua companhia. Panax balançava a cabeça para tudo e passava todo o seu tempo esculpindo. Truls Rohk era um fantasma.

Certa vez, Hunter Predd veio a bordo para um confronto difícil e sussurrado com Walker que não pareceu satisfazer nenhum dos dois e deixou o cavaleiro alado zangado quando terminou.

Eles haviam partido havia quase quatro meses e a viagem estava começando a cansá-los. Os dias se passavam sem avistamento de terra e às vezes esses dias se transformavam em semanas. O número de ilhas pelas quais passavam diminuiu e foi necessário racionar mais estritamente suas provisões de água. Frutas frescas quase não havia mais e a água da chuva era apanhada em lonas esticadas sobre o convés para complementar o que era coletado. As rotinas ficavam cansativas e cada vez era mais difícil inventar mudanças. O curso de suas vidas foi se acomodando em uma mesmice anestesiada que deixava todos insatisfeitos.

Não havia como evitar, Rue Meridian explicou para Bek certo dia ao conversarem sentados no convés. A vida a bordo de um navio fazia isso com as pessoas, e as longas viagens eram as piores. Parte disso tinha a ver com o fato de que exploradores e aventureiros detestavam confinamento. Até mesmo os membros da tripulação rover gostavam de se mover mais do que era permitido ali. Nenhum deles jamais havia partido em uma viagem de tamanha extensão e estavam descobrindo sentimentos e reações que nem sabiam existir. Tudo isso mudaria quando alcançassem seu destino, mas até lá eles simplesmente teriam de viver com seu desconforto.

— Ser marinheiro requer muita sorte, Bek — ela lhe disse. — Pilotar aeronaves é um negócio arriscado mesmo com um capitão tão experiente quanto o Ruivão. Suas tripulações gostam dele mais por sua sorte do que por sua perícia. Os rovers são uma cambada de supersticiosos e estão constantemente procurando augúrios favoráveis. Não se sentem bem com novas experiências e lugares desconhecidos se isso vem à custa das vidas de seus colegas de navio. Eles são atraídos para o desconhecido, mas encontram consolo no que é familiar e garantido. Parece uma contradição, não é?

— Eu achava que os rovers fossem mais adaptáveis — respondeu ele.

Ela deu de ombros.

— Rovers são um paradoxo. Eles gostam de movimento e de novos lugares. Não gostam do desconhecido. Não confiam na magia. Acreditam em destino e em profecias. Minha mãe lia nos ossos o futuro de seus filhos. Meu pai lia as estrelas. Isso nem sempre faz sentido, mas o que é que faz sentido? É melhor ser um anão ou um rover? É melhor ter sua vida fixada e determinada ou fazer com que ela mude a cada soprar do vento? Depende do ponto de vista, não é? As demandas desta viagem em particular são uma nova experiência para todos, e cada um de nós tem de encontrar uma maneira de lidar com elas.

Bek não se incomodava em fazer isso. Era, por natureza, daqueles que aceitam, e aprendera há muito tempo a viver em quaisquer condições e circunstâncias que aparecessem. Talvez isso fosse devido ao fato de ele ser um órfão entregue às mãos da família de um estranho e de ter sido criado com as histórias de outra pessoa. Talvez isso viesse de uma abordagem de vida que questionava tudo de forma natural, de modo que as incertezas de sua expedição não o cansavam de modo tão cruel. Afinal, ele não havia entrado nessa empreitada com a mesma animação da maioria dos outros e seu equilíbrio emocional era maior.

Até certo ponto, descobriu que era uma influência calmante para os outros membros da companhia. Quando eles estavam ao seu redor, pareciam ficar mais à vontade e cada vez menos irritados. Não sabia por que isso acontecia, mas ficou feliz por ser capaz de oferecer algo de valor tangível e fazia o melhor que podia para apaziguar os ânimos quando os encontrava agitados. Quentin também era de alguma utilidade nisto. Nada jamais parecia alterar o primo de Bek. Ele continuava tão ansioso, animado e esperançoso quanto antes, o único membro da companhia que genuinamente gostava de cada dia e esperava ansioso pelo dia seguinte. Era a natureza de sua personalidade, claro, mas isso fornecia uma dose necessária de inspiração para aqueles que possuíam uma atitude menos generosa.

Pouco depois de seu encontro com os shrikes, a aeronave assumiu uma direção mais para o norte, de acordo com as instruções do mapa. Com o passar dos dias, o tempo ficava mais frio. O outono havia chegado e uma friagem também era aparente na maresia. O céu tinha uma tonalidade cinza-chumbo na maior parte do tempo, e, nas manhãs mais frias, uma fina camada de gelo se formava nas amuradas da nave. Furl Hawken trouxe casacos pesados, luvas e botas para a companhia e fogueiras foram acesas no convés à noite para os vigias. Os dias ficavam cada vez mais curtos, as noites cada vez mais longas; o sol se levantava, no céu oriental, cada vez mais distante do sul.

Flocos de neve apareceram pela primeira vez apenas duas noites depois que a *Jerle Shannara* chegou à ilha de Mephitic.

Walker estava em pé na proa da aeronave para estudar a ilha durante sua aproximação. Os cavaleiros alados haviam descoberto a ilha muitas horas antes, enquanto faziam sua costumeira varredura para diante e para cada lado da linha de vôo da nave. Redden Alt Mer havia ajustado seu curso ao ser informado, e agora Mephitic estava logo à frente, uma jóia verde brilhando no sol do meio-dia.

Aquela ilha era diferente das outras duas, como Walker já sabia. Mephitic era baixa e ampla, compreendendo colinas ondulantes, florestas densas e amplos terrenos gramados. Ela não possuía as altas encostas de Shatterstone nem o terreno pedregoso e desolado de Flay Creech. Era muito maior do que as duas, grande o bastante para que, na névoa da luz outonal do meio-dia, Walker não conseguisse ver a outra ponta. Ela não parecia terrível. Tinha o aspecto da Terra Ocidental na parte em que fazia fronteira com as planícies de Streleheim ao norte e Myrian ao sul. Quando a aeronave desceu na direção de suas margens e iniciou um lento círculo ao longo da linha da costa, ele viu pequenos cervos pastando pacificamente e bandos de pássaros em vôo. Nada parecia fora do lugar nem perigoso. Nada ameaçava.

Walker descobriu o que estava procurando em sua primeira passagem. Um castelo maciço empoleirado em um penhasco baixo na direção oeste, uma densa floresta às costas e na frente uma planície ampla. O castelo era velho, em ruínas, suas portas corrediças desabadas, suas janelas e portas não mais do que buracos vazios e escuros, e suas ameias e pátios desertos. Ela fora uma fortaleza poderosa em outros tempos e suas muralhas e prédios externos se espalhavam pela planície por talvez dois quilômetros em todas as direções. O castelo central era tão grande quanto Paranor e tão formidável quanto ele.

Ao contrário das outras duas ilhas, onde somente o nome fora escrito, Mephitic havia sido cuidadosamente desenhada no mapa do náufrago. A fortaleza, em particular, havia sido ressaltada. A terceira e última chave, indicava o mapa, estava escondida em algum lugar ali dentro.

Walker dobrou-se dentro dos mantos negros e ficou olhando para o castelo. Estava ciente da insatisfação cada vez maior da companhia do navio. Compreendia que parte disso se devia inteiramente a ele. Ele havia sem dúvida se distanciado deles de forma deliberada, mas não sem pensar nas conseqüências, e não pelas razões que eles supunham. Os rostos e a inquietação de todos eram efeitos colaterais que não podia evitar. Ele sabia de coisas que eles não sabiam, e uma delas tornava imprescindível que mantivesse todos ao alcance da mão desde sua recuperação.

Isso iria mudar assim que ele tivesse a posse da terceira chave e pudesse incutir na companhia do navio uma expectativa razoável de encontrar o refúgio que as chaves iriam abrir.

Não que qualquer coisa fosse tão simples quanto parecia na superfície, ou mesmo que qualquer coisa fosse *exatamente* o que parecia.

Ele sentia uma satisfação amarga por saber a verdade, mas isso não ajudava em nada para que ele se sentisse melhor. Hunter Predd tinha o direito de estar zangado com ele por guardar segredos. Todos tinham o direito de estar zangados, mais do que imaginavam. Isso o fez relembrar os seus próprios sentimentos amargos para com os druidas no passado. Ele conhecia a natureza dessa ordem. Eles guardavam o poder e mantinham segredos. Manipulavam e enganavam. Eram especializados em criar eventos e direcionar vidas para o bem maior das Quatro Terras. Não quisera ter parte com eles então e pouco queria agora. Embora tivesse se tornado um deles, parte de sua ordem e de sua história, prometera a si mesmo que as coisas seriam diferentes com ele. Havia jurado efetuar a tarefa reconhecidamente necessária de implementar a ordem e lidar com a magia de forma que unisse as raças, não recorreria às táticas deles.

Já voltava a perceber como era difícil manter esse voto. Estava descobrindo em primeira mão a profundidade de seu próprio compromisso com a causa deles com seu próprio dever.

Ordenou a Redden Alt Mer que descesse a *Jerle Shannara* na planície em frente ao castelo e a ancorasse a algumas centenas de metros de distância a céu aberto, de forma que todas as aproximações pudessem ser observadas. Reuniu a companhia da nave e disse a todos que levaria um grupo expedicionário para dentro do castelo agora, antes de escurecer, para dar uma olhada ao redor. Talvez encontrasse a chave logo, como nas outras duas ilhas. Talvez até conseguissem pegá-la rapidamente e fugir. Mas não queria correr os riscos de Shatterstone; portanto, iria proceder com cautela. Se sentisse alguma forma de perigo, voltariam na hora e recomeçariam no dia seguinte. Se tivessem de levar mais tempo para alcançar seu objetivo por causa de sua cautela, que assim fosse.

Escolheu Panax, Ard Patrinell e seis elfos caçadores para irem com ele. Pensou em Quentin Leah, mas balançou a cabeça. Nem sequer olhou para Bek.

O grupo expedicionário desceu da aeronave por uma escada de corda e atravessou a planície até o castelo. Andando por um matagal que batia na cintura, alcançaram a entrada oeste do castelo, uma ponte levadiça que estava abaixada e apodrecendo e uma porta corrediça erguida e enferrujada. Pararam por tempo suficiente para que o druida pudesse ler as sombras em cada abertura silenciosa, poços escuros dentro das paredes de pedra e cimento, em seguida atravessaram desconfiados a ponte levadiça e penetraram no pátio principal. Dezenas de portas se abriam de lado a lado das paredes e dezenas de escadas levavam para torres. Walker vasculhou todas para o que quer que pudesse ser uma ameaça e não encontrou nada. Não havia sinal de vida nem indicação de perigo.

Mas podia sentir a presença da chave, fraca e distante, em algum lugar dentro da fortaleza. Que tipo de guardião tomaria conta dela? *Um é tudo e nada e irá roubar sua alma.* As palavras da vidente ecoavam silenciosas em sua mente, enigmáticas e perturbadoras.

Walker ficou em pé no pátio por um longo tempo, certificando-se do que seus sentidos lhe diziam, então começou a seguir mais uma vez.

Vasculharam as ruínas de torre a porão, de calabouço a agulha, de salão a pátio, de parapeito a ameia, atravessando rápida e completamente seu labirinto. Nada interferiu em seus esforços e nenhum perigo se apresentou. Por duas vezes Walker pensou que estavam próximos da chave, sendo capaz de sentir sua presença mais forte, de sentir sua mistura peculiar de metal e energia estendendo-se para ele. Mas a cada vez que acreditava estar mais perto, ela o iludira. Da segunda vez, dividiu os elfos caçadores em pares e enviou dois com Ard Patrinell, dois com Panax e levou dois consigo em um esforço para cercá-la. Mas ninguém encontrou nada.

Sua busca foi frustrante também de outras maneiras. A fortaleza era um labirinto intrigante de câmaras, pátios e salões e todo o sentido de direção desaparecia assim que se encontravam dentro dela. Os expedicionários às vezes se viam dando voltas, retornando para onde haviam começado. Pior: conduzidos por um senso enganoso de direção, várias vezes se viram do lado de fora das muralhas no final da curva de um corredor ou na virada de uma escada. Era estranho e um tanto preocupante para o druida, mas ele não conseguia encontrar razão para isso além da construção da fortaleza. Provavelmente ela fora projetada para confundir inimigos. Fosse qual fosse o caso, todos os esforços em completar uma busca bem-sucedida foram minados quando perceberam que estavam recomeçando repetidas vezes.

Por fim, desistiram. O sol da tarde havia seguido para o horizonte a oeste e Walker não queria ser apanhado dentro do castelo após escurecer. A fortaleza poderia ser menos amigável então, e ele não queria descobrir isso da maneira mais difícil. Muito embora não tivesse encontrado a chave, sabia que ela estava bem perto. Era apenas uma questão de tempo antes de concluírem sua busca.

Retornou à nave e convocou sua primeira reunião do círculo interno da companhia em quase dois meses para dar seu relatório e expressar sua confiança. Redden Alt Mer, Rue Meridian, Ard Patrinell, Ahren Elessedil, Ryer Ord Star, Quentin Leah e Bek Rowe estavam ali, e todos ficaram animados pelo que ouviram. Amanhã retomariam a busca pela última chave, ele concluiu, e dessa vez seus esforços provariam ter sucesso.

Ao amanhecer, Walker levou todos com ele menos os rovers, Ryer Ord Star, Truls Rohk e Bek. Viu a decepção e a dor nos olhos de Bek, mas não havia como evitar. Mais uma vez vasculharam diligentemente, levando o dia inteiro, e de novo não encontraram nada. Walker sentia a presença da chave do mesmo jeito que no dia anterior, clara e inconfundível. Mas não conseguiu encontrá-la. Sem resultados, vasculhou o castelo em busca de alguma magia que pudesse ocultá-la. Mantinha um olho alerta para o que quer que a guardasse — pois sabia que alguma coisa devia estar fazendo isso —, mas não conseguiu identificar nada.

Por mais três dias, Walker procurou. Levou os mesmos membros da companhia do navio com ele todas as vezes. Dividindo-os em grupos diferentes, esperando que alguma nova combinação pudesse ver o que os outros não haviam visto. Do amanhecer ao pôr-do-sol, atravessaram todas as ruínas. Vezes sem conta, perceberam que estavam andando em círculos. Vezes sem conta, descobriram que estavam começando sua busca do lado de dentro e terminando-a do lado de fora. Nada de novo foi descoberto. Ninguém vislumbrou sequer um relance da chave.

Na quinta noite, cansado e desencorajado, ele foi forçado a admitir a si mesmo, ainda que para ninguém mais, que não estava chegando a parte alguma. Havia atingido um ponto onde sentia o peso do fracasso esmagando suas esperanças. Sua paciência estava exaurida e sua confiança começava a desmoronar. Alguma coisa naquilo tudo o estava cansando de uma forma muito sutil e desagradável.

Enquanto os outros membros da companhia pegavam no sono, ele ficou na proa da nave um longo tempo, tentando decidir o que deveria fazer. Estava deixando de ver alguma coisa. A chave estava ali; isso ele podia sentir. Por que era tão difícil para ele localizá-la? Por que era tão difícil descobrir como ela fora escondida? Se nenhuma magia a estava protegendo e nenhum guardião era evidente, como ela poderia continuar a enganá-lo? Outra abordagem era necessária. Alguma coisa nova deveria ser tentada. Talvez alguém devesse entrar no castelo à noite. Talvez a escuridão mudasse a aparência das coisas.

Estava na hora de chamar Truls Rohk.

Terry Brooks

* * *

Bem ao longe da *Jerle Shannara*, a sudeste da ilha e bem abaixo do horizonte, fora das vistas, a *Black Moclips* flutuava silenciosa sobre as águas, ancorada para passar a noite. Sentinelas mwellrets rastejavam por seu convés estreito e blindado, suas formas aracnóides cobertas por mantos e capuzes passando ligeiras pelas sombras. A tripulação da federação estava embaixo, nos dormitórios, todos com exceção do timoneiro, um veterano magro e musculoso cheio de desdém e repulsa pelas criaturas em forma de lagarto que sua nave era forçada a levar.

A bruxa Ilse compartilhava de seus sentimentos. Os mwellrets eram odiosos e perigosos, mas não havia nada que ela pudesse fazer a respeito. A presença dos servos do Morgawr era o preço que ela fora forçada a pagar para envidar sua busca pela magia prometida do mapa. Se pudesse, teria transformados todos em ração e alimentado os peixes com eles.

Não que o comandante Aden Kett e sua tripulação a vissem com melhores olhos. Os soldados da federação a detestavam quase tanto quanto aos outros; ela era uma presença nebulosa que permanecia distante deles, que não lhes dava razões para o que fazia, e que no primeiro dia fizera um pequeno exemplo de um de seus membros que lhe desobedecera. O fato de que era aparentemente humana era a única coisa que a salvava. O fato de que ela comandava um poder além da compreensão e não tinha muita consideração por eles além do que poderiam fazer por ela fazia com que procurassem evitá-la o máximo possível.

E era assim que as coisas deveriam ser, claro. Assim como sempre foram.

Envolta em seus mantos cinzentos, ela estava diante do mastro principal, olhando para a noite afora. Estava no rastro da *Jerle Shannara* e de sua companhia desde a partida de Arborlon. A *Black Moclips* era uma nave formidável e eficiente e sua tripulação da federação era tão bem treinada e experiente quanto Sen Dunsidan havia prometido. Ambos faziam o que fosse necessário para rastrear a aeronave dos elfos. Não que houvesse realmente qualquer perigo de que pudessem perder contato com ela. Disso a bruxa Ilse havia cuidado.

Mas o que estava acontecendo ali? O que estava mantendo a outra nave ancorada por tanto tempo? Por seis dias e seis noites ela aguardara que o druida pegasse a última chave. Por que ele fracassara? Aparentemente o enigma oferecido por aquela ilha estava provando ser mais difícil de resolver do que os das duas outras. Seria aqui que Walker falharia? Seria ali o ponto mais distante a que ele poderia chegar sem a ajuda dela?

Torceu o nariz em desdém ao pensar nisso. Não, ele não. Mesmo aleijado, ele não seria tão fácil de derrotar. Ela poderia odiá-lo e desprezá-lo, mas sabia que ele era inteligente e formidável. Ele resolveria o enigma e continuaria até o refúgio que ambos queriam encontrar. Lá tudo seria acertado entre eles, e uma vida inteira de ódio e revolta finalmente acabaria. Tudo aconteceria como ela havia previsto. Ele não a decepcionaria.

Mesmo assim, sua incerteza persistia, inquietante e insidiosa. Talvez ela tivesse dado muito crédito a ele. Será que ele percebia as maneiras pelas quais estava sendo manipulado em sua jornada? Será que havia raciocinado, como ela o fizera, sobre o propósito oculto do náufrago e do mapa?

Franziu a testa. Devia supor que sim. Não podia se dar ao luxo de supor outra coisa. Mas seria interessante saber. Quem sabe seu espião pudesse lhe dizer. Mas o risco de comprometimento era grande demais para qualquer tentativa de contato.

Caminhou até a proa da nave e continuou olhando para o escuro por algum tempo, e em seguida retirou de dentro dos mantos uma pequena esfera de vidro leitoso e levou-a até a luz. Cantou baixinho para a esfera e o tom leitoso desapareceu e o cristal tornou-se claro, capturando dentro de si uma imagem da *Jerle Shannara*, ancorada sobre a planície a oeste do castelo em ruínas. Ela a estudou com cuidado, procurando o druida, mas ele não estava em parte alguma. Elfos caçadores mantinham vigilância na proa e na popa e um rover corpulento estava no timão. No centro da nave, a estranha caixa que o druida levara a bordo permanecia encoberta e protegida por correntes reforçadas com magia.

O que estava escondido dentro da caixa atrás daquelas correntes? O que estava escondido ali para que ele tivesse tanto cuidado?

— Oss elfoss não ssuspeitam de nossa presença, Messtra — uma voz sibilou ao seu lado. — Não sserá melhor matá-loss todoss enquanto dormem?

Ela sentiu uma fúria violenta com essa interrupção.

— Se chegar perto de mim novamente sem permissão, Cree Bega, eu esquecerei quem o enviou e por que está aqui e irei separá-lo de sua pele!

O mwellret curvou-se num reconhecimento obsequioso de sua invasão.

— Perdão, Messtra. Mass esstamos perdendo nosso tempo e oportunidades. Vamos matá-loss e acabar com isso de uma vez!

Ela odiava Cree Bega. O líder mwellret sabia que ela não o machucaria; o Morgawr lhe dera uma garantia pessoal de proteção contra ela. Ela fora forçada a jurar por isso em sua presença. Lembrar-se disso fazia com que sentisse vontade de vomitar. De qualquer maneira, ele não tinha medo dela. Embora não fossem completamente imunes, os mwellrets resistiam aos poderes controladores de sua magia, e Cree Bega mais do que a maioria. À combinação disso tudo se somava a sua insuportável arrogância e descarado desdém para com ela e tornava a aliança de ambos intolerável.

Mas ela era a bruxa Ilse e não mostrou a ele sua irritação. Ninguém poderia penetrar nas suas defesas, a menos que ela permitisse.

— Eles fazem nosso trabalho para nós, ret. Vamos deixar que eles continuem até terminarem. Então você poderá matar quantos quiser.

— Eu sei que o druida é seu, Messtra — ele sussurrou. — Deixe o resto para mim e para os meus. Ficaremos satisfeitos. Os pequeninos, os elfos, pertencem a nós.

Ela passou a mão sobre a esfera. A imagem da *Jerle Shannara* desapareceu e a esfera tornou a ficar branca. Tornou a enfiá-la dentro de seus mantos, tudo isso sem olhar uma vez sequer para a criatura ao seu lado.

— E nada que eu não escolha lhe dar pertence a você. Lembre-se disso. Agora saia da minha vista!

— Ssim, Messtra — ele respondeu com um tom de voz neutro, sem uma ponta de respeito ou medo, e desapareceu nas sombras como óleo sobre metal negro.

Ela não levantou a cabeça para ver se ele tinha ido. Não se preocupou. Estava pensando que não importava o que havia prometido ao Morgawr. Quando aquela questão estivesse terminada, também seria o fim desses sapos traiçoeiros. De todos eles, independentemente de sua promessa ao Morgawr. E Cree Bega seria o primeiro.

A noite era silenciosa e sem vento e aninhava gentilmente a *Jerle Shannara* como uma criança sonolenta em seus braços. Bek Rowe levantou-se subitamente, olhando para a escuridão de seu dormitório, escutando os roncos e a respiração de Quentin, Panax e os outros. Alguém havia chamado seu nome, sussurrado em sua mente, em uma voz que ele não reconhecia, em palavras que se perderam instantaneamente quando ele acordou. Será que ele havia imaginado aquilo?

Levantou-se, calçou as botas, vestiu um manto e subiu para o convés. Ficou em pé, imóvel, no alto das escadas e olhou ao redor como se pudesse encontrar a resposta na escuridão. Havia ouvido seu nome com clareza. Alguém o havia pronunciado. Passou a mão nos cabelos encaracolados e esfregou os olhos para afastar o sono. A lua e as estrelas eram brilhantes faróis brancos em um céu de veludo negro. As linhas e traços da aeronave e da ilha eram distintos e claros. Tudo estava parado como se congelado.

Caminhou até o mastro dianteiro, logo adiante do misterioso objeto que Walker mantinha tão cuidadosamente protegido. Ficou olhando para aquilo mais uma vez, procurando agora tanto dentro de si quanto fora pelo que o levara até ali.

— Procurando alguma coisa, garoto? — uma voz familiar sibilou suavemente ao seu lado.

Truls Rohk. Ele deu um pulo sem querer. Rohk estava agachado em algum lugar nas sombras da caixa, tão perto que Bek imaginou que podia estender a mão e tocá-lo.

— Foi você quem chamou? — ele perguntou baixinho.

— É uma ótima noite para descobrir verdades — o outro sussurrou naquela voz rouca que não era bem humana. — Quer experimentar?

— Do que você está falando? — Bek lutava para manter sua voz firme e calma.

— Cantarole para mim. Só um pouquinho, suave feito o ronronar de um gatinho. Cantarole como se estivesse tentando me afastar apenas com sua voz. Está entendendo?

Bek assentiu, imaginando o que Truls Rohk estava tentando provar. Cantarolar? Afastá-lo com sua voz?

— Faça isso. Não me questione. Pense no que quer fazer e então faça. Concentre-se.

Bek fez como lhe foi pedido. Imaginou o mutante em pé ao seu lado, visualizou-o ali na escuridão e cantarolou como se o som, somente a vibração, pudesse afastá-lo. O som mal se fez ouvir, não tinha nada de notável, e até onde Bek podia determinar era inútil.

— Não! — disse o outro zangado. — Tente com mais força! Mais força, garoto!

Bek tentou novamente, maxilar cerrado, agora com raiva de si mesmo por ser admoestado. Seu cantarolar subiu e vibrou na garganta, passando pela boca e pelo nariz com um novo propósito. A força de seu esforço fez com que o ar diante de seus olhos tremeluzisse como se fosse líquido.

— Sim — murmurou Truls Rohk em resposta, a satisfação refletida em sua voz. — Como eu pensei.

Bek voltou a ficar em silêncio, olhando para as sombras, para a noite.

— Como você pensou? Pensou em quê? — O cantarolar não havia revelado nada para ele. O que revelara para Truls Rohk?

Uma parte da escuridão que cercava a caixa se destacou e tomou forma, levantando-se contra a luz da lua e das estrelas. Uma forma apenas vagamente humana, grande e aterradora. Bek precisou reunir todas as suas forças só para não se afastar dela correndo.

— Eu conheço você, garoto — sussurrou o outro.

Bek olhou para ele.

— Como pode?

O outro riu baixinho.

— Conheço você melhor do que você mesmo se conhece. Sua verdade é um segredo. Não sou eu quem tem de revelá-la a você. Quem deve fazer isso é o druida. Mas posso mostrar a você um pouco de como a coisa é. Está interessado?

Por um momento, Bek pensou em virar as costas e fugir. Havia algo de sombrio nas palavras do outro, algo que mudaria o garoto assim que fosse revelado. Isso ele entendia instintivamente.

— Nós somos parecidos, você e eu — disse o mutante. — Não somos nada do que parecemos ou do que supõem os outros. Estamos unidos de maneiras surpreendentes. Talvez nossos destinos estejam ligados. O que acontecer com um dependerá do que acontecer com o outro.

Bek não conseguia imaginar isso. Mal conseguia acompanhar o que Truls Rohk estava dizendo, quanto mais entender seu significado. Não respondeu.

— As mentiras nos escondem como as máscaras escondem os ladrões, garoto. Eu, porque escolhi assim: você, porque foi enganado. Somos espectros vivendo nas sombras e as verdades das identidades são segredos guardados com cuidado. Mas o seu é de longe o mais tenebroso. O seu é aquele que tem sua origem num jogo de druidas e na promessa obscura de magia. A minha é simplesmente o resultado de uma cilada da sorte e da escolha tola de um pai. — Fez uma pausa. — Venha comigo e contarei a você.

Bek balançou a cabeça.

— Não posso...

— Não pode? — indagou o outro, interrompendo-o. — Descer até a ilha e ir ao castelo? Venha comigo e vamos trazer a terceira chave para o druida antes que ele acorde. Ela está lá, esperando por nós. Você e eu podemos fazer o que o druida não pode. Podemos encontrá-la e trazê-la de volta.

Bek respirou fundo.

— Você sabe onde está a chave?

O outro se moveu levemente, trevas fluindo contra a luz da lua.

— O que importa é que eu sei como encontrá-la. O druida me pediu no começo desta noite para procurá-la, e foi o que fiz. Agora decidi voltar por conta própria e pegá-la. Quer vir comigo?

O garoto não tinha palavras. O que estava acontecendo ali?

— Isto deve ser fácil para você. Conheço seu coração. Você nunca teve permissão de fazer nada. Você tem sido mantido a bordo por nenhuma razão que possa determinar. Contaram-lhe mentiras e foi posto de lado como se não fizesse diferença. Não está cansado disso?

Apenas dois dias antes, Bek havia reunido coragem para perguntar a Walker sobre seu uso da invocação mental em Shatterstone. O druida dissera que fora apenas uma coincidência ele estar pensando em Bek naquele momento, que pensava no garoto logo antes do ataque e isso surgira por instinto. Era uma mentira tão descarada que Bek simplesmente se afastara enojado. Truls Rohk parecia estar falando precisamente daquele incidente.

— Esta é sua chance — insistiu ele. — Venha comigo. Podemos fazer o que Walker não pode. Está com medo?

Bek assentiu.

— Estou.

Truls Rohk deu uma gargalhada grave e profunda.

— Não devia. De nada. Mas vou protegê-lo. Venha comigo. Tome do druida uma parte de quem você é. Faça com que ele pare. Faça com que ele reconsidere o modo como pensa sobre você. Descubra algo sobre si mesmo, sobre quem você é. Não quer isso?

Para ser honesto, Bek não tinha certeza. Subitamente não tinha certeza de nada. O outro o assustava por mais motivos do que queria pensar, mas o principal era sua insinuação obscura de que Bek não era nada de quem e do que supunha ser. Revelações desse tipo normalmente provocavam tanto dano quanto cura. Bek não tinha certeza de que as queria reveladas por aquele homem e daquela maneira.

— Vou manter minha promessa para você, garoto — sussurrou Truls Rohk. — Vou contar a minha verdade. Não a que ouviu de Panax. Não a que imaginou. A verdade como ela é.

— Panax disse que você se queimou num incêndio...

— Panax não sabe. Ninguém sabe, a não ser o druida, que sabe tudo.

Bek o encarou.

— E por que você escolheria me contar?

— Porque nós somos parecidos, como eu já disse. Somos parecidos, e talvez me conhecendo você venha a se conhecer também. Talvez. Eu me vejo em você há muito tempo. Vejo como eu era e isso dói na minha memória. Contando a você a minha história, posso fazer com que um pouco dessa dor passe.

E poderá transferi-la para mim, pensou Bek. Mas estava curioso quanto a ele. Curioso e intrigado. Olhou para a noite, na direção do castelo banhado na luz do luar. Truls Rohk também tinha razão quanto à chave. Bek queria fazer algo mais do que servir como cabineiro. Ressentia-se de ser mantido a bordo do navio o tempo todo. Queria se sentir parte da expedição, fazer algo além de estudar aeronaves e voar. Queria contribuir com algo importante. Encontrar a terceira chave seria uma maneira de fazer isso.

Mas lembrou-se das enguias de Flay Creech e da selva de Shatterstone e se perguntou como poderia sequer pensar em descer em Mephitic e o que quer que o aguardasse. Truls Rohk parecia confiante, mas as razões dele para levá-lo eram questionáveis. Mesmo assim, outros haviam ido e voltado em segurança.

Será que ele deveria se esconder, a bordo dessa nave, de tudo que os outros encontrassem? Quando concordara em ir, ele sabia que haveria riscos. Não poderia evitá-los todos.

Mas será que deveria abraçá-los com tanta disposição?

— Venha comigo, garoto — Truls Rohk tornou a pedir. — A noite passa rápido e precisamos agir enquanto ainda está escuro. A chave nos espera. Vou manter você a salvo. Faça o mesmo por mim. Vamos revelar verdades ocultas sobre nós mesmos no caminho. Venha!

Por mais um instante, Bek hesitou. Então soltou o ar com força.

— Tudo bem — ele concordou.

Truls Rohk deu uma gargalhada rouca e maliciosa. Segundos depois, ambos passaram pela lateral da aeronave e desapareceram dentro da noite.

24

Truls Rohk nascera de uma paixão feroz, de uma escolha errada e de um encontro casual que jamais deveria ter acontecido.

Seu pai era um homem da fronteira, filho de pais e avós fronteiriços, lenhadores e batedores que viveram suas vidas inteiras na vastidão das montanhas Runne. Quando o homem da fronteira tinha 15 anos, já havia se afastado da família e vivia por conta própria. Era uma lenda aos 20, um batedor que viajara por toda a extensão do Wolfsktaag, guiando caravanas de imigrantes pelas montanhas, liderando expedições de caça para dentro e novamente para fora do local, explorando regiões nas quais somente alguns haviam se aventurado. Era um homem grande, forte de mente e de corpo, de compleição robusta e ágil, habilidoso e experiente de modo que poucos podiam ser. Sabia das coisas que viviam dentro do Wolfsktaag. Não tinha medo delas, mas se preocupava com o que podiam fazer.

Conheceu a mãe de Truls Rohk aos 33 anos. Trabalhara como guia, batedor e explorador por metade de sua vida e se sentia mais em casa na vastidão selvagem do que nos acampamentos da civilização. Cada vez mais ele havia se distanciado dos povoados e das pessoas. Cada vez mais ele havia procurado paz e consolo no isolamento. O mundo do qual gostava nem sempre era seguro, mas era familiar e reconfortante. Havia muitos perigos, muitas vezes fatais, mas ele os compreendia e aceitava. Achava que era uma troca justa pela beleza e pureza do campo.

Sempre tivera sorte, jamais cometera um erro sério nem assumira riscos desnecessários. Moldara e transformara sua sorte em um manto de confiança que o ajudava a mantê-lo seguro. Aprendera a pensar defensivamente, mas também positivamente. Achava que nada o machucaria se fizesse as escolhas certas. Sofreu ferimentos e doenças, mas nunca foram graves o bastante para impedir uma recuperação total.

No dia em que conheceu a mãe de Truls Rohk, entretanto, sua sorte havia acabado. Ele fora apanhado em uma tempestade e estava procurando abrigo quando uma árvore sobre uma encosta acima dele foi atingida por um raio. Ela rachou com uma imensa explosão e tombou, junto com metade da encosta. O homem da fronteira que tantas vezes havia escapado foi um passo mais lento daquela vez. Um tronco maciço prendeu suas pernas. Pedregulhos e escombros o cobriram até que ele perdesse os sentidos. Em segundos estava completamente enterrado sobre uma pilha de rochas e terra, inconsciente, antes que pudesse entender completamente o que estava acontecendo.

Quando acordou, a tempestade havia passado e a noite caíra. Ficou surpreso ao descobrir que podia se mover. Estava numa clareira, longe da encosta e do tronco, o corpo dolorido e o rosto ensangüentado, porém vivo. Quando se apoiou em um dos cotovelos para levantar, percebeu que havia alguém olhando para ele. Os olhos brilhavam na escuridão, bem recuados nas sombras, brilhantes e ferozes. Um lobo, ele pensou. Não estendeu as mãos para pegar suas armas. Não entrou em pânico. Encarou seu observador, esperando para ver o que ele faria. Quando não fez nada, sentou-se, achando que ele fugiria com seus movimentos. Não fugiu.

O homem da fronteira entendeu. Fora o observador quem o libertara do tronco, das rochas e da terra, de seu túmulo. O observador salvara sua vida.

O concurso de olhares continuou por um longo tempo sem que nem o observador nem o homem da fronteira avançassem ou recuassem. Por fim, o homem da fronteira falou, dirigindo-se ao observador, agradecendo a ajuda. O observador permaneceu onde estava. O homem da fronteira falou por um longo tempo, mantendo a voz baixa e calma da maneira que aprendera ser eficiente, ficando cada vez mais convencido de que o observador não era humano. Era, ele acreditava, uma criatura espiritual. Era um filho do Wolfsktaag.

Já estava amanhecendo quando o observador finalmente se aproximou o bastante para ser visto com clareza. Era uma mulher, mas não era humana. Ela saiu das sombras como se formada por água colorida, mudando seu aspecto enquanto se aproximava, fera em um momento, humana no seguinte, um cruzamento das duas logo depois. Parecia estar tentando assumir uma forma, sem saber ao certo o que seria. Em todas as suas variações, ela era bela e atraente. Ajoelhou-se ao lado do homem da fronteira e acariciou sua testa e sua face com dedos suaves e estranhos. Sussurrou palavras que o homem da fronteira não conseguiu identificar, mas em um tom de voz inconfundível: doce, sedoso e cheio de desejo.

Ela era uma mutante, ele percebeu, uma criatura do Antigo Mundo, uma coisa de magia e estranhos poderes. Alguma coisa de quem e do que ela era, ou talvez algo de sua própria natureza, a haviam atraído para ele. Ela o olhava com uma paixão tão desenfreada que ele foi consumido em seu fogo. Ela o queria de uma maneira primitiva e urgente e ele descobriu que sua reação a ela tinha a mesma intensidade.

Acasalaram-se ali mesmo na clareira, com rapidez e força, um cruzamento mais terrível por seu frenesi do que por seu aspecto proibido. Humano e uma criatura espiritual — nenhum bem poderia advir disso, diriam os antigos.

Ela o levou até seu antro e por três dias acasalaram-se sem parar, descansando apenas quando necessário, submergindo em sua paixão assim que se recompunham. O homem da fronteira esqueceu suas feridas, preocupações e qualquer senso de razão. Colocou de lado tudo por aquela criatura maravilhosa e o que ela estava lhe dando. Perdeu-se em sua necessidade incontrolável.

Quando tudo terminou, ela partiu. Ele despertou no quarto dia e viu tudo ao redor em silêncio e vazio. Estava sozinho, abandonado. Levantou-se, fraco e cambaleante, mas vivo como jamais pensara estar. O cheiro e o gosto dela estavam no ar ao seu redor, em sua pele, em sua garganta. Sua presença, a sensação dela, foi gravada em sua memória. Chorou incontrolavelmente. Jamais seria o mesmo sem ela. Ela o havia marcado para sempre.

Durante meses, ele a caçou. Vasculhou o Wolfsktaag de ponta a ponta, esquecendo tudo o mais. Comia, bebia, dormia e caçava. Fazia isso sem cessar. O tempo e as estações mudavam, e então tornavam a mudar. Um ano se passou. Dois. Jamais a viu. Nunca encontrou um traço do lugar para onde ela havia ido.

Então um dia, pouco mais de dois anos depois, reduzido à sua busca porque não sabia mais o que fazer além disso, quando não tinha mais qualquer esperança, ela voltou para ele. Era o final do ano e as folhas estavam trocando e começando a cair em poças descuidadas de vermelho, laranja e amarelo brilhantes no chão da floresta. Ele estava indo até uma fonte para beber antes de prosseguir. Não sabia onde estava ou para onde estava indo. Estava se movendo porque mover-se era tudo o que lhe havia restado.

E de repente ela estava ali, em pé à sua frente, na beira do poço.

Não estava sozinha. Ao seu lado havia um garoto, parte humano, parte fera, instantaneamente reconhecível pelos seus traços. Era o filho do homem da fronteira. Crescera tanto que já era quase do tamanho da mãe, era grande demais para um menino normal de dois anos. Ágil e de olhos aguçados, ele olhava cauteloso para o pai. Havia reconhecimento e compreensão em seus olhos. Havia aceitação. Sua mãe lhe dissera a verdade sobre seu pai.

O homem da fronteira avançou e ficou ali, parado diante dos dois, sem saber o que fazer. A mulher falou com ele em um tom claro e baixo. Suas palavras, descobriu o homem da fronteira, eram claras. Ela havia se acasalado com ele quando a necessidade fora irresistível e sua atração para ele inexplicavelmente forte. Mas não eram feitos um para o outro, eram o par errado. Contudo, ele deveria saber que tinham um filho. Deveria saber e então esquecê-los.

Aquele foi um momento de decisão. O homem da fronteira havia procurado por ela enquanto ela o havia esquecido. Não precisava dele nem o queria. Tinha sua própria vida, a vida de um espírito, e ele jamais poderia fazer parte dela. Ela não compreendia que o havia destruído e que ele jamais poderia esquecê-la, jamais poderia voltar a ser o que fora. Ele pertencia a ela tanto quanto o garoto pertencia a ele. Não importava de que mundo ele viera ou que tipo de vida havia levado. Ele pertencia a ela e ela não o expulsaria assim.

Implorou para que ela ficasse. Ajoelhou-se, aquele homem forte e determinado, aquele homem que havia suportado e sobrevivido a tantas coisas, e pediu-lhe que ficasse. Chorava incontrolavelmente. Foi inútil. Pior ainda, não fazia sentido. Ela não entendia seu comportamento, não tinha referencial para fazê-lo. Espíritos não choravam nem imploravam. Agiam por instinto e por necessidades. Para ela, a escolha era clara. Ela era uma criatura da floresta e do mundo espiritual. Ele não. Ela não podia ficar com ele.

Quando ela finalmente se virou para ir embora, já começando a esquecê-lo, o desespero dele se transformou em fúria. Sem pensar, sua vida arruinada, seu tormento grande demais para suportar, saltou sobre ela e enfiou a faca de caça nas suas costas, atravessando seu coração. Ela morreu antes que ele a colocasse no chão.

Levantou-se no mesmo instante e arrancou a faca do corpo dela para matar o garoto também, mas ele havia desaparecido.

O homem da fronteira correu atrás dele, sua mente fechada e tão voltada para dentro que era como se tudo o mais não existisse. Em uma das mãos levava a faca de caça, molhada com o sangue da mutante, brandindo-a nas sombras ao seu redor para o destino que o destruíra. No esconderijo sombrio das árvores, no silêncio da floresta, ele procurou o garoto. Sua loucura era total e completa. A sede de sangue dominava sua vida.

Correu até cair de exaustão e então dormiu.

Mas, antes que pudesse despertar para retomar sua busca, o garoto o encontrou, retirou a faca de sua mão adormecida e, com um gesto seguro e experiente, cortou sua garganta.

A voz grave e gutural de Truls Rohk se calou. Agachado e escondido, continuou a passar deslizando pela grama alta à frente de Bek. Bek esperou que ele continuasse sua história, mas ele não o fez. O rosto bronzeado do garoto estava coberto de suor, uma película úmida provocada tanto por seu horror quanto por seus esforços. Ver seu pai matar sua mãe e em seguida matar o próprio pai era uma experiência aterradora demais para se contemplar. Como devia ter sido para ele presenciar e suportar tamanha loucura aos dois anos de idade? Mesmo sendo uma criatura espiritual, um mutante não totalmente humano, como seria? Pior do que poderia imaginar, decidiu Bek, pois Truls Rohk era meio humano e possuía sensibilidades humanas.

— Fique abaixado — ele grunhiu em alerta.

Parou e deu as costas a Bek. Seu rosto estava oculto nas dobras de seu capuz e o corpo oculto pelo manto, mas Bek conseguia sentir o calor dele emanando por baixo de seus abrigos.

— Eu os enterrei onde jamais serão encontrados. No começo não senti nada, só mais tarde, quando tive tempo de pensar sobre isso. — A voz de Truls Rohk parecia distante e reflexiva. — Não era tão terrível até que percebi que havia perdido as únicas duas pessoas que eram como eu: não porque éramos parecidos fisicamente, mas porque estávamos ligados pelo sangue. Aqueles eram meus pais. Ninguém mais cuidaria de mim como eles poderiam cuidar. Até meu pai poderia ter-me amado se tivesse tempo e sanidade. Talvez se não tivesse enlouquecido. Agora eu estava sozinho, não era nem de uma espécie nem de outra, nem humano nem espírito. Eu era um pouco de cada, e isso queria dizer que eu não pertencia a nenhuma delas.

Deu um riso suave e amargo.

— Jamais tentei viver entre os humanos. Eu sabia qual seria a reação deles. Eles me espionavam nas montanhas e umas duas vezes tentaram me caçar como se eu fosse um animal. Tentei viver com os mutantes, pois existem bandos deles escondidos no fundo do Wolfsktaag, e consegui encontrar seus esconderijos. Mas eles sentiram o cheiro de meu lado humano e souberam o que eu era. Minha mãe havia transposto uma linha proibida, eles disseram. Ela cometera um ato imperdoável. Morrera por sua estupidez. E também seria melhor se eu morresse. Eu jamais poderia ser um deles. Deveria viver minha vida sozinho.

Olhou para Bek.

— Entende por que somos parecidos?

Bek balançou a cabeça. Não fazia idéia. Também não estava certo de que queria especular a respeito.

— Você entenderá — sussurrou o outro.

Virou-se e começou a avançar novamente pela grama alta, agora se aproximando rapidamente da entrada do castelo, outra das sombras da noite. Bek o seguiu sem saber mais o que fazer, ainda esperando ouvir por que eram parecidos, ainda imaginando o que iria acontecer com ele. Chegara até ali pela fé e por sua necessidade de ser mais do que um espectador naquela viagem. Será que havia cometido um erro?

O castelo se erguia à frente deles, um labirinto de paredes de pedra em ruínas e buracos negros onde portas e janelas haviam desabado. A lua havia descido quase até a linha do horizonte e as sombras lançadas pelas torres e pelas ameias caíam sobre a terra como roupas longas e negras. Nenhum som vinha de dentro das ruínas. Nada se movia na escuridão.

Truls Rohk parou e o encarou mais uma vez.

— O druida procurou pelo guardião da chave dentro das muralhas do castelo. Ele não pensou que o guardião pudesse ser o próprio castelo — este foi seu primeiro erro. Ele achava que o guardião da chave a defenderia atacando e destruindo aqueles que invadissem seu território. Não parou para pensar que o guardião pudesse, em vez disso, confiar na ilusão — seu segundo erro. Procurou suas respostas com razão e magia, com a certeza de que uma ou outra deveria lhe dar as respostas de que precisava. Não parou para pensar que seu adversário não confiava em nenhuma delas — seu último erro.

Ele recuou rapidamente pela grama para chegar mais perto de Bek. Bek estremeceu com a aproximação do outro, desconfortável por olhar dentro do buraco negro do capuz de Truls Rohk e ver os olhos que o assombravam ali.

— O guardião da terceira chave é um espírito e ele mora dentro destas muralhas do castelo. Ele não tem presença, a não ser pelo castelo propriamente dito, e defende seus tesouros da mesma forma. A chave é apenas uma de suas posses; não tem valor especial para o espírito. Quem quer que a tenha colocado ali sabia disso. O castelo protege a tudo igualmente, ocultando tudo, não revelando nada, uma sentinela imutável. Ele ilude, garoto. Assim como eu. Assim como você.

— Como iremos penetrar nessa ilusão? — perguntou Bek, olhando com mais cuidado para o castelo agora, ansioso para saber.

Os olhos estranhos reluziram.

— Tentando ver com outros olhos.

Eles avançaram para a própria margem do gramado, a apenas alguns metros da ponte levadiça e da entrada do castelo. Haviam permanecido abaixados durante sua aproximação, ocultos pelo gramado, escondidos por plantas altas, não porque o guardião pudesse vê-los se ficassem em pé, pois não tinha olhos, mas porque podia sentir sua presença assim que estivessem expostos.

— Hora de usar outros meios para nos escondermos — avisou Truls Rohk, agachando-se dentro de seus mantos. — Para mim é fácil. Sou mutante e posso me tornar qualquer coisa. Para você é mais difícil, garoto. Mas você tem as ferramentas. Cantarole para mim novamente. Desta vez use sua voz como se estivesse se escondendo bem quietinho dentro da grama, como se o mato estivesse ao seu redor. Aqui, coloque isto na cabeça.

Entregou a Bek um manto rasgado e sujo. Bek vestiu-o obediente. Cheirava à grama com a qual o mutante queria que ele se fundisse. Levou um momento para ajustar a vestimenta e então olhou questionador para o outro.

Truls Rohk assentiu.

— Vamos lá. Faça como eu falei. Cantarole para mim. Utilize o som para mudar o ar ao seu redor. Mexa-o como se fosse água na ponta de uma varinha. Empurre o que puder para longe de você. Enterre o que não puder bem no fundo. Torne-se parte do manto.

Bek assim o fez, perdendo-se nos cheiros e no toque do manto, na sua visão das planícies, enterrando-se profundamente na lama e nas raízes, em um lugar onde apenas insetos e animais se aventuravam. Cantarolou suave e firmemente por algum tempo, e então parou e olhou para o mutante de novo.

— Agora você está vendo um pouquinho, não está? — sussurrou o outro. — Um pouquinho de como você é? Mas só um pouquinho. Não tudo ainda. Venha.

Tirou Bek de seu esconderijo e levou-o a céu aberto, sua forma mudando visivelmente na frente do garoto, tornando-se líquida, perdendo forma contra a escuridão da noite. Bek cantarolou suavemente, envolvendo-se na sensação e nos cheiros de seu manto, mascarando-se, ocultando quem e o que ele era bem no fundo. Entraram no castelo sem dificuldade, saindo da escuridão dos pátios externos e para a penumbra dos salões internos. Entraram fundo dentro das ruínas, avançando sempre, como se não fossem mais do que uma brisa soprando pela campina. Paredes apareceram à frente deles, parecendo sólidas e impenetráveis, mas Truls Rohk passou direto através delas com um atônito Bek seguindo logo atrás. Escadas apareceram onde não havia nenhuma momentos antes e subiam ou desciam de acordo com sua posição. Portas se materializavam e se fechavam atrás deles. Às vezes o próprio ar mudava de claro para escuro, de piche para líquido claro, alterando a natureza do caminho adiante. Gradualmente Bek passou a entender que todo o castelo não era nada do que parecia, mas sim um vasto labirinto de miragens e ilusões integradas na pedra e criadas para iludir: para fornecer portas e caminhos que não levavam a parte alguma, para oferecer obstáculos onde não existia nenhum, para obscurecer e confundir.

Se aquilo não era magia, perguntou-se Bek, o que era? Ou aquela magia seria simplesmente tão vasta e tão completamente fundida àquele lugar que não podia ser separada de tudo o mais?

Chegaram a uma parede de pedra com uma camada grossa de poeira e teias de aranha, uma barreira de blocos pesados de pedra marcados com o tempo e a idade. Truls Rohk parou e fez um gesto para que Bek ficasse atrás. Ele encarou o muro e varreu o ar à sua frente com o braço. O ar reluziu e se alterou e o mutante ficou invisível, um traço de sombra, um redemoinho de poeira em uma brisa suave. E então desapareceu, fundindo-se na pedra, sumindo como se jamais tivesse estado lá. Bek procurou por ele em vão. Não havia nada para ver.

Mas um instante depois ele estava de volta, materializando-se do nada, saindo da penumbra, sua forma coberta em manto e capuz tão líquida quanto as sombras que ele imitava. Fez uma pausa longa o bastante para estender a mão, abrir os dedos e revelar a terceira chave.

Isso foi um erro. Naquele instante, apanhado na excitação de seu sucesso, Bek parou de cantarolar.

Na mesma hora seu disfarce caiu e a sensação do castelo mudou. A mudança era palpável, uma rajada forte de vento, uma agitação de poeira e escombros, um suspiro de agonia que se derramou pelos corredores de pedra e atravessou os pátios, um estremecer que emanava do fundo da terra. Bek tentou se recuperar, tornar a se esconder, mas era tarde demais. Algo de feroz e primitivo uivou pelos corredores e correu pelas pedras como uma fera liberta de sua jaula. Bek sentiu o coração gelar e o peito apertar. Ficou onde estava, tentando mostrar uma defesa que não tinha.

Truls Rohk o salvou. O mutante o agarrou e o levantou como se fosse uma criança, meteu-o debaixo de um braço que parecia um cinturão de ferro e desatou a correr. Descendo os corredores e passagens e atravessando os pátios, ele disparou. Saltando por cima de montes de pedras e fossos inutilizados, levou o garoto para longe do espírito enraivecido. Mas ele estava por toda parte, fundido na pedra do castelo e os atacava de todos os lugares. Portas ocultas apareciam na frente deles com barulho ensurdecedor. Portões de ferro se fechavam com um retinir profundo. Lanças de metal subiam da terra para espetá-los. Alçapões se abriam debaixo de seus pés. Truls Rohk dava saltos imensos e se desviava de cada um desses perigos, às vezes usando os muros e até mesmo os tetos para encontrar pontos de apoio para as mãos e os pés. Nada reduzia sua velocidade. Ele corria como se pegasse fogo.

Bek utilizou sua voz em um esforço para ajudar, tornando a cantarolar, sem saber o que fazia, mas precisando pelo menos tentar. Cantarolava para torná-los tão rápidos e esquivos quanto pássaros, para lhes dar a liquidez da água, para lhes emprestar as qualidades etéreas do ar. Tentou tudo o que conseguia pensar, mudando constantemente de tática, tentando derrubar a coisa que os perseguia. Fundiu-se na criatura que o levava para longe, desaparecendo no cheiro da terra e da grama, na sensação dos músculos de ferro, nos instintos de fera e nos reflexos rápidos. Ele se perdeu completamente em um ser que sequer começava a compreender. Perdera todo o senso de quem era. Despiu-se de sua identidade e se fragmentou dentro da noite.

Então subitamente estava deitado na terra, enterrado nas gramas altas, e percebeu que estavam do lado de fora. Truls Rohk estava agachado ao seu lado, cabeça baixa, peito ofegante e o som de sua respiração era como o grunhido de um animal. Então começou a soltar uma gargalhada, baixa e gutural no começo, depois maior e mais ampla. Bek riu com ele, estranhamente eufórico, estranhamente aliviado, por terem derrotado a morte que os caçara sendo mais velozes e inteligentes do que ela.

— Ah, você não é nada do que parece, hein, rapaz? — disse o mutante entre risos. — Nada do que lhe contaram todos esses anos! Você sabia que tinha uma voz que podia fazer isso? — Fez um gesto na direção do castelo.

— O que foi que eu fiz? — Bek quis saber, também dando gargalhadas convulsivas.

— Magia!

Então Bek ficou paralisado, a gargalhada se transformando em silêncio. Ele estava deitado na grama alta olhando para as estrelas, escutando os ecos da palavra em sua mente. *Magia! Magia! Magia!* Não, ele pensou. Não era verdade. Ele não conhecia magia alguma. Jamais conhecera. Ah, sim, ele tinha a pedra fênix, o talismã que usava no pescoço, que lhe fora dado pelo rei do rio Prateado, e talvez fosse isso que...

— Você nos salvou, garoto — disse Truls Rohk.

Bek olhou para ele rápido.

— *Você* nos salvou.

A forma negra se deslocou e chegou mais perto.

— Eu nos levei direto até o alcance do espírito, mas foi você quem o manteve afastado. Senão ele nos teria apanhado. Ele perpassa todas essas ruínas. Ele mascara a verdade do que é e como parece. Ele se protege com enganos. Mas você foi páreo para ele esta noite. Não está vendo? O seu engano foi o maior, todo movimento, som e cor... Ah, que coisa mais doce!

Aproximou-se mais, invisível dentro de seu manto e capuz.

— Ouça-me. Você nos salvou esta noite, mas eu o salvei uma vez antes. Eu tirei você das ruínas de sua casa e do destino sombrio de sua família. Isto nos torna quites!

Bek ficou olhando para ele.

— Do que está falando?

— Somos a mesma coisa, garoto — Truls Rohk tornou a dizer. — Nascemos das cinzas de nossos pais, da herança de nosso sangue, de uma história e um destino que nunca estiveram sob o nosso controle. Somos irmãos de maneiras que você só pode adivinhar. A verdade é enganadora. Uma parte dela você descobriu por si mesmo esta noite. O resto você deve exigir do homem que a faz de refém.

Estendeu a mão e colocou a terceira chave na mão de Bek, fechando os dedos do garoto sobre ela.

— Leve isto ao druida. Ele tem de ser grato por não ter tido de pegá-la ele mesmo: ser grato o bastante para dizer a verdade que ele aprisiona erradamente. Confiança requer confiança, garoto. Proteja-se com cuidado até que essa confiança seja compartilhada. Guarde segredo sobre o que aprendeu esta noite. Preste atenção no que estou falando.

Então desapareceu, deslizando para a noite tão rápida e subitamente que sumiu quase antes que o garoto percebesse que ele estava indo embora. Bek ficou olhando a grama que estremecia por onde Truls Rohk havia passado, sem fala, perplexo. Momentos mais tarde, viu uma sombra sair da planície e deslizar ao longo de uma das linhas de ancoragem da aeronave antes de desaparecer sobre a amurada.

A *Jerle Shannara* pendia em relevo contra a noite que ia embora aos primeiros brilhos fracos da aurora enquanto Bek esperava um vislumbre de alguma coisa a mais. Quando nada apareceu, ele se levantou cansado e começou o caminho de volta.

25

— Você me desobedeceu, Bek — disse o druida calmamente, sua voz tão fria que o garoto podia sentir o gelo nela. — Eu mandei que não deixasse a nave à noite, e mesmo assim você fez isso.

Estavam sozinhos na cabine de Redden Alt Mer, onde até nove membros da companhia haviam se reunido confortavelmente em mais de uma ocasião durante sua viagem, mas onde naquela manhã era como se o druida estivesse ocupando todo o espaço e Bek estivesse em vias de ser esmagado.

— A ordem que dei valia para todos, inclusive você. Ela foi muito clara. Ninguém deveria deixar a nave sem minha permissão. E particularmente não entrar no castelo.

Bek continuava congelado na frente do druida, a mão estendida, a terceira chave oferecida. De todas as reações possíveis que ele havia antecipado, aquela não estava entre elas. Ele tinha esperado uma crítica por seu comportamento impetuoso, certamente. Tinha esperado uma aula sobre a importância de obedecer a ordens, mas todas as possibilidades que imaginara terminaram com Walker expressando sua gratidão ao garoto por ter obtido a posse da chave. Não haveria necessidade de mais um dia de busca por entre as ruínas e de arriscar a segurança da equipe da nave. Não haveria mais atrasos. Com a terceira chave em mãos, poderiam seguir para seu destino final e o tesouro que aguardava ali.

Bek não viu sinal de gratidão nos olhos do druida à sua frente.

Não lhe ocorrera, até voltar à nave, que seu plano de entregar a chave para Walker na frente dos outros membros da tripulação a fim de poder se deliciar com seus elogios e ser por fim reconhecido como igual não funcionaria. Se desse a chave a Walker em público, teria de explicar como a obtivera. Isso significava contar a todos sobre Truls Rohk, o que Walker certamente não iria apreciar, ou sobre sua própria magia, o que o mutante o havia aconselhado a não fazer. Teria de apresentar a chave ao druida em particular e ficar satisfeito em saber que pelo menos o líder do navio apreciava seu valor para a expedição.

Mas agora parecia que a apreciação não estava em primeiro lugar na lista de reações de Walker. Ele sequer havia se incomodado em perguntar como Bek obtivera a chave. No momento em que a vira, estendida para ele como estava agora, ficara negro de raiva.

Tomou a chave das mãos de Bek, seus olhos escuros pesados sobre o garoto, duros e penetrantes. Lá em cima, os membros do navio estavam se preparando para outro dia de buscas, pois ainda não haviam sido avisados de que não seria necessário descer em terra novamente. O som de seus movimentos pelo deque ecoava pelo silêncio da cabine, um outro mundo, distante do que estava acontecendo ali.

— Desculpe — Bek conseguiu dizer por fim, o braço caindo ao lado do corpo. — Não achei que...

— Foi Truls Rohk quem levou você a fazer isso, não foi? — interrompeu Walker, uma fúria renovada toldando seu semblante raivoso. Bek confirmou. — Então me conte sobre isso. Me conte tudo o que aconteceu.

Para seu próprio espanto, Bek não fez isso. Contou a Walker quase tudo. Contou a ele como o mutante o procurara e pedira que fosse com ele para as ruínas do castelo para apanhar a chave. Contou-lhe como Truls Rohk insistira em que eram parecidos e repetiu a estranha história do outro sobre seu nascimento e parentesco. Contou a aproximação e entrada no castelo, a descoberta da chave e a fuga. Mas deixou de fora tudo sobre a magia que Truls Rohk afirmara que Bek possuía. Não fez menção de como sua voz parecia gerar essa magia. Manteve essa descoberta para si mesmo, decidindo quase sem querer que não era hora de tocar no assunto.

Walker parecera satisfeito com sua explicação e um pouco do fogo de seus olhos e do gelo de sua voz se abrandaram quando voltou a falar.

— Truls Rohk sabia que era melhor não envolver você nisso. Ele sabe que é melhor não arriscar sua vida sem necessidade. É impetuoso e imprevisível, portanto suas ações não deveriam me surpreender. Mas você precisa julgar melhor as situações, Bek. Não pode se deixar levar pela coleira. E se alguma coisa tivesse acontecido com você?

— E se tivesse?

As palavras saíram de sua boca antes que pudesse detê-las. Não tivera a intenção de pronunciá-las, não planejara desafiar o druida de nenhuma maneira naquela manhã, devido a sua inesperada reação à descoberta da chave. Mas o garoto se sentia roubado de todo reconhecimento por sua realização e protestava zangado. Afinal, Truls Rohk não o levara pela coleira, não mais do que Walker.

— Se eu não tivesse voltado — insistiu —, que diferença faria?

O druida o encarou, um ar de surpresa nos olhos escuros.

— Diga-me a verdade, Walker. Não estou aqui só porque você precisava de outro par de olhos e ouvidos. Não estou aqui só porque sou primo de Quentin. — Ele já tinha ido muito longe para voltar atrás, então continuou. — Na verdade, não sou mesmo primo dele, sou? Coran me contou isso antes de partir, que Holm Rowe não me levou até ele. Foi você quem fez isso. Você disse a Coran que seu primo me deu a você, mas Truls Rohk disse que ele me tirou das ruínas de minha casa e me salvou do destino sombrio de minha família. Palavras dele. Quem está dizendo a verdade a meu respeito, Walker?

Houve uma longa pausa.

— Todos — disse o druida por fim. — Até o ponto em que são capazes de fazê-lo.

— Mas não sou um Leah nem um Rowe, sou?

O druida balançou a cabeça.

— Não.

— Então quem sou eu?

Walker balançou a cabeça novamente.

— Não estou pronto para dizer isso. Você precisa esperar um pouco, Bek.

Bek mantinha seu temperamento e sua frustração sob controle, sabendo que, caso desse vazão ao que estava sentindo, a conversa acabaria e com ela suas chances de descobrir alguma coisa. Paciência e perseverança conseguiriam mais.

— Mas não foi por acaso nem por coincidência que você me contatou em Shatterstone quando a selva o aprisionou, foi? — ele perguntou, usando uma abordagem diferente. — Você sabia que podia me alcançar invocando minha mente.

— Eu sabia — reconheceu o druida.

— Como?

Mais uma vez o druida balançou a cabeça negativamente.

— Está certo. — Bek se forçou a continuar calmo. — Deixe-me contar algo que escondi de você. Uma coisa aconteceu comigo na viagem de Leah para Arborlon que não contei a ninguém, nem mesmo a Quentin. Em nossa primeira noite, enquanto estávamos acampados às margens do rio Prateado, tive uma visita.

Ele rapidamente contou os eventos envolvendo o aparecimento do rei do rio Prateado. Contou como a criatura espiritual lhe aparecera como uma jovem que parecia vagamente familiar, e em seguida transformou-se em um monstro reptiliano, e então em um velho. Repetiu o que conseguia se lembrar de sua conversa e terminou falando para Walker sobre a pedra fênix. O druida não mudou de expressão nenhuma vez durante a história, mas seus olhos escuros revelavam a mistura de emoções que estava sentindo.

Bek terminou e ficou ali, deslocando o equilíbrio do corpo de um pé para outro, nervoso com o silêncio que se seguiu, meio que esperando outro ataque sobre sua falta de julgamento. Mas Walker simplesmente ficou olhando para ele, como se tentasse entendê-lo, como se o estivesse vendo sob uma luz inteiramente nova.

— Era realmente o rei do rio Prateado? — o garoto perguntou finalmente.

O druida assentiu.

— Por que ele me procurou? Qual era seu motivo?

Walker desviou o olhar por um momento, como se procurasse suas respostas nas paredes da nave.

— As imagens da jovem e do monstro foram criadas com o propósito de informá-lo, de ajudá-lo a tomar certas decisões. A pedra fênix é para protegê-lo se essas decisões provarem ser perigosas.

Agora era a vez de Bek encará-lo.

— Que tipo de decisões?

O druida balançou a cabeça.

— Isso é tudo que você vai me dizer?

O druida assentiu.

— Você também está zangado comigo por causa disso? — Bek exigiu que lhe dissesse, exasperado. — Por não ter-lhe contado isso mais cedo?

— Poderia ter sido uma boa idéia se tivesse feito isso.

Bek jogou as mãos para o alto.

— Eu poderia ter feito isso, Walker, se não tivesse começado a me perguntar o que é que estou realmente fazendo nesta expedição! Mas, assim que descobri que você não estava me contando tudo, não achei que fosse necessário contar tudo a você também! — Ele estava gritando, mas não conseguia evitar. — Só estou lhe contando agora porque não quero passar outro dia sem saber a verdade! Não estou pedindo tanto!

O sorriso do druida era irônico e reprovador.

— Você está pedindo muito mais do que imagina.

O garoto cerrou o maxilar.

— Talvez. Mas estou pedindo assim mesmo. Quero saber a verdade!

O druida foi implacável.

— Ainda não está na hora. Você terá de ser paciente.

Bek sentiu que seu rosto estava ficando muito vermelho, quente e com uma expressão de raiva. Toda a sua resolução de se controlar desapareceu em uma fração de segundo.

— Isso é fácil de dizer para alguém que tem todas as respostas. Você não gostaria tanto se estivesse do outro lado. Não posso fazê-lo me dizer o que sabe. Mas posso desistir de ser seus olhos e ouvidos até que você o faça! Se não confia em mim o bastante para compartilhar o que sabe, então não vejo por que eu deveria fazer mais alguma coisa para ajudá-lo!

Walker assentiu, calmo e imóvel.

— A escolha é sua, Bek. Vou sentir falta de sua ajuda.

Bek o encarou por mais um instante, pensando no que mais dizer, então desistiu e saiu da sala, batendo a porta da cabine atrás de si. Havia lágrimas em seus olhos enquanto subia de volta ao convés.

Walker ficou onde estava por alguns instantes, pensando no que havia acontecido, tentando deduzir se fizera a escolha correta ao não revelar o que sabia. Acabaria tendo de fazê-lo. Tudo dependia disso. Mas se dissesse coisas demais a Bek, se o garoto tivesse tempo demais para pensar sobre isso, poderia ficar paralisado de medo ou dúvida quando chegasse a hora de agir. Era melhor manter esse fardo distante dele pelo máximo de tempo possível, mesmo que significasse incorrer em sua raiva. Era melhor deixá-lo na ignorância por mais um pouco de tempo.

Mas desejava revelar a Bek Rowe o que sabia desde o tempo do nascimento do garoto e que trazia oculto por todos aqueles anos. Desejava compartilhar o que havia guardado e protegido tão cuidadosamente para que pudesse encontrar um propósito além de suas próprias necessidades egoístas.

Olhou para a chave em sua mão, para os sulcos das conexões de metal e a luz vermelha brilhante embutida na fonte de energia. Tinha agora todas elas, todas as três chaves, e não havia nada que pudesse impedi-lo de entrar em Castledown.

Nada.

A palavra ecoava em sua mente, uma mentira amarga e aterradora. De todas as mentiras que fomentara, ocultando verdades que só ele compreendia, aquela era a mais insidiosa. Fechou os olhos. O que poderia fazer para evitar que isso os destruísse a todos?

Foi até o convés principal e chamou a todos. Quando estavam reunidos ao seu redor, ergueu no ar a terceira chave e anunciou que, com o auxílio valioso de Bek Rowe, ele a havia recuperado durante a noite e a trouxera a bordo. Era hora de partir e continuar a jornada para Ice Henge e o tesouro.

A equipe soltou brados de alegria e Bek foi levantado nos ombros maciços de Furl Hawken e levado em parada como um herói. Os elfos caçadores o saudaram com suas espadas e Panax bateu em suas costas com tanta força que Bek foi quase deslocado de seu poleiro inseguro. Finalmente, Rue Meridian o agarrou pelos ombros e deu-lhe um beijo na boca. O garoto sorriu e acenou em resposta, obviamente satisfeito com a atenção inesperada. Mesmo assim, evitou olhar para Walker.

Muito justo, pensou o druida. São eles quem mais irão precisar de você e cujo respeito e confiança você deve ganhar.

Colocando a terceira chave dentro de seus mantos junto com as outras duas, deu as costas.

O tempo continuou frio por quase uma semana enquanto viajaram na direção de Ice Henge, navegando de través contra o vento norte, com as bainhas de luz irisadas e seu curso definido para descontar o impulso para sudoeste. Casacos e luvas protegiam do vento frio, mas todos o sentiam morder seus ossos e engrossar seu sangue, tornando-os mais lentos e mal-humorados. Comiam e bebiam pouco, conservando os suprimentos. Ninguém sabia quanto tempo iria durar aquele último trecho da jornada, mas o mapa indicava que havia uma certa distância, e portanto exigiria um tempo considerável.

Depois de Mephitic, não havia mais ilhas a serem encontradas e os rocas eram forçados a pousar em plataformas improvisadas, construídas com madeiras sobressalentes. As plataformas eram amarradas aos pontões da *Jerle Shannara* de dia e jogadas ao mar e rebocadas à noite. Conseqüentemente, o progresso deles era mais lento.

Bek continuou seus estudos com Redden Alt Mer, sentindo-se muito à vontade no timão da aeronave a essa altura, capaz de navegar e manter a direção sem pedir ajuda, tranqüilo por saber o que fazer na maioria das situações. Quando Quentin estava treinando com os elfos caçadores, Bek passava o tempo livre com Ahren Elessedil trocando histórias e reflexões sobre a vida. Todos eles haviam mudado de forma visível desde a partida, mas ninguém mais do que Ahren Elessedil. Para Bek parecia que Ahren havia crescido fisicamente, seu corpo muito mais resistente e forte devido ao treinamento, suas capacidades de luta agora quase iguais às de qualquer homem a bordo. Sempre parecera aprender rápido, mas Ard Patrinell conseguira maravilhas com ele. Ainda era um garoto como Bek, mas tinha uma nova confiança em si mesmo e sentia-se menos estrangeiro ali.

Não se podia dizer o mesmo de Bek. Após seu confronto com Walker, ele havia se recolhido mais ainda para dentro de si, levantando paredes e fechando trancas, convencido de que, por ora, quanto menos acessível fosse, melhor. Era uma decisão impulsionada por sua determinação de nada fazer para voltar a se colocar dentro da esfera de influência de Walker. Ele evitava o druida com muita deliberação e se mantinha apenas junto aos poucos com os quais compartilhava uma companhia estabelecida: Quentin, Ahren, Panax, Ruivão e Ruivinha. Ainda era amigável e expansivo, mas de forma calculada, carregando consigo o peso dos segredos que o assombravam. Em mais de uma ocasião pensou em compartilhar esses segredos com alguém, ou Quentin ou Ahren, mas não conseguiu fazer isso. De que adiantaria, afinal? Isso apenas deslocaria seu fardo para outra pessoa sem tirá-lo de suas costas. Ninguém poderia ajudá-lo com o que precisava descobrir, exceto o druida. Ele sabia que teria de aguardar Walker, e isso poderia levar um longo tempo.

Ao final daquela primeira semana após Mephitic, o tempo mudou com a chegada de uma frente quente vinda do sul. O vento mudou de direção, uma muralha de nuvens espessas apareceu e a temperatura subiu. O ar límpido e frio desapareceu perante uma parede de neblina pesada, um vento suave e úmido e todas as cores do mundo se tornaram cinzentas. No dia da chegada da frente, ainda havia brechas suficientes nas nuvens para ler as estrelas à noite e definir um curso. Ao segundo dia, só havia vislumbres de céu. Ao terceiro, a aeronave havia sido inteiramente envolvida pela neblina. O sol fora reduzido a um ponto de brilho embaçado no céu, e em seguida a uma bola enevoada que mal se conseguia distinguir, e depois disso a uma mancha tênue que estava em toda parte e em lugar algum ao mesmo tempo.

Ao quarto dia, somente um aumento ou uma diminuição da luz indicava a diferença entre dia e noite, e a visibilidade fora reduzida a cerca de dez metros. O Ruivão havia experimentado sem sucesso navegar para fora daquele caldo e os cavaleiros alados foram forçados a descer até as jangadas improvisadas para aguardar a passagem da frente. A *Jerle Shannara* estava envolvida em neblinas vertiginosas e penumbras impenetráveis.

Por fim, Redden Alt Mer ordenou que as velas fossem recolhidas completamente e desligou a energia da aeronave. Incapaz de ver qualquer coisa, receou que pudessem velejar direto para a parede de um penhasco sem perceber. Melhor esperar que o mau tempo passasse, declarou, do que arriscar-se a um desastre. Estóicos, todos aceitaram a notícia e prosseguiram com suas tarefas. Afinal, não havia o que fazer. Era enervante a incapacidade de ver qualquer coisa — nada de céu, nada de mar, nenhuma cor de qualquer espécie. Nem mesmo os gritos das aves marinhas ou o espadanar de peixes penetravam no cobertor de penumbra que os cobria. Era como se tivessem sido relegados a viver dentro de um limbo. Era como se eles estivessem sozinhos no mundo. Os homens se amontoavam na amurada e ficavam olhando para a penumbra em grupos, silenciosos, procurando algo reconhecível. Até mesmo os rovers pareciam desconcertados pela imensidão da névoa. Na costa da Divisa Azul e da Confraria Alada, a neblina durava somente um dia ou dois até que os ventos a soprassem para longe. Ali, parecia que iria durar para sempre.

O quarto dia se transformou devagar no quinto e no sexto, sem alterações. Quase uma semana se passara desde que haviam visto algo que não fosse a aeronave e uns aos outros. O silêncio estava se tornando irritante. Os esforços de animar o ambiente com música e cantorias só pareciam complicar ainda mais o problema. Assim que o canto e os instrumentos paravam, o silêncio retornava, espesso e imutável. A tripulação rover não tinha nada para fazer enquanto a nave estivesse em repouso. Até mesmo as sessões de treinamento dos elfos caçadores haviam sido reduzidas à medida que todos começavam a passar cada vez mais tempo olhando para o vazio.

Foi na sexta noite, enquanto, na amurada de proa, Bek e Quentin conversavam sobre a neblina que envolvia periodicamente as Highlands de Leah, que o garoto ouviu alguma coisa fora do comum romper o silêncio. Parou de falar na hora, fazendo um gesto para que Quentin se calasse. Juntos, ficaram escutando. O som se fez ouvir novamente, uma espécie de rangido que lembrava a Bek o cabeamento da nave trabalhando contra traves e ganchos. Mas o barulho não vinha da *Jerle Shannara*. Vinha de algum lugar atrás dela, lá fora, na neblina. Surpresos, os primos olharam um para o outro e em seguida novamente para a penumbra. Ouviram mais uma vez o ruído, e agora Bek se virava para ver se mais alguém havia percebido aquilo. Spanner Frew estava na cabine do piloto, sua forma escura e corpulenta claramente visível no instante em que ele se virou para os dois. Redden Alt Mer também aparecera no convés, e estava em pé logo abaixo do timoneiro, mostrando confusão em seu rosto duro. Um punhado de outros se agrupava nas amuradas em ambos os lados.

Um longo silêncio desceu enquanto todos esperavam que mais algum som chegasse aos seus ouvidos.

Bek aproximou-se de Quentin. — O que você acha...?

Ele perdeu o fôlego e se engasgou com o resto do que iria dizer. Uma imensa forma negra apareceu por entre a neblina, uma sombra maciça que se materializou inteira de uma vez e preencheu todo o horizonte. Ela estava bem em cima deles, tão próxima que mal houve tempo para reagir. Bek tropeçou para trás, arrastando o braço de Quentin ao ver a forma negra surgir gigantesca da neblina. Brados de alerta foram dados e o grito agudo de um roca elevou-se acima deles. Os primos, na pequena elevação do convés de popa, se desequilibraram e caíram embolados um em cima do outro quando a forma negra atingiu a *Jerle Shannara* em cheio, amassando metal e lascando madeira. A aeronave balançou e estremeceu em resposta e o ar se encheu de gritos e xingamentos.

Tudo se transformou em caos instantâneo. Bek se levantou cambaleante para ver a forma fantasmagórica presa aos aríetes de popa da *Jerle Shannara* e descobriu, para seu espanto, que estava olhando outra aeronave. O impacto da colisão havia feito com que as duas naves descessem lentamente em espiral, no sentido horário, o que tornava difícil para Bek manter-se em pé. Um dos rocas passou voando por ele, erguendo-se na penumbra, um fantasma silencioso que apareceu e desapareceu quase imediatamente.

Então alguma coisa envolta em manto e capuz veio do convés de popa se esgueirando em sua direção. Bek a encarou surpreso, hipnotizado por sua aparição inesperada. Sequer teve a presença de espírito de sacar suas armas. Simplesmente ficou ali parado. O vulto tomou forma e a abertura negra do capuz à luz cinzenta enevoada revelava um rosto reptiliano dominado por olhos sem pálpebras e uma boca retorcida. Mãos com garras se ergueram em sua direção, gesticulando.

— Pequeninoss — murmurou a criatura.

Bek ficou paralisado de terror.

— Fique quieto agora — ela pedia suave, hipnoticamente e estendeu as mãos para ele.

— Não! — ele gritou frenético.

Fez isso sem pensar, unicamente em resposta ao perigo. Mas utilizou sua voz como fizera naquela noite em Mephitic, quando entrara nas ruínas do castelo com Truls Rohk, preenchendo-o com a magia que havia descoberto ali. Sentiu a força de suas palavras atingirem a criatura, fazendo-a recuar com o impacto.

Então Quentin empurrou-o para o lado e pulou na frente da criatura. A espada de Leah cortou a escuridão com um único golpe reluzente, separando a cabeça do corpo da criatura. Ela desabou sem fazer um ruído e seu sangue jorrou para todo lado.

Outras criaturas com o mesmo aspecto apareceram na amurada da aeronave fantasma, formando um grande grupo que podia ser visto através da penumbra e da noite olhando para eles, o brilho de suas armas visível. Rovers e elfos gritaram e eles apareceram correndo da escuridão atrás dos primos, suas próprias armas em punho. Uma saraivada de mísseis choveu da outra nave e alguns membros da *Jerle Shannara* caíram no chão do convés, retorcendo-se de dor. Quentin puxou Bek para trás de uma pilha de caixas abaixo da elevação do convés de popa, gritando para que permanecesse abaixado e se cobrisse.

Um instante depois ambas as aeronaves tornaram a se mover com um solavanco e com um som de metal esmagado e madeira quebrada elas se separaram. Lenta e pesadamente, os leviatãs se afastaram, seus ocupantes ainda reunidos nas amuradas, olhando uns para os outros diretamente por sobre o vazio, sombras sem rostos na névoa.

— Aos seus postos! — rugiu Redden Alt Mer na cabine do piloto.

Mãos trabalhando furiosas nos controles, ele desenrolou a vela principal para captar quanta luz ambiente pudesse, descobriu os cristais-diapasão para dar energia à aeronave e girou-a para enfrentar a penumbra na qual a outra nave havia desaparecido. Sua tripulação rover espalhara-se pelo convés para travar os atratores radianos, e os elfos caçadores, armas prontas, foram rapidamente para os postos de combate. Todos estavam se movendo ao mesmo tempo quando Bek se levantou.

— O que aconteceu? — Bek tentou perguntar a Quentin, mas seu primo também havia sumido.

Com uma rápida olhada para o monstro caído à sua frente, Bek correu para se juntar ao Ruivão. O capitão rover ainda estava gritando instruções, o rosto marcado pelas intempéries cheio de uma determinação furiosa enquanto vasculhava a penumbra. Bek olhou junto com ele. Por apenas um instante, a outra nave reapareceu, imensa e espectral na noite, três mastros cortando a neblina, pontões e conveses deslizando por entre a névoa. Então tornou a desaparecer.

— É a *Black Moclips*! — Bek ouviu Redden Alt Mer dizer baixinho, sem acreditar.

Procuraram a outra aeronave por mais algum tempo, mas ela não foi encontrada em parte alguma. Walker apareceu e ordenou que Alt Mer retirasse seus homens dos postos de combate.

— Está certo — resmungou o Ruivão, meio para si mesmo, ainda abalado pelo que tinha acabado de ver. — Lutar uma batalha aérea nesta confusão é coisa para idiotas.

Os elfos caçadores haviam se reunido ao redor do atacante caído para examiná-lo e Bek ouviu a palavra *mwellret* sussurrada. Não sabia o que era um mwellret, mas sabia que a coisa que jazia morta no convés se parecia muito com o monstro em que o rei do rio Prateado havia se transformado em seu encontro meses antes.

Joad Rish estava no convés cuidando dos feridos. Disse a Walker que não havia ninguém em estado grave. O druida pediu um relatório de danos ao Ruivão e sugeriu que a vigia fosse aumentada de dois para quatro homens. Bek estava em pé ao seu lado enquanto era feita uma contagem, mas não se falaram. Só depois que todos haviam se afastado e Redden Alt Mer devolveu o timão a Spanner Frew, Walker curvou-se para o garoto de passagem e sussurrou que Truls Rohk havia desaparecido.

26

A bordo da *Black Moclips* o caos era mais pronunciado e um confronto mortal estava para acontecer.

A bruxa Ilse dormia quando a colisão entre as aeronaves aconteceu e a força do impacto a jogou de seu catre para o chão. Levantou-se ligeiro, vestiu seus mantos cinzentos e saiu correndo de sua cabine trancada para o convés principal. A essa altura, soldados da federação e mwellrets corriam para todo lugar, gritando e xingando na penumbra e na neblina. Ela foi até onde a maioria deles havia se aglomerado e viu os mastros serrilhados da *Jerle Shannara*. Um dos mwellrets jazia morto no convés da outra nave, a primeira barragem de lanças e flechas fora lançada e uma batalha em escala total estava prestes a acontecer.

De Cree Bega e do comandante da federação Aden Kett ela não viu sinal.

Em uma fúria fria, caminhou a passos largos até a cabine do piloto e se posicionou ao lado do timoneiro. O homem olhava para a companhia da nave com cara de descrença e incredulidade misturadas, suas mãos paralisadas sobre os controles.

— Recue a nave imediatamente, timoneiro! — ela ordenou.

Os olhos do timoneiro revelaram pavor quando ele viu de quem se tratava, mas suas mãos permaneceram imóveis sobre as alavancas.

— Recue agora! — ela gritou, suas palavras o chicoteando com tamanha força que os joelhos dele cederam.

Desta vez ele reagiu por instinto, atraindo poder das bainhas de luz e descobrindo os cristais-diapasão. A *Black Moclips* deu um tranco para trás, soltou-se da outra nave com um som de madeira quebrada e deslizou para a penumbra sem fazer ruído. O timoneiro olhou-a de soslaio sem falar, esperando mais instruções.

— O que aconteceu? — ela quis saber, furiosa, fogo e pontas afiadas no esconderijo de seu capuz, envolta no poder de sua voz.

— Mestra? — ele respondeu, confuso.

— Como conseguimos colidir com aquela outra nave? Como isso pôde acontecer?

— Não sei, senhora — gaguejou o homem. — Eu só estava cumprindo ordens...

— Ordens de quem? Não dei ordens para prosseguirem! Minhas ordens eram para permanecermos parados! — Ela estava descontrolada de tanta fúria.

O timoneiro fez um gesto vago na direção da proa da aeronave.

— O comandante Kett disse que o ret lhe ordenou...

Ela saiu da cabine do piloto e avançou sem esperar pelo restante da história. Oculta pela névoa, a *Black Moclips* era uma ilha, solitária e à deriva. Sua tripulação da federação já estava trabalhando no dano dos aríetes de proa e do convés. Na amurada dianteira, um punhado de mwellrets se aglomerava ao redor de Cree Bega, que finalmente havia aparecido no convés. Ela foi até ele sem reduzir o passo e parou a menos de um metro de distância.

— Quem contrariou minhas ordens? — ela exigiu saber.

Cree Bega lançou-lhe um olhar adormecido, seus olhos sem pálpebras fixos sobre ela. Ela sabia o que ele estava pensando. Esta garota, esta criança, fala comigo como se fosse melhor do que eu. Mas para mim ela não é nada. Ela é humana e todos os humanos são inferiores. Quem é ela para falar comigo dessa maneira?

— Messtra — ele a cumprimentou com uma mesura ligeira e obrigatória.

— Quem contrariou minhas ordens de permanecermos parados? — Ela tornou a perguntar.

— O erro foi meu, Messtra — ele reconheceu sem um traço de remorso em sua voz sibilante. — Não parecia haver motivo para não prossseguir, nem para deixar de ficarmoss próximoss dos pequeninoss. Fiquei preocupado que eless pudesssem sse afasstar demaiss de nóss.

Ela lançou um longo olhar de avaliação cuidadosa antes de tornar a falar. Sabia para onde isso estava levando, mas não podia se dar ao luxo de recuar.

— Quem está no comando desta expedição, Cree Bega?

— A ssenhora, Messtra — ele respondeu friamente.

— Então por que você se arroga a dar ordens sem me consultar antes? Por que supõe que tem autoridade para rescindir uma ordem que eu já tinha dado? Acha, talvez, que está mais capacitado do que eu a tomar as decisões necessárias nesta viagem?

Ele se virou lentamente para encará-la e ela viu que ele estava considerando a possibilidade de um confronto. Cinco de seus companheiros estavam às costas de Cree Bega e ela estava sozinha. Separadamente, nenhum deles era igual a ela. Juntos, poderiam ser. Ele a odiava e queria que ela estivesse morta. Ele sem dúvida sentia que podia realizar, sem ela, o que era necessário. Se ela desaparecesse nessa viagem, o Morgawr jamais saberia o que havia acontecido.

Mas essa faca tinha dois gumes, naturalmente.

— Ela fala conosco como se fôssemos crianças! — O mwellret à direita de Cree Bega resfolegou, curvando-se como uma serpente.

A bruxa Ilse não hesitou. Deu um passo para o lado, para ficar imediatamente fora do alcance dos outros, e usou sua magia sobre aquele que falara. Sua voz o chicoteou com um som feroz, de gelar os ossos. Utilizou cada grama de poder que conseguiu reunir. A força de seu ataque tirou o mwellret chocado do solo, transformou-o em uma massa distorcida e quebrada, tão devastada que era praticamente impossível de identificar, e jogou os restos para o lado. Tudo levou apenas segundos. O mwellret estava morto antes que seus companheiros entendessem o que havia acontecido.

Ela encarou os mwellrets restantes com calma. Precisara fazer de alguém um exemplo para manter os demais sob controle. Melhor um desconhecido do que Cree Bega, cuja liderança estava estabelecida e era eficiente. Melhor manter o inimigo que ela conhecia do que instalar um desconhecido. As mudanças no comando precisavam de ajustes que podiam dar margem a novos problemas. Por ora aquilo seria o bastante. Ela olhou em seus olhos e descobriu o que estava procurando. O ódio que ele tinha dela ainda era óbvio, mas havia também um traço de medo e dúvida presente. Ele não a via mais como uma garota magra e vulnerável. Melhor ainda, ele não estava mais medindo seu corpo para saber o tamanho do caixão.

— Messtra — ele sibilou, curvando-se em submissão.

— Não torne a me desafiar, Cree Bega — ela avisou. — Não se atreva a questionar ou alterar minhas ordens de qualquer maneira. Obedeça-me ou encontrarei alguém que o faça.

Ela encarou o olhar dele por mais um momento e depois lhe deu as costas. Não olhou para trás, não agiu como se o temesse. Que ele pensasse que ela se via como invulnerável e ele poderia passar a acreditar que isso era verdade. Que ele visse que ela não pensava em sua segurança porque não havia necessidade e pensaria duas vezes antes de tornar a confrontá-la. Enquanto voltava para sua cabine, seus sentidos procurando cuidadosamente mais algum sinal de problema, captou um traço de alguma coisa que estava fora do lugar. Parou na hora, imóvel em seus mantos cinzentos. A essa altura, ela conhecia tudo o que pertencia à *Black Moclips*, cada membro de sua companhia, cada caixote de suprimentos e armas, cada madeira e placa de metal que fazia parte da nave. Ela se fundira com a sensação da aeronave, tornando-se uma só com ela e sempre no controle, e podia sentir se alguma coisa mudasse. Agora ela sentia isso, uma alteração sutil, tão pequena que ela quase a deixara escapar. Com cuidado, começou a sondar mais alguma coisa. Havia movimento e presença, a sugestão de uma criatura viva que não pertencia ao lugar.

Ainda estava procurando quando Aden Kett apareceu à sua frente.

— Mestra, estamos inteiramente operacionais e prontos para velejar às suas ordens. Por ora, estamos parados esperando que a neblina passe. Algo mais?

Seu rosto estava pálido e recolhido; ele havia testemunhado a morte do mwellret. Mas era o capitão de um navio e seu compromisso era tamanho que ele executaria suas tarefas independentemente de sentimentos pessoais. Ela ficou irritada com a interrupção, mas guardou isso para si mesma.

— Obrigada, comandante — agradeceu. Ele fez uma mesura e se afastou. A distração havia lhe custado a conexão frágil que fizera com a presença estranha. Olhou ao redor, usando o tempo para sondar mais uma vez. Agora não havia nada ali. Talvez uma ave marinha de passagem tivesse feito com que ela sentisse uma mudança. Talvez houvesse uma presença élfica residual do contato deles com a *Jerle Shannara*.

Ela sorriu ao pensar na colisão. Todo um oceano de ar para navegar e de algum modo eles conseguiram encontrar seu inimigo. Era irônico e enlouquecedor. Mesmo assim, isso nada alterava. Walker já sabia que ela o estava rastreando. O encontro deles naquela noite, embora infeliz, não revelara nada importante. Ele tentaria fugir com mais forças agora que percebera que ela estava próxima, mas não seria capaz de fazê-lo. Para onde fosse, ela estaria esperando. Disso ela havia se certificado.

Levou mais um momento para inspecionar as sombras que envolviam a aeronave, ainda procurando o que a havia enganado, e em seguida virou-se sem outro olhar e tornou a desaparecer em sua cabine-dormitório.

Bek ficou olhando a figura de Walker que se afastava. Truls Rohk havia desaparecido, dissera o druida, uma afirmação sussurrada no ouvido do garoto, e em seguida se afastara. Bek levou um momento para deixar a informação penetrar, e então fez o que qualquer outra pessoa teria feito. Foi atrás dele.

Tinha motivos para acreditar, pensando nisso mais tarde, que era essa a intenção de Walker, que era uma maneira de romper o silêncio entre os dois. Se foi isso mesmo, funcionou. Alcançou o druida quando este último reduziu o passo perto da amurada de popa, e sem sequer pensar a respeito, começou a falar com.

— Onde ele está? — Bek quis saber.

Walker balançou a cabeça.

— Acho que ele está na outra nave.

Com a bruxa Ilse, pensou Bek, mas não conseguia dizer isso.

— Por que ele faria isso?

— Difícil dizer. Com Truls a maioria das coisas é feita de forma instintiva. Talvez ele quisesse ver o que poderia descobrir lá. Talvez tenha um plano que não nos revelou.

— Mas se a bruxa Ilse o encontrar...

Walker balançou a cabeça.

— Não há nada que possamos fazer a respeito, Bek. Foi ele quem decidiu ir. — Fez uma pausa. — Vi o que você fez com aquele mwellret antes de Quentin se envolver. Com sua voz. Você sabia o que estava fazendo?

O garoto hesitou em pé, e então assentiu.

— Sim.

— Há quanto tempo sabia que tinha o uso dessa magia?

— Não muito tempo. Desde Mephitic.

Walker franziu a testa.

— Truls Rohk novamente. Ele mostrou a você que isso estava lá, não mostrou? Por que não me contou?

Bek olhou para ele desafiador, recusando-se a responder. O druida assentiu devagar.

— Tudo bem. Eu também não confiei muito naquele momento, confiei? — Estudou o garoto com cuidado. — Talvez esteja na hora de mudar isso tudo.

Bek sentiu uma pontada de expectativa.

— Você vai me dizer quem eu sou?

Walker desviou o olhar para a noite envolta em névoa, e havia uma sensação de tempo e lugar escorrendo de seus olhos escuros.

— Vou — disse ele.

Bek esperou que ele dissesse algo mais, mas Walker permaneceu em silêncio, perdido em pensamentos, em algum outro lugar, talvez dentro de suas memórias. Atrás deles, a tripulação rover trabalhava para consertar o dano na proa do veículo, onde os chifres dos aríetes haviam absorvido a maior parte do choque da colisão com a outra aeronave, mas partes do convés e da amurada haviam cedido com o impacto. A tripulação labutava sozinha, quase na escuridão. Quase todo o resto, à exceção dos vigias, havia voltado para a cama. Até mesmo Quentin havia desaparecido.

Na cabine do piloto, o rosto escuro e feroz de Spanner Frew olhava por cima dos controles como se pedisse que algo mais se atrevesse a dar errado.

— Eu teria lhe dito antes a maior parte do que sei se não achasse melhor esperar — disse Walker. — Não fiquei mais feliz escondendo isso do que você por não sabê-lo. Eu queria estar mais perto de nosso destino final, de Ice Henge e de Castledown, antes de falar com você. Mesmo depois dos eventos em Mephitic e das suspeitas levantadas por Truls Rohk acreditei que era melhor assim.

"Mas agora você sabe que tem o comando de uma magia, e é perigoso não saber sua fonte e seus usos. Esta magia é de uma natureza muito poderosa, Bek. Você apenas arranhou a superfície de seu potencial e não quero arriscar a possibilidade de que possa escolher usá-la novamente antes de estar preparado para lidar com ela. Se compreender como funciona e o que pode fazer, poderá controlá-la. Caso contrário, estará em grande perigo. Isto quer dizer que eu tenho de lhe contar o que sei sobre suas origens para que você possa se armar. Não vai ser fácil ouvir isto. Pior, não vai ser fácil viver com isto depois."

Bek ficou ao seu lado, em silêncio, ouvindo-o falar. Por fora, o garoto estava calmo, mas por dentro estava tenso. Estava ciente do druida olhando para ele, esperando sua reação, sua permissão para continuar. Bek o encarou e fez com a cabeça um sinal de que estava pronto.

— Você não é um Leah nem um Rowe, nem sequer um membro de suas famílias — disse Walker. — Seu nome é Ohmsford.

O garoto levou um momento para reconhecer o nome, lembrar suas origens. Todas as histórias que havia ouvido sobre os Leah e os druidas voltaram para ele. Naquelas histórias havia Ohmsford também, histórias que iam até cento e trinta anos atrás, quando o trisavô de Quentin, Morgan Leah, havia lutado contra os sombrios. Antes disso, Shea e Flick Ohmsford haviam lutado ao lado de Allanon contra o rei bruxo, Wil Ohmsford havia ficado ao lado de Eventine Elessedil e os elfos contra as hordas demoníacas, e Brin e Jair Ohmsford haviam partido em busca do Ildatch nos cantos escuros da Terra Oriental.

Mas todos estavam mortos há muitos anos e o resto da família Ohmsford havia morrido. Foi isso o que Coran lhe dissera.

— Sua magia é a herança de sua família, Bek. — O druida olhou de volta para a penumbra sobre a amurada. — Ela foi absorvida pelo corpo de Wil Ohmsford há centenas de anos, quando ele usou as pedras élficas para salvar a vida de duas mulheres, uma que se tornou a Ellcrys, e outra que se tornou sua esposa. Seu sangue elfo era fino demais para permitir que isso fosse feito com segurança e ele foi alterado de forma irrevogável. Isso não se manifestou nele próprio tanto como em seus filhos, Brin e Jair, que nasceram com o uso da magia em suas vozes, da mesma forma que você. Ela era forte em ambos, mas particularmente na garota. Brin tinha o poder de transformar coisas vivas cantando. Podia curá-las ou destruí-las. Seu poder era chamado de canção do desejo.

Respirou fundo e exalou lentamente. Bek o estava observando agora de perto.

— A magia veio à tona em outras gerações, mas somente de forma esporádica. Quinhentos anos se passaram antes que ela voltasse de maneira significativa. Dessa vez, apareceu nos irmãos Par e Coll Ohmsford, que lutaram comigo e com a rainha dos elfos Wren Elessedil contra os sombrios. A magia era forte em Par Ohmsford, muito forte. Ele foi seu trisavô, Bek.

Desviou o olhar da amurada e tornou a encarar o garoto.

— Eu também sou seu parente, embora seja difícil tentar traçar a linhagem. Somos ambos descendentes de Brin Ohmsford. Mas enquanto você herdou o uso que ela fazia da canção do desejo, eu herdei o pacto de sangue feito com ela por Allanon em seu leito de morte, o pacto que dizia que um de seus descendentes seria o primeiro dos novos druidas. Eu sou esse descendente, embora não quisesse acreditar nisso quando me foi revelado, não quisesse aceitar isso senão depois de um longo tempo. Fui relutante para a ordem dos druidas e servi com desconfiança constante.

Suspirou com suavidade e melancolia.

— Pronto. Está dito. Somos da mesma família, Bek, você e eu: unidos pelo sangue e também pelo uso da magia. — Seu sorriso era amargo. — A ligação me permitiu invocar você em Shatterstone quando fui atacado, a me conectar com você através de seus pensamentos quando não podia fazê-lo com os outros. Não chamei você por coincidência.

— Não estou entendendo — disse Bek confuso. — Por que não me disse isso antes? Por que fez disso um segredo? Não me parece tão ruim. Não tenho medo de minha magia. Posso aprender a usá-la. Ela pode nos ajudar, não pode? Não foi por isso que me pediu para vir? Porque tenho a magia? Porque sou um Ohmsford?

O druida balançou a cabeça.

— Não é tão simples. Em primeiro lugar, o uso da magia traz consigo uma terrível responsabilidade e uma ameaça muito real àquele que a leva. A magia é poderosa e às vezes imprevisível. Usá-la pode ser perigoso. Pode até ser danoso, não só para os outros como também para você. A magia freqüentemente reage do jeito que escolhe e não como você pretende; suas tentativas de controlá-la podem fracassar. Não é necessariamente bom que você saiba que a possui e que pode invocá-la. Uma vez que tenha desenterrado sua existência, ela se torna um fardo que você não pode abandonar. Nunca.

— Mas ela está ali assim mesmo — ressaltou Bek. — Eu não tinha escolha senão adotá-la. Além disso, você me trouxe nesta jornada para usar minha magia, não trouxe?

O druida assentiu.

— Sim, Bek. Mas existem outras coisas. Eu trouxe você pelo uso de sua magia, mas também por outra razão: uma razão mais forte. Seus pais e sua irmã foram os últimos dos Ohmsford. Havia outros, primos distantes e assim por diante, mas seu pai foi o último descendente direto de Par Ohmsford. Ele se casou com sua mãe e viveram no vilarejo de Jentsen Close, próximo da borda nordeste do lago do Arco-Íris, em uma parte da comunidade de fazendas nas Planícies Rabb. Tiveram dois filhos, sua irmã e você. O nome de sua irmã era Grianne. Ela era três anos mais velha do que você e os sinais da magia da canção do desejo apareceram nela muito cedo. Seu pai reconheceu esses sinais e pediu minha presença. Sabia do laço entre nós. Visitei você quando ainda era um bebê e sua irmã tinha apenas quatro anos. Devido à minha experiência druídica, fui capaz de reconhecer a magia não só em sua irmã, mas também em você.

Fez uma pausa.

— Infelizmente, o Morgawr também descobriu a existência dessa magia. O Morgawr vive há muito tempo escondido no Caminho Selvagem. Ele pode ter sido um aliado dos sombrios, mas não era um deles e não foi destruído como eles foram. Ele ressurgiu há cerca de cinqüenta anos e começou a expandir sua influência para a federação. É um bruxo poderoso, com laços com os mwellrets da Terra Oriental e com mutantes. Foi por causa desses laços que descobri o interesse dele em sua família. Na época eu era amigo de Truls Rohk, e diversas vezes ele seguiu mutantes que tinham ido até sua casa. Eles não faziam nada a não ser observar, mas era um sinal claro de que alguma coisa não estava certa.

Walker parou de falar quando um grupo de rovers veio descendo o convés de proa e foi até a escada dianteira. Seu trabalho da noite estava terminado e estavam ansiosos para dormir. Um ou dois olharam para eles de relance, mas desviaram rápido o olhar. Em segundos, o druida e o garoto estavam sozinhos novamente.

— Eu devia ter percebido o que estava acontecendo, mas estava preocupado em tentar formar um conselho de druidas em Paranor. — Walker balançou a cabeça. — Não agi com rapidez suficiente. O bando de mwellrets vestidos em mantos negros e liderados pelo Morgawr matou seus pais e queimou sua casa até o chão. Fizeram com que parecesse um ataque de salteadores gnomos. Sua irmã escondeu você em um aposento frio no porão e disse que você estava morto quando a levaram. Era Grianne que eles desejavam, por sua magia, pelo poder da canção do desejo. O Morgawr a desejava. Sua intenção era subvertê-la, torná-la sua discípula, sua aluna no uso da magia. Ele a enganou e a fez acreditar que os mwellrets de mantos negros eram liderados pelos druidas e influenciados por eles. Eu me tornei o inimigo que ela cresceu odiando. Todos os meus esforços para mudar isso, para resgatá-la, para ganhar sua confiança para que ela pudesse descobrir a verdade, fracassaram.

Ele fez um gesto na direção da muralha de neblina adiante.

— Agora ela me caça, Bek, em algum lugar lá na outra aeronave. — Olhou para o garoto. — Sua irmã é a bruxa Ilse.

* * *

Ficaram ali parados por um momento, sem falar, olhando para o vazio onde a mulher que um dia fora Grianne Ohmsford os rastreava. A enormidade da revelação de Walker tomou conta de Bek. Seria isso verdade ou o druida estava brincando com ele ali novamente? Ele tinha tantas perguntas, mas todas se confundiam e gritavam para ele ao mesmo tempo. Ele não sabia o que deveria fazer com o que lhe fora contado. Podia ver as possibilidades, mas ainda não conseguia levá-las em conta. Descobriu-se lembrando-se da visita noturna do rei do rio Prateado, tantos meses atrás, e das formas que a criatura espiritual havia assumido: a garota, que era o passado, e o monstro, que era o presente. Aquela garota, ele entendia agora, era sua irmã. Por isso ela lhe parecera tão familiar: ele ainda conservava uma lembrança do rosto de sua irmã. O monstro era aquilo no qual ela havia se tornado, a bruxa Ilse. Mas o futuro ainda estava por ser determinado — por Bek, que não devia fugir de sua busca, de sua necessidade de saber ou do que seu coração o levava a fazer.

A confusão de perguntas abriu caminho para apenas uma. Estava a seu alcance fazer com que sua irmã mudasse?

— Há mais uma coisa, Bek — disse Walker subitamente. — Venha comigo.

Ele se afastou da amurada e foi para o centro da aeronave, seguido pelo garoto. Dentro da cabine do piloto, o barbudo Spanner Frew encarava a penumbra adiante, sem prestar atenção a eles, seus olhos varrendo a neblina e as trevas.

— Ela sabe que estou vivo? — perguntou Bek.

O druida balançou a cabeça.

— Ela acredita que você esteja morto. Não tem motivo para acreditar em outra coisa. Truls Rohk encontrou você nas ruínas de seu lar três dias depois que sua irmã foi roubada. Ele estava montando guarda por conta própria e vira os mwellrets voltando pelas Wolfsktaag. Foi capaz de encontrar o esconderijo que eles deixaram passar. Você estava quase morto então. Ele levou você a mim, e quando estava forte o bastante levei-o até Coran Leah.

— Mas minha irmã culpa você pelo que aconteceu.

— Ela está sendo enganada por sua própria amargura e pela maldade do Morgawr. A história que ele contou sobre o que aconteceu é bem diferente da verdade, mas é uma história em que ela passou a crer. Agora ela se oculta no poder de sua magia e fecha-se para o mundo. Ela almeja ser uma fortaleza que ninguém pode violar.

— Exceto talvez por mim? É por isso que estou aqui? Era isso que o rei do rio Prateado estava me mostrando?

O druida nada respondeu.

Pararam diante do misterioso objeto que ele levara a bordo em segredo e envolvera em correntes de magia. Estava solitária e impenetrável, encostada no mastro de proa, uma caixa retangular em pé, de pouco mais de dois metros de altura e noventa centímetros de largura e profundidade. A lona encobria todos os traços do que havia por baixo, revelando apenas seu tamanho e forma. As correntes brilhavam com a neblina e, em uma inspeção mais próxima, pareciam não ter nem começo nem fim.

Bek olhou ao redor. O convés da aeronave estava deserto naquela noite, salvo pelo timoneiro e um par de elfos caçadores que estavam na amurada de proa em vigia. Nenhum deles se aventuraria adiante para assumir sua posição enquanto o druida estivesse falando com o garoto. Na passagem silenciosa da aeronave, o único movimento vinha das sombras na neblina.

— Ninguém irá ver o que vou lhe mostrar agora, a não ser você e eu — disse o druida baixinho.

Passou a mão na frente da caixa e foi como se o lado que estavam olhando tivesse se derretido. Dentro, a escuridão revelava uma lâmina suspensa para baixo, uma espada. A espada era longa e seu metal produzia um brilho prateado com um tom azul-escuro recortado contra a escuridão que a cercava. O cabo era velho e gasto, mas tinha fino acabamento. Esculpido em seu cabo de madeira polida, um punho cerrado erguia uma tocha.

— Esta é a espada de Shannara, Bek — sussurrou o druida, curvando-se para que suas palavras não fossem além dos ouvidos do garoto. — Esta também é sua herança. É o direito de nascimento dos descendentes do rei dos elfos Jerle Shannara, em nome de quem este navio foi batizado. Apenas um membro da linhagem de Shannara pode segurar esta espada. Os Ohmsford, que eram os últimos dos Shannara, levaram esta espada para a batalha contra o rei bruxo e os sombrios. Eles a usaram para defender a liberdade das raças por mais de mil anos.

Tocou de leve o ombro de Bek.

— Agora é a sua vez.

Bek conhecia as histórias. Conhecia-as todas, assim como conhecia a história dos druidas, das guerras das raças e todo o resto. Ninguém havia visto aquele talismã em mais de quinhentos anos, quando Shea Ohmsford lutou contra o rei bruxo e o destruiu... Embora houvesse rumores de que ela havia surgido de novo na batalha contra os sombrios. Rumores, sugeria as palavras do druida, que eram verdadeiros.

— A espada é um talismã para a verdade, Bek. Ela foi forjada como uma defesa contra mentiras que aprisionam e ocultam. É um talismã poderoso e exige força de vontade e coração para segurá-la. Ela precisa de um portador que não recue com a dor, a dúvida e o medo que o ato de abraçar a verdade às vezes gera. Você é um sucessor digno como os outros de sua família que foram convocados a serviço da espada. Você é forte e determinado. Muitas das coisas a que expus você nesta viagem foram com a intenção de medir isso. Serei franco com você. Sem sua ajuda, sem o poder da espada para nos ajudar, provavelmente estamos perdidos.

Voltou-se para a caixa e passou a mão na frente dela novamente. A espada de Shannara desapareceu e os envoltórios de lona e correntes foram restaurados.

Bek continuou olhando para eles como se ainda visse o talismã que ocultavam.

— Você está dando a espada de Shannara para mim?

O druida fez que sim.

A voz do garoto tremia enquanto falava.

— Walker, não sei se eu posso...

— Não, Bek — o druida o interrompeu rápida e suavemente. — Não diga nada esta noite. Pode ser amanhã. Há muito que discutir, e amanhã discutiremos. Você terá perguntas e eu farei o melhor que puder para responder a elas. Iremos trabalhar juntos e nos prepararemos para o que acontecerá quando for necessário a você invocar a magia da espada.

Os olhos de Bek iam de um lado para outro ansiosos, e o druida encontrou a questão refletida ali com um sorriso de confiança.

— Não contra sua irmã, embora um dia você possa ter de usá-la dessa forma. Não, dessa primeira vez a magia servirá a outro propósito. Se eu li o mapa corretamente, Bek, a espada de Shannara é a chave para que nós possamos entrar em Ice Henge.

27

Ao nascer do dia, Bek se levantou e foi executar suas tarefas matinais de cabineiro um pouco atordoado, ainda lutando com as revelações da noite passada, quando o druida o interceptou saindo da cabine de Rue Meridian e pediu a ele que o seguisse. Já passava uma hora do nascer do sol e Bek já havia se vestido e comido seu desjejum. Ainda tinha tarefas para executar, mas uma ordem de Walker não deixava margem para discussão.

Subiram para o convés e caminharam até a amurada de proa, muito próximo de onde haviam estado na noite anterior. O céu ao redor não havia mudado, continuava cinza, nebuloso e impenetrável. Para todo lado que Bek olhava, esquerda ou direita, para cima ou para baixo, a cor e a luz eram as mesmas. A visibilidade ainda estava limitada a dez metros aproximadamente. Aqueles da equipe da nave que já estavam no convés tinham o aspecto de fantasmas, etéreos e ainda não inteiramente formados. Redden Alt Mer estava na cabine do piloto com Furl Hawken, dois rovers estavam trabalhando na popa, amarrando novas pontas nos atratores radianos laterais, e Quentin treinava luta com os elfos caçadores no convés de proa sobre o olhar firme de Ard Patrinell. Quando Bek passou, ninguém olhou ou agiu como se algo no garoto tivesse mudado, muito embora em sua própria mente tudo estivesse diferente.

— Para começar, você ainda é Bek Rowe — disse Walker quando estavam sentados lado a lado sobre uma caixa cheia de bainhas de luz. — Você não deve usar o nome Ohmsford. Ele é por demais reconhecível, e você não precisa chamar atenção desnecessária para si mesmo.

Bek assentiu.

— Está certo.

— Além disso, não quero que conte a ninguém o que me contou ou o que aprendeu de mim sobre sua magia, sua história ou a espada de Shannara. Nem mesmo a Quentin. Nenhuma palavra.

Aguardou. Bek tornou a assentir.

— Por último, você não deve esquecer que está aqui para servir como meus olhos e ouvidos, para ouvir e montar guarda. Essa não foi uma missão disfarçada, feita apenas para lhe dar o que fazer até o momento de lhe contar quem você era. Sua magia lhe dá poderes de observação que faltam na maioria das pessoas. Ainda preciso que utilize esses talentos. Eles são mais importantes agora do que eram antes.

— Não acho que eu os tenha utilizado muito até agora — observou Bek. — Nada do que lhe contei tem sido particularmente útil.

O sorriso irônico do druida surgiu por um momento e desapareceu.

— Acha que não? Talvez não esteja prestando muita atenção.

— Será que Ryer Ord Star vê alguma coisa em seus sonhos que possa ajudá-lo? Ela também está montando guarda?

— Ela faz o que pode. Mas sua visão, Bek, embora não seja a de um vidente, é a mais valiosa. — Ele mudou de posição e chegou muito perto. — Ela sonha com os resultados antes que eles aconteçam, mas você espiona causas enquanto elas ainda estão procurando criar um efeito. Esta é a diferença na magia que você traz. Lembre-se disso.

Bek não tinha idéia do que Walker estava falando, mas decidiu pensar sobre isso mais tarde. Concordou.

Cortinas de neblina cinzenta passavam por eles e os sons de espadas e de ferramentas de metal sendo utilizadas ecoavam de forma assustadora na névoa que os envolvia. Era como se cada grupo de homens formasse uma ilha separada e somente os sons que faziam os conectassem de alguma maneira real.

— A espada de Shannara — começou Walker — não é igual a nenhuma outra arma. Ou nenhuma outra magia. Ela busca a **verdade** onde a verdade está oculta por ilusões e mentiras, e através da **revelação** ela dá o poder. Mas esse poder tem um preço. Como todos os talismãs élficos, a espada retira o próprio poder daquele que a empunha. Sua força e portanto sua eficiência dependem inteiramente da força daquele que a empunha. Quanto mais forte ele for, mais eficiente a magia. Mas a conexão entre os dois é estabelecida por meios sutis. A espada de Shannara confia na disposição de quem a empunha em destruir as ilusões, meias verdades e mentiras de seu portador para ver claramente o mesmo nos outros.

Deu a Bek um momento para digerir isso.

— Isto é o que irá acontecer, Bek. Quando você invocar o poder da espada, ela procurará revelar as verdades maiores daquilo que outras magias e outros praticantes de magia mascaram. Mas para compreender essas verdades maiores, você deve primeiro aceitar as pequenas verdades a seu respeito. Isso requer sacrifício. Vivemos nossas vidas nos escondendo das coisas que nos desagradam e nos trazem desconforto. Reinventamos a nós mesmos e nossa história, constantemente colocando as coisas sob uma luz que nos seja mais favorável. Isso está na natureza da humanidade. Em grande parte, nossas ilusões são pequenas. Mas elas vão ganhando peso através de números, e a revelação de todas de uma vez pode ser esmagadora. Da mesma forma, existem verdades maiores que, expostas, parecem mais do que podemos suportar, e portanto nós as escondemos com todo o cuidado.

"Depois que você tiver sido confrontado por estas verdades pessoais, será confrontado por verdades sobre aqueles a quem a ama e cuida, e em seguida sobre o mundo que você conhece através de sua própria experiência, e finalmente sobre a ilusão ou mentira que procura desmascarar. Isso não será fácil nem agradável. A verdade o atacará tão certamente quanto uma lâmina de metal comum. Ela terá seu impacto e bordas afiadas. Poderá matá-lo se não se defender dela. Conhecimento e aceitação do que está por vir são sua melhor defesa. Você pode fazer o que precisar para se proteger e se adaptar. Está entendendo?"

Bek sinalizou concordando.

— Acho que sim. Mas não sei como posso me preparar para algo como isso. Não sei que espécies de mentiras e ilusões escondi ao longo dos anos. Devo tentar catalogá-las todas antes de usar a espada?

— Não. Você mesmo o disse. Não pode separá-las facilmente. Algumas você terá esquecido por completo. Outras terá tentado encobrir com uma melhor interpretação do que deveria. E outras você jamais terá identificado. O que você precisa fazer, Bek, é compreender como a espada funciona para que não se surpreenda com o seu poder e seja mais capaz de sobreviver às suas demandas. — Fez uma pausa. — Deixe-me contar uma história.

Passou os minutos seguintes contando a história do rei elfo Jerle Shannara e seu confronto com o rei bruxo mil anos antes. A espada de Shannara fora forjada com fogo druídico por Bremen na cidade sulista de Dechtera e levada para o norte para que um campeão pudesse combater o Senhor das Trevas e destruí-lo. Mas Bremen havia julgado erroneamente a capacidade do rei dos elfos de se adaptar às demandas da espada e não o preparou suficientemente. Como resultado, ele destruiu a forma física do Senhor das Trevas, mas não o destruiu completamente. Caberia a seu descendente, Shea Ohmsford, quinhentos anos mais tarde, completar o trabalho.

"Minha tarefa com você, Bek — terminou Walker —, é garantir que não vacile como Jerle Shannara vacilou, que assim que você invocar a magia da espada possa empregá-la no nível necessário. Seu primeiro uso do talismã não é tão exigente. Ele não envolve um encontro com outra criatura de magia que procura destruí-lo. Envolve um portal que é guardado por uma barreira impessoal e indiscriminada. É um bom teste com o qual iniciar seu treinamento."

Bek olhou para seus pés e depois levantou a cabeça, encarando os olhos escuros do druida.

— Mas minha irmã, a bruxa Ilse, também estará esperando para me testar.

— Esperando, não. Ela nada sabe de você ou da espada. Mas, sim, existe uma boa possibilidade de que você tenha de enfrentá-la no fim das contas. Mesmo assim, esta não é sua preocupação principal. Seu teste virá também de outras fontes. Tudo o que está ligado a esta expedição está cercado de ilusões e mentiras, Bek. Pode parecer muito claro, um mapa e um náufrago encontrados flutuando na Divisa Azul, uma trilha até um lugar alcançado por outros elfos e suas naves trinta anos atrás, antes de desaparecerem, e a atração de um tesouro além de qualquer preço. Mas poucas coisas são como parecem ser nesse caso. Se quisermos ser bem-sucedidos, para falar a verdade, se quisermos sobreviver, iremos precisar do poder da espada de Shannara para nos conduzir.

Somente você pode usar a espada, Bek, portanto precisa estar pronto para fazê-lo quando a magia for necessária. Eu trago o fogo e o *insight* de um druida para nossa tarefa. Quentin traz o poder da espada de Leah. Outros trazem seus próprios dons e experiência. Talvez encontremos as pedras élficas desaparecidas. Mas seu uso da espada de Shannara é vital e necessário para tudo o que tentarmos fazer. E seu treinamento nesse uso começa agora.

Passaram o restante daquele dia e a maior parte do dia seguinte falando sobre a magia da espada e como ela funcionaria. Walker compreendia os princípios, mas jamais experimentara por si próprio o poder da magia da espada, então ficaram reduzidos a lutar sem armas. Não era tão diferente, supôs Bek, do que Quentin fazia em seu treinamento com os elfos caçadores. Ele lutava, mas o combate não era real. Como não havia maneira de invocar a magia da espada até que ela fosse verdadeiramente necessária, não havia como testar seu efeito em Bek. O que Walker fazia, na maioria das vezes, além de falar sobre a natureza do auto-engano, era ensinar uma forma de aceitação que vinha ao se encontrar a paz interior, se interiorizar profundamente para abandonar questões e preocupações externas, e se abrir em vez de se fechar como uma maneira de lidar com as coisas que provocavam dor.

Foi um exercício cruel e muitas vezes frustrante, que às vezes deixava Bek mais confuso do que quando havia começado. Ainda vacilante com as revelações de sua identidade e história, o garoto estava assombrado com a responsabilidade que o druida lhe dava pela segurança da equipe do navio. Mas compreendia a importância dessa responsabilidade e por isso treinava e estudava duro, trabalhando para se preparar, para se tornar mais adaptado, para estar pronto para o que aconteceria quando recebesse o poder da espada.

Tampouco negligenciava suas outras tarefas. Ainda era o cabineiro da nave e devia continuar a se comportar como tal. A combinação do tempo gasto com o druida falando sobre magia, com Redden Alt Mer na cabine do piloto e com a execução de suas tarefas cotidianas praticamente lhe preenchia o dia. Via cada vez menos Quentin e Ahren Elessedil, mas isso evitava que ele precisasse se esforçar demais para guardar para si mesmo o que sabia.

Poucos dias após o encontro deles com a bruxa Ilse, a neblina se dissipou, os céus clarearam, a grande extensão da Divisa Azul revelou-se mais uma vez e os cavaleiros alados retornaram. Foram feitos reparos na aeronave e as caçadas foram retomadas, com a descoberta de diversos arquipélagos pequenos. O ar ficou mais cortante e frio e os membros da expedição agora vestiam casacos de inverno e luvas na maior parte do tempo. Blocos de gelo eram avistados entre os canais das ilhas e os céus ficaram cinza e invernais. Os dias ficavam mais curtos, a luz assumiu uma coloração pálida e fina que tirava as cores do céu e da terra.

 Durante todo esse tempo, Bek ficou se perguntando o que havia adiante. Walker lhe dissera que tudo o que cercava a expedição estava afundado em ilusões e mentiras. Se isso era verdade, quanto disso o druida havia descoberto? O que mais ele sabia que estava guardando em segredo?

 Nove semanas após deixarem Mephitic, com finas camadas de geada caindo do norte ao sabor de um vento polar, chegaram à fortaleza de Ice Henge, com suas muralhas feitas de encostas, e o rapaz descobriu.

A terra apareceu como um relevo baixo e escuro da linha fina do horizonte e demorou muito tempo a assumir uma forma. Ela se estendia para ambos os lados do centro por quilômetros, espalhando-se como uma serpente enrolada sobre o mar azul-acinzentado. Horas se passaram até que pudessem se aproximar o bastante para distinguir uma muralha de encostas tão íngremes que caíam diretamente para o oceano e tão altas que seus picos desapareciam em nuvens de neblina e penumbra. Rachadas e quebradas, as carcaças de árvores descoloridas pelo sol e deixadas nuas pelo vento saíam de protuberâncias nas rochas. Relâmpagos estalavam contra a penumbra formando um violento contraste, aves marinhas gritavam enquanto alçavam vôo de ninhos ocultos até as águas abaixo. Ilhas menores conduziam em direção das encostas como alpondras desgastadas pelo tempo e pelas intempéries, atóis devastados oferecendo pouco abrigo ou sustento, despidos de vegetação a não ser por gramíneas marítimas resistentes e arbustos cinzentos de inverno.

 Walker parou a aeronave quando ainda estavam a quilômetros de distância e enviou os cavaleiros alados adiante para uma olhada rápida. Eles voltaram logo. Shrikes habitavam as encostas e os rocas não podiam chegar perto. Deixando Hunter Predd e Po Kelles em um dos atóis maiores, Walker mandou Redden Alt Mer levar a *Jerle Shannara* até o continente. Uma inspeção mais de perto não fez nada para diminuir suas preocupações. As encostas formavam uma muralha sólida e impenetrável, rachadas de vez em quando por fissuras estreitas e cheias de névoa e chuva praticamente impossíveis de ultrapassar. Shrikes olhavam desconfiados para eles do alto de seus poleiros, esperando para ver o que fariam. Ventos sopravam das encostas em rajadas afiadas e imprevisíveis, chocando-se com a aeronave mesmo antes que ela chegasse até a muralha.

Walker fez com que navegassem pela costa por algum tempo. O oceano havia escavado cavernas dentro das encostas, e aglomerados de rocha que desabaram das alturas formavam estranhos monumentos e afloramentos. Ondas batiam contra a base das encostas e recuavam, entrando e saindo das cavernas, lavando as pedras e os destroços. Não descobriram nenhuma passagem para o interior. Alt Mer se recusava a voar dentro da neblina e do vento que tapava as fissuras; suicídio, ele declarou, e colocou um fim em qualquer discussão a esse respeito. Balançou a cabeça quando Walker lhe perguntou se poderiam voar sobre a neblina. Mil pés mais altos, em uma neblina mais espessa e ventos mais fortes? Dificilmente. O mapa do náufrago revelava que aquela era uma península protegida por quilômetros dessas encostas e que a única abertura estava entre pilares de gelo. O Ruivão estava inclinado a acreditar no mapa.

Continuaram navegando, prosseguindo em sua busca, e o aspecto da terra nunca mudava.

Então, ao fim do dia, as encostas se abriram subitamente em uma baía ampla e funda que atravessava a neblina e a penumbra até uma faixa imensa de montanhas cobertas de neve. Através de brechas nos picos nus, as geleiras desciam até a beira da água, blocos maciços de gelo, verde-azulados e afiados, uma massa de pedras congeladas que se esvaziavam dentro da baía em blocos tão imensos que formavam pequenas ilhas, algumas se elevando a centenas de metros além da superfície da água. Dentro da baía os ventos morriam, as aves marinhas se acomodavam em seus viveiros e o quebrar das ondas do oceano se desvanecia. Apenas as ocasionais rachaduras do gelo quando ele se quebrava e tornava a se formar, blocos se separando da massa maior para deslizar por encostas e ravinas, perturbavam a profunda quietude.

A *Jerle Shannara* navegou por entre as encostas até a baía, deslizando por entre icebergs e muralhas de rocha e, ao escutar o som assustador do gelo que se deslocava, buscando passagem por entre a penumbra. A abertura da baía se estreitava até formar um canal e então se abria para o interior de uma segunda baía e continuava. A neblina se espessava sobre eles, formando um teto tão denso que tapava o sol e deixava a luz tão clara e cinzenta quanto a névoa. As cores sumiram até que o gelo, a água, a névoa e a penumbra se tornaram uma coisa só. Com o aprofundamento da luz e o desvanecimento das cores veio uma sensação da presença da terra que era inexplicavelmente aterradora: uma sensação de tamanho e poder, de um gigante oculto em algum lugar na penumbra, agachado e esperando para dar o bote. Os sons que se produziam eram de geleiras se rompendo e deslizando para dentro da baía, de fissuras se abrindo e se fechando, de uma massa se deslocando constantemente com a pressão e o frio. Os homens e mulheres a bordo da *Jerle Shannara* escutavam isso como um viajante escutaria uma tempestade atingindo sua barraca, esperando que algo cedesse, que algo se rompesse.

Então o canal tornou a se estreitar, dessa vez bloqueado por pilares de gelo tão imensos que atravancavam completamente o caminho, torres de cristal que se elevavam do chão líquido da baía como se fossem lanças. Através de fendas por entre os pilares, Bek conseguia ver um brilho maior da luz e uma redução da neblina, como se o tempo e a geografia pudessem ser diferentes do outro lado. Walker, em pé ao seu lado, tocou seu ombro e assentiu. Então virou-se para Redden Alt Mer e disse-lhe que mantivesse a aeronave onde estava.

Flutuando à frente dos pilares de gelo, aglomerados nas amuradas em grupos silenciosos, os membros da nave aguardavam. O ar frio tremeluzia e as aves marinhas planavam em silêncio. Por entre a neblina densa, o gelo continuava a rugir e quebrar, as reverberações distantes e sombrias.

Então subitamente os pilares começaram a se deslocar, inclinando-se em uma série de impulsos e torções que imitavam o fechar de mandíbulas e o ranger de dentes. Enquanto, assombrados, os membros da equipe observavam, as torres geladas se aproximavam em uma série de colisões, esmagando-se uma na outra com estrondo, fechando a entrada do canal e tapando toda a passagem através dele. Lascas de gelo eram lançadas pelo ar de dentro das águas da baía e novas rachaduras se abriam ao longo das imensas torres enquanto colidiam e em seguida recuavam, leviatãs deslizantes martelando uns aos outros em fúria incontida. Ondas se levantavam e a baía fervia com a força do movimento furioso.

Minutos depois, os pilares tornaram a recuar, afastando-se uns dos outros, assumindo novas posições, flutuando gentilmente na maré que morria.

— Isto — sussurrou o druida no ouvido de Bek — é o Squirm. É isto que a espada de Shannara deve superar.

Sob as ordens do druida, velejaram para fora da baía e desceram a costa até o atol onde os cavaleiros alados aguardavam. Já estava quase escuro e Redden Alt Mer mandou sua tripulação ancorar a *Jerle Shannara* para a noite. Bek ainda estava ponderando as palavras do druida, tentando imaginar como a magia da espada de Shannara seria capaz de encontrar uma passagem através daqueles icebergs móveis, incapaz de ver como o talismã poderia ajudar. Walker o havia deixado quase imediatamente para conferenciar com o capitão rover, e Ahren havia se aproximado para ocupar sua atenção, então não havia mais nada que pudesse fazer naquele momento. Teria de confiar que o druida soubesse do que estava falando.

Quando estavam ancorados e haviam comido o jantar, Walker convocou seu conselho de oito para uma conferência final. Dessa vez Hunter Predd foi incluído, o que aumentou o número para nove. Reuniram-se na cabine de Redden Alt Mer: o druida, o capitão rover e sua irmã, Ard Patrinell e Ahren, Quentin e Bek, Ryer Ord Star e o cavaleiro alado. O céu estava coberto de nuvens e a noite tão escura que era impossível ver o oceano ou o atol no qual estavam ancorados.

— Amanhã passaremos por entre os pilares do Squirm — avisou Walker quando estavam todos reunidos e acomodados. — O capitão Alt Mer estará na cabine do piloto. Eu ficarei em pé no convés, na frente do mastro da proa, apontando as direções. Bek irá me ajudar. Todos os demais ocuparão suas posições normais e ficarão de prontidão. Ninguém deverá avançar até que tenhamos passado, nem um passo além de mim.

Olhou para o Ruivão.

— Ajustes terão de ser feitos rapidamente e de forma precisa, capitão. O gelo não irá perdoar nossos erros. Escute com cuidado o que eu gritar. Faça exatamente como eu lhe disser. Confie em minhas orientações, mesmo que pareçam erradas. Não tente adivinhar o que vou fazer ou antecipar meu desejos. Desta vez eu devo estar no comando.

Esperou que o rover aceitasse isso. Redden Alt Mer olhou para sua irmã e então concordou com a cabeça.

— Hunter Predd — continuou Walker. — Os cavaleiros alados devem permanecer para trás. Os shrikes são numerosos e os ventos e a neblina, traiçoeiros. Desça a costa e tente encontrar um lugar melhor do que este atol para aguardar nosso retorno. Se pudermos, voltaremos para vocês ou pelo menos enviaremos notícias. Mas isso pode levar tempo. Podemos ficar por lá por diversos meses. — Fez uma pausa. — Talvez mais.

O cavaleiro experiente assentiu.

— Eu sei o que fazer.

Estava dizendo que compreendia que aqueles que passavam por entre os pilares de Ice Henge podiam não voltar. Estava dizendo que aguardaria até que esperar não fizesse mais sentido, e então tentaria o caminho de volta até as Quatro Terras. Mas Bek ouvira algo mais. Hunter Predd não era do tipo de desistir facilmente. Se aqueles que estavam na *Jerle Shannara* não voltassem para casa, então muito provavelmente ele também não voltaria.

Se Walker havia percebido isso, não deu indicação.

— Ryer Ord Star teve outra visão — disse ele, chamando a jovem para a frente.

Ela veio relutante, cabeça baixa na sombra prateada de seus cabelos compridos, olhos violeta voltados para o chão, movendo-se para dentro da sombra do druida como se somente ali ela pudesse estar a salvo. Tão perto que encostava nele. Walker colocou a mão em seu ombro e abaixou-se.

— Conte a eles — pediu gentilmente.

Ela levou um momento para responder, com a voz alta e clara.

— Eu vejo três toupeiras que procuram se enterrar dentro da terra. Elas levam chaves para uma fechadura. Uma foi apanhada em um labirinto infinito. Laços de fogo capturaram outra. Cães de metal caçam uma terceira. Todos estão cegos e não podem ver. Todos perderam o caminho e não conseguem encontrá-lo novamente. Mas um deles irá descobrir uma porta que leva ao passado. Lá dentro, o futuro aguarda.

Houve um longo silêncio quando ela acabou. Então Redden Alt Mer limpou a garganta.

— Meio vago, não é? — disse ele com um sorriso irônico para a vidente. — O que isso significa?

— Não sabemos — Walker respondeu por ela. — Pode significar que um de nós irá encontrar a entrada para Castledown e o tesouro que aguarda lá dentro. Este seria um encontro de passado e futuro. Seja qual for o outro propósito, ele avisa de três perigos: um labirinto infinito, laços de fogo e cães de metal. Em alguma forma, isto é o que iremos encontrar quando chegarmos novamente à terra. — Olhou para Ryer Ord Star. — Talvez, então, tenhamos novos *insights* a ponderar.

Esperemos que sim, Bek pensou, e a discussão se voltou para outras questões.

Bek dormiu mal naquela noite, cheio de dúvidas e desconfianças. Estava acordado quando a aurora rompeu cinzenta e enevoada, o sol como uma forja vermelha na borda do mundo. Ele estava em pé no convés e observava a luz crescer da palidez para a sombra quando o céu assumiu um tom invernal que colocava nuvens, névoas e água umas sobre as outras em camadas finas. O ar era gelado e tinha cheiro de umidade e as encostas de Ice Henge estavam turbilhonantes com flocos de neve e gaivotas. Os shrikes também estavam no ar, caçando na linha da costa, suas formas imensas todas asas e pescoços, seus gritos fortes ecoando pelas muralhas de rocha.

Walker apareceu e parou por algum tempo para colocar uma mão reconfortante sobre o ombro do garoto antes de prosseguir. Linhas de ancoragem foram desatadas, velas foram desenroladas e a *Jerle Shannara* alçou vôo para o norte. Os cavaleiros alados partiram ao mesmo tempo, voando para o sul. Da amurada de proa, Bek os viu partir: formas solitárias, planando lentas e seguras, cavalgando as correntes de ar, as grandes asas dos rocas abertas para a luz fraca do inverno. Em segundos eles não estavam mais lá, haviam desaparecido na penumbra, e Bek voltou a atenção ao que havia adiante. Talvez a uns dois quilômetros da margem, subiram a costa na direção da abertura das encostas que levavam ao Squirm. O desjejum, uma mistura generosa de pães e queijos com a cerveja gelada que fazia descer, foi consumido em turnos e em grande parte no convés. O dia avançou num lento passar das horas e num aumento ainda mais lento do brilho do céu. O ar ficou quente apenas o bastante para transformar flocos de neve em chuva, o vento começou a crescer e soltar rajadas com a força de um hálito de gigante, fustigando a aeronave.

Bek ficou na cabine do piloto com Redden Alt Mer por um longo tempo enquanto Walker caminhava pelo convés como um fantasma. O capitão rover não dizia quase nada ao garoto, sua concentração voltada para a pilotagem de seu navio, o olhar direcionado à frente na penumbra. Por uma vez captou o olhar de Bek e sorriu de leve.

— Tudo vai ficar bem, Bek — disse ele baixinho e então tornou a olhar para a frente.

Bek Rowe, nascido Bek Ohmsford, não tinha tanta certeza assim, mas, se a esperança e a determinação contavam alguma coisa, talvez tivesse chance. Estava lutando com dúvidas sobre sua habilidade de controlar qualquer espécie de magia, e até mesmo seu domínio da canção do desejo estava sob suspeita. Tudo lhe era muito novo e estranho para que tivesse muita confiança. Havia experimentado a magia de sua voz, mas de forma tão pequena e com tão pouco senso de controle que mal compreendia o que ela podia fazer. Quanto à magia da espada de Shannara, não tinha idéia do que fazer com aquilo. Podia repetir tudo que Walker lhe dissera sobre como funcionava. Podia intelectualizar seu comportamento e função. Aplicaria todas as palavras corretas e apropriadas para ver como isso iria afetá-lo. Por ora, não conseguia imaginar como se sentiria. Não tinha referência e nenhum senso de proporção com o qual medir seu poder.

Não tentou se iludir. A magia da espada de Shannara seria imensa e devastadora. Ela o engoliria como um maremoto e ele poderia se dar por satisfeito se sobrevivesse ao seu impacto esmagador, ainda mais se encontrasse uma maneira de nadar para a superfície. Tudo o que podia fazer era torcer para não se afogar no instante em que ela o varresse. Walker não havia dito isso, mas estava lá, as brechas entre suas palavras. Bek ia ser testado de uma maneira que jamais imaginara. Walker parecia não pensar que ele iria fracassar, mas o druida não poderia estar ali dentro dele quando a magia tomasse conta.

Bek desceu da cabine do piloto depois de algum tempo e foi para a amurada da nave. Quentin se aproximou dele e ficaram conversando em voz baixa sobre o dia e a temperatura, evitando qualquer menção ao Squirm. O montanhês estava relaxado e animado, sua maneira típica, e isso fez Bek se sentir à vontade. Não era tudo pelo qual haviam esperado?, perguntou ao seu primo com um sorriso largo. Não era aquela a aventura que haviam ido buscar? O que Bek achava que havia do outro lado daqueles pilares de gelo? De algum modo eles deveriam se certificar de que ficariam juntos. Acontecesse o que acontecesse, eles deveriam se lembrar de sua promessa.

A manhã ia pela metade quando chegaram à brecha nas encostas, cavalgaram as margens das correntes de ar através de sua abertura e adentraram o silêncio e a tranqüilidade que havia além. O rugido do oceano e os assovios do vento morreram, e a baía, com suas paredes de penhascos e tetos de nuvens, os cobriu como uma mãe ansiosa faria com a sua prole. A equipe da nave aglomerou-se nas amuradas e ficou olhando a extensão cinzenta de água e gelo. Blocos de gelo passavam por baixo como navios gigantes lançados das geleiras, cavalgando as correntes na direção do mar. O gelo estalava e rachava no silêncio, enchendo os corações de momentos súbitos de apreensão e os olhos de lampejos de preocupação. Bek ficou ali em pé, no frio e no silêncio, como uma estátua, envolvido nas queimaduras do primeiro e coberto pelo vazio cruel do último.

A *Jerle Shannara* passou pela baía externa e desceu o canal interno cada vez mais estreito, o teto de nuvens baixando para raspar os mastros da aeronave; na penumbra, um murmúrio de sombras que os enganava, fazendo com que vissem coisas que não estavam ali. Ninguém falou enquanto a aeronave deslizou por icebergs e ao longo das paredes das encostas, movendo-se tão lentamente que parecia quase em repouso. Pássaros do mar descreviam arcos em seu vôo, ou pairavam próximos da nave, silenciosos e espectrais. Bek os observou mantendo o passo, seguindo seu progresso, intrigado por seu óbvio interesse.

Então sua garganta apertou e ele soltou o ar em uma nuvem fria quando percebeu que estavam esperando para ver se sobrariam pelos menos ossos depois que a aeronave alcançasse o Squirm.

Momentos mais tarde, a névoa clareou suficientemente para que ele pudesse ver o primeiro dos pilares de gelo que bloqueavam a passagem, imensas lanças que avançavam hipnótica e sedutoramente na penumbra.

— Venha comigo — disse Walker suavemente, fazendo com que o garoto desse um pulo de susto, sentindo um nó na garganta descer rapidamente para o seu peito e seu estômago.

Então estava na hora. Lembrou-se de sua certeza, meses atrás, quando concordara em seguir naquela viagem, de que ela o modificaria para sempre. Ela já o fizera, mas não tanto quanto iria fazer agora. Ele fechou os olhos para lutar contra uma nova onda de medo e dúvida. Compreendeu que o curso de sua vida já estava determinado, mas ainda não podia aceitá-lo direito, nem mesmo agora. Entretanto, deveria fazer o melhor que pudesse.

Obediente e silenciosamente, usando sua força de vontade para colocar um pé na frente do outro, Bek seguiu o druida.

28

Bek aguardou junto à caixa enrolada em correntes que abrigava a espada de Shannara enquanto Walker, afastando todos do convés de proa, levava-os a assumir posições ao longo das amuradas laterais e de popa. Redden Alt Mer ocupou a cabine do piloto com Rue Meridian. Spanner Frew ficou logo abaixo, pronto para entrar em ação se sua ajuda fosse necessária. Furl Hawken comandava a tripulação de rovers na elevação do convés dianteiro e os elfos caçadores sob o comando de Ard Patrinell se aglomeravam em ambos os lados, firmemente presos às linhas de segurança. Panax, Quentin e Ahren Elessedil estavam juntos na amurada de estibordo logo ao lado do mastro de popa, sussurrando. Sobre *ele*, Bek pensou desconfortável, mas isso era bobagem. Seus olhos estavam voltados na direção do Squirm e a concentração deles estava nos movimentos dentro da baía de gelo derretido. Somente Walker sabia o que ele ia fazer ali. Somente Walker compreendia quanto dependiam dele.

O druida reapareceu ao seu lado.

— Pronto, Bek?

Achando que a voz não sairia, o garoto fez que sim com a cabeça. Claro que não estava pronto. Jamais estaria pronto para algo tão apavorante quanto aquilo. Não havia como ficar pronto. Tudo o que podia fazer era confiar em que o druida estivesse certo sobre sua ligação com a magia e esperar que pudesse encontrar um jeito de fazer o que era necessário.

Mas, olhando para a barreira monstruosa adiante, para as toneladas de gelo e pedra que se elevavam à sua frente, não conseguia se imaginar realizando nada que pudesse fazer diferença.

Respirou devagar, acalmando-se, esperando que algo acontecesse. A *Jerle Shannara* avançou na direção dos pilares em um curso lento e firme, indo devagar até a barreira como se procurasse um convite para entrar. Walker estava conversando com Redden Alt Mer, mas Bek não conseguia se concentrar nas palavras. Seu coração martelava no peito e tudo o que conseguia ouvir era o som de sua respiração e as rachaduras no gelo quando novos pedaços se quebravam.

— Agora, Bek — disse o druida.

A mão de Walker varreu o ar ao redor deles e o ar reluziu e ficou escuro com um rodopiar de neblina e penumbra. Tudo atrás e dos lados do garoto e do druida perdeu o foco e se desvaneceu. Tudo o que restou foi uma janela à frente deles que se abria sobre o canal, as encostas e o gelo.

Como se em resposta a isso, os pilares começaram a se mover.

— Fique firme, Bek — Walker pediu com suavidade, tocando o ombro de Bek para lhe dar força, o rosto escuro bem perto dele, seus olhos encarando o gelo enquanto os pilares se aproximavam.

Como se fossem dentes móveis, os pilares se inclinavam e batiam uns contra os outros, se esmagavam e pressionavam até que lascas de gelo se soltaram e voaram em todas as direções. Abaixo, o mar fervia e quebrava em ondas contra a base das encostas, soltando nuvens de gotículas que se misturavam com a névoa. Bek se encolhia com o som e o movimento, curvava os ombros sem querer. Podia sentir o gelo se fechando ao seu redor, esmagando-o, reduzindo a aeronave a destroços, transformando em pasta as pessoas do navio. Podia sentir isso acontecendo de verdade, rasgando-o de maneiras que o deixavam tão frio e mortificado que ele não conseguia suportar. Ficou sobre o convés da *Jerle Shannara*, molhado pelas gotículas e martelado pelos sons, e sentia como se sua alma tivesse sido rasgada.

Alguma coisa brilhava forte à sua frente, um farol saído da penumbra, erguendo-se como uma chama na névoa cinzenta. Ficou olhando maravilhado para aquilo e viu que levava nas mãos a espada de Shannara e que ela estava brilhando com uma luz que queimava.

— Sombras! — ele sibilou sem acreditar.

Não fazia idéia de quando Walker lhe dera, não fazia idéia de por quanto tempo a estivera segurando. Ficou olhando para sua luz, transfixado, vendo-a subir e descer pela lâmina em pequenos laços escarlates que giravam em volta do metal. Ficou observando enquanto ela descia para o cabo e se enrolava em suas mãos.

Então ela o atravessou em uma onda de calor e sensação de formigamento, espalhou-se por seus membros e pelo seu corpo. Ela o consumiu, o engoliu, o envolveu e o tornou sua propriedade. Ele havia sido capturado por ela e sentia que lentamente abandonava pensamento, emoção e sentimento. Tudo a seu respeito começou a desaparecer, desvanecendo-se na escuridão que somente a luz da espada iluminava. A aeronave, a equipe da nave, a penumbra e a neblina, o gelo, as encostas, tudo havia desaparecido. Bek estava sozinho, solitário e à deriva dentro de si mesmo, boiando nas costas da magia que o invadia.

Ajude-me, ele ouviu-se pedir a si mesmo.

As imagens começaram na hora, não mais do Squirm e de seus pilares esmagadores, não mais do mundo no qual ele vivia, mas do mundo que deixara para trás, do passado. Uma sucessão de memórias começou a ser recortada, levando-o de volta no tempo, lembrando-lhe o que um dia fora e o que agora já havia passado. Ficou mais jovem, menor. As memórias se tornaram um fluxo de imagens súbitas e apavorantes, cheias de fúria e de terror, com gritos distantes e a respiração cansada de alguém que o apertava nos braços antes de enfiá-lo em um lugar negro e frio. O cheiro e o gosto de fumaça e fuligem enchiam sua garganta e suas narinas e ele sentiu um pânico que se recusava a deixá-lo.

Grianne!, ele se ouviu gritando.

A escuridão o envolveu uma vez mais e uma nova série de imagens começou. Viu a si mesmo como criança sobre os cuidados de Coran e Liria. Viu a si mesmo brincando com Quentin e seus amigos, com seus irmãos e irmãs mais novos, em sua casa em Leah e além. As cenas eram sombrias e acusadoras, lembranças de seu crescimento que ele havia suprimido, lembranças dos tempos em que ele havia mentido, trapaceado e enganado, em que seu egoísmo e desrespeito provocaram dor e sofrimento. Algumas dessas cenas eram familiares; outras ele havia esquecido. As fraquezas de sua vida eram reveladas em uma procissão constante, expostas para que ele as testemunhasse. Não eram coisas terríveis se consideradas separadamente, mas o número delas aumentava seu peso, e depois de algum tempo ele estava chorando, desesperado para que elas acabassem.

Um vento de névoa escura varreu isso tudo e o deixou com uma visão das Quatro Terras em que tudo o que era ruim e terrível sobre a condição humana estava sendo exibido. Observou horrorizado a fome, a doença, o assassinato e a pilhagem dizimarem vidas, lares e futuros, em uma tela tão ampla que parecia se estender de horizonte a horizonte. Homens, mulheres e crianças caíam vítimas das fraquezas do espírito e da moralidade que consolava a humanidade. Todas as raças eram suscetíveis e todas participavam da selvageria. Não havia fim, não havia diminuição, não havia sensação de que isso tudo algum dia fora diferente. Bek observou tudo se desenrolar horrorizado, com uma profunda tristeza, e sentiu que isso fazia parte de si mesmo. Mesmo em seu sofrimento, podia sentir que aquela era a história de seu povo, que aquilo era quem ele era.

Mesmo assim, quando acabou, ele se sentiu purificado. Com o reconhecimento veio a aceitação. Com a aceitação veio o perdão. Ele se sentia purificado, não só por ter contribuído para aquilo tudo, mas porque outros também haviam contribuído — como se ele tivesse assumido tudo sobre os seus ombros, apenas por pouco tempo, e tivesse recebido em troca uma sensação de paz. Ergueu-se de dentro da escuridão, fortalecido de um modo que não conseguia definir, renascido dentro de si mesmo com os olhos de um garoto, mas a compreensão de um homem.

A escuridão recuou e ele estava novamente em pé no convés da *Jerle Shannara*, braços erguidos, espada estendida. Suas costas e seus flancos ainda estavam mascarados pela magia de Walker, mas o caminho adiante estava claro. O Squirm se abrira de novo, seus pilares balançando sedutores, chamando-o para que prosseguisse, para que chegasse ao alcance deles. Podia sentir o frio que os permeava. Podia sentir o peso esmagador deles. Até mesmo o ar que os cercava estava repleto com o poder e com a imprevisibilidade. Mas havia mais alguma coisa ali também; isso ele sentiu na hora. Alguma coisa feita pelo homem, alguma coisa que não era da natureza, mas de máquinas e ciência.

Uma mão o tocou, não feita de carne e osso, mas de espírito, de éter, de uma magia tão vasta e penetrante que jazia por toda parte. Ele se encolheu, defendendo-se contra ela com a luz da espada, e subitamente ela desapareceu.

Walker?, ele chamou confuso, mas só havia silêncio.

Adiante, os pilares do Squirm balançavam no mar de gelo derretido e as gaivotas voavam em círculos sobre ele. Bek testou o ar e a temperatura. Juntou-se ao gelo e aos picos de rocha dos penhascos. Mergulhou na textura deles, em seu movimento, nas emanações de som que emitiam, no deslocamento de suas partes. Tornou-se um só com seu mundo imediato, estendendo-se a partir dele de onde estava, de modo que pudesse ler sua intenção e antecipar seu comportamento.

— Avance — ele instruiu, gesticulando com a espada. As palavras pareciam vir de algum outro lugar. — Adiante e devagar.

Walker talvez o tivesse ouvido. A *Jerle Shannara* avançou cautelosa na direção dos pilares. Como um pássaro frágil, navegou para dentro de suas mandíbulas monstruosas, por entre as falhas cobertas de neblina de seus dentes.

— Esquerda, quinze graus — disse ele, e ouviu Walker repetir suas ordens. — Adiante, devagar — gritou. — Mais rápido agora, mais velocidade — instruiu. A aeronave passou deslizando pela floresta de gelo, uma mariposa na chama, pequena, insignificante e incapaz de proteger a si mesma do fogo.

E então os pilares tornaram a se deslocar e começaram a se fechar sobre eles. Bek estava ciente disso em algum lugar bem no fundo de si mesmo, não só através de seus olhos, mas através da conexão de seu corpo com a magia da espada e da magia da espada com a terra, ar e água. Alguns membros do navio começaram a gritar, apavorados. O garoto os ouvia assim como ouvia o bater das ondas contra as paredes das encostas e o murmúrio das asas das gaivotas no ar matinal. Ouviu-os e não respondeu.

— Vinte graus para a direita. Abrigue-se naquela reentrância do pilar. — Sua voz era tão suave que parecia uma maravilha para ele que qualquer um pudesse entendê-la.

Mas, ouvindo as palavras repetidas por Walker, Redden Alt Mer fez conforme Bek o instruiu. Levou a *Jerle Shannara* rapidamente para dentro de uma rachadura que a protegeu enquanto os pilares de gelo batiam e martelavam uns aos outros e o ar se tornou úmido com as gotículas, e o mar, branco de espuma. O som e a fúria daquilo tudo ensurdeciam e chocavam, e era como se uma avalanche estivesse caindo sobre eles. No meio da loucura, Bek ordenou que a aeronave saísse de sua proteção, passando por uma falha momentânea em duas das torres. A nave respondeu como se estivesse conectada com seu pensamento, e um instante depois uma estalactite de gelo quebrou-se do pináculo de seu abrigo momentâneo e desabou sobre a reentrância da qual eles haviam acabado de partir.

 Navegaram para a frente, na direção da neblina, por entre colisões errantes e súbitas, através do fechar de mandíbulas geladas e do ranger de dentes afiados. Um pequeno pedaço de destroço flutuante, ela abria caminho costurando e se esquivando, por pouco não evitando um fim esmagador, cavalgando o vento e o frio. O que devia estar passando pela cabeça de seus parceiros do navio, Bek só podia imaginar. Mais tarde, Quentin lhe diria que, depois dos primeiros momentos, não fora capaz de ver muita coisa e, de qualquer maneira, não quisera olhar mesmo. Bek responderia que com ele acontecera a mesma coisa.

 — Para cima! Rápido! Para cima! — gritou um aviso frenético e a aeronave subiu com um solavanco súbito que jogou todos sobre o convés. Ajoelhando-se com a espada estendida e as pernas abertas para dar equilíbrio, Bek ouviu a explosão de uma geleira abaixo deles e um pedaço maciço, impulsionado da superfície da água como um projétil, por pouco não bateu no fundo do casco antes de tornar a cair no mar.

 Espada levantada para a luz, magia entrelaçada com o ar, o gelo e a rocha, Bek gritava suas instruções. Confiando mais no instinto do que na visão, mais na sensação do que no pensamento, ele respondia aos impulsos que surgiam e desapareciam em segundos, confiando no fluir deles enquanto orientava a aeronave para a frente. Não podia explicar para si mesmo o que estava fazendo, nem então nem depois. Estava reagindo, e o ímpeto para isso vinha de algo que era tanto de dentro quanto de fora e que não tinha definição ou origem, que era como o ar que ele respirava e o frio e a umidade que o penetrava — invasivo e que a tudo consumia. Vezes sem conta, sombras enormes caíam sobre ele quando os pilares do Squirm passavam, por pouco não os atingindo, levantando e caindo na luz enevoada, avançando a esmo, soldados em marcha através da penumbra. Muitas vezes os monólitos colidiam, rachavam, explodiam e se transformavam em lascas aguçadas. Perdido dentro de si mesmo, envolto dentro de sua magia, Bek sentia tudo e não via nada.

Então a penumbra começou a clarear adiante, a névoa a afinar e o som e o movimento dos pilares a diminuir. Ainda concentrado no peso esmagador do gelo e da rocha, Bek registrou a mudança sem deixar que ela o distraísse. Havia uma sensação de calor cada vez maior, de cores retornando e de cheiros que eram da terra e não do mar. A aeronave seguiu para a frente, impulsionada por uma expectativa de esperança que Bek não havia sentido antes. Abaixou a espada de Shannara em resposta e sua conexão com a magia foi quebrada. O calor que o invadira recuou e a luz que cercava a lâmina se desvaneceu. Ainda de joelhos, exausto, deixou-se cair ao chão do convés. Respirou fundo, com gratidão, cabeça baixa entre os ombros.

Walker tomou a espada de Shannara de suas mãos e ajoelhou-se ao seu lado.

— Nós passamos, Bek. Estamos a salvo. Muito bem, jovem Ohmsford.

O garoto deixou o braço do druida envolver seus ombros, recuou para a escuridão e não sentiu mais nada.

Quando recuperou a consciência, estava deitado junto ao mastro principal com Joad Rish curvado sobre ele. Piscou e ficou olhando para si mesmo por um momento, como se precisasse garantir que ainda estava ali, e então olhou para o curandeiro.

— Como se sente? — perguntou o elfo, a preocupação refletida em suas feições magras.

Bek queria dar uma gargalhada. Como poderia responder a essa pergunta depois do que havia passado?

— Estou bem. Um pouco desorientado. Por quanto tempo estive inconsciente?

— Não mais do que alguns minutos. Walker disse que você foi jogado naquele caixote e bateu com a cabeça. Quer tentar se levantar?

Com a ajuda do curandeiro, Bek se levantou e olhou ao redor. A *Jerle Shannara* estava com suas velas, descendo por um canal largo e tortuoso através de uma paisagem desértica de encostas de paredes nuas e pequenas ilhas rochosas. Mas a neblina havia começado a clarear e traços de céu azul brilhavam na luz de um sol que emergia. Árvores pontilhavam as linhas das encostas e as geleiras haviam desaparecido.

Um turbilhão de memórias se acumulava na mente de Bek, difíceis, rápidas e perigosas, mas com um piscar de olhos ele as afastou. O Squirm e seus pilares de gelo haviam desaparecido. A espada de Shannara também, mas ela fora recolocada em sua caixa por Walker, ele supunha. Estremeceu por um momento, pensando em tudo o que havia experimentado, nas sensações geradas, na força do poder. A magia da espada era viciante, ele percebeu. Não precisava de mais de uma experiência com ela para saber. Era assustadora, devastadora e incrivelmente poderosa. Só o fato de ter sobrevivido a ela o fazia se sentir estranhamente animado. Como se pudesse sobreviver a tudo. Como se fosse invulnerável.

Quentin apareceu e colocou uma mão em seu ombro, perguntando como estava. Bek repetiu a história de Joad Rish sobre ter batido a cabeça quando o navio balançou, desmaiando. Nada de mais. Nada para se pensar duas vezes. Era uma explicação tão ridícula que sentiu vergonha de dá-la, mas percebeu que parecia ridícula quando se sabia a verdade. Um a um, os membros da nave foram vê-lo e ele repetiu a história para cada um deles. Só Ahren Elessedil demonstrou ceticismo.

— Você não costuma ser tão desastrado, Bek — ele observou com um sorriso. — Onde estavam seus instintos quando precisou deles? Um elfo não teria perdido o equilíbrio tão fácil.

— Seja um pouco mais cuidadoso da próxima vez, jovem herói — a Ruivinha brincou, despenteando seu cabelo. — Não podemos nos dar ao luxo de perder você.

Walker apareceu por um momento, seguido pela figura esguia de cabelos prateados de Ryer Ord Star. Distante, sem falar, assentiu para o garoto e continuou seu caminho. A vidente estudou o garoto com cuidado antes de passar. A manhã havia se transformado em tarde e a paisagem começou a mudar. Os penhascos afiados recuaram da linha d'água e viraram encostas suaves. Verdes e luxuriantes à luz do sol, florestas apareceram. De onde estavam voando, a equipe da nave viu colinas que se estendiam a quilômetros de distância. O rio que seguiam se dividia em dezenas de pequenos afluentes que atravessavam as árvores em teias para formar lagos, rios e riachos. Não havia sinal do oceano; a península era tão grande que a outra margem ficava distante demais para se avistar. Nuvens se juntavam no horizonte em ambos os lados e para trás, marcando onde provavelmente ficaria a margem. Bek achou que Redden Alt Mer tinha razão em não tentar voar sobre os penhascos para atingir o interior. Mesmo que tivessem conseguido fazê-lo, provavelmente nunca teriam encontrado aquele canal no labirinto de rios que o cercavam. Apenas passando direto pelo Squirm eles poderiam saber para onde ir.

O canal se estreitou, cercado nas bordas por abetos e cedros velhos, as árvores desprendendo uma fragrância luxuriante no ar cálido. Os cheiros do mar, de algas e peixe haviam desaparecido. Por tudo o que havia permanecido da linha da costa e de sua passagem terrível através do Squirm, a impressão era a de que haviam entrado em um mundo completamente diferente. No alto, gaviões planavam lentamente. Corvos emitiam grasnidos roucos, seus gritos ecoando pela passagem. A *Jerle Shannara* avançou com cuidado, tão perto da margem em determinados momentos que as traves dos mastros roçavam os galhos das árvores.

O rio acabou em uma baía cercada por uma floresta e alimentada por dezenas de rios e riachos. Uma imensa cachoeira descia de sua bacia em uma das extremidades e um punhado de quedas-d'água menores desabava de precipícios rochosos mais adiante. O canto dos pássaros enchia o ar e um pequeno bando de cervos afastou-se ligeiro da beira da água ao avistar o veículo. A *Jerle Shannara* chegou como uma grande criatura marinha que fora dar à terra por acaso e Redden Alt Mer parou-a no centro da baía.

Aglomerados nas amuradas, os membros da nave olharam o destino que viajaram tão longe para encontrar. Não tinha nada de especial. Poderiam estar em uma série de lugares na Terra Ocidental, tão semelhante era esse lugar com sua mistura de coníferas e madeiras de lei, o aroma de marga no ar e o cheiro penetrante de agulhas de pinheiro e folhas verdes.

Então Bek percebeu com um pequeno choque que não parecia ser inverno ali, muito embora estivessem naquela estação. Uma vez tendo atravessado o Squirm, não encontraram nada relativo a gelo, frio ou vento cortante. Era como se de algum modo eles tivessem achado um caminho de volta para o verão.

— Isto não é possível — ele murmurou, confuso e desconfiado.

Olhou de relance para os outros ao seu redor para ver se mais alguém havia notado aquilo, mas aparentemente ninguém notara. Esperou um instante e em seguida encaminhou-se até onde Walker estava, sozinho, abaixo da cabine do piloto. Os olhos do druida estavam alinhados com a margem adiante, mas registraram a aproximação do garoto.

— O que foi, Bek?

Bek ficou ao seu lado, inseguro.

— Aqui é verão, e não devia ser.

O druida assentiu.

— Aqui há muitas coisas que não deviam ser. É estranho. Fique de olhos bem abertos.

Ele ordenou a Ruivão que descesse a aeronave até a água e a ancorasse. Quando isso foi feito, enviou um grupo de elfos caçadores para buscar água, avisando que deveriam permanecer juntos e tendo sempre a margem à vista. A equipe permaneceria a bordo naquela noite. A busca por Castledown começaria pela manhã. Agora era preciso fazer um inventário dos estoques da nave, um relatório de danos atualizado, desempacotar e distribuir as armas aos membros do grupo de terra e o jantar. Os elfos caçadores, sob o comando de Ard Patrinell e Ahren Elessedil, os acompanhariam na busca da manhã, junto com Quentin, Bek, Panax, Ryer Ord Star e Joad Rish. Os rovers continuariam a bordo até o retorno deles.

Antes que alguém pudesse fazer algum comentário ou reclamação sobre sua decisão, ele convocou seu conselho de oito para uma reunião na cabine de Redden Alt Mer e saiu do convés.

Quentin se aproximou de Bek.

— Aposto que aí tem coisa. Acha que a vidente teve outra visão?

Bek balançou a cabeça. A única coisa que ele sabia ao certo era que Redden Alt Mer, ao descer da cabine do piloto, tenso e franzindo a testa, não estava contente.

Quando os oito que formavam o conselho interno de Walker estavam reunidos abaixo do convés na cabine do capitão rover, o garoto descobriu o que era.

— Não vim até aqui para ser deixado a bordo da nave enquanto todo o resto sai para a margem — o Ruivão brigou com o druida

— Nem eu — concordou Rue Meridian, vermelha de raiva. — Navegamos muito para descobrir o que existe aqui. Você está nos pedindo demais, Walker.

Ninguém mais falou. Estavam pressionando o druida, reunidos à mesa que continha o desenho em grande escala do mapa do náufrago, todos menos Ryer Ord Star, que permanecia ao fundo, parte das sombras, observando em silêncio. O calor de seu novo ambiente ainda não fora absorvido pelo casco, o aposento cheirava a umidade e alcatrão, e guardava o frio que haviam deixado do outro lado do Squirm. Bek olhou os rostos ao seu redor, surpreso pela mistura de expectativa e tensão que viu refletida neles. Haviam levado muito tempo para alcançar seu destino, e grande parte do que haviam guardado para si mesmos durante a viagem estava escapando agora.

Os olhos negros de Walker varreram o aposento. Fez um gesto na direção do mapa que estava à frente de todos.

— Como acham que o náufrago que nos trouxe o original deste mapa conseguiu viajar todo o caminho daqui até a costa da Terra Ocidental?

Esperou um instante, mas ninguém respondeu.

— É uma viagem de meses, mesmo por aeronave. Como o náufrago conseguiu isso já estando cego, sem voz e provavelmente pelo menos meio louco?

— Alguém o ajudou — sugeriu Bek, que não estava disposto a permanecer naquele silêncio incômodo. — Talvez a mesma pessoa que o ajudou a fugir.

O druida assentiu.

— Onde está essa pessoa?

Silêncio novamente. Bek balançou a cabeça. Não estava ansioso para assumir o papel de falante designado para o grupo.

— Morto, perdido no mar durante a fuga, provavelmente na viagem de volta — disse Rue Meridian. — Aonde você está querendo chegar?

— Vamos supor que seja isso — respondeu Walker. — Vocês tiveram a chance de estudar detalhadamente o mapa durante esta viagem. A maioria dos escritos não foi feita com palavras, mas com símbolos. Os escritos não são desta era, mas de uma era há milhares de anos, de um tempo antes que as Grandes Guerras destruíssem o Antigo Mundo. Como foi que o nosso náufrago aprendeu essa linguagem?

— Alguém a ensinou a ele — respondeu Rue Meridian, um olhar pensativo e um pouco preocupado em seu rosto bronzeado. Jogou os longos cabelos ruivos para trás com impaciência. — Por que fariam isso?

— Realmente, por quê? — Walker fez uma pausa. — Vamos supor que a expedição dos elfos que Kael Elessedil liderou há trinta anos atingiu seu destino da mesma forma que nós, e então alguma coisa aconteceu com ela. Foram todos mortos, todos menos um homem, talvez o próprio Kael Elessedil. Suas naves foram destruídas e todos os sinais de sua passagem desapareceram. Como acharam seu caminho até aqui? Será que tinham um mapa como nós temos? Devemos supor que sim, ou como o náufrago saberia desenhar um para que nós o seguíssemos? Para fazer a cópia que temos eles devem ter seguido a rota que nós seguimos. Eles devem ter visitado as ilhas de Flay Creech, Shatterstone e Mephitic e encontrado as chaves que encontramos. Mas, se isso aconteceu, como foi que as chaves voltaram às ilhas das quais foram retiradas?

Outro longo silêncio tomou conta do aposento. Botas riscavam desconfortáveis o assoalho.

— O que é que você está dizendo, Walker? — perguntou Ard Patrinell.

— Ele está dizendo que navegamos para uma armadilha — Redden Alt Mer respondeu em voz baixa.

Bek ficou olhando para o capitão rover, repetindo suas palavras silenciosamente, tentando compreendê-las.

— Pensei consideravelmente nisso — disse Walker, cruzando o braço dentro de seus mantos, um olhar pensativo em seu rosto sombrio. — Achei estranho que um elfo tivesse a posse de um mapa marcado com símbolos que não tinha como conhecer. Achei conveniente que o mapa dissesse com tanta clareza o que era necessário para que nós encontrássemos nosso caminho até aqui. As chaves não estavam particularmente bem escondidas. Na verdade, elas foram apanhadas com facilidade assim que as criaturas e dispositivos que as protegiam foram contornados. Ocorreu-me que quem escondeu as chaves estava mais interessado em ver se e como conseguiríamos vencer os protetores do que se acharíamos ou não as chaves. Lembrei-me de como caçadores capturam animais, colocando uma isca para atraí-los até a armadilha, mas a isca propriamente dita não possui nenhum valor. Caçadores consideram os animais como sendo perspicazes e desconfiados, mas acham que eles não possuem inteligência que equivalha à deles próprios. Animais podem desconfiar por instinto de uma armadilha com isca, mas não são capazes de entender sua finalidade. Essa espécie de pensamento é que parece estar em vigor aqui.

Fez uma pausa e olhou para o Ruivão.

— Sim, capitão, eu acho que é uma armadilha.

Redden Alt Mer assentiu.

— As chaves são uma mera isca. Por quê?

— Por que não nos dar simplesmente um mapa e deixar que encontrássemos nosso caminho até aqui? Por que se incomodar com as chaves? — Walker olhou ao redor da sala, encontrando os olhos de cada um dos presentes. — Para responder a isso, é preciso voltar aos tempos da primeira expedição. Uma técnica diferente foi empregada para atrair os elfos para este lugar, mas a finalidade provavelmente foi a mesma. Quem ou o que quer que nos trouxe aqui está interessado em algo que possuímos. No início eu não sabia ao certo o que era, mas agora sei. É nossa magia. O que quer que esteja nos caçando deseja nossa magia. Ele utilizou o mistério do desaparecimento da primeira expedição para nos atrair até aqui. Ele sabe que possuímos magia porque já encontrou o poder das pedras élficas que Kael Elessedil levava consigo. Por isso espera que também tenhamos magia. Exigir que obtivéssemos a posse das três chaves deu a ele uma oportunidade de medir a natureza e a extensão dessa magia. Os protetores das chaves foram colocados em seus lugares para nos testar. Se não conseguíssemos vencê-los, não teríamos por que vir até aqui.

— Se você suspeitava a maior parte dessas coisas antes de partirmos, por que não nos contou então? — disparou Redden Alt Mer, agora mais zangado do que nunca. — Na verdade, por que nos trouxe até aqui, afinal?

— Não me dê muito crédito pelo que acha que eu sabia — Walker respondeu tranqüilo. — Eu mais suspeitava do que sabia. Intuía as possibilidades, mas não podia ter certeza da exatidão delas sem fazer a jornada. Como poderia ter explicado tudo isto de modo que fizesse algum sentido sem que vocês tivessem vivenciado tudo o que vivenciaram até agora? Não, capitão, era necessário antes fazer a viagem. Mesmo assim, eu não teria mudado minha decisão. O que quer que tenha destruído Kael Elessedil e seus elfos caçadores busca fazer o mesmo conosco. E não vai parar por aí. É uma criatura poderosa, perigosa e precisa ser destruída. Os elfos querem suas pedras élficas de volta, eu quero libertar a magia que nosso adversário guarda. Existem boas razões para estar aqui, apesar do que sabemos, apesar dos perigos óbvios. Boas o bastante para aceitarmos os riscos que elas trazem.

— É muito fácil para você dizer, Walker — observou Rue Meridian. — Você tem sua magia e suas habilidades druídicas para protegê-lo. Nós só temos nossas armas. Exceto por Quentin Leah, que tem sua espada, quem mais tem magia para nos proteger?

Bek segurou-se para ouvir a resposta que esperava de Walker, mas o druida o surpreendeu.

— Magia não é o que irá nos salvar nesta questão e nem sequer aquilo que mais nos ajudará. Pense bem. Se nosso adversário utiliza uma linguagem de símbolos, uma linguagem que foi desenvolvida antes das Grandes Guerras por uma humanidade baseada na ciência, então provavelmente ele não possui magia alguma. Ele nos trouxe até aqui porque cobiça nossa magia. Ele cobiça o que nós temos e ele não. Devemos determinar o porquê disso. Mas nossas chances de vencer nosso adversário não dependem necessariamente do uso da magia.

— Essa é uma suposição exagerada, druida — declarou a Ruivinha asperamente. — E as coisas que protegiam as chaves nas ilhas que visitamos? As enguias podem ter sido de verdade, mas e a selva viva e aquele castelo? Não havia magia sendo utilizada ali?

Walker assentiu.

— Mas não é a magia do tipo que desenvolveu aquelas chaves. As chaves são de uma tecnologia do passado, uma tecnologia que se perdeu desde as Grandes Guerras ou talvez muito antes. A magia do castelo e da selva são induzidas por Faerie e estão no mundo desde os tempos do Verbo. As enguias provavelmente sofreram alguma mutação após as Grandes Guerras. Nosso adversário não as criou, mas apenas as identificou. O interessante não é o fato de que essas armadilhas serviram de isca para testar a força e a natureza de nossa magia, mas que isso tenha sido feito sem que fosse preciso destruir as coisas que protegiam essas ilhas. Como foi que nosso adversário conseguiu isso? Por que ele não tentou roubar a magia delas também? Por que ele escolheu ter tanto trabalho para nos chamar ao invés disso?

Dirigiu-se a Ruivão:

— O motivo pelo qual estou deixando os rovers a bordo na nave em vez de levá-los para o interior da ilha com os elfos caçadores é a segurança de nossa nave: acho que nosso adversário pode tentar roubá-la. Acredito que ele já sabe que estamos aqui e como chegamos. Ele também deve saber que, se roubar a *Jerle Shannara*, ficaremos ilhados e indefesos. Não podemos deixar isso acontecer. Quem melhor para proteger e defender nossa aeronave do que as pessoas que a construíram e nela navegaram?

Redden Alt Mer assentiu devagar.

— Está certo. Seu argumento faz sentido, Walker. Mas como iremos combater essa coisa se ela vier atrás da nave? Não teremos nenhuma magia para usar contra ela, apenas nossas espadas? Se ela for tão poderosa quanto você sugere...

— Depois que formos para a margem amanhã — Walker interrompeu rapidamente, levantando a mão para silenciar o outro —, você irá levar a *Jerle Shannara* para fora desta baía e descerá o canal na direção do Squirm. Então voe de volta por sobre a península até a costa e ache os cavaleiros alados. Quando tiver feito isso, traga-os a um refúgio seguro rio abaixo. Mapeie sua rota de saída para que possa encontrar seu caminho na volta para cá. Mande os cavaleiros alados voarem sobre esta baía e nas florestas próximas no interior, todos os dias, até que façamos um sinal para você nos tirar daqui. Se você não estiver onde puder ser encontrado com facilidade, estará seguro o bastante.

O Ruivão olhou para sua irmã. Rue Meridian deu de ombros.

— Não gosto da idéia de divisão em grupos — disse ele. — Entendo o motivo para isto, mas coloca você e os que forem com você em grande risco se alguma coisa der errado. Você ficará ilhado se não conseguirmos encontrá-lo.

Walker assentiu.

— Então teremos de nos certificar de que possa nos encontrar.

— Ou se não conseguirmos encontrar os cavaleiros alados — acrescentou a Ruivinha.

— Os cavaleiros alados irão encontrá-los. Eles estarão procurando por vocês, pela aeronave. Basta que vocês se certifiquem de mapear a rota de ida e volta da baía com cuidado.

— Eu cuido disso — Rue Meridian sustentou o olhar dele.

Bek olhou de Quentin para Ahren Elessedil e dele para Ard Patrinell, e finalmente para o rosto juvenil e melancólico de Ryer Ord Star. Havia determinação e aceitação em cada um deles, mas o rosto da vidente também mostrava apreensão e conflito. Ela sabia alguma coisa que não lhes dizia. Bek sentiu isso instintivamente, como se ainda estivesse segurando a espada de Shannara e tivesse invocado sua magia, procurando a verdade, afastando o véu de ocultamento que a jovem estendia.

O que ela estaria escondendo? Algo a ver com o destino deles? Algo a ver com o que esperava dentro da ilha? Bek estudou-a sutilmente. Será que ela havia contado tudo a Walker? Ou estaria escondendo algo? Ele não tinha razão para se fazer essas perguntas, nenhum motivo para crer que ela esconderia alguma coisa do druida.

Mas havia algo na maneira pela qual ela se distanciava dele e de todos...

— Vamos terminar nossos preparativos e comer alguma coisa — disse Walker, interrompendo seus pensamentos. — Amanhã partiremos ao nascer do sol.

— Boa sorte para você, Walker — disse Rue Meridian.

Ele deu um sorriso cansado para ela.

— Boa sorte para todos nós, Ruivinha.

Então recolheu seus mantos negros e saiu do aposento.

29

Ancorada bem distante da margem e a cerca de dez metros acima d'água, a equipe da *Jerle Shannara* passou a noite na baía abrigada pelas árvores. Para não correr riscos, Walker montou uma vigilância completa — um homem na proa, um na popa e outro na cabine do piloto — utilizando rovers de modo que os elfos caçadores pudessem ter uma noite de sono completa e estar descansados para a busca da manhã. Mesmo assim, o druida suspeitava de que o sono seria impossível naquela noite. Ele mesmo pouco dormira, e enquanto andava pelos corredores e conveses encontrava, em um momento ou outro, quase todo mundo fazendo a mesma coisa. A expectativa os mantinha a todos no limite e inquietos, e a ausência de vento e de ondas quebrando na praia não fazia nada para aliviar o desconforto geral.

A manhã chegou em um clarão de luz dourada que incendiou as árvores e a linha do horizonte, iluminando um céu azul-claro e anunciando um dia de tempo perfeito. Os membros da equipe estavam em pé, movendo-se quase instantaneamente, felizes por qualquer desculpa para desistir de fingir que o sono poderia chegar de algum modo. O desjejum fora consumido e as armas e provisões foram apanhadas. Durante a aurora, o grupo de busca reuniu-se no convés, rostos sérios e resolutos, ninguém dizendo muita coisa, todos aguardando a ordem de partir. Walker não deu a ordem imediatamente. Passou um longo tempo conversando com Redden Alt Mer e Rue Meridian, e em seguida com Spanner Frew. Caminharam pela extensão e pela largura da aeronave enquanto falavam, um ou outro gesticulando volta e meia para a nave ou a floresta que os cercava. Bek os observava de onde estava sentado com as pernas cruzadas, encostado na amurada, repassando uma lista do que carregava, conferindo tudo mentalmente com a lista que havia preparado na noite passada. Praticamente não levava arma alguma — uma adaga e uma funda — e não se sentia muito à vontade em ter apenas estas coisas para sua proteção. Mas Walker havia insistido que isso era tudo o que ele iria precisar ou poderia carregar, e nenhum protesto de sua parte fizera com que o druida mudasse de idéia.

— Este seria um ótimo dia para caçar — observou Quentin, que estava sentado ao seu lado, o equipamento aos pés.

Bek concordou. Quentin levava uma espada curta no cinturão, arco e flechas sobre o ombro e a espada de Leah amarrada nas costas no estilo montanhês. Bek supunha que, se encontrassem algo realmente perigoso, poderia confiar em seu primo para vir em seu auxílio.

— Acha que existem porcos-do-mato por lá?

— Que diferença isso faz? — Bek achava essas amenidades irritantes e desnecessárias.

— Eu só estava imaginando. — Quentin parecia imperturbável. — É que isto aqui parece um pouco com a nossa casa.

Envergonhado de sua atitude rabugenta, Bek forçou um sorriso.

— Tem muito porco-do-mato ali, mas você não conseguiria rastrear nenhum deles sem mim.

— Não me diga. — Quentin levantou uma sobrancelha. — Será que verei alguma prova de seu talento um dia? Ou terei de continuar aceitando sua palavra pelo resto da vida?

Recostou-se e espreguiçou-se. Quentin parecia relaxado e tranqüilo por fora, mas Bek sabia que no fundo ele estava tão ansioso quanto o resto deles. As brincadeiras eram uma forma antiga de se lidar com isso, um método no qual ambos confiavam por instinto. Eles o haviam utilizado antes, em caçadas onde a presa que rastreavam era perigosa, como um porco-do-mato ou um urso, e o risco de ferimentos era grave. Isso os levava a um passo além de pensar sobre o que poderia acontecer se algo desse errado e ajudava a impedir a espécie de paralisia gradual que podia tomar conta de alguém como uma doença e surgir quando era tarde demais para encontrar um antídoto.

Bek olhou pelo convés até onde os elfos caçadores se aglomeravam ao redor de Ard Patrinell, falando em suas vozes suaves e baixas, trocando comentários e fazendo brincadeiras. Ahren Elessedil estava um pouco distante deles, olhando para as árvores, onde as sombras da noite ainda se dobravam por entre as fendas em camadas profundas e o silêncio era sólido e intenso. Nenhum traço de sua maturidade recente estava em evidência naquela manhã. Ele parecia um garotinho, apavorado e perdido, paralisado com o reconhecimento do que poderia lhe acontecer e perdendo uma batalha contra a certeza crescente de que aconteceria. Levava uma espada curta e um arco com flechas, mas a julgar pelo seu olhar poderia até estar carregando as armas de Bek.

Bek ficou olhando para ele um momento, pensando em como Ahren devia estar se sentindo, sobre a responsabilidade que tinha como líder nominal da expedição, então tomou uma decisão rápida e se levantou.

— Já volto — disse a Quentin.

Foi até onde Ahren estava e o saudou com um sorriso largo.

— Mais um dia, mais uma aventura — disse animado. — Pelo menos Ard Patrinell deu a você uma verdadeira espada e um arco bom.

Ahren se assustou com o som da voz de Bek, mas conseguiu recuperar um pouco de sua compostura perdida.

— Como assim?

— Olhe o que Walker me deu. — Bek fez um gesto indicando a adaga e a funda que levava. — Se eu achar algum passarinho ou esquilo que venha atrás de mim, estou preparado.

Ahren sorriu nervoso.

— Queria poder dizer o mesmo. Mal consigo fazer minhas pernas se moverem. Não sei o que há de errado.

— Quentin diria que você ainda não caçou porcos selvagens o bastante. Escute, vim aqui pedir um favor. Queria que você guardasse isto para mim.

Antes que pudesse pensar melhor, tirou a pedra fênix e seu colar e os colocou no pescoço de Ahren. Foi um ato impulsivo, que poderia ter reconsiderado se tivesse se dado tempo bastante para pensar a respeito. O elfo olhou para a pedra e então olhou de volta para Bek, questionador.

— Receio não ter sido inteiramente honesto com você, Ahren — admitiu Bek. Então contou ao amigo uma versão revisada de seu encontro com o rei do rio Prateado e o presente da pedra fênix, deixando de fora as partes sobre sua irmã e as pistas da criatura espiritual sobre qual era o verdadeiro propósito da pedra. — Então tenho um pouco de magia, afinal de contas. Mas estou guardando o segredo de todo mundo. — Deu de ombros. — Nem Quentin sabe a respeito.

— Não posso aceitar isso de você! — Ahren declarou com veemência, fazendo um gesto para remover a pedra e o colar.

Bek o impediu, segurando suas mãos.

— Pode sim. Eu quero que você fique com isto.

— Mas ela não é minha! Não foi dada a mim, foi dada a você! E por uma criatura de Faerie! — Sua voz ficou mais suave. — Não está certo, Bek. Ela não me pertence.

— Bom, também não me pertence. Não realmente. Considere isso um empréstimo. Mais tarde você pode me devolver. Escute, isto é justo. Eu tenho Quentin para me proteger e ele tem um talismã para ajudá-lo a fazer o serviço. Você tem Ard Patrinell, mas ele não tem magia alguma. As pedras élficas podem aparecer ao longo do caminho, mas por ora você precisa de mais alguma coisa. Por que não aceitar isto?

Bek podia sentir que o elfo queria aceitar o presente, um talismã de magia verdadeira que lhe daria uma confiança nova e um renovado senso de propósito. Justamente agora, Ahren precisava dessas coisas mais do que ele próprio. Mas o príncipe dos elfos era orgulhoso e não aceitaria algo de Bek se achasse que era uma caridade que colocaria seu amigo em risco.

— Não posso — repetiu mal-humorado.

— Você aceitaria se eu lhe dissesse que Walker me deu outra magia para usar, outra coisa com a qual eu posso me proteger? — Bek mantinha a verdade por trás da mentira mascarada em um olhar de completa sinceridade.

Ahren balançou a cabeça em dúvida.

— Que magia?

— Não posso lhe contar. Walker não deixa. Eu não devia sequer ter-lhe dito que tenho essa magia. Confie em mim. Eu não lhe daria a pedra fênix se fosse a única proteção de verdade que tivesse, você não acha?

Isso era verdade. O fato de que ele possuía a magia da canção do desejo lhe dava uma certa garantia de que, entregando a pedra fênix, não estava ficando totalmente sem defesa. De qualquer maneira, a pedra não havia se revelado de muita utilidade para ele; talvez ajudasse seu amigo.

— Por favor, Ahren. Fique com ela. Escute, se prometer usá-la para me ajudar se perceber que estou em apuros, isso será pagamento suficiente. E eu farei o mesmo por você com minha magia. Quentin e eu já temos um acordo de cuidar um do outro. Você e eu também podemos ter um.

Ele aguardou, encarando o olhar inseguro de Ahren. Finalmente o outro garoto assentiu.

— Tudo bem. Mas só por algum tempo, Bek. — Passou os dedos sobre a pedra. — Ela é quente, como se estivesse sendo aquecida de dentro para fora. E é tão macia. — Olhou para ela um momento, e depois de volta para Bek. — Eu acho que ela é realmente mágica. Mas talvez não precisemos descobrir isso. Talvez nem precisemos usá-la de jeito algum.

Bek sorriu concordando, porém não acreditava nisso nem por um momento.

— Talvez não.

— Obrigado, Bek. Muito obrigado.

Bek estava voltando para Quentin quando Walker o deteve no meio da nave e o afastou gentilmente para outro lado.

— Isso foi muito tolo — disse ele, não sem um pouco de gentileza. — Bem-intencionado, mas não particularmente bem-aconselhado.

Bek encarou o druida, o maxilar cerrado revelando sua opinião quanto ao assunto.

— Ahren não tem nada com que se proteger. Ele não tem magia própria, Walker. Ele é meu amigo e não vejo nada de errado em lhe dar alguma coisa que possa ajudá-lo a manter-se vivo.

O rosto sombrio olhou para longe.

— Você não estava me escutando tão bem quanto eu esperava, quando disse que a magia não era necessariamente a chave para a sobrevivência aqui. Instintos, coragem e uma mente clara é o que nos manterá vivos.

Bek continuou insistindo.

— Bem, talvez ter a pedra fênix o ajude a encontrar esses atributos particulares. O que é que está perturbando você, Walker?

O druida balançou a cabeça.

— Tantas coisas que não sei por onde começar. Mas, neste caso, a sua precipitação me deu uma pausa. Desistir da magia que lhe foi confiada pelo rei do rio Prateado pode lhe custar mais do que você imagina. A magia da pedra fênix não foi planejada como defesa. O rei do rio Prateado saberia, assim como eu sei, que você possui a magia da canção do desejo. A pedra é para alguma outra coisa, mais provavelmente alguma coisa a ver com sua irmã. E escute bem, Bek, pegue-a de volta assim que puder. Prometa-me isso.

Convencido apenas em parte, o garoto concordou sem entusiasmo. Muito do que o druida havia dito durante suas viagens era suspeito. Aquilo não era exceção. Ninguém poderia saber o futuro ou o que ele exigiria de um homem. Não uma criatura espiritual. Nem sequer uma vidente como Ryer Ord Star. O melhor que qualquer um poderia fazer era revelar vislumbres fora de contexto, e estes podiam enganar.

— Por enquanto — disse Walker, interrompendo seus pensamentos —, carregue isto que vou lhe dar.

Enfiou a mão embaixo de seus mantos negros e retirou a espada de Shannara. Ela estava em uma bainha de couro macio, mas o punho esculpido e a tocha acesa no cabo eram inconfundíveis.

Bek pegou-a do druida e ergueu-a à sua frente, olhando para ela.

— Acha que irei precisar dela?

O sorriso do druida foi inesperadamente amargo.

— Acho que iremos precisar de todas as forças que pudermos invocar assim que sairmos desta aeronave. Um talismã pertence às mãos de alguém que possa usá-lo. No caso da espada de Shannara, esse alguém é você.

Bek pensou sobre isso por um momento e então assentiu.

— Está certo, vou levá-la. Não porque tenha medo por mim, mas porque talvez eu possa ser de alguma ajuda para os outros. Foi por isso que fui com Truls Rohk às ruínas em Mephitic. Foi por isso que concordei em usar a espada no Squirm. Vim nesta jornada porque acreditei no que você me contou na noite em que nos conhecemos: que eu podia fazer algo para ajudar. Ainda acredito nisso. Faço parte dessa companhia, mesmo que eu ainda não saiba muito bem que parte possa ser essa.

Walker inclinou-se para perto dele.

— Cada um de nós tem uma parte a desempenhar e todos ainda estamos descobrindo que parte é essa. Nenhum de nós é supérfluo. Todos são necessários. Você está certo em cuidar de seus amigos.

Colocou a mão no ombro do garoto.

— Mas lembre-se que pouco podemos fazer para cuidar dos outros se esquecemos de cuidar de nós mesmos. No futuro, não se apresse demais em descartar o que possa ser necessário para fazer isso. Nem sempre isso fica claro de antemão. Nem sempre é possível antecipar o que é necessário.

Bek teve a nítida impressão de que Walker estava falando de alguma coisa além da pedra fênix. Mas estava claro por suas palavras que ele não tinha intenção de dizer o que era. Àquela altura o garoto estava acostumado a referências veladas e significados ocultos vindos do druida, e por isso não sentiu uma grande necessidade de insistir no assunto. Walker lhe diria quando estivesse pronto, e não antes.

— Ahren e eu fizemos um pacto de ficarmos juntos — ele respondeu, por fim —, e, portanto, a pedra fênix não ficará longe. Posso pegá-la com ele a qualquer hora que eu quiser.

Walker aprumou-se, um olhar distante em seus olhos escuros.

— Hora de partir, Bek. O que quer que aconteça, lembre-se do que eu falei sobre a magia.

Deu um grito brusco para aqueles que aguardavam e mandou que o seguissem.

Redden Alt Mer levantou as âncoras e conduziu a *Jerle Shannara* pelas águas paradas da baía até um trecho amplo e aberto na margem. Usando escadas de corda, o grupo de busca desceu da aeronave, dezessete no total: Walker, Bek, Quentin Leah, Panax, Ryer Ord Star, Joad Rish, Ahren Elessedil, Ard Patrinell e nove elfos caçadores. De lá, pegaram armas e suprimentos e ficaram juntos enquanto a aeronave levantava vôo e velejava de volta pelo canal que a havia levado para dentro. Ficaram olhando até que ela sumisse da vista, e então, ao comando de Walker, partiram.

O druida colocou Ard Patrinell no comando, dando ao elfo a responsabilidade de proteger a equipe. O capitão da guarda real enviou uma jovem chamada Tamis, uma rastreadora, a cerca de cinqüenta metros adiante para vasculhar o caminho e colocou um elfo caçador de cada lado para guardar seus flancos. Agrupou o restante da companhia em grupos de dois, colocando Walker na vanguarda e Panax na retaguarda, com elfos caçadores protegendo os dois. Quentin recebeu responsabilidade pelo centro da formação e por aqueles que não eram lutadores treinados, em particular Joad Rish, Ryer Ord Star e Bek.

Walker olhava para o garoto de tempos em tempos enquanto avançavam, tentando avaliá-lo, julgando como Bek se sentia agora que sabia muito mais. Era difícil fazer isso. Bek parecia ter-se adaptado bem à sua responsabilidade aumentada pelo uso da magia da canção do desejo e da espada de Shannara. Mas Bek era uma personalidade complexa, não era fácil de se ler e ele não sabia como o outro reagiria às demandas que sua herança poderia exigir ao longo do caminho. Naquele momento, ele só havia arranhado a superfície do que podia fazer ou do que provavelmente lhe seria pedido que fizesse. O garoto ainda não compreendia como estava envolvido naquilo tudo e no que provavelmente significava para ele. Tampouco havia uma maneira fácil de dizer isso.

Gostasse disso ou não, Bek ficaria cada vez mais difícil de se lidar. Para começar, era independente. Qualquer controle que o druida pudesse ter mantido sobre ele até aquele momento devia-se quase que exclusivamente ao fato de ele saber coisas que o garoto desconhecia. Agora essa vantagem havia praticamente desaparecido e no processo Bek havia começado a desconfiar dele. Do jeito que as coisas estavam, era provável que o garoto fizesse o que tivesse vontade e não o que Walker sugeria, e escolhas desse tipo podiam se revelar fatais.

O druida lembrou-se mais uma vez de como tinha se desviado de seu voto de não assumir os modos manipuladores de um druida. Não podia fugir do fato de que estava se tornando mais parecido com Allanon a cada dia que passava. Todas as suas boas intenções e promessas de nada valeram. Era uma conclusão séria e fazia com que ele sentisse uma profunda tristeza. Podia argumentar que pelo menos tinha consciência de suas falhas, mas de que isso adiantava se era incapaz de corrigi-las? Podia justificar tudo e mesmo assim sentir que havia traído a si mesmo profundamente.

A equipe avançou mais para dentro da floresta, escalando a linha da costa da baía até as colinas circundantes, enfiando-se mais fundo nas sombras salpicadas de sol e na floresta que ficava cada vez mais densa. O terreno era difícil e irregular, entrecruzado por ravinas e valas, inteiramente bloqueado em alguns lugares por madeira podre e arbustos densos. Por um punhado de vezes eles encontraram seu caminho bloqueado por fendas muito profundas e largas para atravessar. Por duas vezes encontraram grupos de árvores que pareciam ter sido derrubadas por uma tempestade, massas retorcidas de madeira morta que se estendiam por quase meio quilômetro. Em cada uma dessas ocasiões eles tiveram de desistir de uma abordagem e tentar outra. Muitas vezes foram forçados a mudar de direção, e a cada mudança ficava mais difícil determinar exatamente onde estavam.

Walker levava uma bússola que havia pegado emprestada de Redden Alt Mer, mas mesmo assim era impossível manter uma linha reta de abordagem. O melhor que o druida podia fazer era traçar um curso a partir de onde eles haviam saído, o que era eficácia questionável. Mas o dia permaneceu brilhante e quente, o sol brilhava como uma presença calorosa no céu azul, e o canto dos pássaros era reconfortante. Não havia nada de ameaçador nas sombras. Nada de perigoso aparecia ou dava sinais de sua presença. Nada aparecia de extraordinário em uma vastidão da floresta que podia facilmente ter sido aquela em que ele próprio vivia.

Mesmo assim Walker estava desconfiado. Apesar das aparências, sabia o que lhes aguardava em algum lugar ao longo do caminho. Teria preferido que Truls Rohk avançasse para proteger a aproximação deles, mas quanto a isso nada podia fazer. Os elfos caçadores teriam de servir. Eles eram bem treinados e eficientes, mas nenhum era tão bom em permanecer oculto quanto o mutante. Ficou se perguntando onde estava o outro, se ele havia escapado à detecção a bordo da aeronave da bruxa Ilse, se estava realizando algo de importante. Balançou a cabeça com esse pensamento. O que quer que Truls estivesse fazendo não poderia ser tão importante quanto aquilo de que Walker se ocupava então.

A manhã chegou e passou e eles ainda estavam viajando por entre a floresta sem encontrar nada. O mapa do náufrago os havia levado até a baía e apontava para dentro da terra, e isso era o máximo de direcionamento que eles iriam obter. No mapa, uma linha pontilhada levava até um X que dizia Castledown. Não havia explicação de onde ficava Castledown. Não havia descrição de como poderiam reconhecê-la. Walker tinha de supor que a ilha se apresentaria inequivocamente reconhecível quando a encontrasse. Não era de jeito algum a melhor suposição que já fizera nessa história, portanto não ficou tão desconfortável ao segui-la.

A noite já começava a cair quando sua fé foi recompensada. Chegaram ao alto de uma encosta íngreme que atravessava um trecho muito denso de mata e descobriram os três elfos batedores reunidos, esperando por eles. Com o rosto solene e animado, Tamis apontou adiante.

Nem era necessário que ela tivesse feito isso. A colina à frente deles descia para um amplo e profundo vale que media vinte e cinco quilômetros de ponta a ponta e mais cinco de largura. As encostas e as cordilheiras eram cobertas por árvores, um anel de um verde suave no sol vespertino. Mas por todo o chão do vale, por todos os vinte e cinco quilômetros de largura e cinco de profundidade estavam espalhadas as ruínas de uma cidade. Não era uma cidade do presente, Walker percebeu na hora. Mesmo de onde estavam, ainda a cerca de um quilômetro de distância, isso ficava claro. Os prédios eram baixos e achatados, não altos como os de Eldwist haviam sido na terra do rei de pedra. Alguns estavam danificados, com as superfícies rachadas e quebradas, as bordas afiadas e aguçadas. As paredes tinham buracos que revelavam interiores retorcidos e queimados. Havia destroços espalhados por toda parte, alguns enferrujados e marcados pelas intempéries, outros cobertos de musgo e líquen. Havia uma uniformidade nas ruínas que indicava claramente que há muito tempo ninguém vivia ali.

Mas o que intrigou imediatamente o druida sobre a cidade, ainda mais do que seu imenso tamanho, era que praticamente tudo era feito de metal. Paredes, tetos e pisos, todos tinham pedaços que reluziam com brilho metálico. Até mesmo partes das ruas e passagens refletiam o sol. Até onde os olhos podiam ver, as ruínas eram compostas de folhas, placas e canos de metal. Arbustos e mato cerrado haviam aberto caminho à força entre brechas nos materiais, como organismos marinhos que floresciam em mar aberto. Bosques isolados cresciam formando emaranhados que podiam ter sido parques, que talvez um dia tivessem sido bem cuidados, mas agora eram selvagens. Mesmo em seu estado atual, destruída e deteriorando-se desde que as Grandes Guerras a haviam reduzido a uma ruína abandonada, a natureza de sua condição, outrora impecavelmente polida e lisa, era evidente.

— Sombras! — sussurrou Panax, pensando talvez nas ruínas que seu povo um dia havia minado logo após o holocausto.

Walker assentiu para si mesmo. As ruínas de Castledown eram imensas. Ele jamais havia imaginado que algo daquele tamanho pudesse existir. Quantas pessoas existiram no mundo se aquele centro gigantesco era um exemplo de suas cidades? Ele sabia pelas histórias dos druidas que o número havia sido grande, muito maior do que agora. Mas então havia milhares de cidades, não centenas. Quantas delas haviam sido assim tão imensas? Walker foi assaltado pelas imagens, pelos números e pelas possibilidades. Ficou imaginando exatamente o que iriam encontrar. Pela primeira vez se pegou imaginando se estavam preparados.

Então de repente lhe ocorreu que talvez tivesse feito uma suposição incorreta. Quanto mais olhava para as ruínas, mais improvável parecia que o lugar tivesse sido construído para abrigar pessoas. O aspecto dos prédios estava todo errado. Espaços vastos, baixos, amplos e achatados com janelas altas e entradas largas, fundações espalhadas sem espaços pessoais pareciam mais bem adequadas para outra coisa. Para armazenamento, talvez. Para fábricas e oficinas de construção.

Para abrigar máquinas.

Olhou os outros ao seu redor. Todos pareciam surpresos. Olhando para a cidade como se tentassem compreender seu propósito, como se lutassem para tentar torná-la real. Então reparou em Ryer Ord Star. Ela estava, como sempre, afastada dos demais, mas agora tremia, a cabeça baixa e os dedos encolhidos nas dobras de suas roupas. Respirava com dificuldade, aos soluços, e chorava sem fazer um ruído. Walker chegou perto dela, enlaçou-a com seu braço e puxou o corpo magro para junto de si.

— O que há de errado? — perguntou baixinho.

Ela lhe olhou por um momento e então balançou a cabeça e o abraçou uma vez mais, enterrando o rosto nos mantos do druida. Ele a manteve em seus braços até que ela se tranqüilizou — levou apenas alguns minutos, não mais —, e então se afastou dela e ordenou a Ard Patrinell que prosseguisse.

Desceram as encostas do vale até o fundo, parando em uma clareira na floresta a uns cem metros do começo das ruínas para acamparem aquela noite. O sol estava tocando a beirada do vale a oeste e se poria dali a uma hora. Walker tinha certeza de que haviam localizado Castledown e que o que haviam ido buscar estava escondido em algum lugar ali dentro. Se seria muito difícil descobrir o que ele procurava, isso ainda era uma incógnita, mas preferia que a primeira excursão deles fosse feita à luz do dia.

Sozinho, enquanto os outros montavam acampamento e preparavam o jantar, caminhou até o limite da cidade. Ficou ali em pé, na luz que se desvanecia, olhando as ruínas sombrias, longas e amplas avenidas, brechas nas paredes de metal, linhas de telhados há muito alteradas pelo tempo e pela selvageria de um conflito que ele dava graças por não ter presenciado. As raças do presente achavam que a magia de um druida era poderosa, mas não conheciam o verdadeiro poder. O verdadeiro poder era nascido da ciência. Ficou pensando como teria sido viver naqueles tempos distantes, antes que o Antigo Mundo tivesse sido destruído. Como seria ter o poder de destruir cidades inteiras? Que tipo de loucura isso poderia provocar em sua alma para que fosse capaz de obliterar milhares de vidas com um toque? Ele estremecia só de imaginar. Isso fazia com que sentisse pavor e um grande mal-estar.

Talvez Ryer Ord Star estivesse sentindo isso. Talvez por isso ela tivesse chorado.

Pensar nela acionou uma lembrança de sua visão das ilhas e de seus protetores. Foi o que ela havia dito para ele após falar das chaves que surgiu de forma inesperada em seus pensamentos. Ele havia quase esquecido, dispensado isso como algo óbvio. *Eu vejo isto em uma névoa de sombra que rastreia você por todo lugar e parece se colocar ao seu redor como um sudário.* Ele havia acreditado que as palavras dela se referiam à bruxa Ilse e sua perseguição incansável.

Mas, olhando para as ruínas de Castledown e sentindo a presença da coisa que aguardava ali como uma coceira em sua pele, percebeu que estava enganado.

30

A manhã chegou trazendo uma névoa de umidade e chuva fina. Aglomeradas no céu cor de chumbo, nuvens escuras escondiam o sol e anunciavam um dia sombrio. O ar estava parado e quente, tinha cheiro de terra molhada e de folhas novas. O silêncio envolvia o mundo em um véu de expectativa silenciosa e sugeria cautela, e até mesmo o pequeno conforto do canto dos pássaros do dia anterior havia desaparecido.

Na bruma pálida do vale, as ruínas de Castledown assomavam em relevo reluzente e afiado, as superfícies metálicas escuras riscadas com um verde brilhante por líquen e musgo umedecidos pela chuva.

Walker dividiu em três o grupo de busca. Ard Patrinell levaria Ahren Elessedil, Joad Rish e três dos nove elfos caçadores pelo flanco direito. Quentin Leah e Panax levariam outros três elfos caçadores à esquerda. Ele ocuparia o centro com Bek, Ryer Ord Star e os três caçadores remanescentes. Entrariam nas ruínas com o grupo central um pouco adiante dos outros dois, todos espalhados, mas à vista um do outro. Eles atravessariam a cidade até chegarem ao outro lado e em seguida reverteriam a marcha fazendo um percurso transversal. Fariam isso quantas vezes fossem necessárias para completar uma varredura da cidade, mudando sua rota a cada vez. Qualquer coisa que aparecesse e que valesse a pena investigar eles olhariam. Se não conseguissem encontrar no mesmo dia o que estavam procurando, retomariam a busca na manhã seguinte. Era uma cidade imensa. Ainda que fossem rápidos e não encontrassem dificuldades, poderiam levar mais de uma semana.

Todos deveriam ficar quietos e ouvir com cuidado, Walker aconselhou. Nada de falar. Deveriam guardar um ao outro e ficar atentos ao líder do grupo, recebendo orientações dele. Se precisassem indicar algo, sinais por mãos ou assovios. Tinham de se manter abaixados e utilizar os prédios para cobertura. Havia toda a razão para acreditar que um inimigo que estava em alerta contra intrusos tivesse colocado armadilhas por toda a cidade. O que eles vieram encontrar estava sendo cuidadosamente guardado.

— O que é isso exatamente? — perguntou Panax, o olhar preocupado. Assim como os outros, ele estava se protegendo contra o tempo enrolado em um manto com capuz. Na penumbra e na neblina, pareciam espectros. — O que foi que viemos procurar, Walker?

O druida hesitou.

— Percorremos um longo caminho para que você não nos diga agora — pressionou o anão. A chuva lhe escorria pelo rosto vincado e pela barba. — Como é que conseguiremos encontrar aquilo por que procuramos se não sabemos o que é?

Seguiu-se um instante de silêncio.

— Livros — Walker respondeu baixinho. O silêncio voltou e permaneceu por muito tempo. — De feitiços e magia — acrescentou com um rápido olhar ao redor. — Recolhidos durante o tempo do Antigo Mundo e depois perdidos nas Grandes Guerras. Só que alguns desses feitiços e dessa magia podem ter sido salvos. Aqui, em Castledown. Esse é o tesouro que o mapa diz estar oculto aqui.

— Livros — o anão murmurou sem acreditar.

— Eles serão de imenso valor para as raças se encontrarmos — garantiu Walker. — Mais do que você possa imaginar. Mais do que qualquer coisa que pudéssemos ter esperado encontrar. Mas seu ceticismo tem uma razão de ser. Até onde sabemos, nenhum livro sobreviveu às Grandes Guerras. Eles teriam sido uma das primeiras coisas destruídas, se não pelo fogo, então pelo tempo e pela ação dos elementos. Os escritos do Antigo Mundo se perderam há dois mil anos e apenas nossas tradições orais preservam as informações que eles continham. Mesmo esse pequeno conhecimento foi diluído e alterado ao longo do tempo, de forma que a maior parte dele se tornou inútil. Os livros que temos agora foram reunidos pelos druidas durante o primeiro e o segundo conselhos em Paranor. Os elfos possuem alguns em Arborlon e a federação outros em Arishaig, a maioria, porém, está guardada na fortaleza do druida. Mas são livros deste mundo e não do antigo. Então, se aqui existem livros que sobreviveram, eles terão sido escondidos. Pode não ficar aparente à primeira vista que sejam livros. A forma deles pode ter sido alterada.

— Se os livros são numerosos e conservaram seu aspecto original, será preciso um imenso edifício para abrigá-los — sugeriu Bek.

Walker assentiu.

— Começaremos nossa busca com isso em mente. Vamos buscar qualquer coisa que possa servir como depósito, repositório ou armazém. Podemos não reconhecê-lo quando o virmos. Teremos de ter a mente aberta. Lembrem-se também de que viemos aqui para descobrir o que aconteceu com a expedição de Kael Elessedil e as pedras élficas que ele levava consigo.

Ninguém disse nada. Depois de um momento, Quentin ajustou a espada de Leah, presa às suas costas, e olhou para o céu.

— Parece que a chuva está passando — disse ele para ninguém em particular.

— Vamos logo com isso — acrescentou Panax com um grunhido.

Então partiram, atravessando o terreno aberto entre a encosta da floresta do vale e as ruínas, uma fileira de espectros sombrios avançando por entre a névoa. Entraram na cidade em três grupos dispostos a cerca de cinqüenta metros de distância uns dos outros. No começo, moviam-se rapidamente, encontrando em sua maioria escombros entre as carcaças de edifícios menores que continham máquinas e aparatos que jaziam inativos e enferrujados. Não faziam idéia do que estavam olhando em sua maior parte, embora alguns dos equipamentos se parecessem com armas. Uma grossa camada de poeira cobrira tudo e não havia indicação de que alguém houvesse passado por aquele caminho recentemente. Nada havia sido perturbado ou alterado com a passagem dos anos. Tudo estava congelado no tempo.

Walker estava ciente de Ryer Ord Star bem perto de si, tanto, que quase se tocavam. Na noite passada, quando os outros estavam dormindo, ela fora até Walker e lhe dissera o que a havia apavorado tanto. Na escuridão silenciosa de uma noite sem lua, ela havia se ajoelhado ao lado dele e murmurado em uma voz tão suave que Walker quase não conseguiu entender.

— As ruínas são o labirinto que apareciam em minha visão.

Ele tocou o seu ombro magro.

— Tem certeza?

Os olhos dela estavam fixos e brilhavam.

— Também senti a presença dos outros dois. Eu estava em pé na borda do vale e olhava para o labirinto abaixo, e então os senti. Os laços de fogo e os canhões de metal. Eles estão aqui, esperando por mim. Por todos nós.

— Então estaremos prontos para eles.

Ela tremia novamente. Walker a abraçou para aliviá-la do medo que se fazia sentir, através das roupas dela, como uma coisa viva.

— Não tenha medo, Ryer. Seus avisos nos mantêm a salvo. Foi o que aconteceu em Flay Creech, em Shatterstone e em Mephitic. Aqui acontecerá a mesma coisa.

Mas ela se encolheu diante dessas palavras.

— Não, Walker. O que nos aguarda aqui é muito maior e mais forte. Está incrustado nas ruínas e dentro da terra na qual eles descansam. Velhos, famintos e malignos, ele aguardam por nós. Posso sentir sua respiração. Posso sentir sua pulsação no movimento do ar e na queda e elevação da temperatura. É demais para nós. Demais.

Ele a abraçou em silêncio, na escuridão espessa, tentando reconfortá-la, ouvindo o som de sua respiração à medida que ficava mais constante e reduzia o ritmo. Por fim, ela se levantou e começou a se afastar.

— Eu morrerei aqui, Walker — murmurou.

Ela acreditava nisso, ele sabia, e talvez algo em suas visões lhe desse motivo para crer nisso. Talvez apenas o sentisse, mas às vezes mesmo isso era o bastante para fazer com que algo acontecesse. Ele a vigiaria, tentaria evitar que ela se machucasse. Era o que teria feito de qualquer maneira. Era o que faria por todos se estivesse em seu poder. Mas até mesmo um druida não podia fazer nada além de tentar.

Walker olhou para trás. Ela reduzira o passo para caminhar com Bek, mantendo o ritmo do garoto, como se encontrasse algum conforto em sua presença silenciosa. Isso era bom. Poderia fazer coisas piores do que ficar perto dele.

Ele olhou para a penumbra adiante, para o labirinto de ruínas, podia sentir a visão de Ryer Ord Star, obscura e misteriosa, atraindo a todos como iscas em um anzol.

A quilômetros de distância, nas águas do canal, mas bem longe do Squirm, Redden Alt Mer estava em pé na amurada de proa da *Jerle Shannara*. Observava a penumbra. O tempo estava impossível. Se é que podia dizer tal coisa, estava pior agora do que quando, dois dias antes, haviam navegado para a enseada. O dia anterior havia começado bem, mas a luz do sol e o céu límpido gradualmente deram passagem a nuvens e a uma neblina pesada na jornada rio abaixo. Haviam ancorado a aeronave a diversos quilômetros do gelo — em segurança e distantes dos pilares esmagadores e do frio intenso — e adormecido, esperando continuar naquela manhã tal como Walker havia desejado.

Mas a neblina estava agora tão espessa que Alt Mer mal podia ver os desfiladeiros laterais e não podia de forma alguma ver o céu acima. Pior, a névoa estava se deslocando graças a um vento constante, movendo-se tanto que jogava sombras para todos os lados e tornava praticamente impossível navegar em segurança. Naqueles confins estreitos, com picos, geleiras e ventos traiçoeiros por toda parte, seria imprudente tentar se aventurar para fora do canal quando não podiam ver para onde estavam indo. Gostassem ou não, teriam de esperar que o tempo clareasse, mesmo que isso significasse atrasar sua partida por um dia ou dois.

Rue Meridian apareceu ao seu lado, os cabelos ruivos compridos tão escurecidos pela umidade quanto os seus próprios. Não estava chovendo, mas uma névoa fina os cobria como gaze. Ela olhou para o nevoeiro além da amurada e balançou a cabeça.

— Sopa.

— Uma sopa que a Mãe Natureza sente necessidade de ficar mexendo — ele emendou com um suspiro cansado. — Tudo isso para nos manter presos pelo futuro próximo, acho eu.

— Podíamos voltar canal acima e esperar uma brecha nas nuvens. Lá dentro poderia ser melhor.

Alt Mer considerou aquelas palavras e respondeu:

— Poderia, mas quanto mais acima do canal formos, mais difícil será rastrear nosso curso. Melhor fazer isso o mais próximo da costa quanto possível.

Ela suspirou.

— Já esqueceu quem é sua navegadora?

— Dificilmente. De qualquer maneira, um dia de espera não nos fará mal. Vamos descansar até amanhã. Se até lá não clarear, vamos fazer como você diz e subir de volta o canal para tentar encontrar uma brecha nas nuvens.

Os olhos de Rue encontraram os do irmão por um momento.

— Ninguém aqui está muito a fim de ficar sentado, Ruivão. — Ela olhou para a neblina. — Se escutar com atenção, vai ouvir aqueles pilares batendo. Você pode ouvir o gelo se quebrando e as geleiras se movendo. Lá longe, lá na neblina. — Ela balançou a cabeça. — É assustador.

— Então não escute.

Rue ficou com ele mais um momento e depois se afastou. Ele não se importava com a espera ou com a proximidade do Squirm, não se importava com coisa alguma daquela situação. Considerava melhor não reagir imprudentemente. Seria paciente se isso fosse preciso.

Depois de alguns minutos, voltou até onde Spanner Frew estava trabalhando em um cristal-diapasão danificado na colisão com a *Black Moclips*. O capitão rover ainda se encontrava perplexo com o aspecto da nave. Parecia estar sendo usada por uma tripulação da federação. Isso dava a Alt Mer uma boa vantagem, graças a sua tripulação de rovers, mas não uma vantagem que ele estivesse ansioso para testar. A *Black Moclips* era muito mais forte e maior do que a *Jerle Shannara*, e uma luta em um lugar fechado provavelmente poderia reduzir esta última a palitos. De qualquer maneira, seria estranho entrar em batalha contra uma nave que ele havia comandado por tanto tempo e à qual ele tanto se afeiçoara.

— Fazendo algum progresso? — perguntou ao construtor.

O homenzarrão fez uma careta.

— Eu faria mais progresso se as pessoas não me distraíssem com perguntas idiotas. Isto aqui é um trabalho delicado.

Alt Mer ficou olhando para ele por um momento.

— Você deu uma boa olhada naquela outra aeronave quando ela nos abalroou?

— Tão boa quanto a sua.

— Você a reconheceu?

— *Black Moclips*. Difícil confundi-la. Não tenho uma boa sensação ao saber que é ela que está nos caçando, mas por outro lado esta nave é mais rápida e reage melhor. — Fez uma pausa para segurar o cristal contra a luz clara, apertando os olhos enquanto a examinava. — Só evite que ela chegue muito perto de nós e ficaremos bem.

O capitão rover cruzou os braços dentro de seu manto.

— Não posso ter certeza do que vou fazer em uma caçada desse tipo. Pode ser que tenhamos de parar e enfrentá-la em algum momento. Não quero que isso aconteça, posso lhe garantir.

Spanner Frew levantou-se, deu uma última olhada no cristal e soltou um grunhido de satisfação.

— Ela não criará problemas hoje pelo menos. Nada pode navegar nisto.

— Pelo menos não de forma segura — Alt Mer emendou.

Continuou olhando a neblina adiante. O vento havia aumentado de velocidade e a aeronave balançava com suas rajadas súbitas. O capitão rover atravessou devagar o convés, verificando as coisas de maneira distraída, dando a si mesmo algo a fazer além de pensar na situação deles. Um assovio baixo havia começado a se fazer ouvir, fraco e ainda distante, mas inconfundível. Olhou em sua direção, a mesma do Squirm. Talvez devesse mover a *Jerle Shannara* um pouco mais acima no rio. Talvez pudessem encontrar uma enseada na qual se refugiar.

Caminhou até a amurada de popa, o som do vento cobrindo-o como um sudário, estranhamente cálido e reconfortante. Parou para escutá-lo, surpreso com seu apelo. Ventos daquele tipo eram raros na vida de um marinheiro e tão deslocados daquela terra quanto o tempo de ontem. Eles pertenciam a outro clima, de outra parte do mundo. Como poderiam as geleiras e os blocos de neve existirem em tamanha proximidade com ar quente e árvores verdes?

Seus pensamentos divergiram e ele percebeu que se lembrava de sua infância em March Brume, dias que havia passado em terra, vagando pelas florestas, brincando com outras crianças. Aqueles dias haviam sido poucos e passaram rápido, mas a memória deles permanecia. Talvez fosse porque ele havia passado muito de sua vida no mar e no ar. Talvez fosse porque ele jamais poderia tê-los de volta novamente.

Alguma coisa se moveu na névoa, mas, olhando para sua forma obscura, não conseguiu perceber o que era.

Em uma das laterais, um rover deslizou para o chão do convés e ali ficou, silencioso e imóvel, dormindo. Redden Alt Mer ficou olhando sem acreditar e então se afastou da amurada para ir na direção dele. Mas suas pernas não funcionavam e seus olhos estavam tão pesados que mal conseguia mantê-los abertos. Tudo o que parecia atraí-lo era o som do vento, que havia subido de tom, envolvendo-o, fechando-o.

Tarde demais, ele percebeu o que estava acontecendo.

Cambaleou alguns passos e caiu de joelhos. No convés da aeronave, os rovers estavam caídos em pilhas. Apenas Furl Hawken ainda estava em pé na cabine do piloto, se bem que mal e mal, agarrando-se às amarras, caído sobre os controles.

Uma forma imensa e escura havia entrado pela lateral da *Jerle Shannara*. Redden Alt Mer ouviu o som de ganchos de abordagem se prendendo e avistou de relance uma forma coberta por um manto se aproximando por entre a neblina. Um rosto saiu das sombras de um capuz, uma jovem que olhava para ele com olhos azuis, frios como geleiras. Indefeso, olhou para ela sem disfarçar sua fúria.

E então tudo escureceu.

Bek olhou para o rosto tenso e assustado de Ryer Ord Star e sorriu para lhe dar conforto enquanto andavam com os outros da equipe por entre a penumbra que se adensava. A chuva havia virado uma névoa fina. A vidente piscava para afastar as gotículas que se acumulavam em suas pálpebras e limpava o rosto com a manga da túnica. Aproximou-se de Bek.

O garoto olhava para a esquerda e a direita, para onde os grupos levados por Quentin e Ard Patrinell navegavam pelas ruínas cobertas de névoa. Viu de relance seu primo e o capitão da guarda real, mas não encontrou sinal de Ahren Elessedil. Os edifícios estavam ficando maiores agora que levava mais tempo para dar a volta neles. Algumas vezes, os membros dos grupos ficavam separados por paredes de quinze metros de altura e vislumbravam apenas relances momentâneos dos outros entre portas caídas e entradas queimadas. Os prédios eram todos idênticos: ou vazios ou cheios de maquinário enferrujado. Em alguns, pilhas de caixas alinhavam-se em longas filas, cheias de dials e janelinhas que lembravam os olhos vazios de animais mortos. Em outros, máquinas tão grandes que diminuíam as pessoas, agrupadas como enormes bestas caídas em um sono infinito. Sombras preenchiam os espaços abertos, acumulando máquinas e destroços, estendendo-se de um prédio para outro, uma teia de aranha escura envolvendo toda a cidade.

Tornou a procurar por Ahren, mas todos no grupo dos elfos caçadores pareciam muito uns com os outros, cobertos por mantos e capuzes para se protegerem da umidade. Uma súbita onda de medo e dúvida tomou conta de Bek. Forçou o olhar na direção de Walker, que caminhava logo adiante. Ele estava sendo burro. Era provavelmente a expressão no rosto de Ryer Ord Star que lhe provocava tamanho desconforto. Provavelmente era o dia, tão escuro e cheio de neblina. Provavelmente era aquela cidade, aquele lugar.

No silêncio e na penumbra podia-se imaginar qualquer coisa.

Pensou nos livros que Walker viera procurar e ficou novamente preocupado. O que as pessoas do Antigo Mundo estariam fazendo com livros de feitiçaria? Nenhuma magia verdadeira havia sido praticada naquela época. A magia havia morrido com o mundo de Faerie, e mesmo os elfos, que haviam sobrevivido quando tantas outras espécies haviam perecido, perderam ou praticamente esqueceram toda a sua própria magia. Foi somente com o surgimento de novas raças e a assembléia dos druidas em Paranor que o processo de recuperação da magia havia começado. Por que Walker acreditava existirem livros de magia de um tempo anterior às Grandes Guerras?

Quanto mais ele se preocupava com a questão, mais obcecado ficava. Logo ele se descobriu imaginando coisas sobre a criatura que os havia atraído até ali. Ostensivamente para roubar sua magia, ao que parecia... Mas, se ela já possuía livros de magia à sua disposição, por que não usá-los? Certamente estavam escritos em uma língua que podia compreender. E o que havia com a magia que Walker, Quentin e ele possuíam que a fazia tão mais atraente? O que havia nela que, trinta anos antes, condenara a expedição de Kael Elessedil? Ele podia repetir tudo o que Walker lhe dissera, dissera a todos, e mesmo assim não conseguia atravessar aquele lapso na lógica da explicação do druida.

Passaram por um aglomerado de grandes armazéns vazios e entraram em uma seção de plataformas baixas que podiam ter sido prédios ou outra coisa inteiramente diferente. Sem janelas e totalmente lacradas, pareciam não ter qualquer finalidade. Manchadas de ferrugem e estriadas com faixas de musgo e líquen, elas brilhavam na chuva como imensos espelhos arruinados. Walker levou um instante para estudar uma delas, colocando as mãos em sua superfície, fechando os olhos em concentração. Depois de um momento afastou-se, balançou a cabeça para os outros e fez um gesto para que continuassem.

As plataformas desapareceram atrás deles na neblina. Adiante, uma ampla clareira acarpetada de metal e cheia de paredes e repartições em formatos estranhos se materializou na penumbra. A clareira se estendia por centenas de metros em todas as direções e dominava os prédios ao redor somente por causa de seu tamanho. As paredes e repartições tinham uma altura de um metro e meio a três metros e extensões que iam de seis a oito metros. Não tinham ligação umas com as outras, aparentemente colocadas de forma aleatória, construídas sem propósito. Não formavam aposentos. Não continham mobília ou sequer maquinário. Ali, ao contrário dos armazéns que os cercavam, não havia escombros. Nem plantas, grama ou arbustos. Tudo estava limpo e polido.

No centro da praça, quase invisível por entre a penumbra, erguia-se um obelisco de mais de trinta metros. Uma única porta se abria para dentro dele, maciça e embutida, mas estava selada. Acima dessa entrada, uma luz vermelha piscava em uma seqüência constante.

Walker fez um sinal com a mão para que parassem e ficou olhando para a confusão de meias paredes e repartições até onde estava o obelisco, como uma torre de observação, sua luz que piscava como um olho vigilante. Bek vasculhou as ruínas ao redor deles, seu desconforto novamente alimentado. Nada se movia. Voltou-se para Walker. O druida ainda estava estudando o obelisco. Era óbvio que ele sentia a possibilidade de uma armadilha, mas era igualmente óbvio que acreditava ser preciso entrar nela.

Ryer Ord Star aproximou-se de Bek.

— Esta é a entrada que procuramos — ela murmurou. Sua respiração estava acelerada e ansiosa. — A porta da torre se abre para Castledown. As chaves que ele leva cabem na fechadura da porta.

Bek olhou para ela, imaginando como ela sabia disso, mas ela olhava para o druida, já esquecida do garoto.

Walker virou-se. Tinha nos olhos a marca da preocupação a conviver com uma expressão resignada.

— Esperem por mim aqui. — Sua voz estava tão baixa que Bek mal conseguiu ouvi-lo. Fez um gesto para os elfos caçadores. — Todos vocês.

Endireitou-se e fez um sinal para Quentin e Panax à esquerda e Ard Patrinell à direita para que permanecessem onde estavam.

Sozinho, dirigiu-se para a torre.

A bruxa Ilse atravessou o convés da *Jerle Shannara*, certificando-se de que todos os rovers estavam dormindo. Um por um, ela verificou a todos e em seguida fez um sinal para Cree Bega entrar a bordo e ordenou-lhe que enviasse um de seus mwellrets para baixo, para procurar qualquer um que ela pudesse ter deixado escapar. O ret escolhido desapareceu escotilha abaixo e voltou novamente em alguns instantes, balançando a cabeça.

Ela assentiu, satisfeita. Fora mais fácil do que havia pensado.

— Leve-os para baixo e tranque-os nos depósitos — ordenou, dispensando Cree Bega com um gesto. — Separe-os.

Ela foi até a cabine do piloto e subiu ao lado do rover grande derrubado sobre os controles. Ela se pôs em pé na caixa e deu uma olhada por toda a aeronave capturada, sentindo-a. Um veículo ágil e eficiente, percebeu. Mais rápido e mais manobrável do que o dela própria. Os mwellrets estavam se aglomerando nas laterais da *Black Moclips* para abordar os rovers adormecidos e levá-los para debaixo do convés. Ela os observava sem interesse. A magia de sua canção do desejo havia derrotado os rovers antes que eles soubessem o que estava acontecendo. Por não esperarem aquilo, por não serem capazes de lutar e sem o druida para protegê-los, eles ficaram indefesos. O espião estabelecera uma ligação entre a *Jerle Shannara* e a bruxa Ilse, o que tornou a esta muito fácil a aproximação após a passagem pelo Squirm. Usar a canção do desejo para colocar a confiante tripulação para dormir era brincadeira de criança. Bastava apenas transformar sua magia de modo que soasse como o vento: suave, maravilhosa e irresistível.

Nem mesmo atravessar os pilares de gelo foi lá um grande desafio, embora exigisse um pouco de inventividade. Escolhendo evitar completamente essa abordagem, ela utilizou sua magia para selar um dos pássaros aninhados nos penhascos externos, montou-o e voou com ele até o alto. Mesmo com a neblina pesada, foi capaz de orientar a *Black Moclips* sem muito risco. O pássaro era nativo e conhecia bem o seu caminho para dentro e fora das montanhas. Os ventos enganavam, mas não tanto que uma aeronave não pudesse lidar com eles. Não tinha idéia de como Walker conseguira navegar pelos pilares; acreditava que a própria magia dele, embora poderosa de algumas maneiras, não estava suficientemente adaptada para aquilo. O espião de Ilse não fora capaz de informá-la sobre aquilo. Não que importasse. Ambos haviam passado. Ainda estavam se dirigindo para seu confronto.

Só que agora, pela primeira vez, ela tinha a vantagem. Ele estava em terra e abandonado lá, mesmo que ainda não soubesse disso. Sem uma aeronave, era incapaz de fugir. Mais cedo ou mais tarde ela o rastrearia, a pé ou pelo ar. Se ela o pegaria antes da coisa que aguardava nas ruínas, era a única pergunta que faltava responder.

Mesmo quanto a isso, ela tinha uma vantagem sobre o druida: ela sabia o que era a coisa. Ou, para ser mais exata, sabia o que não era. Ela entrara na mente arruinada de Kael Elessedil para descobrir por que ele se perdera por trinta anos. Fazendo isso, ela vira através de seus olhos o que o havia capturado. Ela testemunhara a língua dele ser arrancada e seus olhos retirados das órbitas. Testemunhara os usos para os quais ele havia sido colocado. Walker nada sabia a respeito. Se não tivesse cuidado, acabaria tendo o mesmo fim. Isso realizaria seu objetivo de destruí-lo, mas lhe roubaria a satisfação pessoal de vê-lo morrer em suas mãos.

Sim, Walker teria de ser muito cuidadoso. A coisa que os havia atraído até ali era paciente e seu alcance era longo. Ela era perigosa de um modo que Ilse jamais havia visto. Portanto, também teria de ser cuidadosa. Mas sempre era cuidadosa, sempre ficava em guarda contra o inesperado. Ela havia treinado a si mesma para ser assim.

Cree Bega aproximou-se.

—Oss pequenoss esstão todoss trancadoss em ssegurança — ele sibilou.

—Deixe cinco de seus rets para se certificar de que eles permaneçam assim — ela ordenou. — O comandante Kett irá designar dois membros de sua tripulação para vigiar a nave. O resto de nós levará a *Black Moclips* atrás daqueles que já estão em terra.

Estou indo buscar você, druida, ela pensou triunfante. *Pode sentir que estou me aproximando?*

Ela desceu da cabine do piloto envolta em fúria sombria e determinação feroz e voltou à sua nave por entre a névoa e a penumbra.

Quando o ataque chegou, Walker estava a pouco mais de metade do caminho entre os outros membros da equipe e o obelisco, bem dentro do labirinto de meias paredes e repartições. Ouviu um clique agudo, como uma trava se abrindo ou um gatilho sendo apertado, e atirou-se ao chão no exato momento em que um fino fio de fogo vermelho brilhante foi disparado sobre sua cabeça. Sem sequer pensar, jogou o fogo druídico sobre sua fonte e fundiu a pequena abertura através da qual o fio havia aparecido.

No mesmo instante, mais uma dezena de fios cruzou a área na qual ele estava deitado, alguns deles queimando caminhos no chão de metal, procurando-o. Ele rolou rapidamente para o abrigo de uma parede e fechou com o fogo druídico uma abertura atrás da outra, cortando os fios, explodindo aberturas e seções inteiras das paredes, enchendo o ar enevoado com fumaça e o cheiro acre de metal queimado.

Então se levantou e se apressou na direção do obelisco, sentindo que o que quer que controlasse o fogo poderia ser encontrado lá. Seus mantos atrapalhavam-lhe o progresso, impediam-no de correr e faziam com que apenas arrastasse rapidamente os pés. *Laços de fogo.* Ele repetia as palavras, serpenteando por entre o labirinto, abaixando-se por trás de paredes e por entre aberturas enquanto os fios finos o procuravam. A visão de Ryer Ord Star ganhava vida.

Havia avançado talvez uns vinte metros no interior do labirinto quando as paredes passaram a se mover. Sem aviso, elas começaram a levantar e abaixar, uma massa deslizante de metal que cortava algumas sendas e abria outras, seções inteiras se materializando do chão liso e polido enquanto outras desapareciam. Isso era tão desalentador e inesperado que ele reduziu o passo por um momento. Os laços de fogo começaram a se aproximar mais uma vez, novos laços surgindo de seções de parede mais próximas de onde ele estava, os antigos mudando seu curso para atingi-lo. Em desespero, projetou uma ampla faixa do fogo druídico de volta para eles, desviando o caminho de alguns, destruindo outros. Ouviu gritos atrás de si, por trás de uma tela de fumaça e neblina, vindos de um poço de vazio e escuridão.

— Não entrem aqui! — gritou ele em aviso, ouvindo os ecos de sua voz retornarem.

Lanças de fogo brilhavam queimando fracas por entre a neblina, penetrando nas trevas com rapidez mortal. O som de gritos aumentou e ele sentiu o coração oprimido ao perceber que alguns daqueles que ele liderava não o haviam escutado. Começou a voltar em busca deles, mas as paredes tornaram a se deslocar, os laços de fogo barraram o seu caminho e ele foi forçado a recuar.

Vá para o obelisco! Ele gritou para si mesmo no silêncio de sua mente. Seu corpo irradiava calor enquanto ele se virava e se apressava para a frente uma vez mais, o suor se misturando a gotículas de névoa em seu rosto vincado. Algo se moveu ao seu lado e ele captou o som de metal raspando contra metal. Houve uma explosão de fogo perto dele, por pouco não atingindo sua cabeça, e ele se abaixou e começou a se mover mais rápido, girando e se virando por entre as paredes que se moviam, o labirinto alterado, perdendo rastro de tudo a não ser a necessidade de alcançar o obelisco. Sentiu algo grudando em sua mão, e abaixou a cabeça para ver os dedos vermelhos com seu sangue. Uma lança de fogo abrira um rasgo em seu braço logo acima do pulso.

Ignorando a ferida, levantou a cabeça e achou o obelisco logo à sua frente. Impulsivamente, disparou por trás da parede que o havia abrigado direto para o caminho de um rastejador.

Por um segundo ficou tão atordoado que apenas parou onde estava e ficou olhando, sua mente um poço de confusão. O que um rastejador estava fazendo ali? Espere, não era um rastejador, apenas se parecia com um. Tinha formato aracnóide como um rastejador, tinha pernas e corpo de rastreador, mas era todo de metal, sem carne, sem fusão de animado com inanimado, de matéria viva e material artificial...

Não havia mais tempo para especulação. A coisa foi em sua direção, pinças estendidas na ponta de membros flexíveis, e ele estendeu o braço em um movimento de proteção e enviou o fogo druídico contra ela. O rastejador balançou em suas pernas traseiras e tombou. Ficou ali se debatendo, sem conseguir se levantar novamente, se debatendo enquanto derretia e queimava. Walker passou correndo por ele. Era construído inteiramente de metal, justamente como ele havia pensado. Viu mais outro de relance, e em seguida dois outros, três, quatro; eles estavam por toda parte, indo em sua direção.

Cães de metal!

Todos os componentes da visão de Ryer Ord Star haviam se reunido — o labirinto, os laços de fogo e os cães de metal —, partes de um pesadelo que os consumiria se ele não conseguisse achar uma maneira de detê-lo. Arremessou-se para o lado a fim de evitar outra lança de fogo, disparou por uma abertura entre várias paredes que se moviam e pulou pelo limiar da porta até o obelisco.

Atrás dele, o caos. Ele ouvia gritos, o raspar de metal sobre metal, o sibilar constante de lanças de fogo e o ruído de explosões. Podia ver o relâmpago distintivo da lâmina de Quentin Leah. Podia sentir o cheiro da magia e o gosto da fumaça. Toda a equipe encontrava-se sob ataque e ele não estava fazendo nada para ajudá-los.

Rápido! Entre na torre!

Observou as fechaduras das chaves em uma superfície de metal elevada em um dos lados da porta. Rapidamente tirou as chaves de seus mantos e as inseriu nas aberturas finas e achatadas. As chaves entraram deslizando facilmente em seus lugares, um banco de luzes piscou na superfície de metal negro da parede e a porta deslizou para um lado, abrindo-lhe passagem. Ele entrou depressa, os ruídos dos rastejadores que o perseguiam ficando para trás, e a porta se fechou atrás dele.

Ficou cego pelas trevas por um momento e esperou que sua visão retornasse. Primeiro viu as luzes, algumas firmes e sem alteração, outras piscando, umas verdes, outras vermelhas, outras amarelas. Havia centenas delas, adiante em algum lugar, pequenos faróis brilhando no escuro. Quando conseguiu distinguir as superfícies do chão, das paredes e do teto o suficiente para encontrar seu caminho, começou a andar na direção deles. Os controles dos laços de fogo e dos rastejadores estariam ali. Aquele era um reino de máquinas, e as máquinas daquela torre controlariam as máquinas do labirinto. Desligando uma, você desligaria as outras.

Foi seu último pensamento antes que o chão se abrisse embaixo dele e ele caísse no espaço.

31

Rue Meridian acordou quando sua cabeça bateu na parede do depósito no porão da proa. Tentou rolar para o lado e descobriu que estava presa ao chão por algo pesado. Era Furl Hawken, que ainda estava inconsciente, sua massa esparramada em cima do torso dela. Ela podia ouvir o vento uivando como um gato escaldado e sentir o balançar e jogar da nave. Uma tempestade estava lá fora, e uma das ruins. A cada nova rajada de vento e nova sacudida ela era jogada de cabeça contra a parede.

Espremendo-se e rastejando, conseguiu se libertar de Hawk e se sentar, encostada na antepara. Por um momento não conseguia se lembrar do que havia acontecido e depois não conseguia se lembrar de como. O que estava fazendo ali, abaixo do convés? Estava trabalhando com outro rover na colocação de um atrator radiano, apertando-o, quando aquele vento surgira, suave, cantando para ela como sua mãe cantara um dia.

E a pusera para dormir, ela pensou com tristeza, começando a perceber exatamente o que havia acontecido.

Levantou-se com esforço e cambaleou pelo aposento até a porta, apesar do jogar da nave. Experimentou a maçaneta. Trancada. Não era surpresa. Fez uma careta e soltou o ar com força. Os rovers estavam todos prisioneiros ou mortos, sem dúvida alguma vencidos pela bruxa Ilse. De alguma forma ela os apanhara quando eles não estavam esperando, os pusera para dormir e os trancara ali embaixo. Ou pior: e se não fosse a bruxa Ilse, mas a coisa que Walker havia ido procurar no continente? Será que fazia diferença? Ela esfregou a cabeça onde havia batido contra a parede, tentando imaginar quantas pancadas haviam sido necessárias para despertá-la. Pancadas demais, deduzira, sentindo uma dor penetrar no seu crânio e descer até o pescoço.

Olhou ao redor do aposento. Estava vazio, a não ser por Hawk e ela mesma. Os outros estavam em algum outro lugar. Havia caixotes de suprimentos empilhados contra as paredes, mas eles continham bainhas de luz, atratores radianos, tubos de fragmentação, cordas e coisas do gênero. Não havia porretes nem machados. Não havia objetos afiados nem lâminas aguçadas para confiar. Não havia armas de qualquer espécie.

Esperançosa, procurou por sua espada e pelas facas de atirar, muito embora soubesse que seu cinturão de armas havia sumido. Enfiou a mão na bota. A adaga que escondia ali também desaparecera. Quem quer que a tivesse colocado ali fora esperto o bastante para revistá-la antes de trancafiá-la. As armas de Hawk também teriam sido tomadas. Fugir do confinamento não ia ser fácil.

Mas, claro, seria possível.

A Ruivinha nunca parou para pensar diferente. Não estava em sua natureza fazer isso. Não entrava em pânico nem em desespero. Ela era uma rover e fora ensinada desde pequena que os rovers tinham de se cuidar, que ninguém iria fazer isso por eles. Estava trancada em sua própria nave e se libertar era por sua conta. Já sabia que ia fazer isso. Alguém havia cometido um grande erro em supor que ela não o faria. Alguém iria pagar por colocá-la ali.

Um tranco violento e súbito da aeronave fez com que ela cambaleasse para o lado, e por pouco não foi capaz de ficar em pé enquanto se endireitava. Algo de ruim estava acontecendo lá em cima e ela precisava subir logo para descobrir o que era. Parecia que as pessoas que a haviam trancado não tinham a menor idéia do que estavam fazendo com a nave. Se havia uma tempestade em curso, seria necessário marinheiros experientes para efetuar uma passagem segura da *Jerle Shannara*. Ela pensou rapidamente nos pilares esmagadores do Squirm, nos penhascos afiados que os cercavam e na proximidade de ambos e sentiu uma ponta de profunda preocupação na boca do estômago.

Foi até onde Furl Hawken estava e começou a sacudi-lo.

— Acorde, Hawk! — ela mantinha a voz baixa o bastante para que ninguém que porventura estivesse perto da porta a ouvisse. É claro que não havia muita chance disso acontecer, com aquela tempestade uivando ao redor deles. — Hawk! — ela lhe deu um tapa no rosto. — Acorde!

As pálpebras dele tremeram e ele grunhiu como um touro. Devagar, rolou de lado, segurando a cabeça, resmungando para si mesmo. Então se sentou, passando as mãos enormes pelos cabelos e barba louros e emaranhados.

— O que foi que me atingiu? Estou sentindo dor até nos dentes!

A aeronave deu um tranco rápido e rolou para o lado, fazendo com que ele se segurasse apressadamente.

— Sombras!

— Levante-se — ela ordenou, puxando-o. — Fomos drogados e trancafiados, e a nave está nas mãos de incompetentes. Vamos fazer alguma coisa.

Ele se levantou com dificuldade, apoiando-se no ombro dela para se firmar enquanto o navio sacudia com a força do vento.

— Cadê o Ruivão?

— Não sei. Aqui ele não está. — Ela não havia se permitido pensar no que poderia ter acontecido com seu irmão. Trancado em outro depósito, provavelmente do outro lado do navio, pensou. Provavelmente haviam sido separados para que fosse mais fácil lidar com ambos. Vivos, porém. Ela não ousava pensar o contrário.

Foi até a porta e colou a orelha na madeira, escutando. Tudo o que conseguia ouvir era o uivo do vento, o cantar dos atratores e o ranger de alguma coisa que não estava amarrada direito. Sentou-se de costas para a parede e tirou a bota. Dentro do calcanhar, enfiado no couro, havia um gancho de metal.

— Estou vendo que eles não tiraram tudo. — Hawk riu, aproximando-se dela.

Ela tornou a colocar a bota e se levantou.

— Deixaram de achar alguma coisa que você está carregando? — perguntou ela.

Ele enfiou a mão debaixo do braço esquerdo, encontrou uma pequena abertura na costura de seu rígido colete de couro e retirou uma lâmina longa e fina.

— Pode ser — ele sorriu. — O bastante para nos aproximar de algumas armas de verdade, se tivermos sorte.

— Nós somos rovers, Hawk — disse ela, curvando-se para a fechadura da porta. — Nós fazemos nossa própria sorte.

Ajoelhada com uma perna encostada contra a porta, enfiou a ponta do gancho na fechadura e começou a girá-lo. A fechadura era nova e seu interior era fácil de encontrar. Cedeu em menos de um minuto: a trava se soltou com um estalo enquanto ela puxava a maçaneta para baixo e a porta abriu. Ela olhou por uma fresta para o corredor. Sombras lançadas por lampiões a óleo e cordas penduradas em pegas nas paredes tremeluziam e dançavam com o rolar da nave. Na extremidade dianteira da passagem, uma forma corpulenta estava encostada na parede e olhava para a escotilha escada acima.

Rue Meridian voltou para dentro do depósito e, devagar, fechou novamente a porta.

— Um guarda, um sujeito grande. Não dá para dizer quem ou o que ele é. Mas precisamos passar por ele. Quer lidar com ele ou lido eu?

Furl Hawken segurou a faca com mais firmeza.

— Eu cuido dele, Ruivinha. Você pega os outros.

Olharam um para o outro na luz fraca, respirando apressados, os rostos vermelhos e ansiosos.

— Tome cuidado, Hawk — disse ela.

Saíram na ponta dos pés, deslizando silenciosos para o corredor em sombras. Furl Hawken olhou de volta para ela e em seguida se dirigiu para o guarda. A *Jerle Shannara* continuava a sacudir e balançar nas garras da tempestade, o vento ruim uivando com tanta ferocidade que o guarda parecia incapaz de pensar em qualquer outra coisa. Um impacto sacudiu o convés, alguma coisa caindo das alturas, talvez uma trava frouxa. O guarda olhou para cima, paralisado. Rue Meridian deu uma olhada de relance para as portas dos depósitos mais próximos, apenas dois. O menor guardava a água e a cerveja deles em grandes barris. Não havia espaço extra para prisioneiros ali dentro. O outro continha alimentos. Era uma possibilidade, mas os depósitos maiores estavam mais adiante.

Mais alguns passos, Rue Meridian pensava, observando o progresso cauteloso de Hawk quando a escotilha se abriu e uma figura encharcada de chuva olhou para as escadas abaixo.

Ela avistou os rovers imediatamente, gritou um alerta para o guarda que estava de costas e subiu correndo a escada. O guarda girou na hora diante de Furl Hawken, uma espada curta de aspecto assustador em uma das garras. Hawk aproximou-se dele imediatamente e Rue Meridian ouviu o impacto de sua colisão. Ela viu de relance o rosto reptiliano do guarda, cheio de escamas e brilhando com a chuva que caíra pela escotilha. *Um mwellret!* O outro homem, pelo uniforme, era um soldado da federação. Ela sentiu o frio na boca do estômago. Ela e Hawk não eram páreo para mwellrets. Precisava impedir que o soldado que fugira avisasse a quaisquer outros que estivessem ali.

Foi atrás dele impulsivamente, passando por Hawk e pelo mwellret. Subindo aos saltos a escada que dava para a escotilha, ela irrompeu no convés aberto nos dentes da tempestade, o vento chicoteando com tanta violência que ameaçava arrancar suas roupas do corpo, a chuva a encharcando em segundos. A nave girou e virou em meio à tempestade, as bainhas de luz abaixadas, os atratores recolhidos, sem equipamento como deveria estar num tempo daqueles, mas por alguma razão vagando confusa e indefesa. Rue Meridian olhou tudo em uma fração de segundo enquanto corria atrás do soldado. Alcançou-o no meio do navio logo abaixo da cabine do piloto, onde um segundo soldado lutava com o timão da aeronave, e jogou-se nas costas dele. Rolaram sobre o convés até darem com o mastro de proa. O soldado estava tão desesperado para fugir que nem sequer pensou em puxar suas armas. Ela fez isso por ele, arrancando a faca longa que ele usava na cintura e enfiando-a em seu peito enquanto ele se debatia embaixo dela.

Deixando-o caído e agonizando no convés, ela se levantou de um pulo. O soldado da federação na cabine do piloto gritava por ajuda, mas não havia nada que ela pudesse fazer a respeito. Se o matasse, a nave ficaria completamente fora de controle. O vento abafava os gritos dele, então talvez ninguém o visse. Ela partiu para a proa. Sem uma linha de segurança para prendê-la, era forçada a se arrastar para diante, agachada no convés, segurando-se onde podia, escorregando e deslizando na madeira encharcada de chuva. Por entre nuvens de neblina e rajadas de chuva ela avistou as paredes cinzentas escarpadas dos penhascos do canal elevando-se no meio da névoa. Em algum lugar não muito distante, podia ouvir os pilares batendo famintos.

Encontrou outro dos mwellrets quase imediatamente. Ele emergiu da penumbra do mastro de proa carregando um laço de corda. Estava cambaleando e tropeçando com os movimentos da aeronave, mas jogou a corda no chão, puxou uma faca longa e atacou-a imediatamente. Ela se desviou. O mwellret era muito mais forte; se a pegasse, ela não se livraria a não ser matando-o, e não tinha motivo para achar que conseguiria fazer isso. Mas não havia para onde ir. Correu cambaleante para a amurada de estibordo e virou-se para enfrentá-lo. O mwellret pôs-se a persegui-la irrefletidamente; ela esperou que seu impulso precipitado o trouxesse mais perto, agachou-se e deu-lhe uma rasteira, fazendo com que ele, com suas pesadas botas, perdesse o equilíbrio. Passou por ela tropeçando, lutando contra o balanço do navio para ficar de pé, bateu na amurada, tombou sobre ela e desapareceu.

Essa foi fácil, ela pensou com alegria, suprimindo uma necessidade ridícula de gargalhar. *Que venha o próximo!*

Havia acabado de se levantar quando seu desejo foi atendido. Outras duas criaturas apareceram pela escotilha de proa e partiram em sua direção.

Sombras! Ela ficou onde estava no turbilhão de vento e chuva, tentando desesperadamente pensar no que fazer. Tinha apenas sua faca longa, uma arma fraca para manter dois mwellrets afastados sob quaisquer circunstâncias. Começou a caminhar ao longo da amurada, tentando ganhar tempo, pensando em uma maneira de passar por eles e descer pela escotilha até onde acreditava que o Ruivão e os outros estavam aprisionados. Mas os mwellrets já haviam adivinhado sua intenção e estavam se dispersando para deter qualquer tentativa que ela pudesse fazer para passar por eles.

Um instante depois, um Furl Hawken de olhos selvagens emergiu da escotilha dianteira coberto de sangue e gritando como um louco. Com a espada curta de um mwellret em uma das mãos e sua adaga na outra, pulou sobre os atacantes da Ruivinha. Eles se viraram instintivamente para se defender, mas foram lentos demais e sem equilíbrio. O rover corpulento se chocou com o mais próximo e o derrubou. Em seguida, pulou em cima do segundo, enterrando a adaga diversas vezes no corpo coberto por um manto enquanto o mwellret rugia.

Rue Meridian correu na hora para a escotilha. Hawk havia conseguido os preciosos segundos de que precisava. Pulando sem prestar atenção sobre escombros e lutando para não escorregar, ela chegou até a escotilha de popa — apenas para descobrir outro dos mwellrets passando pela abertura para saudá-la.

Dessa vez não tinha chance de escapar. Ele já estava em cima dela quase no mesmo instante, sua espada larga brandindo na direção da cabeça de Rue. Ela escorregou tentando evitar o golpe e caiu, debatendo-se indefesa. Mas um tranco súbito da aeronave a salvou e o golpe do mwellret passou longe, a lâmina se enterrando na madeira do convés. Ela rolou, levantou-se e, enquanto o mwellret lutava para desprender a arma, enterrou-lhe sua faca longa no flanco. O mwellret estremeceu com um sibilo, soltou a espada e apertou as garras no pescoço de Rue. Desabaram um por cima do outro. Rue Meridian sentia como se sua cabeça começasse a flutuar. Tentou puxar a faca para outro golpe, mas a arma ficou presa na roupa de couro do mwellret. Ela chutava e lutava contra as garras que a apertavam, batia no corpo musculoso com os punhos, debatia-se como uma gata do pântano aprisionada. Nada disso funcionou para libertá-la. Pontos pretos dançavam diante de seus olhos e sua força começou a se esvair. Podia sentir contra si o hálito do mwellret e o fedor de seu corpo.

Tentando desesperadamente pegar uma arma, descobriu o gancho que havia enfiado no bolso depois de sair do armazém. Puxando-o, cravou-o no olho coberto de seu atacante.

O mwellret recuou com dor e surpresa, soltando sua garganta. Ela se libertou num momento, saindo cambaleante enquanto seu adversário se debatia no convés, as mãos no olho ensangüentado. Usando ambas as mãos e o que restava de sua força, ela arrancou a espada do mwellret e enfiou-a inteira no corpo que se contorcia.

Encharcada de sangue e de chuva, os longos cabelos vermelhos colados no rosto em nós embaraçados, ela caiu de joelhos, tentando respirar. A chuva caía ferozmente, o vento uivava e cuspia rajadas e a aeronave balançava e sacudia como se estivesse viva. A Ruivinha sentiu o convés estremecer e ranger embaixo de si, como se tudo estivesse desmoronando.

Um som de explosão fez com que ela levantasse rapidamente a cabeça. A trava do mastro inferior da proa havia se quebrado e caído em cima da cabine do piloto. O soldado da federação que estivera lutando com o timão jazia esmagado e agonizante em uma massa de madeira partida e metal retorcido. A *Jerle Shannara* estava voando sem controle.

Então ela viu Furl Hawken. Quase soterrado por partes quebradas e destroços, ele jazia no topo de um mwellret e perto de outro, sangrando em uma dezena de feridas, seu rosto era uma máscara de sangue. Uma faca longa estava enterrada em suas costas e uma adaga em seu flanco. Sua espada curta ainda estava segura em uma das mãos. Ele olhava direto para ela, olhos azuis abertos e fixos. Parecia estar olhando através dela para algo que ela não podia ver.

Rue abafou um soluço enquanto as lágrimas enchiam seus olhos, e sua garganta apertava. *Hawk! Não!* Forçou-se a se levantar e começou a ir em sua direção, já sabendo que era tarde demais, mas se recusando a crer. Lutando contra a força do vento e os sacolejos da aeronave, balançou a cabeça e começou a chorar, incapaz de se controlar, incapaz de parar.

Então o mwellret que estava deitado ao lado do cadáver virou-se lentamente para encará-la. Seu rosto de réptil e seu corpo coberto estavam manchados de sangue, e seus olhos, embaçados e furiosos. Levantando-se, ele arrancou a faca longa das costas de Hawk e avançou na direção dela.

Ela recuou lentamente, percebendo que não tinha nenhuma arma com a qual se defender. Quando tropeçou no mwellret que havia matado, sua mão encostou na espada que saía do corpo dele. Virando-se, ela arrancou a lâmina e encarou seu oponente.

— Venha me pegar, ret! — ela o provocou por entre as lágrimas, cheia de raiva e tristeza.

O mwellret não disse nada, aproximando-se com cautela e desconfiança através da neblina. Rue Meridian agachou-se, lutando para manter o equilíbrio, para se firmar contra o balanço da aeronave. Sentiu falta de suas facas de atirar. Talvez pudesse ter matado o mwellret antes que ele a alcançasse. Mas, por ora, teria de se virar com a espada. Ambas as mãos agarraram o cabo enquanto ela mantinha a lâmina estendida à sua frente. Não havia tempo de encontrar os outros e ninguém mais a quem recorrer para ajuda. Só havia ela.

Se morresse, estariam todos perdidos. Dadas as condições da nave, talvez já estivessem mesmo todos perdidos.

Como Hawk.

O mwellret estava em cima dela antes que se desse conta, uma enorme sombra negra. Ele havia camuflado sua abordagem com um sibilar tão hipnótico que por alguns preciosos segundos ela havia se distraído e perdido todo o senso de perigo. Apenas suas lágrimas a salvaram. As mãos ainda agarrando o cabo da espada, ela as limpou com a manga, viu o mwellret bem na sua frente e virou a arma sem pensar. A lâmina deslizou debaixo do braço estendido do mwellret e atingiu profundamente seu flanco. O sangue jorrou e a criatura cambaleante caiu por cima dela, atacando seu peito com a faca longa. Ela aparou o golpe, mas a lâmina rasgou seu braço e penetrou na coxa. Ela gritou, agarrando o braço do mwellret e prendendo-o contra seu corpo, lutando contra o choque que ameaçava paralisá-la.

Rolaram pelo convés presos um no outro, cada qual lutando o quanto sabia, para ganhar uma vantagem mortal. A disputa estava igualada, o mwellret era mais forte, mas estava gravemente ferido e enfraquecido com a perda de sangue. Incapaz de descobrir algo melhor, usava suas garras como arma, rasgando o manto e a túnica de Rue Meridian e finalmente sua pele. Ela deu um grito de dor e fúria quando as garras a rasgaram, e então se jogou de costas em um esforço para se libertar. Rover e mwellret bateram no mastro central e caíram. Quando isso aconteceu, o mwellret afrouxou suas garras e a Ruivinha se livrou com um chute. Mas o mwellret não perdeu inteiramente o contato com ela, suas garras prendiam uma das pernas de Rue, que tentava se arrastar para longe. Ela chutou a criatura com a outra perna, o calcanhar da bota batendo na cabeça do réptil. Girando e rolando, deslizaram na direção da amurada, cada vez mais rápido, pegando velocidade quando a aeronave deu um tranco violento. Uma trava quebrada diminuiu o deslizar de ambos e então cedeu com o peso combinado dos dois.

Em um nó de braços, pernas e madeiras quebradas, eles bateram na amurada. Já enfraquecidos por danos anteriores, os balaústres quebraram e cederam com o impacto. A garota rover viu a abertura e lutou freneticamente para evitá-la. Foi lenta demais. No espaço de um segundo, Rue Meridian e o mwellret deslizaram pela abertura e desapareceram do outro lado.

Sem ninguém no comando e fora de controle, os conveses apinhados de corpos e destroços, a *Jerle Shannara* girou lentamente e começou a se mover rio abaixo, na direção dos pilares esmagadores do Squirm.

32

Bek estava de pé bem ao lado de Ryer Ord Star quando o ataque a Walker começou, tão próximo que conseguiu ouvi-la prender o ar subitamente no momento em que o primeiro fio de fogo foi lançado na direção do druida. A vidente estremeceu, um som alto e agudo escapou de seus lábios, e então ela disparou para dentro do labirinto. O garoto, atordoado pelo inesperado daquela ação, ficou paralisado e um dos três elfos caçadores foi atrás dela. Os outros dois agarraram os braços de Bek e o puxaram para fora do campo de batalha enquanto ele lutava para se libertar. Walker estava caído, raios mágicos voando de seus dedos em resposta ao ataque, queimando as paredes e repartições de onde irrompiam os fios de fogo. De cada lado do garoto, membros dos grupos que formavam os flancos adentraram correndo o labirinto para defender o druida, espadas desembainhadas, soltando seus gritos de batalha.

Então os fios de fogo foram disparados pelas paredes através das quais eles corriam também, cortando seus corpos sem proteção, partindo-os em fatias. Horrorizado, Bek viu um elfo se desintegrar em um emaranhado de fios que se cruzavam, partes do corpo e sangue voando toda parte. Gritos cortavam o ar enevoado, misturados com a fumaça e o cheiro acre de carne queimada. Quando o fogo começou a procurá-los, traçando linhas de morte vermelha, os pretensos salvadores do druida se jogaram no chão metálico do labirinto e se arrastaram rapidamente para dentro da proteção de suas muralhas mais fechadas. Bek viu um dos fios bater de raspão em Ryer Ord Star, jogando-a de encontro a uma parede onde ela desabou. O elfo que correu atrás dela foi cortado ao meio a cinco metros de distância.

Walker havia tornado a se levantar e estava gritando para eles, mas suas palavras se perderam no tumulto. Sem esperar resposta, seguiu adiante, uma figura espectral na penumbra, braço estendido à frente como um escudo, balançando-o para a esquerda e para a direita para contra-atacar os fios de fogo com sua magia enquanto lutava para chegar ao obelisco.

Bek soltou o ar dos pulmões com força, uma onda de desespero varrendo todo o seu corpo, e se voltou para os elfos que seguravam seus braços. Ficou surpreso ao ver que um deles era a rastreadora Tamis.

— Precisamos ir atrás dele! — disse frustrado a ela, renovando a luta para se libertar.

— Ele nos disse para ficarmos onde estamos, Bek — ela respondeu com calma, olhos cinzentos varrendo a neblina enquanto falava. — Entrar lá dentro é a morte.

Um roçar de metal sobre metal atraiu a atenção deles para a sua esquerda. De dentro dos edifícios baixos pelos quais haviam passado na entrada, um aglomerado de formas aracnóides surgiu rastejante. De baixa estatura e com pernas articuladas, elas se espalharam por trás do que restara do grupo dos flancos liderado por Quentin e Panax.

— Rastejadores — disse Tamis baixinho.

Bek ficou gelado. Homens comuns não tinham uma chance sequer contra rastejadores. Nem mesmo Quentin, com a magia de sua espada, seria capaz de deter tantos. Um labirinto interminável, laços de fogo e agora cães de metal: a terrível visão de Ryer Ord Star enfim se realizava.

— Vamos sair daqui — anunciou Tamis, puxando-o de volta na direção da qual haviam vindo.

— Espere! — deteve-a com um safanão. Apontou para o labirinto. Ryer Ord Star estava tentando levantar-se, arrastando-se de joelhos. Ele olhou implorando para Tamis. — Não podemos simplesmente deixá-la! Precisamos tentar ajudá-la!

Trazidas por uma rajada súbita de vento, o cheiro e o gosto acres, nuvens de fumaça passaram por eles e uma neblina coberta de cinzas bateu em seus rostos. A rastreadora olhou para ele por um momento, então soltou seu braço, deixando-o seguro por seu companheiro.

— Espere aqui.

Ela correu para o labirinto sem hesitar, os fios de fogo caçando-a, tentando cortá-la, queimando o chão de metal durante a perseguição. Por duas vezes ela caiu em uma longa encosta que a levou para baixo dos fios, e em outra ela quase não conseguiu chegar à borda de uma parede antes que o fogo atingisse sua superfície lisa. Mais adiante, Ryer Ord Star estava de quatro, cabeça baixa, os longos cabelos prateados pendendo como uma cortina sobre seu rosto. O sangue escorria por um dos braços, encharcando o tecido rasgado de sua túnica.

À direita de Bek, mais rastejadores haviam emergido da penumbra e desciam sobre o grupo de Ard Patrinell.

Tamis alcançou Ryer Ord Star em um salto voador que fez com que ambas rolassem para longe do alcance de um fio de fogo. Arrastando a vidente pelos pés, a rastreadora levou-a de volta pelo labirinto, correndo agachada por entre paredes e atravessando espaços abertos enquanto os fios queimavam ao redor delas.

Elas não vão conseguir, pensou Bek. *É longe demais! O fogo está em toda parte!*

Procurou por Walker, mas o druida havia desaparecido. O garoto não vira o que acontecera com ele, para onde fora, nem mesmo se havia conseguido alcançar o obelisco. O centro do labirinto estava repleto de névoa, formas envoltas em fumaça e explosões súbitas do fogo vermelho. À sua esquerda, Quentin estava sob ataque, o fogo azul da espada de Leah brilhando bravamente, o som de seu grito de batalha sendo ouvido de dentro da névoa. À sua direita, os rastejadores estavam se espalhando por entre o labirinto em busca de Ard Patrinell, Ahren Elessedil e o restante dos elfos caçadores.

Uma armadilha, uma armadilha, era tudo uma armadilha! A garganta do garoto queimava de raiva e frustração, sua mente repleta de pensamentos sobre oportunidades perdidas e decisões ruins.

Tamis irrompeu por entre a fumaça, saindo da teia de fogo vermelho mortífero, arrastando Ryer Ord Star atrás de si.

— Vamos, vamos, vamos! — ela gritou para Bek e seu companheiro; imediatamente eles correram de volta por entre as ruínas.

Quentin!, Bek gritou no silêncio de sua mente, olhando indefeso para trás.

Não haviam percorrido trinta metros quando uma dupla de rastejadores os interceptou. As feras de metal pareciam estar esperando qualquer um que chegasse até aquele ponto, emergindo por trás de um dos prédios baixos, membros metálicos roçando e batendo enquanto bloqueavam o caminho adiante. Tamis e seu companheiro pularam instantaneamente em defesa do garoto e da vidente. Os rastejadores atacaram, movendo-se tão rápido que já estavam acima dos elfos caçadores antes que eles pudessem se defender. Tamis desviou-se de seu atacante, mas o outro elfo caçador não foi tão feliz. O rastejador cercou-o por cima, prendeu-o ao chão, estendeu uma pinça enquanto o elfo se debatia indefeso e arrancou-lhe cabeça.

Bek viu tudo acontecer como se fosse um sonho, cada movimento do elfo e do rastejador claramente visível e infinitamente longo, como se ambos estivessem pesados e acorrentados pelo tempo. Ficou agachado com Ryer Ord Star, mantendo-a protetoramente em seus braços, sua mente lhe dizendo para fazer alguma coisa, qualquer coisa, para ajudar, porque ajudar era necessário e não havia mais ninguém que pudesse fazê-lo. Paralisado de horror e indecisão, ele viu brilhos luminosos refletidos pelas bordas das pinças enquanto elas desciam, os movimentos frenéticos dos braços e pernas do elfo lutando para se libertar, e o sangue jorrando do pescoço cortado.

Alguma coisa dentro dele se partiu naquele instante, e, esquecendo tudo menos o impulso de reagir ao que havia testemunhado, agora impossível de deter, ele gritou. Uma represa se rompeu, e a fúria, o desespero e a frustração que ele não conseguia mais conter o inundaram, liberando sua magia em uma torrente, dando vida e poder a ela, emprestando-lhe a força do ferro, afiando-a como se fosse feita de facas. Ela irrompeu dele em um jorro que cobriu as criaturas como se fossem feitas de papel, rasgando-as instantaneamente e as reduzindo a pedaços.

Agora ele estava em pé, rodopiando em um miasma de invencibilidade, esquecido de tudo, menos da euforia que sentia enquanto o poder de sua magia o tomava de assalto. Outro dos rastejadores apareceu à frente e ele o destruiu com a mesma determinação impiedosa: sua voz o apanhou, o levantou no ar e o fez em pedaços. Ele enviou os restos da criatura girando para o espaço. Espalhou-os ao vento como folhas e soltou um grito de triunfo.

Então alguma coisa agarrou sua perna, afastando-o da beira da selvageria para a qual ele se permitira vagar. Sua voz se calou, seus ecos cantando nos ouvidos, suas imagens brilhando em sua mente como coisas vivas. Ryer Ord Star o agarrava com seus dedos curvados como garras, seus olhos injetados encarando-o com horror e descrença.

— Não, Bek, não! — ela gritava sem parar, como se estivesse fazendo aquilo há um longo tempo, como se estivesse buscando alcançá-lo através de paredes de pedra e ele não tivesse ouvido.

Ele olhou o rosto apavorado de Ryer sem compreender, imaginando o porquê da dor e do desespero que encontrava ali. Ele a havia salvado, não havia? Ele descobrira outro uso para sua magia, um uso de que jamais havia suspeitado. Acessara o poder que transcendia o da espada de Leah — talvez até mesmo o poder do próprio Walker. O que havia de tão errado com o que ele fizera? O que acontecera para que ela ficasse tão perturbada?

Tamis estava ao seu lado, estendendo a mão para a vidente e puxando-a para que se levantasse, seu rosto jovem e sombrio coberto de sangue.

— Corra, não olhe para trás! — ordenou a Bek, empurrando Ryer Ord Star para os braços dele.

Mas ele olhou. Não conseguiu evitar. O que viu era um pesadelo. O labirinto estava vivo com rastejadores e fios de fogo vermelho. A visão de Ryer Ord Star os havia engolido a todos. Seus olhos doíam com as lágrimas. Nada que fosse humano podia viver ali. Gritos se destacaram na penumbra e explosões rasgaram o ar com assustadores clarões de luz. O que havia acontecido com Ard Patrinell, Ahren e Panax? E quanto a Quentin? Ele se lembrou da promessa de ambos, irmãos em armas, cada um cuidando do outro. Sombras, o que havia acontecido com aquilo?

— Eu disse *corra!* — gritou Tamis em seu ouvido.

Então ele fez isso, correndo por entre a penumbra com Ryer Ord Star apoiada em um braço enquanto lutava para ficar em pé. Ela estava chorando novamente, um vagido suave e agudo de desespero, e ele não sabia o que fazer para silenciá-la. Uma vez olhou para ela, pensando em fazer com que parasse.

Ela corria de olhos fechados, a cabeça jogada para trás e uma expressão de tamanha angústia no rosto que ele a deixou em paz.

Fragmentos de magia brilhante reluziam em seus olhos, assombrações da herança que ele havia descoberto e aceitado, murmúrios de um poder liberado. Talvez uma herança grande demais. Poder demais. Um desejo de ter mais o atravessou lancinante, uma necessidade inconfundível de experimentar novamente as sensações que havia liberado. Perdeu o fôlego com tamanha intensidade, respirando o ar rapidamente, seu rosto ficou vermelho, seu corpo cantava.

Mais, ele continuava pensando enquanto fugia, era necessário. Muito mais para que ele pudesse ficar satisfeito.

Momentos depois, o caos do labirinto atrás deles, os gritos e os clarões de fogo se apagando, eles desapareceram na penumbra e na neblina.

Correram por um longo tempo, por todo o caminho de volta pelas ruínas e para dentro da floresta além até que Tamis fez com que parassem em uma clareira ensombrecida de árvores de madeira nobre. Com a umidade e a névoa os cercando por toda parte, agacharam-se no silêncio das árvores enquanto o som das batidas de seus corações martelavam-lhes os ouvidos. Bek se curvou, tentando respirar, as mãos nos joelhos. Ao seu lado, Ryer Ord Star ainda chorava baixinho, olhando para o espaço como se visse muito além de onde eles estavam escondidos.

— Tão frio e escuro, faixas de metal no meu corpo, o vazio por toda parte — ela murmurou, perdida em alguma luta interna, sem se dar conta de nada ou ninguém ao seu redor. — Tem alguma coisa aqui me observando...

— Ryer Ord Star — ele sussurrou ríspido, curvando-se perto dela.

— Lá, onde a escuridão é mais profunda, logo além...

— Você pode me ouvir? — ele retrucou.

Ela estremeceu como se tivesse levado um golpe e estendeu as mãos, agarrando o ar.

— Walker! Espere por mim!

Então ficou perfeitamente parada. Uma estranha calma desceu sobre ela, um cobertor de serenidade. Ela afundou nos calcanhares, ajoelhada na penumbra, mãos dobradas dentro do manto, corpo ereto. Seus olhos se perderam no espaço.

— O que há de errado com ela? — perguntou Tamis, curvando-se ao lado de Bek.

Ele balançou a cabeça.

— Não sei.

Passou a mão na frente dos olhos de Ryer, que não piscou nem demonstrou qualquer reconhecimento. Ele sussurrou seu nome, tocou seu rosto e depois a sacudiu com força. Ela não reagiu.

A rastreadora e o garoto olharam um para o outro sem saberem o que fazer. Tamis suspirou.

— Não tenho cura para isto. E você, Bek? Você parece ser cheio de surpresas. Tem alguma para lidar com isto?

Ele balançou a cabeça.

— Acho que não.

Ela passou a mão pelos cabelos pretos e curtos e olhou para ele com uns olhos cinzentos.

— Bom, não se apresse muito em chegar a uma conclusão. O que aconteceu ali atrás com aqueles rastejadores sugere que você tem algo mais do que qualquer cabineiro. — Ela fez uma pausa. — Foi magia de algum tipo, não foi?

Ele assentiu cansado. Para que esconder agora?

— Eu mesmo só estou descobrindo isso agora. Em Mephitic, fui eu quem encontrou a chave. Foi a primeira vez que a usei. Mas não sabia que podia fazer isto. — Fez um gesto para as ruínas atrás. — Talvez Walker soubesse e tivesse mantido segredo. Acho que Walker sabe muitas coisas sobre mim que está escondendo.

Tamis tornou a se sentar sobre os calcanhares e balançou a cabeça.

— Druidas. — Olhou para as árvores. — Será que ele ainda está vivo?

— Será que qualquer um deles ainda está vivo? — interrompeu a voz de Bek, e ele engoliu em seco para esconder o que estava sentindo.

A rastreadora se levantou devagar.

— Só há uma maneira de saber. Está ficando escuro. Posso me mover mais fácil quando a luz se for. Mas você terá de ficar aqui com ela se eu partir. — Acenou com a cabeça para Ryer Ord Star. — Pode fazer isso?

Ele concordou.

— Mas eu preferia ir com você.

Tamis deu de ombros.

— Depois de ver o que você fez com aqueles rastejadores, eu também preferia. Mas acho que não podemos deixá-la sozinha assim.

— Não — ele concordou.

— Voltarei o mais rápido que puder. — Ela se aprumou e apontou para a esquerda. — Vou cortar caminho por entre as árvores e chegar até as ruínas pelo outro lado. Espere aqui. Se alguém sair, provavelmente virá por este caminho e você poderá vê-los. Mas tome cuidado para saber quem é antes de se mostrar.

Ela o estudou por um momento e então se aproximou.

— Não tenha medo de usar essa magia nova se estiver em perigo, certo?

— Não terei.

Ela deu um sorriso rápido e se fundiu entre as árvores.

Logo depois disso a escuridão precipitou-se; o resto da luz do dia se desvaneceu em sombras até que as florestas foram engolidas pela noite. Nuvens e neblina mascaravam o céu e começou a chover novamente. Bek levou Ryer Ord Star para baixo da copa de uma velha castanheira fora do alcance da chuva. Ela se deixou ser conduzida e acomodada sem qualquer forma de reconhecimento, tão distante dele que não teria feito a menor diferença se ele não estivesse ali. Mas fazia diferença sim, ele disse a si mesmo. Sem ele, ela estava à mercê do que lhe cruzasse o caminho. Não poderia se defender ou sequer fugir. Estava completamente indefesa.

Ele se perguntou por que Ryer havia se permitido ficar tão vulnerável, o que acontecera para fazê-la decidir que isso era necessário. Era um ato consciente, acreditava ele. Tinha algo a ver com Walker, porque tudo que ela fazia tinha algo a ver com o druida. Estaria vinculada a ele agora, assim como estivera Bek durante aqueles poucos momentos em Shatterstone? O problema é que o estado em que a vidente se encontrava durava já muito tempo. Ela não falava nem reagia a nada havia várias horas.

Ele a estudou por um momento, depois perdeu o interesse. Em vez disso, ficou vigiando a trilha, esperando ver alguém da equipe emergir da penumbra. Não podiam estar todos mortos, disse a si mesmo. Não todos eles. Não Quentin. Não com a espada de Leah para protegê-lo. Uma amargura tomou conta de seu ser e ele soltou o ar dos pulmões com força. A quem estava enganando? Ele havia visto fios de fogo e rastejadores suficientes para saber que seria preciso um exército de elfos caçadores para sair daquelas ruínas. Nem mesmo a magia de um druida poderia ser suficiente.

Recostou-se na castanheira e sentiu a superfície achatada da espada de Shannara contra as suas costas. Ele esquecera que ela estava ali. Na confusão de fugir dos fios de fogo e dos rastejadores sequer havia pensado em utilizá-la como arma — mas que tipo de arma ela teria dado? Sua magia não parecia ser de muita utilidade. A Verdade? De que valia a verdade contra ferro e fogo? Como arma de luta, poderia ter servido a algum propósito, mas não contra algo como o que eles haviam encontrado ali nas ruínas. Balançou a cabeça. A magia mais poderosa do mundo, Walker lhe dissera, e ele não tinha utilidade para ela. A magia de sua voz era de longe a melhor arma. Se conseguisse descobrir as coisas de que ela era capaz e em seguida fazer com que elas pudessem ficar sob um controle um pouco melhor...

Deixou o pensamento incompleto, ciente das dúvidas e confusões nas quais não conseguia pensar direito. Havia perigo no uso de sua voz, algo de nebuloso, mas inconfundível. A magia era poderosa demais, incerta demais. Não confiava nela. Era muito sedutora e ele sentia algo de enganoso em sua sedução. Qualquer coisa que criasse tamanha euforia e passasse uma sensação tão viciante teria conseqüências. Bek ainda não tinha certeza de que compreendia quais eram essas conseqüências.

Estava ficando frio e ele queria ainda ter seu manto, mas o havia perdido durante a fuga. Olhou para Ryer Ord Star e então se aproximou para cobri-la melhor com os mantos. Ela tremia, embora estivesse inconsciente disso, e ele envolveu-a em seus braços e apertou-a contra si para aquecê-la. O que fariam se Tamis não encontrasse mais ninguém vivo? E se a própria rastreadora não conseguisse voltar? Bek fechou os olhos para afastar as dúvidas e os temores.

Não era bom ficar pensando nisso. Não havia nada que pudesse fazer para mudar as coisas. Tudo o que podia fazer era tentar tirar o melhor da situação, por pior que ela fosse.

Ele devia ter cochilado por algum tempo, exausto pelos eventos do dia, porque a próxima coisa de que se lembrou foi acordar ao som da aproximação de alguém. Porém, não foram os sons que o alertaram tanto, mas a sensação da proximidade do outro. Levantou a cabeça do ombro de Ryer Ord Star e tentou enxergar na escuridão. Nada se movia; o certo, porém, era que havia algo ali, ainda longe demais para ver, mas indo direto na direção deles.

E não era da direção das ruínas, mas da direção do campo de pouso.

Bek endireitou-se, afastou-se da vidente e se levantou, escutando. A noite estava silenciosa, a não ser pelo barulho suave de uma garoa nas copas das árvores da floresta. Bek fez menção de pegar a espada de Shannara, mas afastou a mão. Em vez disso, moveu-se para o lado e mergulhou nas sombras. Podia sentir a presença do outro como se fosse uma aura de calor. Podia senti-la assim como podia sentir a pele de seu próprio corpo.

Uma figura coberta por um manto se materializou à sua frente, aparecendo imediatamente, como um espectro. A figura era pequena e magra, não era fisicamente imponente, e o garoto não conseguiu identificá-la pela sua aparência. Ela se aproximou sem reduzir o passo, envolta num manto e num capuz, um mistério esperando para ser descoberto. Bek observou fascinado, incapaz de decidir o que fazer.

Um braço levantou-se de dentro dos mantos e estendeu-se na direção de Ryer Ord Star.

— Diga-me o que aconteceu — disse a mulher, sua voz suave porém imponente. — Por que você está aqui? Você foi instruída a...

Então ela viu Bek. Ele deve tê-la assustado, pois ficou rígida e seu braço caiu bruscamente. Algo em sua postura mudou, e pareceu a Bek que ela ficou perturbada por sua presença inesperada.

— Quem é você? — perguntou ela.

Não havia amizade naquela voz nem sinal da suavidade que estivera ali apenas segundos antes. Ela havia mudado em um piscar de olhos e ele achava que não era para melhor. Mas ouvira algo de familiar em sua voz, também algo que os ligava tão fortemente que ele não podia deixar de perceber. Ficou encarando-a, e o reconhecimento súbito por fim tomou conta dele.

— Quem é você? — ela repetiu.

Agora ele a conhecia, e a certeza que tinha o deixou sem fôlego. Os anos desapareceram, como a água da chuva que escorria de sua pele, e um caleidoscópio de lembranças costuradas voltou. A maioria delas ele esquecera, até que o uso que fizera da espada de Shannara fizera com que ressurgissem. Eram lembranças dela, segurando-o enquanto corria por entre a fumaça e o fogo, por meio de gritos. Eram lembranças dela, escondendo-o em um lugar escuro e fechado, escondendo-o da morte que estava ao redor deles. Eram lembranças dela, ela própria uma criança, há muito tempo, num lugar e num tempo que ele mal conseguia lembrar.

— Grianne — ele respondeu, dizendo seu nome em voz alta pela primeira vez desde a infância. — Sou eu, Grianne. Sou seu irmão.

Aqui termina o Livro Um de A VIAGEM. O Livro Dois, *Antrax, a Criatura*, revelará os segredos de Castledown e sua magia quando o druida Walker e seus companheiros confrontarem a misteriosa criatura que protege a ambos.

TERRA DO NORTE
Pântano Malg
Deserto Kierlak
Reino dos Caveiras
Monte Caveira
Montanhas Charnal
Montanhas da Lâmina
Rio Lethe
PLANÍCIES STRELEHEIM
Passo Jannison
TERRA OCIDENTAL
Vale de Rhenn
Fortaleza dos Druidas
RABB
TERRA ORIENTAL
Rio Rabb
Salão dos Reis
Anar Superior
PLANÍCIES
Dentes de Dragão
Passo Kennon
Vale de Shale
Kern
Varfleet
Montanhas de Runne
Sterlock
Tyrsis
CALLAHORN
Lago do Arco-Íris
Floresta de Anar
Rio Prateado
Culhaven
TERRA DO SUL
Pântano da Névoa
Florestas Duln
Leah
Terras Baixas de Battle Mound
Anar Inferior
Vale Sombrio
Terras Baixas de Clete